Anna Seghers
Transit

•

통과비자

창 비 세 계 문 학

36

•

통과비자

•

안나 제거스

이재황 옮김

창비

차례

•

일러두기

1. 이 책은 Anna Seghers, *Transit* (Berlin: Aufbau Verlag 2001)를 번역 저본으로 삼았다.

2. 본문 중의 각주는 옮긴이의 것이다.

3. 외국어는 가급적 현지 발음에 준하여 표기하되, 일부 우리말로 굳어진 것은 관용을
   따랐다.

1장

I

　몬트리올호號가 다까르와 마르띠니끄 사이에서[1] 침몰했다고 한다. 기뢰 폭발로 인해. 선박회사는 아무런 정보도 제공하지 않고 있다. 어쩌면 모든 게 다 뜬소문에 불과할지도 모른다. 난민들을 싣고 이리저리 쫓기며 온 바다를 헤매고 다녀도 받아주는 항구 하나 없는 다른 배들, 승객들의 서류 기한이 며칠 전에 만료되었다는 이유만으로 정박을 허용치 않아 승객들이 망망대해에서 햇볕에 타 죽도록 방치되는 그런 배들의 신세에 비하면 그래도 전시에 벌어진

----

[1] 다까르는 아프리카 대륙 가장 서쪽에 위치한 항구도시. 마르띠니끄는 소(小)앤틸리스 제도의 한 섬으로, 현재 프랑스의 다섯개 해외 도(道) 중 하나. 다까르에서 서쪽으로 직진하면 마르띠니끄가 나온다. 몬트리올호는 마르세유를 떠나 다까르를 거쳐 마르띠니끄로 가는 배. 따라서 '다까르와 마르띠니끄 사이'란 '아프리카와 중남미 대륙 사이의 북대서양 어딘가'를 뜻한다.

이 몬트리올호의 침몰은 배로서는 당연한 죽음일 것이다. 모든 게 소문에 불과하지 않다면 말이다. 배가 그동안 적선에 나포되어 끌려갔거나 다까르로 다시 귀환하라는 명령을 받지 않았다면 말이다. 만일 그랬다면 승객들은 지금 사하라 사막 언저리에 있는 어느 수용소에 갇혀 폭염에 시달리며 녹초가 되어 있을 것이다. 어쩌면 그들은 이미 대양 저편에 도착해서 행복해하고 있지 않을까? —이 모든 일을 대수롭지 않게 여기면서? 따분해하고 있지는 않을까? —나도 사실은 그러하다. 당신을 내 테이블로 초대할까 한다. 제대로 된 저녁식사에 초대하기에는 유감스럽게도 주머니 사정이 넉넉지 못하다오. 로제 와인 한잔과 피자 한조각 정도는 드릴 수 있소. 이리 와 앉으시오. 어느 쪽을 바라보고 앉겠소? 피자를 직접 불에 굽는 모습을 보고 싶은가? 그럼 내 옆자리에 나란히 앉으시오. —오래된 항구의 모습을 원하는가? —그렇다면 나와 마주 보고 앉는 게 좋소. 쌩니꼴라 요새² 뒤로 석양이 지는 정경을 볼 수 있다오. 분명 지루하지는 않을 거요.

피자는 별나게 생긴 빵류이다. 케이크처럼 둥그렇고 알록달록하다. 뭔가 달콤한 맛을 기대하면서 무심코 한입 베어물면 후추가 씹힌다. 그런 다음 바로 그 물건을 들여다보면 체리와 건포도는 한알도 박혀 있지 않고 파프리카와 올리브만 잔뜩 섞여 있음을 알게 된다. 이젠 익숙해져 잘 아는 일이다. 다만 유감스럽게도 우리가 지금 피자를 먹으려면 여기서도 빵 배급표를 내야 한다.³

----

2 마르세유의 구항(舊港) 어귀에 건설된 요새. 어귀의 북쪽에는 쌩장 요새가, 남쪽에는 쌩니꼴라 요새가 마치 수문장처럼 버티고 서 있다. 항구 동쪽에서 바라보면 석양이 쌩니꼴라 요새 뒤로 넘어간다.
3 전시 체제하의 프랑스에서는 1940년 3월부터 식료품 배급제가 도입되었고, 레스또랑에서도 배급표를 내야 했다.

나는 몬트리올호가 정말로 침몰했는지 알고 싶다. 만일 그 사람들 모두가 그래도 바다 건너에 도착했다면 거기서 그들은 무얼 하고 살아갈까? 새로운 인생을 시작하고 있을까? 직업을 잡았을까? 위원회를 만들어 가동시키려나? 원시림을 개간하게 될까? 실제로 저 건너에 그런 게 있다면, 모든 사람과 모든 것을 다시 젊어지게 할 완전한 야생의 자연이 있다면, 나는 같이 떠나지 않은 것을 후회할 수도 있을 것이다. ──나에겐 함께 승선할 수 있는 가능성이 얼마든지 있었으니까 말이다. 값을 지불한 배표가 있었고, 비자도 있었고, 통과비자도 있었다. ──그런데도 갑자기 나는 남아 있기로 작정한 것이다.

이 몬트리올호에는 내가 전에 잠시 알고 지내던 남녀 한쌍이 타고 있었다. 기차역이나 영사관 대기실, 도청 비자과課 같은 데서 스쳐지나다 알게 되는 그런 인연이 어떤 것인지 당신도 잘 알 것이다. 몇마디 속삭거리며 나누는 말이란 서둘러 주고받는 지폐처럼 얼마나 가볍고 덧없는 것인지. 그러다 아주 가끔씩 외마디 외침이라든가, 뭔지 알 수 없지만 어떤 말이나 어떤 얼굴이 폐부를 찔러온다. 그것이 온몸을 휙 하고 빠르게 훑고 지나간다. 그러면 그쪽을 바라보고 귀를 기울이게 되는데, 그럼 벌써 무언가에 휘말려드는 것이다. 나는 모든 것을 한번 전부 이야기해보고 싶다. 처음부터 끝까지. 다만 듣는 사람이 지루해하지 않을까 염려하지 않아도 된다면 말이다. 이 가슴 떨리는 이야기가 당신에게는 따분하기 이를 데 없게 들리지나 않을까? 숨 가쁘게 도망치며 구사일생으로 간신히 살아남은 이 긴장감 넘치는 이야기에 당신이 넌더리를 내지는 않을까? 나로서는 그 모든 이야기에 신물이 난다. 오늘에 와서도 아직 내 마음을 흥분시키는 무언가가 있다면, 그건 아마도 어느 철사제조공의 이야기이거나 — 그는 기나긴 생애 동안 어떤 연장들로 철사를 과연 몇 미터나 꼬았을까 — 아이들 몇이 모여 학교 숙제를 하고 있는 둥그런 전등 빛일 것이다.

로제 와인을 조심하시오! 산딸기 주스처럼 생겨서 대개는 음료 마시듯 하지요. 취기가 돌면서 엄청나게 기분이 명랑해질 거요. 무슨 물건이든 가뿐하게 들 수 있을 것도 같고. 무슨 말이든 아무 스스럼없이 할 수 있게 되고 말이오. 그러다가 자리에서 일어서면 무릎이 떨릴 거요. 그리고 우울한 기분이, 끝없는 우울감이 엄습해올 거요 — 다음번 로제 와인을 마실 때까지. 자, 그러니 가만히 앉아 있도록 하시오, 절대 무슨 일에든 휘말려들지 말고.

나 자신은 예전에 여러 일들에 쉽게 휘말려들었다. 그 일들을 생각하면 지금도 부끄럽다. 다만 많이 부끄럽지는 않다 — 이미 지나간 일들이니까. 하지만 내가 남들을 지루하게 한다면 그건 굉장히 부끄러워해야 할 일이다. 그럼에도 일단 모든 것을 처음부터 이야기해보고 싶다.

II

겨울이 끝날 무렵에 나는 루앙⁴ 근처의 강제노동수용소로 끌려들어갔다. 세계대전에 참전한 모든 군대의 군복 중 가장 볼품없는 군복을 입게 된 것이다. 바로 프랑스 '강제노역병'⁵의 군복이었다.

---

4 노르망디 지방의 중심 도시로, 빠리 북서쪽 123킬로미터 지점에 있다.
5 독일의 폴란드 침공(1939년 9월 1일)에 대한 대응으로 프랑스와 영국이 선전포고를 하고 이틀 후부터 독일제국 국적의 17세에서 50세(곧 65세)까지의 모든 남

우리 외국인들은 절반은 포로이고 절반은 군인인 신세여서 밤에는 가시철조망 뒤에서 잠을 잤고 낮에는 '강제노동'을 했다. 우리는 영국의 군수품 보급선에서 짐을 부리는 하역 작업을 해야 했다. 그러면서 수시로 무지막지한 폭격 세례를 받았다. 독일군 비행기들이 저공으로 날아오는 바람에 그 그림자가 우리 머리 위를 스쳐 나가곤 했다. 당시 나는 사람들이 '죽음의 그림자 밑에서'라고 말하는 이유를 알게 되었다. 한번은 꼬마 프란츠라고 불리는 한 소년과 함께 짐을 부리고 있었다. 소년의 얼굴이 지금 당신의 얼굴 정도로 내 얼굴에서 떨어져 있었다. 햇살은 눈부시게 빛났고 공중에서는 바람 소리가 쏴쏴 들려왔다. 그때 프란츠가 얼굴을 들어올렸다. 그러자 내리꽂히듯이 이 아래로 깊숙이 내려오는 물체가 있었다. 그애의 얼굴이 그 그림자로 시커멓게 되었다. 슈욱 소리와 함께 무언가가 우리 바로 근처에 떨어졌다. 당신도 이 모든 것을 나 자신만큼이나 잘 알고 있을 것이다.

결국 모든 일에는 그 끝이 있었다. 독일군이 다가온 것이다.[6] 그동안 참고 견뎌온 두려움과 고통이 이제 와서 얼마나 큰 소용이 있었을까? 세계의 몰락이 임박해 있었다. 내일, 오늘밤, 아니, 당장에라도 닥쳐올 기세였다. 독일군의 도착이 우리 모두에게는 그와 유사한 일로 여겨졌기 때문이다. 우리 수용소에서는 아수라장의 대

자는 임시수용소에 수감되었다. 선별위원회가 수감자들을 계속 가두어놓을지 아닐지를 판정하였고, 외인부대 입대를 종용하기도 했다. 그해 12월부터는 경우에 따라 프랑스군에 소위 '강제노역병'(prestataire)으로 편입시키는 판정을 내렸다. 강제노역병은 유사 군인으로 여겨졌고, 1차대전 때 프랑스군이 입은 청색 군복을 입었으며, 다양한 노역에 투입되었다.

6 독일군은 1940년 5월 10일 네덜란드, 벨기에, 룩셈부르크를 기습 침공하였고, 6월 5일 프랑스에 대한 공격을 개시한 후 6월 14일에는 벌써 빠리에 입성하였다.

혼란이 벌어지기 시작했다. 일부는 울음을 터뜨렸고, 일부는 기도를 올렸으며, 일부는 자살을 기도했고, 그중 일부는 성공했다. 또 일부는 탈출하기로 결심했다. 최후의 심판으로부터! 그러나 수용소장은 우리 수용소 정문 앞에 기관총을 설치해놓았다. 우리는 그에게 독일군이 독일에서 탈출한 동국인인 우리를 보면 죄다 즉시 사살해버릴 거라고 설명하며 사정해보았지만 전혀 소용이 없었다. 그는 받은 명령을 그대로 이행할 줄만 알았다. 이제 그는 수용소를 어떻게 하라는 명령이 내려오기만을 기다리고 있었다. 그의 상관은 일찌감치 혼자 달아나버렸고, 우리의 소도시는 소개되어 텅 비었으며, 인근의 여러 마을 농부들은 이미 자신의 마을을 등지고 떠나버렸다. ──독일군은 아직 이틀 거리쯤에 와 있을까, 아니면 벌써 두시간 거리쯤에 와 있을까? 그런데 우리의 수용소장은 또 그렇게까지 최악은 아니었다. 그를 공정하게 평가해야 한다. 그에게 이 전쟁은 아직 진정한 전쟁이었고, 그는 철저한 비열함을 이해하지 못했다. 인간이 어느 정도로까지 배반할 수 있는지, 배반의 크기를 알지 못했다. 마침내 우리는 이 남자와 무언의 협정 같은 것을 맺었다. 치우라는 명령이 내려오지 않았기 때문에 기관총은 그대로 정문 앞에 놓여 있었다. 하지만 아마도 그는 우리가 담장을 넘어 달아나더라도 그리 악랄하게 우리의 등을 향해 총을 쏘아대지는 않을 것이다.

그래서 우리는 밤에 수십명이 수용소 담장을 넘었다. 우리 중에 하인츠라고 하는 친구는 에스빠냐에서 오른쪽 다리를 잃었다. 내전이 끝나고서 그는 오랫동안 남쪽의 여러 수용소[7]를 전전했다. 이

---

7 1939년 2월 에스빠냐 공화국이 프랑꼬 장군이 이끄는 파시즘 세력에 의해 무너진 후, 삐레네 산맥을 넘어 프랑스로 탈출하려던 에스빠냐 사람들과 국제여

제 강제노동수용소에서는 사실상 무용지물이나 다름없는 그가 대체 무슨 착오가 있었기에 느닷없이 이 위쪽으로 끌려와 우리와 합류하게 되었는지는 귀신도 모른다. 이런 하인츠를 이제 그의 친구들은 담장 위로 들어올려 넘겨주어야 했다. 다급한 마음에 그들은 서로 그를 교대로 업어가며 한밤중에 독일군을 피해 달아났다.

우리들 누구나 독일군의 손아귀에 들어가서는 안될 너무도 분명한 이유가 있었다. 나 자신은 1937년에 나치의 강제수용소에서 도망쳐나왔다. 야음을 틈타 라인 강을 헤엄쳐 건넌 것이다. 한 반년 동안은 그 일을 꽤나 자랑스러워하며 지냈다. 그후로는 다른 새로운 일들이 세상과 나를 덮쳐왔다. 프랑스의 수용소로부터 두번째 탈출을 하는 지금 나는 독일 수용소에서의 첫번째 탈출을 생각했다. ― 꼬마 프란츠와 나는 걸음을 재촉하며 함께 걸었다. 당시 대부분의 사람들처럼 우리는 루아르 강[8]을 건넌다는 터무니없는 목표를 정했다. 우리는 큰 도로를 피했고 들판을 수없이 건넜다. 짜주지 않아 젖이 퉁퉁 붇은 암소들이 울부짖고 있는 버려진 마을들을 지났다. 우리는 뭐라도 씹어먹을 것이 없나 찾아헤맸지만 죄다 먹어치워 남아 있는 게 없었다. 구스베리 덤불이며 헛간 구석구석까지 샅샅이 뒤졌으나 헛일이었다. 물이라도 마시고 싶었지만 수도

단 소속의 각국 사람들은 산맥을 넘자마자 국경 근처의 임시수용소에 갇혔다. 그들은 또한 수용소 막사를 직접 지어야 했는데, 그중 규모가 큰 것으로 귀르스, 쌩시프리앙, 아르줄레쉬르메르 등이 있다.

8 북프랑스와 남프랑스의 자연적 경계를 이루는 강. 1940년 6월 22일 휴전협정 때 독일군 점령지역과 비점령지역 간의 군사분계선이 되었다. 경계 이남은 비시를 임시 수도로 하는 대독일 협력정부인 이른바 '비시 정부'가 통치권을 행사했다. 대략 600만명의 프랑스인들이 남쪽으로의 대규모 피난 행렬에 합류, 루아르 강을 건너고자 했다.

란 수도는 다 끊겨 있었다. 이제 총성과 포성은 더이상 들리지 않았다. 홀로 뒤에 남겨진 마을의 천치는 우리에게 아무런 정보도 줄 수 없었다. 우리 둘은 두려움에 휩싸였다. 이런 고립무원의 고사 상태가 부두에서 하역 작업 중에 폭격을 당하는 상황보다 더 무섭고도 갑갑했다. 결국 우리는 빠리로 가는 큰길과 마주쳤다. 사실 우리는 아직 맨 뒤에 처진 사람들이 아니었다. 북쪽에 산재한 마을들로부터는 여전히 난민의 물결이 소리없이 쏟아져내려오고 있었다. 큰길은 가구와 닭장, 어린애와 노인네, 염소와 송아지를 실어 집채만큼이나 높이 솟은 수확용 차량, 수녀원을 통째로 옮겨 실은 듯한 화물차, 엄마가 손수레에 태워 느릿느릿 끌고 가고 있는 어린 소녀, 예쁘장하고 새치름한 계집애들이 난리 통에 건져낸 모피 외투를 걸치고서 앉아 있는 자동차 — 하지만 주유소가 없어져버리는 바람에 소들이 자동차들을 끌고 있었다 — 죽어가는 아이들, 심지어는 이미 죽은 아이들을 질질 끌고 가는 부인들로 넘쳐났다.

당시 도대체 왜 이 많은 사람들이 탈출을 하는 것인가 하는 생각이 처음으로 내 머리를 스쳤다. 독일군을 피하려고? — 그들은 기계화되어 기동력이 뛰어나지 않은가. 죽음을 피해서? 죽음은 틀림없이 도중에 이들의 목덜미를 잡아챌 텐데. 하지만 이런 생각은 마침 그때뿐이었고, 처참하기 짝이 없는 그들의 몰골을 대할 때만 잠시 내 머릿속을 스치고 지나갔다.

꼬마 프란츠는 어딘가에서 폴짝 뛰어 올라탔고, 나도 어떤 트럭 위에 자리를 얻었다. 어느 마을 앞에서 다른 트럭이 내가 탄 트럭을 들이받는 바람에 나는 걸어서 길을 가야 했다. 프란츠는 영영 시야에서 사라지고 말았다.

나는 다시 들판을 계속 가로질러 나아갔다. 그러다 여전히 사람이 살고 있는 커다란 외딴 농가에 당도했다. 나는 먹고 마실 것을 부탁했는데, 그 집 부인이 정원용 테이블 위에 수프 한접시와 포도주와 빵을 차려주어 놀라자빠질 뻔했다. 그러면서 그녀는 가족 간의 긴 논란 끝에 그들도 마침 떠나기로 결정했다는 이야기를 들려주었다. 모든 짐은 이미 다 싸놓았고 이제 싣기만 하면 된다는 것이다.

내가 먹고 마시는 동안 비행기들이 윙윙거리며 상당히 낮게 날아왔다. 나는 너무 피곤한 나머지 고개를 들어올리기에도 힘겨웠다. 꽤 가까운 거리에서 짤막하게 기관총 소리도 들려왔다. 어디서 나는 소리인지 전혀 알 수 없었고, 지칠 대로 지쳐 깊이 생각해볼 여유도 없었다. 곧 이 사람들의 트럭 위에 분명 올라탈 수 있을 거라는 생각만 들었다. 벌써 엔진에 시동을 걸었다. 부인은 이제 흥분 상태가 되어 트럭과 집 사이를 왔다 갔다 했다. 정이 들어 아름다운 이 집을 떠나는 것이 얼마나 가슴 아픈 일인지 그녀의 모습에서 읽을 수 있었다. 그런 상황에 처한 모든 사람들이 그렇듯 그녀는 손에 잡히는 대로 재빨리 온갖 잡동사니를 짐으로 꾸려 실었다. 그러고서는 내가 앉은 식탁 쪽으로 다가와 내가 먹고 있던 접시를 잡아당겨 치우며 외쳤다. "식사 끝!"

그때 나는 그녀의 입이 헤벌어진 모습을 보았다. 그녀는 놀란 눈으로 정원 울타리 너머를 멍하니 바라보았고, 나도 몸을 돌려 그쪽을 보았다. 그러자 나는 보았다, 아니, 들었다. 본 게 먼저였는지 들은 게 먼저였는지, 아니면 두가지를 동시에 했는지 잘 모르겠다—아무래도 시동을 건 트럭 소리가 오토바이 소리를 덮어버리는 바람에 듣지 못했던 모양이다. 그때 오토바이 두대가 울타리 뒤에 멈추어섰다. 오토바이마다 두명씩 타고 있었고, 그들은 쑥색 군복을 입고 있었다. 한사람이 큰 소리로 독일어로 말해 나는 들을 수 있었다. "에이, 젠장 빌어먹을, 이제 새 벨트도 고장나버렸네!"

독일군이 벌써 당도하다니! 그들이 나를 앞지르다니! 나는 독일군이 도착한다고 했을 때 어떤 상상을 했는지 모르겠다. 천둥과 지진을 떠올린 것 같다. 그러나 처음엔 정원 울타리 뒤로 오토바이두대가 도착한 일 말고는 아무 일도 일어나지 않았다. 그 효과는 마찬가지로 컸다. 아니, 어쩌면 더 컸는지도 모른다. 나는 얼어붙은 듯이 가만히 앉아 있었다. 내 셔츠는 순식간에 식은땀으로 흠뻑 젖어버렸다. 내가 첫번째 수용소에서 탈출할 때에도, 비행기의 폭격속에서 하역 작업을 할 때에도 느끼지 못했던 것을 나는 이제 느꼈다. 난생처음 죽음의 공포를 느낀 것이다.

나를 부디 용서해주시오! 이제 곧 중심 이야기로 들어갈 거요. 이해해주리라 믿소. 한번은 누군가에게 모든 것을 순서대로 이야기하지 않을 수 없다. 내가 왜 그토록 무서워했는지 오늘도 스스로에게조차 더이상 설명할 수가 없다. 발견될까봐 무서워서? 벽에 세워져 총살당할까봐? 부두에서 역시 나는 쥐도 새도 모르게 사라져버릴 수 있었는데 말이다. 독일로 송환되는 것이 무서워서? 아니면 고통을 당하며 서서히 죽어가는 것이? 그런 일은 내가 라인 강을 헤엄쳐 건널 때도 닥칠 수 있었다. 게다가 나는 늘 위기 속에서 아슬아슬하게 사는 것을 좋아했고, 위험스러운 구석이 있는 일에 오히려 늘 편안함을 느꼈다. 그리고 도대체 무엇을 그렇게 한없이 두려워하는지 골똘히 생각해보았더니 어느새 나는 조금 덜 두려워하게 되었다.

나는 가장 현명하고도 가장 단순하게 처신했다. 앉은 채로 그대로 있었던 것이다. 나는 마침 허리띠에 구멍 두개를 뚫으려던 참이었는데, 이제 그 일을 했다. 농부는 넋이 나간 얼굴을 하고 정원으로 들어와 아내에게 말했다. "이제 우리 그냥 남아 있는 것도 좋겠지."—"물론이에요." 부인이 마음을 놓으며 말했다. "하지만 당신은 헛간으로 들어가요. 내가 저들을 해치울 테니. 설마 나를 잡아먹진 않을 테니까."—"나한테도 못 그럴 거야." 남편이 말했다. "나는 군인이 아니잖아. 저들에게 내 안짱다리를 보여주지, 뭐."

그사이에 오토바이 종대 전체가 울타리 뒤의 풀밭에 모여들었다. 그들은 결코 정원으로 들어오지는 않았다. 삼분쯤 있다가 떠나갔다. 나는 사년 만에 처음으로 다시 독일어 명령을 들었다. 아, 얼마나 딱딱하게 들리던지! 하마터면 벌떡 일어나 차렷 자세를 취할 뻔했다. 나중에 들었는데, 이 오토바이 종대가 내가 아까 섞여 있던 난민 행렬의 흐름을 차단했다고 했다. 그 모든 질서, 그 모든 명령이 처참하기 이를 데 없는 대혼란을 야기했고, 유혈 참극과 엄마들의 절규, 세계 질서의 해체를 초래했을 것이다. 그러나 이런 명령어들에는 그 바탕에서부터 야비한 명쾌함과 비열한 솔직함 같은 것이 저음으로 울려나왔다. 허세들 좀 부리지 마! 너희들 세계가 어차피 멸망할 수밖에 없고, 너희가 끝까지 지키지 못한다면, 그리고 그 세계가 해체되는 것을 너희가 허용한다면, 허튼 생각 말고 되도록 신속히 명령권을 우리한테 넘기지그래!

나는 갑자기 아주 침착해졌다. 이제 나는 여기에 앉아 있고, 속으로 나는 생각했다, 독일군은 내 옆을 스치고 지나가 프랑스를 점령할 것이다. 그런데 프랑스는 이미 여러번 점령당했다—모두들 다시 떠나야 했다. 프랑스는 이미 여러차례 버림받고 배신당했으며, 너희 쑥색 제복을 걸친 나의 젊은 친구들도 이미 수시로 버림받고 배신당해왔다. 나의 두려움은 이제 완전히 날아가버렸고, 나치의 하켄크로이츠[9]는 나에게 유령 같은 것이었다. 나는 세상에서 가장 강력한 군대가 나의 정원 울타리 너머에서 행진을 하며 다가왔다가 물러가는 것을 보았다. 나는 또한 파렴치하기 짝이 없는 제국들이 붕괴하고, 젊고 담대한 제국들이 건설되는 역사를 보았으며, 세상의 지배자들이 출세하고 부패하는 모습을 보았다. 다만 나는 헤아릴 수 없이 많은 시간을 살아야 했다.

어쨌든 이제 루아르 강을 건넌다는 나의 꿈은 깨졌다. 나는 빠리로 가기로 결심했다. 그곳에는 견실한 친구들이 몇명 살고 있었다. 그들이 견실하게 살아남아 있다면 말이다.

Ⅲ

나는 닷새를 걸어서 빠리로 갔다. 독일군의 행렬들이 내 옆을 지나갔다. 그들이 탄 자동차 타이어의 고무 재질은 우수했고, 젊은 병사들은 출중하고 강인했으며 잘생겼다. 그들은 전투 없이 곳곳을 점령하면서 신바람이 났다. 이미 몇몇 농부들은 도로 너머에서 웃

---

9 독일어로 '갈고리'를 뜻하는 '하켄'(Haken)과 '십자가'를 뜻하는 '크로이츠'(Kreuz)가 합쳐진 말. 불교 상징인 만(卍)자 모양을 뒤집어 기울인 형상이다. 히틀러는 창당 과정에서 이미 하켄크로이츠를 상징으로 채택하여 깃발과 완장 등에 사용했다. 이후 이 문장은 오른팔을 높이 뻗는 경례법과 함께 나치의 대표적 상징이 되었다. 히틀러는 자신의 저서 『나의 투쟁』에서 그 상징성에 대해 자세히 밝혔다. "하켄크로이츠는 본래 게르만인이 청동기시대부터 쓴 행운의 상징이다. (…) 우리는 우리의 깃발 속에서 우리의 강령을 본다. 붉은색에서 운동의 사회적 사상을, 흰색에서 국가주의적 사상을, 하켄크로이츠에서 아리아인의 승리를 위한 투쟁의 사명을, 그리고 동시에 그 자체가 영원히 반유대주의였고, 또 반유대주의적일 창조적 사상의 승리를 본다."

고 있었다──탁 트인 대지에서 파종을 마친 것이다. 어느 마을에서는 죽은 아이를 위한 추도의 종소리가 울렸다. 아이는 도로 위에서 피를 흘리며 죽었다. 교차로에 부서진 경운기 한대가 서 있었다. 바로 죽은 아이 집안의 차량인 듯했다. 독일군 병사들이 달려들어 바퀴를 수선해주었고, 농부들이 그들의 친절한 행동을 칭찬하였다. 들판의 바위 위에 내 나이쯤 되어 보이는 사내 하나가 앉아 있었다. 그는 누더기 군복 위에 외투를 걸치고 있었다. 그는 울고 있었다. 나는 지나가면서 그의 어깨를 두드리며 말했다. "이 모든 일도 다 지나갈 겁니다." 그가 말했다. "우리는 마을을 지킬 수 있었는데, 빌어먹을 놈들이 우리한테 겨우 한시간 버틸 탄약만 주었지 뭐요. 우린 배반당한 거죠." 내가 말했다. "더 두고 봐야 할 일입니다."

나는 길을 계속 갔다. 그리고 어느 일요일 아침에 빠리에 도착했다. 하켄크로이츠 깃발이 정말로 시청 위에서 펄럭이고 있었다. 그들은 징말로 노트르담 성당 앞에서 「호엔프리트베르크 행진곡」[10]을 연주하고 있었다. 나는 놀라고 또 놀랐다. 빠리 시내를 가로질러 곳곳을 정신없이 돌아다녔다. 천지가 독일군 차량이었고 하켄크로츠투성이였다. 나는 속이 텅 비어버려 어느새 아무런 느낌도 들지 않았다.

이 모든 악행이 우리 민족에게서 나왔고 다른 민족들에게 참화를 안겨준 것이 우리 민족이라는 사실에 가슴이 쓰라렸다. 그들이

---

10 널리 알려진 독일군의 행진곡으로, 1745년 제2차 슐레지엔 전쟁 당시 호엔프리트베르크 전투에서 프로이센 군대가 오스트리아와 작센 연합군을 상대로 거둔 승리를 기념하기 위해 만들어진 군가. 프로이센의 프리드리히 대왕이 직접 작곡했다는 설도 있다.

나와 같은 말을 쓰고, 나처럼 삑삑거리는 소리를 낸다는 것은 틀림없는 사실이었기 때문이다. 나의 오랜 친구들인 비네 씨 가족이 살고 있는 끌리시[11] 쪽으로 가면서 그들이 과연 내가 독일 민족에 속한 사람이긴 하지만 나는 여전히 나라는 것을 이해해줄 만큼 충분히 이성적일지 궁금했다. 그들이 나를 무슨 증명서 같은 것이 없어도 과연 받아들여줄지 궁금했다.

그들은 나를 받아주었다. 그들은 이성적이었다. 나는 전에 그들의 이성적인 태도에 짜증이 날 때가 얼마나 많았던가! 전쟁이 터지기 전에 나는 육개월간 이본 비네의 남자 친구였다. 그녀는 겨우 열일곱살이었다. 그런데 나는, 고향을 등지고 도망쳐나온, 허섭스레기로 가득한 구렁텅이와 온갖 감정들이 뒤엉킨 역겨운 덩어리에서 도망쳐나온 못난 자로서, 비네 씨 가족의 명석한 이성에 내심 짜증이 날 때가 많았다. 내 느낌으로 이들 가족 전체는 삶을 너무 이성적으로 바라보는 것 같았다. 그들은 예컨대 사람들이 파업을 벌이는 것은 다음주에 더 좋은 고깃덩이를 살 수 있기 위해서라고 여겼다. 그들은 심지어 매일 3프랑만 더 벌 수 있다면 온 가족이 더 만족스러울 뿐만 아니라 더 큰 힘과 행복감을 느끼게 될 거라고 생각했다. 그래서 이본은 사랑이란 우리 두사람이 삶의 재미를 느끼기 위해 있는 것이라고 이성적으로 생각했다. 하지만 나는, 물론 이런 생각을 드러내지는 않았지만, 사랑이란 때때로 고뇌와 짝을 이루기 마련이고, 죽음과 이별과 불행의 노래를 부르지 않을 수 없으며, 행복은 슬픔처럼 별 근거 없이 불시에 찾아올 수도 있고 어느샌가 슬픔으로 변해버리기도 한다는 생각이 뼛속 깊이 자리 잡고

---

11 빠리 북서쪽 근교. 행정구역상으로는 오드센 도 낭떼르 구에 속하지만, 빠리 시내에 그대로 이어져서 실제로는 빠리의 일부로 여겨진다.

있었다.

그런데 이제 비네 씨 가족의 명석한 이성은 나에게 축복으로 다가왔다. 그들은 반갑게 나를 맞이해주었다. 그들은 독일인이라는 이유로 나를 나치와 혼동하지도 않았다. 나이 많은 비네 씨 부부는 집에 있었다. 아직 입대하지 않은 막내아들과 사태가 심상치 않게 돌아가는 모습을 보고 제때에 군복을 벗은 둘째 아들도 집에 있었다. 딸 아네뜨의 남편만 독일군 포로로 끌려가고 없었다. 그녀는 지금 아이와 함께 부모 집에 살고 있었다. 그들이 당황스러워하며 들려준 바로는, 나의 이본은 남쪽으로 내려가 거기서 일주일 전에 사촌 오빠와 결혼했다는 것이다. 하지만 그 이야기에 나는 전혀 아무렇지도 않았다. 나는 결코 사랑에 목을 매지 않았다.

비네 씨 집안 남자들은 내내 집에 있었고, 그들의 공장은 문을 닫았다. 그리고 내가 가진 거라곤 오직 시간밖에 없었다. 그래서 우리는 아침부터 저녁까지 서로 온갖 이야기를 나누는 일 말고는 다른 할 일이 없었다. 우리는 독일군의 진주가 이곳 높은 양반들의 구미에 딱 들어맞는 일이라는 데에 전적으로 의견이 일치했다. 가장인 비네 씨는 여러가지를 쏘르본의 어느 교수보다도 더 잘 알고 있었다. 러시아에 대해서만은[12] 우리 사이에 논쟁이 벌어졌다. 비네 씨 가족의 절반은 러시아가 자기들만 생각하고 우리를 저버렸다고 주장했다. 나머지 절반은 이곳과 독일의 높은 양반들이 군대를 서쪽 대신에 러시아에 먼저 투입하기로 협정하였고 바로 그 점이 러시아를 좌절시켰을 것이라고 주장했다. 늙은 비네 씨는 우리 모두를 진정시키기 위해 진실은 언젠가 분명히 밝혀질 것이고 문서도

[12] 1939년 8월 23일에 체결된 독일과 소련 간의 불가침조약을 가리킴.

공개될 테지만 그때쯤이면 자신은 이미 이 세상 사람이 아닐 거라고 말했다.

　이야기 중에 이렇게 여담을 하는 것을 용서해주시오. 우리는 곧 중심 줄거리에 도달할 거요. 비네 씨의 맏딸인 아네뜨는 집에서 할 수 있는 부업거리를 얻었다. 나는 달리 도울 수 있는 일이 없어서 그녀가 세탁물 꾸러미를 가져오고 가져다주는 일을 도왔다. 우리는 메트로를 타고 라땡 지구[13]로 갔다. 우리는 오데옹 역에서 내렸다. 아네뜨는 쌩제르맹 대로변의 상점으로 들어갔다. 나는 오데옹 지하철역 출구 근처의 벤치 위에 앉아서 기다렸다.

　아네뜨는 오래도록 기다리게 했다. 생각해보면 그게 무슨 대수로운 일이었겠는가? 햇빛이 벤치를 비추었고, 나는 메트로 계단을 오르내리는 사람들을 지켜보았다. 신문을 파는 두 여자가 '『빠리 쑤아르』'[14]를 외쳐댔다. 서로에 대한 해묵은 증오심은 한쪽이 2쑤[15] 더 벌자마자 한층 커졌다. 그들은 나란히 서 있었지만 한쪽 여자만 장사가 잘된 반면, 다른 쪽 여자의 신문 다발은 전혀 줄어들지 않았기 때문이다. 신문을 잘 팔지 못하는 여자가 신문을 잘 팔아서 행복해하는 여자를 향해 갑자기 몸을 휙 돌리더니 사납게 욕을 퍼부었다. 자신의 비루한 삶 전체를 그녀의 얼굴에다 내동댕

---

13 빠리의 씨떼 섬 남쪽, 쎈 강 좌안에 위치한 오래된 지역으로 쏘르본 대학교를 중심으로 발전했다. 쏘르본 대학은 현재 빠리 4대학이 되었고, 13개 빠리 대학 가운데 빠리 1대학에서 빠리 7대학까지가 라땡 지구에 속해 있다. 현재 행정구역상으로 빠리 5구와 6구에 걸쳐 있으며, 쌩미셸 대로와 쌩제르맹 대로가 교차하며 중심축을 이룬다. 오데옹 역은 교차로에서 가까운 쌩제르맹 대로에 있다.

14 1923~44년에 발행된 빠리의 일간지. 독일군의 빠리 점령 직전에는 유럽 최대의 발행부수를 기록하였다.

15 1쑤(sou)는 5쌍띰(centime), 1쌍띰은 100분의 1프랑.

이치며 속사포로 쏘아댔다. 그러면서 사이사이 소리쳤다. "『빠리 쑤아르』!" 두 명의 독일 병사가 이쪽으로 걸어내려오며 웃었다. 그 모습에 나는 속이 뒤집어졌다. 술 취한 듯 소리 지르는 저 여자가 마치 나의 프랑스인 양어머니나 되는 듯한 기분이 들었다. 내 옆에 나란히 앉아 있는 여자 수위들이 한 젊은 여자에 대한 이야기를 했다. 그 여자는 경찰에게 끌려가는 바람에 밤새도록 울었다고 했다. 그녀의 남편은 포로로 붙잡혀 있는데 그녀 자신은 독일 남자와 놀아났다는 것이다. 난민을 태운 트럭들이 쌩제르맹 대로 위를 여전히 끊임없이 굴러가고 있었다. 그 사이로 하켄크로이츠 깃발을 단 독일군 장교들의 조그만 자동차들이 쌩쌩 지나다녔다. 플라타너스 나무에서는 벌써 낙엽이 몇잎 머리 위로 떨어져내렸다. 올해에는 모든 것이 일찍 시든 탓이리라. 이렇게 시간이 많다는 것이 얼마나 마음을 무겁게 누르는 일인지 나는 생각했다. 나아가 낯선 민족 속에 섞여 낯선 존재로 전쟁을 체험한다는 것은 또 얼마나 괴로운 일인가. 그때 저쪽에서 파울이 왔다. ─

파울 슈트로벨은 나와 함께 수용소에 있었다. 하역 작업을 하다가 누군가 그의 손을 밟은 적이 있었다. 사흘 동안 우리는 그의 손이 망가졌다고 생각했다. 당시 그는 울었다. 진정으로 나는 그 심정을 충분히 이해했다. 독일군이 벌써 수용소를 포위했다는 얘기가 돌았을 때 그는 기도를 올렸다. 내 말을 믿어주시오, 나도 같은 심정이었다오. 이제 그는 예전의 그런 상황과는 전혀 무관했다. 그는 앙시앵꼬메디 가(街)에서 오고 있었다. 수용소 동료를 여기서 만나다니! 하켄크로이츠로 뒤덮인 빠리 한복판에서! 나는 외쳤다. "파울!" 그는 움찔하며 놀라더니 나를 알아보았다. 대단히 활기찬 모습이었다. 옷차림도 말쑥했다. 우리는 오데옹 역 사거리에 있는 작은 까페 앞에 앉았다. 나는 그를 다시 보게 되어 기뻤다. 하지만 그는 상당히 얼떨떨한 모양이었다. 이제까지 나는 작가들과는 무관하게 살았다. 부모 뜻에 따라 나는 기계조립공이 되었다. 수용소에서 누군가 나에게 파울 슈트로벨은 작가라고 이야기해준 적이 있었다. 우리는 같은 부두에서 하역 작업을 했다. 독일군 비행기들이 급강하하여 우리를 향해 날아들곤 했다. 나에게 파울은 수용소 동료였다. 좀 이상하고 정신 나간 듯한 친구였지만, 어디까지나 친구였다. 수용소 탈출 이후로 나는 새로운 것을 아무것도 체험하지 못했다. 과거의 것이 나에게는 흩어지지 않고 그대로 남아 있었다. 나는 아직도 늘 반쯤은 도주 중이었고 반쯤은 숨어지냈다. 하지만 그는, 파울헨[16]은 이 과정을 다 마친 것으로 보였다. 그에게는 무슨 새로운 일이 일어나서 그의 기운을 북돋우고 있는 것 같았다. 그래서 내가 여전히 젖어 있는 과거의 모든 것이 그에게는 이미 추억일 뿐이었다.

그가 말했다. "나는 다음주에 비점령지역으로 갈 거야. 우리 가족이 마르세유 근처 까시에 살고 있거든. 나는 미국행 위험비자[17]가 있어." 나는 그게 뭐냐고 물었다. ─ 그건 특히 큰 위험에 처한 사람들을 위한 특별 비자라고 했다. ─ "그런데 네가 특히 위험에 처해 있는 거니?" 나는 이 질문으로 이 위험한 대륙에 사는 우리 모두와는 달리 그가 대체 어떤 더 기이한 방식으로 위험에 처한 거냐고 물은 것이다. 그는 놀란 눈을 하고 다소 언짢게 바라보았다. 그러더

---

16 파울의 애칭.

17 1940~41년, 독일과 오스트리아의 프랑스 이주자들은 정치적 이유로 탄압받는 지식인으로 인정될 경우 '위험비자'를 받아 미국에 입국할 수 있었다. 이 비자는 발급일로부터 1년간 유효했다.

니 귀엣말로 속삭이며 말했다. "나는 히틀러를 공격하는 책을 한권 썼거든. 수없이 많은 논설들을 묶은 책이야. 내가 만일 여기서 발각되면 ─ 넌 무얼 보고 웃는 거지?"

나는 조금도 웃지 않았다. 추호도 그러고 싶은 마음이 없었다. 나는 1935년 나치에게 초주검이 되도록 두들겨맞은 하인츠를 생각했다. 그러고서 그는 독일의 강제수용소에 수감되었다가 빠리로 도망쳐왔는데, 오직 에스빠냐로 넘어가 국제여단[18]에 합류하겠다는 일념에서였다. 그러다 거기서 다리 한쪽을 잃었고 나머지 다리를 질질 끌고서 프랑스의 온갖 강제수용소를 전전한 끝에 마지막으로 우리 수용소에 들어오게 된 것이다. 지금 그는 어디에 있을까? 나는 훌쩍 날아가버릴 수 있는 새들, 떼 지어 하늘을 날아가는 새들을 떠올렸다. 대지 전체가 거슬리고 불쾌했지만 그래도 나는 이런 방식의 삶이 좋았다. 나는 빠울의 그것이 부럽지 않았다. 그 뭐라고 했더라? "위험비자는 꽁꼬르드 광장[19]의 미국 영사관에서

---

18 국제여단(International Brigades)은 1936~39년 에스빠냐 내전에서 파시즘 세력에 맞서 좌파 인민전선 정부를 돕기 위해 창설된 국제적인 좌파 연대 의용군이다. 에스빠냐 내전은 당시 유럽을 휩쓸기 시작한 사회주의 세력과 독일 및 이딸리아를 중심으로 번성하기 시작한 파시즘 세력이 에스빠냐를 무대로 충돌했던 국제적인 사건이었다. 프랑꼬 군대가 내란을 일으키자 에스빠냐 인민전선 정부는 사회주의 국제조직인 코민테른에 지원을 요청했다. 이에 소련과 프랑스를 중심으로 한 좌파 세력은 인민전선에 대한 대대적인 지원을 약속하며 국제여단을 창설했다. 유럽과 북미 각국에서 지원부대가 속속 합류하면서 그 규모는 한때 3만명을 넘어섰다. 그러나 1937년 이후 소련의 지원이 줄어들면서 세력은 크게 축소되었고, 결국 에스빠냐 내전은 1939년 파시즘 세력의 승리로 끝이 났다.

19 빠리에서 가장 큰 광장으로, 서쪽의 샹젤리제 거리와 동쪽의 뛰일리 공원 사이에 있다. 북쪽으로 마들렌 성당이 보이고, 남쪽으로 쎈 강 위에 꽁꼬르드 다리가 있다. 옛날 루이 16세와 마리 앙뚜아네뜨의 결혼식과 처형이 거행되었고, 프랑스 혁명의 두 지도자 당똥과 로베스삐에르도 이곳 단두대에서 처형되었다. 현재는 광장 북서쪽에 미국 대사관이 있다.

인증을 받았어. 내 여동생의 가장 친한 친구가 리옹 출신의 비단 장수와 약혼했는데 말이야, 그 사람이 나에게 그 우편물도 갖다주었지. 그는 자기 자동차를 몰고 돌아와 나를 데려갈 거야. 그가 자동차를 몰고 다니기 위해서는 탑승 인원수가 명시된 총괄 허가를 받기만 하면 된다. 이렇게 해서 나는 독일군의 통행증[20] 검사를 피해갈 수 있게 되었어."

나는 그 당시에 밝힌 그의 오른손을 보았다. 엄지가 약간 쭈글쭈글하게 말라버린 모습이었다. 그는 마치 박아넣으려는 듯 자신의 엄지손가락을 툭툭 쳤다. "그런데 너는 어떻게 빠리로 왔니?" 내가 물었다. 그는 이렇게 응수했다. "기적적으로 왔지. 우리는 셋이서 출발했어. 헤르만 악셀로트, 에른스트 슈페르버, 그리고 나, 이렇게. 악셀로트 알지? 그의 연극작품들 말이야." 나는 작품들은 몰랐지만 악셀로트는 알았다. 노역병의 더러운 누더기보다는 장교복이 더 잘 어울렸을 정말 멋진 친구였다. 그가 누더기를 걸친 품이란 마치 먼 옛날의 용병을 닮았었다. 파울은 그가 유명한 극작가라고 잘라 말했다. 그들은 셋이서 L 시까지 왔다고 했다. 이미 기진맥진한 상태에서 갈림길을 만나게 되었다는 것이다. 네갈래로 된 진짜 갈림길이었다고 파울헨은 빙긋이 웃으며 힘주어 말했다 ― 이제 그가 마음에 들었다. 그와 함께 앉아 있어 정말 기뻤다. 그는 여전히 살아 있고, 나도 여전히 살아 있고 ― 여관 한채만 덩그러니 서 있는 전형적인 갈림길이었다고. 그들이 계단에 앉아 있는데, 군용물자를 가득 실은 프랑스 군용차 한대가 와서 섰다고 한다. 운전

<hr>

20 여기서 '통행증'(sauf-conduit)이란 1939년 9월 전시 체제에 돌입한 이후 프랑스에서 외국인들이 거주지를 떠날 때 제시해야 했던 여행허가 증명서를 가리킨다. 시청이나 관할 경찰서에서 발급되었고 유효기간이 명시되었다.

수가 갑자기 짐을 전부 내렸고 그들 셋은 그것을 구경했고. 느닷없이 악셀로트가 운전수에게로 다가가더니 수다를 떨었다고. 하지만 다른 두사람은 거기에 별로 마음을 쓰지 않았다고 한다. 그러다 악셀로트가 갑자기 차에 기어오르더니 쌩하고 떠나버렸는데, 그는 손을 흔들어 간다는 인사조차 하지 않았고, 그런데 그 운전수는 갈림길의 다른 갈래를 택해 걸어서 이웃 마을로 갔다는 것이다. "그 댓가로 운전수에게 얼마를 주었을까?" 내가 물었다. "오천? 육천?" "미쳤어! 육천이라니! 차 한대 값인데, 겨우! 게다가 군용차를! 게다가 운전수 자존심이 있지! 일반적인 자동차 매매와는 다른 경우잖아. 직무를 저버리다니, 반역죄에 해당하는 일이었어! 적어도 만 육천은 되어야지! 우리는 물론 악셀로트가 그렇게 많은 돈을 주머니에 지니고 있었다는 걸 전혀 몰랐지. 너한테 하는 말인데, 그는 우리에게 눈길 한번 던지지 않았어. 이 모든 게 다 얼마나 끔찍하고, 얼마나 야비한 일인지!" "모든 게 다 야비하지는 않았어. 모든 게 다 끔찍하지도 않았고. 너 외다리 하인츠 기억나지? 당시에 친구들은 그가 담장을 넘도록 도와주었어. 그들은 또 내내 떨어지지 않고 함께 지낼 거야. 분명해, 그들은 그를 부축해 비점령지역으로 데려갔을걸." "그런데 그들이 잘 빠져나갔을까?" "그건 몰라."

"글쎄, 뭐, 악셀로트는 무사히 도착했겠지. 그뿐만 아니라, 그는 이미 배를 타고 꾸바로 가는 중일 거야." "꾸바라고? 악셀로트가? 왜?" "너는 또 어떻게 왜냐고 물을 수 있지? 그는 뭐든 가리지 않고 덤벼들어 가장 먼저 비자를 얻어내고 가장 먼저 배를 집어탔을 거든." "파울헨, 그가 너희 둘과 나누어썼더라면 차를 살 수는 없었을 텐데 말이야."

이야기 전체가 비할 데 없이 명쾌하다는 점 때문에 나는 즐거워졌다. "그런데 너는 어떻게 할 계획이니?" 파울이 물었다. "무슨 계획을 갖고 있어?" 나는 그에게 계획을 세운 게 없으며 미래가 짙은 안개 속처럼 뿌옇다고 자백해야 했다. 그는 무슨 당에 속해 있느냐고 물었다. 나는 아니라고 대답했다. 내가 당시 독일에서 무슨 당에 가입한 적이 없는데도 강제수용소에 끌려들어가게 되었던 것은 무슨 당 소속이 아니어도 도처에서 벌어지는 더럽고 지저분한 짓거리들을 더는 눈뜨고 봐줄 수 없었기 때문이라고 했다. 그러니까 내가 첫번째 수용소인 독일의 강제수용소에서 탈출한 것도 어차피 죽을 바엔 가시철조망 뒤에서 죽고 싶지는 않았기 때문이라고 했다. 나는 그에게 당시에 내가 야음을 틈타 라인 강을 헤엄쳐 건넌 이야기도 해주고 싶었지만, 얼마나 많은 사람들이 그동안 얼마나 많은 강을 헤엄쳐 건넜을까 하는 생각이 마침 떠올랐다. 내가 그 이야기를 하지 않고 꾹 참은 것은 그를 지루하지 않게 하기 위해서였다.

나는 아네뜨 비네를 일찌감치 혼자서 집에 가게 했다. 나는 파울이 이날 저녁을 나와 함께 보내고 싶어한다고 생각했다. 그는 입을 다물고서 내가 납득 못할 방식으로 나를 자세히 훑어보았다. 마침내 그는 변함없는 어조로 말했다. "아, 그런데 내 말 좀 들어봐. 좀 부담스러운 부탁을 할 게 있어서 그러는데, 싫어?" 나는 그가 갑자기 무엇을 요구할 수 있을지 궁금했다. 물론, 나는 들을 준비가 되어 있었다. "내가 조금 전에 말한 내 여동생 친구 있지, 나를 차로 데려가기로 했다는 그 비단 장수와 약혼한 그 친구 말이야. 그녀가 나에게 편지를 보냈는데, 그 편지에다가 또다른 편지를 함께 넣어 보냈지 뭐야. 내가 매우 잘 아는 어떤 남자에게 전해달라는 편지였어. 이 남자의 부인이 내 동생 친구에게 그 일을 부탁했다는 거야. 그 우편물을 빨리로 보내달라고 말이야. 그 부인은 심지어 애절하게 부탁했다는 거야.

그 남자는 여기 빠리에 머물러 있었는데, 제때에 떠날 수가 없어서 여전히 여기에 있거든. 너도 바이델이라는 작가에 대해 조금이라도 들어본 적이 있겠지?"—나는 그런 사람에 대해 전혀 들어본 적이 없었다. 파울은 그래도 전혀 상관이 없다고, 자신이 부탁하는 일을 하는 데 아무 상관이 없다고 재빨리 딱 잘라 말했다.

그는 갑자기 불안한 모습을 보였다. 다만 내가 알아채지 못했을 뿐, 어쩌면 그는 나와 함께 있는 동안 내내 불안했는지도 모른다. 나는 그의 의도가 결국 무엇인지 몹시 궁금했다. 바이델 씨는 아주 가까운 곳에 살고 있다고 했다. 보지라르 가[21]에. 렌 가와 라스빠유 대로 사이에 있는 작은 호텔에. 파울 자신이 오늘 이미 거기에 갔었다고 한다. 하지만 바이델 씨가 방에 있느냐고 묻자 사람들이 아주 이상한 눈빛으로 바라보았다는 것이다. 또 호텔 여주인도 그 편지를 수령하기를 거부했다고 한다. 그리고 그녀는 그럼 바이델 씨가 방을 옮겼느냐는 질문에 대해서도 회피하며 대꾸했다는 것이다. 파울은 내가 대신 한번 더 이 편지를 들고 찾아가서 그 남자에게 전해질 수 있도록 어떻게든 그의 주소를 좀 알아낼 수 있으면 좋겠다고 머뭇거리며 말했다. 혹시 그럴 용의가 있느냐고 내게 물었다. 나는 웃지 않을 수 없었고 이렇게 말했다. "그게 다라면!" "어쩌면 그는 게슈타포[22]한테 끌려갔을지도 몰라." "내가 전모를 밝혀낼게." 내가 말했다.

파울이 나를 즐겁게 해주었다. 나는 우리가 부두에서 하역 작업

---

21 라땡 지구의 뤽상부르 공원 서쪽 거리.
22 나치 정권의 비밀경찰. 비밀 국가경찰을 뜻하는 독일어 '게하이메 슈타츠폴리차이'(Geheime Staatspolizei)의 줄임말.

을 할 때 그에게서 어떤 특별한 불안감의 징후를 알아차리지 못했다. 우리는 모두 두려워했고 그도 역시 그러했다. 우리 모두는 함께 나누는 두려움 속에서 엉뚱한 소리를 지껄여대곤 했는데, 그가 우리 모두보다 그런 소리를 더 많이 지껄이지도 않았다. 그는 우리 모두와 똑같이 죽도록 일을 했다. 두려움에 사로잡힐 때면 병아리가 독수리에게 잡아채일 때처럼 몸을 움찔거리면서 안절부절못하고 죽음을 기다리는 것보다는 무슨 일인가를 하는 것이, 심지어 엄청나게 일하는 것이 더 나았기 때문이다. 그리고 죽음 앞에서 그렇게 열심히 움직이는 것은 용감한 것과는 전혀 무관하다. 그렇지 않은가? 때로는 혼동되어 그런 뜻으로 포상을 받기도 하지만 말이다. 그러나 이제 파울은 나보다 확실히 더 두려워했다. 사분의 삼가량이 텅 비어버린 빠리가 못마땅했고 하켄크로이츠 깃발이 혐오스러웠다. 자기를 스쳐지나가는 모든 남자에게서 스파이의 얼굴을 보았다. 파울은 전에 언젠가 아무래도 무슨 성공을 거두었던 것 같고, 앞으로도 엄청난 성공을 거두고 싶어했다. 그는 자신이 지금 나와 똑같이 불쌍한 신세라는 것을 도저히 용납할 수 없었고, 아예 생각지도 못했던 것이다. 그래서 그는 자신이 당한 만큼 그대로 갚아주고 싶어했고 엄청난 핍박을 받고 있다고 느꼈다. 게슈타포는 이 바이델의 호텔 앞에서 파울 자신을 기다리는 일 말고는 딱히 할 일이 없는 게 분명하다고 굳게 믿고 있었다.

그래서 나는 그에게서 편지를 넘겨받았다. 파울은 바이델이 정말로 위대한 작가라고 다시 한번 힘주어 말했다. 그 말로써 내가 맡은 임무를 기쁜 마음으로 수행하도록 하려는 것 같았다. 나한테 그런 건 쓸데없는 일이었다. 바이델이 넥타이 장수라 해도 상관없었을 것이다. 나는 복잡하게 뒤얽힌 문제를 수습하고 해결하는 일이 늘 재미있었고, 반대로 아주 순조롭게 진행되는 일을 뒤죽박죽으로 만들어놓는 것도 늘 재미있었다. 파울은 나에게 다음날 까페 까뿔라드로 오라고 했다.

보지라르 가에 있는 호텔은 폭이 좁고 높았으며 평범했다. 여주인은 평균 이상으로 예쁘장했다. 그녀는 여리고 산뜻한 얼굴과 흑단같이 검은 머리를 지녔고, 하얀 씰크 블라우스를 입고 있었다. 나는 아무 생각 없이 빈방이 있느냐고 물었다. 그녀는 빙긋이 웃었고 두 눈으로는 나를 냉정하게 찬찬히 훑어보았다. "원하시면 얼마든지요." "먼저 다른 얘기가 있습니다." 내가 말했다. "여기에 바이델 씨라는 손님이 묵고 있지요. 혹시 방에 있나요?" 그녀의 얼굴과 태도가 확 변했다. 프랑스인들에게서만 볼 수 있는 모습이었다. 더없이 정중하고 비할 데 없이 침착하다가도 상대방이 정도를 벗어나 맥락이 툭 끊어지게 되면 갑자기 미친 듯이 격분하는 모습으로 돌변하는 것이다. 그녀는 격분한 나머지 목소리가 잠겼지만 이내 다시 유창한 말솜씨로 이렇게 말했다. "제게 하루에 두번이나 그 사람에 대해 묻는군요. 그분은 거처를 옮겼습니다. 같은 얘기를 몇번이나 더 설명해야 하나요?" 내가 말했다. "어쨌든 저에게는 처음으로 설명하시는 겁니다. 죄송합니다만, 그분이 지금 어디에 사는지 말씀해주세요."—"제가 그걸 어떻게 알아요?" 여자가 말했다. 나는 서서히 깨달았다. 그녀도 두려워하고 있음을. 하지만 무엇 때문에?—"그분이 지금 어디에 머무는지 몰라요. 정말이지 더 드릴 말씀이 없습니다."

그자는 필경 게슈타포에게 끌려간 거라고 나는 생각했다. 내 손을 여자의 팔에 올려놓았다. 그녀는 팔을 빼내지 않고 조소와 불안이 뒤섞인 표정으로 바라보았다. "저는 그 남자를 전혀 모릅니다."

나는 딱 잘라 말했다. "그에게 무얼 좀 전해달라는 부탁을 받고 왔을 뿐입니다. 그게 전부입니다. 그에게 중요한 무언가를요. 모르는 사람을 공연히 기다리게 하고 싶지도 않고요." 그녀는 나를 유심히 쳐다보았다. 그러고는 나를 현관 옆의 작은 방으로 인도했다. 잠시 왔다 갔다 하더니 마지못해 이야기를 꺼냈다.

"그 사람이 나를 얼마나 애먹였는지 상상도 할 수 없을 겁니다! 15일 저녁 무렵에 그 사람이 왔는데, 독일군이 이미 도착한 뒤였지요. 난 호텔 문을 닫지 않고 남아 있었습니다. 아버지 말씀이, 전쟁 중에는 떠나는 게 아니다, 그러면 죄다 더럽혀지고 도난당하기 마련이다, 하셔서요. 독일군을 만난대도 내가 두려울 게 뭐가 있겠어요? 나한테는 그들이 러시아의 적군赤軍보다는 나아요. 내 구좌에 손대지는 않을 테니까요. 그런데 바이델 씨가 왔는데 몸을 떨며 무서워하는 거예요. 나는 누군가가 자기 나라 사람들을 무서워하는 게 이상하게 생각되었지요. 하지만 손님이 찾아와서 기뻤습니다. 그때 호텔 전체에 나 혼자뿐이었거든요. 그런데 그분에게 숙박신고서를 건넸더니 나에게 신고서 작성을 면하게 해달라고 부탁하는 거예요. 당신도 알다시피 경찰국장인 랑주롱 씨는 모든 외지인들이 신고서를 작성하도록 계속 엄격히 요구하고 있거든요. 질서도 계속 유지되어야 하니까요, 안 그런가요?"

"잘 모르겠는데요." 내가 응수했다. "나치 군인들도 모두 외지인이면서 신고를 하지 않았으니까요." "글쎄, 바이델 씨는 어쨌든 신고서 작성을 자꾸 회피했어요. 오뙤이유[23]에도 방이 있는데 거기에도 신고가 되어 있다는 거예요. 나는 기분이 안 좋았어요. 바이델

---

23 빠리 시내 서쪽 불로뉴 숲 근처, 쎈 강 우안의 고급 주택 지구.

32

씨는 전에도 부인과 함께 우리 호텔에 묵은 적이 있었어요. 아름다운 분이었죠. 다만 자신을 너무 존중하지 않았고 눈물이 많았어요. 장담하는데, 그분은 어딜 가나 말썽이었을 거예요. 그래서 결국 소원대로 신고서 작성을 하지 말라고 했어요. 단, 그날 하룻밤만 봐주겠다고 했죠. 방값은 선불로 받았고요. 그런데 다음날 아침 그분이 내려오지 않는 거예요. 간단히 말할게요. 나는 여벌 열쇠로 문을 열었어요. 빗장도 열었지요. 빗장을 밀어젖힐 수 있는 도구를 만들어두었거든요." ── 그녀는 서랍을 열어 그 물건을 보여주었다. 교묘하게 만든 갈고리 모양의 도구였다. ── "그분은 침대 위에 옷을 입은 채 누워 있었어요.[24] 협탁 위에는 빈 유리 대롱이 놓여 있었고요. 그 대롱이 가득 차 있었던 거면 이 구역의 고양이들을 전부 죽일 수 있을 만한 양을 삼킨 셈이에요.

그런데 나는 다행히도 쌩쉴삐스 경찰서에 잘 아는 사람이 있었어요. 그 사람이 이 일을 깨끗하게 처리해주었지요. 우리는 그의 숙박 일자를 앞당겨서 신고한 거예요. 바이델 씨 말이에요. 그런 다음 죽은 걸로 했지요. 그러고서 땅에 묻혔고요. 그분 때문에 나는 독일군이 쳐들어온 것보다 더 짜증스러웠어요."

"어쨌든, 그는 죽었군요." 내가 말했다. 나는 일어섰다. 이야기가

─────────────────

24 바이델의 죽음은 오스트리아 작가 에른스트 바이스(Ernst Weiss, 1882~1940)의 죽음과 거의 정확히 일치한다. 바이스 역시 1940년 6월 14일 독일군이 빠리에 입성한 바로 그날밤 보지라르 가의 한 호텔에서 음독 자살을 했다. 제거스가 편지 등에서 밝혔듯 그녀는 이 일이 있기 얼마 전에 그를 우연히 만났으며 짧게나마 당시 그의 고독하고 처참한 심경에 대해 들었다고 한다. 바이스는 유대인이자 의사 출신 작가로 한때 프란츠 카프카와 교분을 가졌고, 같은 오스트리아 작가 외된 폰 호르바트(Ödön von Horváth)와는 절친한 사이였으며, 1934년 프라하에서 빠리로 망명하였다. 그의 사망 후 미출간 원고가 든 커다란 여행가방이 발견되었으나 이후 어떤 연유에선지 사라졌다고 한다.

지루했다. 그동안 나는 심란한 사망 사건을 너무도 많이 보아온 것이다. 그러자 부인이 말했다. "그걸로 번거로운 일이 다 끝났다고 생각하진 마세요. 그분은 죽고 나서까지도 사람 참 성가시게 하고 있거든요." 나는 다시 앉았다. "그분이 작은 여행가방을 하나 남겼어요. 그 가방을 어떻게 해야 할지 모르겠어요. 가방은 그 일이 발생했을 때 여기 사무실에 놓여 있었어요. 나는 그걸 잊어버렸죠. 하지만 지나간 일을 지금 다시 경찰한테 알려서 다 들추어내고 싶지는 않아요." "글쎄, 뭐, 쎈 강에 던져버리시지그래요." 내가 말했다. "아니면 보일러에 집어넣고 태워버리든가요." "그럴 수는 없어요." 부인이 말했다. "함부로 그렇게까지 할 마음은 없어요." "나 참, 그러지 마시고. 그 골치 아픈 시신 문제도 결국 잘 처리하셨는데 가방쯤이야 문제없이 해결하시겠죠, 뭐." "그건 전혀 다른 문제예요. 그분은 지금 죽은 사람입니다. 관청에 의해 공식적으로 인정된 확고한 사실이지요. 하지만 내가 알기로, 가방은 법적으로 문제의 소지가 있는 대상입니다. 유가물有價物이고, 상속 가능한 물건이어서 물려받을 사람이 나타날 수도 있으니까요."

나는 이제 그 문제로 왈가왈부하는 것에 진력이 나서 이렇게 말했다. "그 물건은 제가 떠맡기로 하지요. 그래도 저는 아무 상관이 없습니다. 죽은 사람과 친분이 있는 사람을 알거든요. 그자가 가방을 미망인에게 전해드릴 수 있습니다." 여주인은 안도하는 모습이 너무도 역력했다. 그녀는 나에게 수령증을 써달라고만 부탁했다. 나는 쪽지에 가짜 이름을 적었고 그녀는 거기에 날짜와 서명을 써서 확인하였다. 그녀는 다정스럽게 악수를 했지만 나는 급히 가방을 들고 떠났다. 이 여주인이 처음엔 예쁘장하게 보였지만 이젠 그녀에 대한 호감이 싹 사라졌기 때문이다. 갑자기 그녀의 교활하고 길쭉한 머리에서 검은 곱슬머리를 뒤집어쓴 해골만 보였다.

IV

　다음날 아침 나는 그 여행가방을 들고 까뿔라드로 갔다. 파울을 기다렸으나 헛수고였다. 갑자기 그 비단 장수와 함께 떠나버린 걸까? 문에 '유대인 출입금지'라는 패가 걸려 있어서 들어오지 않은 걸까? 하지만 독일군이 들어왔을 때 그가 주기도문을 외웠다는 말이 떠올랐다. 그러니까 문패는 그와 전혀 상관이 없었는데, 게다가 내가 까뿔라드를 떠날 때는 이미 치워져 있었다. 아마도 손님 중 한 사람 혹은 주인 자신에게 그 문패가 너무 터무니없게 여겨졌거나, 아니면 단지 못질이 잘못되어 떼어냈다가 다시 박는다는 게 누구에게도 그리 중요치 않게 보인 탓이었으리라.

　날은 화창했고 가방은 무겁지 않았다. 나는 꽁꼬르드 광장까지 걸었다. 태양은 눈부시게 빛났지만 이날 아침 프랑스인들이 '까파르'cafard라고 부르는 참담한 기분이 슬그머니 나를 엄습해왔다. 그들은 이 아름다운 땅에서 잘 살고 있고 인생의 온갖 기쁨과 함께 만사가 순탄하게 흘러가다가도 가끔씩은 사는 게 재미없어질 때가 있다. 그러면 온통 권태로움뿐이고 타락한 공허감만이 가득하며 까파르가 찾아든다. 지금 빠리 전체가 바로 그 까파르에 젖어 있었다. 어떻게 나라고 거기서 벗어날 수 있겠는가? 나의 까파르는 어제저녁 그 여주인이 보기 싫어졌을 때부터 벌써 꿈틀거리기 시작했다. 지금은 까파르가 나를 완전히 집어삼키고 있었다. 간간이 큰 웅덩이 같은 데서 꿀럭거리는 소리가 났는데, 속에 구멍이 하나 더,

좀더 깊은 웅덩이가 있는 모양이었다. 그렇게 내 안에서 까파르는 꿀럭거렸다. 그리고 꽁꼬르드 광장에서 거대한 하켄크로이츠 깃발이 펄럭이는 모습이 보였을 때 나는 메트로의 어둠속으로 기어내려갔다.

까파르는 비네 씨 가족도 지배하고 있었다. 아네뜨는 내가 어제 자기를 기다리지 않았다고 크게 화를 냈다. 그녀의 어머니는 내가 합법적인 신분증명서를 뭐든 하나 마련할 때가 되었다고 생각했다. 신문에 곧 빵 배급표가 발급될 거라는 기사가 실렸다는 것이다. 나는 그들 가족과 함께 식사를 하지 않았다. 모욕당해 감정이 상했기 때문이다. 나는 지붕 밑의 동굴 같은 곳으로 기어들어갔다. 거기가 내 방이었다. 그곳에 여자를 데리고 올라갈 수도 있었을 텐데, 하지만 그러고 싶은 마음도 없었다. 치명적인 상처라든가 치명적인 병이라는 말을 하는데, 치명적인 권태라는 말도 있다. 내 분명히 말하지만, 나의 권태는 치명적이었다. 내가 그날 저녁에 그 여행가방을 연 것은 순전히 권태 때문이었다. 가방 안에는 거의 종이뿐이었다.

순전히 권태 때문에 나는 읽기 시작했다. 나는 읽고 또 읽었다. 어쩌면 이제껏 한번도 어떤 책을 끝까지 읽어본 적이 없었기 때문인지도 몰랐다. 나는 마법에 걸린 듯했다. 아니, 거기엔 아무런 이유도 없었을지 모른다. 파울의 말이 정말 맞았다. 무슨 얘기인지 전혀 이해가 되지 않았다. 그것은 나의 세계가 아니었다. 하지만 내 말은 그것을 쓴 그 남자의 솜씨가 뛰어났다는 뜻이다. 나는 나의 까파르를 잊었다. 나의 치명적인 권태를 잊어버렸다. 그리고 나에게 만약 치명적인 상처가 있었더라도 그의 글을 읽으면서 나는 그것마저 잊었을 것이다. 나는 한줄 한줄 읽어나가면서 그것이 나의 언어, 나의 모국어임을 느꼈고, 젖먹이에게 젖이 흘러들 듯 그것이 내 몸 안으로 기분 좋게 흘러들어왔다. 나치의 목구멍에서 나오는 언어처럼 끽끽거리지도 뻑뻑거리지도 않았다. 살벌한 명령이나 구역질 나는 복종의 맹세를 할 때, 들어주기 역겨운 허풍을 떨 때의 언어와는 전혀 다르게 진지하고 조용했다.

마치 내가 다시 나의 것들, 나의 사람들하고만 있는 느낌이었다. 내가 버럭 화를 내고 사나워졌을 때 불쌍한 우리 어머니가 나를 달래기 위해 사용하던 말들, 내가 거짓말하거나 드잡이할 때 어머니가 나를 타이르던 말들과 마주쳤다. 나 자신이 쓰던 말들과도 마주쳤다. 하지만 나는 그 말들을 잊어버리고 다시 쓰지 않았는데, 살면서 다시는 내가 당시에 그 말들을 쓰던 때의 그 느낌을 갖지 못했기 때문이다. 그후로 내가 간간이 사용하던 새로운 말들도 있었다.

글 전체는 상당히 혼란스러운 사람들이 나오는 상당히 혼란스러운 이야기였다. 나는 그중 한사람이 나 자신과 닮았다는 것도 발견했다. 이 이야기에서 문제되었던 것은 이런 점인데―아, 아니오, 당신을 지루하게 하지 않겠소. 당신은 살면서 숱한 이야기를 읽었겠지요. 나로서는 이것이 말하자면, 첫번째 이야기였던 셈이오. 체험은 넘칠 만큼 많이 했지만 무얼 읽어본 일은 한번도 없었거든요! 그러니까 다시 뭔가 새로운 체험이었소! 내가 뭔가를 읽었다니! 말했듯이, 이 이야기에는 제정신이 아닌 사람들이 아주 많이 나왔다. 정말 머리가 이상해진 자들이었다. 그들은 거의 다 내막을 알 수 없는 난감한 일들에 휘말려들었다. 반항하고 거역하는 자들조차 그러했다. 나는 어릴 때만 그렇게 읽었다, 아니, 들었다. 그때와 같은 기쁨, 같은 공포가 느껴졌다. 숲도 그때와 마찬가지로 그 속을 헤아릴 수 없게 어두컴컴했다. 하지만 이제는 어른들을 위한 숲이었다. 늑대도 마찬가지로 고약했지만 다 자란 아이들을 홀리는 늑대였다. 또 동화 속에서 소년을 곰으로 변하게 하고 소녀를 백합으로 바꾸어놓던 그 옛날의 마력이 나를 사로잡아 새로이 험악한 기세로 변신시킬 듯이 겁을 주었다.

이야기 속 그 사람들은 모두 살아가면서 서로 얽히고설키며 언짢은 일들에 휘말려들고, 어리석게도 잘 속아넘어가고, 자기도 모르게 점차 어떤 운명 속으로 빠져들었지만 나는 그들의 그런 처신에 울화가 치밀지 않았다. 나는 그들의 처음 생각부터 시작해서 모든 게 어쩔 수 없이 그렇게 되어버리는 지점까지 결국엔 낱낱이 추적할 수 있었기 때문에 그들의 행동이 이해되었다. 그 남자가 그들을 묘사했다는 것, 바로 그 점으로 인해 그들이 덜 난감하게 여겨졌을 뿐이다. 심지어는 나와 판에 박은 듯이 꼭 닮은 그자까지도 그리 딱해 보이지 않았다. 모두가 맑고 순수했다. 마치 이미 죄를 다 씻은 듯했고, 마치 소형 연옥의 불꽃 속을, 그 죽은 남자의 뇌 속을 통과한 사람들 같았다.

그런데 삼백여 페이지가 되는 곳에서 갑자기 모든 이야기가 중단되었다. 나는 그 결말을 결코 경험하지 못하게 되어버렸다. 독일군이 빠리로 들어오는 바람에 그 남자는 옷가지며 원고지며 할 것 없이 전부 한데 꾸려 짐을 쌌던 것이다. 그래서 나는 거의 텅 비어 있는 마지막 페이지 앞에서 홀로 내버려진 신세가 되었다. 다시금 망막한 슬픔이, 치명적인 권태가 덮쳐왔다. 그는 왜 스스로 목숨을 거둔 것일까? 나를 그렇게 혼자 내버려두다니. 그는 자신의 이야기를 끝까지 썼어야 했다. 내가 새벽녘까지 읽을 수 있게. 그는 아직 글을 더 많이 썼어야 했다. 나를 악으로부터 지켜줄 무수한 이야기를. 그가 나를 제때에 알았더라면! 아주 고약한 일을 떠넘기고 사라진 그 바보 같은 파울헨 대신에. 나는 그에게 살아남으라고 애원했을 텐데. 그리고 그에게 숨을 곳을 찾아주었을 텐데. 먹을 것과 마실 것도 갖다주었을 테고. 하지만 이제 그는 죽고 없었다. 커다란 마지막 종이 위에 타자기로 두줄을 쳐넣고서. 그리고 나를 혼자 내버려둔 채! 이처럼 비참했던 적이 전에 또 있었던가!

다음날 나는 하루 종일 파울을 찾아다니며 하릴없이 시간을 보냈다. 그는 종적을 감춘 채 온데간데없었다. 아마도 두려운 나머지. 그런데 죽은 자는 그의 '꼬뺑'copain, 그의 동료가 아니었던가. 그가 갈림길에서 자동차를 사서 달아난 친구에 대해 들려준 이야기가 생각났다. 나 이런, 파울 자신이야말로 사실 기가 막히게 의리를 저버리고 떠난 배반자가 아닌가! 저녁때 나는 다시 아주 일찍 나의 동굴 속으로 기어들어 나의 이야기에게로 돌아왔다. 이번에는 환멸을 체험했다. 다시 한번 전체를 읽으려고 했지만 유감스럽게도 저항감이 생겼다. 처음 읽을 때는 모든 것을 탐욕스럽게 마음에 새겨넣었다. 이제는 같은 이야기를 두번 읽고 싶은 마음이 없었다. 위험한 상황들을 다시 따라 겪으며 같은 모험을 두번 하고 싶지 않은 것처럼.

따라서 이제 나는 더이상 읽을 것이 없었다. 죽은 자는 나를 위해 일어나주지 않았고, 그의 이야기는 미완성이었고, 나는 여행가방과 함께 나의 동굴 속에서 혼자 외롭게 시들어 있었다. 나는 가방 속을 여기저기 뒤졌다. 비단으로 만든 새 양말 한켤레, 손수건 몇장, 외국 우표가 든 봉투 하나가 발견되었다. 죽은 자는 분명 그런 별난 취향이 있었던 모양이다. ──뭐 이젠, 그러거나 말거나 내 알 바 아니었다. 손톱손질용 줄이 든 작고 정교한 케이스, 에스빠냐어 교본, 빈 향수병도 나왔다. 향수병을 열어 향을 맡아보았더니 ─ 아무 냄새도 나지 않았다. 죽은 자는 아마 괴짜였던 모양이다. 그만큼 왠지 유별나 보였다. 그리고 또 두통의 편지도 있었다.

나는 그것들을 처음부터 끝까지 주의 깊게 읽어보았다. 하지만 내 말을 믿어주시오. 천박한 호기심이 발동해서 그런 건 아니었소. 첫번째 편지에서는 누군가 그에게 그의 이야기가 그가 평생 써온 모든 이야기에 걸맞게 아주 훌륭한 것이 될 것 같다고 썼다. 하지만 유감스럽게도 전쟁 중인 지금은 그런 이야기를 더이상 찍어내지 않는다고 했다. 두번째 편지에서는 아마 그의 부인으로 보이는 어떤 여인이 자기가 돌아올 거라는 기대는 더이상 하지 말라고, 그들이 함께했던 삶은 이제 끝났다고 썼다.

나는 그 편지들을 도로 집어넣었다. 나는 생각했다. 아무도 그의 이야기를 더는 원치 않았고 부인도 그에게서 떠나갔다. 그는 혼자였다. 세상이 전부 무너졌고 독일군이 빠리로 들어왔다. 그 남자로서는 이런 상황을 더이상 견뎌낼 재간이 없었다. 그래서 그는 생을 마감한 것이다. 나는 억지로 여는 바람에 어그러진 잠금쇠를 고치려고 만지작거리기 시작했다. 여행가방을 다시 잠그려는 것이다. 이 가방을 어떻게 하면 좋을까? 사분의 삼쯤 완성된 그 이야기는! 알마 다리로 가서 쎈 강에 던져버릴까! 차라리 아이를 물에 빠트려 죽게 하는 편이 나을 것이다! ─그 순간 갑자기, 사실대로 고하자면 불행하게도, 파울이 나에게 건네준 편지가 생각났다. 이상하게도 나는 그 편지를 까맣게 잊어버렸던 것이다. 마치 그 가방이 하늘의 뜻에 의해 내 손에 들어오게 된 것만 같았다. 어쩌면 이제 그 편지는 나에게 어디로 가라는 전체적인 방향을 암시해줄지도 몰랐다.

편지는 두가지로 되어 있었다. 바이델 씨는 멕시꼬로 초청받았

고, 비자와 여비가 마련되어 있다는 마르세유 주재 멕시꼬 영사의
서신이 그 하나였다. 거기에는 또 온갖 안내사항, 이름, 숫자, 위원
회 등이 적혀 있었는데, 당시에 나는 그런 것들을 제대로 눈여겨보
지 않았다. ──다른 하나는 그에게서 달아난 바로 그 부인의 편지,
동일한 필체의 편지였다. 비교해보니까 그때서야 필체가 눈에 띄
었다. 폭이 좁고 깔끔한 필체였는데, 아이들 글씨체와 비슷했다.
깔끔하다기보다는 순수한 쪽이었다. 그녀는 남자에게 마르세유로
내려오라고 간곡히 부탁했다. 그를 다시 만나야 한다, 즉시 만나야
한다는 것이다. 그는 잠시도 망설여서는 안된다, 편지를 받는 즉시
떠나 어떻게든 자신과 다시 합쳐야 한다고 했다! 물론 이 지긋지
긋한 땅을 떠나려면 아직 아주 많은 시간이 걸리겠지만, 그사이 비
자의 유효기간도 만료될 수 있다는 것이다. 비자도 얻었고 여행비
용도 마련되기는 했지만, 곧바로 목적지에 데려다줄 배가 없다는
것이다. 중간에 기착지를 통과해야 하는데, 기착하게 될 나라에서
는 통과비자를 요구한다는 것이다. 비자 발급이 오래 걸리며 받기
가 매우 어렵다고 했다. 그러니 즉시 뜻을 합쳐 함께 추진하지 않
으면 모든 것이 다시 수포로 돌아갈 수 있다고! 확실한 것은 비자
뿐이라고! 그런데 이것도 기한이 정해져 있다고! 이제 문제는 바로
통과비자였다!

　나에게는 이 편지가 다소 혼란스럽게 여겨졌다. 완전히 버리고
떠난 남편에게서 그녀는 갑자기 무엇을 원하는 걸까? 그와 함께 떠
나기를? 무슨 일이 있어도 다시는 곁에 머물고 싶지 않다고 하지
않았던가? 내 머릿속에는 죽은 자가 이런저런 새로운 고통과, 새로
겪게 될 귀찮고 번거로운 일들에서 벗어났다는 생각이 희미하게
떠올랐다. 그리고 재회의 소망과 통과비자, 영사관과 출항 날짜 등

에 관한 말들이 온통 뒤섞인 편지를 처음부터 끝까지 다시 쭉 읽어
보았을 때, 죽은 자가 지금 머물고 있는 곳이 튼실해 보였고 그의
안식이 완전무결하게 여겨졌다.

어쨌든 나는 이제 가방을 들고 어디로 가야 하는지를 알게 되었
다. 다음날 나는 한 경찰관에게 멕시꼬 영사관이 어디에 있는지 물
었다. 빠리의 영사는 모든 서류를 마르세유의 영사에게 보내도록
되어 있었다. 그 부인은 거기서 무슨 소식이 없는지 물어볼 것이다.
나는 그 경로를 머릿속에 그려보았다. 경찰관이 내 질문을 받고 나
를 잠시 쳐다보았는데 — 끌리시 광장에서 근무하는 빠리 교통경
찰이었다 — 이곳에서 멕시꼬 영사관 가는 길에 대해 처음으로 질
문을 받은 것임이 분명했다. 영사관들의 목록이 실린 듯한 빨간색
소책자를 뒤적거렸다. 그는 내가 멕시꼬와 무슨 연관이 있는지 살
펴보려는 듯 나를 다시 한번 쳐다보았다. 나는 나 자신의 질문에
기분이 저절로 좋아졌다. 직접 가본 적도 없으면서 어린 시절부터
친숙한 느낌이 드는 나라들이 있다. 왠지 모르게 그런 나라들은 마
음을 들뜨게 한다. 어떤 삽화라든가, 지도책에 그려진 구불구불한
강줄기, 어떤 이름이 지닌 단순한 울림이나, 우표 같은 것이 그러하
다. 멕시꼬는 나와 전혀 연관이 없었고, 그 나라를 친숙하게 느낀
적도 없었다. 나는 그 나라에 관해 한번도 무언가를 읽은 일이 없
었다. 어릴 때에도 읽는 것 자체를 좋아하지 않았으니까. 그 나라
에 대해 내 기억에 특히 남을 만한 무언가를 들어본 일도 없었다.
내가 알고 있는 것이라곤 그 나라에는 석유와 선인장, 엄청나게 큰
밀짚모자가 있다는 정도였다. 그리고 그밖에 또 그곳에 무엇이 있
다 해도 나 자신이나 죽은 자와는 무관한 일이었다.

나는 알마 광장 역[25]을 나와 롱갱 거리 쪽으로 여행가방을 끌고

갔다. 예쁘장한 동네라고 생각했다. 건물들은 대부분 닫혀 있었고, 구역 전체가 거의 텅 비어 있었다. 부유한 사람들은 모두 남쪽으로 내려갔다. 그들은 제때에 떠난 덕분에 자기 나라를 까맣게 그을려버린 전쟁 냄새를 전혀 맡지 못했다. 쎈 강 저 너머 뫼동²⁶의 언덕들은 어찌나 부드럽던지! 하늘은 또 얼마나 푸르던지! 독일군 트럭들이 강변을 따라 끊임없이 굴러가고 있었다. 빠리에 와서 처음으로 내가 여기서 도대체 무엇을 기다리고 있나 하는 생각이 들었다. 윌슨 가에는 시든 나뭇잎이 수없이 널려 있었고, 여름은 이미 가버렸으며, 8월은 거의 남아 있지 않았다. 나는 여름을 도둑맞았다.

멕시꼬 영사관²⁷은 밝게 칠을 한 아담한 건물이었다. 건물은 포석이 멋지게 깔리고 나무와 꽃이 잘 가꾸어진 마당과 아주 독특하게 각을 이루며 서 있었다. 멕시꼬에는 아마 그런 마당들이 있는 모양이었다. 나는 철책에 붙어 서서 벨을 눌렀다. 높다란 단 하나의 창문은 굳게 닫혀 있었다. 안쪽 문 위에는 문장紋章이 새겨진 방패가 걸려 있었다. 문장이 선명하고 새것이었지만 무엇을 그려놓은 것인지 제대로 알아볼 수 없었다. 선인장 덤불 위에 독수리가 앉은 모습이 눈에 들어왔다. 처음엔 이 건물도 사람이 살지 않는 곳이라고 생각되었다. 하지만 의무감에 못 이겨 한번 더 벨을 누르자 계

<hr>

25 빠리 시내 서쪽 알마 다리 건너 쎈 강 우안 알마 광장에 있는 지하철역. 현재 명칭은 9호선 알마마르소 역이다.

26 빠리 서남쪽 근교 소도시. 19세기에 예술가들에게 인기 있는 주거지였다. 제거스 가족이 1933년 스위스를 거쳐 프랑스로 망명해서 1940년까지 거주한 곳도 바로 여기였다.

27 현재는 같은 곳에 멕시꼬 영사관 대신에 대사관이 있고, 거리 이름도 롱상 가이다. 대사관은 알마마르소 역에서 프레지당윌슨 가를 거쳐 롱상 가 왼쪽 초입에 위치해 있다. 작가가 거리 이름을 변조한 것으로 추측된다.

단 위 안쪽 문 안에 투박하게 생긴 사내가 나타나더니 부루퉁한 얼굴을 하고 나를 한쪽 눈으로 훑어보았다 ─ 다른 눈구멍은 비어 있었다. 그는 내가 평생 처음 보는 멕시꼬 사람이었다. 그를 신기한 눈으로 살펴보았다. 내 질문에 그는 어깨를 한번 으쓱할 뿐이었다. 자기는 건물 관리인일 뿐이고, 대표부는 비시[28]에 있으며, 영사는 돌아오지 않았고, 전신은 불통 상태라고 했다. 그는 물러갔다. 나는 모든 멕시꼬인들을 그와 같은 모습으로 상상했다. 몸이 넓적하고 말수가 적고 애꾸눈인 모습으로, 키클롭스[29]의 민족으로! 나는 공상 속에서 지구상의 모든 민족을 알아야 한다고 생각했다. 갑자기 죽은 자가 불쌍하게 여겨졌다. 이제까지는 그를 부러워했지만.

나는 다음주에 거의 매일같이 멕시꼬 영사관으로 갔다. 외눈박이 사내는 매번 위에서부터 벌써 손사래를 치며 나를 쫓아냈다. 그가 보기에 나는 필시 조그만 여행가방을 든 정신 나간 사람이었던 모양이다. 나는 왜 그렇게 집요했을까? 양심에 걸려서? 권태감 때문에? 그 건물이 나를 유인한 것일까? 어느날 아침 자동차 한대가 철책 앞에 서 있었다. 혹시 영사가 도착한 것일까? 나는 악귀같이 마구 벨을 눌러댔다. 나의 키클롭스가 계단 위에 나타났는데, 이번에는 나를 향해 버럭 화를 내며 소리쳤다. 어서 꺼지라고, 벨이 나를 위해 있는 것이 아니라고. 나는 엉거주춤 한쪽 길모퉁이에서 다른 길모퉁이 쪽으로 갔다.

다시 몸을 돌려 뒤를 돌아보았을 때 나는 놀라운 광경을 목격했다. 자동차는 여전히 영사관 앞에 서 있었다. 그런데 거기에 사람들이 모여들어 북적거리고 있었다. 그러니까 이 혼잡은 삼분 만에 내

28 1940년 6월 말부터 프랑스 임시정부의 수도. 각주 8 참조!
29 그리스 신화에 나오는 외눈박이 거인.

등 뒤에서 생겨난 일이었다고 할 수 있다. 어떤 자력에 이끌려, 어떤 비밀스러운 통지를 받고서 그들이 모여들었는지 나는 모른다. 그들 모두가 주변에 사는 자들일 리가 없었다. 그런데 어떻게 이리로 날아들었을까? 그들은 에스빠냐 남자와 여자 들이었는데, 나처럼 도주하다가 도시 구석구석에 숨어든 자들이었다. 이제 하켄크로이츠는 여기 그들에게도 덮쳐왔다. 나는 몇가지 질문을 던졌고, 무엇이 그들을 이리로 오게 했는지 알게 되었다. 저 머나먼 땅의 낯선 민족이 공화파인 에스빠냐인들을 모두 받아들인다는[30] 소문과 희망 때문이었다. 이미 보르도 항에는 선박들이 대기 중이며, 이제 그들 모두는 강력한 보호를 받게 되었다고도 했다. 독일군이라도 그들의 탈출을 막을 수는 없을 거라는 것이다. 늙고 여윈 누런빛의 한 에스빠냐 남자가 그 모든 이야기는 유감스럽게도 말도 안되는 것이며, 멕시꼬에 지금 인민정부가 들어선 관계로 비자가 나오기는 했지만 안타깝게도 독일군의 차량통행증을 얻을 수 없는 상황이라고 씁쓸하게 말했다. 반대로, 독일군은 이곳과 브뤼셀에서 에스빠냐 사람들을 붙잡아 프랑꼬에게 넘겼다는 것이다. 이 말에 검고 둥그런 눈의 한 젊은이가 선박들은 보로도가 아니라 마르세유에 대기 중이며, 어쨌든 대기하고 있는 게 맞다고 외쳐댔다. 그는 심지어 배 이름까지 알고 있었다. '레뿌블리까' '에스뻬란사' '빠시오나리아' 등.[31]

<hr />

30 이미 1939년 4월 말에 멕시꼬 정부는 에스빠냐 출신의 모든 난민에게 멕시꼬 망명을 허용한다는 발표를 했다. 이 결정은 국제연대 소속의 에스빠냐 전사들에게도 해당되었다.

31 각기 '공화국' '희망' '열정'을 뜻하는 이 이름들은 에스빠냐 내전을 가리키고 있다. 특히 열정적으로 싸운 여성 혁명가 돌로레스 이바루리(Dolores Ibárruri)는 '열정의 여인'이라는 뜻의 '라 빠시오나리아'(La Pasionaria)라는 별명으로 불렸다.

그때 나의 키클롭스가 계단을 내려왔다. 나는 어이가 없었다. 그가 빙긋이 웃고 있는 게 아닌가. 그는 나에게만 퉁명스럽게 대한 것이다. 마치 내가 고등 사기꾼에 불과하다는 듯이. 그는 우리들에게 서류를 각각 하나씩 나누어주면서, 우리가 이제 순서대로 영사와 면담할 수 있도록 각자 이름을 써넣어야 한다고 부드러운 목소리로 참을성 있게 설명했다. 그는 나에게도 서류를 하나 주었는데, 아무 말 없이 위협적인 눈빛으로 쏘아보았다. 내가 겁을 먹기를 바라는 눈치였다! 나는 서류에 나의 면담 시간이 적혀 있는 것을 발견했다. 나는 장난기가 발동해서 죽은 자의 호텔 여주인에게도 써먹은 이름을 적어넣었다. 나의 진짜 이름은 이 놀이판에서 제외되었다.

면담일은 다음 월요일로 잡혀 있었고, 주말 무렵에는 빠리에서 몇가지 일이 일어났는데, 그 일들은 나에게도 의미가 있었다. 끌리시에서도 독일군은 어디에서나 마찬가지로 포스터를 붙였는데, 한 독일 병사가 프랑스 여자들을 돕고 아이들을 돌보는 그림이었다. 끌리시에서는 이 포스터들이 하룻밤 사이에 죄다 뜯겨 갈기갈기 찢겼다. 몇사람이 체포되었고, 이어서 처음으로 나치를 성토하는 다량의 전단이 뿌려졌다. 이 나라 사람들은 이 조그만 전단을 '나비'라고 부른다. 비네 씨 가족 막내아들의 절친한 친구가 이 사건에 연루되어 있었기 때문에 비네 씨 부부는 자기 아들들에게도 화가 미치지 않을까 걱정이 컸다. 그들의 사촌인 마르셀이 한동안 비점령지역으로 피신해 있자는 제안을 했다. 비네 씨의 두 아들과 마르셀, 그리고 그 친구가 뜻을 합쳐 함께 떠나기로 했다. 그들이 부산하게 여행 준비를 하는 통에 내 마음도 거기에 감화되었다. 별안간 빠리에서 숨어지내고 싶은 마음이 싹 달아났다. 나는 비점령지

역을 황폐하기 이를 데 없고 언제 어떻게 될지 모르는 야만의 땅
으로, 나 같은 사람은 마음만 먹으면 감쪽같이 사라져버릴 수 있는
아수라장이라고 상상했다. 그리고 내 인생이 어차피 이리 쏠리고
저리 쏠리며 내팽개쳐지듯 살아가는 개차반 같은 삶에 지나지 않
는다면 차라리 더없이 아름다운 도시들로, 전혀 모르는 지역들로
내팽개쳐지고 싶었다. 그들과 합류하고 싶은 나의 소망이 흔쾌히
받아들여졌다.

우리가 출발하기 전날 아침에 나는 또다시 그 여행가방을 멕시
꼬 영사관으로 들고 갔다. 이번에는 나의 서류가 있었기에 들어가
는 것이 허락되었다. 나는 건물의 기이한 외관과 잘 어울리는 서늘
하고 둥그런 공간 속에 있었다. 내가 둘러댔던 이름이 호명되었다.
하지만 그것이 내 이름이라는 것을 깨닫기까지 세번이나 불려야
했던 탓에 나의 키클롭스는 마지못해 나를 호위하며 방으로 안내
했다. 불신에 가득 찬 빛이 역력해 보였다.

나는 나를 맞이한 둥글둥글한 남자가 누구인지 몰랐다. 영사 자
신이거나 영사 대리, 또는 영사 대리의 비서, 아니면 비서의 대리
였을 것이다. 나는 그 남자의 코앞에 여행가방을 세워놓았다. 그러
면서 사실대로 이 가방은 자살한 어떤 사람의 것인데 그 사람은 멕
시꼬 비자를 소지하고 있다고 설명하고는 가방의 내용물을 그 부
인에게 보내달라고 부탁했다. 나는 도무지 죽은 자의 이름을 댈 수
없었다. 그 남자는 마음에 들지 않는 게 분명해 보이는 내 이야기
를 가로막았다. 그가 말했다. "죄송합니다, 선생님. 평상시라 해도
당신을 도와드릴 수 없을 것 같군요. 우편업무가 중단된 지금으로
서는 더욱더 그렇고요. 이 사람이 살아 있을 때 우리 정부가 언젠
가 그에게 비자를 발급해주었다는 이유만으로 당신은 우리에게 죽

은 그의 유품을 우리의 우편낭에 넣어달라고 요구할 수가 없습니다. 용서하세요, 양해해주시길 바랍니다. 저는 멕시꼬 부영사이지 공증인이 아닙니다. 어쩌면 그 사람은 살아 있을 때 다른 비자도 발급받았을지 모릅니다. 모르긴 몰라도 우루과이나 칠레 비자쯤 말입니다. 그러면 당신은 같은 권리를 가지고 저의 동료들에게 문의해볼 수도 있을 텐데, 아마 동일한 답변을 듣게 될 겁니다. 이 점을 이해해주셔야 합니다."

부영사의 말에 수긍하지 않을 수 없었다. 나는 당혹스러운 얼굴로 그곳을 떠났다. 나의 지난번 방문 이후로 철책 앞의 인파가 더 늘어났다. 수없이 많은 사람들이 두 눈을 반짝거리며 다들 정문 쪽을 바라보고 있었다. 그 남녀들에게 영사관은 관청이 아니었고 비자는 관청 사무실의 문서 조각이 아니었다. 미래에 대한 낙관적 확신 말고는 무엇으로도 누를 수 없는 고립무원의 감정 상태에서 그들에게는 그 건물이 곧 그 나라였고 그 나라가 곧 그 건물이었다. 그곳은 그들을 초청하는 민족이 거주하는 드넓은 건물이었다. 이곳에서 그 건물의 문은 노란 담장 안에 있었다. 그래서 일단 그 문턱을 넘으면 이미 초청을 받은 셈이었다.

내가 마지막으로 이 인파를 뚫고 지나갈 때 내 안에서는 남들과 함께 희망하고 괴로워할 수 있는 모든 감정이 꿈틀거렸고, 고립무원의 버림받은 느낌을 일종의 환상적인 향락처럼 즐기고 자신과 타인의 고통을 모험적인 사건으로 바꾸려는 내 자아의 일부가 움츠러들었다.

그러고 나서 마침 내 배낭이 찢어져서 나는 그 여행가방을 내 것으로 여기고 사용하기로 마음먹었다. 죽은 이의 서류를 맨 밑에 깔고 몇가지 허접스러운 내 물건을 그 위에 채워넣었다. 어쩌면 나는 정말 언젠가 스스로 마르세유로 갔을지도 모른다. 우리는 독일군의 허락 없이 군사분계선을 넘어야 했다. 며칠 동안 결단을 못 내린 채 경계지역 근처의 지방 소도시들에서 공연히 어슬렁거렸다. 그 소도시들에는 모두 독일군 병사들이 우글거렸다. 우리는 마침내 어느 여관에서 경계 너머에 밭뙈기가 조금 있는 한 농부를 발견했다. 어스름 녘에 그가 우리를 이끌고 담배밭을 가로질러 길 안내를 해주었다. 우리는 그를 얼싸안았고 답례로 선물을 주었다. 처음 마주치게 된 프랑스군 초병에게는 입맞춤 세례를 퍼부었다. 우리는 감격스러웠고 자유를 얻은 느낌이었다. 이 감정에 우리가 기만당했음을 당신에게 굳이 설명할 필요는 없을 것이다.

2장

I

당신 자신도 1940년 가을 프랑스의 비점령지역을 알 것이다. 기차역과 난민수용소, 도시의 광장과 교회 들까지 북쪽에서 내려온 피난민들로 북적거렸다. 그들은 모두 점령지역과 '금지지역'[32], 알자스와 로렌, 모젤 지방에서 왔다. 내가 빠리로 도주하던 중에 이미 부스러기 같은 존재라고 여겼던 저 가련한 인간 무리의 부스러기

---

[32] 휴전협정에 따라 당시 프랑스의 북쪽과 동북쪽 여러 지역은 나머지 점령지역과 구분되었다. 이른바 이 '금지지역'(zone interdite)은 전쟁의 참화로 인해 격심하게 황폐해졌다는 이유로 철저히 통제되었고 독일군의 진격을 피해 달아난 난민들의 복귀가 금지되었다. 이들 지역의 상당 부분은 다시 '폐쇄지역'(zone fermée)으로 설정되어 독일 국민을 이곳으로 이주시키는 식민화 정책이 계획되었다. 또 동북쪽 지역 중 알자스, 로렌, 모젤 지방의 대부분은 '병합지역'(zone annexée)으로 정해져 독일의 일부로 병합되었다.

존재들이었다. 그동안 많은 사람들이 도로 위에서 죽거나 열차 안에서 죽어갔지만, 나는 그사이 또 많은 사람들이 태어났다는 것을 생각하지 못했다. 한번은 툴루즈[33] 역에서 잠자리를 찾고 있을 때 누워 있는 어느 부인의 몸 위로 넘어간 적이 있었는데, 그녀는 여행가방과 보따리, 한데 모아둔 소총들 사이에서 말라비틀어진 아이에게 젖을 물리고 있었다. 그해에 세상은 팍삭 늙어버렸다. 그 젖먹이의 모습도 늙어 보였고, 젖을 먹이는 어머니의 머리카락도 허옇게 셌으며, 그 부인의 어깨 너머로 쳐다보던 두 어린 형제의 얼굴은 되바라지고, 늙수그레하고, 애처로웠다. 탄생의 비밀에서 죽음의 비밀까지 세상일을 죄다 알아버린 이 소년들의 눈빛은 늙어 보였다.

아직 모든 기차는 다 해어진 군복을 걸친 병사들로 꽉꽉 채워져 콩나물시루 같았다. 그들은 자신의 상관들을 대놓고 욕했고, 저주를 피부으며 행군 명령을 따랐지만, 그래도 따르기는 따랐다. 어디로 가는지 아무도 몰랐다. 어딘지 모를 국토의 자투리땅에 세워진 강제수용소나 내일이면 틀림없이 옮겨질 경계선 통과 지역에서 위병 근무를 서기 위해 가거나, 아프리카 어느 해안의 작은 만을 지키는 사령관이 독일군에게 냉랭한 태도를 보이기로 결정하는 바람에 심지어는 아프리카로 가는 배를 타러 가기도 했는데, 병사들이 도착하기도 전에 그 사령관이 필시 일찍감치 해임당하고 없는 경우도 있었다. 하지만 그들은 일단 출발했다. 아마도 이 터무니없는 행군 명령은 적어도 사람들이 의지하고 따르는 어떤 것, 숭고한 명령이나 거창한 구호를 대신할 만한 것, 또는 실추된 국가國歌 「라 마

---

33 프랑스 남서쪽 가론 강가에 위치한 프랑스 제4의 도시이다.

르세예즈」³⁴를 갈음하는 것이었기 때문일 터이다.

한번은 그들이 몸통과 머리만 남은 사내를 차량에 타고 있던 우리에게 올려주었다. 군복에서 사지 부분이 비어 축 늘어진 채 양팔과 양다리 대신 그에게 매달려 있었다. 우리는 그를 사이에 꽉 끼고서 담배 한대를 그의 입술 사이에 물려주었다. 그는 더이상 쓸 손이 없었으니까. 담뱃불에 입술이 눋는 바람에 그는 끄르릉 소리를 내더니 갑자기 울부짖기 시작했다. "이 몸뚱이가 어느 짝에 쓸모있는지 좀 알려줘!" ─ 우리도 모두 울부짖고 싶은 심정이었다.

우리는 어처구니없이 멀리 돌아서 갔다. 때로는 난민수용소에서 하룻밤 신세를 지다가 때로는 그냥 들판에서 밤을 보내기도 하고, 때로는 트럭에 올라탔다가 때로는 기차에 올라타기도 하면서, 커다란 반원을 그리며 멀리 돌아서 점점 깊이 남쪽으로 내려갔다. 하지만 어디서도 우연한 일자리는커녕 잠시 머물 거처 하나 만나지 못했다. 그렇게 루아르 강을 건너고, 가론 강을 건너, 론 강까지³⁵ 갔다. 도중에 마주친 그 모든 오래되고 아름다운 도시들이 몸과 마음이 황폐해진 사람들로 들끓었다. 그러나 내가 상상하던 것과는 다른 방식의 황폐함이었다. 일종의 도시 추방령이 도시들을 지배하고 있었는데, 그것은 도시마다 다르던 중세 때의 도시법 같은 것

---

34 1792년 4월 오스트리아와의 전쟁을 앞두고 스트라스부르에 주둔하고 있던 한 프랑스 공병 대위가 하룻밤 만에 작사, 작곡한 노래로 알려져 있는데, 원제는 '라인 군을 위한 군가'였다. 처음에는 반응이 신통치 않았으나 우연한 계기로 마르세유의 의용병들 사이에서 즐겨 불리다가 그들이 빠리로 올라와 이 노래를 부르며 행진하는 바람에 '라 마르세예즈'(La Marseillaise)라는 이름을 얻게 되었고, 우여곡절 끝에 국가로까지 인정되었다.

35 루아르는 프랑스 중부, 가론은 남서부, 론은 남동부를 흐르며, 북부의 쎈 강과 함께 4대 강을 이룬다. 이중 론 강은 스위스 알프스에서 발원하여 리옹을 거쳐 마르세유 근처의 지중해로 흘러들고, 나머지 세 강은 모두 대서양으로 흘러나간다.

이었다. 지칠 줄 모르는 한 떼의 관리들이 떠돌이 개를 잡아들이는 개잡이처럼 줄줄이 통과하는 난민들의 무리에서 수상한 자들을 색출해 도시감옥 안에 가두기 위해 혈안이 되어 밤낮으로 돌아다녔다. 그러면 제때에 몸값을 치르거나 법률가를 세울 수 없는 자들은 감옥에서 수용소로 끌려갔다. 그때 여우처럼 교활한 법률가는 때때로 석방의 댓가로 받은 과도한 보수를 그 개잡이 관리와 나누어 가졌다. 따라서 사람들은, 특히나 외국인들은 여권과 신분증이 마치 영혼 구제의 증서나 되는 듯한 태도를 보였다. 나는 세상이 완전히 붕괴되고 있는 와중에도 이 관공서들이 사람들을 — 이들의 감정에 대해서는 관공서가 사실 통제할 힘을 일체 상실했다 — 분류해서 기록하고 도장을 찍어 확실히 해두기 위해 점점 더 복잡하고 지루한 절차를 생각해내는 것에 몹시 놀라기 시작했다. 그들은 게르만족의 대이동 때라 해도 반달족, 고트족, 훈족, 랑고바르드족을 하나하나 모조리 등록할 수 있었을 것이다.

친구들의 눈치 빠른 기지 덕분에 나는 여러차례 개잡이 관리들의 손아귀에서 벗어났다. 나는 도망자 신분이었기에 아무런 서류도 없었다. 내 서류는 수용소 소장의 막사 안에 남아 있었다. 나의 경험이 종이가 금속이나 돌보다 훨씬 더 불태우기 어렵다는 것을 가르쳐주지 않았더라면, 그동안 내 서류는 소각되고 없을 거라고 추측했을 것이다. 한번은 어느 여관집 식탁에 앉아 있는데 우리는 신분증을 보여달라고 요구받은 적이 있었다. 나의 네 친구는 상당히 확실한 프랑스 신분증을 가지고 있었다 — 다만 비네 씨의 둘째 아들은 결코 정식으로 제대한 신분이 아니었다. 우리의 개잡이 관리는 마침 술에 취해 있었기 때문에 마르셀이 이미 검사받은 자신의 신분증을 나에게 식탁 밑으로 넘겨주는 것을 알아채지 못했다.

그 직후에 바로 그 관리는 같은 여관 식당에서 매우 아리따운 처녀를 연행해갔다. 그러자 그녀의 숙모들과 숙부들의 저주와 탄식이 뒤따랐다. 그들은 벨기에에서 도망쳐온 유대인들로 그녀를 양녀로 삼아 데려왔는데 온갖 정성을 다해 키웠지만 증명서를 제대로 갖추어주지 못했던 것이다. 아무래도 그녀는 지금쯤 삐레네 산맥의 한 귀퉁이에 있는 여자 수용소로 끌려갈 처지에 놓였을 것이다. 그녀는 그 미모와, 식구들과 헤어져 연행될 때의 얼굴 표정 덕에 내 기억 속에 오래 남아 있었다. 나는 내 친구들에게 그들 중 하나가 그 자리에서 당장 그 처녀와 결혼하겠다고 나섰더라면 일이 어떻게 되었겠느냐고 물어보았다. 그들은 모두 미성년이었지만 곧바로 그 처녀를 놓고 심한 말다툼을 벌이기 시작했고, 나중에는 거의 주먹다짐까지 벌일 뻔했다. 당시에 우리는 모두 이미 진이 빠져 녹초 상태였다. 내 친구들은 또한 자기 나라를 부끄럽게 여겼다. 건강하고 젊다면 패배는 털어버리고 금세 다시 일어날 수 있다. 하지만 배신, 그것은 사람을 마비시킨다. 우리는 다음날 밤에 서로 빠리에 대한 향수를 고백했다. 거기서는 강하고 무서운 적이 우리 눈앞에 있었다. 당시 우리가 생각했던 대로 적은 거의 견딜 수 없을 만큼 강하고 무서웠다. 하지만 이제는 이 눈에 보이는 적이 눈에 안 보이는, 거의 신비에 찬 악보다 차라리 더 낫다고 생각되었다. 이렇게 온갖 소문과 매수와 속임수가 난무하는 현실이 바로 그런 악의 상황이었다.

모든 것이 도주 중에 있었고, 모든 것이 지나가버리는 것에 불과했다. 하지만 우리는 이런 상태가 내일까지 지속될지, 아니면 몇주 더, 아니면 몇년, 아니면 우리의 평생 동안 지속될지 아직 몰랐다.

우리는 모종의 결단을 내렸고, 그 결단이 매우 현명하다고 생각했다. 우리는 지도상에서 우리 자신이 대체 어디에 있는지 확인했다. 우리는 이본이 사는 마을에서 결코 멀리 있지 않았다. 사촌 오빠와 결혼한 나의 옛 여자 친구 이본. 그래서 우리는 출발했고 일주일 후에 도착했다.

Ⅱ

이본의 마을에도 이미 많은 피난민이 와 있었고 몇몇사람이 일을 도우러 그녀의 남편 농장에도 오기는 했지만 전체적으로 그곳은 아직 평범한 농촌 생활이 영위되고 있었다. 이본은 임신 중이었고 이제 곧 얻게 될 자신의 새로운 재산을 자랑스러워했다. 물론 그녀는 나를 자신의 남편과 대면시킬 때 약간 당황스러워했다.

내가 신분증이 없다는 것을 알게 되자 그녀는 그날 저녁으로 자신의 남편을 마을로 보내 ─ 그는 마을의 이장 서리이기도 했다 ─ 그라프도르에서 친구들과 술을 마시고 오라고 했다. 그중에는 애뉘쉬르앙주 면面 출신 난민협회 회장도 있었다. 그래서 그는 오밤중에 노란색 종잇조각을 들고 집으로 돌아왔다. 그것은 그 면 출신의 한 남자가 아마도 더 좋은 다른 신분증을 얻게 되어 반납하는 바람에 남게 된 것으로 보이는 여분의 난민증이었다. 그 남자의 이름은 자이들러였고, 그에게는 더 나쁜 신분증이 나에게는 더 좋은 것이었다. 그는 주민투표 때[36] 자르에서 알자스로 이주해 온 사

─────────────────
36 1919년 베르사유 조약에 따라 독일과 프랑스의 경계에 위치한 자르 지역은 15년간 국제연맹의 관리하에 들어가게 되었고, 이후 주민투표를 통해 프랑스에 통합되기를 원하는지, 계속 국제연맹의 관리하에 있기를 원하는지, 아니면 본래

람이었다. 이본의 남편은 도장을 하나 더 찍어주었고, 우리는 그 마을을 지도책에서 찾아보았다. 그랬더니 위치상 그 마을은 다행히도 주민등록부와 함께 불타버리고 없어진 게 분명했다. 이본의 남편은 심지어 내가 도청에서 돈을 받을 수 있게 해주었다. 그 돈은 이제 내가 온전하게 신분증을 갖추어 문제가 없기 때문에 정당하게 내 몫으로 받는 난민지원금이었다. 그 자신이 그렇게 생각한다고 했다.

나는 이본이 나에게서 벗어나기 위해 그 모든 일을 추진했다고 이해했다. 나의 여행 친구들은 그동안 이리저리 흩어진 가족 친지들에게 편지를 썼다. 마르셀은 바닷가에 복숭아 농장을 소유한 할아버지의 한 형제분을 찾아가기로 했다. 비네 씨의 막내아들은 자신의 절친한 친구와 함께 그냥 누이 집에 머물기로 했다. 이본의 옛 애인으로서 나는 이곳에 있는 게 불편했고 전혀 불필요한 존재였다. 이본은 다시 나를 의식하여 — 이번에는 사촌인 조르주를 생각해냈다. 그는 느베르[37]의 한 공장에 있었는데 공장과 함께 철수한 뒤로 왠지는 잘 모르지만 마르세유에 눌러산다고 했다. 그는 또 거기서 아주 잘 지내고 있고 마다가스까르 출신 여자와 함께 살고 있는데 그녀도 돈을 벌고 있다고 편지에 썼다는 것이다. 마르셀은 내가 자기를 뒤따라 복숭아 농장으로 올 수 있게 해주겠다고 했다. 그동안은 마르세유에 머물면서 여기저기에 좀 있으면 될 거라고. 어쨌든 비네 씨 가족의 사촌이라는 의지할 데가 있지 않으냐는 것이다. 이렇게 나는 비네 씨 가족에게 엄마 잃은 아이처럼 매달려

대로 독일제국에 속하기를 원하는지 결정하기로 되어 있었다. 1935년 1월 13일에 실시된 주민투표에서 압도적인 다수가 독일과의 통합을 지지하였다. 오늘날 이 지역은 '자를란트'(Saarland)라고 불리며 독일 16개 주의 하나이다.
37 빠리 남동쪽 부르고뉴 지방의 한 도시.

있었다. 자기 엄마일 수는 없지만 자기한테 잘 대해주는 다른 부인의 치맛자락을 붙잡고 졸졸 따라다니는 아이처럼.

나는 그동안 내내 마르세유를 보고 싶었다. 게다가 나는 대도시를 좋아했다. 그리고 어디든 아무래도 상관이 없었다. 우리는 헤어졌다. 마르셀과 나는 얼마간을 더 함께 갔다. 기차와 도로를 끊임없이 가득 채우고 있는 병사, 피난민, 제대군인들의 무리 속에서 나는 아는 얼굴을, 과거의 내 삶과 연관 있는 어떤 얼굴을 나도 모르게 찾고 있었다. 수용소에서 같이 탈출했던 프란츠라든가 하인츠의 얼굴이 갑자기 나타난다면 얼마나 반가울까. 어디선가 목발을 짚은 남자가 오는 것이 느껴질 때면 나는 늘 비뚤어진 입과 시원한 눈매를 한 하인츠의 조그만 얼굴이 나타나기를 기대했다. 그의 두 눈은 자신의 무기력을 비웃고 있는 듯했다. 나는 무언가를 상실했다. 이제는 그것이 무엇인지조차 잘 모르겠고 그것이 없어도 점차 별로 그리워지지도 않을 정도였다. 온통 뒤죽박죽이 되어버린 이 난장판 속에서 그것은 그렇게 철저히 상실되어갔다. 하지만 이 옛 얼굴들 중 어느 얼굴이든 보게 된다면 적어도 기억 속에서나마 그것이 되살아날 것임을 나는 알았다.

나는 혼자였고 여전히 혼자였다. 마르셀은 나와 헤어져 가버렸고 나는 혼자서 마르세유로 갔다.

Ⅲ

나는 도중에 어떤 외지인도 마르세유 역에 인간 사냥을 위해 배치된 교활한 나포꾼들의 그물을 빠져나갈 수 없다는 이야기를 들었다. 이본의 난민증에 대한 나의 신뢰는 결코 무한하지 않았다. 나는 마르세유 도착 두시간 전에 기차에서 내려 버스로 갈아탔다. 산 속 어느 마을에 이르러서는 버스에서도 내렸다.

　나는 산 위로부터 마르세유 관할권 안으로 들어왔다. 굽은 길을 돌자 언덕들 사이로 저 아래 깊이 바다가 보였다. 약간 뒤늦게 물과 대비되어 도시 자체가 눈에 들어왔다. 도시는 아프리카의 어느 도시처럼 삭막하고 하얗게 보였다. 나는 마침내 마음이 차분해졌다. 무언가가 몹시 마음에 들 때면 느껴지는 커다란 평온함이 찾아 왔다. 목표에 거의 도달했다고 생각되었다. 이 도시에서는 내가 찾고 있고 늘 찾아왔던 모든 것을 결국엔 틀림없이 발견할 수 있을 거라고 생각했다. 낯선 도시에 들어설 때면 느끼는 이런 감정이 몇 번이나 더 나를 기만할 것인가!

　나는 종점에서 전차에 올라탔다. 별 탈 없이 무사히 시내로 들어 갔다. 이십분 뒤에는 여행가방을 들고 까느비에르 거리[38]를 터벅터 벅 걸었다. 이름을 많이 들어본 거리들에 사람들은 대체로 실망한 다. 하지만 나는 실망스럽지 않았다. 인파와 더불어 바람에 떠밀려 걸어내려갔다. 햇살과 소나기가 빠르게 뒤바뀌며 쏟아져내렸다. 그리고 허기와 탈진에서 오는 경쾌함이 장엄하고 웅대한 경쾌함으로 바뀌어갔다. 나를 점점 빠르게 거리 아래로 떠미는 바람결과 어울리는 듯한 경쾌함이었다. 까느비에르 거리 끝에 파랗게 빛나는 것이 벌써 바다라는 것을, 거기가 바로 구항舊港[39]이라는 것을 깨

---

38 구항을 향해 약 1킬로미터쯤 북동쪽에서 남서쪽으로 뻗어 있는 마르세유의 번 화가. 그 바다 쪽 끝에 구항의 선착장이 있고 반대편 끝에 '개혁파 교회'가 있다. 각주 47 참조!

39 마르세유의 가장 오래된 구역에 속하는 구항은 도시의 역사적, 문화적 중심지 이다. 19세기 중반 이후 지중해 무역항으로서의 역할은 점차 구항 북쪽의 신항

달았을 때, 나는 마침내 숱한 허무함과 참담함 끝에 다시 무엇과도 비할 데 없는 실제의 행복감을 온몸으로 느꼈다. 그것은 누구나 매 순간 느낄 수 있는, 살아 있다는 행복감이었다.

나는 지난 몇달간 이 모든 것이 대체 어디로 흘러들게 되는 것일 까 늘 궁금했다. 세상 도처에서 가느다란 물줄기처럼 흘러나오는 무리들, 모든 강제수용소에서 탈출해 나온 사람들, 뿔뿔이 흩어진 병사들, 모든 군대의 용병들, 모든 인종의 말짜들, 모든 병영의 탈 영자들, 이 모두는 과연 어디로 흘러드는 것일까. 그러니까 바로 여 기서 모든 것이 이 까느비에르라는 배수로로 흘러들어 이 배수로 를 통해 바다로 흘러나갔다. 거기서 마침내 모두에게 다시 공간이 열렸고 평화가 시작되었다.

나는 여행가방을 다리 사이에 끼운 채 서서 커피 한잔을 마셨다. 주변에서 수다와 잡담 소리가 들려왔다. 마치 내 앞의 카운터가 바 벨탑의 두 기둥 사이에 놓여 있는 것 같았다. 하지만 지속적으로 몇몇 단어들이 나의 귓전을 때렸다. 결국 나도 알아듣게 된 몇몇 단어가 마치 나에게 자신을 새겨넣으려는 듯 일정한 리듬으로 내 귀에 부딪혀왔다. 꾸바 비자와 마르띠니끄, 오랑⁴⁰과 뽀르뚜갈, 씨 암⁴¹과 까사블랑까⁴², 통과비자와 3해리 수역⁴³ 등이 그것이었다.

나는 드디어 구항에 도착했다 ─ 오늘과 같은 시간이었다. 항구

<hr />

(la Joliette)으로 옮겨갔다.

40 에스빠냐 남쪽 지중해 서쪽 끝에 위치한 알제리의 항구도시.

41 타이의 옛 이름.

42 아프리카 서북쪽 대서양 연안의 항구도시로, 모로꼬 최대의 도시.

43 과거에 한 국가의 영해 범위를 정할 때 기선(基線)으로부터 3해리까지로 하 자는 국제협약이 이루어졌다. 당시 대포의 사정거리가 대략 3해리 정도였다. 1958년부터는 영해의 범위가 12해리까지로 확대되었다.

는 전쟁으로 인해 황량하고 스산한 모습이었다 —— 지금처럼. 지금처럼 나룻배가 철교 아래로 느리게 미끄러져지나갔다. 하지만 오늘 나는 모든 것을 처음으로 보는 느낌이 든다. 개인 보트들의 활대가 너무도 오래된 건물들의 크고 밋밋한 벽면을 가로질러 분할하고 있었다 —— 지금처럼. 태양은 쌩니꼴라 요새 뒤로 넘어가고 있었다. 나는 매우 젊은 사람들의 방식대로, 내가 겪은 모든 일이 나를 이리로 오게 했다고 생각했고, 그것으로 좋았다. 나는 길을 물어물어 슈발리에루즈 가[44]를 찾아갔다. 그곳에 사촌인 조르주 비네가 살고 있었다. 사람들이 시장과 노점에 모여들어 북적거렸다. 동굴 속 같은 이 골목길들은 벌써 어둑어둑했고 붉은색과 황금색 과일들이 그만큼 더 휘황하게 빛을 내고 있었다. 나는 평생 맡아본 적이 없는 냄새를 맡았다. 그 냄새가 나는 과일을 찾았지만 찾아내지 못했다. 잠시 쉬려고 꼬르시까Corsica인 구역에 있는 분수대 가장자리에 앉았다, 가방을 무릎에 올려놓은 채. 그러고 나서 돌계단을 올라갔는데, 어디로 통하는지도 모르면서 무작정 올라갔다.

바다가 내 눈 아래에 놓여 있었다. 절벽과 섬 들 위에 서 있는 등대의 빛줄기들이 저녁 어스름 속에서 아직 흐릿했다. 하역 작업을 하던 부두 위에서 나는 바다를 얼마나 증오했던가! 범접하기 어려운 그 비인간적인 황량함 탓에 바다는 나에게 무자비한 존재로 여겨졌었다. 하지만 이제, 피폐하고 더럽혀진 땅을 끝도 없이 지나는 기나긴 여정을 거쳐 여기까지 오느라 고생고생한 나로서는 이 비인간적인 공허함과 황량함보다 더 큰 위로는 없었다. 아무런 흔적도 남길 수 없고 아무리 더럽혀도 도저히 더럽힐 수 없는 그 너른

----

44 마르세유에는 실제로 이름이 거의 유사한 슈발리에로즈 가가 있다.

품 안에 안기고 싶었다.

나는 다시 꼬르시까인 구역으로 돌아왔다. 그곳은 그사이 조용
해졌다. 시장이 텅 비어 있었다. 나는 슈발리에루즈 가를 발견했다.
손 모양을 한 청동 쇠고리로 커다란 목각 장식 문을 두드렸다. 한
흑인이 무슨 일로 왔느냐고 소리쳤다. 나는 비네 씨가 사는 집이냐
고 물었다.

계단 난간의 기둥머리 장식이나 여기저기 남아 있는 알록달록
한 타일, 군데군데 색이 벗겨진 돌 문장紋章을 보면 이 건물이 예전
에는 지체 높은 양반이나 부유한 상인 내지 선장의 소유였음을 알
수 있었다. 지금은 마다가스까르에서 온 이주자들이 살았고, 몇몇
꼬르시까인과 비네 씨 가족도 살고 있었다.

나는 조르주 비네의 애인을 멍하니 바라보았다. 그녀는 이국적
이라 낯설기는 해도 기막히게 아름다운 모습이었다! 검은 야생 조
류의 머리, 가녀린 목에 날카로운 콧날과 반짝거리는 두 눈, 긴 허
리, 갸름하고 나긋나긋한 손, 에스빠드리유[45]를 신은 발가락까지,
이 모든 것이 내내 조금씩 움직였다. 그밖에는 분노와 기쁨과 슬픔
이 바람처럼 빠르게 교차하고 있는 듯한 사람들의 얼굴 표정만이
그럴 수 있을 것 같았다.

내 질문에 그녀는 퉁명스럽게 대답했다. 조르주는 제분소에서
야근 중이며, 자기도 이제 겨우 설탕 공장에서 돌아왔다는 것이다.
그녀는 나에게서 몸을 휙 돌리더니 하품을 했다. 나는 정신이 확
들었다.

---

45 신발의 등 부분이 천으로 되어 있고 바닥은 삼이나 아마를 엮어서 만들어 통기
성이 좋은 여름용의 가벼운 신발. 전통적인 형태는 에스빠냐와 남프랑스의 것인
데 끈을 발목에 감아서 신는다.

계단 위에서 호리호리하고 거무스름한 소년과 부딪혔다. 그는 서너 계단을 한꺼번에 펄쩍 뛰어올라왔다. 그가 다시 뒤돌아보았을 때 마침 나 자신도 몸을 돌려 소년을 바라보았다. 나는 열병 같은 도착 후유증이 이 소년에게까지 전해져 홀리게 만든 것은 아닌지 살펴보려는 것이었는데, 그는 내가 정말로 전혀 모르는 사람인지 깜짝 놀랄 침입자인지 알아보려는 것 같았다. 곧이어 비네의 여자 친구 소리가 들려왔다. 나중에 나에게 고백했듯이, 그녀는 그래도 나를 다시 불러들여 기다려보라고 해야 하는 게 아닌지 결정을 못 내린 채 여전히 열린 문 안에 그대로 서 있었는데, 마침 늦게 온 아들을 보고 호되게 꾸짖느라 소리를 질렀다는 것이다. 당신은 내가 왜 이 모든 것을 세세하게 이야기하는지 뒤에 가면 이해하게 될 것이다. 당시 나의 방문이 빗나가는 바람에 그후의 저녁 시간이 텅비어버린 느낌이었다. 나는 이 도시가 나에게 이미 자신의 마음을 열었다고 제멋대로 생각했던 것이다. 내가 이 도시에게 내 마음을 열어보였듯이 말이다. 도시는 첫날 저녁부터 바로 나를 자신에게 들어오도록 허용할 것이고, 사람들이 나에게 잠잘 곳을 제공할 거라고. 도착의 기쁨에 대한 반동으로 나는 이제 커다란 실망을 느꼈다. 이본이 사촌에게 편지를 쓰지 않은 것이 분명했다. 그녀는 떠나보내기 위해 나를 안심시킨 것뿐이다. 조르주가 야근 중이라는 응답에도 나는 마음이 좋지 않았다. 그러니까 아직 평범한 삶을 살아가는 사람들이 있었다는 이야기 아닌가.

IV

하지만 나는 다시 하룻밤 묵을 곳을 찾아다녔다. 처음 십여군데
의 호텔은 전부 만원이었다. 납덩이 같은 피로가 몰려왔다. 작고 조
용한 광장에서 허름한 까페 앞의 가장 가까운 테이블에 앉았다. 도
시는 공습을 피하고자 등화관제를 실시했지만 많은 창문들엔 벌써
희미한 불이 켜져 있었다. 나는 얼마나 수많은 사람들이 이 도시를
자신의 것이라 부르고, 내가 예전에 나의 도시에서 그랬듯이, 그 안
에서 조용히 살아가고 있을까 생각했다. 나는 별들을 올려다보며
다소 위안을 얻어 왠지 모르게 이 별들은 아마 지금 자신의 불을
켠 자들보다는 나 자신과 나 같은 자들을 위해 존재하는 것이라고
생각했다.

나는 맥주 한잔을 주문했다. 혼자 있고 싶었는데, 웬 자그마한
노인이 내게 다가와 앉았다. 그는 누구든 다른 사람이 입었더라면
오래전에 너덜너덜하게 떨어졌을 테지만 우연히 점잖고 섬세한 주
인을 만난 덕분에 해어지고 낡아버리지 않게 된 그런 재킷을 입고
있었다. 그리고 주인도 옷을 닮는 법이다. 일찌감치 무덤에 누워 있
을 나이였지만 그의 얼굴은 다부지고 근엄했다. 남은 머리카락은
가르마를 타서 가지런했고 손톱도 정성스럽게 깎아 단정했다. 그
는 여행가방에 시선을 한번 던지더니 거의 단도직입적으로 나에
게 어느 나라 비자를 가지고 있느냐고 물었다. 가령 어디로 가려고
하느냐가 아니라 어느 나라 비자를 가지고 있느냐고 물은 것이다.
거기에 대해 나는 비자가 없으며 비자를 얻을 마음도 없다고, 그냥
여기에 남아 있으려고 한다고 대답했다. 그가 외쳤다. "비자가 없

으면 절대 남아 있어서는 안돼요!" 나는 그가 외치는 소리가 무슨 말인지 이해가 안됐다. 나는 예의상 그 자신은 어떤 계획이 있느냐고 물었다. 그는 프라하의 악단 지휘자였는데, 까라까스의 한 유명한 관현악단에서 제의가 들어와 그곳으로 갈 예정이라고 했다. 나는 그곳이 어디에 있느냐고 물었다. 그러자 그는 비웃으며 베네수엘라의 수도라고 대답했다. 나는 그에게 아들이 있느냐고 물었고, 그는 있기도 하고 없기도 하다고 대답했다. 그의 맏아들은 폴란드에서 실종되었고, 둘째는 영국에서, 셋째는 프라하에서 실종되었다는 것이다. 그는 이제 더이상 아들들의 생존 소식을 기다릴 수 없다고, 그러지 않으면 그로서는 너무 늦는다고 했다. 나는 그가 죽음을 말한다고 생각했다. 하지만 그는 악단 지휘자 자리를 말하는 것이었다. 그는 새해가 되기 전에 꼭 취임하고 싶어했다. 이미 계약서를 받았고, 계약서를 근거로 비자를, 비자에 이어 통과비자를 받았다. 하지만 출국비자 발급이 오래 걸리는 바람에 그사이에 통과비자 기한이 만료되어 무효가 되었고, 이어서 비자가, 그다음에는 계약서가 무효가 되었다고 했다. 지난주에 마침내 출국비자를 받았고 지금은 밤낮으로 계약서의 기한 연장을 기다리고 있는데, 이는 다시 비자의 기한 연장을 요한다는 것이다. 그런데 비자 연장은 새로운 통과비자를 받기 위한 선결조건이라고 했다. 나는 머리가 혼란스러워 출국비자라는 게 무슨 뜻이냐고 물었다. 그는 넋을 놓고 나를 바라보았다. 나는 아무것도 모르는 신참이었다. 나는 그에게 길게 설명할 기회를 줌으로써 한참 동안 고독을 잊게 해주었다. 그가 말했다. "그것은 프랑스를 떠나도 된다는 허가라오. 딱한 젊은 양반 같으니, 대체 아무도 당신한테 가르쳐준 사람이 없었소?" ─"떠나지 않고 남아 있으면 잡아가두니까 그런 나라를 떠나는 것보다 더 간절히 바라는 게 없는 사람들을 가지 못하게 붙잡아두는 것이 무슨 소용이 있을까요?"

이 말에 그는 턱이 삐걱거릴 정도로 웃어댔다. 나에게는 그의 골격 전체가 삐걱거리는 것 같았다. 그는 손목뼈로 계속 테이블을 두드려 톡톡 소리를 냈다. 그가 무척 거슬리고 싫증이 났다. 하지만 나는 계속 견뎌내면서 곁에 머물렀다. 아무리 구제 불능인 아들들이라도 살다보면 아버지의 편이 되는 순간들이 있다. 나는 다른 아들들의 아버지들을 말하는 것이다.

그가 말했다. "여보시게, 젊은 양반, 적어도 이 한가지는 당신도 알고 있을 거요. 지금 진짜 주인은 독일 사람들이라는 사실 말이오. 보아하니 당신 자신이 바로 그 민족 출신인 것 같은데, 그러니 당신도 독일의 질서가 무얼 의미하는지 알 거요. 그들이 지금 모두 찬양하는 나치의 질서 말이오. 그것은 세계 질서, 옛 질서와는 무관한 것이오. 질서가 아니라 일종의 통제라고 할 수 있지요. 독일 사람들은 유럽을 떠나는 사람들을 철저히 통제할 수 있는 기회를 놓치지 않으려고 하는 거요. 그러면서 그들은 아마 수십년 동안 찾아내려던 어떤 질서 교란자를 찾아내려는 건지도 모르오."

"좋아요, 좋습니다. 그런데 이제 당신들이 통제당하고 있으면서 비자를 받았다면 그것은 어떤 의미이고 통과비자와는 어떻게 되는 건가요? 통과비자는 도대체 왜 기한이 만료되는 건가요? 그게 도대체 무언가요? 사람들이 새로 살 곳을 찾아가는데 왜 지나가도록 놔두지 않는 거죠?" 그가 말했다. "여보시게, 젊은 양반, 모든 나라들이 우리가 지나가지 않고 머무르려고 할까봐 두려워 그러는 거요. 통과비자 ─ 그건 머무를 생각이 없다는 게 확실할 때 어떤 나라를 통과해도 된다는 허가를 말하는 거라오."

그가 갑자기 자세를 바꾸었다. 그는 아버지들이 아들들을 결정적으로 세상의 삶 속으로 내보낼 때에만 사용하는 지극히 엄숙한 어조로 나에게 이렇게 말을 걸어왔다. "젊은 친구여! 그대는 꾸려온 짐도 거의 없이, 혈혈단신으로, 아무런 목표도 없이 이곳에 왔구려. 아직 비자조차 하나 없이 말이오. 그대가 비자조차 없다면 도지사라도 그대를 결코 살게 해줄 수 없다는 것을 그대는 전혀 생각지 못하고 있소. 자, 그럼, 이렇게 가정해봅시다. 어떤 행운에 의해, 아니면 자력에 의해, 이 경우는 드물기는 하지만 어쨌든 있기는 하니까, 어쩌면 그대가 전혀 기대하지도 않았고 기대할 수도 없었는데 불쑥 어둠속에서, 다시 말해 바다 너머에서 내뻗는 우정의 손길에 의해, 어쩌면 하늘의 뜻에 의해, 또 어쩌면 어떤 위원회에 의해, 그대가 비자를 얻게 되었다고 말이오. 그러면 그대는 잠시 행복할 거요! 하지만 그것으론 전혀 아무 일도 이루어진 게 없다는 것을 금세 깨닫게 될 거요. 그대가 어떤 목표를 갖고 있다고 합시다 — 그래도 그것은 거의 의미가 없소. 목표는 누구나 갖고 있으니까 말이오. 단지 의지만으로, 이를테면 성층권을 통해서는 목표로 하는 그 나라로 갈 수 없소. 바다를 통해, 기착지를 거쳐야만 갈 수 있다는 얘기요. 이것이 바로 통과비자가 필요한 이유라오. 그걸 얻으려면 그대에게 날카로운 통찰력이 있어야 하오! 시간도 있어야 하고! 시간이 얼마나 걸릴지는 아직 어림짐작도 할 수 없소! 내 경우엔 시간이 촉박하다오. 하지만 내 그대를 바라보니 그대에게는 시간이 더욱 귀중하다는 생각이 퍼뜩 드는구려. 젊음 그 자체가 시간이니까 말이오. 쓸데없는 일로 시간과 정력을 허비해서는 안되오. 오직 통과비자만을 생각할 필요가 있소. 이렇게 말해도 된다면, 그대는 자신의 목표를 한동안 잊어야만 하오. 지금 중요한 것은 오직 중간에 통과할 나라들이오. 그 나라들의 통과비자가 없으면 출발 자체가 수포로 돌아가게 될 테니까. 지금은 영사들에게 그대가 오직 통과만을 위해 잠시 머무르려는 곳에 눌러앉으려고 하는 자들 중 하나가 아니라는 것을, 정말로 그렇다는 것을 분명하게 밝히는 것이 중요하오. 그것을 입증할 증거들이 필요하고, 어느 영사든 그걸 요구하고 있단 말이오.

자, 그럼, 행운이 따르는 경우를 한번 가정해봅시다. 얼마나 많은 사람들이 떠나려고 하는지, 그런데 타고 갈 배는 얼마나 적은지를 생각해보면 그런 경우는 기적이나 다름없을 거요. 어쨌든 행운의 도움으로 그대의 선실 좌석이 확보되고, 여행 자체가 보장되어 있다고 말이오! 그대가 유대인은 아니지만, 만일 그대가 유대인이라면 유대인들에 의해, 그대가 아리아인이라면 그리스도교의 도움으로, 그대가 이도 저도 아닌 무신론자이고 붉은 사상을 지니고 있다면 소원대로 그대의 당과 그대의 동지들에 의해서 그렇게 되었다고 해봅시다. 그러면 어떻게든 배에 탈 수는 있겠지요. 하지만 이보시게나, 그걸로 그대의 통과비자가 보장된 거라고 생각한다면 오산이오. 설사 보장되었다고 해도 말이오! 그사이 많은 시간이 지나갔을 거요. 다시 애초에 목표한 주목표가 시야에서 벗어나 안 보이게 될 정도로 말이오. 그대의 비자도 만료되었을 거요, 그리고 통과비자도 꼭 있어야 하지만 비자가 무효라면 그건 다시 무용지물이나 마찬가지인 셈이라오. 늘 그렇게 계속되고, 또 계속되고, 또 계속된다오.

자, 상상해보게나, 자네가 다 해냈다고. 이보게, 좋아, 우리 같이 꿈꾸어보세. 자네가 다 이루어냈다고 말이야. 자네가 비자와 통과비자, 출국비자까지 다 얻어냈네. 자네는 이제 여행 준비가 완료되었지. 더없이 사랑하는 사람들과 작별인사도 마쳤어. 지금까지의 삶을 뒤에 던져놓고서. 지금 자네는 오직 목표만을 생각하고 있어. 마침내 승선하려고 자네가 걸음을 옮기고 있는데 —

어제 나는 자네 나이쯤 되는 한 젊은이와 이야기를 나누었네. 그 친구는 모든 걸 다 갖추었다는 거야. 하지만 배에 타려고 하는데, 항만청이 그에게 마지막 도장을 찍어주지 않았다지 뭔가."

"왜요?"

"그는 독일군이 들어왔을 때 수용소를 탈출했다는군." 노인이 이전의 지친 어조로 말했다. 그는 사실 푹 쓰러진 게 아니라 몸을 너무 꼿꼿하게 세우고 있다가 살짝 꺾어진 편이었다. "그는 수용소 퇴소 증명서를 갖고 있지 않았네 — 그래서 모든 게 허사가 되고 말았지."

나는 귀를 기울여 듣고 있었다. 나로서는 아무래도 상관없는 주의와 경고의 말들로 어지럽게 뒤얽힌 이 수상쩍은 이야기 속에서 적어도 마지막 내용은 내 마음을 건드렸다. 내 평생 항만청 도장 같은 것은 아직 한번도 들어본 적이 없었다. 불쌍한 젊은 친구 같으니라고! 하지만 충분히 앞을 내다보지 못한 탓이었다. 나 같으면 이 마지막 도장 같은 것으로 실패하지는 않으리라. 한수 배웠다. 하지만 나는 절대 떠나지도 않으리라. 내가 말했다. "다행히도 그 모든 것이 제게는 문제 되지 않아요. 나는 여기서 한동안 조용히 지내고 싶다는 오직 한가지 소망밖에 없거든요." 그가 외쳤다. "그대는 자신을 속이고 있는 거요! 세번째 이야기하는데, 그대가 떠나려고 한다는 것을 입증할 경우에만 그대를 여기서 한동안 조용히 머물게 놔둘 거란 말이오. 내 말을 이해하지 못하겠소?" 내가 말했다. "네."

나는 일어섰다. 그가 정말 지겨워졌다. 내가 가고 있는데 그가 뒤에서 외쳤다. "여행가방은 가져가쇼!" 그가 외치는 소리에 몇주 동안이나 잊어버리고 있던 것이 생각났다. 독일군이 빠리에 들어왔을 때 보지라르 가에서 목숨을 끊은 그 남자의 우편물이 그것이었다. 나는 오래전부터 그 가방을 내 것으로 여기는 데 익숙해 있었다. 죽은 이의 빈약한 유품은 엉망으로 뒤섞인 나 자신의 물건들 밑에 깔린 채 최소한의 공간만 차지하고 있었다. 나는 그것을 까맣게 잊고 있었다. 나는 이제 모든 것을 직접 영사에게 가져다줄 수 있었다. 죽은 이의 부인이 그곳에서 분명 우편물에 대해 물어봤을 것이다. 빠리에서만 해도 그토록 내 마음을 지배하던 것이 어쩌면 이토록 완전히 날아가버릴 수 있을까 하는 생각이 머리를 스쳤다. 죽은 이의 마법은 결국 이런 재료로 되어 있었던 것이다! 어쩌면 나 자신 역시 이렇게 흩어져 날아가버리고 말 재료로 만들어진 것에 불과한지도 몰랐다.

나는 다시 방을 구하러 나섰다. 엄청나게 크고 형태가 불분명한 광장과 마주치게 되었는데 광장의 세 면은 거의 어둠에 휩싸여 있었고 불빛이 점점이 빛나고 있는 네번째 면은 해안처럼 보였다. 벨상스 광장[46]이었다. 나는 불빛들을 향해 나아가다가 그물처럼 얽힌 골목길에서 다시 길을 잃었다. 그냥 눈에 띄는 대로 아무 호텔 문이나 밀고 들어가 가파른 계단을 통해 여주인의 불 켜진 창문을 향해 올라갔다. 나는 '빈방 없다'는 말을 각오했지만 이 여주인은 대뜸 숙박부부터 디밀었다. 그녀는 내가 나의 난민증을 베껴쓰는 모습을 날카롭게 지켜보았다. 통행증이 있느냐고 물었고, 나는 머뭇

---

46 까느비에르에 인접한 벨상스 구역의 광장. 각주 63 참조!

거렸다. 그녀가 웃으며 말했다. "일제단속이 나오면 당신 운이 나쁜 거요, 내 운이 아니라. 자, 일주일 치 방세를 미리 내쇼. 허가 없이 이곳에 왔으니까. 마르세유에 오려면 먼저 우리 도지사의 허가를 받았어야지요. 그런데 어느 나라로 가시려는 거요?" ─ 나는 어딘가로 갈 생각이 전혀 없다고 말했다. 독일군을 피해 이 도시 저 도시를 전전하다보니까 바로 여기까지 오게 되었다고 했다. 비자도 없고 배표도 없으니 바다를 걸어서 건널 수는 없다고 했다. 그녀는 느긋하고 굼떠 보이는 여자지만 지금은 놀라서 어리둥절한 모습이었다. 그녀가 소리쳤다. "이 양반, 설마 남으려는 건 아니겠죠?" 내가 말했다. "왜 안되죠? 당신도 남아 있잖소." 이 재치있는 말에 그녀는 웃었다.

그녀가 나에게 방 번호표가 달린 열쇠를 건네주었다. 그런데 방으로 접근하기가 어려웠다. 복도가 수십개의 짐 꾸러미로 막혀 있었다. 이 짐들은 한 떼의 에스빠냐 사람들 것이었다. 그들은 모두 이 밤에 떠나려는 자들로, 까사블랑까를 거쳐 꾸바로, 그곳에서 다시 멕시꼬로 간다는 것이다. 나는 궁금증이 풀려 흡족한 마음으로 이렇게 생각했다. 그럼 그 친구 말이 맞았네, 멕시꼬 영사관 철책 앞 빠리 롱갱 가의 그 젊은이 말이. 배들이 다니고 있지 않은가. 항구에 대기 중인 것이다.

나는 잠이 들면서 나 자신이 배에 타고 있는 듯한 느낌이 들었다. 배 이야기를 하도 많이 들어서라든가 배를 타고 싶어서 그런 것이 아니라, 더는 어떻게 설명할 수 없는 인상과 느낌 들이 출렁거리는 가운데 어지럽고 비참한 기분이 들어서였다. 게다가 사방에서 시끌시끌한 소리가 나를 향해 밀려들었다. 마치 술 취한 선원들에게 둘러싸인 채 미끌미끌한 판자 위에서 자고 있는 듯한 느낌이었다. 짐 꾸러미들이 파도에 흔들리는 선박 창고 속에 잘못 보관되어 있는 것처럼 이리 구르고 저리 구르며 쿵쿵 부딪히는 소리가 들렸다. 프랑스어로 욕설을 퍼붓는 소리, 에스빠냐어로 작별하며 굳게 다짐하는 소리가 들렸고, 마침내는 아득히 먼 곳으로부터 짤막하고 소박한 노랫소리가 들려왔다. 하지만 그것은 그 무엇보다도 더 깊숙이 가슴을 파고드는 소리였으며, 우리 가운데 아무도 히틀러가 누구인지 아직 몰랐고 그 자신조차 자기가 누구인지 모르던 시절에 우리 고향에서 마지막으로 들은 노래였다. 나는 혼잣말로 이건 꿈일 뿐이라고 중얼거렸다. 그러고는 정말로 잠이 들었다.

나는 여행가방을 버려두고 온 꿈을 꾸었다. 나는 얼토당토않은 곳들을 돌아다니며 가방을 찾았다. 그것을 찾아 고향 마을 소년학교, 마르세유의 비네 씨 집, 이본의 농장, 노르망디 부둣가를 돌아다녔다. 그때 부둣가 저편 좁은 판자다리 위에 가방이 덩그러니 서 있는 게 보여 그리로 달려가는데 비행기들이 급강하하여 날아들었다. 나는 죽음의 공포에 휩싸인 채 다시 뒤돌아 냅다 달렸다.

3장

I

나는 자다가 벌떡 일어났다. 아직 밤이 끝나지 않았다. 호텔은
조용했고, 에스빠냐 사람들은 이미 배를 타고 떠난 모양이었다.
— 나는 더이상 잠이 오지 않아 이본에게 편지를 썼다. 마르세유
로 가기 위해 통행증이 필요하다고. 그동안 잘 도착하긴 했는데, 이
젠 서류와 증명서를 제대로 다 갖추어 정식으로 다시 한번 도착해
야 한다고. 나는 편지를 부치러 곧바로 나갔다. 여주인의 창문 안
에서 야간근무를 서고 있는 못생긴 처녀애가 마구 헝클어진 머리
털을 하고서 나를 불러세웠다. 방값을 냈느냐? — 그렇다. 떠날 거
냐? — 나 원 참, 아니다.

양옆이 높이 솟은 골목길들은 아직 어두컴컴했고 추웠지만, 별
들은 이미 졌다. 나는 날이 새기를 끈기 있게 기다렸다, 날이 새면

이 도시만이 아니라 나에게 알려지지 않았던 모든 것이 밝게 비추어질 수 있기라도 하듯이. 그러나 나를 위해 일찍 깨어나는 것은 아무것도 없었고, 까페들은 아직 닫혀 있었다. 나는 다시 돌아가야 했다.

복도는 밤중에 떠나려고 했던 똑같은 에스빠냐 사람들의 똑같은 짐 꾸러미들로 다시 막혀 있었다. 그들이 항구에서 되돌아온 것이다. 다만 남자들은 안 보였다. 여자와 아이들은 탄식과 욕설을 쏟아내며 여행가방 위에 앉아 있었다. 그동안 그들은 각자 짐을 들고 화물적치장 안으로 들어가 승선 대기 중이었고, 적치장 출입구 앞에 배가 떠 있는 모습도 보았다. 그때 느닷없이 프랑스 경찰이 들이닥치더니 프랑꼬 정부와의 협정에 따라 무기를 들고 싸울 수 있는 남자들은 죄다 잡아간 것이다. 에스빠냐 여자들은 울지 않았다. 그 대신 때로는 나지막한 소리로, 아이들의 머리통을 흔들면서, 때로는 큰 소리로, 양팔을 내뻗으며 잔인무도한 세상의 만행을 저주하였다. 그들은 갑자기 멕시꼬 영사관을 향해 몰려가기로 결정했다. 멕시꼬 비자를 소지하고 있으니까 그곳의 보호를 받을 수 있을 거라면서. 그곳 사람들에게 자신들의 권리를 되찾아달라고 호소하러.

그들은 떠났다. 지금은 눈빛이 어둡지만 밝고 젊은 한 부인이 선두에 섰는데, 여행용 후드를 뒤집어쓴 크고 검은 눈의 조그만 소녀를 데리고 갔다. 나도 이 무리에 섞여들었다. 그 전에 죽은 이의 서류 묶음을 집어넣었다. 이 여자들의 목표인 영사관 이야기를 듣자 그 서류 묶음이 생각난 것이다. 나는 물론 시간이 있었다. 나도 그들처럼 곧바로 동행할 수 있었다. 그사이 아침이 밝았는데, 제대로 잠을 못 잔 두 눈에는 거의 너무나 밝은 아침이었다. 우리는 까느비에르를 따라 올라갔다. 나는 에스빠냐 여자들과 아이들 무리 속에서 유일한 남자였다. 그들은 이미 나에게 익숙해 있었다. 나는 이 거리의 모든 사람들 가운데 떠나려고 하지 않는 유일한 사람인 것 같았다. 그러나 내가 절대로 남아 있어야 한다고 말하는 것은 너무 지나친 주장이었다. 떠나는 것이 아무리 어렵다 하더라도 마음만 먹는다면 어떻게든 해낼 수 있을 거라고 생각했다. 나는 여기까지 오는 데 수많은 난관을 헤치며 살아왔다. 이제껏 나에게 닥친 뚜렷한 불행은 이 악독한 세계의 상황 말고는 없었다. 그런데 이 상황은 안타깝게도 우연히 나의 젊은 시절과 딱 들어맞는다. 물론 그것은 나를 짓눌러 우울하게 했다. 빠리에서는 벌써 잎이 다 떨어져 나무들이 앙상했고, 사람들은 추위를 탔으며, 나치들은 석탄과 빵을 강탈해갔다. 우리는 흉물스럽게 생긴 커다란 신교 교회[47]를 끼고 라마들렌 대로로 접어들었다. 여자들은 말수가 줄어들었다. 이것이 멕시꼬 영사관이란 말이야? 다른 건물들과 전혀 구별되지 않는 평범한 임대건물의 한층을 쓰고 있었다. 출입문도 문장紋章을 제외하고는 다른 문들과 전혀 구별되지 않았다. 그런데 이 문장도 부주의하게 지나치는 사람들에게는 거의 보이지 않았고 우리처럼 불안하게 찾고 있는 사람들 눈에만 보였다. 빠리에서는 내가 그 의미를 판독해보려고 했었는데, 이곳의 문장은 색조가 심하게 변색되어 칙칙했다. 선인장 덤불 위에 앉은 독수리가 잘 식별되지 않았다. 그 모습을 보자 먼 이국땅을 향한 가슴 아리도록 벅찬 동경의 감정에 휩싸여 내 심장이 오그라들었다. 그것은 일종의 희망이었지만 무엇에 대한 희망인지 몰랐다. 아마도 드넓은 세상에 대한 희망, 칭

---

47 까느비에르 위쪽의 쌩뱅상드뽈 교회. 마르세유 시민들은 보통 '개혁파 교회'라고 부르는데, 그 자리에 있던 개혁파 아우구스티노회 수도원의 옛 교회 때문이다.

송이 자자한 미지의 나라에 대한 희망이었을 것이다.

수위는 — 결코 키클롭스가 아니었고, 두개의 가느다란 눈에서 영리하고 메마른 눈빛이 빛나고 살갗이 가죽처럼 질겨 보이는 작달막한 사람이었다 — 왠지 모르겠는데, 기다리고 있는 무리 속에서 나를 선택했다. 나는 그가 내미는 종이 위에 용건과 이름을 적어야 했다. '작가 바이델에 관한 용무'라고 썼다. 그가 무얼 보고 즉시 나에게 무리 속을 뚫고 위로 올라가는 길을 터주어야겠다는 인상을 받았는지 모르겠다. 비좁고 작은 대기실 안에 아마도 발탁된 듯한 십여명의 대기자들이 있었다. 깡마른 에스빠냐 남자 셋과 통통한 에스빠냐 남자 하나가 격렬하게 싸움을 벌이고 있는 모양이었다. 곧 칼부림이라도 날 것 같은 험악한 기세였다. 하지만 보아하니 별것도 아닌 일을 놓고서 엄청난 열정을 쏟아내고 있는 듯했다. 넝마 같은 옷을 걸치고 수염이 텁수룩한 강제노역병 하나가 지친 모습으로 현란한 포스터 앞에 기대어 있었다. 엄청나게 큰 모자를 쓰고 알록달록한 옷을 입은 두 아이가 그려져 있었다. 나라마다 다채롭고 화려한 모습을 보여 마음을 움직이기 힘든 사람들에게 여행 충동을 불러일으키던 시절의 여행 포스터였다. 단 하나밖에 없는 의자 위에는 숨 쉬기가 힘든 한 노인이 앉아 있었다. 옷차림과 머리 모양과 냄새로 볼 때 수용소에서 나온 게 틀림없는 몇명의 남녀도 있었다. 그러고는 옷을 잘 차려입은 예쁘장한 금발 처녀가 더 들어왔는데 — 그러자 갑자기 다들 함께 이야기를 하기 시작했고, 나로서는 더이상 어떤 언어로 말을 하는 건지 의식조차 할 수 없었다. 일종의 합창과도 같았다. 외지인은 더이상 오랑에 발을 들여놓을 수 없다는데. — 에스빠냐는 우리 같은 사람을 통과시키지 않는대. — 뽀르뚜갈은 이제 아무도 들어오지 못하게 한대. — 배

한 척이 마르띠니끄를 거쳐서 간다는데. ─그곳에서 꾸바로 갈 수 있어. ─하지만 우리는 여전히 프랑스의 주권 아래에 있다고. ─하지만 어쨌든 사람들은 떠나고 있어.

나는 반쯤은 즐겁고 반쯤은 지루한 마음으로 기다렸다. 그러다 내 이름을 부르는 소리에 아무 감정도 없고 아무 계획도 없이 반쯤은 즐겁고 반쯤은 지루한 마음으로 영사관의 서기관 방으로 들어갔다.

내 앞에는 대단히 생기발랄한 눈을 지닌 아직 젊고 체구가 작은 남자가 서 있었다. 내 모습을 보자 즐거운 기색을 내비치며 두 눈이 반짝거렸다. 나의 방문으로 특히 생기를 얻었기 때문이 결코 아니었다. 그는 천성이 그런 사람이어서 아마도 동료들 가운데 유일하게 자기 사무실을 방문하는 사람 누구에게나 매일같이, 그 수가 천명이라 해도, 새롭게 활력을 얻을 수 있었다. 순서를 어기고 새치기하려는 하찮은 암거래상의 술수라든가, 자신도 한번 면접을 허락받으려는 전직 장관의 기대라든가, 이 사무실 안에서 일어나는 모든 일에 그의 두 눈이 반짝거렸다. 이 지나치게 생기발랄한 눈으로 그는 멕시꼬로 가려는 모든 사람을 하나하나 날카롭게 관찰했다. 로테르담에 있는 보세 창고들이 불타버렸지만 보증금이 아무리 비싸더라도 아직 그 정도는 낼 만한 돈을 가진 네덜란드 상인, 내전에서 벗어나 삐레네 산맥을 넘고 여기저기 수용소를 전전하다가 마침내 여기 라마들렌 대로까지 몸을 질질 끌고 나타난 목발 짚은 에스빠냐 사람 등. 그의 두 눈은 모든 비자 신청자의 마음속을 파고들었다. 그리고 이 사람들을 자기 나라에 입국시키기에 합당해 보이는 정도에 따라 그 사람이 비자를 받을 준비가 충분히 갖추어지도록 관련 서류 묶음의 빈틈과 결함을 줄이기 위해서라면 무슨 일이든 다 했다.

그는 나에게 무엇을 원하는지 차갑게 물었다. 기지와 통찰력으로 이글거리는 그의 두 눈이 뚫어지게 바라보는 바람에 나는 갑자기 무기력한 타성에서 벗어나 정신이 번쩍 들었다. 그가 내 안에 잠들어 있던 나 자신의 기지와 통찰력에 대한 의식을 깨워놓았다.

"제가 여기에 온 것은……" 내가 말했다. "바이델에 관한 용무 때문입니다." 그가 응수했다. "맞습니다. 그 이름은 내 서류에 기입되어 있습니다." 그가 서류 다발을 뒤적거리는 뚱뚱한 남자에게 그 이름을 소리쳐 알렸다. 그의 묘한 억양으로 인해 이름이 살짝 다르게 들렸다. 그가 다시 내게로 몸을 돌려 이렇게 말했다. "찾는 동안 내가 다른 사람들 일을 하더라도 용서하십시오." 나는 즉시 그의 말을 가로막고서 가져온 꾸러미를 책상 위에 올려놓고는 떠나려고 했다. 하지만 누가 말을 가로막는 것을 싫어하는 기색이 너무도 역력한 그는 말을 가로막는 내 행동을 시간 낭비로 여기고 손짓으로 제지했다. 그러고는 여러사람을 차례로 불러들였다. 먼저 에스빠냐 사람 네명을 한꺼번에 들어오게 했다. 그들은 들어와서 어깨를 한번 으쓱해 보이고는 나갔는데, 아무 소득도 없이 돌아가는 것임이 분명했다. 서기관도 양 어깨를 한번 으쓱했다. 그다음으로는 금발 여자가 들어왔는데, 에브로 여단[48]에서 복무했던 애인을 찾고 있었다. 서기관은 그녀에게 자신은 여단 목록을 가지고 있지 않다는 표시를 했다. 그러면서 그의 생기발랄한 두 눈은 습관적으로 이 젊은 여자를 훑어보면서 실종된 애인에 대한 그녀의 애정 수준을 판단했다. 이어서 비자를 받고 감사의 인사를 하느라 진땀을 흘리는 상인, 미국으로부터 비자를 받지 못한 강제노역병, 영사관을 새

---

48 1938년 7~11월 에브로 강 전투에서 마지막으로 대규모 병력을 투입해 전세 역전을 시도했던 국제여단을 가리키는 것으로 보인다.

로 칠하러 온 페인트공이 차례로 들어왔다. 끝으로 아직 애들이나 다름없는 매우 어린 한쌍의 연인이 손을 잡고 들어왔다. 무슨 내용이 이야기되는 것인지는 알아듣지 못했지만 그들 사이의 의식儀式만은 이해할 수 있었다. 그들은 비자를 받았으며, 세사람 모두 미소를 지었고, 서로에게 고개 숙여 인사했다. 나는 그들이 서로 손을 잡고 날아갈 듯 이곳을 훌쩍 떠나가는 것이 부러웠다. 나는 멕시꼬 영사관 사무실 의자 위에 혼자 남아 있었다. 그사이 서기관에게 관련 서류 묶음이 전달되었다. 그가 말했다. "여기 바이델의 서류가 있습니다." ──내 머릿속에 빠리에서 읽은 편지에 대한 흐릿한 기억이 안개처럼 뿌옇게 피어올랐다. 나는 책상 위에 놓인 서류를 뚫어지게 바라보았다. 이 세상에 남아 있는 죽은 자의 흔적들이었다! 비자는 비자대로, 증명서는 증명서대로, 서류 묶음은 서류 묶음대로[49] 다 갖추어져 있었다. 완벽하고도 확실한 희망을 품고서.

나는 뜬금없이 근소하나마 서기관보다 우월한 입장에 있다는 생각이 들었다. 살아 있는 바이델에 대해서라면 서기관이 더 우월했을 테지만, 그래서 그를 꿰뚫어 보았을 것이고, 이리저리 살펴보며 즐거워했을 테지만 말이다. 하지만 지금은 더없이 쓸데없는 통찰력을 가지고 서류를 꼼꼼히 들여다보는 서기관의 모습에 나는 절로 흥이 났다. 빙빙 돌며 윤무를 추는 비자 신청자들 틈에 그림자 하나가 섞여 있는 형국이었다, 깨끗이 단념한 그림자 하나가. 그에게 즉시 진상을 밝혀 깨닫게 하는 대신에 나는 잠시 그가 무의

....

49 장례식 때 성직자가 흙을 떠서 관 위에 뿌리며 "흙은 흙으로, 재는 재로, 먼지는 먼지로!"라고 하는 말을 연상시킨다. 죽어서 흙과 재와 먼지로 돌아가는 것이 인간의 허무한 운명이듯이 여기서는 죽은 바이델이 비자와 증명서와 서류 묶음이 되어 눈앞에 있는 것이다.

미하게 자신의 일에 전념하도록 놔두었다. 전화벨이 울릴 때까지. "아니요!" 서기관이 소리쳤다. 전화를 받으면서도 그의 두 눈은 반짝거렸다. "우리 정부의 확인이 아직 도착하지 않았습니다." "이 사례가……" 그가 갑자기 나에게 말했다. "당신 사례와 많이 닮았습니다."

내가 놀라서 말했다. "죄송합니다. 서기관님이 착각하고 있는 겁니다. 제 이름은 자이들러입니다. 제가 여기에 온 것은 다만……" 나는 모든 것을 사실 그대로 정확히 설명하려고 했다. 그러나 긴 설명을 싫어하는 그는 격분하여 내 말을 가로막았다. "아, 글쎄, 나도 알고 있어요." 그는 그동안 내내 내 이름과 용건이 적힌 쪽지를 두 손가락 사이에 끼워 들고 있었다. "내가 방금 전화로 당신 동료 중 한사람에게 이미 열번이나 설명한 것처럼 당신도 마찬가지로 우리 정부가 당신의 신분증 이름인 자이들러가 필명인 바이델과 동일인임을 확인해줄 때에만 비자를 발급받을 수 있습니다. 우리 정부는 당신의 신원이 보증된다면 그렇게 해줄 수 있을 겁니다." 이러한 설명을 듣고 내 머리는 바람이 스쳐지나가는 전깃줄처럼 윙윙거리기 시작했다. 이것은 나 자신의 경보장치였으며, 현재의 내 삶을 파괴할지도 모르는, 아니, 파괴하도록 되어 있는 어떤 일을 아마도 내가 막 벌이려는 참임을 스스로 채 의식하기도 전에 나에게 언제나 나타나는 일종의 자기 경고였다.

나 자신은 완전히 정식으로 이렇게 응답했다. "제발, 제 말을 먼저 들어주세요. 이건 다른 문제입니다. 저는 이미 모든 것을 빠리에 있는 당신네 영사님께 설명드린 바 있습니다. 여기에 한묶음의 서류와 원고와 편지 들이 있습니다……" 그가 더이상 참을 수 없고 짜증이 난다는 동작을 했다. "당신은 원하는 걸 제시할 수 있습니다." 그가 말을 시작했다. 그러면서 내 눈 속을 들여다보았다. 그의 생기발랄하고 예리한 눈초리가 내 안에 잠들어 있던 생기가 되살아나는 강렬한 느낌을 불러일으켰고, 예리한 통찰력을 한번 대등하게 겨루어보고 싶은 억제할 수 없는 소망을 자극했다. "우리 공연히 시간을 낭비하지 않도록 합시다. 시간은 나에게나 당신에게나 마찬가지로 소중하니까요. 즉시 올바른 절차를 밟아야 합니다." 나는 일어선 다음 서류 다발을 집어들었다. 그는 나에게서 시선을 떼지 않았다. 이제는 내 쪽에서 그의 시선을 꽉 붙잡고 마주 보았다. 내가 물었다. "그러면 제가 어떤 절차를 밟아야 합니까? 조언을 해주세요!" 그가 말했다. "마지막으로 되풀이해서 말씀드리겠습니다. 비자를 얻어주기 위해 문의했던 그 친구들한테 부탁해서 우리 정부에게 당신의 신분증 이름인 자이들러가 필명인 바이델과 동일한 인물임을 보증을 서달라고 하세요."

나는 조언에 감사를 표했다. 우리는 서로 시선을 떼어내는 데 — 힘이 들었다.

II

나는 깊은 생각에 잠겨 집으로 갔다. 내 말은, 어제저녁부터 묵고 있는 그 호텔로 갔다는 뜻이다. 그 호텔을 처음으로 주의 깊게 바라보았다. 밝은 대낮에. 길은 양옆이 높이 솟아 있고 좁았지만 마음에 들었다. 길 이름도 마음에 들었다. 라프로비당스[50]라는 이름이

──────────
50 '신의 섭리' 또는 '하늘의 가호'라는 뜻.

었다. 호텔 이름은 길 이름을 따랐다. 처음엔 나 혼자만의 방을 얻어 기뻤다. 이제는 방에 혼자 있는 법을 새로 다시 배워야 한다는 것을 깨달았다. 창가로 다가가 내려다보았다. 마침 도로 세척 장치를 열어놓아 세찬 물줄기가 마치 소합대와도 같은 오물을 전부 포도鋪道 아래쪽으로 떠내려보내고 있었다. 이 방 안에서 나는 무슨 일을 해야 할까? 이 사면의 벽은 나에게 무슨 의미일까? 일제단속을 기다리는 것인가? 이 세상에서 내가 아직도 진정으로 두려워하는 유일한 것은 자유의 상실임을 강하게 느꼈다. 이제 다시는 갇히고 싶지 않았다. 무슨 일이 있어도. 어제저녁의 그 늙은 바보, 까라까스의 악단 지휘자 말이 맞았다. 여기를 떠나야만 했다. 떠나지 않으려면 남아 있을 확실한 자격이 필요했다. 하지만 나는 결코 선택받은 자들에 속하지 않았다. 비자도 없고, 통과비자도 없으며, 한편 체류 자격도 없었다. 생각들이 나에게 날아왔고 나는 그것들을 몰아냈다 — 머릿속이 약하게 윙윙거렸다 — 칙칙하게 변색된 문장, 지나치게 생기발랄하고 능글맞은 키 작은 서기관의 눈빛이 어른거렸다. 혼자 있는 것을 더이상 참을 수 없었다. 어제저녁에 아무리 냉랭하게 맞이했어도, 다시 한번 조르주 비네를 시험해보기로 했다. 내가 이 도시에서 아는 유일한 이름이었다. 슈발리에루즈 가로 갔다. 나는 청동 주먹을 움켜쥐고 문을 두드렸다.

당신을 이제 한번 더 비네 씨 가족 이야기로 지루하게 하더라도 — 우리는 곧 다시 중심 줄거리 앞으로 바짝 다가서게 될 것이오. 그러면 당신은 집집마다 얼마나 많은 그늘이 드리워 있는지 보게 될 거요.

조르주 비네는 나에게 어디로 갈 거냐가 아니라 어디서 왔느냐고 물은 유일한 사람이었다. 나는 그에게 내가 지금까지 당신에게 이야기한 모든 것을 곧바로 털어놓았다. 단 한가지만은 싹 빼놓고 이야기했다. 바이델에 관한 이야기 한가지만! 독일군이 들어오자 음독 자살한 낯선 사람이 비네 씨와 무슨 상관이 있겠는가. 조르주는 내 이야기를 주의 깊게 들었다. 그는 북프랑스풍의 회색 눈을 지닌 중키의 강건한 사람이었다. 공장의 멍청한 지시 때문에 그는 마르세유로 흘러들어오게 되었다. 공장은 동원령을 받고 기업체에 배속된 그를 데리고 있다가 철수 명령을 내렸지만 나중에 자진 해산하고 종업원 모두를 포기했던 것이다. 그는 지금 제분소에서 급료가 형편없는 야간작업을 하고 있었다. 하지만 일을 벗어나면 자유롭고 명랑하고 분방하게 살았다. 그는 여자 친구의 기이한 새와 그녀의 아들을 돌보았지만, 이 아이는 자존심이 몹시 강했기 때문에 아이의 마음을 상하지 않게 하려고 조심스럽게 대했다.

나는 첫 순간부터 이 소년에 대해 고통스러운 애착을 느꼈다. 그는 테이블에 앉아 내 이야기를 말없이 들었다. 나는 배려하느라 애썼다. 그의 두 눈이 반짝거리는 것은 무엇 때문인가? 그의 눈은 절대로 이 세상과 다른 세상을 보지 않게 될 것이다. ——그의 거무스름한 황금색 피부는 무엇 때문에 존재하는 것인가? 그가 언젠가 두 팔로 안게 될 소녀는 분명 다른 재료로 되어 있을 것이다. 그가 우리의 대화를 입술이 떨리도록 긴장된 마음으로 주의 깊게 듣고 있는 것은 무엇 때문인가? 그는 우리 두 어른에게서 그해의 혼란스러운 경험들, 배신과 무질서 외에는 다른 아무 이야기도 듣지 못했다.

이날 저녁 조르주의 애인이 나를 초대해 식사를 같이 하게 되었다. 커다란 대접에 양념한 밥이 나왔다. 세사람 모두 나를 싫어하지 않는다는 것을 느꼈고 고마웠다. 사람들은 보통 커다란 사랑의 시작에 대해 요란스럽게 이야기한다. 하지만 몇시간의 평온한 자리,

생각지 못한 푸근한 대접, 그대를 위해 자리를 내주는 식탁은 우리를 지탱하는 근거이자 우리가 파멸하지 않고 살아갈 이유이다.

나는 이날 저녁을 비네 씨 가족과 함께 보내면서 마음이 다소 차분해졌다. 오랫동안 혼자 살다보면 누가 자신의 삶에 대해 물어주기만 해도 마음이 차분해지는 법이다. 내가 라프로비당스 가로 돌아와 방 안에 혼자 있게 되었을 때에야 다시 마음이 불안해졌다.

자리에 눕자마자 오른쪽 옆방에서 난리굿을 벌이는 요란한 소리가 들리기 시작했다. 나는 잠을 자기 위해 그리로 뛰어갔다. 십여명의 사람들이 두패로 나뉘어 카드놀이를 하고 있었다. 그들의 군복과 이상한 아랍식 머릿수건을 보고 나는 그들이 외인부대 병사라는 것을 알았다. 그들은 거의 모두 얼근히 취했거나 마구 소리 지르기 위해 일부러 취한 척을 했다. 드잡이를 벌이지는 않았지만, 그들이 내는 모든 소리에는 위협적인 울림이 깔려 있었다. 사람들 사이에 제 뜻을 관철시키려면 이런 위협적인 울림이 있어야만 한다는 듯이, 심지어는 단지 술 한잔 달라고 하거나 카드를 치며 패를 내놓을 때에도 으르딱딱거렸다. 아무도 권하지 않았는데도 나는 여행가방 위에 웅크리고 앉았다. 조용히 해달라고 부탁하는 대신 술을 마시기 시작했다. 나는 이제 더이상 혼자가 아니었다 — 그것으로 충분했다. 아무리 게임에 미쳐 있고 싸우기를 좋아해도 그들은 내가 왜 왔는지를 이해하고 있었기 때문에 여행가방 위에 그대로 앉아 있게 놔두었다. 그들은 그래도 뭐가 중요한지를 알고 있었다. 좀더 좋은 군복을 입고 깨끗한 버누스[51]를 걸친 자그마한 사람이 나를 진지한 눈으로 유심히 지켜보고 있었다. 그의 가

---

51 대개 두건이 달리고 소매가 없으며 길이가 긴 아랍식 망또.

슴 위에는 많은 메달들이 번쩍거렸다.

이 방 안에서 마셔대는 술은 상당히 독한 혼합주였다. 몸이 후 끈 달아올랐다. 몽롱하고 뿌연 기운 속에서 한사람의 가슴 위에 매달린 메달들이 번쩍거렸다. "너희, 여기서 뭐 하고 있는 거야?" ──"우린 레밀[52] 임시수용소 소속인데 휴가 중이야. 모든 휴가병이 묵을 방을 공동으로 빌린 거야. 이게 우리야, 알겠니? 이게 우리 방이고." "너희 어디로 가는데?" "독일로." 난쟁이처럼 쪼그만 사람이 외쳤다. 그는 커다랗게 휘감은 머리장식으로 신체적 결함을 줄이려고 하였다. "다음주에 귀국해." 잘생기고 당돌해 보이는 머리를 창틀에 기댄 채 담배를 피우며 다리 한쪽을 밖으로 내놓고 열린 창문에 걸터앉은 한사람이 덧붙여 이야기했다. "독일 군사위원회[53]가 왔어! 씨디벨아베스[54]로. 그들이 외인부대의 모든 독일 병사

---

52 마르세유 북쪽 약 30킬로미터 지점에 위치한 수용소. 본래 부슈뒤론 도(道) 남쪽의 이른바 '불온한 외국인'을 가두는 곳이었다가 1940년 11월 이후 다른 수용소 수감자들이 임시로 머무는 곳으로 개편되었다. 출국을 원하는 외국인 수감자들이 이곳으로 보내졌는데, 그들은 마르세유에서 출국 관련 일을 처리할 수 있도록 '휴가'를 얻을 수 있었다. 제거스의 남편도 베르네 수용소에서 이곳으로 이감된 후 모두 일곱차례 휴가를 얻어 가족과 만났으며, 마지막 휴가 때는 바로 다음날 프랑스를 떠난다는 조건으로 레밀 수용소를 나올 수 있었고, 실제로 제거스 가족은 다음날인 1941년 3월 24일 극적으로 프랑스를 탈출하는 데 성공했다. 각주 92, 각주 112참조!

53 독일-프랑스 휴전협정에 따라 독일 군사위원회는 프랑스 비점령지역 내의 모든 수용소를 사찰하였다. 에른스트 쿤트를 위원장으로 하는 이른바 쿤트 위원회가 가장 유명했다. 위원회는 망명자를 찾아내 일부는 인도 요청을 했고, 유대인들의 목록을 작성했다. 수용소의 유대인들은 1942년 3월부터는 프랑스의 점령지역에서, 같은 해 여름부터는 비점령지역에서도 독일의 강제수용소로 강제 이송되었다. 프랑스를 출국하려면 쿤트 위원회의 동의를 얻어야 했다.

54 알제리 서북쪽 도시. 19세기 후반 프랑스 외인부대의 거점이 되면서 빠르게 성장했다. 1931~62년 프랑스 외인부대의 본부가 있었다.

에게 귀국하라고 촉구했어. 대사면이야! 모든 죄의 용서!"—"너희는 히틀러가 마음에 드니?"—"우린 상관없어." 한 친구가 말했다. 그의 얼굴이 아주 이상하게 일그러진 모습이어서 나는 단지 내 눈앞의 몽롱한 기운이 그의 특징을 뿌옇게 가리고 있는 것인지 알아보기 위해 몸을 숙였다. 그랬더니 입도 코도 제자리에 있지 않았고 짜부라진 채 넓적하게 퍼져 있었다. "뭐든지 다 상관없어. 그런 건 더욱더 상관없고." 창틀 속 사내가 어깨 너머로 돌아보며 말했다—그사이 그는 다른 다리도 밖으로 내놓는 바람에 방을 등지고 앉아 있었다. "여기서 외인부대와 함께 묻히느니 차라리 고향에서 총살당하는 편이 낫지." "우린 이제 총살당하지 않아." 난쟁이가 말했다. "참수당하지." 창틀 속 남자가 두 귀를 쥐고 자기 머리통을 끌어올렸다. "이걸로 볼링을 할 수도 있어."

몹시 고통스러운 표정을 한 사내가 노래를 부르기 시작했다. "고향에서, 고향에서……"[55] 그의 찡그린 얼굴에서 아주 소박하고 우아한 노래가 흘러나왔다, 그의 삐딱한 입에서. 나는 어제저녁에 전혀 꿈을 꾸지 않았거나 아니면 지금도 꿈을 꾸고 있는지 모른다. 메달이 주렁주렁 걸린 작은 사내가 내 옆에 나란히 여행가방 위에 앉았다. "나는 아니야. 귀국하지 않고 다른 쪽으로 갈 거야. 나는 상관없지 않아. 그런데 너는?" "나는 남을 거야." 내가 말했다. "두고 보라고. 난 결국 남아 있을 거야." 그가 말했다. "취해서 그렇게 말하는 거야. 누구든 남아 있을 수는 없어." 그는 진지하고 조화로운 방식으로 나와 부딪혔다. 나는 그를 끌어안고 싶었지만 그의 앞가

55 1차대전 때 발간된 노래책 『반더포겔 앨범』에 실린 한 노래에는 후렴구처럼 반복되는 다음과 같은 구절이 있다. "숲 속의 작은 새들 예쁘게 어여쁘게 노래하네. 고향에서, 고향에서 재회할 날 있으리."

슴에 금빛으로 반짝거리는 몽롱한 기운이 자욱하게 퍼져 나를 가로막았다. "왜 너에게 이런 걸 걸어주었지?" "내가 용감했거든." 나는 여행가방 위에서 몸을 둥그렇게 했다. 나는 방에서 혼자 있기 위해 내 돈의 대부분을 썼다. 하지만 지금은 여기서 자고 싶었다. 진지한 눈빛의 작은 사내가 나를 일으켜세워 능숙하게 감아잡고는 방 밖으로 데리고 나갔다. 심지어 그는 내 침대에 눕기까지 했다.

III

그 주가 거의 다 끝나갈 무렵이었는데, 이른 아침에 누군가 요란하게 문을 두드렸다. 메달을 주렁주렁 단 외인부대원이 방 안으로 밀고 들어왔다. "일제단속이야!" 그는 나를 끌고서 복도 끝에 있는 작은 문을 지나 좁고 가파른 계단을 올라가 다락 공간으로 데려갔다. 그러고는 자신의 휴가증을 가지고 내 침대에 눕기 위해 내려갔다. 나는 다락 공간에서 지붕 위로 통하는 두번째 계단을 발견했다. 작은 굴뚝들 가운데 하나를 골라 그 뒤에 웅크리고 앉았다.

바람이 강해서 단단히 붙잡아야 했다. 나는 도시 전체를 볼 수 있었다. 여러 산들과 노트르담 드 라 가르드 성당[56], 철교가 있는 구항의 푸른 사각형이 보였고, 잠시 후 안개가 걷히자 섬들이 여기저기 떠 있는 탁 트인 바다가 눈에 들어왔다. 나는 몇 미터 더 옆으로 움직였다. 내 밑에서 벌어지고 있을 일을 잊고 있었다. 층마다 살살

---

[56] 신(新)비잔틴 양식으로 건축되어 프랑스 다른 지역에서는 보기 드문 외관의 대성당. 종탑 꼭대기에 아기 예수를 안은 황금색 성모 마리아 상이 있다. 구항(舊港) 남쪽 석회암 언덕에 세워져 도시 전체를 내려다볼 수 있다.

이 뒤져 잡아내는 경찰들의 사냥 놀이가 벌어지고 있을 터였다. 화물적치장과 방파제가 무수히 널린 졸리에뜨 구역[57]을 구경했다. 그러나 그 시설들은 전부 비어 있었다. 아무리 눈 씻고 찾아봐도 제대로 된 배 한척이 거의 보이지 않았다. 어제 까페마다 사람들이 떠들어대던 말, 수일 내로 브라질행 배 한척이 뜬다는 말이 머리를 스쳤다. ——우리 모두를 태울 자리는 없었다. 노아의 방주가 생각났다. 동물마다 한쌍씩만 태운 저 노아의 방주! 하지만 당시에는 틀림없이 그것으로도 충분했을 것이다. 그 지시는 현명했다. 우리도 다시 넘치도록 많은 수가 되었다.

살짝 무슨 소리가 들렸다. 나는 주춤하며 뒷걸음쳤다. 하지만 새끼 고양이에 불과했다. 고양이가 성난 모습으로 나를 노려보았다. 우리 둘 다 놀란 나머지 몸을 부르르 떨며, 무언가에 사로잡힌 듯 서로를 노려보았다. 내가 쉭 소리를 내자 고양이는 바로 옆의 지붕으로 펄쩍 뛰어건너갔다.

자동차 경적 소리가 골목에서 올라왔다. 나는 지붕 언저리 너머로 살펴보았다. 경찰들이 타고 온 차에 다시 오르고 있었다. 두명이 한사람을 호텔 문에서 길 위로 세게 잡아당겨 끌어냈다. 잡아끄는 모습에서 그 사람이 경찰 두명과 수갑으로 연결되어 있음을 알 수 있었다. 그들이 쌩하니 떠나가자 그 사람이 내가 아니라는 것에 나는 기뻤고 화가 났다.

내 방이 있는 층으로 내려왔다. 왼쪽 옆방에 한 무리의 투숙객들이 끌려간 자의 울부짖는 부인을 둘러싸고 물어보기도 하고 위로

---

57 구항 북쪽의 신항 구역. 고대 로마의 장군 율리우스 카이사르에게서 그 이름이 비롯되었다. 카이사르가 폼페이우스와 대결을 벌일 당시 이곳에 주둔하며 진지를 구축했다고 한다. 각주 71 참조!

하기도 하면서 서 있었다. 그녀는 울어서 집 요정 코볼트처럼 얼굴이 붓고 빨갰다. 그녀가 소리치며 말했다. "남편은 어젯밤 바르[58]에서 왔어요. 우리는 내일 브라질로 가기로 했단 말이에요. 그는 통행증까지 얻게 되었어요. 다만 마르세유 체류권이 없었어요 — 그런게 왜 있어야 하나요? 내일 떠나려고 했는데 말이에요. 우리가 체류허가를 신청했더라면 어땠을까요? 답을 듣기도 훨씬 전에 우린 이미 바다 위에 나가 있을 거예요. 그래서 이제 우리는 배표도 잃게 생겼고 비자도 만료가 될 거예요." 질문도 뚝 끊겼고 마땅히 해줄 말이 없어서 위로의 말도 나오지 않았다. 외인부대 병사들도 거기에 와 있었는데, 그들의 무덤덤한 표정을 보면 예전부터 그들이 지나다니던 숱한 도로변에도 울부짖는 여자들이 얼마나 많았는지 짐작할 수 있었다. 나는 한마디도 알아듣지 못했다. 터무니없는 말이 하도 많아서 알아들을 만하지도 못했다. 마치 바싹 마르고 뚫고 들어갈 틈이 없는 야생의 덤불숲과도 같았다.

IV

　다음 며칠 동안 나는 생활이 어느정도 안정되었다고 생각했다. 이본이 통행증을 보내주었다. 나는 통행증을 들고 루부아 가의 외지인 등록소로 갔다. 그곳에 두번째로 가는 것인데 이번에는 공적인 용무로 갔다. 거기서 나는 도장을 받았다. 직원이 이곳에 온 목적을 물었다. 나도 이미 꾀가 생겨 출국 준비를 하기 위해 왔다고 말했다.

---

58 부슈뒤론 바로 동쪽에 위치한 도(道).

그는 나에게 출국 준비 목적으로 4주간의 마르세유 체류권을 주었다. 나에게 허락된 시간이 길게 느껴졌다. 나는 거의 행복했다.

나는 출국병에 걸린 악귀들의 무리 속에서 조용히 거의 혼자서 지냈다. 나는 씁쓸한 대용 커피[59]나 달콤한 바뉼스 포도주[60]를 허기진 위장에 흘려넣으며 나와는 전혀 무관한 항구의 잡담에 넋 나간 듯 귀를 기울였다. 날은 이미 추워졌다. 하지만 나는 늘 바깥이나 창문 구석에 앉아 있었다. 사방에서 동시에 사람을 공격하는 미스트랄[61]로부터 자신을 방어하며. 저 아래 까느비에르 언저리에서 빛나는 푸른 물 한조각은 곧 우리 대륙의 끝자락이자, 다시 말하면 저 너머 태평양의 블라지보스또끄와 중국에서 여기에까지 이르는 세계의 가장자리였다. 이 세계를 까닭 없이 구세계라고 부르지 않는다. 하지만 여기서 그 세계는 끝이 났다. 곱사등을 한 작은 사무원 한명이 선박회사 사무실에서 걸어나와 문 앞의 바싹 마른 작은 칠판 위에 배 이름과 출발 시간을 적어넣는 모습이 보였다. 그 왜소한 곱사등이 뒤로 즉시 사람들의 긴 행렬이 생겨났다. 그들은 모두 바로 그 배를 타고 우리의 이 대륙을 뒤로하고 떠나기를 희망했다. 이제껏 살아온 자신의 삶을, 가능하다면 영원히 죽음까지도 떠나고 싶어했다.

미스트랄이 너무 세차게 불어오면 나는 여기 피자 가게의 이 테이블에 앉았다. 당시까지만 해도 피자가 달콤한 맛이 아니라 후추

---

59 대개 보리와 치커리 뿌리를 주재료로 하여 볶아서 가루로 만든 것으로 맛과 향이 커피를 닮았다.

60 프랑스 남부의 해안 소도시인 바뉼스쉬르메르 인근에서 생산되는 석류빛 감미 와인. 이곳은 삐레네 산맥과 지중해가 만나는 지역으로 계단식 밭에서 포도가 재배된다.

61 겨울에서 봄 사이에 프랑스의 중앙고원에서 론 강 계곡을 따라 지중해의 리옹만 쪽으로 불어내리는 한랭 건조한 국지풍.

와 올리브, 정어리 맛이 난다는 것이 이상하게 여겨졌다. 나는 배고픈 나머지 몸이 가벼웠다. 나른하고 피곤했으며, 거의 내내 살짝 취해 있었다. 피자 한조각과 로제 와인 한잔을 살 돈밖에 없었기 때문이다. 피자 가게에 들어서면 이 생활에서 단 한가지 결정하기 어려운 문제에 마주쳤다. 항구 쪽을 마주 보고 당신이 지금 앉아 있는 자리에 앉을까, 아니면 화덕을 마주 보고 내가 지금 앉아 있는 자리에 앉을까 하는 문제였다. 양쪽 다 각기 장점이 있기 때문이다. 나는 저녁 하늘 아래 어선들의 활대 뒤로 구항의 다른 쪽에 죽 늘어선 건물들의 하얀색 전면을 몇시간이라도 관찰할 수 있었다. 또 요리사가 반죽을 때리고 치대는 모습, 그의 두 팔이 화덕 속으로 들어가는 모습, 화덕에 새 장작을 던져넣는 모습을 몇시간이고 지켜볼 수 있었다. 그러다가 나는 비네 씨 집으로 올라갔다. 그들은 오분 거리에 살고 있었다. 비네의 여자 친구는 나에게 양념 밥을 다시 내놓거나 해산물 수프를 함께 주기도 했다. 그녀는 골무 모양의 조그만 잔에 담긴 진짜 커피를 내왔다. 그녀는 그것을 소량의 커피콩과 다량의 보리 낟알이 뒤섞인 한달 치 배급량에서 가려내곤 했다. 나는 소년을 위해 목각으로 무언가를 만들어주면서 소년이 지켜보다가 머리를 나에게 기대게 했다. 평범한 삶이 사방에서 나를 감싸고 있다는 느낌이 들었고, 나로서는 그런 삶에 도달할 수 없게 되었다는 느낌도 들었다. 조르주는 그사이 야간근무에 나갈 옷을 입었다. 우리는 사람들이 당시에 말다툼을 벌이던 문제들, 즉 독일군이 영국 상륙에 성공할 것인지, 독소 불가침협정이 지속될 것인지, 비시 정부가 독일군에게 다까르[62]를 해군기지로 내줄 것인

<hr>

62 프랑스령 서아프리카의 수도였던 다까르는 비시 정부의 대독일 협력 관계에서 중요한 역할을 하였다. 1940년 12월 총리에 임명된 후 노쇠한 뻬땡 원수를 대신

지를 놓고 싸웠다.

당시에 나는 여자도 사귀었다. 그녀의 이름은 나딘이었다. 그녀는 전에 비네의 여자 친구와 함께 설탕 공장에서 일했다. 그녀는 예쁜 외모와 영리한 머리로 뜻한 바를 이루어 지금은 백화점 '레 담 드 빠리'의 모자 코너에서 점원으로 일하고 있었다. 그녀는 키가 컸고, 걸음걸이가 매우 꼿꼿했으며, 총명하고 갸름한 금발 머리를 자랑스럽게 들고 다녔다. 또 짙은 청색 외투를 걸치고 늘 매우 멋지게 옷을 입었다. 나는 그녀에게 처음부터 대뜸 가난하다고 말했다. 그녀가 말하기를, 일단 그런 것은 전혀 상관이 없다, 어찌 됐든 자기는 나에게 반했다, 그렇다고 그것이 무작정 결혼으로 연결되는 것은 아니다 ─ 죽음이 우리를 갈라놓을 때까지 같이하자는 평생의 언약일 수는 없다고 했다. 나는 그녀를 매일 저녁 7시에 데리러 갔다. 당시에 나는 입술을 진하게 그린 그녀의 크고 예쁜 입, 나비 날개의 가루처럼 노르스름한 분홍빛으로 얼굴과 두 귀에 갓 바른 강한 분 냄새, 밝은 빛의 매서운 두 눈 밑에 일부러 그린 게 아니라 극도의 피로 때문에 진짜로 생긴 눈 밑 그늘이 너무나 좋았다. 나는 저녁에 그녀를 레장스로 데려가기 위해 하루 종일 기꺼이 굶고 지냈다. 그녀가 좋아하는 까페인 그곳은 유감스럽게도 커피 값이 2프랑이었던 것이다. 그러고는 매번 우리가 그녀 방으로 가는 게 좋을지 아니면 내 방으로 가는 게 좋을지 옥신각신하며 사소한 말다툼이 벌어졌다. 내가 나딘과 함께 지나갈 때면 외인부대원들이 혀를 차며 딱딱 소리를 냈다. 그들의 눈에 나는 여자 친구를 소유함으로써 부쩍 커 보였다. 그들은 우리가 자리에 눕자마자 우리

해 실질적인 정부 수반이 된 프랑수아 다를랑 체제하에서 다까르는 독일제국에 해군기지로 제공되었다. 각주 75 참조!

를 축하하거나 짜증나게 하기 위해, 아니면 두가지를 동시에 하기 위해 난잡한 노래를 부르기 시작했다. 나딘은 나에게 이 악귀들이 대체 누구냐고, 그들이 함께 부르는 노래가 무엇이냐고 물었다. 무언가가 나로 하여금 우연히 팔에 안게 된 아름다운 여자를 떠나 이들 패거리에게로 끌어당기고 있음을, 내가 나 자신에게도 설명하지 못하는데, 그녀에게 어떻게 설명할 수 있겠는가.

비네와 나는 서로 자신의 여자와 늘 재미있게 지냈는데, 그들 중 하나는 피부색이 밝았고 다른 하나는 어두웠다. 하지만 여자들은 질투가 심했고 서로를 좋아하지 않았다.

V

그사이 체류허가를 받은 한달이 다 지나갔다. 나는 이미 이 도시에 완전히 편입된 느낌이었다. 방이 있고, 친구가 있고, 애인이 있었다. 하지만 루부아 가의 외지인 등록소 직원은 다르게 생각했다. 그가 말했다. "당신은 내일 떠나야 합니다. 우리는 여기 마르세유에서 출국할 의사가 있다는 증거를 제출하는 외지인만을 허용합니다. 당신은 비자도 없고, 비자를 받을 가망조차 없습니다. 당신의 체류 기간을 연장해줄 근거가 없습니다." 그러자 나는 몸을 떨기 시작했다. 나는 결코 편입된 것이 아니었다. 라프로비당스 가의 내 집은 의심스러웠다. 조르주 비네와의 우정은 검증되지 않았고, 소년에 대한 애정은 아무런 의무감도 느끼지 못하는 허약한 감정이었다. 그리고 나딘에 관해서는, 이미 그녀에게 싫증나기 시작한 게 아닐까? 그렇다면 이것은 무엇에도 매이지 않는 나의 떠돌이 생활

의 피상성에 대한 처벌이었다 — 나는 떠나야 했다. 나는 검증 기
간을 받은 것이었다. 말하자면 시험을 치른 것이었는데, 그 기간을
헛되이 보낸 것이다. 직원이 올려다보았고, 내 얼굴이 창백해진 모
습을 보았다. 그가 말했다. "기필코 더 머물러야 한다면 당신이 여
기서 출국서류를 기다리고 있다는 영사관의 증명서를 즉시 가져오
세요."

　나는 걸어서 알마 광장까지 돌아갔다. 날이 매섭게 추웠다. 밤낮
을 가리지 않는 남쪽 지방의 추위였다. 때때로 미스트랄은 정오의
태양 빛도 얼어붙게 할 수 있을 정도였다. 미스트랄은 나의 가장
취약한 지점을 찾아내기 위해 사방에서 공격했다. 요컨대 나는 머
물 수 있기 위해 떠난다는 증명이 당장 필요했다. 나는 쌩페레올을
내려갔다. 도청[63] 건너편에 있는 이 까페에 들어가야 하나? 나는 그
곳에 속하지 않는 사람이다. 출국비자과나 어쩌면 미국 영사관 정
도에서만 할 일이 남아 있을 뿐 출국 준비가 다 된 자들의 까페이
다. 오늘 저녁에 나딘과의 작별파티가 있을지도 모른다. 몇푼이라
도 돈이 필요하다. 지금 나는 어느새 까느비에르에 와 있다. 나는
왜 구항 쪽으로 내려가지 않고, 반대 방향인 신교 교회 쪽으로 올
라갔을까? 그래서 라마들렌 대로 쪽으로 접어들 생각이 든 걸까?
바로 거기에 갈 생각으로 즉시 이 방향을 택한 걸까? 사람들이 멕
시꼬 영사관이 있는 그 흐릿한 건물 앞에 떼 지어 모여들었다. 문
위의 문장은 색이 거의 다 바랬고, 독수리는 알아볼 수 없었다. 수

----

63 마르세유는 부슈뒤론의 도청 소재지. 까느비에르를 기준으로 대략 북쪽이 벨상
　스 구역이고, 남쪽이 노아유 구역인데, 도청은 노아유 남쪽에 있다. 도청에서 까
　느비에르까지 쌩페레올 가가 뻗어 있고, 도청에서 비스듬히 건너편에 미국 영사
　관이 있다. 각주 91 참조!

위가 그 메마르고 총명한 시선으로 나를 즉시 찾아냈다. 마치 내가 이마에 전세계 영사관들보다 상위의 어떤 기관이 붙여준 '최고 절박'이라는 비밀 표지를 지니기라도 한 것처럼.

"아니요, 유감스럽게 생각합니다." 키 작은 서기관이 두 눈을 반짝거리며 말했다. "진정으로 유감스럽게 생각합니다. 우리는 여전히 당신이 바이델 씨와 동일인이라는 우리 정부의 확인서를 받지 못했습니다. 나의 개인적인 의심이나 나의 개인적인 신뢰는 중요치 않습니다. 안타깝게도 내가 당신을 위해 할 수 있는 일이 아직은 아무것도 없습니다." 내가 말했다. "제가 온 것은 다만……" 그의 시선이 나의 시선과 부딪혀 마찰을 일으켰다. 나는 그보다 더 영악하고 교활해져서 기필코 난관을 뚫고 나아가고 싶은 소망을 전에 없이 강렬하게 느꼈다.

내가 말했다. "제가 온 것은 오직……" 그가 말을 가로막았다. "그러지 마세요. 나에게 필요한 것은 우리 정부의 통지입니다. 내가 필요로 하는 것은……" "제 말을 좀 끝까지 들어주세요." 내가 나지막하게 말했다. 나 스스로 느끼기에 지금은 내 시선이 그의 시선보다 한발짝 더 강인하고 한발짝 더 절실하다고 생각되었다. "제가 오늘 여기에 온 이유는 오로지 체류 연장을 목적으로, 저의 신원 확인이 지체되고 있다는 확인서를 청구하기 위한 것뿐입니다." 그는 잠시 생각하더니 이렇게 말했다. "그건 당장 드릴 수 있습니다. 죄송합니다."

나는 확인서를 들고 루부아 가로 다시 달려갔다. 한달간 연장을 받았다. 심장이 쿵쿵 뛰었다. 이 한달을 어떻게 잘 쓸 수 있을까? 나도 이제는 약아졌다.

하지만 아무리 궁리해봐도 내 생활을 바꿀 수 있을 만한 실마리를 전혀 찾을 수 없었다. 기껏해야 나딘과의 관계를 좀 다르게 설정해볼 수 있는 정도였다 ── 이런 생각이 든 것이 나 자신으로서는 뜻밖이었다. 떠나야 할 처지였다면 분명 커다란 열정으로 그녀를 기억 속에 간직했을 텐데. 그런데 그 주가 끝날 때쯤 갑자기 그녀의 분 냄새가 싫어졌다. 그녀가 자신의 어떤 몸짓도 절대로, 내 팔에 안겨 있을 때조차 절대로, 이성이 모르는 채 무심결에 하는 일이 없다는 것이 싫었다. 그녀가 저녁때 자신의 아름다운 머리를 헤어롤로 말 때 옆으로 흘리는 미소도 거슬렸다. 나는 구실을 찾아 하루 저녁을 빼먹고 만나지 않았다. 더이상 어떻게 해야 할지 잘 몰랐다. 그녀의 마음을 상하게 하고 싶지 않았고, 또 그녀는 나를 좋아했다. 그런 상황에서 그녀가 자진해서 나서는 바람에 일이 수월해졌다. "나에게 화낼 필요 없어, 자기." 그녀가 말했다. "이제 크리스마스라서 ── 우리 가게는 일요일에도 일하고 초과근무도 해야 돼." 우리는 둘 다 서로를 속이고 있다는 것을 알았고, 그런 식의 거짓이 진실보다 훨씬 더 낫고 훨씬 더 바람직하다는 것도 알고 있었다.

VI

그동안 마지막 남은 돈도 다 떨어졌다. 그래도 나는 여전히 걱정이 없었다. 배가 많이 고프면 비네 가족에게로 갔다. 배가 조금 고프면 담배를 피웠다. 점심을 거른 채 제일 싼 까페에 가서 앉았다. 대용 커피는 지독하게 썼고 사카린은 지독하게 달았다. 그럼에도 그 당시에 나는 만족스러웠다. 나는 자유로웠고, 방값은 한달 치를 선불로 냈으며, 나는 계속 생존해 있었다. 거의 누구도 나와 함께 누릴 수 없는 삼중의 행복이었다.

눈앞에 인파가 밀려들었다. 너덜너덜하게 찢긴 온갖 민족과 종교의 깃발을 들고서 피난민들의 선봉대가 들어왔다. 그들은 도주를 거듭하며 온 유럽을 떠돌다 왔지만, 건물들 사이에서 천연하게 반짝거리는 좁다란 푸른 물을 앞에 두고 이제 생존을 위한 그들의 지혜는 바닥이 나버렸다. 분필로 적어놓은 이름들은 배가 아니라 배에 대한 희미한 희망만을 의미하는 것이었기 때문이다. 그 이름들마저도 번번이 어떤 해협에 기뢰가 설치되었다든가, 새로운 해안에 포격전이 벌어졌다든가 해서 즉시 지워지곤 했다. 죽음이 어느새 여전히 건재한 하켄크로이츠 깃발을 펄럭이며 점점 더 가까이 다가와 바짝 따라붙었다. 아마도 나는 죽음을 마주친 적이 있고 앞지른 적이 있어서 그랬는지 죽음 자신도 도주 중에 있는 것으로 여겨졌다. 하지만 누가 죽음을 따라잡을 수 있겠는가? 나는 기다릴 시간만 있으면 된다고 생각했고, 그러면 죽음보다 오래 살아남을 수도 있을 것처럼 보였다.

누가 내 어깨를 건드렸을 때 나는 깜짝 놀라 몸을 움츠렸다. 까라까스에서 요양객을 위한 악단의 지휘를 맡기로 되어 있던 그 노인이었다. 그는 대낮에 짙은 색 썬글라스를 끼고 있었는데, 그것이 그의 두개골에 난 눈구멍의 깊이를 알 수 없게 만들었다. "여전히 여기에 남아 있구려." 그가 말했다. 내가 응수했다. "당신도 마찬가지잖아요!" "어제 출국비자를 받았소. 사흘 늦게." "늦게라고요?" "내 비자가 이번 주초에 만료되었기 때문이오. 영사는 나의 악단이 나에게 고용계약을 갱신해줄 때에만 비자를 연장해줄 거요." "악단이 이젠 더이상 갱신을 해주지 않나요?" 그가 깜짝 놀라서 말했다. "누가 안해준대요? 해주지. 여러 위원회가 전보를 보냈다오. 한 달 안에 갱신을 받기만 하면 돼요. 그러지 못하면 다시 내 출국비자가 만료되고 말 것이오. 당신도 이 모든 것을 몸소 체험하게 될 거요." "내가요? 왜죠?" 그는 껄껄 웃으며 떠나갔다. 그는 노인답게 느릿느릿 걸었는데, 나에게는 그가 대륙과 바다는커녕 까느비에르조차 건널 수 없을 것처럼 여겨졌다. 나는 햇볕을 받으며 꾸벅꾸벅 졸았다. 주인은 나를 과연 얼마 동안이나 달랑 커피 한잔만 놓고 앉아 있게 놔둘 것인가? 대체 무슨 일로 나는 기력을 다 소진해버렸는가? 나는 젊지 않은가! 어쩌면 배에 오를 사람들 말이 옳을지도 모른다. 나는 이 악령들, 영사들을 꼭 제압하고 말 것이다. 그때 내 몸이 한쪽으로 훅 기울어졌다.

맞은편 까페 몽베르뚜에서 파울이 나왔다. 신수가 좋아 보였다. 옷도 새것이었다. 나는 껑충 뛰어 까느비에르를 건너가 그를 내 테이블로 끌고 왔다. 그는 결코 내 친구는 아니었지만, 나와 함께 수용소에 있었고, 나와 함께 독일군과 섞여 빠리에도 있었다. 나는 지금 그에게 하마터면 입맞춤을 할 뻔했다. 하지만 그가 나를 바라보는 태도는――아주 무뚝뚝했다. 그는 또 급해 보였다. "위원회가……" 그가 말했다. "12시면 문을 닫아. 근데 또 무슨 일이라도 있니?" 또라고? 나는 생각했다. 이것이 우리의 첫 재회라는 것을 그가 전혀 깨닫지 못하고 있다는 것을 알았다. 그만큼 많은 사람들과 그는 매일같이 오랜만의 재회를 했다. "대체 너는 어떻게 지내, 파울헨?" 그러자 그는 생기가 돌았다. "비참해! 비참하기 짝이 없는 처지야!" 그가 내 테이블에 앉았다. 나를 그간의 모든 일을 다시 이야기할 만한 사람으로 본 것이다. "여기에 도착해서 나는 체류허가를 신청했어. 아주 각별히 정확하게 하려고 했지. 나무랄 데 없이 완벽한 상태를 갖추려고 말이야. 신청서를 외지인 등록소에 제출했어. 그리고 어떤 직원이 충고해주는 바람에 나는 직접 도청에도 또다른 신청서를 제출했어. 이 이상 더 무슨 일을 할 수는 없다고 생각했지. 아니나 다를까 양쪽 다 답을 주었어. 그런데 얼마나 어이없는 답을 받았는지 알아? 외지인 등록소는 나에게 새로운 신분증을 발급해주었는데 말이야, 여기 봐, '마르세유 강제체류'라고 찍혀 있는 거야. 반면에 도청은 나를 부르더니 구 신분증 위에 '원래의 도道로 돌아갈 것'이라는 인장을 찍어주었지 뭐야." 나는 웃음을 터뜨렸다. 파울은 울먹거리며 말했다. "그래, 웃음도 나오겠다. 하지만 나는 말이지, 이 땅을 떠나야 해. 나는 요시찰 목록에 올라 있어. 하지만 나에게 출국비자를 내주지 않는 거야. 도청에서 추방명령을 받은 신분이라서 말이야." "그럼 네가 마지막으로 머문 도道로 돌아갔다가 다시 여기로 오지그래." "그럴 수가 없어." 파울이 탄식하며 말했다. "내가 그리로 가는 데 필요한 바로 이 신분증 위에 '마르세유 강제체류'라고 찍혀 있어서 말이야. 그만 좀 웃어. 다행히도 내 일을 해결해줄 친구들이 있단다. 최고로 명망 있는 친구들이야. 결국 나에게는 위험비자가 있으니까."

마지막 말이 기억을 촉발시키는 말이 되었다. 우리가 함께 빠리 오데옹 역 사거리에 앉아 있는 모습이 보였다. 너무나 오래전 일인 것 같았다. 나는 그동안 죽은 이의 신분증과 서류를 가지고 이리저리 떠돌아다녔고, 그의 이름을 이용하였다. 다른 이름이었더라도 마찬가지로 뜻하지 않게 도움이 될 수 있었을 것이다. 오랜만에 나는 다시 그 남자 자체를, 고인이 된 그 남자를 숙연한 마음과 슬픈 심정으로 추모했다.

"파울, 너 왜 그때 까뿔라드에 오지 않았니? 네 친구, 알지, 그 바

이델이라는 친구 일은 정말 기막힌 일이었어.""그래……"파울이
말했다. "기막힌 세상이지.""세상은 대개 기가 막히지. 그런데 그
친구는 비자를 가지고 있어. 멕시꼬 영사관에서 발급한 훌륭한 비
자를 말이야.""그렇군. 참으로 이상한 일이네. 미국행 비자는 없
고? 그런데 멕시꼬로 가는 사람은……""이봐, 파울, 내 생각에 그
건 네 말이 맞았어. 나는 예술을 전혀 모르잖아. 하지만 네 친구 바
이델은 예술에 대해 뭘 좀 알았던 것 같아."

파울이 나를 이상하게 바라보았다. "네가 아주 정확하게 표현했
어. 그는 한때 뭘 좀 알았지. 하지만 그의 최근 작품들은 ─ 이걸 어
떻게 말해야 할까? ─ 좀더 창백한 편이야.""파울, 나는 전혀 이해
하지 못했지만, 이 바이델의 작품을 딱 한번 읽어본 적이 있어. 그
가 쓴 마지막 작품이야. 무슨 얘기인지 하나도 모르겠는데, 내 마
음에 들었어.""제목이 뭔데?""몰라." 그러자 파울이 말했다. "그
같은 친구가 멕시꼬에서 언젠가 글을 쓸 수 있을지 몹시 의심스러
워." 나는 놀란 나머지 아무 말도 안 나왔다. 그러니까 나는 우리의
재회가 시시한 결과가 된다 해도 실망할 필요가 없었다. 파울은 바
이델이 죽었다는 사실조차 몰랐던 것이다. 아마 전쟁의 소용돌이
속에서 소식을 전혀 듣지 못했을 수도 있었다. 아니, 그래도 이건?
물어보고 또 캐묻고 했어야지, 가만히 있을 일이 아니지. 고인은 그
와 동류의 사람이 아니었던가. 나는 이제 이 바이델이 왜 모든 것
에 신물을 느꼈는지 더욱 잘 이해가 되었다. 그들은 분명 그전에
그를 철저히 혼자 내버려두었던 것이다.

파울이 말했다. "중요한 것은 그가 비자를 갖고 있다는 점이야."
우리는 입을 다물었고, 침묵하는 동안 내 머릿속은 윙윙거렸다. 내
가 말했다. "비자 일은 아직 잘되고 있지 않아. 그의 필명으로 발급

되었거든.""그런 경우가 종종 있지. 그럼 그의 실제 이름이 바이델이 아니란 말이야? 그건 몰랐는데.""파울, 너는 많은 것들을 모르고 있어." 나는 그의 두 눈을 들여다보았다. 나는 생각했다. 파울헨, 너는 어리석어. 그게 너의 모자란 점이야. 평소엔 아무것도 아니지. 잘 드러나지 않는 결함이니까. 내가 여태 그런 생각을 못했다니! 네가 영리하게 말하고 영리하게 다가왔기 때문이야. 그 어리석음이 너의 갈색 눈에서 빛나고 있군그래. "한데 그의 실명이 뭐지?" 파울이 물었다. 나는 생각했다. 네 친구가 살았는지 죽었는지에 대해서는 궁금해하지 않더니, 이름에 대해서는 수선을 피우며 궁금증을 채우려고 하는군. 내가 대답했다. "그의 이름은 자이들러야.""참 이상한 일이로군……" 파울이 말했다. "이름이 자이들러면서 자신을 바이델이라고 부르다니 말이야. 내가 우리 위원회에 알아볼게. 나는 그곳에서 신뢰할 만한 사람으로 통하고 있으니까, 위원회를 움직여 이 일을 맡아 처리하도록 해볼게.""네가 만일 그 일을 잘 해결한다면, 파울헨, 그렇게 힘이 있으니까 너는 많은 사람들에게 커다란 영향력을……""나는 특정 그룹의 사람들에게 특정한 영향력을 미치고 있지. 바이델더러 우리 위원회에 한번 들르라고 해."

파울은 자신을 어딘가에 끼워맞추고서 책상 뒤에 진을 치고 있다는 생각이 들었다. 그런데 나는 번번이 의지할 데 없는 처지에서 그를 만나지 않았던가? 빠리에서? 노르망디에서? 그는 어리석다. 확실히. 바로 그 때문에 정해진 궤도에서 이탈하는 법이 결코 없다. 그는 자신의 얼마 안되는 알량한 힘과 자신의 몫으로 주어진 소량의 이성을 전부 사용하여 결국은 늘 자기를 도와줄 누군가에게 또는 무언가에 착 달라붙는다. 빠리에서는 그것이, 내가 제대로 기억

하는 거라면, 누구의 제일 친한 친구의 남편인 비단 장수였다.

　내가 말했다. "바이델은 이제 더이상 사람들과 잘 어울리려고 하지 않아. 겁을 먹고 움츠리고 있거든. 뭐든지 할 수 있고 꾀바르고 능숙한 네가 대신해서 일을 처리해줘. 전보 한통이면 되지 않겠어——" "내가 위원회를 움직여볼게. 네 말대로 겁먹고 움츠러든 바이델의 소심한 태도가 마음에 들지 않는다고 말하지 않을 수 없지만 말이야. 나는 그가 짐짓 그런 체하는 거라고 생각해. 너 그동안 그의 쿨리⁶⁴가 된 모양이구나." "그동안 뭐가 되었다고?" "그의 쿨리. 그건 우리가 잘 아는 얘기야. 그는 늘 자신의 쿨리를 찾아 내 옆에 두고 부려먹었어. 그러다 서로 대판 싸우고서 헤어지곤 했지. 그는 사람들을 홀리는 재주가 있어——그러나 한시적으로만. 자기 부인조차도 말이야." "부인은 대체 어떤 사람인데, 파울헨?" 그가 잠시 생각에 잠겼다. "그녀는 내 취향이 아니야. 그녀는 말이지——" 나는 왠지 모르게 슬그머니 불쾌한 느낌이 들었다. 나는 그의 말을 얼른 가로막았다. "그럼, 좋아, 네가 불쌍한 바이델을 위해 힘자라는 데까지 대신 일을 해주는 거지. 넌 모종의 그룹에 속하는 사람들에게 모종의 힘을 행사할 수 있으니까 말이야. 나한테도 몇 프랑 좀 빌려줄 수 있겠니?" "야, 이 친구야, 어떤 위원회든 찾아가서 몇시간쯤 줄을 서보도록 해." "어떤 위원회 말이야?" "나 이런! 퀘이커교나 마르세유의 유대교, 히셈이나 하야스, 가톨릭이나 구세군, 아니면 프리메이슨 단체에⁶⁵ 가봐!" 그는 급히 떠나갔다. 순

---

64 2차대전 전의 중국과 인도의 육체노동자. 특히 짐꾼, 인력거꾼 등을 외국인이 일컫던 명칭.

65 마르세유에 난민 구호위원회를 둔 종교단체들. 히셈(HICEM)은 1927년 빠리에 본부를 두고 기존의 이주 유대인 원조조직인 미국의 HIAS(Hebrew Immigration Aid Society), 영국의 JCA(Jewish Colonization Association), 독일의

식간에 까느비에르를 쏠 듯이 내려갔다.

VII

집에 오니까 여주인이 불러세웠다. 나는 늘 이 여자의 머리와 젖
가슴만 볼 수 있었다. 그녀의 겉모습 가운데 가파른 나무계단 위쪽
으로 창문을 통해 보이는 부분이었다. 이 자리에서 그녀는 자기 손
님들이 오르내리는 모습을 무심한 듯 주의 깊게 살펴보았다. 그녀
는 내가 운이 좋았다며 수다스럽게 이야기했다. 경찰이 다시 와서
옆방 여자를 붙들어갔다는 것이다. ── 왜죠? ──지난번 일제단속
때 남편을 붙잡아가는 바람에 그녀는 남편의 보호 없이 이 도시에
살게 되었기 때문이다. 자기 남편도 없고 제대로 갖춘 증명서도 없
이 여기 마르세유에서 발견되는 모든 여자들은 새로운 여자 수용
소인 봉빠르[66]에 가두어넣는다는 것이다.

여주인은 모든 일에 명백히 진심으로 무관심했다. 그녀는 하루
빨리 식료잡화점을 차리기 위해 불안정한 손님들로부터 받아낸 돈
을 한푼 한푼 모아두었다. 어쩌면 그녀는 단속반장쯤 되는 경찰관
과 결탁해 있는지도 몰랐다. 그래서 우리 모두에 대해 잘 아는 그
녀는 사람을 잡아갈 때마다 나오는 특별수당을 몰래 그와 나누어

EMIGDIRECT(Emigrationsdirektion)를 통합한 난민 구호단체. HICEM은 세
조직의 머리글자를 조합한 약어로 1942년 11월까지 ── 특히 유대인 난민에
게 ── 가장 중요한 단체였다. 1945년 해체된 이후 HIAS가 조직을 계승하였다. 하
야스(Hayas)는 이 HIAS를 변형한 명칭으로 추측된다.
66 구항 남쪽 구역 이름. 여자와 아이들을 가둔 봉빠르 수용소는 레밀 수용소의
보조 역할을 했다. 각주 52 참조!

먹고 있는지도 몰랐다. 이렇게 그녀는 자신의 평온한 은신처에 틀어박혀서 대대적으로 사업을 구상하며 살고 있었다. 그래서 붙잡힌 사람들의 온갖 탄식과 온갖 절망이 그녀의 머릿속에서는 최종적으로 완두콩과 비누, 마까로니로 바뀌었다.

다음 며칠간 나는 파울의 충고를 따라 접촉을 시도해보았다. 하지만 찾아간 위원회마다 그 시도는 번번이 비참한 결과로 돌아왔다. 처음에 나는 모두에게 어느 농장에서의 일자리를 기다리고 있으니 그때까지 여기서 버틸 수 있도록 약간의 돈만 있으면 된다고 이야기했다. 그러자 모두가 어깨를 으쓱하며 손바닥을 내보였다. 나는 아무것도 얻지 못했고 이젠 담뱃값조차 없었다. 그래서 나는 마침내 우리 부모가 주었고 여전히 내 핏속에 들어 있던 가르침을 한 귀로 흘려버렸다. 사람은 일단 버텨야 한다, 도저히 어쩔 수 없게 되었을 때에 가서야 포기하라는 가르침이었다. 그래서 나는 이제 즉시 모든 것을 포기하고 떠날 생각이라고 이야기하기 시작했다. 이 말은 모두가 이해했다. 만약 내가 구세계의 어느 순무밭에서 한번 더 내 운을 시험해보겠다며 곡괭이 살 돈을 부탁했더라면, 틀림없이 그들은 나에게 곡괭이 살 돈 5프랑을 주지 않았을 것이다. 그들은 모든 것을 포기하고 떠날 준비를 마친 자들에게만 지원금을 주었다. 이제부터 나는 출국병에 걸린 사람 행세를 했다. 그러자 배를 기다리는 시간에 필요한 돈을 충분히 받았다. 그 돈으로 방값도 지불했고, 담배도 샀고, 비네의 소년에게 줄 책들도 샀다.

나의 마르세유 체류 두번째 달은 아직 끝나지 않았지만 적잖이 지나갔다. 그동안 마르셀이 편지를 보냈는데, 자기는 자기 아저씨와 괜찮게 지내고 있고, 봄이 오면 내가 농장으로 와도 될 것 같다고 썼다. 하지만 만일 내가 외지인 등록소에 내 기다림의 이유로 이것을 댔더라면 분명 나는 어딘가에 갇히거나 귀신도 모를 곳으로 보내졌을 것이다. 왜냐하면 난리를 피해 달아나는 자들은 계속해서 달아나야지 난데없이 복숭아나 따고 있을 순 없기 때문이다. 체류 연장을 위해 두번째로 내가 여기서 비자를 기다리고 있다는 확인서가 필요했다. 그래서 나는 좋든 싫든 한번 더 멕시꼬 영사관으로 가야 했다. 당시에 나는 이 확인서에 무슨 악의적인 것이 결부되어 있지 않으며, 내가 그것을 누구에게서 빼앗는 것도 아니라고 생각했다. 그것을 얻게 되면 나는 한숨 돌릴 수 있을 것이다. 그동안 내 삶을 변화시킬 무수한 일들이 일어날 수도 있다. 어쩌면 나는 보다 일찍 마르셀의 농장으로 갈 수 있을지도 모른다. 중요한 것은 내가 나의 자유를 지키는 일이다. 나는 그렇게 생각했고, 우리는 여러해 전부터 그렇게 생각하고 있다. 아무리 좋지 않은 경우라도 종이 한장 위에 도장 하나가 찍힐 것이다. 그렇더라도 죽은 이가 아파하지는 않을 것이다. 그렇게 해서 나는 더없이 확실하고 더없이 유익한 체류 연장을 받게 될 것이다. 정말로 체류 연장을 받고 나면 내 삶도 진정으로 뿌리내릴 수 있을 거라고 굳게 믿었다. 그냥 훌쩍 떠나고 싶은 충동마저 사라져버릴 것이다.

라마들렌 대로를 따라 올라가자 심장이 쿵쾅거리기 시작했다. 처음엔 내가 번호를 잘못 보았다고 생각했다. 문장紋章이 보이지 않았다! 문은 닫혀 있었고!

한 무더기의 사람들이 도로에 서 있었다. 온몸에 숭숭 구멍이 난 듯 쌩쌩 지나가는 바람을 맞으며 갈팡질팡 어찌할 바를 모르고 서 있었다. 그들은 나를 보고 신음 소리를 내며 말했다. 영사관이 이사 가는 바람에 문을 닫았다는 것이다. 비자를 주지 않는다, 그러니 우리는 떠날 수가 없다, 어쩌면 이번주에 마지막 배가 떠날지 모른다,

어쩌면 내일쯤 독일군이 들어올지도 모른다고 하소연했다. 수염이 난 강제노역병이 다가오더니 이렇게 말했다. "여러분, 좀 진정들 하세요. 독일군이 들어올지도 모르지만 지금 배가 떠나지 않는 것은 분명합니다. 비자가 있든 없든. 그러니 다들 집으로 돌아가요."

그러나 마치 바람이 이리 쏠리게 하고 저리 휘청거리게 하기는 했지만 동시에 불안감의 소용돌이를 일으켜 그 자리에 함께 붙잡아놓은 듯이 그들은 흩어지지 않고 아직 더 기다렸다. 그렇게 계속 기다리다보면 굳게 닫힌 문이 누그러지기라도 할 듯이. 기다리는 배가 이제 시커먼 강물을 건너는 마지막 나룻배인 것처럼,[67] 그들은 하얗게 질리고 무언가가 휑하니 쓸고 지나간 모습이었다. 하지만 그들은 아직 약간은 살아 있어서 기이한 고통을 겪도록 정해져 있었기 때문에 이 나룻배조차 탈 수 없는 신세였다.

그들은 마침내 뿔뿔이 흩어져 터벅터벅 걸어갔다. 키가 큰 노인 하나가 유난히 하얀 머리털을 하고서 뒤에 남아 있었다. 그가 음울한 어조로 말했다. "지긋지긋하다오. 설마 이제 또다시 새 영사관으로 가라는 말을 하지는 않겠지요? 자식들은 모조리 내전 중에 개죽음을 당했소. 삐레네를 넘다가 아내도 죽었다오. 다 이해할 순 있어요. 나만 이렇게 멀쩡하다니 왠지 모르겠소. 여보, 젊은 양반, 내가 이렇게 허연 머리털을 하고 무너져버린 가슴을 안고서 여기 마르세유에서 이런 어리석은 사람들이나 영사들과 티격태격하며 씨름을 하는 게 무슨 큰 의미가 있다고 생각하시오?"—"그 조그만 서기관은 어리석지 않아요." 내가 대답했다. "그는 선생님을 정중하게 대할 겁니다."—"문제는 통과비자라오." 그 노인이 말했다.

---

67 그리스 신화에서 저승세계의 뱃사공 카론이 망자의 영혼을 태워 저승의 강 스틱스(또는 아케론)를 건너게 해주는 나룻배를 연상시킨다.

"여기서 비자를 주더라도 저기서 통과비자를 받으려고 줄을 서야 한단 말이오. 나는 또 배가 도중에 침몰했으면 하는 소망을 결코 억누를 수 없을 것이오. 이제 새롭게 문을 열 영사관으로 또다시 가는 게 나한테 소용이 있다고 생각하는 건 아니겠죠?" 내가 대답했다. "소용없습니다." 그가 나를 뚫어지게 바라보더니 가버렸다.

VIII

나도 그 자리를 떴다. 거리를 몇걸음 걸어내려갔다. 그때 전차가 내 옆을 지나갔다. 5미터쯤 앞에서 전차가 섰다. 정류장에서 잠시 지체가 생겼다. 사람들이 누군가가 내리는 것을 도와주고 있었다. 내가 소리쳤다. "하인츠!"

사람들이 그를 포도 위에 내려놓은 뒤 정말로 하인츠가 양쪽에 목발을 짚고서 천천히 라마들렌 대로를 올라오고 있었다. 그도 나를 알아보았지만 너무 숨이 찬 나머지 나를 부르지는 못했다.

그는 우리가 함께했던 수용소 시절 이후 더욱 더 왜소해진 모습이었다. 머리는 더욱 더 무거워 보였고, 어깨는 더욱 더 가냘팠다. 이런 모습을 보자 나는 생명이 어째서 부서지기 쉬운 육체 안에, 잘라내 불구로 만들 수도 있고 고통을 가할 수도 있는 연약한 육체 안에 갇혀 있는지 새삼스럽고도 이상하게 여겨졌다. 그렇다, 갇힌 것이다. 그의 형형한 두 눈이 이런 감금 상태를 비웃는 듯했고, 커다란 입은 애를 쓰느라 비뚤어졌다.

수용소에서 나는 종종 우스꽝스럽기 짝이 없는 수단을 써서 그의 이 두 눈을 내 쪽으로 유인하려 했었다. 그의 두 눈은 각 개인에게서 무언가를 찾아내고자 더없이 밝은 주의를 기울여 재빠르고 단호하게 그 사람을 바라보곤 했다. 그가 애써서 찾아낸 것은 매번 그러지 않아도 날카롭고 형형한 두 눈을 더욱 더 밝게 만들었는데, 마치 빛이 신선한 연소 재료를 얻은 듯했다. 아마도 바로 그 때문에 나는 그의 이 눈길을 나에게로 이끌 무언가 새롭고 우연한 일을 자꾸 찾고자 했던 것 같다. 나 자신에게서도 그는 무언가를 발견했는데, 나는 그것이 무언지 모르며, 그것이 여전히 내 안에 존재하는지를 더이상 알지 못했지만, 그래도 여전히 내 안에 존재한다는 것을 그의 눈길이 나에게 머무는 동안 좀더 날카롭게 밝아지는 눈빛을 보고 알아차렸기 때문이다. 그러면서 하인츠가 나와는 관계를 가질 일이 별로 없음을 분명히 알게 되었다. 나에게는 부족하고 전혀 의미없는 특성들이 그의 관심을 끌었다. 적어도 그때는 그런 특성들이 나에겐 아무 의미가 없는 것이라고 확신했었다. 당시에 나에겐 무의미하고 지루하게 여겨지던 무조건적인 충심, 나로선 지킬 수 없는 것으로 생각되던 두터운 신의, 끝도 없는 전쟁터에서 낡은 깃발을 이리저리 끌고 돌아다니는 일처럼 나에게는 유치하고 무가치하게 여겨지던 확고한 믿음 같은 것이 바로 그런 특성들이다. 번번이 하인츠는 어떤 동작과 함께 나를 외면해버렸는데, 그 동작은 나에게 '너도 인간이기는 하지만 말이야 ─' 하고 말하는 것 같았다.

그후로는 나의 교만이 나를 붙들어 그에게 다시 다가가지 못하도록 말렸다. 한참 시간이 흘러 다른 감정이 더 강해져 교만을 누를 때까지 그랬다. 나는 다시 때로는 도와주려는 마음을 내비쳐서, 때로는 바보 같은 행동을 해서 그의 눈길을 끌고자 했다. 하인츠가 몇걸음 나를 향해 다가오는 동안 그 모든 것이 기억 속에 떠올랐다. 최근에는 하인츠를 거의 잊고 있었다. 무엇으로 내가 그와 연결되어 있었는지를 잊었었다. 사실 빠리에서 나는, 그리고 이리로 내려올 때까지만 해도 나는 그를 많이 생각했고, 신의 버림을 받은 채 헤매며 길거리와 기차역을 가득 메운 난민들 무리 속에서도 무의식중에 그를 찾았었다. 마르세유에 와서 그는 비로소 내 머리에서 떠나갔던 것이다. 일반적으로 생각하는 것과는 반대로, 더없이 중요한 것이 빠르게 잊힐 때가 더러 있다. 그것은 조용히 그 사람 속으로 들어가 녹아들기 때문이며, 슬며시 그 사람과 뒤섞여 일체가 되기 때문이다. 반면에 중요치 않은 것들이 불현듯 생각날 때가 종종 있다. 그것들은 섞이지 않은 채 그 사람의 뇌리에 계속 달라붙어 있기 때문이다.

하인츠가 머리를 잠시 나에게 기대면서 —— 그는 두 손을 자유롭게 쓸 수 없었다 —— 그의 시선이 다시 나와 마주쳤을 때, 나는 더욱 밝아지는 그의 눈빛이 찾고 있고, 거의 즉시 다시 찾아낸 것이 무엇인지를 갑자기 깨달았다. 그건 바로 나 자신이었고, 그밖에는 아무것도 없었다. 또 갑자기 내가 여전히 존재하고 있으며 상실되어버리지 않았음을 깨닫고는 무한한 안도를 느꼈다. 전쟁 통에도, 강제수용소에서도, 파시즘 치하에서도, 유랑 생활 속에서도, 폭격이 빗발치는 와중에도, 무질서가 극에 달한 상황에서도, 나는 사라지지 않았으며, 피 한방울 흘리지 않고 고스란히 여기에 있었고, 하인츠도 여기에 있었다.

"어디서 오는 거야?" 우리는 서로 물었다. 하인츠가 말했다. "저 위쪽에서 마르세유로 들어오는 길이야. 네 눈앞에서 내렸지. 먼저 나는 멕시꼬 영사관에 가야 하거든."

나는 그에게 영사관은 며칠간 문을 닫는다고 설명했다. 우리는 작고 지저분한 까페에 들어가 앉았다. 당시에 평일 나흘간은 쿠키도 팔았다. 나는 얼른 사러 갔다. 내가 큰 봉지를 들고 돌아오자 하인츠가 웃었다. "난 여자애가 아니잖아." 나는 그가 그런 것을 먹어본 지 아주 오래되었다는 것을 알아챘다. 그가 이야기했다. "독일군이 계속 뒤따라오는 가운데 친구들이 나를 업고 이동했단다. 서로 교대해가면서. 우린 루아르를 건넜지. 오는 동안 내내 내가 그들에게 짐이 된다는 게 괴로웠어. 내 말을 믿을 수 있겠지. 하지만 루아르 강가에 한 어부가 있었는데, 그는 오직 나를 봐서 우리를 건네주는 거라고 말했단다. 그래서 우린 피장파장 서로 비긴 셈이었지. 그때 다만 우리 중 하나가, 너, 하르트만 기억나지, 그 친구가 뒤에 남아야 했단다. 배가 꽉 차서 말이야. 그는 나를 태워 보내고 자기가 뒤에 남겠다고 했어."

"이상한 일이야……" 내가 말했다. "네가 결국 나보다 더 빨랐다니 말이야. 나는 독일군에게 추월당했거든." ──"너는 필시 혼자였던 게야. 내가 다시 수용소에 끌려들어가지 않도록 도르도뉴의 어느 마을에서는 사람들이 나를 숨겨주었단다. 이젠 사람들이 비자도 마련해주었어. 그런데 내가 도착하니까 왜 하필 영사관 문이 닫혀 있는 거야?" ──그가 잠시 나를 바라보더니 웃으며 말했다. "내려오는 도중에 나는 가끔씩 너를 생각했단다." ──"네가 나를?" "그래, 나는 모든 걸 생각했고, 너도 생각했어. 늘 불안해하고, 늘 바삐 뛰어다니던 네 모습이 눈에 선하다. 오늘은 이런 생각, 내일은 저런 생각으로 너는 늘 분주했지. 심지어 나는 너를 어딘가에서 꼭 한번 더 만날 거라는 확신까지 들었단다. 너는 여기서 뭐 하고 있니? 너도 떠날 생각이니?" ──그러자 내가 대답했다. "절대로 아니야. 모든 게 어떻게 되어가는지 봐야겠어. 이 모든 게 어떻게 끝날지 말이야." "그 결말을 볼 수 있을 만큼 우리 인생이 넉넉하기만 하다면야. 이런저런 사건들을 겪으며 나는 골병이 들었어. 앞으로 하게 될 여행이 얼마나 괴로울지 알 수가 없구나. 내 이름은 독일군의 범죄인 인도 목록[68]에 올라 있어. 그럼에도 만일 내가 아직 두 다리를 갖고 있다면 떠나지 않고 어딘가에 남아 있을 텐데 말이야. 그러니 나는 나 자신의 지명수배 전단이 되어 돌아다니고 있는 셈이지."

내가 말했다. "나는 이 도시를 이미 잘 알게 되었단다. 너를 도울 수 있는 무슨 일이 없겠니? 하지만 너는 결코 내 도움을 받고 싶지 않겠지." 그가 빙긋이 웃으며 나를 자세히 살펴보았고, 그의 두 눈은 아까 거리에서 처음으로 재회할 때처럼 다시 한번 반짝거렸다. 나도 그의 두 눈을 더욱 밝게 빛나게 만들던 요소가 내 안에 그래도 아직 존재하고 있음을 다시 한번 느꼈다. "나는 너를 잘 알아. 네가 평소에 무슨 일을 꾸미거나 아무리 짓궂은 장난을 친다 해도, 또 아무리 터무니없는 짓을 궁리한다 해도, 너는 무슨 일이 있어도 결코 나를 버리지 않을 것임을 알 만큼 말이야." 그가 왜 전에는 한 번쯤 그런 말을 해주지 않았을까 하고 나는 생각했다. 우리 모두가 이 무지막지한 세상의 맷돌에 갈리기 전에.

나는 그에게 신분증이 있느냐고 물었다. "수용소 석방 증명서를 가지고 있어." "너는 근데 어떻게 석방 증명서를 얻었니? 우린 모두 다 같이 밤에 담을 넘었는데 말이야." ─ "우리 중 한명이 이미 모든 게 난장판이 되어 돌아가던 마지막 순간에 영리하게도 빈 석

<hr/>

68 휴전협정 19조에는 프랑스 정부는 독일 정부가 지명하는 모든 독일인을 넘겨줄 의무가 있다고 명시되어 있다. 이 조항은 프랑스 식민지와 보호령에도 해당되었다.

방 증명서 한뭉치를 몰래 집어넣어가지고 나왔단다. 해서, 나는 내 걸로 하나 작성했지. 그 증명서를 근거로 마을에서 거처를 얻었고, 거처를 근거로 통행증을 얻었지." ——그는 가방에 그런 증명서를 몇장 더 가지고 있었다. 그중 한장을 나에게 주었다. 그는 나에게 인장을 피해서 쓰지 않도록 해야 한다고 설명했다. 오히려 인장이 미리 찍힌 증명서를 글씨 위에 인장이 찍혀 있는 것처럼 보이도록 작성해야 한다는 것이다.

나는 하인츠에게 다시 만나자고 했다. "아마도 너는 내가 필요할지도 몰라. 나는 구항의 많은 구역을 알고 있고, 여러가지 수법과 요령을 알거든. 무엇보다 너와 이야기를 나누고 싶어. 몇가지 생각이 머릿속을 맴돌고 있는데, 떨쳐버리지 못하겠어." 하인츠가 나를 유심히 바라보았다. 나는 갑자기 내 몰골이 형편없다는 것을 깨달았다. 그것을 대수롭지 않게 여겼지만 내 형편이 말이 아니라는 것을 나 자신 더이상 부인할 수가 없었다. 내가 가진 것이라곤 달랑 하나, 이 젊음밖엔 없었는데 그마저 빗나가버리고 말았다. 강제수용소 안에서, 길바닥 위에서, 썰렁한 호텔 방에서, 못생긴 계집애들 옆에서, 내 젊음은 날아가버렸다. 그리고 어쩌면 잘해야 나를 겨우 받아줄 복숭아 농장에서도. 나는 큰 소리로 덧붙여 말했다. "내 인생은 완전히 빗나가버렸어."

하인츠는 다음주 같은 날, 같은 시간, 같은 장소에서 만나자고 했다. 나는 다음번 만남을 기대하며 어린애처럼 기뻐했다. 날수를 꼽아보며 기다렸다. 하지만 나는 결국 거기에 가지 못했다. 중간에 무슨 일이 생긴 것이다.

4장

I

조르주 비네가 저녁때 갑자기 찾아왔다. 그는 마르세유에서 내가 어디에 사는지 알고 있는 유일한 사람이었다. 하지만 아직 한번도 내 방에 온 적이 없었다. 그만큼 당시 우리의 우정은 아직 자라지 않았다. 아이가 갑자기 병들었다고 했다. 일종의 천식이었는데, 아이는 때때로 이 병을 앓았지만 이번만큼 심한 적은 없었다는 것이다. 시급히 의사가 필요했다. 근방에 사는 늙은 의사는 추잡한 술주정뱅이인데, 십년 전에 해군에서 쫓겨나 꼬르시까인 구역으로 굴러들어온 자라고 했다. 끌로딘의 말로는 독일 난민 가운데 좋은 의사들이 있다고 했다. 나더러 주변에서 그런 의사를 좀 찾아봐달라는 것이다.

나는 첫날부터 소년에게 애정을 느꼈다. 이 아이를 위해 나는 출국 준비에 쓰라고 돈을 나누어주는 고지식하기 짝이 없는 여러 위원회에서 몇시간이고 기다리며 시간을 보냈다. 거기서 받아낸 돈으로 아이에게 없는 물건들을 사주기 위해서였다. 나는 조르주와 이야기를 나눌 때면 아이가 앉아서 공부하는 창문 쪽을 흘끔흘끔 쳐다보았다. 무의식중에 아이가 알아들을 만한 말들을 골라서 이야기했다. 때때로 나는 보트를 타거나 산행을 하는 데 아이를 데려가기도 했다. 처음에 그는 거의 말이 없었다. 나는 그가 머리를 홱 뒤로 젖히거나 갑자기 눈빛을 반짝이는 것이 어린 망아지의 몸놀림일 뿐 그 이상 무슨 의미가 있는 것이 아니라고 생각했다. 하지만 그저 몸놀림일 뿐이라 해도 아이의 그런 동작이 나에게는 마냥 좋아 보였다. 타락한 이 세계에서는 아직 순수함을 잃지 않은 차분한 눈빛만으로도 내 마음이 가라앉을 때가 더러 있었다. 끌로딘이 밥을 차려줄 때의 부드럽고도 당당한 동작이라든가 내가 들어설 때면 소년이 흠칫 놀라며 짓는 미소도 나에게는 위안이 되었다. 나는 아이가 우리 이야기를 하나도 놓치지 않고 듣고 있고, 우리가 그에 대해 아는 것보다 그가 우리에 대해 더 정확히 알고 있다는 것을 알아차렸다.

이제 나에게 아이의 병은 좀 과장해서 말하면 그애의 생명에 대한 테러처럼 여겨졌고, 내가 모르는 어떤 힘이, 아주 단순히 말해 어쩌면 거칠고 무식하고 천박한 현실이 그애를 해치우려는 듯한 시도 내지는 거슬리는 두 눈을 영원히 감기려는 시도처럼 여겨졌다. 나는 조르주보다 더 많이 걱정하며 의사를 찾는 일에 적극적으로 나섰다. 나는 묵고 있는 호텔에 물어봤다. 나더러 를레 가로 가보라고 했다. 꾸르벨상스[69]에 접한 아주 작은 골목길이었다. 그곳

---

69 구항을 마주 보고 까느비에르의 오른편에 위치한 벨상스 구역의 주도로이자 까느비에르와 더불어 마르세유에서 가장 번화한 거리. '꾸르'는 가로수가 길게 늘

오마주 호텔[70] 83호에 전직 도르트문트 병원장으로 예전에 명성을 날린 의사가 있었다. '예전에'라는 표현 때문에 나는 나이가 많을 것으로 짐작했다. 이런 부류의 사람들에게서 시간은 고향을 떠나면서 급변한다는 것을 잊은 것이다. 내가 83호 문을 두드리자 안에서 남자를 진정시키는 젊은 여자의 불안한 목소리가 들렸다. 필시 두사람은 예사롭지 않은 시간이라 경찰의 일제단속이 아닐까 두려워하는 것 같았다. 처음엔 나와보지 않은 채 문을 열어주었다. 가느다란 손목 위에 드리운 파란색 비단 옷자락만 보였다. 가끔씩 밑도 끝도 없이 불쑥 덮쳐오는 질투심이 희미하게 느껴졌다. 아마도 내가 모르는 이 의사는 쓸모있고 유능한 사람이라 여기저기서 부름을 받고 있기 때문인지도 몰랐고, 어쩌면 그는 늙지도 않은데다 본적은 없지만 부인까지도 부드럽고 아름다울 것 같기 때문인지도 몰랐다. 내가 말했다. "의사 선생님을 모시러 왔습니다." 그러자 여자 목소리가, 나에겐 그렇게 보였는데, 살짝 기뻐하는 기색을 띠고 되풀이해서 말했다. "의사 선생님을 모시러 왔대요."

그러자 금방 남자가 나왔는데, 전형적인 의사 얼굴이었다. 머리털은 이미 반백이었지만 얼굴은 젊은 모습이었다. 다만 이 젊음에는 특별한 구석이 있었다. 이미 천년 전, 이천 년 전에도 의사는 다르지 않은 모습이었을 것이다. 고개를 끄덕이는 모습이나 주의 깊고 세심하면서도 냉담한 눈빛이 변함없었을 것이다. 그 눈빛으로 수도 없이 많은 사람을 한사람 한사람 보아왔고, 그 사람들에게서 아무리 의심이 많은 의사라도 정확히 짚어낼 수 있는 신체적 고통

어선 넓은 길을 뜻한다. 각주 87 참조!

70 제거스 자신이 가족과 함께 출국 전까지 약 석달간 묵었고 다른 망명 작가들도 머물렀던 곳. 7장 II 참조!

의 자리를 번번이 찾아냈다. ──그날 저녁 우리는 서로를 거의 주시하지 않았다. 그는 나에게 짧게 환자에 대해 물었다. 그의 관념으로는 내가 전하는 설명이 부정확했다. 나는 소년에 대한 애착으로 마음이 헝클어진 상태였다.

　우리는 건물들이 반쯤 들어선 꾸르벨상스의 나대지 구역을 아무 말도 없이 건너갔다. 그 북쪽 면에는 여전히 난민 차량들이 서 있었다. 그 위에 빨래가 널려 있었다. 자동차 창문 중 하나에는 아직 불이 켜져 있었다. 그 안에서 웃는 소리가 들려왔다. 나의 동행자가 말했다. “사람들이 자기 차에 바퀴가 달려 있다는 사실을 이미 오래전에 잊어버린 모양입니다. 그들은 이제 꾸르벨상스의 이쪽 귀퉁이를 자기 고향으로 여기고 있다니까요.”“경찰관이 자신들을 몰아낼 때까지는요.”“꾸르벨상스의 다른 쪽으로 밀려나는 것뿐입니다. 또다른 경찰관이 저들을 다시 처음 자리로 몰아낼 때까지죠. ──저들은 적어도 우리처럼 대양을 건널 필요가 없어요.”“박사님, 선생님께서도 대양을 건너시게요?”“저는 반드시 건너야 합니다.”“왜 꼭 그러셔야 하죠?”“환자들을 고치고 싶어서죠. 오악사까의 한 종합병원에서 나한테 부서 하나를 맡길 예정입니다. 벨상스에 만일 종합병원이 있다면 바다를 건너갈 필요가 없지요.”“근데 그곳은 어디에 있는 건가요?”“멕시꼬요.” 그가 아주 놀라서 말했고, 나는 더욱 더 놀라서 말했다. “그럼 선생님께서도 그리로 가신다고요?”“예전에 언젠가 그 나라의 한 고위 관리의 아들을 치료한 적이 있었습니다.”“거기로 가는 게 어려운가요?” ──“악마처럼 어렵다고 할 수 있지요. 직접 가는 배는 없습니다. 어려움은 통과비자에 있습니다. 십중팔구 미국 배를 타게 되지요. 에스빠냐를 거쳐 뽀르뚜갈로 가야 합니다. 지금은 물론 이따금 다른 경로가

116

아직 있다고 합니다 — 마르띠니끄로 가는 프랑스 배를 타고, 거기서 꾸바를 거쳐서 가는 경로입니다." —

나는 생각했다. 이 남자는 외곬으로 한길만 파고드는 의사로구나. 그는 사람들에게 도움을 줄 수 있다. 이것은 다시 한번 지휘봉을 잡으려고 하는 저 프라하의 해골 선생과는 다른 경우로군.

조산원과 아랍 까페 사이의 건축 부지 위에 거지 두명이 누워 있었다. 그들은 낮에도 그곳에 항상 누워 있었다. 낮 동안 구걸하며 내뻗던 두 팔이 머리 밑에 구부러져 있었다. 그럼에도 그들은 고향에 안겨 포근히 자는 모습이었다. 어떤 불행한 일이 닥친다 해도 아랑곳하지 않고. 그들은 나무들이 곰팡이가 피고 여기저기 썩어가도 부끄러워하지 않듯이 부끄러움을 몰랐다. 수염에는 이가 들끓었고, 피부는 비늘과 비듬으로 뒤덮였다. 나무들처럼 그들 역시 자신의 고향을 떠날 생각이 들지 않았다.

우리는 라레쀠블리끄 가[71]를 건너갔다. 지금은 거리가 텅 비어 있었다. 의사는 나중에 나 없이 혼자서 집으로 돌아가는 길을 새겨두기 위해 어지럽게 뒤얽힌 구항의 시커먼 골목길들을 유심히 둘러보았다. 밤은 조용하고 차가웠다.

나는 슈발리에루즈 가의 문을 두드렸다. 의사는 자신이 병을 고

---

71 구항의 께데벨주에서 북서쪽으로 신항의 졸리에뜨까지 뻗은 거리. 거리 왼편으로 구항과 바다로 둘러싸인 삼각형 지역이 일명 '빠니에'(Panier, 바구니)라고 불리는, 마르세유에서 가장 오래된 구역이다. 서기전 600년경 그리스인들이 들어와 식민도시를 건설하기 시작한 곳이며, 이후 수많은 이주민 집단이 밀려들어와 전통적으로 이곳에 정착하였다. 다소 지대가 높아 경사진 비좁은 골목길과 계단이 거미줄처럼 얽혀 있고, 바다를 건너온 온갖 인종의 사람들이 뒤얽혀 있다. 비네 가족이 사는 슈발리에루즈 가도 이 구역에 속한다. 그리고 이 거리 오른편이 '나'가 거주하는 벨상스 구역이다.

쳐야 하는 아이의 엄마인 끌로딘에게 날카로운 시선을 던졌다. 그러고는 재빨리 코딱지만 한 부엌을 지나 자신의 목표인 아이의 침대를 향해 걸어갔다. 그는 우리에게 혼자 있게 해달라는 신호를 보냈다. 조르주는 벌써 제분소에 가고 없었다. 끌로딘은 부엌 식탁에 머리를 괴고 앉아 있었다. 가느다란 띠 모양으로 연하디연한 분홍색을 띤 손바닥 부분이 턱을 따라 움직이고 있었다. 나는 그녀를 꽃이나 조개를 보듯이 늘 눈으로만 보아왔는데, 이제야 처음으로 함께 걱정을 나누는 사이가 되어 그녀는 종일 일하느라 바쁘고 남편과 자식을 돌보고 무진 애쓰며 살아가는 평범한 여자로 변화하였다. 조르주에게 그녀는 결코 신비롭고 매혹적인 존재가 아니라 그보다 훨씬 적고 그보다 훨씬 많은 의미를 지닌 존재였다. 그녀는 의사에 대해 자세히 캐물었고, 나는 질투심에서 과장된 칭찬을 늘어놓았다. 그러고 있는데 의사 자신이 부엌으로 걸어들어왔다. 그는 서투른 프랑스어로 끌로딘을 위로했다. 병은 실제보다 더 위중하게 보일 뿐이며, 어떤 일로도 아이가 불안해하지 않도록 조심하기만 하면 된다는 것이다. 그는 나를 전혀 신경 쓰지 않았고 나 또한 조금의 죄책감도 느끼지 않았지만, 뒷부분의 언급이 나를 두고 한 말처럼 여겨졌다. 그는 몇자 끄적거려 처방전을 써주었다. 나는 그가 사양하는데도 불구하고 라레쀠블리끄 가까지 배웅했다. 그는 여전히 나를 데면데면하게 대했고 비네 가족에 대해서도 아무런 질문을 하지 않았다. 마치 자기는 그런 것을 중히 여기지 않고 모든 것을 자기가 직접 깨달아 배우려고 한다는 듯한 태도였다. 나는 학창 시절 새로 온 친구가 자기한테 별로 관심을 보이지 않아 화가 나면서도 왠지 그가 마음에 드는 학생이 된 듯한 느낌이 들었다. 아직 밤중이었지만 위원회에서 출국 준비에 쓰라고 준 돈으로 필요한 약을 샀다.

다시 비네의 집으로 올라가자 아이는 눈에 졸음이 차 있었고 마음이 한결 차분해진 모습이었다. 의사는 그에게 다음날 인체모형을 선물로 갖다주겠다고 약속한 모양이었다. 분해하고 조립할 수 있는 모형이라고 했다. 소년은 잠들면서까지 의사에 대해 이야기했다. 그 남자는 딱 십분 정도 여기에 있었는데, 새로운 세계와 든든한 약속과 신선한 꿈 들을 남겨주고 갔다는 생각이 들었다.

Ⅱ

이제 가장 중요한 이야기를 하려고 한다. 11월 28일의 일이었다. 나는 그 날짜를 기억하고 있었다. 나의 두번째 체류허가증이 머지 않아 만료될 예정이었다. 무슨 일을 해야 하나 골똘히 생각했다. 하인츠가 선물로 준 수용소 석방 증명서를 들고서 다시 한번 새롭게 도착 신고를 해볼까? 멕시꼬 사람들을 찾아가봐야 하나? 나는 몽베르뚜에 가서 앉았다. 이젠 일주일에 네다섯번을 이 까페에 갔다.

나는 비네의 집에 있다가 왔다. 그동안 아이는 이미 건강을 거의 회복했다. 우리는 의사와 친구처럼 지냈지만, 그를 친구라고 말하고 싶지는 않다. 그는 그럴 만한 사람이 못되었다 — 하지만 서로 아주 잘 아는 사이가 되었다. 그는 재미있었고 우리와는 달랐다. 그는 늘 처음엔 자신의 출국 준비 상태에 대해 이야기했다. 그에게도 늘 예기치 않게 벌어지는 새로운 사건들이 있었다. 밤낮으로 새로 부임할 병원의 하얀 벽과, 의사 없이 신음하고 있는 환자들이 보인다고 말했다. 신들린 듯한 그의 그런 모습이 마음에 들었다. 자신을 부풀려 말하는 그의 과대망상이 나를 즐겁게 했다. 의사는 벌써 나중에 자신이 활동할 장소에 친숙해져서 우리에게도 분명 친숙할 거라고 여기는 눈치였다. 그는 출국서류 가운데 이미 비자는 받은 상태였다. 비자 이야기가 나오면 소년은 벽을 보고 돌아누웠다. 그때까지만 해도 나는 아직 아둔해서 그 이야기가 그를 너무나 지루하게 하는 거라고만 생각했다.

의사가 청진하려고 아이 가슴에 머리를 갖다대자 그 자신의 마음이 가라앉으며 비자 문제를 잊었다. 그의 얼굴, 뭔지 모를 망상에 시달려 혹사당한 남자의 긴장된 얼굴이 지혜롭고 자비로운 표정이 되었다. 마치 그의 삶 전체가 돌연 공무원과 영사 들의 질서와는 판이하게 다른 질서의 지시에 따르는 것 같았다.

나는 출국할 때의 이러한 번거로움과 나 자신의 체류에 대해 생각해보았다. 까페 몽베르뚜는 까느비에르와 께데벨주[72]가 만나는 모퉁이에 위치했다. 나중에 나타날 존재가 미리 그림지 대신에 오히려 밝은 빛을 던져주었다. 그 빛은 그날 오후 나 자신과 모든 것을 밝게 비추었고, 본래 변변치 못하고 빈둥거리는 내 생활의 가장 변변치 못하고 가장 빈둥거리는 부분까지도 훤히 비추었다.

나와 뷔페 코너 사이에는 두개의 테이블이 있었다. 한 테이블에는 부스스한 머리의 조그만 여자가 앉아 있었는데, 그녀는 늘 같은 시간에 거기에 앉아 있었고, 늘 의자를 삐딱하게 해놓고 앉았으며, 늘 새롭게 공포에 찬 눈을 하고서 누구나에게 늘 똑같은 이야기를

----

72 '께'(quai)는 항만도로나 해안 및 강변도로를 뜻한다. 께데벨주는 구항 동쪽에 면한 도로. 구항은 서쪽이 바다로 트여 있고 나머지 삼면에 도로가 놓인 장방형인데, 짧은 면인 동쪽에는 께데벨주, 긴 면인 북쪽과 남쪽에는 각각 께뒤뽀르와 께드리브뇌브가 있다. 께데벨주에서 바로 까느비에르 거리가 시작된다. 각주 2 참조!

했다. 빠리에서 철수할 때 자기 아이를 잃어버린 이야기였다. 아이가 지쳐버리는 바람에 그녀는 아이를 군인 차량에 앉혀놓았는데, 그때 갑자기 독일군 비행기가 나타났고, 도로가 폭격을 당했다고 했다. 먼지가 자욱했어요! 비명 소리가 가득했고요! 그러고는 아이가 없어졌다는 것이다. 아이는 몇주 뒤에야 멀리 떨어진 어느 농가에서 발견되었는데, 다른 아이들처럼 영영 못 찾고 말았을 거라고 했다.

그녀의 테이블에는 키가 크고 심란하게 생긴 체코 사람이 앉아 있었다. 그는 기필코 뽀르뚜갈로 가려고 하는데, 그 목적은 오직 그곳에서 영국으로 건너가 싸움에 참여하기 위해서였다.[73] 그는 만나는 사람마다 소곤거리며 이 이야기를 했다. 나도 한동안은 열심히 귀 기울여 들었다. 그러다 지루해진 나머지 반쯤 마비된 상태로 들었다. 다른 테이블에는 한 무리의 그 지역 토박이들이 앉아 있었다. 마르세유 태생은 아니지만 눌러앉은 정착민들로, 새로 들어온 외지인들의 두려운 마음과 광적인 출국 열망에서 삶의 에너지를 얻으며 여기서 아주 잘 살고 있는 자들이었다. 그들은 두쌍의 젊은 부부가 — 남자들은 함께 수용소를 탈출한 자들이었다 — 터무니없이 큰돈을 주고 조그만 배를 빌린 이야기를 하며 웃어댔다. 그러나 배를 넘긴 자들이 그들을 속였는데, 그 작은 배에 틈이 벌어져 있어 물이 샜다는 것이다. 그래서 에스빠냐 해안까지 갔다가 할 수 없이 다시 돌아와야 했다는 것이다.

---

73 1939~40년 프랑스에는 '체코 부대'가 있었다. 휴전협정에 따라 부대는 해체되었는데, 레밀 수용소에는 이 부대의 예전 부대원들도 있었다. 당시 마르세유의 체코 영사는 체코인 지원자들을 프랑스에서 몰래 탈출시켜 영국군에 가담해 싸움을 다시 할 수 있도록 도왔다. 각주 52 참조!

그들이 이번엔 론 강 어귀까지 들어왔다가 해안경비대의 총격을 받고서 상륙하려는데 저지당했다. 나는 이 이야기를 이미 백번도 더 들었다. 그 결말만 처음 듣는 내용이었다! 함께 수용소를 탈출한 그 남자들이 어제 2년의 바뇨[74] 징역형을 선고받았다는 것이다.

우리가 앉아 있는 까페의 이쪽 부분은 까느비에르에 접해 있었다. 내 자리에서는 구항이 내려다보였다. 소형 포함砲艦 한척이 께데벨주 앞에 정박해 있었다. 께 뒤편으로 보이는 잿빛 굴뚝들이 몽베르뚜를 담배 연기와 수다로 가득 채운 사람들의 머리 위에, 어선들의 메마른 돛대들 사이에 서 있었다. 오후의 태양이 항구 위에 걸려 있었다. 미스트랄이 다시 시작된 것일까? 지나가는 여자들이 후드를 끌어올려 뒤집어썼다. 회전문을 통해 들어오는 사람들의 얼굴이 바람과 불안으로 팽팽히 긴장되어 있었다. 아무도 바다에 떠 있는 태양에, 쌩빅또르 성당의 톱니 모양 성가퀴에, 방파제의 길이를 따라 말리기 위해 널어놓은 그물에 관심을 두지 않았다. 그들은 모두 통과비자에 대해, 만료된 여권에 대해, 3해리 수역과 달러 시세에 대해, 출국비자에 대해, 그리고 다시 또 통과비자에 대해 끊임없이 지껄여댔다. 나는 일어나서 떠나고 싶었다. 구역질이 났다.
─그 순간 내 기분이 갑자기 바뀌었다. 무엇 때문일까? 무슨 일이 있었기에 이런 급작스러운 변화가 생겼는지 도통 알 수가 없다. 졸지에 이 모든 수다가 더이상 토할 것처럼 싫게 느껴지지 않았고, 아주 대단하게 여겨졌다. 태곳적부터 계속되어온 항구의 수다, 구항 자체만큼이나 오래된, 아니, 그보다 더 오래된 수다였다. 지중해가 존재하는 동안 결코 멈춘 적이 없는, 감탄을 금할 수 없는, 아

---

74 프랑스와 이딸리아에서 중죄인을 수용하던 지하감옥.

득히 오래된 항구의 잡담이었다. 페니키아인들의 잡담과 크레타인들, 그리스인들의 잡담과 로마인들의 수다. 그 수다꾼과 잡담꾼이 끊긴 적은 한번도 없었다. 그들은 지상의 온갖 실제적인 공포와 가상의 공포를 피해 달아나면서 배편과 돈 문제로 걱정하였다. 아이를 잃은 엄마들, 엄마를 잃은 아이들. 섬멸된 군대의 패잔병들, 도망쳐온 노예들, 온갖 나라들로부터 쫓겨나 새로운 나라들을 찾아나섰지만 거기서도 다시 쫓겨나게 될 인간 군상들. 다들 언제나 죽음을 피해, 다시 죽음 속으로 도주 중에 있었다. 배들은 언제나 여기에 정박하지 않을 수 없었다, 바로 이 자리에. 여기서 유럽이 끝났고 바다가 여기로 파고들어와 이빨 모양의 작은 만灣을 이루고 있기 때문이다. 언제나 이 자리에 숙소가 세워졌다. 여기서 도로가 끝나고 만으로 통하므로. 나는 수천살의 나이를 먹은 태곳적 사람처럼 느껴졌다. 이미 안해본 체험 없이 뭐든지 다 체험해보았기 때문이다. 그러면서 동시에 새파랗게 젊다는 느낌도 들었는데, 나는 지금도 새로운 것이면 무엇에나 호기심과 열망을 느꼈기 때문이다. 더 나아가 불멸할 것 같은 느낌마저 들었다. 그러나 이 느낌은 다시 돌변하였고, 약하고 보잘것없는 나에게는 너무 강한 것이었다. 절망감이 엄습해왔다. 절망과 함께 향수가 찾아들었다. 헛되이 보내고 낯선 땅에 흘려버린 나의 스물일곱해가 한스러웠다.

옆 테이블에서는 지금 어떤 사람이 '알레시아'라는 이름의 기선에 대해 이야기하고 있었다. 이 배는 프랑스 장교들을 태웠다는 이유로 브라질로 가는 도중에 영국군에 의해 다까르에서 저지당해 억류되었다. 그 배의 모든 승객들은 아프리카의 한 수용소에 갇히고 말았다. 이 이야기를 전하고 있는 사람은 얼마나 생기가 넘쳤던가! 필시 그 사람들도 그 자신과 마찬가지로 새로운 땅에 도달하지 못했기 때문이리라! 나는 이 이야기도 이미 수없이 들어야 했다. 나는 소박한 노래가 듣고 싶었다. 새들과 꽃들이 보고 싶었다. 어린 시절 나를 꾸짖던 어머니의 목소리가 그리웠다. 아, 이 지긋지긋한 잡담 소리! 태양은 이제 쌩니꼴라 요새 뒤로 사라졌다.

　오후 6시였다. 나는 무심코 사람들 너머로 문 쪽을 보고 있었다. 문이 다시 열리더니 돌아갔다. 웬 여자가 하나 들어왔다. 이것에 대해 당신에게 무슨 말을 해야 할까? 나는 그저 말할 수 있을 뿐이다, 그녀가 들어왔다고. 보지라르 가에서 목숨을 끊은 그 남자라면 다르게 표현할 수 있을지도 모른다. 나는 그녀가 들어왔다고 말할 수밖에 없다. 나한테 어떤 묘사도 요구하지 마시라. 곁들여 하는 말이지만, 이날 저녁에 그녀가 금발이었는지 흑발이었는지, 부인이었는지 처녀였는지 말해보라고 하면 나는 말할 수 없었을 것이다. 그녀가 들어왔다. 들어오더니 가만히 서서 빙 둘러보았다. 얼굴엔 거의 공포에 가까운 팽팽한 기대의 표정이 드러나 있었다. 누군가를 이곳에서 발견하기를 희망하면서 두려워하는 것 같았다. 어떤 생각이 그녀를 이곳에 오게 했는지 몰라도 비자와는 무관했다. 그녀는 먼저 나 자신이 전부 볼 수 있고 께테벨주에 접해 있는 까페의 한쪽 공간을 가로질러 저쪽으로 갔다. 이젠 회색으로 변한 커다란 창문과 대비되어 아직 그녀의 뾰족한 후드 끝자락이 보였다. 나는 그녀가 다시 돌아오지 않으면 어쩌나, 저기 다른 쪽 공간에 바깥으로 통하는 문이 있어서 그리로 그냥 나가버리지나 않을까 하는 불안감에 사로잡혔다. 하지만 그녀는 그후 곧바로 다시 돌아왔다. 그녀의 젊은 얼굴에 나타나 있던 기대의 표정이 어느새 실망으로 바뀌어 있었다.

　이제까지 어떤 여자가 내가 있는 장소로 왔는데 그녀가 어쩌면 내 마음에 들 수 있는데도 나에게 오지 않을 때면, 나는 그녀를 마음에 들어하는 자에게 기꺼이 넘겨주고는 대신할 만한 무언가가 나에게 없지 않음을 확인하고는 했다. 방금 내 옆을 지나간 그 여자는 누구에게도 선뜻 넘겨줄 마음이 들지 않았다. 그녀가 들어왔는데 나에게 오지 않았다는 것이 너무도 섭섭했다. 그것과 마찬가지로 정말 섭섭할 만한 무언가가 있었는데, 만일 그녀가 들어오지 않았더라면 정말 그랬을 것이다. 그녀는 이제 바로 나 자신이 앉은 쪽 공간을 한번 더 둘러보았다. 그녀는 모든 얼굴, 모든 자리를 하나하나 살펴보았다. 아이들이 무언가를 뒤지듯이, 샅샅이 그러나 어설프게 살펴보았다. 그녀가 절망적으로 찾고 있는 사람은 과연 누구였을까? 누가 그토록 강렬한 기대를 받을 수 있고, 그토록 쓰라린 실망감을 안겨줄 수 있을까? 생존해 있는지도 모르는 그 남자를 주먹으로 마구 갈겨주고 싶었다. 마지막으로 그녀는 약간 구석진 자리에 있는 우리의 세 테이블을 발견했다. 그녀는 이 세 테이블에 앉아 있는 사람들을 유심히 쳐다보았다. 참으로 어이없는 이야기지만, 나는 순간 나 자신이 그녀가 찾고 있는 사람이라는 느낌이 들었다. 그녀가 나를 쳐다보았다. 하지만 공허한 시선이었다. 나는 그녀가 쳐다본 마지막 사람이었다. 그녀는 이제 정말로 나가버렸다. 나는 다시 한번 바깥에서 창문 앞을 지나가는 그녀의 뾰족한 후드를 보았다.

III

나는 비네의 집으로 올라갔다. 의사가 아이의 침대 위에 앉아 있었다. 그는 자신의 통과비자에 관련된 일의 상황을 알리는 필수 과정인 일일 보고를 이미 마친 상태였다. 짧게 깎은 희끗희끗한 머리가 소년의 까무잡잡한 맨몸에 놓여 있었고, 청진하는 동안 통과비자에 관한 걱정으로 일그러진 그의 얼굴이 환하게 밝아졌으며, 조급함의 표정과 지체와 낙오에 대한 두려움의 표정이 정반대로 무한한 인내와 끈기의 표정으로 변화하였다. 누가 뒤에 남든 상관없이 무슨 일이 있어도 가능한 한 빠르게 떠나고 싶은 소망이 배려와 동정의 마음으로 바뀌었다. 그는 오직 이 소년을 어떻게 고칠 수 있을지를 알려주는 몸속의 소리에 귀 기울이는 일에만 열중하고 있는 듯이 보였고, 그 일 말고는 다른 어떤 일도 바라고 있지 않는 것 같았다. 소년도 평온해졌다. 자신이 의사에게 준 마음의 평정을 그에게서 다시 돌려받았기 때문이다. 의사가 마침내 얼굴을 들고는 소년의 몸을 가볍게 찰싹 때리면서 셔츠를 끌어내리더니 가족에게로 몸을 돌렸다. 그는 조르주 비네를 아예 아이의 아버지로 대했다. 조르주는 별수 없이 거기에 살았고 그밖에 다른 무엇일 수 없기 때문이었다. 내가 보기엔 심지어, 그가 아이에 대한 조르주의 관계만이 아니라 그의 애인에 대한 관계까지도 다소 변화시킨 것처럼 보였다. 어차피 병든 아이에게는 부모가 필요하므로, 그는 두 사람을 부모 자리에 앉혀놓은 셈이었다. 이렇게 그는 아이의 병을 빨리 낫게 하기 위해 이 집 안의 모든 상황을 거의 은밀하게 변화시켰다. 그러나 만일 병이 다 나아 이곳의 분위기를 지배하지 않게 된다면, 그로서는 다시 무슨 일이 어떻게 돼도 상관없었다.

그는 아이에게 어떤 음식을 먹여야 하는지 부모인 그들에게 설명해주고 있었다. 나는 끌로딘의 석탄 상자 위에 앉아 있었다. 모든 이야기를 주의 깊게 들었고, 모든 것을 유심히 지켜보았다. 나는 갑자기 눈이 날카로워졌고 귀가 밝아졌다. 하지만 내가 방금 체험한 것은 휙 날아가버리는 순간적인 것이어서 엷고 균일하게 콕콕 쑤시는 느낌과, 동시에 내가 갑자기 바짝 말라버린 것처럼, 목이 타는 갈증의 느낌 외에는 더이상 아무것도 남아 있지 않았다. 불쑥 의사에게 터무니없는 질투를 느꼈다. 내가 그를 질투한 것은 그가 소년을 고치고 있기 때문이고, 짐작컨대 일단 다 고치고 나면 소년은 그에게 아무래도 상관없는 존재가 될 것이기 때문이며, 그리고 그가 술수와 책략이 아니라 지식과 인내심으로 사람들에게 모종의 권력을 행사하고 있기 때문이었다. 나는 그의 지식과, 소년이 지금 홀려 있는 그의 목소리에 질투가 났다. 그는 나와 달라서, 그는 고생하지 않아서, 그의 입은 바짝 마르지 않아서, 그 사람 안에는 내가 결코 갖지 못할 무언가가 들어 있어서, 나는 질투가 났다. 그가 언젠가 혼자 힘으로는 번듯한 비자와 통과비자와 체류허가를 마련할 수 없게 된다고 해도 말이다.

나는 그의 말을 거칠게 가로막았다. 의술은 아무 쓸모도 없고, 나아가 그런 건 아예 존재하지도 않는다고 나는 주장했다. 어떤 사람이 실제로 병이 나았다면 결코 의사의 손이 아니라 알 수 없는 어떤 우연의 힘으로 그렇게 된 거라고 했다. 그는 마치 나의 격정을 진단하려는 듯이 나를 날카롭게 쳐다봤다. 그러고는 차분하게 내 말이 맞다고 말했다. 그 자신은 오직 환자의 치료에 방해되는 모든 것을 환자에게 가까이 오지 못하게 하고, 기껏해야 환자의 심신에 부족한 것을 아주 조심스럽게 덧붙이는 일만을 할 수 있다고 했다. 그러나 그가 그 모든 일을 잘해낸다 해도, 어쩌면 가장 중요한 것 같은데 거의 설명할 수가 없는 무언가가, 그의 환자나 그 자신에게 좌우되는 것이 아니라 영원한 현재로 존재하는 살아 있는 모든 생명의 충만한 기운에 좌우되는 무언가가 남아 있다는 것이다. 우리는 열심히 듣고 있었다 — 그때 의사가 몸을 움찔하며 시계를 보더니 큰 소리로, 자기는 씨암Siam 영사의 비서와 약속이 있다고, 그런데 씨암 영사는 미국의 통과비자 없이도 뽀르뚜갈 비자를 내주는 운송회사 사장의 친구라고 말했다. 그는 달려나갔고, 조르주는 웃었고, 아이는 벽 쪽으로 돌아누웠다.

IV

다음날은 바람도 없었고 해도 나지 않았다. 하늘은 여전히 구항에 정박해 있는 포함처럼 칙칙했다. 사람들은 싫증이 나지도 않는지 이 함정을 마냥 뚫어져라 바라보았다. 마치 그 배가 그들에게 다를랑 제독[75]이 그것을 가지고 무엇을 할 생각인지 이야기해줄 수 있기라도 한 것처럼. 영국군이 뜨리뽈리따니아[76]의 국경에 접근하였다. 프랑스가 자기네 비제르따 항[77]을 독일군에게 넘겨줄지, 아니면 거부할 경우 독일군이 이제는 프랑스 남쪽도 점령해버릴지, 이것이 그 당시의 문제였다. 만약 독일군이 밀고 내려온다면, 영국군이 우리 도시에 집중포화를 퍼부을지도 모른다. 그렇게 되면 통과비자에 관한 모든 걱정은 일단 해소될 것이다. 나는 몽베르뚜로 갔다. 나의 어제 자리가 비어 있었다. 나는 담배를 피우며 기다렸다.

---

75 François Darlan. 1939년 해군제독으로 임명, 1940년 6월 비시 정부의 해군장관이 되었고, 이후 외무장관, 부총리, 총리를 역임하면서 독일에 협력했다.
76 리비아 서북쪽 지역. 1912년 이딸리아에 편입되었고, 1940년 9월부터는 영국과의 전쟁터가 되었다.
77 뛰니지 북쪽의 항구도시. 뛰니지 수도 뛰니스에서 북서쪽 약 70킬로미터에 위치.

같은 장소에서 기다리는 것은 어리석은 짓이었다. 하지만 거기 말고 그럼 어디서 기다려야 한단 말인가? 그 여자가 어제 나타났던 시간은 이미 한참 전에 지나갔다. 나는 일어날 수가 없었다. 사지가 납덩이 같았다! 이 어리석은 기다림에 마비되어! 어쩌면 나는 죽도록 피곤했기에 이제 계속 앉아 있기만 했을지도 모른다. 까페는 숨이 막힐 정도로 꽉 차 있었다. 목요일이었다. 음주 허용일이다. 나는 이미 상당히 많이 마신 상태였다. 그때 나딘이 내 테이블로 걸어왔다. 나의 지나간 사랑 나딘이 온 것이다. 내가 나딘의 모습을 묘사하기를 원하는가? 그녀는 내가 원하면 언제든 불러낼 수 있다. 나에게 그녀는 아무래도 좋았고 아무래도 상관없다. 그녀는 그동안 내내 무얼 했느냐고 물었다. "영사관들 찾아다녔지." "자기가? 근데 언제부터 떠나려고 한 거야?" "그러지 않으면 내가 대체 무얼 해야지, 나딘? 다들 떠나는데. 너희네 더러운 수용소에서 개죽음하란 말이야?" "우리 오빠들도 수용소에 있어." 나딘이 내 마음을 달랬다. "하나는 점령지역에 있고, 하나는 독일에 있어. 가족마다 남자들 몇씩은 가시철조망 뒤에 있지. 너희 외국인들은 전부 이상해. 너흰 일이 저절로 지나갈 때까지 절대 기다리질 않아."

그녀는 내 머리를 살짝 쓰다듬었다. 나는 어떻게 하면 그녀의 마음을 크게 상하지 않게 하면서 그녀를 떠나보낼 수 있을지 몰랐다. 내가 말했다. "나딘, 자기는 정말 아름다워. 그동안 잘 지낸 게 틀림없어." 그녀가 교활한 미소를 지으며 응수했다. "운이 좋았지." 그녀가 몸을 굽히는 바람에 서로의 얼굴이 닿았다. "그는 해군에 있어. 그의 부인은 그보다 훨씬 나이가 많아. 게다가 마라께시[78]에서

---

78 까사블랑까에서 남쪽으로 250킬로미터쯤 떨어진 모로꼬 제4의 도시.

그에게 오래 달라붙어 있었어. 잘생긴 남자야. 유감스러운 건 나보다 훨씬 키가 작다는 점이야." 그녀는 레 담 드 빠리에서 배운 동작을 했다. 외투를 약간 뒤로 젖히는 바람에 안감인 밝은 색 비단과 베이지색 새 드레스가 보였다. 나는 이 명백한 세속적 행복의 표현에 아연실색했다. 내가 말했다. "그 남자, 자기에게 기죽게 하지 마. 그는 자기를 기다리고 있어." 그녀는 이 말이 나쁘지 않다고 여겼지만, 결국 나는 일주일 뒤로 약속을 잡아 그녀를 떼어내는 데 성공했다. 그러면서 나는 이 약속이 결코 이루어지지 않을 거라는 느낌이 들었다. 나는 칠년 후에 만나자고 약속할 수도 있었을 것이다.

나는 나딘이 다시 한번 바깥 창문을 지나 까느비에르 위쪽으로 올라가는 모습을 보았다. 그러자 곧 가게들이 덧문을 내렸다. 등화관제 규정이었다. 더이상 바다를 보지 못하고 거리 위의 그림자들을 보지 못해서 답답했다. 나는 계략에 빠져, 오늘 몽베르뚜를 가득 메운 온갖 악령들과 함께 감금된 느낌이 들었다. 기다림으로 뭉그러진 지친 머릿속에 하나의 선명한 생각이 퓸 스쳐지나갔다. 만일 지금 어떤 비행대대가 날아와 도시를 폭격한다면 나는 여기서 그들과 함께 죽고 싶지 않다는 생각이었다. 하지만 그런 생각도 결국은 매한가지였다. 대체 내가 그들과 다른 점이 무엇이었나? 떠나려고 하지 않는다는 점? 이것도 반쯤만 사실이었다. ──갑자기 심장이 뛰기 시작했다. 방금 누가 들어왔는지 눈보다 더 먼저 심장이 알아본 것이었다. 그녀가 어제처럼 급히 여기로 왔다. 누굴 피해 도망쳐서, 아니면 누굴 찾아서. 그녀의 젊은 얼굴이 지나치게 긴장되어 있어서 보는 내가 고통스러울 정도였다. 그녀가 마치 내 딸인 것처럼 나는 이렇게 생각했다. '이 모든 게 그녀에게 적합하지 않아. 장소도, 시간도.' 그녀는 이 테이블 저 테이블로 돌아다니면서 몽베르뚜 전체를 샅샅이 뒤지듯이 했다. 그녀는 절망스러운 나머지 얼굴이 창백해져서 내 근처로 돌아왔다. 하지만 그녀는 금세 다시 한자루에서 뛰쳐나온 것 같은 이 악머구리 떼 속을 혼자서 어찌할 바를 모르며 찾기 시작했다. 그녀가 내 테이블 가까이로 다가왔다. 이제 그녀의 시선이 나에게 와서 멈추었다. 나는 생각했다. 그녀는 나를 찾고 있는 거야. 나 말고 누구겠어? 하지만 그녀의 시선은 이미 나에게서 떠나갔다. 어느새 그녀는 밖으로 나갔다.

V

나는 라프로비당스 가로 갔다. 방이 그동안 강도를 당한 것처럼 삭막하고 텅 비어 보였다. 내 머릿속도 텅 비어 있었다. 기억 속에 뚜렷한 상으로 남아 있는 게 하나도 없었기 때문이다. 그 흔적조차 깨끗이 사라지고 없었다.

아무것도 놓이지 않은 썰렁한 테이블 앞에 앉아 있는데 문 두드리는 소리가 났다. 본 적이 없는 낯선 사람이 들어왔다. 앙바틈한 체구에 안경을 낀 모습이었다. 그가 나에게 혹시 자기 부인이 어디로 사라졌는지 아느냐고 물었다. 그녀의 방이 갑자기 텅 비어 있다는 것이다. 그의 질문에서 나는 그가 지붕 위에 내가 숨어 있던 곳에서 수갑을 차고 연행되어 가는 모습을 내려다보았던 그 남자임을 알아차렸다. 나는 이제 유감스럽게도 그의 부인이 붙잡혀갔다는 사실을 조심스럽게 설명하기 시작했다. 그는 극도의 격분 상태로 빠져들었다. 나는 목이 짤막한 그가 질식해 죽는 게 아닌가 하고 정말 불안했다. 그 자신은 사슬로 묶인 채 그가 본래 살던 도道

로 다시 보내졌는데, 그곳 관리가 웬일인지 기분이 좋아지는 바람에 '그를 풀어줘!' 하고 외쳤다는 것이다. 그래도 그는 아직 배를 잡아탈 수 있을 거라는 희망을 놓지 않았다. 그의 부인을 봉빠르 수용소로 끌고 간 것은 보석금을 내고, 쉽게 말하면 몸값을 치르고, 그녀를 되찾아가도록 하기 위한 것이었다. 그는 친구들에게 도움을 청하러 즉시 시내로 달려갔다. 그가 얼마나 부럽던지! 작고 통통한 그 여자는 의심할 여지 없이 확실하게 그의 것이었다. 그녀는 비록 수용소에 갇혀 있더라도 단단히 고정되어 있었다. 그녀는 증발해 날아가버릴 수가 없었다. 그는 두 다리가 고장나도록 그녀를 찾아 달려갈 수 있었다. 그는 그녀를 되찾기 위해 자신의 두툼한 머리를 움켜잡고서 지혜를 짜낼 수가 있었다.

하지만 나는 붙잡고 의지할 만한 것이 아무것도 없었다. 온몸에 한기가 느껴져 침대로 가서 누웠다. 그녀의 얼굴을 다시 떠올려보고 싶었다. 그녀의 모습이 가물거렸다. 천천히 방 안을 채우는 가늘고 씁쓸한 담배 연기 속에서 찾고 또 찾았다. 이 건물은 손이 뚝 끊겼다. 외인부대원들은 함께 즐길 어떤 흥겨운 일을 찾아 떠나고 없었다. 서로 공모한 것처럼 모든 것이 꽁무니를 빼고 물러나는 그런 저녁 중 하나였다.

VI

개들이 처량하게 우는 소리에 잠을 깼다. 내가 벽을 두드리자 상황이 더 악화되었다. 평온을 되찾으러 뛰쳐나갔다. 옆방에 가보니 덩치 큰 불도그 두마리와 건방진 눈에 어깨가 삐딱하고 보기 흉할 정도로 옷차림이 현란한 한 여자가 그곳을 차지하고 있었다. 나는 그녀를 항구 뒤편 골목들에서 갖가지 엉터리 같은 작품을 상연하는 작고 허름한 극장 중 하나에 소속된 여자로 여겼다. 나는 그녀에게 프랑스어로 그녀의 동물들이 방해된다고 분명하게 말했다. 그러자 그녀는 오만불손하기 짝이 없는 독일어로, 안타깝지만 내가 거기에 익숙해져야 한다고, 이 동물들은 어차피 자신과 여행을 함께할 길동무라서 어쩔 수가 없다고, 그녀 자신은 통과비자를 받은 후 그들을 데리고 리스본으로 떠나는 일보다 더 많은 것을 원치 않는다고 응수했다. 나는 그녀에게 그들을 끌고서 온 세상을 함께 다닐 정도로 이 두마리 개에게 애착을 갖고 있는 거냐고 물었다.

그녀가 웃으며 큰 소리로 말했다. "할 수만 있다면 당장에 저 애들을 도살해버릴 수도 있을 거요! 하지만 일련의 묘한 우연들로 인해 쟤들에게 매인 신세가 되었소. 나는 익스포트 라인[79]의 표를 가지고 있었다오. 미국 비자는 이미 승인을 받았고 말이오. 하지만 최근에 연장을 받으러 영사관에 갔는데 글쎄 새로운 완벽한 신원보증이 필요하다는 거요. 내가 도덕적으로 단 하나의 오점도 없이 완전히 깨끗하다는 미국 시민들의 보증이 있어야 한다지 뭐요. 늘 혼자 사는 여자가 어디서 두명의 미국 시민을 구해 나를 위해 맹세를 하게 한단 말이오? 나는 절대로 돈을 횡령한 적이 없다는 것, 독소불가침협정을 저주한다는 것, 공산주의자들에게 호의를 가지고 있지 않으며 전에도 그런 적이 없고 앞으로도 그런 일이 없을 거라는 것, 낯선 남자를 방에 들이지 않는다는 것, 도덕적으로 올바르게 생활하고 있고 그렇게 생활해왔으며 앞으로도 그럴 거라는 것을 말

---

79 American Export Lines Inc. 1919년에서 1978년까지 존속했고, 북아메리카와 지중해를 왕래하는 노선에서 최대 규모였던 미국 선박회사.

이오? 나는 거의 절망적인 상태에서 우연히 보스턴 출신의 노부부와 마주치게 되었는데, 그들은 어느 여름엔가 해안가 어느 마을에서 나와 함께 살았던 분들이었소. 남편은 전동기 회사에 있는데, 이것이 영사가 존중하는 중요한 점이라오. 그들은 클리퍼[80]를 타고 즉시 떠나고 싶어했지 뭐요. 여기가 별로 마음에 들지 않았던 탓이라오. 다만 그들은 자신들의 두마리 개를 무척 사랑했는데, 개들은 글쎄 클리퍼에 탈 수가 없다는 거요. 우리는 쌍방의 고민을 하소연했고, 그러다 서로를 도울 수 있게 되었다오. 두 미국인은 나에게서 개들을 보통의 배에 태워 무사히 대서양 너머로 데려다주겠다는 약속을 받아냈고, 나는 그들의 도덕적 보증을 받아낸 거라오. 당신은 이제 내가 왜 이 두마리 개를 씻기고 솔질하고 정성껏 돌보는지를 충분히 이해하겠지요. 쟤들이 나의 보증인인 셈이니까 말이오. 쟤들이 사자라 해도 나는 쟤들을 바다 너머로 끌고 갈 거요.”

나는 약간 기분이 좋아져서 밖으로 나가 오전의 찬 공기를 맞았다. 값이 싼 까닭에 몽베르뚜 맞은편의 작고 허름한 까페를 선택했다. 그래도 까느비에르에 위치한 까페였다. 나는 인파로 가득 찬 거리를 물끄러미 내다보았다. 미스트랄이 때로는 군중을 향해 갑작스러운 비를 몰고 오기도 하고, 때로는 갑작스러운 빛을 선사하기도 했다. 까페의 창유리가 달그락거렸다. 생각 속에서 나는 외지인 등록소에 가 있었다. 거기서 내일 나의 행운을 시험해보려고 한다. 하인츠가 선물로 준 수용소 석방 증명서를 들고서.

홀연히 문턱 위로 그 여자가 나타났다. 마침 나는 그녀를 깜빡 잊고 있었다. 그녀는 작고 허름한 이 까페를 한눈으로 쏙 훑어보고

---

80 Boeing 314 Clipper. 1938~41년에 생산된 장거리 비행정. 당시 최대 크기였다.

는 들어오지도 않았다. 까페에는 나 말고 비를 피해 들어온 세명의 도로 공사 인부밖에 없었다. 후드를 쓴 그녀의 얼굴은 더욱 작고 창백해 보였다.

나는 거리로 나갔다. 그 여자는 이미 군중 속으로 사라진 것 같았다. 나는 까느비에르를 오르락내리락했다. 사람들과 부딪히며 그들 속을 헤집고 다녔고, 그들을 깜짝 놀라게 해서 출국에 대한 수다와 영사관으로 향하는 행렬을 멈추게 했다. 저 멀리 까느비에르의 끝부분에 높이 솟은 뾰족한 후드가 보였다. 뒤쫓아달려갔지만 께데벨주에서 사라져버렸다. 그 뒤를 따라 계단을 통해 항만도로인 께[81]로 올라가, 길게 뻗은 삭막한 도로를 따라 쌩빅또르 성당[82]까지 갔다. 그녀는 성당 출입통로 안에서 양초를 파는 여자들 앞에 가만히 서 있었다. 이제야 나는 거기에 내가 찾는 그 여자가 아니라 얼굴이 쭈글쭈글하고 모양 사납게 생기고 인색해 보이는 웬 낯선 여자가 서 있는 것을 보았다. 나는 또 그녀가 자신의 영혼 구제를 위해 밝혀놓을 양초를 두고 흥정을 벌이며 값을 깎으려고 하는 소리도 들었다.

비가 요란한 소리를 내며 맹렬히 몰려오고 있을 때, 나는 성당 입구에서 가장 가까운 장의자에 앉았다. 두 손으로 머리를 감싸쥔 채 얼마나 오랫동안 거기에 가만히 앉아 있었는지 모른다. 이렇게 해서 나는 다시 한번 가장자리에 다다랐다. 대륙의 가장자리에, 내가 감행하는 일의 가장자리에 도달했다. 그럼에도 불구하고 나는

----

81 각주 72 참조!

82 구항 남안에 요새 같은 독특한 외관을 한 종교 건축물. 남프랑스 가톨릭 중심지의 하나. 5세기에 건립되어 이후 여러차례 재건과 증축이 반복되었으며, 성인들의 유해와 석관이 안치된 지하묘지가 유명하다. 바로 가까이에 쌩니꼴라 요새가 있다.

오래 해오던 놀이를 그만두지 못하고 점점 더 계속했다, 가장자리에 이르러서까지. 오늘 아침에 하인츠를 만났어야 하는데 잊어버렸다는 생각도 떠올랐다. 그러나 일찌감치 그 시간은 지나갔고, 그 시간과 더불어 나에게 예정되었던 최선의 것도 함께 놓쳐버린 것 같았다. 여기는 정말 추웠다. 쌩빅또르 성당 내부만이 아니라 문이 반쯤 열린 출입통로 안에도 폭우가 쏟아지는 날의 짙은 어스름이 깔려 있었다. 미스트랄은 이 안에까지 들어와 제단 위의 조그만 양초 불꽃마저 꺾어버렸다. 웅장한 신도석은 텅 비어 있었지만, 계속 새로운 사람들이 밖에서 들어왔다. 그들은 도대체 어디로 사라진 걸까? 희미한 노랫소리가 들렸다. 어디서 나는 소리인지 몰랐다. 성당은 여전히 텅 비어 있었기 때문이다. 미사드리러 온 사람들이 벽 속으로 삼켜져버렸다. 그들을 뒤따라 지하로 내려가보니 그곳은 바위 속이었다. 깊이 내려갈수록 노랫소리도 더욱 뚜렷해졌다. 어느새 지하예배당으로부터 깜빡거리며 흔들리는 불빛이 세단 위를 비추었다. 우리는 지금 도시 밑에 와 있음이 분명했다. 나아가, 바다 밑에 있는 것처럼 여겨졌다.

거기서 그들은 미사를 드리고 있었다. 아득히 오랜 세월에 걸쳐 풍화된 기둥머리 장식이 입김과 안개 등으로 조금씩 미세하게 부서져내려 성스러운 동물들의 찌푸린 얼굴로 변화되었다. 태고의 풍모가 느껴지는 고령의 신부가 허연 수염을 하고 정교하게 수놓은 하얀 스톨라[83]를 걸치고 있었다. 그는 자신의 불경스러운 도시가 이 바위를 세운 자의 위협을 무시하는 바람에 바다 밑바닥으로 가라앉게 되었을 때 성스러운 행동 중에 커다란 충격을 받았던 아

---

83 사제가 미사 때 옷깃에 걸쳐 늘어뜨리는 띠.

득히 먼 옛날의 사제들 중 하나와 닮았다. 소년 성가대원들이 결코 성숙할 수 없는 영원히 창백한 젊음을 간직한 채 촛불을 들고 노래를 부르며 기둥들 주위를 돌고 있었다. 우리의 얼굴 앞에서 소리없이 부서져내리는 현상이 떨리는 파동으로 바뀌었다. ──틀림없이, 우리 머리 위에서는 바다가 철석거리며 출렁이고 있는 것 같았다. 갑자기 노래가 뚝 그쳤다. 노인들 특유의 저 허약하면서도 거칠거칠한 목소리로 노신부가 우리의 비겁함과 우리의 거짓을, 죽음에 대한 우리의 불안을 질타하기 시작했다.

오늘도 우리는 이곳이 안전하다고 여겨 이곳에 왔다. 하지만 도대체 여기가 안전한 까닭이 무엇인가? 도대체 이곳은 어떻게 해서 시간을 이겨냈고, 이천년간 숱한 전쟁에서 살아남았는가? 지중해 주변의 수많은 바위 안에 자신의 집을 만들어놓은 자가 두려움을 몰랐기 때문이다.

"나는 세번 기둥에 묶여 채찍질을 당했고, 한번 돌로 맞았고, 세번 난파를 겪었노라. 하루 낮밤을 바다의 깊음 속에서 지냈고, 강의 위험과 강도의 위험과 동족 중의 위험과 이방인 중의 위험과 도시의 위험과 광야의 위험과 바다의 위험과 거짓 형제 중의 위험 속에 있었노라."[84]

노인의 이마에 핏줄이 불거져나왔고, 목소리는 꺼져갔다. 성당은 점점 깊이 가라앉는 듯했고, 부끄럽고 불안한 나머지 겁을 먹고 덜덜 떨면서 사람들이 흡사 노인의 완고한 침묵에 귀를 기울이고 있는 것 같았다. 그때 소년들의 찬송이 참을 수 없는 천사의 순결함으로 시작되었고, 노랫소리가 부드럽게 흘러가는 동안 우리의

---

84 신약성서 고린도후서 11:25~26.

마음속에 터무니없는 희망을 불러일으켰다. 그리고 노인의 깊은 가슴에서 울려나오는 섬뜩한 소리가 둔중한 울림으로 참회를 불러일으키며 거기에 응답했다.

나는 가슴이 답답하여 숨 쉬기가 힘들었다. 바다 밑바닥에서 계속 사느니, 저 위에서 나와 같은 부류의 사람들과 함께 멸망하고 싶었다. 슬며시 빠져나와 위로 올라왔다. 공기가 차갑고 깨끗했다. 천지를 뒤덮었던 폭풍우는 그쳤고, 미스트랄은 잠잠해졌다. 쌩빅또르 성당 맞은편에 위치한 쌩니꼴라 요새의 톱니 모양 성가퀴들 사이에는 벌써 별들이 반짝거렸다

VII

소년은 다음날 처음으로 집 밖에 나갈 수 있었다. 끌로딘이 나에게 아이를 데리고 나가 햇볕을 쬐게 해달라고 부탁했다. 부탁이 마음에 들었다. 우리는 양지바른 쪽을 따라 천천히 까느비에르를 올라갔다. 오랜만에 다시 화합이 이루어졌다. 별 계기도 없이. 까느비에르가 끝없이 뻗어 있기를 바라는 단순한 소망이 들었다. 오후의 태양이 그대로 멈추어 있기를 바랐고, 소년의 머리가 내 팔에 기댄 채 언제까지고 그대로 있기를 바랐다. 그는 다리를 약간 느른하게 질질 끌듯이 걸었고, 내가 물어볼 때만 이야기를 했다. 그는 장차 의사가 되고 싶다고 말했다. 나는 다시 그로부터 온전한 신뢰를 얻었고 차분하고 충만한 눈빛을 받았지만 즉시 질투의 미동이 느껴졌다. 그는 그동안 피로해져서 나는 그를 끌다시피 하며 걸었다. 그를 꾸르다사의 한 까페로 데리고 들어갔다. 유감스럽게도 초콜릿

음료나 과일 주스가 없었고 초록빛이 도는 옅은 색 음료밖에 없었다. 그럼에도 그의 얼굴에는 희미한 기쁨의 빛이 반짝였다. 살면서 발견하기 힘든 소중한 것들을 대할 때나 느낄 만한 기쁨의 빛이었다. 그가 몹시 사랑스러웠다. 나는 그의 머리 너머 창문을 통해 뒤틀리고 구부러진 나무들이 서 있고 여전히 햇살이 비치는 광장을 내다보았다. 마침 어느 커다란 건물 앞에 인파가 몰려들었다. "대체 저기에 무슨 일이 있는 건가요?" 내가 물었다. "저기에요? 아무 일 없는데요." 웨이터가 말했다. "에스빠냐 사람들일 뿐이에요. 그들은 멕시꼬 영사관 앞에 길게 줄을 서요."

소년을 초록빛 주스를 마시게 놔두고 나는 그쪽으로 건너갔다. 나의 시선은 높은 정문을 따라 올라가다가 커다란 문장紋章에 이르렀다. 놀랍게도 문장은 새로 만든 듯 빛이 났다. 쌓인 먼지를 다 털어낸 것이다. 이젠 심지어 독수리 부리에 뱀이 물려 있는 모습까지 알아볼 수 있었다. 에스빠냐 사람들은 나를 보고 빙긋이 웃었다. 한사람만 짜증스럽게 말했다. "여보쇼, 차례 좀 지킵시다." 그래서 나는 줄을 섰다. 앞뒤에서 내가 몇달 전 빠리의 영사관 앞에서 들었던 것과 똑같은 말을 들었다. 지금 새롭게, 그때보다 더 확실하게, 마르세유에서 멕시꼬로 가는 배들이 출발할 예정이라는 말을 한 것이다. '레뿌블리까' '에스뻬란사' '빠시오나리아' 같은 배 이름도 다시 거론되었다. 사람들 스스로 그 이름을 끝까지 고수하고 있는 판이므로, 이 배들은 틀림없이 떠날 것이다. 선박회사의 알림판에서 조그만 지우개 따위로 지워지고 말 배들이 결코 아니다. 그 배들이 목적하는 항구들이 불에 타서 없어져버리는 일은 결코 없을 것이다. 그 배들에게 통과할 수 없는 해협이란 존재하지 않았다. 그런 배를 타고 나도 떠나고 싶었다. 이런 동행자들과 함께.

나도 어느새 정문 안으로 들어와 있었다. 수위가 마치 기다렸다는 듯이 나를 향해 뛰어왔다. 라마들렌 대로에서 근무할 적엔 피부가 가죽처럼 질겨 보이던 깡마른 체구의 그 남자는 다시 알아보기가 힘들 정도였다. 그는 당당해 보였고 옷차림도 번듯했는데, 그런 모습이 출국을 향한 우리 모두의 희망에 힘을 실어주고 있었다. 나는 사무실로 안내를 받았다. 사무실은 더이상 소박한 방이 아니라 몇개의 창구와 차단봉을 갖추고 있고, 경외심이 들게 하는 공간으로 바뀌어 있었다. 그리고 그 차단봉 뒤로 엄청나게 커다란 책상에 우리의 서기관 나리가 세상에서 가장 생기발랄한 눈을 반짝이며 조그맣게 앉아 있었다. 나는 다시 재빨리 나가려고 했다. 그러자 그가 벌떡 일어나서 외쳤다. "드디어 오셨군요! 우리는 당신을 찾으려고 백방으로 수소문했습니다. 주소를 제대로 적어놓지 않았더군요. 우리 정부의 확인서가 도착했단 말입니다!"

나는 뻣뻣하게 굳은 채로 서서 생각했다. 파울헨이 정말 힘깨나 쓰는 모양이네. 그럼 파울헨에게는 정말 지상의 권력 같은 게 있단 말이지. 나는 어리둥절한 나머지 더없이 멍청하게도 가볍게 고개를 숙여 인사를 했다. 서기관은 나를 흥미롭게 지켜보았다. 나는 그의 조소 섞인 눈길을 알아차렸다. 네가 하는 일에 나는 분명 손가락 하나 까딱하지 않았다. 거기엔 틀림없이 전혀 다른 힘들이 작용하고 있는 거다. 최후에 웃는 자가 누구인지 두고 보자. 그는 나를 차단봉 앞으로 걸어나오게 했고, 거기서 기다리는 동안, 열명, 스무명의 출국병자들이 차단봉 앞을 줄지어 지나갔다. 다시 한번 여기에 오는 게 자기한테 소용이 있는지 물어서 내가 충고를 했던 백발의 에스빠냐 노인도 다시 보였다. 그는 내 충고와 자신의 쓰라린 경험에도 불구하고 다시 여기에 온 것이다. 아마도 그는 저 건너에서 다시 젊어지기를 희망했는지 모르며, 자신의 아들들이 되돌려 줄 일종의 영생 같은 것을 꿈꾸었는지도 모른다. 나의 서류 묶음이 당도했고, 뒤적거리는 소리, 바스락거리는 소리가 났다.

갑자기 그 조그만 서기관이 내 쪽으로 몸을 홱 돌렸고 그의 두 눈이 반짝거렸다. 나는 그가 나를 안심시키려고 했을 뿐이라는 인상을 받았다. "자이들러 씨, 당신은 도대체 어떤 신분증을 가지고 있습니까?" 그는 지나치게 즐거운 마음으로, 거의 웃는 얼굴로 나를 바라보았다. "여기에 이미 두달 전에 비자를 받은 당신 동포 몇 사람이 있습니다. 하지만 그들은 두달 동안 그들을 더이상 독일 국민으로 간주하지 않는다는 독일 측의 확인을 기다리고 있습니다. 그래야만 도청은 그들에게 '출국비자', 이 땅을 떠나도 된다는 허가를 줍니다."

우리는 서로의 눈을 쳐다보았다. 우리는 틀림없이 서로 적대관계라고 느꼈지만, 또 둘 다 틀림없이 이런 대등한 적대관계에 즐거움을 느끼고 있었다. 내가 응수했다. "염려 마십시오. 저는 난민증을 갖고 있습니다. 절반은 자를란트에 속하고, 절반은 알자스에 속하는 난민증입니다." "하지만 당신은 슐레지엔에서 태어나지 않았나요, 자이들러 씨?" 우리는 큰 흥미를 느끼며 서로의 눈을 바라보았다. 내가 우쭐한 태도로 말했다. "우리 유럽인들은 이제 더이상 자신이 출생한 나라의 국적을 갖고 있는 경우가 거의 없지요. 저는 주민투표 때 자르 지역에 있었습니다." "내가 계속 진정으로 당신 일에 대해 염려하는 것을 양해해주세요. 그럼 당신은 거의 프랑스 사람이군요. 그렇다면 출국비자를 취득할 때 아주 중대한 난관에 부딪히게 될 겁니다." 내가 말했다. "저는 분명히 당신의 도움으로 어렵사리 잘 헤쳐나갈 겁니다. 저더러 무얼 하라고 충고하시겠습니까?" 내 질문이 재치있다는 듯 그는 싱긋이 웃으며 쳐다보았다. "먼저 당신 비자에 대한 나의 확인서를 들고 미국 여행사로 가십시오. 거기서 당신의 여행비가 완불되었다는 증명서를 받으세요." "완불되었다고요?" "맞습니다, 자이들러 씨, 완불되었습니다. 당신의 생명을 염려해서 우리 정부가 당신에게 비자를 내주도록 힘을 쓴 바로 그 친구들이 리스본의 익스포트 라인 사社에 당신의 여행 자금을 전부 지불해주었습니다. 여기 서류 묶음에 그 입증서류가 들어 있습니다. 놀라셨나요?"

물론, 나는 깜짝 놀랐다. 그러니까 그는 죽기만 하면 되었다. 그렇게 다른 세상으로 건너간 일이 어느새 서류 묶음의 형태로 보상이 이루어진 셈이었다. 서류 묶음은 그가 확실하게 썩어없어질수록 그 진가를 더욱 뚜렷하게 드러내는 최선의 서류들로 이루어졌다. 마치 그와 같은 부류의 사람들에게 죽음은 친구들이 그를 기억하고 그와 관련된 모든 일을 아주 사소한 부분까지 모나지 않게 처리하기 위한 가장 자연적인 전제조건인 듯했다. "이 입증서류와 당신의 비자 확인서를 들고 즉시 미국 영사관으로 가십시오. 거기서 통과비자를 신청하세요." "미국 영사관에서요?" 그가 날카롭게 쳐다보았다. "분명코 당신이 물 위를 걸어갈 수는 없을 테니까요. 당신이 달리 어떤 능력을 가지고 있더라도 말입니다. 멕시꼬로 직접 가는 배는 없습니다. 그래서 통과비자가 필요한 겁니다." "그래도 꾸준히들 직접 가는 배 이야기를 하던데요." "그렇습니다. 사람들이 하는 얘기지요. 요새 얘기하는 그건 유령선들입니다. 예를 들어 익스포트 라인이 더 확실합니다. 아무튼 당신에게 통과비자를 주는지 시도해보십시오. 당신은 당신의 다른 동료들보다는 좀더 세상과 가까운 사람처럼 보이는군요. 물론 당신의 예술을 의심하는 건 아닙니다! 미국 영사관에 가서 한번 해보세요. 그러고는 에스빠냐와 뽀르뚜갈을 통과하는 통과비자를 요구하십시오." 그는 벌써 마지막 문장들을, 일은 결코 성사되지 않을 것이고 아무리 애써봐야 소용없다는 확신을 갖고서 어떤 일을 그저 부수적으로만 설명하는 사람의 어조로 말했다.

지금은 어느새 춥고 조용해진 광장을 건너 돌아오면서 나는 생각했다. 어쨌든 새로 갖춘 나의 화려한 비자 확인서를 들고 가면 경찰서에서 체류를 다시 연장해줄 것이다. 나는 이제 출국 계획을 추진하면서, 수주에 걸쳐 통과비자를 마련할 것이다. 출국하는 것이 나에게 중요하고 진지한 일임을 믿어줄 터이고, 따라서 나를 여기에 그대로 머물게 해줄 것이다.

나의 소년은 빈 잔을 앞에 두고 빨대를 씹고 있었다. 내가 갔다 오는 데 아마 한시간쯤은 걸렸을 것이다. 그의 두 눈을 쳐다보기가 부끄러웠고 두렵기까지 했다. 집으로 돌아오면서 비로소 그가 말했다. "그럼 아저씨도 이제 가버리는 거군요." 내가 말했다. "대체 어떻게 그런 생각을 하게 됐지?" 그가 대답했다. "영사관에 갔잖아요. 당신들은 갑자기 왔다가 갑자기 가버려요." 나는 그를 꼬옥 끌어안고 입맞춤을 하면서 절대로 그를 떠나지 않을 거라고 맹세했다.

VIII

우리가 집에 와보니 의사가 앉아 있었다. 의사가 환자를 기다려야 했다는 것에 화가 난 그가 호통을 쳤다. 그는 소년을 직접 침대로 데리고 가서 청진을 했다. 나는 호되게 야단을 맞으며 침통한 얼굴로 그 옆에 서 있었다. 소년은 즉시 잠이 들었다. 그만큼 지친 것이다.

의사와 나, 우리는 함께 집을 나왔다. 우리는 서로 할 말이 없었다. 날이 지독하게 춥다는 것을 확인했을 뿐이다. 나는 께데벨주 쪽으로 방향을 잡았고, 왠지 모르겠는데 그는 나를 따라왔다. 그는 나에게 말한다기보다는 자신에게 말을 하는 것 같았다. "생각해보면, 나는 오늘 떠날 수 있었는데." ─ 내가 큰 소리로 말했다. "떠날 수 있었다고요! 근데 왜 떠나지 않았나요?" 얼음장 같은 찬 바람이 우리를 향해 불어오는 바람에 그는 거의 입을 벌리지 않았다. "한 여자를 여기에 남겨두고 떠나야 할 판이라서요. 그녀는 아직 서류가 부족해요. 우리는 다음 기회에 함께 떠날 수 있기를 바라고 있어요." "그런데 선생님이 여기서 그 여자분의 서류가 다 갖추어지기를 기다린다면……" 내가 물었다. "일자리를 잃게 되지 않을까 걱정되지 않나요? 선생님은 무엇보다 의사잖아요!" 그가 처음으로 나를 바라보았다. "그게 바로 내가 밤낮으로 아무리 궁리해봐도 도저히 풀 수 없는 문제입니다." ─ 바람이 목구멍으로 들이닥치는 바람에 나는 말하기가 무척 힘들었다. "이 경우엔 사실 더 궁리할 게 없어요. 선생님은 남았으니까요." ─ "이젠 이 일이 그렇게 단순하지 않아요." 그는 미스트랄과 나를 함께 상대하느라 숨을 거의 헐떡거리다시피 대답했다. "출국이 지체된 데에는 외적인 요인도 크게 작용하고 있어요. 이런 경우에 늘 그렇듯이 내적 성향이 외적 상황과 뒤얽히기 마련이지요. 내 여행자금은 리스본에 있어요. 나는 거기서 출발할 생각이었거든요. 그래서 에스빠냐 통과비자를 기다리고 있는데, 어느날 갑자기 마르띠니끄 섬으로 가는 소형 기선이 있다는 얘기가 들리는 거예요. 열명 남짓한 관리를 태우고 가는 포르드프랑스[85]행 화물선인데, 서른명의 일반 승객을 위한 자리도 있다는 겁니다. 이 경로로 가려면 여행비와 필요한 증명서들과 보증금을 마련해야 하고, 하루빨리 그 서른명 안에 들어야 했습니다. 그리고 동시에 그녀와의 이별을 극복해야 하고요 ─ 이해하시겠죠." 내가 대답했다. "아니요." 우리는 바람이 마치 우리의 시선을 채갈 수 있기라도 하다는 듯 목을 움츠리고서 서로를 옆으로 쳐다보았다.

　나는 그에게서 제발 벗어나고 싶어서 길모퉁이에 가만히 서 있었다. 그가 오직 내 생각을 알아내려는 목적만으로 살을 에는 듯한 찬 바람이 휘몰아치는 길모퉁이에 오래 머물러 있지는 않으리라 생각한 것이다. 하지만 그 일은 그에게 깊이 자리 잡고 있음에 틀림없었다. 그럼에도 그는 이렇게 물었기 때문이다. "뭐가 이해가 안되나요?" "누군가에게 가장 중요한 게 뭔지를 그가 몰라야 한다는 점요. 어차피 밝혀지게 되어 있는데 말입니다." "무얼 통해서요?" "맙소사, 그의 행동을 통해서죠. 그밖에 뭐가 있겠어요. 무슨 일에도 무관심한 사람이 아니라면 말입니다. 그러면 그는 바로 저 건너에 한마리 새처럼 보이는 흰 종잇장 같은 신세가 되는 거지요." 그는 차광된 가로등이 드문드문 비추고 있는 텅 빈 항만도로 께quai를 바라보았는데, 마치 바람에 날리는 흰 종잇장을 이제껏 한번도 본 적이 없는 사람처럼 기를 쓰고 열심히 보았다. 내가 덧붙였다. "아니면 나와 같은 신세가 되든가요." 그가 즉시 마찬가지로 열심히 나를 바라보았다. 그러더니 그는 말했다. 아니, 추운 나머지 와들와들 떨며 간신히 소리를 냈다. "에이, 말도 안돼요. 당신은 무

---

85 마르띠니끄의 주도(州都).

슨 일에도, 누구에게도 놀라지 않기 위해 그런 자세를 취하는 것뿐입니다." 그러고서 우리는 헤어졌다. 나는 어릴 때 왕초 노릇을 하던 친구가 나의 진가를 마침내 인정하여 다들 하고 싶어하던 놀이에 끼워주었을 때와 같은 느낌이 들었다. 하지만 금세 드러났듯이 그 놀이에 무슨 특별한 게 있는 것도 아니었다. 게다가 나는 또 따분하기 이를 데 없는 통과비자 수다에 감염되었다.

IX

나는 얼음같이 찬 공기에 온몸이 마비되어 가장 가까운 까페로 들어갔다. '로마'라는 이름이었다. 따뜻한 기운에 정신이 어질어질했다. 두 다리로 아직 불안하게 몸을 지탱하고 서서, 두 눈으로는 앉을 자리를 찾았다. 누군가 나를 빤히 쳐다보는 느낌이 들어 살짝 불쾌했다. 어지럼증이 가라앉았다. 한쪽 테이블에 한 무리의 남자들이 앉아 있는 것을 알아보았는데, 그중에는 멕시꼬 영사관의 조그만 서기관도 있었다. 그는 나를 웃는 눈으로 지켜보았다. 마치 나를 놀리는 듯했다. 그 테이블에 앉은 사람들 모두가 멕시꼬 영사관 직원이라는 것을 깨달았다. 그중엔 수위조차도 도도하고 거무스름한 얼굴을 하고 앉아 있었다. 이렇게 추운 날 저녁에 어디서 커피를 마시든 그건 이 조그만 서기관의 자유라고 나는 속으로 말했다. 또 그는 분명히 가는 길마다 목사가 신도들을 만나게 되는 것만큼이나 많은 통과자들[86]을 만날 것이다. 그럼에도 나는 앉지 않고 계속 자리

---

86 '통과자'(Transitäre)는 좁은 의미로는 통과비자(Transit)를 얻어 유럽을 탈출하려는 자를 뜻하지만, 비유적으로는 살아온 땅에 뿌리내리지 못하고 세상 곳곳을

를 찾는 시늉을 했다. 그러자 멕시꼬 사람들이 일어나 밖으로 나갔다. 나는 그들이 있던 자리에 앉았는데, 나에게는 너무 큰 테이블이었다.

나는 습관적으로 문 쪽을 바라보고 앉았다. 웬만큼 강건한 사람이라면 무언가에 상처를 입었다고 해서 밤낮 상처만 생각하지는 않을 것이다. 하지만 그가 일하고 말하고 걷고 하는 동안 상처에 대한 의식은, 부인할 수 없는 그 잔잔한 고통은 그에게 계속 남아 있다. 그런 고통이 잠시도 나를 떠나지 않았다. 이젠 내가 소년과 함께 외출을 하거나 음료를 마셔도, 영사관들을 돌아다니거나 의사와 잡담을 나누어도, 나를 한시도 가만두지 않았다. 나는 어디서 무슨 일을 해도 그곳을 두리번거리며 샅샅이 살펴보았다.

내 잔에 아직 손도 대지 않았는데, 문이 홱 열리더니 그 여자가 뛰어들어왔다. 그녀는 달려와 멈추어서서는 가쁜 숨을 몰아쉬며 둘러보았다. 마치 이 썰렁한 까페 로마가 처형장이고, 그녀 자신은 처형을 저지하기 위해 높은 기관에서 급파된 사람이라도 되는 듯이. 하지만 나에게는 그녀가 왜 나타나는지는 몰라도 그 나타남이 내 기다림의 결과처럼 여겨졌다. 그리고 그녀는 너무 늦게 오는 바람에 사람을 놓친 모양인데 나는 너무 늦게 나서는 바람에 그녀를 놓치고 싶지 않아서, 잔을 테이블에 놔둔 채 그 까페의 유일한 문 바로 옆에 가서 섰다. 그녀도 곧이어 얼굴을 돌려 외면한 채 내 옆

'통과'하며 부유하는 자를 가리키기도 한다. 소설 속 인물 대부분이 이런 자들이며 소설 전체는 이 '통과적' 존재들의 '통과적 삶'이 펼쳐지는 '통과세계'를 다룬다. 뿌리가 뽑힌 채 고향을 상실한 그들은 출국의 열망에 광적으로 사로잡힌 '출국병자들'로, 구세계에서의 오랜 삶을 저버리고 바다 너머 신세계에서의 새로운 삶을 헛되이 꿈꾸며 마치 이승에서 저승으로 건너가려는 듯한 '죽은 영혼들'로 그려진다. 5장 I 참조!

을 스쳐지나갔다. 나는 그녀를 뒤쫓아갔다. 우리는 까느비에르를 건넜다. 바깥은 안에서 보이는 것만큼 아직 그렇게 어둡지 않았다. 바람은 완전히 멎었다. 그녀는 베뇌르 가로 급히 걸어갔다. 나는 그녀가 어디에 살고, 어디에 속하는 사람이며, 어떤 상황 속에서 여기에 사는지를 이제 곧 알게 되리라고 기대했다. 하지만 그녀는 꾸르벨상스와 아뗀 대로 사이[87]의 수많은 골목길을 종횡으로 누비고 다녔다. 처음엔 집으로 갈 생각이었지만 돌연 그 생각을 포기한 모양이었다. 우리는 꾸르벨상스를 건넜고, 이어서 라레쀠블리끄 가를 건넜다. 그녀는 구항 뒤편으로 어지럽게 뒤얽힌 골목길 속으로 들어갔다. 우리는 비네 가족이 사는 집도 지나쳤다. 나에게는 청동 쇠고리가 달린 그 문이 꿈과 뒤섞인 현실의 조각들 중 하나처럼 보였다. 우리는 꼬르시까인 구역 안에 있는 장터 광장의 분수대 옆을 지나갔다. 그녀는 이곳의 어느 골목, 어느 집을 찾고 있는 것 같았다. 내가 그녀에게 도움을 줄 수도 있었을 텐데. 나는 내 입에서 한 마디라도 튀어나오면 그녀가 영원히 사라져버리기라도 할 듯이 그저 그녀의 뒤를 따라갈 뿐이었다.[88]

죽은 사람이 집 안에 누워 있으면 그렇게 하는 것이 이 나라의 풍습인 듯 어느 집 문은 뻣뻣한 은빛 털로 뒤덮인 검은색 주름띠

---

87 이 두 거리 사이에 '나'와 의사가 머무는 라프로비당스 가와 를레 가의 호텔이 위치한다. 아뗀 대로는 구항을 바라보고 까느비에르의 오른쪽에 있는 주도로이다. 아뗀 대로가 대략 벨상스 구역의 동쪽 경계를 이루고, 라레쀠블리끄 가가 서쪽 경계, 까느비에르가 남쪽 경계를 이루며, 꾸르벨상스가 한가운데를 가로지른다. 각주 71 참조!

88 그리스 신화에서 오르페우스가 죽은 아내 에우리디케를 데리고 이승으로 돌아오다가 약속을 잊고서 뒤돌아보는 바람에 그녀가 다시 사라지는 장면을 연상시킨다. 신화에서는 오르페우스가 앞서가고 에우리디케가 뒤따라오는 것으로 묘사된다.

로 장식되어 있었다. 이렇게 해서 초라한 골목길에 유력 인사를 손님으로 맞이할 당당한 관문이 세워진 듯했다. 마치 나 자신이 죽은 사람이 된 꿈과도 같았고 동시에 거기에 사로잡혀 홀린 기분이었다. 그녀가 바다로 통하는 계단 위로 급히 올라갔다. 그러더니 몸을 홱 돌렸다. 그녀의 얼굴이 내 얼굴을 마주 보았다. 그녀가 나를 알아보지 못한다는 것은 말도 안되었다. 그녀가 나를 스치고 지나갔다. 나는 잠시 저 아래 밤바다를 내려다보았다. 크레인과 다리 들이 거의 뒤덮고 있었다. 방파제들과 화물적치장들 사이에 하늘보다 좀더 밝은 빛을 띠고 수면이 점점이 흩어져 있었다. 등대가 서 있고 바다를 향해 가장 멀리 튀어나온 꼬르니슈[89]의 뾰족한 지점에서 졸리에뜨의 왼쪽 방파제에 이르기까지 눈에 잘 띄지는 않지만 물빛이 보다 밝은 탓에 겨우 알아볼 수 있는 정도로 가느다란 선이 이어져 있었다. 누구도 해칠 수 없고 범접할 수 없는 선, 경계를 이루는 선이 아니라 모든 것에서 물러나는 선이었다. 순간 떠나고 싶은 마음이 나를 압도하였다. 원하기만 하면 나는 떠날 수 있으리라. 뭐든지 다 이룰 수 있을 것 같았다. 나의 출국은 다르게, 두려움 없이 진행될 수도 있으리라. 저 부드럽고 섬세한 선을 넘어서 옛날부터 계속되어왔고 오직 인간에게 어울리는 정정당당한 출국이 가능할 것 같았다. 소스라치게 놀라 몸을 움찔했다. 그 여자 쪽으로 몸을 돌려보니 그녀는 이미 가버리고 없었다. 그녀가 마치 의도적으로 나를 이 위로 유인한 듯, 계단도 텅 비어 있었다.

---

89 구항 남쪽으로 지중해를 따라 길게 이어진 절벽 위의 해안도로. 오늘날 '존 F. 케네디 대통령 꼬르니슈'로 불린다.

X

나는 다시 라프로비당스 가로 돌아갔다. 아직 전혀 피곤하지 않았다. 무얼 하는 게 좋을까? 뭐라도 읽을까? 지금과 비슷한 공허한 날 저녁때 무얼 읽은 적이 있었다. 그후로 다시는 읽지 않았다! 나는 책에 대해 어린 시절부터 오랜 불만이 있었고, 책 속의 그저 지어냈을 뿐인, 전혀 무가치한 삶에 대해 수치감마저 느꼈다. 이 누더기 같은 삶이 너무도 비루하여 무엇이든 지어내야 할 것 같은 강박감이 들 때면, 나 자신도 지어내는 사람이 되려고 했지만 종이 위에 지어내고 싶지는 않았다. 그러나 지금 당장 나는 이 참을 수 없이 썰렁한 방 안에서 무슨 일인가를 벌이지 않고는 배길 수가 없었다. 편지를 쓸까? 세상에는 내가 편지를 써 보낼 만한 사람이 더이상 존재하지 않았다. 어머니한테 써 보낼 수도 있었지만—어머니는 아마 오래전에 돌아가셨을지도 모른다. 국경은 폐쇄된 지 이미 오래되었다. 다시 까페로 갈까? 끼어들어 함께 북적거려야 속이 편할 만큼 나는 벌써 그 북적거림에 물들어버린 것일까? 하지만 그러다가 편지를 쓰기 시작했다. 비네의 사촌인 마르셀에게 썼다. 이제 곧 아저씨라는 분에게 내 이야기를 꺼내달라고. 그분께 내가 자를란트 사람이라는 점을 잘 설명드리는 게 좋겠다고. 그 커다란 농장에 나를 위한 귀퉁이 하나쯤은 있지 않겠느냐고. 나는 마르세유에서 그래도 근근이 살아가고 있으며, 이 도시에 정이 들기도 했고, 사실 이런저런 일들에 붙잡혀 떠나는 게 그리 쉽지는 않다고. —이 대목에서 나는 갑자기 멈추었다. 문을 두드리는 소리가 났다. 마르세유 둘째 날 밤에 나를 침대로 데려다준 키 작은 외인부대원이 안으로 들어왔다. 그의 가슴은 훈장들로 덮여 있었고 ─ 버누스는 벗어버렸다. 나는 그에게 이미 뜯은 골루아 블뢰 담배 한갑 외에는 아무것도 내놓을 것이 없었다. 그는 자기가 방해되느냐고 물었다. 나는 대답으로 쓰다 만 편지를 찢어버렸다. 그가 내 침대에 앉았다. 그는 나보다 훨씬 더 현명했다. 문 아래 틈새로 불빛을 알아챈 순간 그는 고독한 밤의 위력에 맞서 혼자서 벌이는 가망없는 어리석은 싸움을 포기했던 것이다.

그는 내가 벌써부터 알고 있던 것을 고백했다. "나는 방 하나를 혼자서 쓰는 생활이 천국이라고 믿었지. 그런데 나 말고 다른 친구들은 모두 가버리고 없는 거야. 그 떠들썩한 패거리가 싹 물러가고 나니, 얼마나 보고 싶은지 몰라!" "어디로 갔는데?" "다시 독일로 실려갔지. 나는 돌아온 탕자들을 위해 그곳에서 송아지 한마리를 잡을 거라는 말을[90] 거의 믿지 않아. 더없이 역겨운 공장에 처넣거나 전선에서 가장 위험한 곳에 세워놓을 거야." ─그는 내 침대 가장자리에 꼿꼿이 앉아 있었다. 나선을 그리며 올라가는 담배 연기 속에서 조그만 남자가 반듯한 자세로 앉아 있었다. 그가 이야기했다. "독일군이 씨디벨아베스로 와서 군사위원들을 앉혀놓았어. 독일식으로. 그들은 포고문을 발표했어. 독일 태생의 외인부대원들은 지원하라고 말이야. 그들이 무슨 이유로 탈출했든 상관없다고. 조국 운운하면서. 민족공동체의 관용이니 뭐니 어쩌고저쩌고하면서 말이야. 그래서 외인부대의 독일 병사들은 지원을 했지. 말단 사병이든 하사관이든 할 것 없이 너도 나도. 하지만 독일군은 그 포고문에도 불구하고 엄밀한 심사를 했어. 그러고는 극히 일부

─────────────────

90 신약성서의 '돌아온 탕자의 비유'를 암시한다. 누가복음 15:11~32.

만을 추려낸 거야. 나머지는 다시 돌려보냈고. 그러니 이 나머지 병사들은 이제 프랑스에 대한 서약을 위반한 거야. 독일 쪽으로 갔었으니까. 독일군이 그들을 더이상 받아주지 않자, 이제는 프랑스군이 그들을 심판하고 나서지 않았겠어. 그들은 벌로 모조리 아프리카 광산으로 끌려들어갔지.”

이 이야기는 내가 이제껏 들었던 그 어떤 이야기보다도 듣기가 거북했다. 나는 가슴이 답답하여 그에게 너는 그런데 어떻게 살아서 위원회를 통과했느냐고 물었다. “내 경우는 사정이 달라.” 그가 말했다. “나는 유대인이거든. 나에게는 민족공동체의 관용 따위가 아예 문제되지 않았지.” 나는 그에게 대체 왜 외인부대에 들어갔느냐고 물었다. 이 질문이 그의 머릿속에 불쾌한 생각들을 벌 떼같이 일어나게 만든 모양이었다. 그가 말했다. “전쟁이 나는 바람에 어쩌다 들어가게 된 거야. 전쟁이 끝날 때까지 계약에 묶인 신세가 된 거지. 거기엔 긴 사연이 있어. 그 이야기로 너를 지루하게 하고 싶지는 않은데. 부상을 입고 훈장을 받아서 결국 이렇게 자유의 몸이 되었지. 내 애긴 그만하고 이제 그 어여쁜 아가씨가 어떻게 됐는지 네 얘기나 해봐. 첫 주에 네가 얼마나 부럽던지 말이야.”

그가 나딘을 말하는 것임을 깨닫기까지 잠깐 시간이 걸렸다. 그녀가 더이상 내 애인이 아니라는 것을 알아차린 순간부터 그는 그녀를 보려고 혈안이 되어 두 눈이 짓무를 정도였다고 힘주어 말했다. 그녀를 먼발치서 두번 보았다고, 아니, 본 것 같다고, 하지만 언감생심 그녀에게 다가갈 마음은 품지도 못했다는 것이다. 그는 나딘에 대해 나 자신이 되어야 할 수 있을 그런 말들을 했다. 사랑에 취해서 지껄여대는 그의 말들에 갑자기 등골이 오싹해지는 느낌이 들었다. 마치 무언가에 홀려 있는 나 자신의 몽롱한 의식 속으로 한줄기 광풍이 불어닥치는 것 같았다.

5장

I

　다음 여러날 동안 나는 그 여자를 더이상 만나지 못했다. 어쩌면 그녀는 애타게 누군가를 찾아다니는 그 헛된 일을 포기했거나, 아니면 찾으려던 사람을 드디어 찾았는지도 모른다. 그녀가 어쩌면 저 마르띠니끄행 배를 타고 이미 바다 위에 있을지 모른다는 생각에 마음이 초조해지기도 했다. 그 배가 떠난다는 소문을 놓고서 사람들은 이번주에 무성한 추측과 생각을 늘어놓았던 것이다. 그러다가 역시 초조한 마음에 어디서든, 또 어떻게든 그녀를 다시 보게 되리라는 생각이 들기도 했다. 마지못해 나는 기다리기를 포기하기로 했다. 그러나 문 쪽을 바라보고 앉는 습관만은 그대로 계속되었다.

　끊임없이 밀려드는 출국병자들의 흐름 속에서 나는 이미 많은 얼굴들을 알고 있었다. 그 흐름은 날이 갈수록, 나아가 시시각각 불어났다. 그래서 그물 같은 경찰 조직과 일제단속도, 위협적인 강제수용소와 아무리 엄격한 부슈뒤론[91] 도지사의 법령도, 죽은 영혼들의 행렬이 이곳에 단단히 정착한 산 자들에 비해 계속 압도적인 우세를 보이는 상황을 저지할 수는 없었다. 자신의 진정한 삶을 상실된 자신의 나라에, 귀르스와 베르네[92]의 철조망 뒤에, 에스빠냐의 전쟁터 위에, 파시즘의 감옥 안에, 불타버린 북쪽의 도시에 두고 온 그들을 나는 죽은 자들로 여겼다. 그들이 대담한 계획을 세우고, 알록달록한 주름장식을 두르고, 진기한 나라의 비자를 들고, 통과비자에 도장을 받고 기뻐하며 아무리 살아 있는 자의 행세를 한다 해도 소용없었다. 저 너머 세계로 건너가는 그들의 방식에 대해 아무리 위장하려 해도 나를 속일 수는 없었다. 다만 도지사와 도시의 높으신 어른과 관리 들이 여전히 계속 죽은 자들의 흐름을 마치 사람의 힘으로 막고 가둘 수 있는 것이라도 되는 것처럼 취급하는 태도가 놀라울 뿐이었다. 나는 지켜보다가 혹여 이 흐름 속으로 휩쓸려들어가지나 않을까 두려웠다. 아직 살아 있다는 느낌을 갖고 있고 무슨 일이 있어도 남아 있고자 하는 내가 어떤 폭력적인 힘이나 유혹의 손길에 걸려들어 그 흐름에 빠져들 수 있을 것 같아서 불안

---

91 부슈뒤론 도는 오늘날 프로방스알쁘꼬뜨다쥐르 주에 속하고, 마르세유는 주도이자 도청 소재지다. 부슈뒤론은 '론 강의 입', 즉 '론 강 하구'라는 뜻.

92 둘 다 삐레네 산맥 근처의 수용소. 1940년 4월 제거스의 남편이 빠리에서 체포되어 구금되었다가 5월 말 바로 이 베르네 수용소로 끌려갔다. 이후 제거스는 두 아이를 데리고 수용소 근처의 소도시 빠미에로 이주하여 옥바라지를 하였다. 귀르스 수용소는 전쟁 전부터 프랑스 최대 규모였으며, 에스빠냐 내전의 전사들과 다른 나라의 망명자들을 수용하기 위해 설치되었고, 1940년 휴전협정 이후에는 점령지역 내 유대인들을 수용하였다. 각주 7, 각주 52 참조!

했다.

나는 확인서를 들고 임시체류 외지인들을 담당하는 관청으로 달려갔다. 뚱뚱한 직원이 우리를, 즉 온갖 종류의 비자 확인서와 만료된 통행증과 수용소 석방 증명서를 손에 든 작은 무리의 사람들을 자세히 훑어보았다. 마치 우리가 다른 나라가 아니라 다른 별에서 온 사람들인 양, 그리고 자기 별 사람들, 자기가 선호하는 사람들에게만 영구체류의 특권이 주어지는 것인 양. 나는 다른 관청으로 보내졌다. 그런 식의 체류 연장은 적법하지 않거나 아니면 제한적 체류허가로 변경되어야 하기 때문이라는 것이다.

당신도 스따니슬라스로렝 가를 알 것이다. 비가 오거나 눈이 내리는 날 지독하게 춥고 배고픈 이 겨울에 양식을 얻고자 뱀처럼 길게 늘어선 줄에 서서 기다려본 적이 있을 것이다. 내 말은 양식을 얻기 전에 먼저 양식을 그곳에서 먹을 권리를 얻고자 줄을 서봤을 거라는 것이다. 완전히 쓸모없게 된 체코와 폴란드의 강제노역병들이 거기서 줄을 섰다. 그들은 더이상 총알받이로조차 쓰이지 않았다. 적군과 휴전협정을 맺었으니까. 쓸모없게 된 자신의 무기를 있어야 할 자리가 아닌 곳에 내려놓은 너절한 무리였다. 우연히 아직 약간 살아 있거나 그저 살아 있는 척하는 이 모든 군대 무리는 반드시 등록되어야 했다. 거기서 나는 추위에 몸을 덜덜 떨고 있는 그 조그만 악단 지휘자를 다시 발견했다. 그는 마치 다시 한번 살아 있는 자들과 함께 등록되기 위해 무덤에서 기어나온 것 같았다. 거기서 나는 옆방 친구인 외인부대원을 발견했고, 거기서 나는 자기 아이들을 포대기에 업고 있는 집시 여인을 발견했으며, 거기서 나는 나 자신을 발견했다.

당신은 저 내부의 동굴도 알 것이다. 그 안에서 곱슬머리를 하고 안경을 낀 요괴들의 무리가 조그만 앞발로, 붉은 매니큐어를 칠한 갈퀴 발톱으로 벽에서 서류 뭉치를 꺼내는 모습을 알고 있을 것이다. 그래서 고약한 요괴에게 걸려드느냐 아니면 귀여운 요괴를 만나느냐에 따라 그 동굴을 흐뭇한 마음으로 나오든가 이를 뿌드득 갈며 나오게 된다. 그들은 나에게 새로운 마법의 힘을, 새로운 소환장을 선물로 주었다. 다시 올 때 출국에 필요한 일반적인 증명서들 대신에 출항 기일이 적힌 배표, 즉 출국일자와 통과비자, 즉 나의 미국 통과허가증을 가져오기만 하면 내가 영구적인 체류허가를 얻게 된다는 암시를 준 것이다.

Ⅱ

나는 거의 넋이 나간 채로 잠시 한숨 돌리기 위해 몽베르뚜로 걸어들어갔다. 그런데 거기에 그 여자가 와 있었다. 그녀는 사물이 분명하게 보이게 되었을 때 내 눈이 알아본 첫번째 존재였다. 그녀는 벽에 기댄 채 내가 가장 즐겨 앉는 테이블 뒤에 서 있었다. 나는 얼른 정신을 차리고 앉았다. 그녀가 손을 몇분가량 내 의자 등받이에 대고 있었다. 옆 테이블에서 누군가 내 쪽으로 몸을 기울이더니 자기는 이번주에 두루마리 전선을 탑재한 배를 타고 오랑으로 간다고 했다. 그는 영국 영사관을 통해 땅혜르[93]로 가는 경로도 이미 확보해두었다는 것이다. 그 남자는 배우처럼 멀리서도 들을 수 있게 속삭이는 기술을 발휘했다. 회전문이 휘리릭 돌더니 내 옆방 여자

---

93 아프리카 서북쪽 끝 지브롤터 해협에 면해 있는 모로꼬의 항구도시.

를 두마리 개와 함께 몽베르뚜 안으로 들여보냈다. 개들이 나를 보고 반가운 듯 크르릉거렸다. 그러자 그녀가 목줄을 더 팽팽히 잡아당기면서 호호 웃으며 인사했다. 맞은편 테이블에서는 배가 접근 신호를 보내는 즉시 어떤 방식으로 지브롤터가 연막으로 덮이는지를 놓고 두사람 사이에 말다툼이 벌어졌다. 그런데 그녀의 손은 여전히 내 의자 등받이 위에 놓여 있었다. 나는 곁눈으로 그녀의 몸을 따라 올려다보았다. 그런대로 보기 좋게 자른 그녀의 갈색 머리가 후드 안에 어수선하게 들어 있었다. 그녀가 갑작스레 의문스러운 희한한 동작을 했다. 두 주먹으로 자신의 양쪽 귀를 틀어막는 것이었다. 그러더니 그녀는 달려나갔다.

　나도 어느새 밖으로 나갔다. 그때 누군가 내 소매를 덥석 잡았다. "너의 바이델이 나한테 감사의 뜻을 표했어야 하는 거 아니야." 파울이 말했다. 나는 뿌리치려고 했지만, 그는 회전문 안에 발을 확실히 들여놓았고 나는 여자 발처럼 조그맣고 완강한 이 발과 실제로 싸움을 벌였다. 발은 기분 나쁠 정도로 반질반질한 적갈색 구두를 신고 있었다. "뭐야, 대체 어떻게 된 거야." 파울이 말했다. "나는 정말이지 너의 바이델을 변호하느라 혀가 빠질 정도였어. 편견이 이만저만 큰 게 아니었고 정당하기까지 했다니까. 내가 힘을 좀 썼지. 시간을 아끼지 않고 위원회를 하나하나 설득시켜나갔지. 발걸음 한번, 몸짓 하나, 감사의 말 한마디가 그를 위한 것이었어⋯⋯" "미안해, 파울헨." 나는 몹시 애써서 나의 마음, 나의 얼굴 표정을 진정시켰다. "모든 게 전적으로 내 잘못이야. 그가 일임한 대로 일찌감치 감사의 뜻을 표했어야 하는 건데. 천성적으로 그는 위원회에 그런 발걸음을 한다든가, 우리한테는 아무것도 아닌 그런 몸짓을 하는 것이 도저히 안되는 사람이라 말이야." "엄살일 뿐이야!" 파울이 큰 소리로 말했다. "다르게 보면 어떤 몸짓은 그가 더 쉽게 했거든."

나는 당장 그의 마음을 풀어주어야 했기에 그를 위해 아뻬리티프[94] 한잔을 주문했다. "이 사과의 술잔을 거절해서는 안돼." 내가 말했다. "너는 사실 베푸는 입장이잖아. 네 충고를 따르는 것이……"

그는 마음이 풀어졌다. 우리는 함께 마셨다. 하지만 나는 그가 나와 함께 있는 것을 지루해한다고 느꼈다. 그는 머리를 돌려 사방을 둘러보고는 불안한 기색을 보이더니 결국은 미안하다는 말과 함께 다른 테이블로 자리를 옮겼다. 거기서 한 무리의 남녀가 환호성을 지르며 그를 맞이하였다.

Ⅲ

나는 멕시꼬 영사관 서기관의 말에 따랐다. 그 사람 말고 과연 누구의 말을 따르겠는가. 오래전부터 조언해줄 만한 사람이 하나도 없던 나로서는 유일한 인간적 조언이었다. 나는 여행사로 갔다.

어느 길모퉁이에 위치한 조그만 점포는 초라하고 칙칙했다. 마치 최후의 심판을 벌일 행정기구를 담배 가게 안에 차려놓은 듯했다. 하지만 여기까지 도달하느라 갖은 고생을 다한 자들에게는 그 조그만 곳도 충분히 컸다. 꽃단장을 한 사람이든 누더기를 걸친 사람이든 그들은 가로대 앞으로 다가가 배표를 달라고 간청했다. 통

---

94 식전에 식욕을 돋우려고 마시는 주류.

과비자는 유효한데 배표를 구하지 못한 경우도 있었고, 배표는 구했는데 통과비자가 만료된 경우도 있었다. 이들이 애걸하며 징징대는 소리가 가로대 너머 기름을 발라 가르마를 탄 남자의 넓은 가슴에 부딪혔다. 갈색 피부의 이 남자를 나는 꼬르시까인 구역에서 내 친구 비네와 함께 와인을 마시고 있었을 때 그와 동향인 꼬르시까 사람들 사이에서 마주친 적이 있었다. 그는 하품이 나오는 것을 억지로 참았지만 결국엔 턱뼈 사이로 비어져나왔다. 그와 동시에, 예약을 변경할 수 없게 된 한 여자가 갑자기 흐느껴 울기 시작했다. 그녀는 조그만 두 주먹으로 가로대를 내리쳤다. 그는 그녀를 한번 슬쩍 바라보았다. 그러고는 그 예약을 완전히 지워버리더니 연필로 자기 귓구멍을 후볐다. 나는 여기서도 다시 그 조그만 악단 지휘자를 만났다. 그의 두 눈은 열에 들떠 반짝거렸다. 마치 해골 속에 불을 밝혀놓은 것 같았다. 그는 기쁜 나머지 몸을 벌벌 떨면서, 자기는 지금 미국 영사관의 마지막 소환장을 주머니에 지니고 있고, 통과비자도 확정적이고, 계약도 새로 연장되었고, 출국비자도 확보되었고, 배표도 규정에 맞게 예약되었다고 자신있게 말했다. 한 경찰관이 문턱에 선 채 한 남자의 손목에서 수갑을 풀어주면서 그 남자를 안으로 밀어넣었다. 땅딸막한 그 남자는 아무렇지도 않다는 듯이 자신의 손목을 문질렀다. 내가 아는 사람인 듯했다. 그가 나에게 인사를 건넸다. 그는 나의 첫번째 옆방 여자의 남편이었다. 그녀는 이미 봉빠르에서 귀르스로 이감되었다고 그가 거의 태연하게 이야기했다. 그곳은 삐레네 산맥 기슭에 위치한 대규모 수용소였다. 그 자신은 그때 자기가 본래 살던 도(道)로 돌아갔는데, 부인도 자기를 따라가고 싶어했었다고, 하지만 자신의 도에서만 유효한 새로운 훈령으로 인해 그럴 수가 없었다고 했다. 무기를 들고 싸울 수 있는 모든 외지인은 강제로 이송시킨다는 훈령이었다. 훈령은 이내 철회되었지만 그는 철회되기도 전에 도주를 감행하는 바람에 다시 붙잡혔고 새로 수갑을 차게 되었다는 것이다. 물론 그동안에 모든 서류는, 그 자신의 모든 서류 역시, 아무 가망도 없이 기한이 만료되었다고 했다. 그는 이제 출국 절차를 새로 밟기 위해 마르세유로 보내달라고 해서 오게 되었다는 것이다. 꼬르시까인 점주는 그의 이야기를 들으면서 하품을 하고 귓구멍을 팠다. 불가하다는 뜻을 하품으로 부드럽게 나타낸 것이다. 유심히 지켜보던 경찰관은 철컥 다시 수갑을 채워 그를 밖으로 밀어냈다.

옷차림이 수려한 한 남자가 들어왔다. 그 모습을 보고 출신이나 나이를 판정할 수 없었다. 그는 한뭉치의 돈을 넘겨받더니 무덤덤한 표정으로 재빨리 세어나갔다. 그러고는 지폐 몇장을 따로 세서 다시 가로대 위에 던져놓으며 비자 발급이 지연되고 있으니 다음 달로 선편 예약을 변경해달라고 부탁했다, 아니, 명령하듯이 말했다. 그가 나가면서 나를 가볍게 스치자 우리의 시선이 서로 엇갈렸다. 그때 그가 누구인지 알고 싶은 마음이 들었다고 나중에야 내가 공상으로 떠올렸는지 어땠는지는 모르겠다. 아무튼 어떤 점에선가 우리가 같은 부류에 속한다는 어렴풋한 느낌이 들었고, 그것은 나중에 가면 밝혀지게 될 일이다. 공허하다 싶을 정도로 집중하는 얼굴로 나를 스쳐보던 그 시선에는 분명 따뜻함이 아니라 오히려 인간적인 서늘함이 들어 있었…… 그 사람 다음이 내 차례였다. 나는 비자 확인서를 보여주었다. 꼬르시까인은 하품을 하면서 바이델이 자이들러와 같은 사람임을 알아차렸다. 이런 이름의 남자가 나타나기를 이미 오래전부터 기다려왔음이 분명했다. 이 남자의 서류 묶음은 준비되어 있었고, 여비는 완불된 상태였다. 꼬르시까인이 보기에, 이 남자가 비자에 이어 통과비자를 마련하기만 하면, 선실에 그의 자리를 하나 예약해두는 데 걸림돌이 될 것은 아무것도 없었다. 먼저 미국 통과비자를 얻고 나면, 그다음으로 에스빠냐와 뽀르뚜갈 통과비자는 식은 죽 먹기라는 것이다. 그는 나를 스윽 훑어보았다. 얼굴에 느껴지는 시선이 마치 한방울의 액체로 이루어진 듯한 느낌이 들어 나는 실제로 얼굴을 닦아냈다. 뒤로 물러서서 그가 나에게 선선히 내어준 여비 완불 확인서를 읽어보았다. 그곳을 떠나면서 나는 다시 한번 그 남자 쪽을 건너다보았다 — 어이없게도 지금 그의 퉁퉁한 갈색 얼굴은 생기가 돌았고, 누군가에게 미소를 짓고 있었다.

당연히 우리 중에 그의 계속되는 하품을 멈출 수 있는 사람은 아무도 없었다. 그의 미소는 초라하게 생긴 한 조그만 사내를 향한 것이었다. 이자는 갑자기 나타나 문 옆에 서 있었고, 꾀죄죄한 작은 외투를 걸치고 있었다. 그의 양쪽 귀는 빨갛게 얼어 있었다. 그는 통과자들이 애걸하며 징징거리는 소리 사이로 무덤덤하게 말했다. 꼬르시까인 점주는 바로 자기 앞에 놓인 서류 묶음 한곳에 연필 끝을 대고 있을 뿐 마음은 온통 이 조그만 사내한테 가 있었는데도 그들은 결코 이자를 주목하지 않았다. "이봐, 호세, 봄벨로는 오랑까지만 같이 타고 갈 거야. 우리는 여전히 배에 실을 동선銅線 다발을 기다리고 있어." 꼬르시까인은 다정하게 응답했다. "너희가 갑자기 떠나게 되거든 오랑에 있는 친구들에게 내 안부 좀 전해줘. 특히 로자리오에게 잘 지낸다고 말해줘." 그는 손을 입에 대었다가 작별의 키스를 보내는 시늉을 했다. 조그만 사내는 시원찮게 미소를 지었다. 이자는 생쥐 모양 쪼르르 밖으로 나가버렸다.

IV

　나는 순전히 무료한 나머지 그자를 뒤따라나갔다. 그자는 조붓한 옷깃을 높게 세웠지만 옷깃이 두 귀를 보호해주진 못했다. 바람이 어찌나 날카롭게 불던지 구항의 수면 위로 자글자글한 물결 주름이 퍼져나갔다. 우리는 둘 다 이런 겨울 날씨에 대비해 차림새가 부실했다. 하지만 그는 남쪽 나라 사람이었다. 그러니 내 쪽이 이 상황을 분명 더 잘 견딜 수 있을 터였다. 우리는 앞뒤로 나란히 항구 오른편을 따라 터벅터벅 걸었다. 그는 아주 작고 초라하기 짝이 없는 어느 까페 앞에서 걸음을 멈추었다. 흐릿하게 남아 있는 그림 장식이며 비바람에 씻겨나간 볼품없는 덩굴 문양으로 보건대, 예전의 평화롭던 시절과 여름철에 이 집은 주로 아프리카 손님들을 맞이했었다는 것을 알 수 있었다. 조그만 사내가 무에 쳐놓은 주렴을 가르고 휙 사라졌다. 나는 한 이분쯤 기다리다가 그를 따라 들어갔다 ── 순전히 무료해서 따라 들어간 것이다. 나의 조그만 사내는 이미 자기 패거리 사이에 앉아 있었다. 서로 비슷하게 생긴 생쥐 같은 사람들 네댓명과 슬픈 얼굴을 한 물라또[95] 한명, 면도솔이 얼어버린 것이 틀림없는 이웃집의 늙은 이발사가 테이블에 둘러앉았다. 그들은 모두 아무것도 하는 일이 없었다. 주인은 카운터 뒤에서 걸어나와 파랗게 언 매춘부 두명 사이에 앉았다. 모두들 나를 빤히 쳐다보았다. 까페는 추위와 권태로 굳어 있었다. 돌바닥은 벼룩조차 더이상 뛰어다니지 않았다. 그리고 찬 기운이 솔솔 들어오

────────────
95 주로 중남부 아메리카에 사는 백인과 흑인의 혼혈 인종.

는 저 빌어먹을 주렴은 바람에 찰랑찰랑 흔들거렸다! 이곳은 분명히 마르세유에서, 어쩌면 지중해 전체에서, 가장 삭막한 곳이었으리라. 여기서는 분명히 금주령이 내려진 냉랭한 수요일에 아뻬리띠프 한잔 마시는 것이 가장 큰 죄를 범하는 것이었으리라.

나는 조그만 잔을 받았다. 그들은 모두 더없이 집요한 시선으로 나를 지켜보았다. 나는 누군가 말을 걸어올 때까지 기다리기로 했다. ──이십분쯤 지나자 말없이 가만있는 나의 존재를 더이상 참을 수 없게 된 것 같았다. 그 조그만 사내가 옆 사람들과 수군거렸다. 그러더니 내 테이블로 쪼르르 다가와 누군가를 기다리느냐고 물었다. 그렇다고 대답했다. 그는 한마디 답으로 그냥 물러갈 사람이 결코 아니었다. "봄벨로를 기다리시나요?" ──나는 그를 잠시 바라보았다. 생쥐 눈같이 조그만 그의 두 눈이 불안하게 흔들렸다. "기다려도 소용없습니다, 선생님. 그에게 무슨 일이 생겼어요. 내일 전에는 여기 올 수 없어요.""여러분……"내가 말했다. "같이 어울려 한잔해도 될까요?"──

그러고서 얼마 후 나는 오랑으로 가는 배에 대해 조심스럽게 물었다. ──뽀르뚜갈 화물선이었다. ──아직 동선銅線 화물을 기다리고 있다는 것이다. 먼저 독일 위원회의 허가가 떨어져 그것을 넘겨받아야 했다. 오랑에서 그 배는 리스본으로 간다고 했다. 아마도 틀림없이 가죽을 싣고서. 그런데 나더러 서류를 갖고 있느냐고 물었다. 서류가 있다면 봄벨로를 기다릴 필요 없이 바로 트랑스뽀르 마리띰⁹⁶으로 갈 수 있을 거라고 주장했다. 나의 조그만 사내는 이제 탄식하며 말하기 시작했다. 이 일은 너무도 위험한 모험이라 자칫

---

96 프랑스의 선박회사.

노동허가가 날아갈 판이라고 했다. 면허취소를 당할 수 있다는 것이다. 나는 그가 정식으로 면허를 받은 적이 있는지 넌지시 의심을 표했다. 그러면서 우리는 서서히 첫번째 가격 흥정을 하기에 이르렀다. 제시한 값이 너무 높아 나는 깜짝 놀랐다.

나는 점심 무렵의 이 시간을 이렇게 빈둥거리며 보내는 일 말고는 다른 아무 계획도 없었다. 나로서는 오랑-리스본 선편이 전혀 의미가 없었다. 마침 새롭게 훨씬 더 낮은 가격이 제시되었을 때 누군가 어설프게 양손으로 주렴을 가르고 들어왔다. 나는 그 여자가 문턱에 서 있는 것을 보았다. 그녀는 누군가를 따라잡기 위해 맞바람을 헤치며 달려온 모양이었다. 그녀는 가장 가까이에 있는 의자를 꽉 붙잡고 몸을 지탱했다. 나는 일어서서 그녀를 향해 한걸음 다가갔다. 그녀가 나를 바라보았다. 그때 그녀가 나를 알아보았는지 나는 모른다…… 알아보았다 해도 기껏해야 이 도시에서 얼마간 규칙적으로 자꾸 부딪히게 되는 통과자들 중 한사람으로 여겼을 것이다. 어쩌면 내 얼굴 표정이 너무 변했는지도 모른다 ― 왜냐하면 그때 그녀를 보고서 나는 당황과 공포 이상의 것을 느꼈기 때문이다. 마치 어떤 우연이나 어떤 운명으로도 설명이 안 되는 무언가가 점점 더 끈질기게 발뒤꿈치에 달라붙는 것 같았다. 그녀가 달려나갔다. 그러자 즉시 그 말도 안되는 공포가 나에게서 떨어져나갔다. 다만 그녀가 가버려서 놀랐을 뿐이었다. 나는 그녀를 뒤쫓아 달려나갔다. 잠시 머뭇거렸을 뿐인데 거리는 이미 텅 비어 있었다. 그녀는 아마 까페 옆을 지나 시내로 가는 전차에 올라탄 모양이었다.

나는 자리로 돌아왔다. 좌중에 약간의 미소와 온기가 감도는 느낌이 들었다. 그리고 나 자신이 지금 온기가 필요했기에 온기를 발견하는 즉시 그대로 받아들였다. 이발사가 나에게 그녀와 사이가 틀어졌느냐고 물었다. 그 말이 놀랍게도 정확히 나 자신의 감정에 적중했다. 나는 일찌감치 그녀를 알았고 우리는 같이 살았는데 사이가 틀어져버린 것 같은 느낌이 들었기 때문이다. 방금 벌어진 일 덕분에 그들의 마음이 나에게 유리한 쪽으로 기울었다. 사람들은 자신이 잘 아는 무언가를 누군가에게서 발견할 때면 필시 그에게 호의를 갖기 마련이다. 그들은 한목소리로 신속하게 화해하라고 권했다. 때를 놓치면 어느 순간 갑자기 너무 늦어질 수 있다는 것이다. 내가 그곳을 떠나올 때, 그들은 나에게 다음날 다시 오라고 하면서, 저녁 9시쯤엔 봄벨로가 와 있을 거라고 말했다.

V

이어서 나는 가장 가까이에 있는 또다른 까페로 들어갔다 — 달리 무슨 할 일이 있었겠는가? 까페 이름이 '브뤨뢰르 데 루'[97]였다. 나는 지나가면서 난로를 피워놓은 까페 꽁고의 유리 베란다 안에 그 꼬르시까인 점주가 있는 것을 보았다. 그는 나를 알아보고 미소를 지었다. 나는 그가 통상적인 강제노역병 출신 고객들보다 나를 마음에 더 가깝게 느끼기 때문에 미소 짓는 거라고 생각했다. 브뤨뢰르 데 루에는 가끔 진짜 프랑스인들도 온다. 그들은 비자 대신 현명한 암거래에 대해 이야기했다. 나는 오랑으로 가는 배 이야기를 하는 소리도 들었다. 몽베르뚜에서는 사람들이 출국에 관한 온

---

97 Brûleur des Loups. '늙은 마도로스의 파이프'라는 뜻. '루'(loup, 늑대)는 'loup de mer'의 준말로 '나이 들고 노련한 뱃사람'을 뜻한다.

갖 이야기를 끝도 없이 길게 늘어놓았던 반면, 여기 사람들은 동선 화물 적재에 관해 자세한 이야기를 나누었다.

구항은 푸른빛이었다. 당신은 세상의 모든 구석을 차갑게 비추는 오후의 밝은 빛을 알고 있을 것이다. 그 빛 속에서 세상의 모든 구석은 삭막함을 드러낸다. 내가 앉은 긴 테이블에는 풍성한 머리 모양을 한 뚱뚱한 여자가 앉아 있었다. 그녀는 굴을 수도 없이 먹어치웠다. 그녀가 마구 먹어대는 것은 슬픔 때문이었다. 그녀는 비자가 확정적으로 거부되는 바람에 여행자금을 먹어서 다 써버리는 중이었다. 하지만 와인과 조개 외에는 돈을 쓸 만한 게 거의 없었다. ──오후가 지나가고 있었다. 영사관의 문들이 닫혔다. 이제 브륄뢰르 데 루와 생각할 수 있는 모든 곳이 두려움에 시달리는 통과자들로 넘쳐났다. 고삐 풀린 수다가 허공을 가득 채웠다. 그것은 어지럽게 난무하는 충고와 어찌할 바를 몰라 쩔쩔매는 속수무책이 무의미하게 뒤섞인 혼합물이었다. 서너군데 선착장의 엷은 빛이 어느새 어둑어둑해져가는 구항의 수면을 스쳤다. 나는 몽베르뚜로 건너가려고 돈을 테이블 위에 놓았다.

그때 그 여자가 브륄뢰르 데 루로 들어왔다. 여전히 그녀는 놀다가 놀림을 당한 아이의 슬프고 어두운 표정을 하고 있었다. 그녀는 자리를 하나하나 세심하게 살펴보았다. 동화 속에서 아무짝에도 쓸모없는 일을 시키는 대로 헛되이 해야 하는 순진한 소녀들이 하듯이 슬프게도 충실하고 세심하게 찾았다. 슬퍼 보이는 것은 사람을 찾는 일이 이번에도 다시 허사가 되었기 때문이다. 그녀는 어깨를 으쓱하고는 나가버렸다. 점심때 들은 충고가 번뜩 뇌리를 스쳤다. 기다리지 말고 너무 늦어지기 전에 행동하라는 충고 말이다.

나는 그녀를 뒤쫓아 까느비에르로 갔다. 그렇게 단호히 서둘러

나아가지만 아무런 목표가 없다는 것은 이미 알고 있었다. 미스트랄은 일찍이 잠잠해졌다. 얼음같이 찬 미스트랄의 쌩쌩 부는 바람 소리만 없다면 밤은 제법 견딜 만했다. 지중해의 밤이었다. 그 여자는 꾸르다사 앞에서 까느비에르를 건넜다. 나는 그녀의 모습에서 한걸음도 더 걸을 수 없을 정도로 갑자기 심한 피로를 느끼고 있다는 것을 알아챘다.

멕시꼬 영사관 맞은편에 벤치가 놓여 있었다. 나는 선인장 위에 독수리 문장이 그려진 커다란 타원형의 방패 모양을 알아보았다. 내가 어둠속에서도 그것을 알아본 것은 오직 이미 알고 있기 때문이었다. 여자에게는 흐릿하게 빛나는 하나의 둥그런 도형에 불과할 거라고 생각했다. 그리고 그 출입문도 밤이면 닫혀 있는 이 도시의 수천개 문들 가운데 하나일 뿐일 터였다. 하지만 그 문장이 거기에 붙어 있다는 느낌은 이제 더이상 내게서 떠나지 않았다. 그 어떤 문장이 한 십자군 병사의 마음에 달라붙어 있듯이 여하튼 내 마음에 새겨지게 되었다. 어떻게, 왜 그렇게 되었는지는 모르겠는데, 어쨌든 그것은 나의 방패와 나의 비자를 장식하게 되었고, 언젠가 얻게 된다면 나의 통과비자도 장식하게 될 것이었다. 그리고 지금 그것은 역시 거기에 붙어 있었다.

나는 벤치의 다른 쪽 끝에 앉았다. 여자가 얼굴을 내 쪽으로 돌렸다. 그녀의 눈빛과 그녀의 얼굴, 그녀의 온 존재에는 혼자 있고 싶으니 제발 가만히 놓아달라는 간절한 부탁의 뜻이 들어 있어서 나는 즉시 일어섰다.

VI

나는 비네의 집으로 갔다. 끌로딘은 국민적 음료인 대용 커피에서 진짜 커피콩을 골라내는 일에 열중하고 있었다. 이번에는 대용 커피가 보리 대신에 말린 완두콩으로 만들어져 있었다. 그녀는 손님인 의사를 위해 이달의 커피 배급표를 전부 바쳐서 세상에 둘도 없는 진짜 커피를 제조하였다.

의사는 오늘 절망적인 기분이었다. 그는 다음달 리스본에서 떠나는 배편을 예약하기 위해 마르띠니끄행 기선을 떠나보냈다. 그런데 오늘 에스빠냐 통과비자가 거부된 것이다. 그가 전혀 예상할 수 없었던 사고였다. 그는 이미 이 일을 추적해서 알아보았는데, 영사관에서 그를 같은 이름의 다른 의사와 혼동했다는 사실을 듣게 되었다. 그 의사는 내전 기간에 국제여단에서 의무대 근무를 했던 사람이었다. 나는 그에게 에스빠냐에 가본 적이 있느냐고 물었다.

"내가요? 아닙니다. 그 당시 자기가 그곳에 필요하지 않을까 하는 질문을 적어도 한번쯤 스스로에게 해보지 않은 사람은 아무도 없을 겁니다. 나 자신은 그 질문에 아니라는 답을 했지요. 나는 마침 그 당시 쌩떼브리앙 병원에 들어가서 일할 전망이 있었거든요. 만일 그랬다면 내 지식을 오래도록 써먹을 수 있는 길이 열렸을 겁니다." —"그럼 거기서 부름을 받았나요?" —"그 일은 미루어졌습니다." 그가 피곤한 어조로 말했다. "이 나라의 모든 일이 그렇듯이 말입니다. 끝없이 미루어졌지요. 그러다가 전쟁이 났습니다." "당신과 이름이 같은 그 사람은 그사이 에스빠냐에서 일찌감치 돌아왔겠군요?" "그는 심지어 나보다 먼저 여기 마르세유에 왔다는군요. 그 남자에 대해 수소문을 해보았지요. 그가 통과비자를 신청하지 않은 것이 나에게는 불운한 결과를 안겨주었습니다. 그가 신청했더라면 바로 해당자인 그가 거부당했을 텐데. 그랬다면 혼동하는 일 자체가 일어날 수 없었을 테고, 나에게 통과허가를 내주었을 텐데 말입니다. 그 남자는 애초에 통과비자를 아예 얻으려 하지 않았다는군요. 그의 주변 사람들에게서 들은 바에 의하면, 그는 가짜 서류를 들고 멀리 달아나 거의 걷다시피 해서 뽀르뚜갈까지 갔다는 겁니다. 내 이름을 지닌 그 남자는 바로 모험적인 인물이었습니다. 그래서 이 이름의 의사는 에스빠냐 영사관에서 요주의 인물로 알려져 있었기 때문에 나에게 통과비자 거부 결정이 떨어진 겁니다."

나는 이야기를 듣다가 마지막에 소년을 바라보았다. 그는 의사의 입을 뚫어지게 보고 있었다. 나는 그의 얼굴에서 무언가를 읽어내고 싶었다. 그는 서류에 얽힌 모험 이야기에 열심히 귀를 기울였다. 그것은 서류 뭉치의 밀림 속을 뚫고 나가는 무미건조한 이야기였다.

끌로딘이 커피를 가져왔다. 그것은 일찍이 진짜를 마셔본 적이 없는 우리에게 독한 와인의 효과를 냈다. 우리는 의식이 초롱초롱해졌다. 나는 불쑥 의사를 돕고 싶은 마음이 생겼다. 나는 그에게 자랑 삼아 오랑을 거쳐 리스본에 도달하는 수단을 알고 있다고 이야기했다. 그러고는 돈이 있느냐고 물었다.

우리를 지켜보던 소년의 표정이 의사의 표정보다 더 긴장했다. 갑자기 그는 벽 쪽으로 돌아눕더니 이불을 머리 위로 끌어올려 푹 뒤집어썼다. 그러자 의사가 일어났다. 그렇게 귀한 커피를 대접받은 사람으로서는 너무 빨리 일어나는 것 같았다. 그에게는 지금

'내 조언을 다시 한번 정확히 혼자서 듣는 일' 말고는 다른 아무 생각도 없었다. 그는 나를 끌고서 팔짱을 낀 채 이 골목 저 골목을 누비며 정신없이 걸었다. 당시 나 자신도 아직 불분명했음에도 그에게 자세한 이야기를 전부 들려주지 않을 수 없었다. 무엇보다도 나는 그에게 들려주는 나의 은밀한 정보를 그가 과연 잘 활용할 수 있을지 궁금했다. 그는 이글거리는 마음으로 모든 가능성을 귀담아들었다. 아무리 허무맹랑한 것이라도 집어삼킬 듯한 기세였다. 라레쀠블리끄 가의 모퉁이에 이르러 그는 저녁식사를 같이 하자고 제안했다. 내가 마음에 들어서가 아니라 내가 귀한 정보를 알고 있어서 식사에 초대하는 것임을 알았지만 나는 그 제안을 받아들였다. 그가 내일 까페에 나가면 '나는 어제 귀한 정보를 알고 있는 사람과 저녁을 먹었다'고 지껄일지도 모른다. 그럼에도 나는 제안을 받아들였다. 나는 외로웠다. 남아 있는 저녁 시간이 두려웠다. 썰렁한 나의 방, 골루아 블뢰 담배 한갑, 그리고 늘 똑같은 풍경에 신물이 났다.

우리는 피자 가게에 들어갔다. 나는 화덕 쪽을 바라보고 앉았다. 의사는 식사도구를 세벌 가져오도록 시켰다. 그는 시계를 보았다. 그는 12프랑짜리 피자 한판을 주문했다. 먼저 로제 와인을 가져왔다. 처음 두잔은 늘 물처럼 넘어간다. 화덕 속에서 활활 타오르는 불길을 좀 보라, 정말 멋지지 않은가. 그리고 힘을 빼고 느슨한 손목으로 반죽을 때리는 저 남자의 모습도 보라. 그렇다, 사실 지상에서 내 마음에 드는 것은 오직 한가지뿐이다. 즉, 늘 변함없이 지속되는 것만이 마음에 든다. 이곳에서 화덕의 불길은 늘 타올랐고, 수백년 전부터 반죽은 그렇게 때려왔기 때문이다. 그런데 나 자신은 늘 변해오지 않았느냐고 당신이 나를 비난한다면, 그것 역시 언제

나 변함없이 지속되는 것을 철저히 추구하다보니 그렇게 된 것뿐이라고 답하겠다.

의사가 말했다. "오랑으로 가는 배편에 대해 당신이 아는 것을 전부 다시 한번 이야기해주세요!" 나는 그에게 내가 그 작고 초라한 생쥐 같은 사내를 꼬르시까인 점포에서 발견해, 지금 의사가 나에게서 배편에 대해 무언가를 알아내기 위해 나의 행적을 추적하듯이, 새로운 경로에 대해 무언가를 알아내기 위해 그의 뒤를 따라간 이야기를 벌써 세번째 들려주었다. 문 쪽을 바라보고 앉은 것은 내가 아니라 의사였다. 갑자기 그의 얼굴 표정이 달라졌다. 그가 말했다. "마리에게 모든 걸 다시 한번 얘기해주세요." 나는 돌아보았다. 그러자 바로 그 여자가 테이블로 다가왔다. 그녀는 오직 나의 동행인 의사만을 바라보았다. 그녀는 아무 말도 하지 않았다. 그녀는 오래된 사이에서 늘 하던 대로 친숙한 동의의 뜻으로 그를 향해 가볍게 고개를 끄덕일 뿐이었다.

의사가 말했다. "여기 이분께서 친절하게도 우리에게 좋은 정보를 주신대." 그녀가 나를 잠깐 바라보았다. 사물을 인식하는 데에는 가까운 거리보다 어느정도 거리를 두고 바라보아야 더 나을 때가 있다. 나는 그녀가 나를 알아보도록 하기 위해 전혀 애를 쓰지 않았다. 나는 얼음처럼 싸늘했다. 그사이 피자가 나왔는데, 작은 수레바퀴만 했다. 웨이터가 삼각형으로 한조각씩 잘라내 각자에게 나누어주었다. 의사가 말했다. "자, 어서 좀 먹어요, 마리. 피곤해 보여." 그녀가 대답했다. "또 허탕이었어요." 그가 그녀의 손을 잡았다. 나는 질투를 느끼지 않았다. 다만 그의 권한에 속하지 않는 것, 그가 제대로 다루지 못하는 것이 있다면, 그것을 제때에 차지해야 한다는 느낌만 있었다. 나는 실제로 그의 손목을 잡았다. 그의 손을 약간 돌리자 여자는 손가락을 빼냈고, 나는 그의 손목시계의 숫자판을 보게 되었다. 마음을 다시 가라앉히고 그에게 금방 가봐야 한다고 알렸다. 그는 실망해서 나의 저녁 시간이 비어 있으면 했다고 말했다. 마리도 배가 고프지 않으니 그 혼자서는 피자를 다 먹을 수 없다고, 심지어 나에게 빵 배급표를 꿔줄 수도 있다고 했다. 무엇보다도 내가 다시 마리에게 일의 전모를 이야기해주어야 한다는 것이다. 그는 나에게 로제 와인을 따라주었다. 주는 잔을 한 모금 삼키고 나자 내가 지금 여기를 떠난다면 이 여자는 결코 나를 따라오지 않고 의사 옆에 계속 앉아 있을 거라는 사실이 분명해졌다. 나는 그 잔도 결국 다 비웠고, 재빨리 스스로 다시 가득 잔을 채웠다. 나는 그 길고도 별것 아닌 이야기 전체를 네번째로 들려주었다. 그 여자는 이야기를 들리는 대로 듣기는 했지만 전혀 무관심했다. 하지만 의사는 그 터무니없는 이야기를 아무리 들어도 싫증을 내지 않았다. 왜냐하면 불타는 도시를 버리고 또다른 불타는 도시로 가기 위해 그토록 기를 쓰고 달려드는 일이나, 깊이를 헤아릴 수 없는 바다 위에서 타고 있던 구명보트를 떠나 다른 구명보트로 갈아타는 일이야말로 더할 수 없이 터무니없는 짓이기 때문이다.

내가 말했다. "하지만 당신 혼자 가야 할 겁니다. 여자한테 이런 식의 여행은 말도 안되고, 있을 수 없는 일이니까요." 그러자 그녀가 재빨리 말했다. "나한테는 모든 게 있을 수 있어요. 나는 오직 여기를 떠나기만 하면 돼요. 어떻게 떠나는가는 상관없어요. 아무것도 두렵지 않아요." "이건 두려움과는 전혀 관계없는 일입니다. 남자라면 아무 데나 숨길 수 있어요. 도중에 내려놓을 수도 있습니다. 사람들은 결코 위험 부담을 미리부터 떠맡지는 않을 겁니다." 우리는 서로의 눈을 처음으로 들여다보았다. 나는 지금 그녀가 역시 처음으로 나를 알아보았다고 생각한다. 나를 그녀가 이미 여러번 마주친 사람으로 다시 알아보았다는 말이 아니라, 오히려 좋든 나쁘든 자신의 길을 결정적으로 가로막고 나서는 낯선 사람으로 알아보았다는 말이다.

　의사는 내가 거의 혼자서 비운 로제 와인병을 치우고 가득 찬 새 병을 가져오게 했다. 그래서 나는 마시는 동안 '나는 여기를 떠나려고 한다, 어떻게 떠나는가는 상관없다'는 그녀의 말을 음미해보았다. 이런 고백은 하루에 백번도 더 들었지만, 그녀의 입에서 나온 이 고백은 나에게 신선하고 새롭게 여겨졌다…… 그 무모함과 당연함이 신선하고 새로웠다. 이 화덕 불과 이 잘라놓은 피자를 앞에 두고 마치 그녀가 나에게 죽음이 언젠가 자신의 용모도 파괴할 거라고 단언하기라도 한 것처럼. 순간 나는 이 가장 단순한 방식의 파괴, 파괴 가능한 모든 것의 불가피한 종말을 머리에 떠올리기까지 했다. 그녀의 조그맣고 창백한 얼굴이 바로 코앞에 불쑥 나타났다. 로제 와인처럼 엷은 장밋빛으로 반짝거리는 세상 속에 아직 상한 데 없이 멀쩡한 모습이었다. 의사가 다시 덥석 그녀의 손을 잡으려고 했다. 병을 잡으려고 하면서 내가 제때에 팔꿈치로 가로막았다. 그러자 의사가 말했다. "당신은 어차피 이번 기한에는 갈 수 없을 것 같은데. 그렇다면 에스빠냐를 거쳐서 가는 것도 괜찮을 거야."

　나는 우리 세사람 각자의 잔에 술을 따랐다. 그리고 내 잔을 다 비우는 동안 내가 이 남자를 테이블에서 밀어내야 한다는 것, 피자 가게에서, 이 도시에서, 바다 너머로, 되도록이면 얼른, 그리고 멀리 떠나보내야 한다는 것이 분명해졌다.

VII

고백하건대 나는 두사람을 끈질기게 따라다녔다. 나는 부끄럽지 않았다. 오늘 다시 생각해보아도 나는 그들에게 성가시기보다는 달가운 존재였기 때문이다. 내가 내세우는 구실은 오랑으로 가는 배편이었다. 나는 의사와 그 생쥐 같은 사내 말고도 그동안 알게 된 봄벨로와도 교섭을 했다. 이자는 좀생이처럼 생긴 외모에 콧수염을 기르고 깡마른 꼬르시까인이었다. 그는 아작시오[98]와 마르세유를 오가는 항로 외에는 다른 항로를 거의 다닌 적이 없었다. 나는 의사에게 그 화물선은 몇주 더 꼼짝 않고 틀어박혀 있을 수도 있고 촌각을 다투어 갑자기 출발할 수도 있다고 말했다. 최종적으로 마음을 정했느냐고 묻자 그는 눈을 내리뜨며 수없이 고민을 거듭한 끝에 결심을 굳혀 마음의 준비가 되었다고 대답했다. 미리는 리스본에서 만날 생각이라고 했다.

나는 비네의 집에서 기다리곤 했는데, 새로 오랫동안 머무는 방문의 속내를 모르는 끌로딘은 나에게 따가운 의혹의 눈초리를 보냈다. 소년도 말없이 의사를 기다렸다. 그가 건강해질수록 의사는 그를 건성으로 대했다. 의사는 나를 피자 가게로 끌고 가서 마리를 기다렸다. 그러면서 놀랍게도 그는 나를 데리고 가겠다고 마리에게 분명히 약속했노라고, 제삼자가 동석해 있으면 이별을 앞두고서 느끼는 가슴 조이는 불안감이 덜할 것 같다고 설명했다. 그 자신은 마리의 마음을 조금이나마 밝게 해주거나 진정시켜줄 만한

98 프랑스령 꼬르시까 섬의 중심도시.

것이면 뭐든지 다 기꺼이 받아들인다는 것이다. 마리가 들어오기까지 우리는 둘이서 오랫동안 기다려야 할 때가 많았다. 나는 매번 의사의 얼굴에서 그녀가 들어서는 것을 미리 알 수 있었다. 그녀가 들어서면 그의 표정이 확 바뀌었다. 나로서는 설명할 수 없는, 의구심과 걱정이 뒤섞인 기묘한 표정이었다. 하지만 나는 우리가 기다리는 동안 마리가 도시를 누비고 다니며 이 집 저 집 누군가를 찾아 돌아다니는 모습이 보였다. 이제 나는 더이상 그 장면의 목격자가 아니었다. 저녁이면 그녀와 같은 테이블에 앉게 되었기 때문이다. 내가 한번 지나가는 말로 의사에게 물었더니 그 역시 마찬가지로 지나가는 듯한 어투로 '아, 그건 비자를 얻으려는 오래된 이야기'라고 대답했다. 그의 대답은 솔직하지 않게 들렸다. 수시로 고백을 하면서 쓸데없이 솔직한 모습을 보이던 평소의 그를 생각하면 별것 아닌 일로 그가 그렇게 반응하는 것이 의아했다.

살을 에는 듯이 추운 어느날 저녁에 우리, 즉 그와 나는 함께 기다리고 있었다. 피자 가게 앞 항만도로 께는 바람에 휩쓸려 텅 비어 있었다. 건너편 께 연변에 늘어선 건물들의 크고 작은 불빛이 어느 먼 해변의 불빛처럼 깜빡거렸다. 나는 내 동반자가 짐짓 꾸미는 것처럼 실제로도 그렇게 차분한지 궁금했다. 만일 위원회가 내일 화물선의 출항을 허락해 그가 떠나게 된다면, 마리의 행로를 지키는 그의 힘은 훨씬 적어질 터였다. 그의 눈썹이 가운데로 모이고 두 눈이 가늘어지는 모습에서 우리 둘 다 기다리던 바로 그 조그맣고 뾰족한 그림자가 창문 앞에 나타났음을 알았다. 그러자 이제 문이 돌아갔다.

그녀를 숨차게 만든 것은 바람만이 아니었다. 추위 때문에 입술까지 하얘지지는 않았다. 그녀는 불안감을 숨기지 않았다. 그녀가

남자 친구에게로 몸을 숙이며 몇마디 건네자 그는 내가 그를 알게
된 이후 처음으로 소스라치게 놀라며 반쯤 일어나 주위를 둘러보
았다. 나도 그의 놀란 모습에 감염되어 주위를 둘러보았다. 하지만
이 공간에는 어떠한 위험 요인도 없었고 오직 평온함뿐이었다. 주
인의 온 가족이 우리 것과 똑같은 와인과 똑같은 음식이 차려진 이
웃 테이블에 둘러앉아 있었다. 주방장을 겸하고 있는 주인이 자신
의 사랑스러운 딸을 쓰다듬으면서 부주방장에게 몇가지 지시를 내
리고 있었다. 그의 사위이기도 한 부주방장은 마리가 들어서던 바
로 그때 반죽을 만들기 위해 장작 몇개를 집어들던 참이었다. 거기
에다 서로 손을 맞붙잡고 무릎을 끼워넣고서 앉아 있는 한쌍의 연
인들이 더 있었다. 마치 스쳐지나가다 만났지만 새털처럼 가벼운
인연의 힘이 그들을 영원한 사랑이 되도록 한덩어리로 뭉쳐 주조
해놓은 것처럼 그들은 미동도 없이 그렇게 가만히 있었다. 이것이
전부였다. 그림자를 제하면 손가락으로 셀 수 있을 정도였다. 화덕
불이 우리의 그림자를 벽에 드리우고 있었다. 이런 날씨에 이 시간
쯤엔 더이상 손님이 많이 들어오지 않을 터이기에 불은 얌전하게
타고 있었다. 나에게는 이것이 구세계의 마지막 불로, 우리에게 잠
자리를 제공해줄 구세계의 마지막 숙소로 보였다. 나아가, 떠날 것
인가 남을 것인가를 결정지으라고 주어진 마지막 기한으로 보였
다. 사면의 벽은 이곳의 무수한 사람들에게 그들이 움켜잡고 있는
가장 중요한 일을 다시 한번 불 앞에서 심사숙고할 수 있도록 주어
진 그런 무수한 기한들로 가득 차 있었다. 이때 우리가 까느비에르
에 발을 들여놓기 무섭게 마지막 신문팔이들이 까옥거리며 아무리
불행한 소식을 전할지라도 이곳에는 오직 평온함뿐이었다. 공포에
시달리며 여기 구항까지 다리를 질질 끌고 온 자들과 그들을 뒤쫓

아온 자들 모두가 필요로 하는 저 불을 감히 끌 사람은 결코 없을 것이다. 뒤쫓는 자들이 아무리 공포를 널리 퍼뜨린다 해도 그들 역시 공포로부터 해를 입지 않을 수는 없기 때문이다.

의사도 마음이 진정되었다. 그가 고개를 가로저으며 말했다. "직접 봐, 마리. 여긴 아무것도 없어." 그가 덧붙여 말했다. "조금 전까지도 아무도 없었어." 그가 느닷없이 나를 가리켰다. "이분밖에는, 아무도." 누가 나를 가리키는 것을 싫어했기 때문에 살짝 불쾌한 기분이 들었다. 내가 말했다. "저는 가야겠군요." 그러자 마리가 내 손을 잡으며 큰 소리로 말했다. "아니에요, 계속 있어주세요! 당신이 있는 게 그냥 좋겠어요." 나는 그녀의 공포가 단지 내가 단지 있음으로 해서 누그러지는 것을 보았다. 그리고 실제 위협이든 상상 속 위협이든 그녀가 나에게 보호를 기대하는 것을 보았다.

VIII

물론, 이제 나는 어떠한 요구라도 들어줄 마음의 준비가 되어 있었다. 나를 계속 머물게 해준다면 아무리 터무니없는 출국서류라도 기꺼이 마련할 용의가 있었다.

미스트랄로 일그러진 얼굴을 하고서 사람들이 미국 영사관의 대기실 안으로 몰려들었다. 여기는 적어도 따뜻했다. 며칠 전부터 설상가상으로 출국병자들의 온갖 고통 위에 혹한의 강추위가 더해졌다.

미합중국 영사관의 수위는 권투 선수처럼 강한 모습으로 서류가 쌓인 책상 뒤에 서 있었고, 책상은 계단 위로 올라가는 길을 가로막고 있었다. 그가 우람한 가슴을 조금만 움직여도 말라 시들어 버린 출국병자들의 무리를 몽땅 밀어낼 수 있을 것 같았다. 이들은 이날 아침 매서운 칼바람에 떠밀리며 쌩페레올 광장[99]으로 몰려왔다. 추위로 뻣뻣해진 여자들의 얼굴에 분가루가 석회처럼 굳어 있었다. 여자들은 수위의 눈에 먼저 들기 위해 자신과 아이들만이 아니라 남편까지도 치장했다. 때때로 수위가 엄청나게 큰 그의 엉덩이로 서류가 쌓인 책상 한쪽을 밀어서 돌리면 틈이 생겼는데, 그것은 발탁된 통과자가 위로 올라갈 수 있는 바늘구멍이었다.

악단 지휘자가 썬글라스를 끼지 않아서 나는 거의 못 알아보았다. 미스트랄이 해골을 하나 더 황폐하게 만드는 것은 일도 아닌지라, 최근 며칠 동안 미스트랄의 얼음 바람이 그를 완전히 황폐하게 만들어놓았다. 하지만 그는 근사하게 가르마를 탄 모습이었고, 기쁨에 겨워 몸을 벌벌 떨었다. "당신은 더 일찍 시작했어야 했소. 나는 오늘 통과비자를 들고 영사관을 떠날 거요." 그는 자신의 검은색 예복이 밀고 밀리는 혼잡 속에서 고초를 겪지 않게 하기 위해 양 팔꿈치를 몸에 밀착시켰다.

기다리던 사람들이 갑자기 격분하기 시작했다. 울긋불긋한 옷차림을 한 내 옆방 여자가 목줄을 팽팽히 잡아당기면서 자신의 불도그 두마리를 데리고 태연하게 걸어들어왔다. 하지만 그녀가 영사의 호의를 받고 있음을 이미 아는 수위는 투박하게 경의를 표하며 얼른 책상과 계단 사이의 길을 내주었다. 마치 그 두마리 불도그가 마법에 의해 변신한 시민이라도 되는 듯한 태도였다. 나는 그 작은 틈을 이용해 그 여자를 뒤따라 뛰어들었다. 나는 '바이델로 불리

<hr />

99 부슈뒤론 도청 앞 광장. 미국 영사관이 있다. 오늘날에는 펠릭스바레 광장으로 불린다. 각주 63 참조!

는 자이들러'라고 적힌 신청용지를 수위에게 던졌다. 수위가 소리를 빽 질렀는데, 그때 개들이 나를 친근하게 맞이하는 모습을 보았다. 그러자 그는 나를 위쪽 영사관 비서들의 영역 안으로 올라가게 했다.

여기에도 다시 대기실이 있었다. 개들을 보자 여기 위에 있던 대여섯명의 꼬마 유대인 아이들이 질겁을 하고 소리를 질렀다. 아이들은 자기 부모와 할머니 주위로 달려들었다. 할머니는 마치 히틀러가 아니라 마리아 테레지아 여제의 칙령[100]에 의해 빈에서 추방된 것처럼 그렇게나 늙었으며 피부가 누렇고 생기가 없는 여자였다. 이 소동의 의미가 무엇인지 확인하기 위해 여러개 사무실 문 가운데 하나에서 젊은 아가씨가 나타났는데, 그녀는 분명 온 세상을 황폐하게 만든 전쟁 기간을 내내 자신의 얼굴처럼 연한 핑크빛의 부드러운 구름을 타고 둥둥 떠다니며 보낸 것 같은 모습이었다. 그녀가 미소를 짓고 날갯짓을 하며 일가족 모두를 영사의 책상 앞으로 데리고 갔다. 하지만 가족의 표정은 변함없이 무겁고 침울했다.

이 통과세계의 광적인 분위기에 감염되고, 비자에 사로잡힌 나 자신의 몽롱한 기운에 휩싸인 가운데 한쌍의 눈이 나를 바라보고 있는 느낌이 들었다. 지금 나를 찬찬히 훑어보고 있는 저 남자를 한번 마주친 적이 있는 것 같은데 어디서 만났던가 속으로 물었다. 그는 다른 대기자들을 이미 다 살펴보았고 당장 할 만한 더 나은 일이 없었기 때문에 나를 관찰하던 참이었다. 그는 손에 모자를 들고 있었는데—나는 어제 여행사에서 그가 거의 대머리라는 사실을 알아차릴 수 없었다. 우리는 인사를 나누지 않았다. 조소 섞인

100 1744년 오스트리아의 여제 마리아 테레지아의 칙령에 따라 나치 이전 시대에 마지막으로 대규모 유대인 추방이 자행되었고, 빈에서는 약 2만명이 추방되었다.

미소를 지으며 서로를 바라볼 뿐이었다. 우리는 둘 다 좋든 싫든 통과세계의 동료로서 서로를 백번도 더 만나지 않을 수 없으며, 그로 인해 우리의 삶은 각자의 성향과 의지와는 별개로 ─ 심지어는 운명을 거슬러서 ─ 어쩔 수 없이 서로 연결되어 있다는 것을 분명히 알고 있었기 때문이다. 그러고 있는데 나의 지휘자 양반도 올라왔다. 얼굴에는 턱을 따라 붉은 반점들이 있었다. 그의 가느다란 뼈들이 움찔거렸다. 그는 사진의 장수張數를 셌다. 그러면서 우리에게 계속해서 장담하며 말했다. "내 맹세하는데 호텔에서는 틀림없이 열두장이었소." 내 옆방 여자는 기다리는 시간을 이용해 개들을 솔질했다.

고백하기 부끄럽지만, 당시 내 심장은 불안하게 뛰었다. 한동안 나는 나 다음으로 한명씩 옅은 숨을 내쉬며 더 높은 두번째 대기실에 들어서는 사람들에게 주의를 기울이지 못했다. 나는 생각에 잠겼다. 영사라고 불리는 사람이 어떻게 생겼든 간에 그는 나를 좌우하는 권력을 가지고 있다. 그것은 확실하다. 사실 쥐락펴락하는 그의 권력은 자기 나라에만 한정되어 있기는 하다. 하지만 만일 그가 지금 미국 통과비자 발급을 거부한다면 나는 실패한 통과자로 낙인이 찍힐 것이고, 도시의 모든 관리와 모든 영사관으로부터도 낙인이 찍힐 것이다. 나는 새로이 도주를 해야 할 것이고, 아직 얻기도 전에 나의 연인을 잃어버리게 될 것이다.

하지만 바이델이라는 이름이 불리자 나는 차분해졌다. 이젠 더이상 정체가 폭로되는 일도, 거부를 당하는 일도 두렵지가 않았다. 호명된 이 남자와 영사 사이에 놓인, 아득히 멀고 도저히 극복할 수 없는 간격이 느껴졌다. 영사는 살과 피를 가진 인간으로, 하지만 살이 없어 깡마르고 핏기가 없어 창백한 모습으로 태연하게 책상 앞에 앉아 있었다. 나는 마치 내가 나 자신 바깥에 서 있는 것처럼 신기한 눈으로 이 귀신 불러내기 놀이를 지켜보았다. 형체가 희미하고, 썩은 내가 진동하고, 하켄크로이츠 깃발이 펄럭이는 죽음의 도시들 가운데 어느 한 도시에서 오래전에 증발해버린 한 그림자 인간을 불러내는 놀이였다.

하지만 영사는 자신과 그 그림자 사이에 서 있는 나를, 살아 있는 자를 도도하면서 정확한 눈으로 살펴보았다. 그가 말했다. "본명은 자이들러인가요? 글을 쓸 때는 바이델이라고 하고요. 왜죠?" 내가 말했다. "작가들한테는 흔히 있는 일입니다."

"바이델-자이들러 씨, 무슨 연유로 멕시꼬 비자를 신청하게 되었습니까?"

나는 그의 엄격한 질문에 겸손하면서 솔직하게 대답했다. "저는 신청하지 않았습니다. 그 첫번째 비자는 저에게 제공된 것을 받은 것뿐입니다. 그게 제 처지에 맞는 것이었고요."

그가 말했다. "왜 당신은 대부분의 당신 동료들처럼 작가로서 미국 비자를 얻으려고 애쓰지 않았나요?" 내가 대답했다. "제가 그런 신청을 어디에서 할 수 있었을까요? 누구한테서? 어떻게? 세상 바깥에 있던 제가! 독일군이 들어왔습니다! 역사의 종말이 온 것입니다."

그가 연필로 톡톡 두드리는 소리를 냈다. "미합중국 영사관은 그럼에도 불구하고 꽁꼬르드 광장에서 업무를 보았습니다."

"영사님, 제가 어떻게 그것을 알 수 있었겠어요? 저는 더이상 꽁꼬르드로 나가지 못했습니다. 우리 같은 자들은 거리에 모습을 나타내지 않았습니다." 그가 이마를 찌푸렸다. 나는 그의 등 뒤에서 타자기들이 탁탁거리며 심문 내용을 모두 따라적고 있다는 것을 알아차렸다. 커다란 소음 속에서, 고요함에 대한 큰 두려움 속에서 약간의 달그락거리는 소리가 더해진 것이었다.

"자이들러 씨, 어떤 상황 덕분에 멕시꼬 비자를 발급받게 되었나요?"

"아마도 자비로운 우연들 덕분이었겠지요." 내가 대답했다. "그리고 잘 모르는 좋은 친구들 덕분이고요." "왜 잘 모른다고 하나요? 당신은 전 에스빠냐 공화국 정부 주변에 아는 친구들이 몇 있던데요. 전 에스빠냐 정부 주변 사람들은 오늘날 멕시꼬 정부의 주변 인사들과 연결되어 있고 말입니다."

나는 황급히 땅에 묻힌 나의 불쌍한 망자와 그의 초라한 유품을 떠올렸다. 내가 외치듯이 말했다. "무슨 정부에요? 친구들이라고요? 전혀 아닙니다."

그가 계속해서 말했다. "당신은 전 공화국을 위해 얼마간 봉사를 했습니다. 그 공화국의 언론을 위해 일했지요."

나는 그 여행가방의 밑바닥에 깔린 작은 꾸러미의 종이 뭉치가 떠올랐고, 어느 슬픈 날 저녁에 내 마음을 사로잡았던 — 그 모든 게 얼마나 오래전 일이던가 — 저 혼란스러운 동화가 떠올랐다. 내가 큰 소리로 말했다. "저는 결코 그런 것을 쓴 적이 없습니다!"

"내가 여기서 당신 기억이 다시 살아날 수 있게 도와드린다 해도 용서하세요. 예를 들어 바하도스에서의 총살 사건[101]을 다룬 모종의 이야기가 당신 펜 끝에서 나왔지요. 수많은 언어로도 번역되었고 말입니다." "무엇을 다룬 이야기라고요, 영사님?" "바하도스

---

101 1936년 8월 13일 프랑꼬의 반란군이 에스빠냐 서부 도시 바다호스를 점령한 후 자행한 대량학살 사건을 가리킨다. 바하도스는 작가가 변형시킨 이름으로 추측된다.

투우장에서 자행된 적군赤軍에 대한 집단총살 사건요."

그가 날카롭게 쳐다보았다. 그는 분명히 누구도 따라올 수 없는 자신의 완벽한 지식 탓에 내가 놀라는 것이라고 여기는 듯했다. 과연 그의 생각대로 나는 너무나 놀랐다. 무엇이 고인의 마음을 움직여 누군가에게서 들었을 그 사건을 이야기로 적게 했든, 그는 분명히 거기에 마법을 불어넣었을 터였다. 지금 그와 함께 무덤 속에 묻힌 마법을 말이다. 지금은 비록 꺼지고 깨어진 채 그의 곁에 놓여 있지만 그는 요술 램프를 가지고 있었다. 그가 그것을 들어 비추는 것이면 무엇이든 영원히 밝게 빛나게 해주는 램프였다. 램프를 대개는 복잡하게 뒤얽힌 모험에다 비추었지만, 한번은 이 투우장에도 비추었던 모양이다. 망자는 그 램프를 스스로 불어서 꺼버렸으니 얼마나 어리석은 사람이란 말인가. 램프의 요정은 램프를 가지고 있는 사람의 말에 따른다고 하지 않던가, 그렇지 않은가. 나는 그 사건에 대한 이야기를 한번 읽어보고 싶은 마음이 굴뚝같았다.

내가 말했다. "그 비슷한 것을 나는 전에도 나중에도 쓴 적이 없습니다."

영사는 똑바로 서서 바라보았는데, 그 눈빛이 상대를 제대로 만났더라면 능히 꿰뚫었을 만큼 날카로웠다.

그가 물었다. "이곳에 보증인이 있나요?"

세상천지에 내가 어디서 보증인을 얻을 수 있단 말인가? 영사에게 나의 고인은 전에도 후에도 그 비슷한 작품을 쓴 일이 없으며, 그는 앞으로도 어떤 투우장에서건 적군에 대한 집단총살에 대해 결코 쓰지 않을 것이라고 맹세하며 말해줄 그런 보증인을?

타자기들이 갑자기 동작을 멈추었다. 침묵이 공간 자체를 위협하기에 이르자 나는 이 기나긴 사건의 발단을 생각해냈다. 바로 파울헨이 생각났다. "물론 있습니다. 내 친구 파울 슈트로벨입니다. 엑스 가에 있는 원조위원회에서 일하는 친구입니다." 이름은 이름 대로, 기록은 기록대로, 서류 묶음은 서류 묶음대로 정리되었고, 나는 1월 8일부로 소환을 받았다.

이런 심문을 받고 나자 근처의 가까운 까페로 가고 싶어졌다. 하지만 계단으로 건물의 영사관 구역에서 아래쪽의 넓은 현관홀로 내려갔을 때, 나는 한참 동안 혼잡한 인파를 뚫고 지나갈 수 없었다. 사람들이 경악과 전율에 빠져 있었다. 구급차 한대가 정문 앞에 서 있었고, 밖으로 나와보니 대원들이 한 남자를 들어 들것에 싣고 있었다. 나는 그 남자가 조그만 악단 지휘자임을 알아보았다. 그가 지금 죽은 것이다. 사람들 말에 의하면, 그는 줄을 서서 기다리다 쓰러졌다고 했다. 그는 오늘 비자를 받기로 되어 있었다. 그런데 사진 한장이 부족해서 영사가 그를 돌려보냈다. 그로 인해 소환이 연기되었고, 출국이 무효가 되는 바람에 그는 격심한 흥분 상태가 되었다. 그런데 사람들이 그를 도와 사진을 다시 세어보았더니 그가 잘못 세었을 뿐이었다. 사진 두장이 서로 붙어 있었던 것이다. 그래서 그는 다시 한번 줄을 섰고, 그러다 쓰러졌다는 것이다.

IX

나는 나의 악단 지휘자를 영원히 데려가는 그 차량을 눈으로 따라가며 떠나보냈다. 불편하던 마음이 함께 사라졌다. 그만큼 나는 강하고 젊었다. 쌩페레올 까페로 들어갔다. 그곳은 미국 영사관에서 삼분 거리밖에 떨어져 있지 않았다. 나는 이제 미국 통과비자

신청자들의 까페에 들어갈 권리를 획득한 것이다. 뒤에서 발걸음 소리가 들렸다. 통과세계의 동료인 나의 대머리 친구가 내 뒤를 따라 들어왔다. 우리는 서로 분리된, 하지만 가까이 붙은 두 테이블에 앉았다. 그로써 우리는 둘 다 각자 따로 마시고 싶지만 경우에 따라서는 몇마디 주고받고 싶은 마음도 있다는 뜻을 내비친 셈이었다. 우리는 각자 친짜노[102]를 주문했다. 그가 갑자기 내 쪽으로 몸을 굽히더니 자신의 잔을 내 잔에 부딪쳤다. 그가 말했다. "그분의 명복을 위해! ── 우리는 그분을 추모하는 유일한 사람들일 겁니다." 내가 말했다. "나는 그분을 마르세유에 도착한 날 저녁에 처음으로 만났습니다. 그의 첫번째 서류는 언제나 마지막 서류를 받기 직전에 만료되었습니다." ──"마지막 것으로 시작하지 않으면 그렇게 됩니다. 나는 여기서 처음에 배표를 양도해줄 사람을 구했습니다. 그런 뒤에야 비자 사냥을 시작했지요."

나는 그에게 과연 배표를 포기하는 사람이 있느냐고 물었다. 그가 말했다. "어딘가에서 내 옆집에 살았던 부인이 있었습니다. 그녀는 떠날 생각에 마음이 들떠 있었어요. 그런데 갑자기 병에 걸린 겁니다. 그래서 그만 경주를 포기하고 배표를 양도했습니다." 내가 말했다. "아, 그렇군요. 그런데 어떤 부인인데요? 무슨 병에 걸렸나요?" 그가 나를 처음으로 유심히 바라보았다. 그의 회색 눈에서는 호의가 느껴지지 않았지만, 호의보다 묵직한 무언가가 느껴졌다. 그가 미소를 지으며 대답했다. "호기심이 직선적이군요. 모르는 사람에게 모르는 부인의 모르는 병에 대해 물으시니 말입니다." 그가 나를 더 자세히 바라보더니 말했다. "당신은 그저 한명의 작가

---

102 이딸리아산 베르무트 술 상표의 하나.

일 뿐인가요? 단지 글을 쓰기 위해 묻는 건가요?" 내가 깜짝 놀라서 외치듯이 말했다. "내가요? 아닙니다! 결코 아닙니다!" 나는 한번 더 놀랐다. 대답이 너무 생각없이 나왔던 것이다. 이젠 주워담을 수가 없었다. 내가 덧붙여 말했다. "나도 만일의 경우를 위해 표를 한장 확보해두었습니다." 그가 소리쳤다. "만일의 경우라고요! 만일의 경우를 위해 표를 한장 구했다고요! 만일의 경우를 위해 비자를 얻었고요! 만일의 경우를 위해 통과비자를 신청했나요! 그런데 만일 이 안전장치들이 당신을 배신한다면요? 위험에 대비해 안전을 구하는 일이 위험 그 자체보다 더 많은 힘을 빼앗아가지 않나요? 만일 당신이 앞으로의 일들에만 골몰하는 이 예측의 그물에 사로잡히게 된다면 어떻게 하시겠습니까?"

내가 대답했다. "에이, 무슨, 당신은 내가 이 어처구니없는 일을 대수롭게 여긴다고 생각하지 않잖아요. 이건 다른 모든 게임과 다를 바 없는 하나의 게임입니다. 이승 체류를 걸고 하는 게임이지요." 그는 마치 이제야 자신이 누구를 상대하고 있는지 분명히 알게 되었다는 듯이 나를 쳐다보았다. 그가 몸을 돌렸다. 이제 그는 따로 떨어진, 하지만 내 테이블에 가까이 붙은 자신의 테이블에 열중하겠다는 뜻이 역력했다. 그의 얼굴은 엄격했고, 자세는 반듯했다. 나는 그가 어디에 속하는 사람일까 부질없이 깊은 생각에 잠겼다.

X

그는 떠나가면서 인사하는 것을 잊었다. 쎙페레올 까페의 일부는 홀대당한 미국 영사관 방문자들로 찼고, 또 일부는 출국비자를 얻으려는 사람들로 찼다. 후자의 사람들은 도청으로 올라가기 전에 뭘 좀 먹고 기운을 차렸다. 나는 께데벨주로 자리를 옮기고 싶었다. 그래도 거기에 서면 항구가 바라보였다. 나는 마비된 사람처럼 앉아 있었다. 비네의 집으로 갈까? 하지만 언제까지 그들에게 눌어붙어 신세만 질 수도 없는 일이었다.

내 눈이 그 여자를 알아보기도 전에 갑자기 심장이 먼저 뛰기 시작했다. 그녀는 들어와 테이블 사이를 이리저리 돌아다녔다. 그녀의 슬픔이 나에게 감염되었다. 마음이 불안해졌다. 그녀가 가까이 오자 나는 일어섰다. 그녀는 반가워하는 기색 없이 손을 내밀었다. 하지만 나는 말했다. "자, 이 테이블에 앉으세요. 이제 제가 주문하는 것을 마시세요. 그리고 제 얘기를 들어보세요." 그녀가 심드렁한 태도로 내 옆에 나란히 앉았다. 그녀가 피곤한 듯 물었다. "저한테 무얼 원하세요?" "제가요? ─아무것도 없습니다. 다만 당신이 무얼 찾는지 알고 싶을 뿐입니다. 당신은 아침부터 저녁까지, 모든 거리, 온갖 장소를 돌아다니며 무언가를 찾고 있잖아요." 그녀가 나를 의아한 눈빛으로 바라보더니 말했다. "왜 저한테 그런 걸 물으세요? 혹시 저를 도와주시게요?"

"그게 그렇게 이상하게 생각되시나요, 누가 당신에게 도움을 제공하는 일이? 무얼 찾으시나요? 아니면 누구를?"

"저는 어떤 남자를 찾고 있어요. 사람들이 어떤 때는 그가 여기에 앉아 있다고 하고, 또 어떤 때는 저기에 앉아 있다고 하는 남자를 찾고 있어요. 그런데 나 자신이 가기만 하면 그는 늘 이미 떠나고 없는 거예요. 하지만 저는 그를 꼭 다시 만나야 해요. 제 인생의 행복이 그 일에 달려 있어요." 나는 미소를 지으려다 말고 꾹 참았다. 인생의 행복이라니! 내가 말했다. "마르세유에서 어떤 남자를 찾는 일은 어렵지 않을 수 있어요. 그게 그렇게 중요한 일이라면 시간문제입니다!"

그녀가 슬픈 어조로 말했다. "저도 처음엔 그렇게 생각했어요. 그 사람은 마법에 걸려 변신한 모양이에요." "이상한 남자로군요. 당신 자신이 그를 제대로 알고 있나요?" 그녀의 얼굴이 약간 더 창백해졌다. "아, 네, 잘 알아요. 제 남편이었거든요."

나는 그녀의 손을 잡았다. 그녀가 눈썹을 모으며 내 얼굴을 진지하게 들여다보았다. "저는 그를 찾지 못하면 떠날 수 없어요. 그는 저에게 없는 모든 것을 가지고 있어요. 그 사람 혼자 비자를 받았어요. 그 사람만이 제 비자를 마련해줄 수 있거든요. 그가 영사 앞에서 내가 그의 부인임을 분명히 밝혀주어야 해요."

"제가 모든 걸 제대로 이해하는 거라면, 그런 다음 다른 남자인 의사와 함께 떠나기 위해선가요?"

그녀가 자신의 손을 끌어당겼다. 내가 좀 너무 심하게 말한 것 같다. 이제 후회가 되었다. 그녀가 고개를 숙이며 말했다. "그 비슷해요. 대충 그래요." 그녀의 손을 다시 잡았다. 그녀는 멍하니 그대로 놔뒀다. 내가 보기에 그것은 지나쳐 보였다. 그녀가 자기 자신에게 말했다. "한 남자는 찾지 못하고 다른 남자는 못 가게 잡아두고만 있으니 기가 막힌 일이야. 그는 이미 오랫동안 헛되이 저를 기다렸어요. 두번째 남자, 다른 남자 말이에요. 그가 출국을 연기한 건 나 때문이에요. 그는 이제 더 오래 기다릴 수 없어요. 오직 나 때문에 말이에요 —"

내가 말했다. "좋아요, 일단 한번 모든 걸 분명하게 밝혀야 해요, 차근차근 순서대로. 당신에게 그 남자가 여기에 있다고 말해주는 사람이 누군가요? 그를 본 사람이 누군가요?"

그녀가 대답했다. "영사관 직원들요. 그는 최근에 비로소 자신의 비자를 받으러 그곳에 왔었다는 거예요. 멕시꼬 영사관의 서기관이 그와 직접 여러차례 얘기를 나누었다고 하고요. 그걸 의심한다는 건 결코 있을 수 없는 일이에요. 여행사의 꼬르시까인도 만났다고 해요."

왜 그녀의 서늘한 손이 나의 따뜻한 두 손 사이에서 차가워졌을까? 그녀는 바싹 다가앉았다. 그리고 나는 잠시 한순간 그녀의 모습이 증발해버리기를, 다시 이 도시의 미스트랄에 실려 날아가버리기를 원했다. 하지만 지금 내가 팔을 올려 그녀의 어깨를 감싸안는다면 그녀는 잘 참아줄까? 그녀는 두려워서 어른에게 바싹 다가와 붙는 아이 같을 뿐이었다. 하지만 나는 이 어린애 같은, 헤아릴 수 없는 두려움에 감염되었다. 나는 우리가 마치 금지된 것들에 대해 이야기하는 것처럼 조심스럽게 물었다. "한데 그는 어디에 있다가 마르세유로 왔나요? 전쟁터에선가요? 어느 수용소에선가요?"

그녀가 똑같은 어조로 말했다. "아니요, 빠리에서요. 독일군이 들어왔을 때 우린 헤어졌어요. 그는 거기에 계속 남아 있었어요. 나는 여기 도착해서 즉시 편지를 보냈어요. 즉시요. 나는 내가 아는 한 여자를 만났어요. 우리가 예전에 알던 어떤 사람의 여동생이었어요. 파울 슈트로벨이라는 사람이었지요. 그리고 이 여자는 한 친구가 있었는데, 그 친구는 프랑스 비단 장수의 약혼녀였어요. 그 프랑스인이 사업상 점령지역으로 올라갔어요. 제가 그에게 그 편지를 빠리에 전해달라고 간청했지요. 그는 제 부탁대로 해주었어요. 제가 알아요."

그녀가 갑자기 큰 소리로 말했다. "그런데 무슨 일이세요? 어디 안 좋으세요?"

나는 그녀의 손을 놓아주었다. 뭐, 놓아주었다고! 나는 그녀의 손을 테이블 위에 던졌다.

"전혀 괜찮습니다. 제가 안 좋을 게 뭐가 있겠어요? 고작해야 에스빠냐 통과비자 문제 정도지요, 안 그래요? 그것도 이젠 오래 걸리지 않을 거예요. 자, 계속해봐요!" "더 계속할 얘기가 없어요. 이게 전부예요." 나는 그녀를 바라보지 않고 말했다. "영사들은 매일 수백명의 얼굴을 대합니다. 이름 하나쯤은 아무것도 아니지요. 어쩌면 그는 이곳에 없을지도 모릅니다. 어쩌면 그는 여전히 빠리에 있을지도 몰라요. 어쩌면 ──"

그녀가 거의 매서운 경고의 뜻으로 손을 번쩍 쳐들었다. 그녀는 나를 뚫어지게 바라보며 거칠게 변한 목소리로 말했다. "어쩌면이란 있을 수 없어요. 많은 곳에서 그를 본 사람들이 있단 말이에요. 몽베르뚜에서는 그를 네번이나 보았다고 하고요. 멕시꼬 영사관의 서기관은 로마에서 보았다고 해요, 영사관에서만이 아니라. 꼬르시까인은 여행사에서 보았고, 나중엔 께데벨주의 한 까페에서 보았대요. 그는 께뒤뽀르[103]의 한 작은 까페에서도 보았다네요. 나만 늘 한발 늦는 거예요." ── "멕시꼬 영사관에 재촉을 해보셨겠지요? 직원들을 들볶지 않으셨나요? 남편분에 대해 조사해달라고 하지 않았어요?" "아, 아니요, 저는 그렇게 하지 않았어요. 왜냐하면 처음에 멕시꼬 영사관에 그가 남긴 주소대로 찾아가 그 주소가 틀리다는 것을 깨달았을 때 그가 가짜 서류로 이곳에 들어왔고 아마 가명을 써서 일을 볼 것이 분명했기 때문이에요. 그러니 저는 절대 조사를 해서는 안되고, 이목을 끄는 질문을 해서도 안돼요. 그를 위

────────────
103 구항 북안의 항만도로. 도로변에 시청이 있다.

해서, 따라서 저를 위해서도요. 그러지 않으면 제가 모든 일을 그르칠 수 있으니까요. 이해하시겠어요?"

물론 나는 모든 것을 이해했다. 이 비애감은 이제 결코 나에게서 떠나지 않을 것이다. 이것이 나의 죽은 이가 남겨준 것이었다. 당하는 것은 나였다.

내가 말했다. "당신은 비자를 얻고 싶었는데, 남편이 없어서 비자를 얻을 수 없었지요. 그래서 당신은 남편의 마음을 움직여 이곳으로 오게 했고요. 새로 같이 살 수 있다는 희망을 주어서." 그녀가 맑고 크게 뜬 눈으로 바라보았다. 평소에는 아무리 못된 짓을 하더라도 아직 거짓말은 잘하지 못하는 아이의 눈이었다. 내가 계속해서 물었다. "지금 당신은 그 의사를 사랑하고 있나요?"

그녀는 약간 망설이다가 말했는데, 나는 그 망설임의 의미를 탐욕스럽게 흡수했다. "그는 아주 좋은 사람이에요." "아이고, 이런, 마리, 저는 당신에게 그의 성품에 대해 물은 게 아니에요." 우리는 얼마 동안 침묵했다. "당신 남편이 정말로 여기에 왔다면 그가 당신을 찾지 않았고, 당신을 다시 찾기 위해 무슨 일이든 하지 않았다는 것이 이상하게 생각되지 않나요?"

그녀는 양손을 깍지 끼었다. 그녀가 가만가만 말했다. "물론, 그게 이상하게 여겨져요. 그냥 이상한 정도보다 훨씬 더 많이 이상하게 말이에요. 그럼에도 불구하고 그는 틀림없이 여기에 있어요. 그가 와 있다는 게 입증되었어요. 아마도 그는 내가 다른 남자와 함께 여기에 있다는 걸 아는 모양이에요. 그래서 나를 더이상 보려고 하지 않는 거고, 나에게 더이상 관심을 갖지 않는 거예요."

나는 다시 그녀의 손을 잡았다. 나는 슬픈 마음을 억누르고자 했다. 어떤 불행의 예감을 떨쳐버리고자 했다. 일단 그녀와 단둘이만 있다면 모든 일을 잘 수습할 텐데. 먼저 두번째 남자, 그 의사를 하루속히 멀리 보내버려야 했다. 그럴 때 그 사람이 요구하는 것들을 어떻게 해야 하는지는 나 자신이 가장 잘 알았다. 적어도 당시에는 안다고 생각했다.

내가 말했다. "당신은 아마 재회를 두려워하는가봐요?" 그녀의 얼굴이 표정을 드러내지 않고 닫혔다. "물론, 저도 두려워요. 그동안 별별 일이 다 일어난 뒤라서요. 그토록 오랜 시간 뒤의 재회는 이별만큼이나 힘들어요."

내가 말했다. "따라서 당신한테는 모든 일을 서류로 처리하는 편이 가장 좋을 것 같습니다. 서류 다발로, 영사관에서. 당신 이름을 그의 비자에 등록해줄 겁니다. 당신에게 출국비자 확인서를 내줄 거고요. 저한테 모종의 연줄이 있어요. 무슨 일을 할 수 있는지 제가 알아봐줄 수 있을 거예요."

"그래서 만일 제가 그를 배 위에서 재회하게 된다면요? 다른 남자와 함께 말이에요?" "그 다른 남자는 틀림없이 오랑을 거쳐서 가게 될 겁니다. 제가 그렇게 되도록 도울 거예요." "그럼 결국은 저 혼자 여기에 있게 될 거예요." "혼자라고요? 아, 그렇군요. 왜 혼자 있는 걸 두려워하시나요? 봉빠르에 감금될까봐 두려우신 건가요? 제가 있다는 걸 잊지 마세요. 제가 이제 당신을 잘 보살펴드릴 겁니다." 그녀가 차분하게 말했다. "저는 두려워하지 않아요. 만일 제가 혼자 남아야 한다면, 자유로운 신분이든 감금된 처지이든, 봉빠르에 갇히든 다른 수용소에 갇히든, 상관없으니까요. 지상이 곧 지하일 테니까요."

나는 그녀의 말에 사람들이 모두 떠난, 완전히 텅 비어버린 대륙을 상상했다. 마지막 배가 떠나고, 초목이 무성하게 자라 모든 것을 즉시 뒤덮어버리는 완전한 야생 속에 그녀 혼자 남겨진 대륙을.

6장

I

당시에 모두가 바라는 오직 한가지 소망은 떠나는 것이었다. 또모두가 두려워하는 단 한가지 공포는 뒤에 남게 되는 것이었다.

이 무너져버린 땅을 떠나라, 어서 떠나라, 이 무너져버린 삶을 떠나라, 이 별을 떠나라! 그들이 출국에 대해, 억류되어 발이 묶인 배들에 대해, 돈을 주고 산 비자와 위조된 비자에 대해, 그리고 새롭게 통과비자를 발급하는 나라들에 대해 아무리 오래도록 이야기 해도 사람들은 내내 그들의 말에 걸신들린 듯 열심히 귀를 기울인다. 갖가지 수다는 기다림의 시간을 단축시키는 데 도움이 된다. 한 없이 기다리다보면 기다림에 먹혀버릴 것 같았기 때문이다. 누구나 자신을 태우지 않고 떠났다가 무슨 이유에선지 결국 목적지에 도달하지 못한 배들에 대해 이야기 듣는 것을 가장 좋아했다.

나는 멕시꼬 영사관에서 나를 아는 사람을 만날까봐 두려웠다. 하지만 기다리는 사람들 사이에서 하인츠를 보게 되었을 때 나는 기쁜 나머지 가슴이 뛰었다. 양심의 가책조차 잊고 기뻐했다. 에스빠냐 사람들이 하듯이 총상을 입은 그의 깡마른 뼈대를 온몸에 밀착시켜 얼싸안았다. 기다리던 에스빠냐 사람들이 미소를 지으며 우리를 둘러싸고 섰다. 그 열정적인 사람들이 전쟁과 수용소에도, 무수한 죽음의 공포로도 무디어지지 않은 불멸의 가슴으로 우리의 재회를 지켜보았다.

"하인츠, 나는 네가 영원히 나를 떠나버렸을까봐 걱정했어. 나는 그때 약속을 지킬 수 없었어. 피치 못할 일이 생겨서 말이야. 평생에 한번밖에 일어나지 않을 그런 일이었어. 무슨 일이 있어도 너를 저버리고 싶지 않았는데 말이야." 그는 내가 수용소에서 어처구니없는 일로 그의 주목을 다시 끌려고 했을 때처럼 나를 바라보았다.

그가 차갑게 물었다. "그런데 너는 여기에 무얼 하러 왔니?" "무슨 부탁을 좀 하려고. 지난 며칠 동안 ─ 아니면 벌써 몇주나 됐을까? ─ 너를 찾느라 두 눈이 짓무를 지경이었어. 네가 이미 가버린 건 아닐까 노심초사했어."

우리의 첫 재회 이후로 그의 얼굴은 더욱 작아졌다. 병든 사람들과 죽도록 피곤한 사람들이 그러하듯이, 그의 눈빛은 그의 몸이 더 가볍고 홀쭉해질수록 그만큼 더 매섭고 단단해졌다. 어린 시절 이후로 나를 그토록 주의 깊게 바라본 사람은 아무도 없었다. 그러고 보니 그는 모든 것을 한결같이 주의 깊게 바라본다는 생각이 들었다. 피부가 가죽처럼 질겨 보이는 수위를, 자신의 가족이 전부 죽었어도 마치 그 나라가 자기 가족을 다시 만나게 될 저세상의 낙원이라도 되는 양 어떻게든 비자를 얻기로 결심한 에스빠냐 노인을, 내가 도착하던 날 밤 아버지가 화물적치장의 문을 통해 자신의 배가 떠나는 모습을 본 뒤 끌려가 감금된 크고 검은 눈의 아이를, 그동안 수염이 더 많이 자라 부엉이 같은 모습이 된 강제노역병을, 그는 그렇게 바라보았다. "하인츠, 너는 덜컥 덫에 걸려들기 전에 이 땅을 떠나야 해. 그러지 않으면 결국엔 독일군에게 잡아먹히게 될 거야. 통과비자 가지고 있어?"

"친구들이 뽀르뚜갈 통과비자를 마련해주었어. 거기서 계속 가는 거야—꾸바를 거쳐서."

"하지만 너는 에스빠냐를 통과할 수 없잖아. 어떻게 뽀르뚜갈로 가려고?" "아직 몰라." 그가 대답했다. "이제 찾아내야 돼."

갑자기 이 친구의 힘이 어디서 나오는지 분명해졌다. 우리는 모두 하늘은 스스로를 도울 때 돕는다고 배웠지만, 이 친구는 매 순간, 아무리 암울한 순간이라도, 결코 혼자가 아님을, 어디에 있더라도 조만간 반드시 자신과 유사한 부류의 사람들과 마주칠 것임을—하지만 그가 우연히 그들과 못 만난다 해도 그들 스스로 나타날 것이라고—그리고 또 아무리 썩어빠지고 초라하고 사멸되었다 해도 인간적인 목소리로 도움을 청할 때 귀를 기울이지 않을 정도로 그토록 썩어빠진 악마도, 그토록 초라한 겁쟁이도, 그토록 사멸된 망자도 없음을 확신하고 있었다.

"하인츠, 기다려줘, 드리아드에서. 여기 꾸르다사에서 삼분 거리야. 내 말을 믿어줘, 나는 너에게 도움이 될 만한 정보를 줄 수 있어. 내 말을 믿어줘. 이번엔 틀림없이 갈 테니. 너를 결코 버리지 않을 거라고 너 자신이 말하지 않았니? 제발, 나를 기다려줘." 그가 싸늘하게 말했다. "네가 올 때까지 내가 아직 그곳에 앉아 있는지 이따가 봐."

서기관이 더없이 날카로운 눈으로 맞이했다. "뭐라고요? 당신 부인을 함께 포함시킨다고요! 우리 정부의 특별승인도 없이요? 어떻게요? 당연한 거라고 여기시나요? 나는 전혀 그렇지 않습니다. 당신 부인은 당신의 이름을 지니고 있지 않습니다. 왜 당신은 제때에 '비자 신청자의 동행인' 난에 그녀를 기입하지 않았나요? 알게 되어 영광인 당신 부인은 지극히 우아한 분이긴 하지만, 당연한 일은 아무것도 없습니다. 가끔은 지극히 우아한 부인하고도 헤어지지 않을 수 없을 때가 있지요. 그래요, 교황도 이미 이혼을 인정했습니다. 이 새로운 돌발 사건이 생겨 심란하군요. 기다리셔야 합니다." "새로운 확인서는 얼마나 기다려야 할까요?" "첫번째 것이 얼마나 걸렸는지 생각해보세요. 그에 따라 일정을 조정해보세요." 그의 두 눈이 새로운 책략을 품고 나를 훑어보았다. 하지만 내 마음을 간파하려는 뜻이 너무 역력했기 때문에 나의 책략과 나의 불투명성도 새롭게 강화되는 느낌이 들었다. 내가 말했다. "내 아내를 '비자 신청자의 동행인' 난에 추가로 올려주시기를 간곡히 부탁드립니다."

이 일로 해를 입을 사람은 아무도 없다고 나는 꾸르다사를 건너오면서 생각했다. 우리 둘이 같이 떠나는지, 우리 둘이 같이 여기에 머무는지, 아무도 관심을 갖지 않을 것이다. 나로서는 연기되고 지체되는 것이 잘된 일이다. 모든 것을 더 분명하게 밝힐 수 있는 기간이 생긴 것이다. 당시에 나는 어느새 영사관에서 정한 날짜들로 계산하기 시작했다. 그것은 지구에서의 며칠을 수백만년으로 가정하는 행성들의 시간과 유사했다. 통과비자의 기한이 만료되기도 전에 세상은 불타버리고 없어질 것이기 때문이다. 나는 또 어느새 나의 꿈들을 진지하게 생각하기 시작했다 ─ 그 꿈들은 서류 묶음의 하얀 면 위에 자신의 진짜 그림자를 드리우지 않았을까? 그런데 결코 흡족하지 않은 내 삶의 진지한 무게는 이 세상에서 오직 살아남기 위해, 자유를 잃지 않기 위해 쓰지 않을 수 없는 무수한 술책과 묘법 들로 어느새 거의 날아가버렸다.

하인츠는 내가 새롭게 문을 연 멕시꼬 영사관에 처음으로 간 날 비네의 소년과 함께 앉았던 바로 그 테이블에 앉아 있었다. 나는 이번에도 줄지어 기다리고 있는 사람들을 내 자리로부터 내다볼 수 있었다. 그들은 자신들을 겨울 해가 비치는 좁고 긴 사각형의 양지에서 그늘로 몰아내려는 경찰관 두명과 싸우고 있었다. 하인츠는 어떤 정보를 줄 수 있느냐고 물었다. 나는 그가 이미 전부 간파한 것처럼 생각되었다. 조금만 더 오래, 조금만 더 날카롭게 쳐다보았다면 그는 분명히 나에게서 모든 것을 읽어낼 수 있었을 것이다. 멕시꼬 영사관을 드나드는 일이 나에게 무슨 의미를 갖는지, 내가 얼마나 그 여자의 남자 친구를 멀리 떠나보내고 싶어하는지, 그 남자를 눈엣가시처럼 여기는 것이 나에게 얼마나 혐오스러운 생각인지를 읽어냈을 것이다. 또, 그는 내가 그를, 즉 하인츠를 어느 누구보다도 더, 나 자신보다도 더 도와주고 싶어한다는 것을 간파하고 있음에 틀림없었다. 그런데 나는 나 자신이 다만 그에게는 그런 탈출이 성공하려면 어차피 도움을 청해야 하는 사람 중 하나에 불과하다는 것을 너무 잘 알고 있었다. 그럼에도 나는 도움이 되고 싶었다. 만일 성공한다면 이 구출 작전에 내가 한몫 거들었음을 영원히 자랑스럽게 여길 것이다.

그래서 나는 거의 애초의 뜻과는 달리 동선銅線 화물선에 대해, 본래는 의사에게 넘기려고 했지만 지금은 하인츠에게 넘겨주고 싶은 오랑으로의 배편에 대해 이야기하기 시작했다. 하인츠는 아무튼 고려해보겠다고 분명히 말했다. 그는 멀리 보몽에 있는 한 숙소에서 저녁을 함께 하자고 했다. 나는 늘 그의 앞에 앉아 있는 동안은 그의 마력에 사로잡혔다. 그와 헤어지자마자 그에게 나는 아무래도 상관없는 존재이며, 그는 나를 결코 자신과 동류의 사람으로 쳐주지 않고, 결코 중요하게 여기지 않는다는 느낌이 들었다. 그런 생각에 마음이 상해서 내가 왜 갑자기 그를 돕는 일에 열중하게 되었는지 스스로 다시 묻기 시작했다. 게다가 그 일은 나 자신이 원하던 방향과 어긋나지 않는가.

II

저녁때 구항의 그 작은 까페에서 사람들이 나에게 부인과 화해했느냐고 물었다. 나는 그렇다고 말했다. ─그녀가 여기에 오느냐. ─아니다, 오늘 저녁에는 아마 오지 않을 것이다. 우리는 화해했다. 서로 쫓아다니는 시간은 지나갔다. 그녀는 나를 집에서 편안히 기다리고 있다고 했다. 다시 돌아온 봄벨로는 이번 배를 탈 사람이 나인지 물었다. 그는 원칙적으로 그 자신이 직접 보고 평가한 사람들을 위해서만 유사한 일을 떠맡는다고 했다. 이 본받을 만한 조심성에도 불구하고 그는 자신의 코앞에서 승선할 고객이 바뀐 것을 전혀 알아채지 못했다. 이제까지 의사를 본 적이 없기 때문이다. 그의 말을 그대로 믿는다면, 그는 늘 자기 직업의 한계 안에서 고객을 성실히 모셔왔고, 날짜를 가지고 속인 적이 없으며, 일단 대금 협상이 이루어진 뒤에는 사유를 꾸며내 웃돈을 요구한 적이 없었다. 그는 눈을 심하게 깜빡거리며 나를 살펴보았다. 어떤 일에 실패한 이후로 그에게 남게 된 이상한 버릇이었다. 나는 그를 생쥐 같은 그 뽀르뚜갈 사람과 함께 택시에 태워 보뭉으로 데려갔다. 나는 두사람 다 새로운 고객에 만족한다는 것을 즉시 알아챘다. 그리고 이들조차 누가 진지하고 자상하게 말을 걸어오면 기뻐한다는 것을 알고 놀라움과 질투심을 느꼈다. 누가 우리를 진지하게 대해주면 우리도 다들 마음이 흐뭇해지지 않던가! 그럼에도 이건 역시하인츠의 술책일 뿐이며, 일종의 재주라고 나는 속으로 말했다. 그런데 그는 나를 필시 이 두사람과 함께 같은 등급에 올려놓거나 기껏해야 반 등급쯤 더 높이 올려놓을 것이다.

한참 뒤에 새로운 회합 약속이 정해지고 나서 우리는 그 두사람을 택시에 태워 그들 자신의 까페로 돌려보냈다. 하인츠가 저녁식사에 초대했다. 밥과 피올리 쏘시지였다. 이 높은 곳에 마실 것도 있었다. 이 집은 겨울이면 거의 텅 비어 있었고, 산기슭의 외딴 도로변에 놓여 있었다. 나는 차를 타고 오면서 이 도로에 거의 주의하지 않았다. 대도시에 바로 붙어 있는 곳인데도 우리는 심심산골에 든 기분이었다. 나는 하인츠가 나에게 지루해한다는 느낌이 들었다. 나는 많이 마셨다. 갑자기 분노와 절망 상태로 빠져들었다. 왜 나는 하인츠를 위해서라면 무슨 일이든 해왔는가? 그에게 나는 그저 그렇고 따분한 존재일 뿐이었고 이제 그는 나를 다시는 만나지 않을 텐데. 나는 계속 마셨다. 내 인생의 많은 부분이 선명해졌고, 그외의 다른 부분들은 부드럽고 검붉은 로제 와인의 몽롱한 기운에 휩싸여 어두워졌다. "너는 이제 떠나는 거지. 늘 생각했어, 언젠가 다시 너와 함께 같은 도시에서 살게 된다면, 무슨무슨 얘기를 나누어야 하나, 나는 너한테 아주 특별한 걸 물어볼 게 있는데 하고 말이야. 지금은 벌써 저녁때가 지났네. 하지만 간절하게 무언가를 물어보려고 했는데, 그게 뭐였는지 더이상 모르겠어. 그리고 우리가 이 도시에서 함께 살던 시간은 지나갔고, 나는 너한테 아무것도 묻지 못했어."

"너는 나를 도와주었어."

"바로 그래서 너는 이제 떠나는 거지. 너는 이제 됐어. 나랑은 달라. 너는 너의 목표가 있으니까."

"너도 분명 스스로를 도와 떠날 수 있게 될 거야."

"그런 종류의 목표를 말하는 게 아니야. 아니, 그런 종류의 목표는 나도 마련할 수 있어. 목적지와 배표 같은 건 나도 할 수 있어. 어떤 나라인지도 모르는 나라의 비자도 얻을 수 있어. 나도 통과비자, 출국비자를 얻는 데 부족할 게 없는 사람일 거야. 하지만 나는 어디로 가도 상관없는데 그런 게 다 무슨 소용이겠어. 나는 뭐, 대부분의 일이 어떻게 돼도 상관없으니까 말이야." ─

"그런데도, 너는 나를 도와주었어."

"너는 네 안에, 그리고 네 앞에 단단한 무언가를 가지고 있어, 하인츠. 너 자신은 깨어져도 절대로 깨지는 않는 무언가를 말이야. 나는 그것이 네 눈 속에서 보여. 그래서 내가 네 옆에 이렇게 앉아 있으면, 나도 좀 나누어받을 수 있을 것 같다는 생각이 들어. 무슨 얘긴지 너는 보나 마나 한마디도 알아듣지 못할 거야. 완전히 텅 빈 사람의 기분이 어떤지 너는 상상도 할 수 없을 테니까."

우리는 여기 위에서 들리는, 우리 고향 산속에서와 똑같은 바람소리에 가만히 귀를 기울였다. 하인츠가 말했다. "나는 모든 걸 상상할 수 있어. 나는 겪어보지 않은 게 없으니까. 처음으로 목발을 짚고 일어서서 ─ 예전에는 너처럼 키도 크고 힘도 셌었지 ─ 처음으로 문을 열고 나가려고 했을 때, 그 문을 통해 햇살이 비치는데 아주 고약하고 강렬한 빛이었어. 그리고 눈앞에 나의 그림자, 나의 조각난 그림자가 보였어. 그때 나도 정말 텅 비어버린 기분이 들었어. 우린 아마 동갑이지. 내 가슴은 나에게 이렇게 말해. 내 앞에는 아직 창창한 시간이 있다고. 고향에 돌아갈 수도 있고, 세상이 변화해가는 대로 그 현실 속에 참여할 수도 있을 만큼 말이야. 나 없이 어떻게 세상이 변화할 수 있는지 내 가슴이 나에게 묻기 때문이야. 세상을 바꾸기 위해 내 전부를 바친 나였으니 말이야. 내 뼈와 내 피와 내 젊음을 다 바쳤지. 하지만 내 머리는 나에게 이렇게 말하지. 나는 앞으로 살날이 불과 몇년밖에 남지 않았다고, 어쩌면 몇달밖에." 그가 나를 평소와 다르게, 비스듬하고 사려 깊게, 역시 도움을 필요로 하는 사람의 눈빛으로 바라보았다. 그러자 나는 그가 더 좋아졌다.

III

의사는 오랑으로 가는 선편이 여의치 않게 되었다는 내 말을 상당히 침착하게 받아들였다. 그가 말했다. "트랑스뽀르 마리띰에서 나에게 다음달에도 배 한척이 마르띠니끄로 떠난다고 분명히 말해주었습니다. 나는 예약을 해두었어요. 이쪽이 오랑을 거쳐서 가는 것보다 더 확실한 경로라서요. 그리고 시간 차이는 아무래도 사소한 문제고요." 그러니까 나더러는 열심히 협상을 하게 해놓고 뒤로는 다시 안전장치를 마련해두었단 말이로군. 그가 계속해서 말했다. "마리가 나한테 얘기하기로, 당신이 그녀를 도와주겠다고 했다면서요. 그녀의 일과 관련해 무슨 좋은 수단이 있는 모양입니다."

"아무래도 선생님이 떠나시기 전에 비자가 나오기는 어려울 것 같습니다. 그렇더라도 뭐 어쩌겠어요! 그래도 무슨 일을 더 할 게 있는지 잘 생각해보세요. 보증금, 출국비자, 통과비자 같은 것 말입니다!"

그가 내 눈을 날카롭고 급작스럽게 쳐다보는 바람에 나는 얼굴 표정을 더이상 바꿀 수 없었다. 그가 차분하게 말했다. "당신한테 설명을 드리고 싶은 게 있습니다. 다시는 하지 않을 이야기입니다. 나는 마리를 나의 작고 우직하고 낡은 자동차에 태운 채 전쟁 속을 누비고 다니며 전쟁 밖으로 빠져나왔습니다. 아마 틀림없이 내 자동차의 잔해는 여전히 같은 도로 하수구에 처박혀 있을 겁니다. 루아르 강 저편으로 다섯시간쯤 되는 곳이었지요. 우리는 무사히 이곳에 도착했습니다. 당시에 우리는 계속 더 갔을 겁니다. 아프리카로 달아날 수도 있었을 겁니다. 아직 까사블랑까로 가는 배들이 있었거든요. 아직 장거리 선편도 있었고요. 우리는 누구나 더 달아날 수 있었습니다. 그런데 그때 마리가 주저하기 시작했어요. 그녀는 이제까지 나를 따라와놓고선 갑자기 주저하기 시작하는 거예요. 주저하고 또 주저했어요. 배들은 계속해서 떠났습니다. 그러나 그녀를 배에 태울 수가 없었어요. 그녀는 빠리를 벗어나 온 나라를 누비며 이 도시까지 줄곧 나를 따라오긴 했지요. 하지만 배는 타려고 하지 않는 거예요. 그리고 그때까지만 해도 비자가 필요없었고, 통과비자도 필요없었지요. 배에 달려들어 타고 떠나면 되는 거였어요. 하지만 마리는 자꾸 핑계를 댔고 배들은 하나 둘 떠나갔습니다. 나는 혼자 떠나겠다고 협박도 해보고, 결단을 강요하기도 했지요. 그녀는 아무리 강요해도 막무가내였고 계속 망설이기만 하는 거예요. 오직 그로 인해, 순전히 마리 탓에 일이 지금 이렇게 되었

으니 나는 더이상 기다릴 수가 없습니다. 당신이 모든 걸 이해해주
셨으면 합니다."

"저한테 선생님 감정에 대해 해명하실 필요는 없습니다."

"결코 내 감정에 대해서가 아닙니다. 단지 마리는 언제나 주저
할 거라는 점을 일러주고 싶을 뿐입니다. 만일 그녀가 갑자기 남아
있기로 결정한다 해도 속으로는 주저하고 있을 겁니다. 그녀는 또
기필코 남아 있겠다는 결정을 할 수도 없을 거예요. 어쩌면 죽었을
지도 모르는 한 남자를 다시 만나기 전까지는 이 세상에서 그 어떤
결정도 확정적으로 하지는 않을 겁니다."

내가 소리쳤다. "그가 죽었다고 누가 말하던가요?"

"나한테요? 그런 사람 아무도 없습니다. 나는 '어쩌면'이라고 했
습니다."

그러자 나는 흥분해서 거의 이성을 잃고 소리치며 말했다. "그럴
거라고 지레짐작하지 마세요. 그 남자는 돌아올 수 있어요! 어쩌면
그는 정말로 이 도시에 있을지도 몰라요! 전쟁 통에는 모든 일이
가능한 법입니다!"

그는 미동도 하지 않는 길쭉한 얼굴로 나를 가만히 살피면서 말
했다. "당신은 사소해 보이는 사실 하나를 잊고 있습니다. 그 남자
가 아직 살아 있는데도 마리는 결국 나와 함께 떠나왔다는 점입니
다."

그렇다, 그건 사실이었다. 나는 그게 사실임을 인정하지 않을 수
없었다. 나보다는 죽은 이가 이 의사로 인해 더 가슴 아팠을 것이
다. 전쟁이 나라를 덮쳐왔다. 죽음이 그녀에게도 닥쳐와 슬쩍 스쳐
지나갔고, 공포가 그녀에게도 밀려왔다. 어쩌면 하루 동안만 그랬
을지 모른다. 그런 다음엔 때가 이미 너무 늦었다. 그 하루가 그녀

를 남편과 영원히 갈라놓은 것이다.

그런데 죽은 그 남자가 대체 나와 무슨 상관이 있는가? 나는 그에게서 벗어났고, 그것으로 끝이었다. 그가 정말로 다시 살아났다 해도 나는 역시 그에서 벗어나는 것보다 더 나은 것을 원치 않았을 것이다. 그에 비하면 내 앞에 앉아 있는 이자는 하찮은 그림자라고 생각했다. 왜 그녀는 이자를 따라가려고 하는가? 왜 그녀는 나를 버리고 떠나는가?

의사가 마치 내 마음을 다른 데로 돌리거나 진정시키려는 양 어조를 바꾸어 말했다. "당신의 말 가운데 몇몇 대목에서 나는 당신이 통과세계에 대해, 어지럽게 돌아가는 비자 업무와 정신 사나운 이 영사관 일 전체에 대해 어떤 자세를 취하고 있는지 미루어 짐작할 수 있습니다. 이봐요, 친구 양반, 나는 당신이 이 일을 너무 가볍게 여기고 있는 게 아닌지 염려스러워요. 어쨌든 나는 그것에 대해 전혀 다르게 생각하고 있어요. 어떤 상위의 질서가 세상을 지배하고 있다면 — 꼭 신적일 필요는 없어요, 아주 단순하게 그냥 질서, 상위의 법 같은 거지요 — 그것은 분명 서류 묶음들의 짜증스러운 질서 속에도 희미하게나마 빛나고 있을 것이기 때문입니다. 당신에게 당신 목표는 확실합니다, 당신이 그 전에 꾸바건 오랑이건 마르띠니끄건 어디를 스쳐지나든 말이에요. 거기에 무슨 문제라도 있나요? 당신에게 인생은 짧고 단 한번뿐이라는 것 또한 확실합니다. 태음력으로나 태양력으로건, 또는 통과비자의 기한으로건 무엇으로 나뉘어 있든 말입니다."

"제가 보기에 선생님의 생각은 굽이굽이 이렇게도 숭고한데 도대체 왜 선생님은 안절부절못하고 조바심을 내시는지, 도대체 무엇을 그렇게 두려워하시는지 의아스러울 뿐입니다." — "그건 사실 아주 단순한 것 아닌가요. 당연히 죽음을 두려워하는 거지요. 돌격대의 군홧발 아래서 비참하고 무의미한 죽음을 당하고 싶지 않으니까요." "보세요, 내 말은 결국 나야말로 그 누구보다도 오래 살아남는 자일 거라는 겁니다." ──"네, 네, 알아요. 당신은 자신의 죽음에 관하여 상상력이 너무도 부족하군요. 이봐요, 친구 양반, 내가 잘못 보는 게 아니라면, 당신은 두개의 삶을 갖고 싶어하는 겁니다. 연이어서 두번 사는 게 안되니까, 두개가 서로 나란히, 복선 궤도로 말입니다. 당신은 그럴 수 없어요."

나는 깜짝 놀라 소리쳤다. "어떻게 그런 생각을 하시게 되었나요?"

그가 가볍게 응수했다. "맙소사, 그런 증세가 보입니다. 남들의 생활영역에 지나치게 몰입한다는 점, 감사해야 할 일이지만 당신은 놀라울 정도로 누굴 돕고 싶어하고 덤벼들어 개입하려고 한다는 점이 그것입니다. 내가 말하는 건 당신은 그럴 수 없다는 것입니다. 당신은 그럴 수 없어요. 그리고 질서라는 게 아무것도 아니고, 오직 운명만이, 맹목적인 운명만이 존재하는 것이라면 당신에게 그 운명의 고지告知가 한 영사의 입을 통해 이루어지는지, 델피의 신탁이나 별로부터 이루어지는지, 아니면 당신이 나중에 그것을 스스로 당신 삶의 무수한 돌발 사건들로부터 읽어내게 될지는, 대부분 잘못 읽어내거나 대부분 선입견에 사로잡혀 읽어내겠지만, 사실 아무래도 상관없는 일이지요."

나도 막 그의 쓸데없는 수다를 좀 그만두는 게 좋겠다고 말하려던 참이었는데, 그 스스로가 어느새 일어나 끌로딘에게 몸을 굽혀 인사하고는 가버렸다. 우리는 이 대화를 끌로딘의 부엌 안에서 그녀의 앙증맞은 식탁에 앉아 나누었던 것이다. 식탁은 깨끗한 파란색 체크무늬 방수포로 덮여 있었다. 그녀는 우리가 독일어로 이야기했는데도 우리의 말을 아주 주의 깊게 따라가며 들었다. 마치 우리가 나눈 알아들을 수 없는 말의 의미가 다른 방식으로 그녀에게 전달되는 것 같았다. 손등 쪽은 까맣고 손바닥 쪽은 분홍빛인 그녀의 길쭉한 두 손이 조붓하고 힘찬 잎 모양의 도구처럼 뜨개바늘을 움직이고 있었다.

의사가 가고 나서 나는 오래도록 말이 없었음이 분명했다. 끌로딘이 입을 열었다. "도대체 어디 안 좋아요? 몇주 전부터 사람이 변했어요. 처음 우리 집에 왔을 때의 그 사람이 아니에요. 아직 기억 나요? 내가 당신을 쫓아냈지요. 그때 나는 엄청나게 피곤했고, 다음날 먹을 음식을 미리 만들어두려고 했어요. 어딘가 안 좋은 게 맞아요, 딴소리 마요. 어디가 안 좋은데요? 당신은 왜 늘 그 의사하고 다니면서 그의 부질없는 출국 일에 참견하고 그래요. 그 사람은 당신 친구가 아니에요. 그는 남이에요." "나도 남인걸요." "어쨌든 우리에게 당신은 남이 아니에요. 그 의사가 좋은 사람인 건 분명해요. 내 아들을 고쳐주었으니까요. 그래도 그는 여전히 우리에겐 남이에요." "끌로딘, 근데 당신 자신이 이곳에선 남이 아닌가요?" "당신은 내가 이곳에 머물기 위해 왔다는 것을 잊고 있어요. 당신들에게 이 도시는 떠나기 위해 있는 것이고, 나에게는 이 도시가 들어와 살기 위한 것이었어요. 당신들에게 저 바다 건너의 다른 도시들이 목표인 것과 마찬가지로 이 도시는 나의 목표였고, 그래서 지금 나는 바로 여기에 있는 거예요." "당신은 왜 고향을 떠나왔나요?" "당신은 이해 못해요. 고향에는 더이상 자기를 받아줄 자리가 없기 때문에 자기 아이를 포대기에 싸서 업고 배에 오르는 여자를 당신이 어떻게 이해하겠어요? 농장 일, 공장 일, 무슨 일인지 전혀 모르는 어떤 일을 위해 각양각색의 사람들을 모집한다고 해서 떠나왔지요. 그러고는 당신들! 당신들의 차가운 두 눈이 어찌나 낯설었는지! 우리가 순간적으로 해치우는 일을 하는 데 당신들은 오래 걸려요. 그리고 우리에겐 평생 걸리는 일을 당신들은 순간적으로 해치우고요. 그런 당신들이 얼마나 낯설던지. 당신은 단지 질문을 받지 않기 위해서 질문을 하지요. 당신은 이제 나딘과 만나지 않지요! 다른 여자가 있나요? 그녀가 당신을 괴롭게 하나요?" "나를 가만 봐줘요. 당신이나 말해봐요, 다시 고향으로 돌아갈 마음이 조금도 없나요?" "글쎄요. 내 아들이 교사가 되든가 의사가 된다면 몰라도. 지금은 아니에요. 혼자서도 아니에요. 차라리 바람에 이리저리 날아다니는 나뭇잎 하나가 자신의 가지로 돌아가는 편이 더 빠를 테니까요. 가능한 한 나는 내 아이와 함께 조르주 곁에서 계속 살 거예요."

그녀는 사면의 벽으로 둘러싸인 자신의 가정이 얼마나 깨지기 쉬운지를 스스로 숨김없이 드러냈다. 그 벽들은 어쩌면 바로 그 때문에 그만큼 더 견고한지도 모른다. 어쨌든 나는 한 가정의 품에 들어와 있다는 느낌이 전에 없이 강렬하게 들었다. 필시 이 가정의 시작은 단지 언젠가 이 낯선 여인의 손을 만져보고 싶다는 조르주의 소망에서 비롯되었을 것이다. 다니던 공장의 잘못된 철수 계획에 따라 남쪽으로 이주한 조르주였다. 이런 조르주 같은 사람들에게는 턱턱 가정이 생기고, 나에게는 어떤 일도 행복한 결과든 고통스러운 결과든 그 결실을 맺어본 적이 없는데, 이것은 대체 어찌 된 일일까? 나는 결국은 언제나 혼자 뒤에 남겨졌다. 몸이 상하거나 하는 일은 없지만 그 대신 역시나 늘 혼자였다.

IV

나는 브륄뢰르 데 루에 가서 앉았다. 주변 사람 모두가 엄청난
흥분 상태였다. 그 이유는 오직 정오 무렵 하켄크로이츠 표지를 단
자동차 한대가 까느비에르를 쌩쌩 달려내려온 일 때문이다. 필시
에스빠냐와 이딸리아의 비시 정부 요원들과 어느 큰 호텔에서 협
상을 벌이는 어떤 위원회 사람들에 불과할 터였다. 사람들은 마치
악마가 직접 까느비에르를 절그럭절그럭 걸어내려온 것처럼, 그
악마가 길 잃은 인간 무리를 철조망 우리 안에 가둘 수 있기라도
한 것처럼, 호들갑스러운 반응을 보였다. 내가 보기에 그들 모두는
일단 타고 떠날 배가 더이상 없으므로 금방 바닷속으로 달려들어
갈 것 같은 기세였다.

마구 뒤섞인 추한 얼굴들을 더 추하고 더 뒤죽박죽으로 만들려
는 것처럼 이곳엔 거울들이 벽을 뒤덮고 있었는데, 갑자기 그중 한
거울에 마리가 조용히 들어오는 모습이 보였다. 나는 모든 자리를
돌아다니며 모든 얼굴을 하나하나 확인해나가는 그녀의 수색 작
업을 호기심에 찬 얼굴로 지켜보았다. 그리고 그녀가 하는 이 일이
부질없음을 유일하게 알고 있는 나는 숨을 죽이고 그녀가 내 테이
블로 다가오기를 기다렸다. 갑자기 그녀의 사람 찾는 일에 이제 최
종적으로 확실하게 종지부를 찍어주어야겠다는 느낌이 들었다. 세
마디의 끔찍한 진실로 내가 이제 곧 야기하게 될 일대 혼란과 충격
이 벌써부터 느껴졌다.

그때 그녀의 시선이 나에게 와닿았다. 그녀의 창백한 얼굴이 생
기가 돌며 붉어졌고, 회색 눈에 따뜻하고 호의적인 빛이 감돌았다.

그녀가 외쳤다. "며칠 전부터 당신을 찾아다녔어요."

나는 방금 전의 결심을 잊어버렸다. 나는 그녀의 두 손을 잡았다. 그녀의 작은 얼굴은 나에게 아직 평화가 남아 있는 지상의 유일한 곳이었다. 그렇다, 평화와 휴식이 순간 나의 후줄근한 가슴 위에 내려앉았다. 마치 우리가 함께 고향 풀밭 위에 앉아 있는 듯한 기분이었다. 사방 벽들에 안절부절못하고 두려움에 떠는 난민들의 모습이 비치는 이 정신 나간 항구의 까페가 아니라.

그녀가 말했다. "그런데 어디로 사라졌다 나타나신 거예요? 자, 말해봐요, 아마 영사관 친구들에게서 아직 아무런 답도 못 들은 거지요?"

나의 기쁨이 거의 날아가버렸다. 나는 생각했다. 그래서 나를 찾은 거였군! 죽은 이를 찾던 것과 똑같이! 내가 말했다. "네, 답이 그렇게 빨리 오지 않아요." 그녀가 한숨을 푹 내쉬었다. 나는 그녀의 얼굴 표정을 이해할 수 없었다. 거의 안도하는 모습처럼 보였다. 그녀가 말했다. "우리 이제 마음 놓고 같이 앉아 있어요. 우리에게 마치 출국이라든가 배라든가 이별 같은 것은 없는 것처럼 있어봐요."

이런 놀이는 쉽게 응할 수 있었다. 우리는 아마 한시간쯤을 마치 이야기할 시간은 나중에라도 얼마든지 있다는 듯이 과묵하게, 마치 이제는 아무것도 우리를 갈라놓을 수 없다는 듯이 의좋게 앉아 있었다. 적어도 나는 그런 기분이었다. 그녀가 나에게 자신의 손을, 마치 세상에서 가장 당연한 일인 것처럼, 고분고분하게 맡겨두고 있는 것조차 이상하게 여겨지지 않았다 ─ 아니, 누가 지금 그녀의 손을 잡고 있는지는 전혀 중요치 않았다. 그녀가 갑자기 벌떡 일어났다. 나는 깜짝 놀라 움찔했다. 그녀의 얼굴 위에 약간 비웃음이 섞인 기이하고 모호한 표정이 나타났다. 그녀가 의사를 생각할 때면 늘 나타나는 표정이었다. 그녀가 나를 남겨두고 떠나자마자 나를 덮쳐올, 나를 휩쓸어갈 사나운 추격전이 벌써 느껴졌다.

하지만 나는 그후에도 아직 제법 차분했다. 아직 우리는 한 도시에 있다고 생각했다. 아직 우리는 같은 하늘 아래에서 잠을 자고 있고, 아직 모든 것이 가능하다고.

V

꾸르벨상스를 거쳐 집으로 돌아오는 길에 까페 로똥드의 유리 베란다에서 누가 나의 옛 이름을 불렀다.

누가 나를 진짜 이름으로 부를 때면 매번 그러하듯이 나는 화들짝 놀랐다. 그리고 늘 그러하듯이 그때에도 나는, 자신의 이름을 외국어로 옮겨 사용하는 사람이 많다는 점만으로도 복잡한데, 이곳의 거의 모든 사람들은 갖가지 이름으로 돌아다닌다는 사실을 떠올리며 놀란 마음을 진정시켰다. 나를 향해 손을 흔드는 사람들의 무리가 처음엔 아주 낯설었다. 이어서 나는 파울이 손을 흔들기 때문에 모두가 손을 흔들고 있다는 것을 깨달았다. 나는 못 보고 그냥 지나쳤을 것이다. 그의 머리가 그가 무릎 위에 안고 있는 아가씨의 어깨 뒤에서 빠끔히 나와 이쪽을 보고 있었다. 파울이 어떤 아가씨를 무릎 위에 앉힌 채 누군지 못 알아보는 나를 멍청하게 서 있게 놔둔 것은 다분히 그 자체로는 있을 수 없는 일은 아니지만 나로서는 너무도 어이없는 상황이었다. 그는 음주 허용일을 즐기고 있었다. 그의 우울한 갈색 눈은 반짝거렸고, 안경을 걸친 가느다란 코로 그는 계속해서 그 아가씨의 목을 찔렀다. 길쭉하고 예쁜

다리를 가진 상냥하고 조그만 얼굴의 아가씨는 이런 식의 애무에 정말로 만족스러운 것 같았다. 부리로 찔릴 때마다 그녀는 파울은 대단한 사람이다, 박해당하는 대단한 사람이다 느끼는 것 같았다. 파울은 한 손으로는 그 예쁘장한 아가씨를 안고, 빈손으로는 나에게 손을 흔들었다. 나는 머뭇거렸지만 테이블에 앉아 있는 사람들은 계속 손을 흔들었다. 단지 파울이 손을 흔들고 있기 때문이었다. "나의 옛날 강제노역 동료여!" 파울이 외쳤다. "지금은 삐스똘레로 폰 프란체스코 바이델[104]이라네." 나머지 사람들은 손 흔들기를 그만두고 나를 주시하였다. 나는 이 테이블이 정말 서먹서먹했지만 자리에 앉았다.

파울과 무릎 위의 아가씨 외에도 여기에는 다섯이 더 있었다. 이 중 턱을 지닌 작고 뚱뚱한 남자, 모자에 깃털을 꽂았는데 마찬가지로 작은데다 투실투실하여 보기 흉한 그의 부인, 그리고 부드러운 목에 금발과 긴 속눈썹을 한 모습이 하도 아름다워서 정말 그렇게 아름다운지 자꾸 보지 않을 수 없는 젊은 여자가 있었다. 나는 심지어 그녀가 사실은 아예 존재하지 않는데 공중에 입김을 불어 생겨난 것 같은 느낌마저 들었다. 그녀는 과연 미동도 하지 않았다. 크고 되바라진 입을 지녔고 가늘가늘하지만 강인해 보이는 또다른 아가씨는 틀림없이 실제로 존재하였고 결코 입김으로 만들어지지 않았다. 그녀는 머리를 남자 친구의 팔에 기댄 채 비스듬한 눈으로 나를 계속 위아래로 훑어보았다. 그리고 남자 친구라는 자는 유난히 화려하고, 키가 훤칠하고, 자세가 똑바른 사내였는데, 능력과 자부심에서 나오는 엷은 미소를 머금고 우리들 너머 저편을 보고 있

104 프란체스코 바이델의 하수인. 프랑스어 '삐스똘레로'는 '앞잡이' '부하'라는 뜻.

었다. 그는 나에게 뼛속까지 낯선 사람이었지만, 왠지 모르게 친숙하게도 여겨졌다. ─ 파울이 소리쳤다. "악셀로트인데 모르겠어?"

나는 그를 똑바로 쳐다보았다. 악셀로트인 걸 알아보았다. 파울이 나에게 언젠가 이자는 이미 달아나 꾸바로 갔다고 하지 않았던가? 나는 그와 악수했다. 우아한 사복을 입은 그의 모습은 전에 수용소에서 강제노역병의 누더기를 걸치고 있을 때처럼 보였다. 게다가 파울이 악셀로트에 대해, 당시 도주 중에 갈림길에서 보여준 기가 막힌 배신행위에 대해 들려준 이야기가 떠올랐다. 파울은 보아하니 모든 걸 잊고 용서해준 모양이었다. 나 자신도 다 잊어버리고 방금 악셀로트와 악수를 하지 않았던가.

악셀로트가 말했다. "당신이 바이델을 알게 되었다며? 그러니까 그 친구는 꾸물거리다 늦게 나타난 거야. 내가 너희 모두에게 내 양심을 기울이지 않은 것은 행운이야. ─ 나는 어딜 가나 번번이 기독교적으로 충분히 신의를 지키지 않았다고 해서 나를 원망하는 사람들과 마주치게 돼서 말이야. 그런데 바이델은 옛날부터 원망을 가장 잘하는 친구였어. 최근에 그를 몽베르뚜에서 만났는데……"

내가 소리쳤다. "당신이, 바이델을?"

그가 말했다. "그자는 자기 주님의 위신이 깎일까봐 염려하는 눈치였어. 아니, 아니, 그는 원망을 했어. 그는 누굴 만나게 되는 일이 없도록 신문 뒤에 몸을 웅크리고 있었어. 너희도 알잖아, 바이델은 아무도 자기에게 말을 걸지 못하게 까페에서 늘 신문으로 머리를 가리고 있는 거 말이야. 그리고 숨어서 사람들의 동정을 살펴볼 수 있도록 신문에다 핀으로 좁쌀만 한 구멍을 뚫어놓았지. 그는 사람들의 동정을 소재로 삼아 거기에다 무언가를 부여하는 거지. 구식의 복잡한 스토리를, 대강의 조잡한 줄거리를 말이야."

이중 턱을 한 뚱뚱한 남자가 중얼거렸다. "진부한 묘기를 보이는 위대한 마법사지."

내가 악셀로트를 좀 너무 심하게 뚫어져라 바라보았더니 그가 이마를 찌푸렸다. 시선을 재빨리 그에게서 거두어 금발 미녀의 천사같이 아름답고 보드라운 얼굴 쪽으로 돌렸다. 파울이 귀엣말로 알려주었다. "저 여자는 얼마 전까지 그의 여자 친구였어. 그런데 갑자기 그는 그녀와 더이상 '꼬뜨다쥐르[105]의 가장 아름다운 연인' 역을 연기하는 일에 싫증이 난다고 선언한 거야."

악셀로트가 계속해서 말했다. "말이 나왔으니 말인데, 이 경우에 대강의 줄거리는 이런 것이었어. 파울헨, 수용소에서 우리가 탈출할 때의 일 아직 생각나지? 우리의 갈림길 장면, 내가 너희를 버리고 도망쳤던 것 말이야? 그 일로 네가 더이상 마음 상하는 일이 없기를 바랄게."

"지금 우리는 함께 같은 자리에 앉아 있잖아." 파울이 말했다. 보아하니 그에게는 이 자리가 관계 회복의 결정적인 전환점이었던 모양이다.

"나는 독일군보다 한참 앞서게 되었어. 해서, 히틀러보다 먼저 빠리에 입성했지. 나는 빠시[106]에 있는 우리 집으로 달려가 문을 열고서 주섬주섬 돈을 챙기고 귀중품과 원고, 예술품 몇점을 한데 꾸려 짐을 싼 다음 이 소중한 부부에게 연락했단다." ─악셀로트가

---

105 프랑스 남동부의 지중해 해안. 마르세유에 인접한 까시에서 이딸리아 국경 근처의 망똥까지 이어진다. 깐, 니스, 모나꼬 등의 도시가 유명하다. '쪽빛 해안'이라는 뜻.
106 서(西)빠리 에펠 탑 서쪽, 쎈 강 우안 지역.

깃털 달린 부인과 이중 턱의 사내를 가리키자 두사람 다 진지하게 고개를 끄덕였다 ─"그리고 여기 이 숙녀분에게" ─그가 금발의 아가씨를 가리켰다. 그녀는 마치 조금만 움직여도 입김으로 만들어진 자신의 미모가 사라질 수 있기라도 한 듯 여전히 아무 움직임도 관심도 보이지 않았다. "그때 그 바이델이 나타난 거야. 보나 마나 친구들을 찾아 빠리를 샅샅이 뒤지고 다녔겠지. 얼굴이 창백했고 몸을 떨고 있었어. 코앞에 당도한 나치가 신경에 거슬려 도저히 견딜 수 없는 모양이었어. 당시 우리 자동차에는 얼핏 보기에 자리가 남을 것 같았어. 그래서 나는 그를 같이 데리고 가겠다고 약속했지. 한시간 뒤에 태워주겠다고 말이야. 그러고 나서 보니까 이 숙녀분의 짐이 상당하다는 걸 알게 되었어. 그녀는 무대의상이며 직업상 필요한 드레스 같은 게 있어야 하거든. 그녀는 여행가방들 없이는 살 수 없었고, 나는 당시에 그녀 없이는 살 수 없었지. 그래서 우리는 바이델을 포기하지 않을 수 없었어."

"바이델은 언제나 갈등거리를 몸에 잔뜩 지니고 있어." 파울이 말했다. "지금 우리 위원회는 여러주 동안 그가 안겨준 일거리를 처리하느라 애쓰고 있지. 그를 위해 따로 특별위원회를 두어야 할 정도로 말이야. 우리는 사실 반쯤은 양심을 속이고 미국 영사에게 그의 보증을 설 수가 있었어. 당시에 그는 그런 일에 연관되어 있었거든."

"어떤 일인데?" 이중 턱의 사내가 물었다.

"아, 사년 전 일이야. 에스빠냐 내전 때였어. 연대 소령이라는 사람이 하필 이 불쌍한 바이델의 숙소를 불시에 찾아와서는 잔혹한 이야기들을 들려주어 그 가련한 친구에게 깊은 인상을 남겨준 거야. 그는 본래 황당무계한 사건, 유혈과 공포 같은 것에 민감한 친구니까 말이야. 그래서 생겨난 결과가 종교재판을 앞두고 어느 투우장에서 벌어진 집단총살 사건을 다룬 바이델풍의 단편소설이지. 에스빠냐 당국 홍보실에서 그 소설을 보내주었어. 이제 와서 말이지만 당시 나는 그에게 그 사람들을 멀리해야 한다고 경고를 주었거든. 하지만 그는 그 모티프가 매력적이라고 대답했지." "그래서 멕시꼬 비자가 나온 거로군." 악셀로트가 말했다. "어쨌든 나는 앞으로 몇년 동안 그의 원망에 찬 얼굴을 보지 않아도 돼서 안심이야." "안심하기엔 일러." 파울이 말했다. "그는 거의 틀림없이 우리의 보증 덕분에 미국 통과비자를 얻게 될 거니까 말이야. 어쩌면 너희는 한배를 타고 갈지도 몰라." 내가 물었다. "왜 당신은 진작 떠나지 않았지? 우리보다 몇주 앞서서 여기에 도착했잖아?"

악셀로트가 나를 향해 몸을 홱 돌렸다. 마치 내가 자기를 놀리는 게 아닌지 살펴보려는 듯 내 얼굴을 똑바로 쳐다보았다. 나머지 사람들은 나를 빤히 쳐다보더니 모두 갑자기 큰 소리로 웃기 시작했다. 파울이 말했다. "너는 분명 마르세유에서 이 이야기를 모르는 유일한 사람일 거야. 벌써 꾸바에 갔다 온 한 여행단체를 너에게 소개하기로 하지." 이중 턱의 사내가 슬픈 얼굴로 고개를 끄덕였다. 그 바람에 그는 턱이 세겹이 되었다. 깃털을 꽂은 여자가 나에게로 다가앉았다. "악셀로트 씨는 빠리에서 우리를 건져내 앞서 말한 자동차에 이 숙녀분과 그녀의 여행가방들과 함께 밀어넣었죠. 그래서 말한 대로 바이델이 탈 자리가 없었어요. 그런데 우리는 그에게 필요한 사람들이라 우리 자리는 있었지요. 그의 새 작품을 위해 음악을 써줄 사람들이거든요. 그는 악마의 화신인 듯 독일군을 앞서 달렸고, 그의 연극에 필요한 음악과 더불어 우리를 구해주었어요. 우리처럼 그렇게 빠르게 이 아래쪽에 도착한 사람은 없었지요. 그는 첫 주에 이미 돈을 주고 비자들을 샀어요. 우리는 처음으로 출발한 사람들이었죠. 하지만 유감스럽게도 그는 사기를 당했어요. 전부 위조된 비자였어요. 그래서 꾸바에서는 우리에게 상륙을 허락해주지 않았고, 우리는 하는 수 없이 같은 배를 타고 다시 돌아와야 했던 거예요."

불운이라는 말이 악셀로트에게는 이상하게도 얼마나 잘 어울리지 않는가 하고 나는 속으로 생각했다. 그는 행운을 타고났고 행운으로 금칠이 된 사람으로 보였다. 그가 입을 실그러뜨리며 말했다. "우리는 위험하게 사는 법을 좀 배운 셈이지. 연극작품에다 음악을 붙이는 건 서반구에서 하고 있는 일이야. 약간의 인내심이 필요하지. 우린 이제 훌륭하게 규정대로 리스본에 예약을 해두었어. 우린 영사들을 친구로 두고 있지. 에스빠냐와 뽀르뚜갈 통과비자도 이미 받아두었어. 그러니 우린 다시 여기서 언제라도 달아날 수 있어." 그가 그 아름다운 아가씨를 가리키자 그녀는 살짝 움찔하더니 금세 다시 매혹적인 부동자세로 돌아갔다. "어쩔 수 없이 돌아오긴 했지만 그 일로 나는 뜻밖의 소득도 얻게 되었지. 바로 상상력의 해방이야. 세상에는 함께해온 운명의 결과에 대해 오래된 미신이 있어. 이 결과를 사람들은 흔히 신의信義라고 부르지. 만일 꾸바의 상륙 허가 기관이 보다 인간적이었더라면, 나는 틀림없이 더 오랫동안 나 자신을 타일러, 이 좋은 아이는 내 인생의 격정기를 함께한 사이이기에 단지 그 이유만으로도 계속해서 나에게 속하는 사람이라고 믿었을 텐데 말이야. 그때 바로 타의에 의해 다시 나의 출발점으로 돌아오게 되는 흔치 않은 기회가 주어진 거야. 그래서 나는 나의 서류와 나의 감정을 다시 잘 검토하여 수정하게 되었지. 신의라는 환영幻影은 그렇게 날아가버렸어." 나는 다시 한번 그 아가씨를 바라보았지만, 그녀가 벨상스 너머로 휙 날아가 없어져버린다 해도 이상하게 생각되지 않았을 것이다. 그녀는 악셀로트의 상상력이 빚어낸 순수한 산물로 이제는 전혀 쓸모없게 되어버린 존재였기 때문이다.

지극히 평범한 사내인 내가 마치 어쩌다가 마술사들의 모임에 들어오게 된 것처럼 다소 불쾌한 느낌이 들었다. 떠나려고 하자 이중 턱의 남자가 나를 못 가게 붙잡았다.

그가 나를 옆으로 데려갔다. "당신을 만나게 돼서 매우 기쁩니다. 저는 바이델 씨를 존경합니다. 재주가 많은 분이지요. 저는 그동안 내내 그분을 걱정했어요. 지금은 그분이 위험에서 벗어났다는 걸 알게 되어 기뻐요. 당시에 우리가 바이델 씨를 놔두고 빠리를 떠나온 후로, 늘 그분 대신 내가 뒤에 남지 않은 것을 자책했습니다. 타고 갈 사람은 그였는데, 하고요. 물론 혼자 남기에는 나는 마음이 너무 약했어요. 그래서 꾸바에서 불행이 닥쳤을 때, 그리고 우리가 다시 돌아와야 했을 때, 나에게는 그것이 나의 나약함과 지나친 성급함에 대한 하늘의 벌이라고 생각되었어요." "진정하세요. 성서에나 나오는 그런 벌은 오늘날 더이상 있을 수 없어요. 만일 그렇지 않다면 대부분의 사람들이 되돌아와야 할 테니까요." 나는 그를 바라보면서 그의 두 눈을 쑥 들어가게 하고 그의 턱을 주름지게 하는 비곗살이 그의 진짜 이목구비를 감추고 있다는 것을 깨달았다. 그가 나에게 지폐를 한장 찔러주면서 말했다. "바이델은 늘 가난했어요. 돈이 필요할 거예요. 그를 도와주도록 하세요. 그는 절대 돈을 벌 줄 모르는 사람이었어요."

VI

나는 아침 일찍 일어났다. 나는 끌로딘에게 상점이 아직 문을 열기 전에 뚜르농 가의 한 작은 상점 앞에서 줄을 서서 기다리겠다고 약속했었다. 이렇게 일찍 왔는데도 닫힌 가게 앞에는 벌써 제법 많은 여인네들이 서 있었다. 바람이 강하고 날이 추워서 보자기와 후드로 머리를 완전히 뒤집어씌웠다. 지붕들 끄트머리에는 이미 약간의 햇살이 비치는 모습이 보였지만, 골목길의 높은 건물들 사이에는 묵직하고 아득히 오래된 태고의 그늘이 깔려 있었다.

여자들은 너무 피곤하고 몸이 굳어서 욕을 해댈 수 없었다. 그들은 오직 정어리 캔을 얻을 일만 생각하고 있었다. 짐승들이 숨어서 먹잇감이 나타날 바위틈을 노려보고 있듯이, 이 사람들은 가게 문의 틈새를 노려보았고 그들의 흰은 정어리 캔을 포획하는 일에 집중되어 있었다. 평소에는 남아돌 만큼 흔하던 물건을 얻으려고 왜 이렇게 이른 시간부터 여기서 줄을 서야 하는지, 자기 나라의 남아돌던 물자가 어디로 흘러들어갔는지 한번쯤 곰곰 생각해볼 여유조차 없을 만큼 그들은 너무나 지쳐 있었다. 마침내 가게 문이 열렸고 뱀처럼 길게 늘어선 줄이 이제 조금씩 앞으로 움직여 가게 안으로 들어갔다. 하지만 우리 뒤로도 줄이 점점 길어져 거의 벨상스까지 뻗어나갔다. 나는 어머니를 생각했다. 그녀 역시 마찬가지로 어둑어둑한 새벽녘에 뼈다귀 몇개 또는 비곗살 몇 그램을 얻기 위해 자기 도시의 어느 가게 앞에서 기다리는 사람들 사이에 끼어 줄을 서고 있을 터였다…… 대륙의 모든 도시에서 지금 이런 줄들이 무수한 가게 문 앞에서 늘어서 있었다. 그 줄들을 서로 이어놓으면 그것은 아마 빠리에서 모스끄바까지, 오슬로에서 마르세유까지 이어질 것이다.

그때 갑자기 길 저편에 아뗀 대로로부터 뾰족한 잿빛 후드를 올려쓴 마리가 추워서 창백한 모습으로 걸어오고 있었다. "마리!" 하고 외쳤다. 우리의 우연한 만남으로 그녀의 얼굴 위에 숨길 수 없는 기쁨의 빛이 살짝 나타났다. 나는 그녀가 지금 내 옆에 가만히 서 있으면 좋겠다고 생각했다…… 그녀가 내 옆에 나란히 섰다. 그래서 여자들은 그녀가 줄에 슬쩍 끼어들려는 게 아닌가 염려했다. 그녀가 물었다. "그런데 여기서 뭐 하는 거예요?" "정어리 캔 사려고요. 당신 남자 친구가 왕진하러 오는 그 아픈 소년에게 줄 거예요." 그녀가 함께 한발 한발 앞으로 나아갔다. 여자들이 크르릉거리며 불만을 드러냈다. 내가 재빨리 몸을 돌려 정어리 사려고 줄을 선 사람은 나뿐이라고 말해 그들을 진정시켰다. 하지만 그들은 마리가 뒤에 줄을 서지 않고 슬쩍 새치기하지 않나 의심의 눈빛으로 지켜보았다. 마리에게 왜 이렇게 일찍 돌아다니느냐고 물었다. ─선박회사도 찾아가고, 여행사에도 들르려고. ─나는 속으로 그녀가 날마다 하는 사람 찾기 작업을 제때에 시작하려고 길을 나섰다고 생각했다. 하지만 그녀는 본의 아니게 시작하자마자 멈춘 것이다. 내 옆에 나란히 서서 나 때문에 자신의 일을 뒤로 미룬 것이다. 나는 그녀를 살살 길들여 나를 찾도록 만들어놓아야 했다. 우리 뒤의 사람들이 술렁거렸다. 그들이 목을 길게 뽑았다. 그러자 마리가 말했다. "무서워요. 이제 가야겠어요." "마리, 이제 우리 앞에는 여섯명밖에 남지 않았어요. 금방 내 차례예요. 그다음 당신과 함께 갈 수 있어요."

여자들이 다시 술렁거렸다. 하지만 이번에는 임신한 여자에게

차례를 양보해 앞으로 가게 했다. 그러면서 그들은 내 뒤에서 어제 어떤 여자가 치마 속에 베개를 집어넣어 속임수로 앞쪽 순서를 차지한 이야기를 했다. ──그러나 새로 온 이 여자는 의심의 여지 없이 풍성한 모직 드레스 아래 진짜 생명을 품고 있었다. 추위로 굳어버린 얼굴이 마치 가면처럼 보이는 그녀의 두 눈에서 너무 늦게 왔다는 경악의 빛이 날카롭게 반짝거리는 희망의 빛으로 변하였다. 생선 통조림과는 다른 어떤 것을 향해 반짝거리는 빛이었다. 아둔하게 생긴 그녀의 얼굴에서 절망이 인내의 표정으로 바뀌었다.

"저거 봐요, 우리 앞에도 사람들이 막 줄을 서요." 마리가 말했다. "난 이제 가야 해요." 나는 생각했다. 왜 나는 진작 그녀와 함께 여기를 떠나지 않았을까. 끌로딘에게 가게가 문을 닫았다고 거짓말로 둘러대면 되지 않는가? 왜 나는 추위에 계속 여기에 서서 기다리는 것일까?

VII

나는 마리에게 아뗀 대로의 어느 작은 까페에서 보자고 했다. 그녀는 나를 오래 기다리게 하지 않았다. 그러나 나는 얼마간 절망적으로, 멍청한 모습으로 기다렸다. 그런 나에게 그녀가 들어와 똑바로 나를 향해 걸어온 것은 하나의 기적이었다. 그녀가 자신의 축축한 후드를 홱 뒤로 젖히며 옆에 나란히 앉았다. 그녀가 말했다. "어때요? 소득이 좀 있었나요?" 내가 말했다. "벌써 많은 소득을 거두었어요. 당신이 이 일에 끼어들 필요 없어요. 공연히 일만 어지럽게 만들 뿐이에요. 거기서 당신을 적당한 때에 부를 거예요. 그러면 당신에게 서명 외에는 더이상 아무것도 요구하지 않을 거예요."

그녀는 약간 뒤로 물러나더니 이젠 아예 나를 더 잘 살펴보기 위해 머리를 한 손으로 괴었다. 그녀가 말했다. "나 자신은 더이상 어찌할 바를 모르고 있는데, 낯선 사람이 나타나 도와주고 있다는 생각이 들 때가 가끔 있어요. 생판 모르는 어떤 낯선 사람이 불쑥 나타나서 말이에요." 그녀가 감사의 뜻으로 내 손을 살짝 만졌다. 하지만 오늘 그녀는 우리가 함께 일을 추진하고 있음에도 불구하고 나에게 훨씬 더 멀고, 덜 솔직하고, 덜 호감을 갖고 있는 것으로 보였다. 그녀가 계속했다. "얼마나 걸릴 거라고 생각하세요? 며칠? 몇주? 그들이 제때에 나를 떠날 수 있게 해줄까요? 내 남자 친구는 떠나려고 해요. 하루속히 떠나고 싶어해요."

내가 말했다. "그는 좀더 기다려야 할 거예요. 그 선편이 이번에는 무산될 것 같아 걱정이에요. 계속 참고 기다리는 수밖에 없을 거예요. 더 계속해서 우리 셋이 힘을 합쳐 잘 헤쳐나가야 할 거예요."

순간 어두운 그늘이 그녀의 얼굴 위로 날아들었다. "우리 셋이서요? 세번째 사람이 누군데요?"

내가 말했다. "물론 나지요!"

그녀가 밖을 내다보며 지대가 높은 기차역[107]으로부터 아뗀 대로 쪽으로 짐을 들고 걸어내려오는 사람들을 바라보았다. 곧이어 일부는 아이들을 데리고 여행가방과 가방을 든 채 우리 까페 안으로 밀려들었다. 마리가 말했다. "기차가 도착했어요. 너무나 많은 사람들이 여전히 나라 곳곳에서 오고 있어요. 수용소에서, 구빈원에서, 전쟁터에서. 저기 머리가 헝클어진 조그만 여자애 좀 봐요."

---

107 마르세유생샤를 역. 마르세유의 중앙역으로 벨상스 구역 북동쪽에 인접한 작은 언덕 위에 있으며, 역에서 남쪽을 내려다보면 아뗀 대로가 뻗어 있다.

우리는 새로 온 사람들에게 자리를 내주기 위해 서로 다가앉았다. 얼굴이 정말 어둡고 사납게 생긴 여자와 아직 덜 자란 두 아들, 거기에다 바구니 안에 든 조그만 여자아이 한명이었다. 여자아이는 조그맣지만 바구니에서 키우기에는 너무 컸고, 하얀 붕대를 감고 있었다.

마리는 손가락을 엮어 내가 보기엔 기이하고도 절망적인 모양으로 깍지를 끼었다. 하지만 목소리는 차분했다. "그런데 내가 영사의 부름을 받고 갔을 때 거기에 남편이 와 있으면 어떡하죠! 남편도 부를 거예요. 내가 거기에 갔는데 그도 있다면요?"

내가 말했다. "그런 생각 하지 마요. 그는 거기에 없을 거예요. 그를 필요로 하지 않아요. 우린 그가 필요없어요."

그녀가 말했다. "그를 필요로 하지 않는다, 우린 그가 필요없다고요. 우연하게라도 그가 거기에 있을지 몰라요. 당신과 나, 우리를 서로 만나게 한 것도 우연이잖아요. 내가 그를 처음 보게 된 것도 바로 우연 때문이었고, 다른 남자, 의사를 처음 보게 된 것 역시 순전히 우연 때문이었지요."

나는 그녀가 왜 이렇게 우연을 강조하고 그렇게 중요하게 여기는지 몰랐다. 그녀가 못마땅했다. 나도 언젠가 그녀가 지금 별생각 없이 큰 소리로 말하는 것과 비슷한 주제에 대해 골똘히 생각해본 적이 있었다는 생각이 뇌리를 스쳤다. 하지만 그때 나는 그것이 못마땅해서 더이상 깊이 생각하기를 그만두었다. 내가 말했다. "우연에 의해서건 영사에 의해서건 그는 오지 않을 거예요. 그런 염려는 하지 마세요!" 나는 여전히 서로 뒤엉켜 있는 그녀의 두 손을 잡았다. 두 손은 그제야 내 손안에서 느슨하게 풀렸다. 이제 내 신경에 거슬리는 것은 저 새로 도착한 부인의 눈초리뿐이었다. 그녀는 삶이 근본적으로 파괴된 모든 사람들처럼 사랑의 어떤 작은 움직임이라도 그것이 포착될 때마다 시기와 의심의 눈으로 지켜보았다.

VIII

나는 이제 마리를 매일 만났다. 어떤 때는 약속을 하고 만났고, 어떤 때는 우연히 만났다. 가끔 그녀는 까페 여기저기를 다니며 나를 찾았다고 스스로 밝힐 때도 있었다. 그녀가 찾는 사람은 이제 죽은 자가 아니라 나였다. 그녀의 손이 내 손을 잡으리란 것을 알고 있었기 때문에 나는 손을 테이블 위에 놓았다. 그녀는 옆에 바싹 붙어 앉았다. 당시 나는 형세가 나한테 유리하게 돌아서고 있다고 느꼈다.

내 어깨에 머리를 기댄 채 그녀는 문이 돌면서 까페로 들어오는 사람들을 말없이 지켜보았다. 그들에게 까페는 매일 열번도 더 그들의 몸과 마음을 철저히 갈아버리는 물레방아 같은 곳이었다. 나는 많은 사람을 알고 있었고, 그녀는 또다른 사람들을 알고 있었다. 그래서 때때로 우리는 그들의 통과적 삶에 대해 각자 아는 것을 서로에게 이야기했다. 마리가 말했다. "우리도 거기에 속해 있는 사람들이에요." 나는 아니라고 대답하고 싶었지만 당시 나는 가끔 그녀와 함께 떠날 수도 있을 거라는 생각을 하기도 했다. 그녀와 함께 남는 건 어떨까? 그녀와 함께 떠나는 건? 나는 이 두가지 생각을 저울질하며 놀았다.

마리가 말했다. "하루가 길어요. 기다리는 일 말고 아무것도 하지 않으면 하루하루가 길어요. 하지만 느릿느릿 흘러가는 이 모든 날들이 어느 순간 갑자기 한 무더기의 시간이 돼요. 나 자신이 이 제 더이상 남편이 이 도시에 있다고 생각하지 않아요. 그를 찾아 야 소용이 없어요. 서로 스쳐지나갈 뿐이에요. 어쩌면 그는 근교 바닷가 어느 마을에 살고 있을지 몰라요. 그러다 가끔씩만 시내로 들어오는 걸 거예요. 나는 그가 스스로 나를 찾을 때까지 기다리기로 했어요." 내가 응수했다. "당신은 남편 없이도 비자를 받게 될 거예요. 나는 잘될 거라는 희망을 갖고 있어요." "그러면요? 그다음에는요?" "그다음에는 비자를 근거로 통과비자를 받게 될 거고, 통과비자를 근거로 출국비자를 받게 될 거예요. 그런 식으로 진행되는 거지요." 그녀가 입을 다물었다. 손은 내 손안에 맡기고, 머리는 내 어깨에 기댄 채, 방금까지만 해도 밝은 표정이었는데 지금은 어느새 슬프고 침울한 표정으로 바뀌어 그녀는 우리 옆을 지나가는 모든 얼굴을 유심히 살펴보았다.

불현듯 의구심이 고개를 쳐들고 가슴속을 파고들었다. 그녀가 손을 내 손안에 맡기고 있는 것은 순전히 내가 이 빌어먹을 비자를 마련해주면 다른 남자와 떠날 수 있기 때문일 뿐이고, 그녀가 나를 찾는 것도 오직 그 때문이라는 생각이었다. 그녀는 그 다른 남자와 떠나기 위해 죽은 자의 마음도 움직여 자신과 합류할 수 있게 하지 않았던가? 나는 의심의 눈초리로 그녀를 곁눈질로 쳐다보았다. 그녀의 창백한 얼굴에 촘촘한 속눈썹의 그늘이 드리운 모습을 보았다. 하지만 아무래도 상관없었다. 어쨌든 나는 살아 있었고, 그녀는 지금 내 옆에 나란히 앉아 있었다. 내가 물었다. "당신은 대체 어디 출신인가요?"

그녀에게 어떤 좋은 기억을 상기시켜준 듯 그녀의 얼굴에서 슬품이 사라져버려 나는 기뻤다. 그녀가 빙긋이 웃으며 말했다. "림부르크안데어란[108] 출신이에요." "한데 부모님은 어떤 분들이었나요?" "왜 '이었나'라고 말하죠? 나는 두분 다 아직 살아 계시기를 바라요. 두분은 분명 옛 거리 옛날 집에서 그대로 살고 계실 거예요. 지금 죽어가는 건 우리, 자식들이에요. 나는 두분이 결혼한 날 이후로 단 하루도 헤어져 사신 적이 없었다고 생각해요. 하지만 어릴 때 천장이 낮은 방에서 가족과 함께 사는 게 얼마나 답답했는지 몰라요. 그리고 그분들의 잔소리는 늘 변함없이 계속되었어요. 창 밑 조그만 분수대의 물처럼 정겹고 가늘게. 나는 떠나고 싶었어요. 멀리멀리. 그 마음이 이해되나요? ─ 뒷마당의 담장은 가을이면 포도송이가 영글어 붉었고, 봄이면 라일락과 붉은 산사나무 꽃이 피었어요." 내가 말했다. "여전히 피고 있어요!" "그리고 물가에는 꽃황새냉이가 피었지요." "그냥 훌쩍 돌아가고 싶지 않나요?" "돌아간다고요? ─ 이제껏 나에게 그런 충고를 해준 사람은 아직 아무도 없었어요. 그렇게 나쁘지 않은 생각인데요. 하지만……" ─ "네, 하지만." 나는 끌로딘이 한 말을 그대로 따라 말했다. "차라리 날아다니는 나뭇잎 하나가 자신의 옛 가지로 돌아가는 편이 더 빠를지도 모르죠." ─ 그녀가 혼자 중얼거렸다. "사람은 나뭇잎이 아니야. 사람은 자기가 가고 싶은 곳으로 갈 수 있어. 그러니까 사람은 돌아갈 수도 있어." 그녀의 답이 나를 당황스럽게 했다. 마치 어린아이가 문득 떠오른 나의 엉뚱한 생각에 현명한 답을 했을 때 같았다. "당신은 대체 어떻게 해서 그 바이델을 알게 되었나요?" 그녀의 얼굴이 어두워졌다. 나는 질문을 해놓고 후회했다. 그런데

---

108 Limburg an der Lahn. '란 강변의 림부르크'라는 뜻. 프랑크푸르트 서북쪽의 소도시.

그녀가 술술 이야기했다. "친척들을 방문했어요. 쾰른에 갔었죠. 한자링[109]의 어느 벤치에 앉아 있었어요. 그때 바이텔이 다가와 내 옆에 나란히 앉아 볕을 쬐었어요. 우리는 서로 잡담을 나누었어요. 그때까지 아직 한번도 어느 누구든 나와 그런 식으로 이야기를 나눈 사람은 없었어요. 아예 그런 사람들이 우리에게 다가온 적도 없었고요. 나는 그의 부루퉁한 얼굴을 잊었어요. 그의 작달막한 모습도 잊었지요. 그도 나에게 놀란 것 같았어요. 그는 내내 혼자 산 사람이었어요. 우리는 자주 만났죠. 나는 그런 남자와 만나는 걸 몹시 자랑스러워했어요. 그렇게 똑똑하고, 그렇게 나이 많은 남자와 만나는 걸 말이에요.

그러다 어느날 그는 나에게 자기는 떠나야 한다고 말하는 거예요. 이 나라를 더이상 참을 수 없다고 하면서. 그때가 히틀러 집권 첫 해였어요. 우리 아버지도 히틀러를 싫어하긴 했지만, 더이상 참을 수 없을 정도까지는 아니었어요. 바이텔에게 어디로 가느냐고 물었어요. 그러자 그는 '멀리 그리고 오랫동안'이라고 했어요. 그 말에 나는 '나도 한번 다른 나라에 가고 싶었다'고 답했고요. 그가 나에게 같이 가겠느냐고 물었어요. 농담으로 아이들에게 물어보는 것처럼 말이에요. 나는 그러겠다고 했어요. 그러자 그는 농담으로 '좋아, 그럼 오늘 저녁에 떠나자'라는 거예요. 나는 저녁에 역으로 나갔어요. 그의 얼굴을 보고 나는 깜짝 놀라 몸이 떨렸어요. 그는 나를 뚫어지게 보고 또 보았어요. 그가 거의 언제나 혼자였다는 것을 이해해야 해요. 또 생김새가 그리 멋지지도 않았어요. 못생긴 편이었고 형편없는 모습이었어요. 그런데 나는, 얼마나 젊었는지

---

109 쾰른 시 도심을 감싸는 순환도로의 한 구간.

230

몰라요! 그는 어쩌면 사람이 아니었어요. 당신이 이해할 수 있을까요 —글쎄, 사랑받은 적이 많고 사랑받는 데 어려움이 없던 당신이 이해할 수 있을까요. 그는 잠시 생각하더니 '그럼 좋아, 같이 가!'라고 했어요.

정말 단순한 시작 아닌가요. 세상에서 이렇게 단순한 경우는 처음이었어요! 모든 게 얼마나 엉망이었겠어요. 왜 그랬을까요? 뭐가 어떻게 돼서 그렇게 되었을까요? 우린 남쪽으로 내려갔어요. 보덴제 호수[110]를 건넜어요. 그는 나에게 모든 걸 보여주었고, 모든 걸 가르쳐주었어요. 그러다 결국에 어느날 갑자기 나는 배우는 게 지겨웠어요. 그 사람도 혼자 있는 게 익숙했고요. 우린 갈 수 있는 모든 도시를 돌아다녔어요. 그러다 빠리에 왔어요. 그는 나더러 수시로 나가라고 했어요. 우린 가난했고, 방이 딱 하나밖에 없었어요. 그래서 나는 그가 혼자 있을 수 있도록 이 거리 저 거리를 돌아다녔어요 —"

갑자기 그녀의 얼굴이 변하더니 입술까지 창백해졌다. 그녀는 창 너머로 정처 없이 배회하는 사람들의 흐름을 멍하니 바라보다가 큰 소리로 외쳤다. "저기 그가 오고 있어요!" 나는 그녀의 어깨를 꽉 붙잡았고, 그녀는 격한 동작으로 뿌리쳤다. 이제 그녀가 보고 있는 사람을 나도 보았다. 키가 작고 머리가 허연데다, 동작이 좀 굼뜨고 퉁명스럽게 생긴 남자였다. 막 몽베르뚜로 들어서면서 그도 머리를 빤히 쳐다보았는데, 내 눈에는 매섭고 화가 난 얼굴로 보였다. 그는 나도 못마땅하게 쳐다보았다. 나는 그녀를 더 단단히 붙잡고 흔들어서 강제로 다시 의자에 앉히며 말했다. "터무니없는

---

110 유럽 중앙부, 독일, 오스트리아, 스위스에 걸쳐 있는 호수.

생각 그만하고 정신 차려요. 저 사람은 프랑스 사람이에요. 저기 봐요. 레지옹 도뇌르 훈장[111]을 달고 있잖아요." 그 남자는 가만히 서 있었는데, 그의 얼굴 표정이 놀랍게도 갑자기 확 바뀌더니 밝은 미소를 지으며 씽긋 웃는 것이었다.

붉은 띠의 훈장보다 이 미소가 마리에게 더 분명한 깨달음을 주었다. 그녀가 말했다. "우리 여기를 떠나요." 우리는 급히 자리를 떴다. 우리는 재빠른 걸음으로 걷고 또 걸었다. 구항 뒤의 어지러운 골목길을 이리저리 누비며 걸었다. 하지만 이번에는 둘이서 나란히 걸었고, 내 팔을 그녀의 어깨 위에 올린 채 걸었다. 내가 물었다. "그 사람 정말 비슷하게 생겼어요?" "처음에 약간 그랬어요." 우리는 마치 쉬지 못하게 하는 저주에 걸린 사람들처럼 걷고 또 걸었다. 하지만 이 저주는 나보다는 마리 쪽에 내려진 것이었는데, 나는 그녀 혼자서 감당하게 놔두지 않았다. 우리는 양옆이 높이 솟은 좁은 길을 걷다가 어느 집 옆을 지나갔는데, 그 집엔 오늘 죽음이 머물고 있어서 문 가장자리가 검은색 천과 은빛 청동색 천으로 장식되어 있었다. 하지만 밤중에 이 허름한 집의 장식된 문은 으스스한 어느 궁궐 문처럼 보였다. 우리는 끝에 계단이 있고 계단을 오르면 눈앞에 바다가 펼쳐지는 골목길로 들어갔다. 우리는 계단 위로 올라갔고, 나는 마리를 놔주지 않고 계속 잡고 있었다. 하늘엔 달과 별들이 떠 있었다. 그녀의 두 눈은 빛으로 가득했다. 그녀가 바다를 내다보았다. 그녀의 얼굴에는 그녀가 나에게 털어놓은 적이 없고 어쩌면 한번도 말로 나타내본 적이 없는 어떤 생각의 반조返照가 나타나 있었다. 그리고 이 생각과 바다 사이에는 어떤 일치가 있었

<hr />

111 1802년 나폴레옹 1세가 제정한 프랑스 최고의 훈장.

다. 나로서는 범접할 수 없고 야속한 일치였고, 이 순간 바다 또한 나에게는 마찬가지로 야속했고 마찬가지로 범접할 수 없는 존재였다. 그녀가 몸을 돌렸고, 우리는 말없이 내려왔다. 우리는 골목길을 이리저리 돌아다니다 마침내 이곳 피자 가게에 도달하게 되었다. 활활 타는 화덕 불을 보고 있노라면 마음이 어찌나 편안해지던지. 발갛게 물든 그녀의 얼굴은 어찌나 아름답던지!

IX

의사가 들어왔을 때 우리는 이미 로제 와인을 상당히 많이 마신 상태였다. 마리는 여기 피자 가게에서 그와 만나기로 약속했다는 것을 아무 말도 없이 숨긴 것이다. 나는 자리를 피해주려고 했지만 두사람 다 나에게 더 있어달라고 간곡히 부탁했다. 그 간곡함에서 나는 두사람 다 계속 둘이서만 있는 것을 원치 않는다는 느낌이 들었다. 의사가 다른 날처럼 물었다. "마리의 비자 일은 어떻게 됐나요? 잘될 거라고 생각하나요?" 나도 다른 날처럼 대답했다. "꼭 잘될 거예요." 내가 덧붙여 말했다. "내가 하는 대로 내버려두시기만 하면요. 잔소리가 많으면 일을 그르칠 수 있습니다."

"뽈 르메를[112]호는 분명 이달 중으로 떠날 겁니다. 나는 마침 트랑

---

112 제거스 자신이 가족과 함께 1941년 3월 24일 마르세유를 떠날 때 탄 배도 바로 '뽈 르메를'이었다. 여객 수송을 위해 임시로 개조된 화물선으로, 배는 알제리와 까사블랑까를 거쳐 약 한달 만인 4월 25일 마르띠니끄에 도착했는데, 그곳에서 난민들은 4주 동안 수용소에 억류되었다. 이후 제거스 가족은 산또도밍고를 거쳐 뉴욕의 엘리스 섬에 도착하여 미국 입국을 시도했지만 정치적 이유로 거부당하고서 6월 30일 마침내 멕시꼬 만의 해안도시 베라끄루스에 도착한 후 곧 멕시

스뽀르 마리띰에서 오는 길이거든요." "당신, 내 말 좀 들어봐요."
마리가 갑자기 기분이 아주 좋아져서 밝고도 맑은 목소리로 말했
다. 로제 와인을 석잔쯤 마셨을 것이다. "만일 내 비자가 절대로 나
오지 않는다는 것을 확실히 알게 되면, 당신은 뽈 르메를을 타고
떠날 거예요?"

"응, 마리." 그가 대답했다. 그는 첫 잔도 아직 손대지 않았다.
"만일 그게 사실이라는 걸 알게 되면 이번엔 떠날 거야." "나를 혼
자 놔두고요?" "그래, 마리." "당신은 나에게……" 마리가 약간 억
지스러운 어조로, 하지만 그 점 말고는 아주 명랑한 어조로 물었다.
"나는 당신의 행복이고 당신의 위대한 사랑이라고 하지 않았나요,
그런데도요?" "나는 또 당신에게 늘 세상에는 나의 행복보다, 나의
위대한 사랑보다 더 가치있어 보이는 일이 있다는 말도 했지……"

나는 지금 격분 상태에 빠져들었다. 내가 큰 소리로 말했다. "어
서 잔을 좀 비워요. 우릴 따라잡을 수 있게 우선 한동안은 좀 마셔
요. 당신이 뭔가 제대로 된 얘기를 할 수 있도록 말이에요!" "안돼
요, 반대예요!" 마리가 여전히 똑같이 명랑하게 억지스러운 어조
로 외쳤다. "아직 한방울도 마시지 마요! 먼저 똑바로 대답해봐요.
당신은 나를 위해 배를 몇개나 건너뛸 수 있나요?" "잘해야 뽈 르
메를 정도지. 하지만 이 말도 믿지 마. 이것도 다시 한번 잘 생각해
볼 거야."

"전부 들었어요?" 마리가 말머리를 내 쪽으로 돌렸다. "정말로
저를 도와주실 거면 빨리 도와주세요." "그래요." 의사가 말했다.
"마리가 떠난다는 건 이제 정말이지 기정사실이에요. 도와주세요,

꼬시티에 정착하였다. 프랑스를 떠난 지 약 100일간에 걸친 생존 드라마였다.

친구 양반. 독일군은 언제라도 론 강 하구를 점령할 수 있어요. 그러면 덫에 걸리고 말아요." 내가 소리쳤다. "전부 말도 안돼요! 그건 당신이 떠나는 일과는 아직 전혀 관계없는 일입니다. 무슨 말인가 하면, 당신이 떠나는 데 무엇이 결정적인 역할을 하는지가 중요하다는 말입니다. 우리가 이미 한번 확인했듯이, 무엇이 결정적이었는지는 — 공포인지, 사랑인지, 충실한 직업의식인지 — 떠나는 것 자체로 입증될 겁니다. 모든 건 그 사람이 하는 결심으로 입증되는 거지요. 그것 말고 또 무엇으로 입증되겠어요? 우리는 적어도 살아 있고 떠날 힘이 있습니다. 이리저리 펄럭이며 날아다니기만 하는 유령들이 아니니까요."

의사가 마침내 자신의 첫 잔을 다 비웠다. 그러고 나서 그는 마치 그 자리에 여자가 없는 것처럼 말했다. "당신은 아마 남녀 간의 사랑을 중히 여기는가봐요?" — "내가요? 결코 아닙니다! 나는 덜 번쩍거리고 덜 요란한 열정을 훨씬 더 중시합니다. 하지만 유감스럽게도 이 허망하고 미심쩍은 것에는 무시 못할 무언가가 단단하게 뒤섞여 있는데, 치명적으로 진지한 어떤 것입니다. 세상에서 가장 중요한 것이 가장 허망하고 가장 사소한 것과 그렇게 뒤섞여 있다는 게 늘 신경에 거슬렸어요. 예를 들어, 서로를 저버리지 않고 배신하지 않는 것은 이 미심쩍고 불확실한 일, 내가 '통과적'이라고 부르고 싶은 일에서 미심쩍지도 않고 불확실하지도 않은, 즉 통과적이지 않은 어떤 것입니다."

우리는 갑자기 둘 다 마리를 바라보았다. 그녀는 숨을 죽인 채 열심히 듣고 있었다. 그녀의 두 눈은 휘둥그레졌고, 그녀의 얼굴은 피자 불 때문에 불그스름했다. 나는 그녀의 팔을 잡았다. "당신이 초등학교 일학년 때, 첫번째 성경 시간에 이미 배웠듯이, 여기 이것은 오래가지 않아요. 이건 어쨌든 사라져버릴 거예요. 하지만 이건 그러기 전에도 그을릴 수 있어요. 즉, 덫에 걸린다거나 도시가 폭격을 당할 때면 말이에요. 갈가리 찢길 수도 있고 시커멓게 타버릴 수도 있어요. 당신네 의사들이 어떻게 말하죠, 일도 화상, 이도 화상, 삼도 화상이라고 하죠."

이제 의사가 우리 셋을 위해 주문한 커다란 피자가 나왔다. 피자에다가 새로운 로제 와인도 나왔다. 우리는 빠르게 마셨다. "몇몇 프랑스인 그룹에서는 벌써……" 의사가 말했다. "레지스땅스 폭동이 전개될 올봄을 기대하고 있어요." 내가 말했다. "나는 그런 건 몰라요. 하지만 내 말은 반역과 배신, 생명의 타락과 믿음의 실추를 숱하게 겪어온 민족은 먼저 다시 제정신을 차려야 한다는 거예요." ―"나도……" 의사가 말했다. "저기 뒤에서 피자를 만들고 있는 젊은 친구가 올봄에 죽고 싶은 마음이 들 거라고는 절대 생각하지 않아요." ― 내가 큰 소리로 말했다. "말을 제대로 알아듣지 못하시네요. 내가 말한 건 그런 뜻이 아니에요. 왜 저 친구를 모욕하세요. 밤낮으로 어떻게 하면 가장 잘 달아날 수 있나만 골몰하고 있는 당신이 말이에요! 그가 찾는 사람은 아직 오지 않았어요. 그의 시간은 아직 오지 않았어요." "이제 마리의 팔 좀 놓아줘요." 의사가 말했다. "당신의 논증은 끝났으니까요."

우리는 남은 술을 다 마셨다. "피자 한판 더 시켜 먹을 빵 배급표가 다 떨어졌어요." 마리가 말했다. 그래서 우리는 일어섰다. 화덕 불빛에서 벗어나자 나는 그제야 그녀가 아직 얼마나 창백한가를 깨달았다.

X

나는 장조레 광장의 한 작은 까페에서 마리를 만났다. 우리는 이제 약속이라도 한 듯이 까느비에르의 대형 까페들을 꺼렸다. 그녀는 마주 보고 조용히 앉았다. 우리는 오랫동안 말이 없었다. 마침내 그녀가 말을 시작했다. "멕시꼬 영사관에 갔었어요." ─ 나는 당황스러운 나머지 소리치며 말했다. "왜요? 나한테 물어보지도 않고요! 무슨 일이든 혼자서 시도하지 말라고 하지 않았나요?" 그녀가 의아한 표정으로 바라보았다. 그러고서 나지막하고 가볍게 말했다. "내 비자는 아직 나오지 않았어요. 그 조그만 서기관이 그건 시간문제라고 장담했어요. 하지만 뽈 르메를이 떠나는 것도 시간문제예요. 이제 마르띠니끄 노선에서는 그 배가 더 일찍 떠난다고 해요. 정부의 특별명령이 있었다는 거예요. 그 조그만 멕시꼬 서기관은 나와 정중하게 이야기를 나눴어요. 아니, 정중한 것 이상이었어요. 거길 드나들고 있으니까 당신도 그를 잘 알 거예요. 기이한 작은 악마예요. 다른 영사관에 가면 누구나 자신이 아무것도 아닌 존재로 느껴져요. 영사들이 아무것도 아닌 존재와, 서류 유령과 이야기를 하는 거지요. 하지만 거기는 달라요. 그의 눈을 보셨겠죠? 서류로부터 모든 걸, 현실 그 자체를 읽어내는 사람 같아요. 그는 나를 쳐다보며 안타까워했어요. 아주 정중하게, 하지만 무례할 만큼 생기발랄한 눈으로, 내 남편이 바로 자신의 이름으로 내 비자도 함께 신청하지 않은 것을 유감으로 생각했어요."

나는 불안감을 감추며 물었다. "그에게 뭐라고 대답했나요?" "내가 그때는 아직 여기에 오지 않았다고요. ─ 하지만 그는 정중하게 그리고 내내 같은 눈빛으로, 마치 나의 어리석은 거짓말을 놀리는 것처럼, 내가 분명히 착각하고 있는 걸 거라며 이름 문제를 바로잡았을 때는 내가 여기에 온 지 이미 오래되었다고 했어요. 물론 이 서류 묶음 속에는 갖가지 혼란과 갖가지 이름 변이가 일어난다고요. 하지만 자기는 그런 장난 같은 일에 익숙하다는 거예요. 그는 웃었어요. 단지 눈으로만이 아니라, 큰 소리로 이를 드러내며 웃었어요. 나는 아무 말도 못하고 그저 입을 다물고 있었지요. 내 남편이 어떤 서류를 제출한 건지 모르겠어요. 나는 그가 한 일에 흠을 잡을 자격이 없어요. 서기관도 다시 진지한 얼굴이 되어, 이건 근본적으로 자신이 어떻게 할 수 있는 일이 아니고, 단지 늦어지는 것이 안타까울 뿐이며, 직책상 자신이 할 수 있는 조처를 취해 사람들의 불행을 줄여주는 것을 늘 자신의 의무로 여겨왔다고 했어요. 그러니 우리는 그 서기관이 하는 대로 놔두기로 해요. 나에겐 결국 마찬가지예요. 그가 무슨 생각을 하든, 올바른 걸 생각한다 해도 말이에요. 내 남편이 내 비자를 함께 신청하지 않은 것은 내가 다른 남자와 떠날 거라는 얘기를 들었기 때문이에요. 이해되시나요?"

"그래도 당신은 비자를 받게 될 거예요. 내가 약속했잖아요!" 그녀는 아무 응답이 없었다. 그저 창밖의 빗속을 들여다보았다. 갑자기 나는 그녀에게 모든 걸 말해주어야 한다, 그녀와 나에게 무슨 일이 일어나든 그 모든 진실을 얘기해야 한다는 생각이 들었다. 수십초간의 끔찍한 침묵이 흐르는 가운데 나는 적합한 말을 찾기 시작했다. 어찌나 힘들게 찾았던지 이마에 땀이 맺힐 정도였다.

그때 그녀가 살짝 미소를 지으며 바싹 다가앉더니 자신의 손을 내 두 손안에 밀어넣으며 머리를 내 어깨에 갖다댔다. 나는 그녀에게 진실을 이야기해줄 말을 더이상 찾지 않고 그만두었다. 이젠 오히려 진실을 알게 되기 전에 그녀가 온 마음으로 완전히 나에게 넘어오고야 말 것이고 그것이 최선의 길이라고 생각했다. 내가 말했다. "저기 건너편에 굴 껍데기를 산처럼 쌓아놓고 먹고 있는 저 여자를 좀 봐요. 나는 그녀를 거의 매일같이 봐요. 그녀는 비자를 거부당했대요. 그래서 떠나려고 모아두었던 돈을 이제 먹어서 없애고 있는 거예요." 우리는 웃으면서 그녀를 지켜보았다. 나는 밖에서 빗속을 지나가거나, 젖은 채 덜덜 떨면서 꽉 들어찬 우리의 작은 까페에서 자리를 찾고 있는 많은 사람들을 알고 있었다. 나는 마리에게 그들의 이야기를 들려주었고, 그녀가 이야기 듣는 것을 얼마나 좋아하는지 깨달았다. 나는 그녀의 얼굴에서 미소가 사라지고 내가 가장 두려워하는 저 어두운 슬픔의 표정이 그녀의 모습 안에 다시 돌아오지 않도록 하기 위해 이야기를 멈추지 않았다.

그 주일이 경과하는 동안 의사는 나에게 비자가 아직 나오지 않았는지 수시로 물어보았다. 트랑스뽀르 마리띰이 출발 날짜를 최종적으로 확정지었다고 했다. 그러나 나는 이제 더이상 멕시꼬 영사관에 가지 않았다. 나는 그를 마리 없이 떠나게 해야겠다고 두번째로 결심했다.

7장

I

    나는 의사를 비네의 집에서는 1월 2일에 마지막으로 만났다. 그는 소년을 더이상 진찰하지 않았고 ──소년도 이미 학교를 다녔으며 일단은 건강을 회복했다── 소년에게 줄 선물을 하나 들고 왔을 뿐이다. 소년은 선물을 풀지 않았다. 그는 벽에 기댄 채 눈을 내리깔고 이를 꽉 깨물고 똑바로 서 있었다. 의사가 머리를 쓰다듬자 그는 피했다. 그는 풀이 죽어 의사와 힘없이 악수를 할 뿐이었다. 의사는 떠나면서 나를 다음날 저녁 피자 가게로 초대했다. 그의 말대로 작별파티를 위한 자리였다. 그는 나에게 자기는 정말 떠나는 것이고 나는 이제 마리와 단둘이 남게 되었다는 것을 분명히 했다. 나는 잠을 자다가 꿈이 현실과 비슷한 척할 때처럼, 그럼에도 불구하고 포착할 수 없고 알아챌 수 없는 무언가가 너를 행복하게 하거나 슬프게 하는 것은 결코 현실일 수 없다는 깨달음을 줄 때처럼 불안해졌다.

그는 환자들 덕분에 습관적으로 착 가라앉은 차분한 목소리와 침착하고 신중한 평소의 눈빛으로 분명하게 말했다. 너무 분명하게 말해 당황스러울 정도였으며, 그 눈빛에서는 그가 보고 있는 것, 이 경우에는 나 자신의 모습 말고는 다른 아무것도 읽을 수 없었다. "마리가 떠날 수 있도록 모든 일을 신속히 해달라고 부탁드립니다. 아니, 그렇게 하는 게 좋을 거라는 충고를 드립니다. 마리는 아마 리스본을 거쳐서 가게 될 겁니다. 그녀가 비자를 받도록 도와주듯이 통과비자를 받을 때도 도와주세요. 가장 중요한 것인데, 무엇보다도 결정을 못 내리고 망설이는 그녀의 우유부단한 성격을 꺾어주세요." 그는 다시 한번 몸을 돌려 어깨 너머로 덧붙여 말했다. "마리 자신은 남아 있겠다는 결심을 결코 확정적으로 하지 않을 겁니다. 그 남자 자신이 이미 떠났고 이미 새로운 세계에 가 있다는 생각을 하게 되었거든요."

나는 한동안 마비된 듯이 부엌에 서 있었다. 그러고는 갑자기 의사에게 밑도 끝도 없이 어처구니없는 질투를 느꼈다. 우리가 함께 비네의 집에 왔던 첫날보다 더 어이없는 질투였다. 떠나간다는데 나는 그 사람의 무엇이 부러웠을까? 그의 힘이? 그가 가지고 떠나는 그의 본성이? 나는 한순간 그는 어쩌면 나보다 더 잘 침묵할 줄 알고 자신이 드러낸 것보다 더 많은 걸 알고 있다는 생각도 들었다. 심지어 마음이 혼란스럽고 멍청해져서 죽은 자와의 어떤 결탁이 느껴지기까지 했다. 둘이 서로 짜고 각자 침묵하면서 나를 비웃고 있는 듯한 느낌이었다. 방 안에서 어떤 희미한 소리가 나는 바람에 나는 이 어처구니없는 몽상에서 깨어났다. 소년이 침대에 엎어져 우느라 몸이 들썩거리는 모습을 발견했다. 그에게 몸을 굽히자 그는 나를 향해 두 발로 허공을 찼다. 달래려고 하는데 그가 소리쳤다. "다들 꺼져버려!" 아직 한번도 그가 우는 모습을 본 사람이 없었던 만큼 나는 그가 우는 대로 놔둔 채 쩔쩔매며 그 옆에 서 있었다. 그러나 나는 또 뭔지 모를 어떤 안도감과 함께 적어도 이것은 틀림없는 현실이라고 생각했다. 그것은 배신당하고 버림받았다고 느끼는 소년에게서 주체할 수 없이 터져나오는 울음이었다. 나는 선물을 집어들어 풀어보았다. 한권의 책이었고, 나는 그것을 그에게 슬쩍 밀어주었다. 그러자 소년은 벌떡 일어나더니 그 책을 바닥에 내던졌다. 그러고는 책을 밟고 그 위에서 발을 굴렀다. 나는 그를 어떻게 진정시켜야 할지 몰랐다.

조르주 비네가 들어왔다. 그는 책 쪽으로 몸을 굽히더니 그것을 펼쳐 들고 앉으면서 책장을 넘겨보았다. 소년보다 그 책이 더 그의 주목을 끌었던 모양이다. 소년은 하도 울어 퉁퉁 부은 얼굴을 하고서 그 자신도 책을 들여다보려고 조르주의 뒤로 다가갔다. 그러더니 그는 갑자기 조르주의 손에서 책을 홱 빼앗아 침대에 몸을 던진 뒤 그것을 가슴에 꼭 끌어안은 채 스르르 잠이 드는 것 같았다. "대체 무슨 일이 있었는데?" 조르주가 물었다. "의사가 마지막으로 왔어. 수일 내로 떠난대." 조르주는 거기에 대해 아무 말도 하지 않았다. 그가 담배에 불을 붙였다. 나는 그에게도 질투심을 느꼈다. 남의 일에 휩쓸리지 않고 자기 집에서 편안히 지내는 그가 부러웠다.

II

　처음에 작별은 내가 염려했던 것보다 순조롭게 진행되었다. 우리는 아무래도 세사람 모두 다소 걱정을 했음이 분명했다. 내가 제일 먼저 도착했다. 두사람이 왔을 때 나는 이미 로제 와인 반병을 마신 상태였다. 나는 이날 저녁에 이 연인을 처음으로 편안하게 보았던 것 같다. 추측컨대 두사람이 함께 보내는 마지막 저녁이 될지도 몰랐다. 마치 이 작별이 나에게 눈을 뜨게 해준 것처럼, 나는 마리가 왜 이 사람을 따라다녔는지 — 적어도 여기까지는 — 그 이유를 알 것도 같았다. 그는 분명히 늘 변함없는 사람이었고, 자신의 작고 허름한 자동차를 몰고 독일군보다 앞서서 전쟁의 한복판을 빠져나올 때에도 내내 차분했으리라. 나는 지금 심지어 마리가 왜 그 오랜 떠돌이 생활과 그 숱한 소용돌이를 겪고도 그의 차분한 품안에 전적으로 몸을 맡기지 않았는지 나 스스로가 의아스러울 정도였다. 나는 또 이날 저녁에 그가 자기 방식대로 출국 문제를 해결했다고 생각했다. 그는 비자를 얻었고 필요한 통과비자들을 마련했으며, 자신의 출국에 방해가 되던 온갖 감정과도 결별한 것이다. 나는 그를 이제 존경심을 갖고 바라보기까지 했다. 그렇다, 그는 떠날 능력이 있는 사람이었다.

　마리는 식사를 조금밖에 안했고 약간의 술을 마셨다. 그녀에게서도 전혀 아무것도 읽어낼 수 없었다. 나는 그녀에게 이 작별이 고통을 안겨주는지 아니면 안도감을 주는지조차 분간할 수 없었다. 의사는 나에게 다시 한번 마리의 출국 일을 더 빨리 진행시켜달라고, 모든 일에서 그녀에게 도움이 되어달라고 다그치듯이 당부했다. 그는 재회를 확신하고 있는 것 같았다. 이 일에서 나 자신의 감정 따위는 그에게 하찮은 것임이 분명했다.

우리는 일찍 자리를 떴다. 새해 대목장이 선 꾸르벨상스를 함께 건넜다. 알록달록한 수많은 전등들이 늦은 황혼 녘이라 아직 효과를 내지 못했다. 의사가 나에게 자기 방으로 같이 올라가 잘 닫히지 않는 여행가방을 끈으로 졸라매는 일을 도와달라고 부탁했다. 조르주의 부탁을 받고 소년을 치료할 의사를 찾아나섰을 때 이후로 오마주 호텔에는 더이상 온 적이 없었다. 그날밤 나는 이 건물에 거의 주의를 기울이지 못했다. 외부에서 볼 때 건물 정면은 좁고 더러운 모습을 하고 지저분한 를레 가에 서 있었다. 하지만 호텔은 수도 없이 많은 방을 갖추었고 놀라울 정도로 내부가 깊었다. 방들은 좁은 복도 좌우로 죽 늘어서 있고, 복도들은 높은 계단실로 통했다. 일층 싸이드 홀에는 연통이 달린 소형 난로가 놓여 있었고, 삼층까지 나선형으로 휘돌아올라가는 연통에서도 약간의 온기가 퍼져나왔다. 오마주 호텔의 다양한 투숙객들이 난로 주변에 모여앉아 빨랫감을 말리고 있었고, 난로 뚜껑 위에는 커다란 통이 올려져 있었다. 연통의 만곡 부분에도 물이 든 작은 용기들을 올려놓았다.

우리가 들어서자 사람들은 호기심에 찬 눈으로 올려다보았다. 죄다 뜨내기손님 일색이었다 ─ 누가 그런 데를 오래 묵으려고 선택했겠는가? 그곳은 곧 떠날 거니까 참고 지낸다고들 말하는 그런 호텔이었다. 내 머릿속에선 의사가 마리를 이런 곳에 숨겨둔 것이 나쁘지만은 않다는 생각도 스쳤다. 를레 가는 꾸르벨상스 뒤편의 짧은 길로, 아뗀 대로까지 가로질러 쭉 뻗어나가지 않고 꾸르벨상스의 뒷길 중 유일하게 세로로 난 바로 옆길에 막혀 뚝 끊어지는 길이었다. 우리는 위로 올라갔다. 의사가 문을 열었는데, 이 문은 예전 그날밤 마리의 손이 쑥 나온 바로 그 문이었다. 벽에는 그녀의 파란색 드레스가 걸려 있었다. 여행가방들은 일부가 아직 열린 채로 아무렇게나 놓여 있었다. 하나는 내가 자물쇠를 채워 잠갔고, 또 하나는 끈으로 묶었다. 담요나 이불 짐은 둘둘 말아 끈으로 묶었다. 여행 떠날 때면 어느 경우에나 으레 그러하듯이, 여기서도 짐 쌀 때 벌어지는 이런저런 돌발 사건이 있었다.

밤이 이슥해졌다. 나는 의사가 이제 더이상 마리와 단둘이서만 있고 싶어하지 않다는 것도 알아챘다. 그가 여행용으로 정해둔 럼주 한병을 땄다. 우리는 함께 병째 마셨다. 각자 여행가방 위에 되는대로 앉아서 담배를 피웠다. 마리는 차분했고 명랑한 편이었다. 그때 갑자기 의사가 하는 말이, 이제 자려고 자리에 눕는 건 소용이 없게 되었다, 나더러 이제 여행가방 몇개를 아래로 나르려고 하는데 자기를 좀 도와주면 좋겠다, 실어갈 자동차는 5시에 오도록 해놓았다는 것이다. 나는 마리 쪽을 바라보았다. 나는 어릴 때 어떤 그림에 저항할 수 없이 매료된 적이 있었는데, 정작 그 그림을 바라보는 건 견딜 수 없었다. 마리를 바라보는 데 견딜 수 없을 정도의 무언가가 있었던 건 아니지만, 지금 내 심장은 그 그림을 바라볼 때처럼 오그라들었다. 그녀는 여전히 차분하고 명랑했다. 다만 그녀의 얼굴이 이해할 수 없는 어떤 비웃음의 흔적으로 인해 낯설게 느껴졌다. 지금 비웃을 만한 게 뭐가 있었을까? 그러고서 우리는 계단을 여러차례 오르내렸는데, 그때마다 마리는 혼자 방 안에만 머물러 있었고, 그때마다 작별은 조금씩 완성되어갔다. 나는 그녀가 어쩌면 그를 비웃는 것 같다고 생각했다. 그는 그녀를 온 나라를 함께 누비며 끌고 다녔으면서 지금은 그녀를 떼어놓고 자기 혼자 바다를 건너가려는 것이었기 때문이다. 그들은 마지막에 서로 악수만 나누었다.

무언가에 짓눌린 듯 얼굴이 일그러진 늙수그레한 한 아가씨가 하품을 하며 우리에게 올라와 자동차가 왔다고 알려주었다. 계단실에 딸린 방에서 야간당직을 서고 있는 아가씨였다. 나는 거리로 내려가 운전수가 짐 싣는 일을 도와주었다. 이제 그래도 삼분가량 마리와 단둘이 있다가 내려온 의사는 조용히 지시했다. "졸리에뜨 5번 적치장!"

나는 담배에 불을 붙였다. 오마주의 정문 안에 서서 몇모금 피웠다. 맞은편 건물의 창문과 문 들은 아직 밤중이라 닫혀 있었다. 나는 다시 위로 올라갔다.

III

그녀가 마치 어떤 싸움의 전리품이 되어 내 몫으로 주어지기라도 한 것처럼 방 한구석에 웅크리고 있었다. 결투를 벌여서가 아니라 주사위를 던져서 그렇게 된 듯 그녀가 너무나 쉽게 나의 것이 되어버린 것에 나는 당시 부끄럽기까지 했던 것 같다. 그녀는 두 손으로 얼굴을 가리고 머리를 무릎에 올려놓은 채로 있었다. 그러나 나는 그녀가 두 손가락 사이로 방을 가로질러 나를 비스듬히 건너다보는 낱낱의 시선에서 자기 앞에 무엇이 임박해 있는지 그녀가 잘 알고 있다는 것을 깨달았다. 다른 무슨 일이 있더라도 다시 한번 사랑이 다가오고 있다는 것을.

물론 나는 지금 그녀를 마음껏 슬퍼하도록 그대로 내버려둘 것이다. 그런 다음 그녀는 자신의 소지품을 전부 싸들고 나 자신의 지붕 밑으로 들어와야 할 것이다. 라프로비당스 호텔을 '나 자신의 지붕'이라고 부르는 것에는 물론 다소 주제넘은 면이 있었다. 내가 그녀에게 정원을 가꾸어주지는 못할 테지만, 경찰이 우리를 건드리지 못하도록 우리 두사람의 각종 서류들만은 잘 챙기고 간수할 것이다. 우린 나중에 어쩌면 마르세유에서 마르셀의 농장으로 거처를 옮기게 될 수도 있을 것이다.

그때는 그렇게 생각했다. 하지만 실제로 그녀 자신이 어떤 생각을 했는지는 모르겠다는 점을 덧붙여 말하지 않을 수 없다. 나는 그녀에게 말을 걸지 않았고 아무것도 묻지 않았으며, 머리카락도 만지지 않았다. 그 순간 내가 하고 싶은 유일한 것이었다. 그녀를 혼자 놔두고 싶지도 않았고 위로의 말로 귀찮게 하고 싶지도 않았다. 나는 그녀에게서 몸을 돌려 거리를 내려다보았다. 이 시간에 를레 가에는 전혀 아무것도 보이는 게 없었다. 이 창문으로부터는 거리의 포석 바닥조차 보이지 않았다. 이 방이 사층에 있다는 것을 몰랐다면 내가 심연을 내려다보고 있다는 상상을 할 수도 있었을 것이다. 가슴이 답답했다. 심호흡을 하려고 창밖으로 몸을 더 구부리자 오른쪽 아래 지붕들 너머로 엷은 잿빛의 아침 하늘 아래 가느다란 쇠막대들이 구항 곳곳에 삐죽삐죽 솟은 모습이 보였다. 그러자 나는 생각했다. 우리는 다른 데에 가서 일광욕을 하러 저 페리를 자주 타게 될 것이다. 자르댕 데 쁠랑뜨[113] 같은 데에 가서. 저녁 때면 비네 가족을 방문할 것이다. 나는 그녀가 잘 먹는 쏘시지 같은 것을 배급표 없이도 살 수 있는지 알아보려고 꼬르시까인 구역

---

[113] '식물원'이라는 뜻.

을 돌아다닐 것이다. 그녀는 이른 아침에 정어리 캔을 사려고 줄을 설 것이다. 우리는 일요일에 커피를 한잔씩 즐기려고 글로딘이 하듯이 우리가 배급받은 커피콩에서 진짜 콩을 골라낼 것이다. 아마도 조르주는 나에게 반나절 일하는 일자리를 하나 구해줄 것이다. 내가 집에 돌아오면 그녀는 창가에 서 있을 것이다. 우리는 때때로 함께 피자를 먹으며 로제 와인을 마실 것이다. 그녀는 내 팔에 안겨 잠이 들고 잠에서 깨어날 것이다.

이것이 전부일 거라고 그때 나는 생각했다. 이런 하찮은 항목들을 전부 합치면 공동생활이라는 놀라운 합合이 나온다. 전에는 한번도 뭔가 그 비슷한 것을 원해본 적이 없었다. 이 날강도 같은 나로서는 말이다. 하지만 지금은 천지가 뒤흔들리고, 공습 싸이렌이 울부짖고, 난민 무리들이 신음과 탄식을 토해내는 와중에 나는 빵과 물처럼 평범한 삶을 간절히 원했다. 어쨌든 이 여자는 나에게서 평화를 얻게 될 것이다. 나는 그녀가 다시 전리품 신세가 되어 나 같은 사내의 수중에 들어가는 일이 더이상은 없도록 살뜰히 마음을 쓸 것이다.

그사이 날이 밝았다. 길거리 끝에서 쓰레기를 내다버리느라 사람들이 양동이를 달그락거렸다. 하수구의 문들이 열렸다. 세찬 물줄기가 거리 곳곳에 뿌려지며 거리 낮은 쪽으로 어제의 오물을 쓸어내렸다. 맞은편 지붕 위에는 이미 해가 걸려 있었다. 차 한대가 문 앞에 섰다. 오마주 호텔의 첫 아침 손님이었다.

나는 즉시 여행가방 두개를 알아보았다. 나 자신이 끈으로 묶은 가방과 자물쇠를 채워 잠근 가방이었다. 의사가 차에서 내리며 이런저런 지시를 했다. 그는 호텔에 있던 짐만이 아니라 이미 이틀 전에 트랑스뽀르 마리띰으로 보냈던 커다란 여행가방도 함께 가지고 왔다. 내가 말했다. "당신 남자 친구가 다시 돌아왔어요." 그녀가 머리를 쳐들고 지금 계단에서 올라오는 쿵쾅거리는 소리와 함께 그의 목소리를 들었다. 그녀는 벌떡 일어났다. 전에는 어느 때도 그녀의 모습이 지금처럼 그렇게 아름답게 보인 적이 없었다. 의사는 들어서며 마리를 아예 거들떠보지도 않았다. 그녀는 살짝 비웃음을 띤 밝은 모습으로 벽에 기대어 있었다. 그가 격분한 나머지 얼굴이 하얗게 되어 이야기했다. "우리는 모두 화물적치장에 있었어요. 우리 중 절반은 이미 경찰의 검사를 통과한 상태였어요. 그때 느닷없이 군사위원회가 마르띠니끄로 떠나는 장교들을 위해 선실을 전부 접수해버렸다지 뭡니까. 그들이 우리의 짐을 다시 내려놓았지요. 나는 여기 이렇게 돌아왔고요."

그가 방 안을 왔다 갔다 하면서 신음 소리를 내며 말했다. "선실을 하나 얻으려고 내가 얼마나 많은 애를 썼고 얼마나 많은 비용을 들였는지 몰라요. 선금을 치르고 선실 하나를 확보하기만 하면 누구도 이젠 나를 건드릴 수 없을 거라고 확신했지요. 그런데 프랑스 군사위원회는 선실을 다 차지해버리고는 화물실에 예약한 사람들만은 타게 하는 거예요. 그 사람들은 아마 도착할 거예요. 내가 여전히 이 오마주 호텔에 죽치고 있는 동안 그들은 분명 도착할 거예요. 멍청한 자들은 도착하고 나는 여기서 뻗어버리게 생겼어요." 그가 이런 말투로 말을 쏟아내는 동안 마리의 두 눈은 내내 그를 보고 있었다. 문 뒤에서 그가 계속 욕을 해대는 소리가 들렸고, 나는 계단에서 욕을 쏟아냈다.

250

IV

내가 를레 가를 떠날 때에도 여전히 이른 아침이었다. 내 앞에 놓인 낮 시간은 내 인생 전체처럼 다 채울 수 없을 듯이 여겨졌고, 그뒤로 이어질 밤 시간은 나의 무덤처럼 여겨졌다. 먼저 조르주에게 가보았더니, 그는 이미 나가고 없었다. 이층에 사는 마다가스까르 출신 흑인 남자가 끌로딘에게 커다란 생선 한마리를 주었는데, 그녀는 마침 비늘을 손질하고 있었다. 그녀는 내 기분이 어떤지 알아채지 못한 채 이 생선이 자기에게 정말 도움이 되고 마침 고기 배급표가 다 떨어진 상태였다고 조용히 말했다. 그녀는 같이 식사하자고 했지만, 나는 마치 더 나은 식사가 나를 위해 차려져 있고 친구들이 수도 없이 많다는 듯이 그녀의 초대에 응하지 않았다. 의사가 떠난 뒤로 이틀 전에 본 모습과 똑같은 자세로 누워 있는 소년을 향해 내가 외쳤다. "그가 돌아왔어!" 나는 이 말이 그를 엄청난 흥분 상태로 바꾸어놓기를 바랐다. 그렇게 되면 오히려 그에게 해로울까, 그래도 뭐, 어쩔 수 없지, 그의 의사가 돌아왔으니 그를 다시 고쳐놓겠지, 뭐. 그러고서 나는 다시 끌로딘 쪽을 보았는데, 그녀는 생선을 천으로 싸놓았다. 나는 그녀에게 자신이 앞으로 어떻게 될지 가끔 생각해보느냐고 물었다. 내가 조르주는 분명 그녀 곁에 영원히 붙어 있지는 않을 거라고 했다. 그녀는 머리를 길쭉한 손안에 괸 채 나를 위에서 아래까지 꼼꼼히 훑어보았다. 그녀가 조소 섞인 말투로 응수했다. "나는 점심때 먹을 게 있어서 기뻐요." 그녀가 내 등 뒤에서 "나는 또 아들이 있잖아요!"라고 외쳤을 때 나는 이미 문간에 있었다.

나는 보몽의 산속으로 올라갔다. 아침 햇살이 눈부시게 빛났다. 일전에 하인츠와 두 젊은 친구와 함께 술을 마신 그 작은 집을 어렵지 않게 찾을 수 있었다. 밝은 날에 보니까 살기 좋아 보이는 평평한 이층 건물이었다. 바깥에서 이층으로 올라가는 좁고 가파른 계단이 있었다. 까페는 일층에 있었다.

　하인츠가 나에게 이 위로 아무 때나 찾아오지 말라고 하긴 했지만, 짐승이 병들었을 때 자기에게 이로운 풀을 찾아다니듯이, 생각이 꽉 막히면 자기에게 부족한 무언가를 갖고 있는 사람을 무작정 찾아가는 법이다. 까페는 아무도 없어 썰렁했다. 아직 아무도 못 만난 채 나는 그 좁고 가파른 계단을 살금살금 올라갔다. 하지만 내가 하인츠를 부르자 여주인이 문을 열고 나와 "그 사람은 벌써 일주일 전에 떠났어요"라고 말했다. 내가 물었다. "여기를 떠난다 했나요, 아니면 아예?" ― 그녀는 짧게 "아예 떠난댔어요"라고 하더니 팔짱을 낀 채 내가 자기 집을 떠날 때까지 기다렸다. 나는 멍해졌다. 하인츠가 벌써 영원히 떠났다는 것이 나로서는 큰 충격이었다. 작별인사도 없이 가버리다니 그가 원망스러웠다.

　어쩌면 그의 여주인이 거짓말을 한 것인지도 모른다. 어쨌든 나는 분명히 알고 싶어서 구항으로 돌아왔다. 나는 그 까페의 군데군데 닳아버린 주렴을 가르고 들어갔다. 이곳은 오늘 그리 춥지 않았다. 먼지투성이인 바닥 위에 울긋불긋한 빛이 색 점을 가득 뿌려놓았고, 그 빛 속으로 여자 손님 중 하나가 가냘픈 맨발을 쭉 뻗고 있었다. 고양이가 그녀의 슬리퍼를 가지고 놀자 좌중에서 웃음이 터져나왔다. 봄벨로는 떠나고 없고 뽀르뚜갈인은 아직 오지 않았다고 사람들이 말해주었다.

　나는 다시 까느비에르에 있는 그 여행사로 갔다. 내 옆방 여자가 대서양 너머로 데려갈 두마리의 커다란 불도그 중 한마리가 문 앞에서 햇볕을 쬐고 있었다. 여주인은 마침 선실의 자리를 최종적으로 확정짓는 중이었다. 또다른 한마리는 가로대 뒤의 꼬르시까인을 볼 수 없기에 냄새를 맡아 그가 어떤 사람인지 알아보려는 듯 코를 벌름거렸다. 여행사에 발걸음을 한 것은 딱히 정해진 볼일이 있어서가 아니라 우연적인 것이었지만, 오늘도 나는 그 대머리 사내와 다시 마주쳤다. 미국 영사관에서 나에게 우리는 이제 둘 중 하나가 궤도에서 뛰어내리기 전까지는 내내 마주치게 될 거라고 예언했던 그 사내였다.

거기엔 경찰관과 동행한 한 젊은 여자가 기다리고 있었다. 그녀는 선실에 자리가 날 때까지 봉빠르에 갇혀 있었던 모양인데, 끝내 자리가 나지 않으면 내륙에 있는 어느 장기 수용소로 이감될지도 모르는 처지로 보였다. 그녀의 양말은 여러군데 구멍이 나 있었고, 밝은 색으로 염색한 그녀의 머리카락은 뿌리 부분이 검은색으로 드러나 보였으며, 조그만 가죽 가방은 기름때에 절어 번들거렸다. 가방에서 서류 귀퉁이가 삐죽 나와 있었는데, 그 서류들은 전부 기한이 지나버렸거나 무효가 되었을지도 모른다. 과연 이런 여자를 구제해 바다를 건너게 해줄 만큼 큰 사랑을 베풀어줄 사람이 누가 있겠는가? 그녀는 자기를 돌보아줄 아들을 가지기에는 너무 젊었고, 그럴 아버지를 가지기에는 너무 늙었으며, 그럴 애인을 가지기에는 너무 추했고, 그녀를 자기 집으로 데려가기를 원하는 오빠를 가지기에는 너무 쇠락해 보였다. 내가 마리를 도울 것이 아니라 저 여자를 도와주는 게 옳다는 생각이 들었다.

악셀로트의 테이블에서 만난, 이미 꾸바까지 갔다 왔던 그 뚱뚱한 음악가가 들어왔다. 그는 지난주에 나에게 한 고백이 부끄러웠는지 인사를 하는 둥 마는 둥 했다. 꼬르시까인은 체크할 만한 게 하나도 없어서 연필로 귀를 후볐다. 가용 좌석은 이미 전부 다 체크가 되었다. 그래서 그는 귀를 후비고 하품을 하면서 사람들이 징징대며 애원하는 소리를 들어주었다. 그들은 모두 죽음에 쫓기고 있다는 위협을 느끼거나, 적어도 죽음이든 감금이든 아니면 내가 모르는 무언가에 위협받고 있다고 생각했다. 꼬르시까인이 선실 자리 하나를 약속해준다면, 단지 자리 하나를 미리 체크해놓겠다고만 자기에게 약속해준다면, 자신의 오른손을 기꺼이 그의 책상 위에 남겨두겠다고 할 사람도 많았을 것이다. 하지만 그는 아무런 약속도 해주지 않았고 계속 하품만 해댔다.

나는 줄을 서서 끝까지 기다릴 수도 있었을 것이다. 시간이라면 얼마든지 있었고 흘러넘치는 게 시간이었으니까. 나는 또 그 어떤 것에도 위협을 느끼지 않았고 사랑조차 나에겐 위협이 되지 않았다. 그때 그의 시선이 나에게 꽂혔고, 그가 나에게 손짓을 했다. 나는 그가 나를 통과자들의 부류에 넣지 않고 오히려 자신과 동류로 간주하고 있음을 깨달았다. 사람들이 나에게 부러움과 질투를 느끼며 자리를 비켜주었고, 나는 그에게 속삭이듯이 뽀르뚜갈인에 대해 물었다. 그가 귀를 파며 대답해주었다. "꾸르벨상스에 있는 아랍인 까페에 가보쇼."

밖으로 나가려는데, 꾸바까지 갔다 온 적이 있는 그 뚱뚱한 남자가 이제 내 소매를 잡았고, 나는 그를 뿌리쳤다. 나는 급했고, 지금은 누굴 만날 일이 생겼고, 시간을 잡아놓은 것이다. 나는 뽀르뚜갈인을 찾아나섰다. 꾸르벨상스는 얼마나 삭막한가. 두 모험 사이의 시간은 얼마나 더디게 가는지! 위험이 없는 인생이란 얼마나 지루한가!

지저분하기 짝이 없는 버누스를 걸치고 닳아 해진 쿠션에 기댄 채 십여명의 아랍인들이 누워 있었다. 다른 때 같으면 그들과 상종하지 않아도 되는 것에 누구라도 기뻐했을 일이다. 끝없이 계속되는 그들의 도미노 게임은 활기가 넘치는 듯하면서도 어딘지 졸리고 느른한 구석이 있었다. 모두가 나를 지켜보고 있을 게 뻔히 짐작되는 일이라 나는 사방을 둘러보지 않았다. 그러자 실제로 어둑어둑한 한쪽 구석에서 내가 찾는 자가 일어나더니 다가와서 다시 자기가 필요하느냐고 공손하게 물었다. 그는 우리의 첫 만남 이후로 두 손가락을 입에 대는 겸손한 듯하면서 무례한 동작을 하게 되었다. 싫지 않은 아니스 맛이 나는 차를 한잔씩 갖다주었다. 나는 그에게 내가 원하는 것은 오직 친구에 대한 소식뿐이라고 말했다.

내가 하인츠를 언급하자 생쥐 같은 그의 조그만 두 눈이 반짝거렸다. 그가 말했다. 아, 네, 그 남자는 오랑으로 데려갔어요. 이미 한참 전 일이라고. 그는 거기서 리스본으로 가는 배로 갈아탔으며, 전체 경로는 뽀르뚜갈의 통제하에 있다는 것이다! ─비용이 많이 드는 우회로군요, 하고 내가 말했다. ─아, 아니다, 그 일로는 전혀 돈벌이가 되지 않았다, 그건 오직 그 남자만을 위해 한 일이라고 했다. 내가 그를 잘 알고 있지 않느냐, 그는 내 친구가 아니냐는 것이다! 그가 나를 한번 재빨리 쳐다보았고, 나는 그 시선에서 그가 나를 하인츠의 친구로 여긴다는 이유만으로 나를 얼마나 높이 쳐주는가를 읽어냈다. 그런 시선이 그의 생쥐 같은 얼굴에서 나왔다는 것에 어리둥절할 정도였다. 하인츠가 정말로 이 사내의 마음을 움직여 사심 없는 행동을 하게 하는 데 성공했다면, 그건 모세가 바위를 쳐서 얻어낸 기적의 물[114] 같은 것이자 순전히 장난과도

---

114 모세가 애굽 탈출 후 광야에서 하느님의 지시에 따라 지팡이로 바위를 두번 치자 거기서 물이 솟았다는 일화를 가리킨다. 구약성서 민수기 20장 참조!

같은 일이었다.

그동안 그는 하인츠를 아무래도 잊어버리고 있었던 모양인데, 지금 내가 물어보니까 그 외다리 독일인에 대한 호기심이 새롭게 일깨워진 것이다. 그에게 하인츠를 태우고 데려다준 자들 중 하나쯤은 분명히 이미 돌아와 있을 거라는 생각이 떠올랐다. 그리고 그는 나와 마찬가지로 할 일이 딱히 없었던 탓에 짐작이 가는 자를 찾아나설 마음을 먹었다.

해가 갑자기 사라졌다. 우리는 차가운 바람을 맞으며 눈을 깜빡거렸다. 구항이 왜 그렇게 썰렁해 보였을까? 조그만 포함들이 없어져버렸다. 어디로 간 걸까? 거의 폭풍으로 변한 미스트랄이 부는데도 까페 앞을 하릴없이 어슬렁거리는 한가로운 자들은 모두 그 행방을 추측해보았다. 우리 둘 다 숨이 턱턱 막혔다. 이 뽀르뚜갈 사내는 그동안 오만가지 협잡과 사기를 치며 살았을 텐데 추위를 막아줄 외투 하나 변변히 장만하지 못하고 무얼 한 걸까. 조개와 굴을 파는 상인들이 마침 비싼 여관들 앞에서 바구니를 다 비웠다. 그러니 벌써 3시였다. 나는 이미 한참의 시간을 보낸 것이다. 우리는 가파른 거리 중 하나를 올라갔다. 이 높이에서 그동안 내내 돌아다니던 시 구역을 바라보는 것이 낯설었다. 개인 보트의 활대들이 이리저리 가로지르고, 미스트랄에도 불구하고 모든 걸 비출 만큼 푸르른 항구의 바닷물을 배경으로 오후의 차가운 햇살 속에서 석회처럼 하얀빛을 띠고 있는 시 구역은 이야기로 들은 저 도달할 수 없는 도시나 멸망한 도시처럼 낯설게 여겨졌다. 하지만 나는 지금 그곳의 후미진 데를 알고 있고, 그곳의 비밀을 알고 있었다. 우리 고향 집과 똑같은 사면의 벽이며, 일하러 나간 남편과 아내며, 침대에 누워 있는 병든 아들을 알고 있었다.

나의 뽀르뚜갈 친구와 나, 우리는 지중해 어느 항구에서 실종되어버린 한 남자, 총탄과 포탄으로 몸뚱이가 절반쯤 날아가버린 자그마한 한 남자의 흔적을 찾아서 숨을 헐떡거리며 계단을 올라갔다. 그 몸뚱이의 나머지 성한 부분을 이 차에서 저 차로, 이 계단에서 저 계단으로, 이 배에서 저 배로 옮기려면 사슬처럼 이어진 도움의 손길이 얼마나 많이 필요했을까. 그 손길들로 옮겨진 거리를 다 합치면 수 킬로미터에 달할 것이다. 쌩빅또르의 지하예배당에서 그 노신부가 뭐라고 했던가? 나는 세번 채찍질을 당했고, 한번 돌로 맞았고, 세번 난파를 겪었노라. 하루 낮밤을 바다의 깊음 속에서 지냈고, 강의 위험과 도시의 위험과 광야의 위험과 바다의 위험 속에 있었노라.

우리는 비루먹은 것처럼 군데군데 벽면이 벗겨진 어느 볼품없는 건물 앞에서 걸음을 멈추었다. 안쪽은 벽과 천장이 값비싼 목재로 덮여 있어서 처음 맡아보는 냄새가 은은히 배어나왔다. 나무계단 위쪽에서 이 냄새는 인쇄소 냄새에 밀렸다. 현관문 맨 위쪽에는 선원협회의 현판이 걸려 있었다.

테이블 위에서는 갓 찍어낸 신문 뭉치를 고르게 나누는 작업이 이루어졌다. 나의 뽀르뚜갈 친구가 차분한 회색 눈의 남자에게로 다가갔다. 신경을 곤두세워 지켜보느라 그 눈가에 잔주름이 잡혀 있었다. 그러면서 그는 모든 것과 모든 사람을 주의 깊게 세세히 관찰했지만 스스로는 일에 관여하지 않고 거리를 두었다. 그는 매끄러운 머리카락과 깔끔하게 면도한 턱과 단단하고 단정한 손을 지닌 완벽한 프랑스 선원이었다. 뽀르뚜갈 사내가 귓속말로 소곤대는 소리를 그는 그저 덤덤하게 듣고 있었다. 보아하니 그는 이 사내를 알고 있었고, 이 사내에 대한 그의 생각은 일찌감치 정해진 것 같았다. 이야기를 들으면서 그는 신문 뭉치에서 일부를 세서 똘망똘망한 눈을 지닌 작은 소년에게 건네주었고, 소년은 그것을 바구니에 담았다.

훨씬 나중에 이곳의 일이 관련자 체포로 인해 좌절되었을 때 들은 바로는, 이 신문에는 오직 육군과 해군에 입대하라는 정부의 공식 호소문밖에 실려 있지 않았지만, 감쪽같은 인쇄 기술 덕분에 이 신문을 특정한 방식으로 접어서 포개어 보면 정부 호소문에서 드골주의 구호가 나오도록 되어 있다는 것이다. 나의 뽀르뚜갈 친구가 이 남자에게서 더 많은 것을 얻어낼 수 있을지 시도해보라는 몸짓을 했다. 이제 내 쪽에서 이 남자와 귓속말로 이야기하기 시작했다. 하인츠는 내 친구이고, 우리는 같은 수용소에 있었고, 내가 그에게 이번 항해를 주선해주었고, 이제 나는 그가 어떻게 되었는지 걱정스럽다고 했다. 신문 꾸러미를 차곡차곡 쌓던 작은 소년이 우리의 소곤거리는 대화를 엿듣기 위해 바구니 언저리에 얼굴을 대고 있었다. "걱정하실 까닭이 없습니다." 남자가 말했다. "친구분은 안전하게 도착했습니다." 그는 더 자세한 얘기를 늘어놓을 기미가 전혀 없었다. 그의 침착한 얼굴에 순간 한줄기 즐거운 비웃음의 빛이 스쳤다. 아마도 그들의 항해 중에 있었던 어떤 사소한 장면, 누구를 놀려준 어떤 장난스러운 행동, 사람을 바보로 만든 항만청의 술책 같은 것이 기억난 모양이었다. 우리가 찾아오기 전에는 필시 하인츠를 까맣게 잊었던 듯했다. 그의 회색빛 두 눈에 지금 다시 한번 그때 기억으로 따뜻한 기운이 감돌았다. 필시 걸음을 옮길 때 힘에 겨워 일그러진 입과 자신의 허약함을 비웃는 밝은 색 눈을 하고서 목발을 짚고 선 하인츠의 모습이 다시 한번 눈앞에 떠오른 모양이었다. 한 프랑스 선원의 회색 눈에 드리운 이 따뜻한 그림자는 이 대륙에 남아 있는 하인츠의 마지막 것, 눈에 보이는 마지막 흔적이기도 했다.

계단에서 나의 뽀르뚜갈 친구가 나를 툭 쳤다. 그의 얼굴 표정은 '핀[115] 한잔 사라'라는 뜻이었다. 금주일이기는 했지만 우리가 어느 술집 카운터에 걸터앉자, 주인이 재빨리 커피에다 브랜디를 한잔씩 넣어주었다. 그러고서 우리 두사람은 서로 할 얘기가 전혀 없고 같이 있으면 지루해질 게 뻔하다는 것을 알아차렸다. 우리는 점잖게 헤어졌다. 미스트랄은 시작할 때도 갑자기 시작했듯이 멎을 때도 갑자기 멎었다. 심지어는 해까지 다시 나왔다.

나는 혼자서 도심 구역으로 들어갔다. 상점가를 두시간 동안이나 터벅터벅 걸어다녔다. 온종일 나는 한순간도 멈추지 않고 나의 불행을 생각했다. 내가 나의 불행이라고 여기던 것을 생각했다. 끌로딘의 부엌에서, 하인츠의 흔적을 찾아 아랍인 까페에 들어가서, 선원협회에 있을 때, 뽀르뚜갈 친구와 핀을 마실 때, 나는 다른 생각도 많이 했지만 내내 동시에 나의 불행을 생각했다. 내가 전에는 도대체 어떻게 살았던 걸까, 그때도 역시 혼자였는데? 나딘이 생각났다. 그녀를 기다리려고 담 드 빠리 측면 출입구에 섰다. 그녀는 나에게 전혀 상관없는 존재였다. 그럼에도 그녀가 나를 거리에서 알아보고 얼굴이 갑자기 밝게 빛나는 모습에 나는 기뻤다. 멋진 외투를 입은 그녀의 모습이 아주 좋아 보였다. 외투엔 모피 모자가 달려 있었다.

고된 하루가 그녀에겐 아무렇지도 않은 듯이 보였다. 그녀는 주도면밀하게 피곤의 흔적을 말끔히 지우고 나온 것이다. 고운 분가

---

115 fine. 최고급 브랜디나 꼬냑.

루가 나비 날개의 가루처럼 그녀의 목과 얼굴에, 모자 속으로 보이는 예쁜 두 귀에 노르스름하게 묻어 있었다. 그녀가 말했다. "마침 잘 왔어!" 나의 불행이 내 속을 계속 태우고 있었지만, 이 말에 나는 고맙고 기뻤다. 나딘이 말을 계속했다. "글쎄 말이야, 우리 소령님이 여행을 떠났지 뭐야. 별안간에 명령을 받고 마르띠니끄로 갔어. 군사위원회 명령이래." "헤어져 마음이 아플 텐데……" 내가 말했다. "별로 슬픈 얼굴이 아니네." "자기한테 고백하겠어. 그 사람이 지겨워졌어. 익살스러운 데가 있어서 처음엔 재미있었지. 하지만 그게 곧 신경에 거슬려 짜증이 났어. 그는 또 너무 작아. 머리도 작고. 어제저녁에 같이 피스 헬멧[116]을 사러 갔는데, 헬멧이 코까지 내려오는 거야. 그는 아주 좋은 사람이었어. 나한테 아주 잘해주었어. 자기도 곧 눈으로 보게 될 거야. 그래서 나는 그동안 내내 불안해야만 했어. 신경이 닳아버릴 만큼. 지금 우리는 더없이 좋은 친구 관계를 맺은 채 헤어졌어. 돌아오는 길에 그는 까사[117]에 내려 자기 부인 곁에서 지낼 테니까. 나는 그가 지겨워졌어. 그렇지만 아주 좋은 사람이었어. 가끔씩 보고 싶을 때는 이를 악물고 별일 없는 것처럼 참아야 해 ─ 이제 나랑 집으로 올라가. 그 사람이 나한테 얼마나 잘해주었는지 자기도 볼 수 있을 거야. 우리 둘이 먹을 저녁식사를 지을게. 내가 지은 저녁 먹어본 지 오래됐지?"

그녀는 여전히 담 드 빠리에서 멀지 않은 예전 그 방구석에 그대로 살고 있었다. 살림을 싹 개비해놓은 광경에 입을 다물지 못하고 어리둥절해하는 모습을 보여 나는 어렵지 않게 그녀를 기쁘게 해줄 수 있었다. 전부 다 새것이었다. 누비이불과 베개, 그릇과 알코

---

116 열대지역에서 머리를 보호하려고 쓰는, 가볍고 단단한 흰색 모자.
117 '까사블랑까'의 줄임말.

올버너, 거울 밑의 모든 물건과 거울 그 자체도, 그리고 유리와 에나멜로 만든 더없이 비밀스러운 물건들까지. 우리는 통조림 캔과 병 들을 잔뜩 따놓았다. 이만큼을 얻으려면 한 구역에 사는 주부들 전원이 길게 줄 서야 할 판이었다. 그녀가 오래 걸리는 조리 일을 시작했다. 짬짬이 신발을 보여주거나 속옷을 보여주려고, 아니면 내 머리를 자기 몸에 대고 꾹 누르려고 할 때에만 잠깐씩 일을 쉬었다. 그녀는 나의 출국 계획에 대해 물으면서 뭔가 필요한 게 있느냐고 물었다. ──내가 말했다. 아니야, 자기, 나는 행복해. ──그녀가 말했다. 그래도 뭔가 필요한 게 있을 거야. 근데 요새 비자 일은 어떻게 됐어? ──내가 말했다. 지금 나는 비자 같은 거 필요없어. ──그러자 그녀는 언젠가 비자가 필요하면 도청에서 일하는 동창생이 있다고 했다. 나는 그 친구가 그녀처럼 예쁘냐고 물었다. ──그녀는 뚱뚱하고 진지한 성격이라고 했다. ──그러고는 식탁이 차려졌고 맛있게 식사를 했다. 길게 이어진 아주 유쾌한 의식이었는데 나는 그런 의식에 쉽게 피로해졌다. 그 덕분에 나의 불행이 줄어들지는 않았지만 한결 누그러졌다.

한참 뒤에 ──나는 그녀가 일찌감치 잠들었다고 생각했고, 잠이 오지 않아 일어나서 담뱃불을 붙였다. 달빛이 방 안을 비추고 있었고, 미스트랄이 아직 멎지 않았는지 유리창이 덜그럭거렸다 ──그녀의 목소리가 전혀 뜻밖에도 차분하고 또랑또랑하게 들려왔다. "슬퍼하지 마, 자기. 그래봐야 소용없어. 내 말을 믿어." 그녀는 내 모습을 보고 내 상태가 어떤지를 알아차렸고 내 마음을 달래려고 온갖 일을 다 한 것이었다.

V

그후로 나는 더이상 아무도 보고 싶지 않았다. 나딘에게도 더이
상 가지 않았다. 나는 까페에 들어가 아무도 나에게 말을 붙이지
못하는 구석 자리에 앉았다. 아는 사람이 들어오면 재빨리 신문으
로 얼굴을 가렸다. 다른 사람은 나를 보지 못하고 나는 모든 것을
볼 수 있도록, 한번은 신문에다 작은 구멍 두개를 뚫은 일도 있었
다. 시간이 너무 지루해졌을 때 나는 비네의 집으로 갔다. 두개의
커다란 화마火魔 사이에서 천지가 진동해도 시간은 한없이 지루해
질 수 있다. 아무런 희망도 없이 쫓기는 일에 익숙해진 가슴은 더
많은 것을, 점점 더 많은 것을 갈망한다.

나는 비네 집을 찾아간 것도 후회했다. 왜냐하면 의사가 다시 방
에 앉아 있었기 때문이다. 그는 벌써 다시 기분이 좋아졌다. "드디
어 오셨군요." 내가 들어서자 그가 외쳤다. "마리는 이제 당신도 어
디로 사라졌나 하고 걱정하고 있어요." "나 자신의 통과비자 일로
분주해서요." 나는 그렇게 대답했다. 그러고는 즉시 내 대답을 후
회했다. "당신도 갑자기 떠나려고요?" "어쨌든 그동안 내내 해오던
일이니까 마무리하려고요."

이 대답에 소년이 나를 흘끔 쳐다보았다. 나의 방문을 알아차렸
다는 것을 알게 해준 유일한 표시였다. 그는 무언가를 읽고 있거나
읽고 있는 척했다. 의사가 몇차례 말을 걸었지만, 그는 의사가 더이
상 없는 사람인 것처럼 굴었다. 의사가 돌아온 일에 소년의 마음은
전혀 흔들리지 않았고, 오히려 시큰둥해했다. 이 남자는 그에게는
떠나고 없는 사람이었다. 의사로서는 불가피하게 떠날 수밖에 없

는 일이었지만 이 일로 그 남자는 그를 버렸고 그의 마음에 상처를 준 것이다. 남자가 천번이고 다시 돌아온다 해도 이 작별은 돌이킬 수 없이 결정적인 것이었다. 나마저도 그는 싸잡아 그림자로 취급했다. 이제 그에게 우리는 붙잡고서 이야기를 해봐야 아무 소용도 없는 그림자였다.

의사는 우리에게 승선을 거부당한 승객들이 다음에 떠날 배의 자리 배정에서 우선권을 갖는다고 이야기해주었다. 그는 기분이 아주 좋았다. 일찌감치 그의 생각은 실패한 출국 시도에서 벗어나 다음번 시도에 집중하고 있었다. 그는 이미 다음번 승선 명단에 올라 있었고, 이 다음번 출항에 모든 기대를 걸고 있었다. "마리도 자신의 비자를 받게 되겠죠." 그가 자신있게 말했다. "곧 좀 알아봐주세요." 나는 그럴 마음이 더이상 없다고, 나의 영사관 임무는 끝났으며, 모든 일은 규정대로 신청되었고, 이제 비자가 나오면 찾아오는 일만 남았다고 대답했다. 그러면서 그 일은 마리 혼자서도 할 수 있을 거라고 했다. 그가 나를 날카롭게 쳐다보았다. 내 목소리가 쌀쌀했기 때문이다. 그가 정중하게, 비웃는 기색 없이 말했다. "우리가 폐를 끼쳤습니다. 마리는 이번에 떠나기로 결심했습니다. 당신에게 모든 걸 진작 말씀드리지 않았나요?" 나는 이 말에 아무 대답도 하지 않고 자리를 떴다. 우연한 일들로 뒤얽힌 난리 통에 그의 안정감은 어디서 오는 걸까?

나는 저녁을 내 방에서 보내기로 했다. 가파른 계단을 올라갈 때면 조그만 창문 안에 앉아 있는 여주인에게 손짓을 했고 가끔 그녀의 머리 모양을 칭찬하기도 했다. 방세는 매번 '출발 비용'에서 지불하기로 정해놓았다. 그녀가 나를 불러세웠을 때 뜻밖이어서 놀랐다. "어떤 신사분이 당신에 대해 물었어요. 작은 콧수염을 기른 프랑스 신사였어요. 자신의 명함을 남겨놓았어요." 나는 놀라움을 완전히 감출 수는 없었다.

이어 방으로 올라가 나는 그 명함을 꼼꼼히 살펴보았다. '에밀 데상드르, 비단 도매.' 이런 이름을 들어본 적이 없었다. 착오일 거라고 생각했다.

그런데 나는 착오를 진정으로 싫어한다. 우연한 만남에서 벌어지는 착오, 혼동과 오류, 이런 것들이 나 자신과 연관되는 한 나는 그것들을 몸서리나게 싫어한다. 더욱이 나는 모든 인간적 만남에 과도한 의미를 부여하는 경향이 있다. 마치 그 만남이 상부의 지시에 의한 것이고 불가피한 것인 양 말이다. 불가피한 만남에 혼동이 있어서야 되겠는가. 그렇지 않은가. 누군가가 문을 두드릴 때 나는 아직 담배를 피우며 골똘히 생각에 잠겨 있었다. 모자를 손에 들고 옷을 아주 잘 차려입은 나의 손님은 내 앞에 놓인 명함에 시선을 던졌다. 나는 본의 아니게 그 남자를 따라 정중히 고개를 숙여 인사했다. 그에게 단 하나밖에 없는 의자를 권하고서 나는 침대에 앉았다. 그는 어느새 예의를 벗어나지 않는 선에서 방 안을 둘러보았다. "바이델 씨, 방해를 드려 죄송합니다." 그가 말을 시작했다. "하지만 제가 당신을 뵙고 싶어한다는 것을 이해하실 겁니다."

"죄송합니다." 내가 말했다. "당신 나라와 우리 모두에게 닥친 엄청난 사건들로 인해 제 시력만 나빠진 게 아닌가봅니다 ─""너무 불안해하지 마십시오. 우리는 둘 다 서로를 모르면서 서로를 알고 있습니다. 당신이 저를 보신 적이 없더라도 제가 없었더라면 당신은 여기에 있을 수 없을 것이기 때문입니다." ─나는 시간을 벌기 위해 그건 아마도 너무 지나친 말일 거라고 말해놓고는, 스스로에게 만족하는 듯한 그의 붉고 건강한 얼굴이 나의 단정적인 말에 몹시 불쾌한 기색을 비치자 급히 덧붙여 말했다. "당신이 우리 일에 나름대로 관여하신 적이 있더라도 말입니다." "저는 당신이 그 점만이라도 인정하신다면 기쁠 따름입니다. 제 명함, 제 이름을 보면 제가 누구인지 깨닫게 되실 겁니다." 내가 물었다. "어떻게 제 주소를 알게 되셨나요?"

나는 처음에 공포가 스멀거리는 기운을 느꼈다. 지금은 단지 놀라울 뿐이었다. 비애감은 그것이 어떤 종류의 것이든 마음에 해를 끼칠 뿐만 아니라, 많은 것으로부터 해를 입지 않도록 보호해주기도 하는 마력이 있다. 외부에서 무슨 일이 닥치더라도 나는 상관없었다. 손님이 대답했다. "아주 간단합니다. 저는 장사꾼입니다. 처음엔 파울 슈트로벨 씨에게 물었어요. 아마 당신도 아실 것 같은데, 그분 여동생이 제 약혼녀와 친구입니다." 내 기억 속에 아직 어떤 깨달음이 생기지는 않았지만, 어렴풋한 어스름 빛 같은 것이 가물가물 떠오르는 듯했다. 파울, 그의 여동생, 약혼자, 비단 장수……
내가 말했다. "말해보세요."

그가 흥이 나서 말을 계속했다. "파울 씨가 여러차례 당신 주소를 알려주겠다고 약속했습니다. 그런데 그는 주소를 적어놓았다고 생각했지만, 주소는 그의 메모에도 없고 그가 지도부로 속해 있는 위원회 명단에도 없음을 깨달은 겁니다. 파울 씨는 할 일이 많은 사람이에요. 그래서 그는 나에게 멕시꼬 영사관에 가서 알아보라고 했습니다." 나는 긴장해서 열심히 들었다. 그는 이발한 머리를 나무막대 위의 귀여운 새처럼 움직였다. "물론 제가 처음엔 마담 바이델에게 갔다는 것을 말씀드리고 싶습니다. 저는 그녀를 여러번 만났습니다. 그녀의 어려운 처지를 분명하게 이해할 수 있었고, 그 사정을 충분히 고려했습니다. 그래서 당신과 만나 일을 조정하는 게 저한테는 그만큼 더 중요한 일입니다. 저는 또 바이델 부인이 당신 주소를 모른다고, 도리어 자신도 그 주소를 찾고 있다고 주장하시니까 부인을 더이상 귀찮게 해드리고 싶지도 않았습니다. 저는 멕시꼬 영사관으로 갔습니다. 바이델 씨, 알아보니까 당신 주소와 관련해 정말 곡절과 사달이 많더군요. 그곳에서는 당신의 주소에 관해 어떤 혼동이 있었던 것이 분명합니다. 거기서 일러준 거리 번호가 실제로는 존재하지 않으니까요. 당신이 아마 전에 살았을 그 거리는 말해준 번호까지 아예 뻗어 있지 않았습니다. 저는 또 멕시꼬 관리들의 충고에 따라 멕시꼬 여행사로 갔습니다. 하지만 이 여행사 사장은 주소로 가지고 있는 거라곤 멕시꼬 영사관 주소밖에 없었습니다. 제가 장사꾼이고, 따라서 비용을 중시해야 한다는 점은 완전히 제쳐놓고, 당신을 어떻게든 찾아야겠다고 단단히 마음을 먹었습니다. 당신의 여행사 사장은 저더러 한 뽀르뚜갈 남자에게 가보라고 하더군요. 당신이 가끔 그 사람과 어울려 다닌다고요. 저는 그 남자에게 조그만 성의를 표시하겠다고 약속했습니다. 하지만 그 역시 당신이 어디에 사는지는 몰랐지만, 담 드 빠리에서 일하는 한 아가씨를 알고 있었습니다." ─그러니까 그 생쥐 녀석이 몰래 내 뒤를 밟았단 말이네. 순전히 할 일이 없어서.

"정말 부탁드리는데, 화내지는 마세요. 그렇다고 나쁜 감정을 가지실 필요도 없습니다. 그 아가씨는 당신 주소를 결코 발설하지 않았습니다. 저는 궁여지책으로 그녀의 동료들을 이용해야 했습니다. 그 아가씨들은 도사거든요. 그래서 마침내 저는 비밀을 알아내게 되었습니다. 담 드 빠리의 동료 아가씨들 중 하나가 이 근처에 살고 있어서 ─ 베뇌르 가예요. 죄송합니다. 하지만 저는 이렇게 당신의 가족관계가 바뀌게 된 일로 해서 제 사업이 고난을 겪게 돼

둘 수는 없습니다. 이제 비용 문제에서 벗어나야겠습니다."

내가 말했다. "그럼요, 데상드르 씨."

"사정을 헤아려주셔서 기쁠 뿐입니다. 바이델 부인은 그 당시 저에게 당신을 찾아가 처리하라고 하셨어요. 저는 이미 점령된 빠리에서 비용을 일부 돌려받기를 기대했습니다. 하지만 유감스럽게도 당시에 저는 당신과 접촉을 할 수 없었습니다. 그래서 제 임무를 파울 씨에게 넘겼습니다. 그의 여동생을 통해 저는 그와 아는 사이였지요."

내가 말했다. "어떤 비용 말인가요, 데상드르 씨?"

그가 짜증 섞인 말투로 소리쳤다. "그럼 바이델 부인이 당신한테 아무 말씀도 안했단 말인가요! 아무래도 부인은 지금 다른 일에 관심을 두고 있어서 그랬나보군요. 죄송합니다, 바이델 씨, 당신 자신도 마음이 편치 않아 보이는데, 그럼 제가 주변적인 얘기는 아예 꺼내지 않는 건데 말입니다. 부인이 다른 사람과 같이 다니는 걸 보았거든요. 하지만 저한테 비용은 어디까지나 비용입니다. 그리고 그 당시 바이델 부인은 저에게 자신의 편지를 가지고 떠나준다면 비용의 일부를 갚아주겠다고 맹세하듯이 엄숙하게 약속했거든요. 저는 당시에 점령지역으로 여행을 하기로 결심하기가 아주 어려웠으니까요. 그 일은 독일군이 입성한 직후여서 비용도 많이 들고 불확실했습니다. 독일 측의 허가를 받았어도 돌아올 때의 어려움도 고려해야 했습니다. 군사분계선이 폐쇄되거나 위치가 옮겨질 수도 있었거든요. 제 약혼녀는 저한테 여행을 제발 그만두라고 애원했습니다. 하지만 저는 봄에 생사生絲 두루마리 몇덩이를 르로이 사에 공급한 일이 있었습니다. 그것들은 기구氣球의 가스 주머니나 낙하산 등 군사 목적으로 사용된다고 해요. 저는 당시에 우리 거래사가 우리 원사를 가지고 철수했는지, 아니면 독일군이 그 회사를 몰수해버렸는지 확신을 얻을 수 없었습니다. 후자의 경우에는 추후 공급 계약을 체결해야만 배상금을 지불받을 수 있었지요. 저한테는 크게 손실을 볼 수 있는 문제였습니다. 하지만 당신 어부인께서 최종적으로 결정을 지어주셨습니다 ─ 그녀는 남자들에게 부탁하는 법을 알고 있더군요. 당신은 저에게 영원히 감사할 거라고, 이 편지가 당신에게 전달되느냐 아니냐는 생사가 걸린 문제라고, 이 경우에 비용을 자신도 일부 부담하는 것쯤은 전혀 문제도 아니라고 그녀는 주장했습니다. 우편물을 소지하고 가는 것 자체가 금지된 일이었습니다. 몸수색을 받거든요! 부인은 정말이지 제 마음을 감동시킬 줄 알았습니다. 저는 위대한 열정이라고 믿었으니까요. 그러니 돌아와서 제가 받은 인상은 그만큼 더 당혹스러운 것이었습니다. 이 꺼림칙한 여행을 하는 동안 내내 그 조그만 부인의 얼굴이 눈앞에 어른거렸습니다. 정말로, 좀 이상하게 들리시겠지만, 저는 혼자 이렇게 생각했어요. 제가 임무를 완수했다고 말한다면 그 귀여운 부인이 얼마나 기뻐할까라고요.

제가 그 당시 당신을 직접 만나지 못한 것은 분명 제 잘못이 아니었습니다. 당신의 거처 위에는 어떤 불길한 별이 떠 있나봐요. 당신 주소에는 마가 끼어 있고요. 당신은 빠리에서도 접촉할 수 없었으니까요. 당신이 살던 시 구역에서는 당신이 어디에 체류했는지 아는 사람이 아무도 없었습니다. 당신은 전출입 신고도, 퇴거 신고도 하지 않았으니까요. 하지만 파울 씨가, 제 마음에 흡족하도록, 제가 당신을 이렇게 보게 되었으니까요, 저의 임무를 정확히 완수해주었습니다. 부인은 아마 새 남자 친구에게 돈을 부탁하기가 어려울지도 몰라요. 하지만 열정이 식어버린 건 제가 어떻게 할 수 있는 일이 아니지요. 저는 명세서의 작은 항목들이라도 소홀히 해서는 안됩니다. 이런 원칙이 없었다면 제가 데상드르 사의 대표가 되지 못했을 것이기 때문입니다."

내가 말했다. "네, 좋습니다, 데상드르 씨. 그 편지 전달 비용이라는 게 얼마나 되는데요?"

그가 금액을 말했다. 나는 곰곰 생각했다. 그 꾸바 여행자가 두 주 전에 바이델에게 전해달라고 건네준 돈밖에는 내줄 돈이 없었다. 나는 그 돈을 테이블 위에 하나씩 놓으며 세었다. 때로는 솔직함으로 얻을 수 있는 것이 거짓말로 얻을 수 있는 것이나 같을 때가 있다. 내가 말했다. "당신 말이 전적으로 이치에 맞습니다. 당신은 맡은 일을 제대로 수행했습니다. 당신은 아무도 버리지 않았습니다. 그 당시 빠리에서 저를 직접 만나지 못한 것도 당신 잘못이 아니었습니다. 그럼에도 당신의 편지는 저에게 전달되었습니다. 당신은 당신의 비용을 고려해야 합니다. 하지만 보다시피 저는 가난합니다. 제가 드릴 수 있는 만큼 드리겠습니다. 제 삶의 상황이 변했다 해도 그 편지는 저에게 여전히 아주 소중합니다. 그리고 또 그 나머지 비용은 제가 능력이 된다면 곧바로 조금씩 나누어 갚아 나가도록 노력하겠습니다."

그는 내 말을 주의 깊게 들으면서 머리를 이리저리 움직였다. 그러고서 영수증에 사인을 했다. 그는 이 문제와 관련해 나를 자기 뜻대로 할 수 있으며, 게다가 여차하면 도청의 출국비자과를 찾아갈 수도 있다는 점을 넌지시 비추었다. 끝으로 그는 실례가 많았다는 말을 하면서 시문학에 대한 말을 몇마디 섞어넣었다. 우리는 서로 허리를 굽혀 인사를 나누었다.

VI

나는 벨상스 광장 건너편에 있는 까페 로똥드의 유리 베란다에
앉았다. 나의 텅 빈 머리가 옆 테이블에서 나누는 대화를 내 의지
와 상관없이 받아들였다. 에스빠냐 국경 너머 뽀르보우[118]의 어느
호텔에서 밤중에 한 남자가 권총으로 자살했다. 관청이 그를 다음
날 아침 다시 프랑스로 데려가려고 했기 때문이다. 병약해 보이는
초로의 두 부인이 — 한 부인은 아마 손자인 듯한 두명의 어린 소
년을 데리고 있었고, 이 아이들은 열심히 듣고 있었다 — 이 이야
기를 서로 번갈아가며 생기 있게 들리는 목소리로 보충했다. 그 사
건은 나보다 그들에게 훨씬 더 분명했고, 훨씬 더 잘 이해되었다.
그런데 그 남자는 자신의 여행 목적지에 대해 얼마나 엄청난 희망
을 품어왔기에 다시 돌아가는 것이 도저히 참을 수 없게 여겨진 것
일까? 우리 모두가 아직 처박혀 있고, 사람들이 그를 강제로 다시
끌고 가려고 했던 이 땅이 그에게는 지옥 같았고 사람이 살 수 없
는 곳으로 여겨진 것이 분명했다. 부자유보다 죽음을 선택한 그런
자들에 대한 이야기를 들어봤을 것이다. 하지만 그 남자는 지금 자
유로워졌을까? — 그렇다, 부디 그랬으면 좋겠다! 너의 두 눈썹 위

---

118 지중해에 면한 에스빠냐 국경마을. 이 일화의 배경에는 명백히 독일의 저명한
문예평론가 발터 베냐민(Walter Benjamin)의 자살 사건이 놓여 있다. 베냐민이
1940년 9월 말 일행과 함께 에스빠냐 국경을 넘어 도착한 곳이 바로 뽀르보우인
것이다. 그러나 그들은 국경을 넘을 때 수사망에 포착되어 다음날 다시 프랑스
로 송환될 것이라는 불안한 소식과 함께 그들이 묵게 된 호텔에 탈출을 막기 위
해 세명의 경찰이 배치되어 있다는 이야기를 듣는다. 이에 좌절한 베냐민은 과
량의 모르핀을 복용하였고 이튿날 시신으로 발견되었다.

의 이 얇고도 좁은 문에 단 한발의 총격, 단 한방의 타격을 가하면, 너는 영원히 고향으로 돌아가 환영받게 되리라.

나는 벨상스 광장의 가장자리를 따라 천천히 걸어오는 마리를 보았다. 손에 구겨진 작은 모자를 들고 있었다. 그녀가 로뚱드 옆에 나란히 있는 까페 꾸바로 들어갔다. 남자 친구가 거기서 그녀를 기다리는 걸까? 그녀는 여전히 계속해서 사람을 찾고 있는 걸까? 나는 의사가 다시 돌아온 이후로 그녀를 필사적으로 피해왔다. 나는 지금 감정을 억누를 수 없었고, 얼굴을 유리창에 대고서 기다렸다. 그녀가 곧 공허하고 실망스러운 얼굴로 다시 나타났다. 그녀는 내 옆을 거의 스치고 지나갔다. 나는 『빠리 쑤아르』 뒤로 몸을 움츠렸다. 하지만 그녀는 무의식적으로 나에게서 무언가를 감지했다. 내 머리카락이나 내 외투를, 또는 만일 이런 게 있다면, 그녀가 다시 돌아서기를 바라는 초강력의 배타적인 소망 같은 것을.

그녀가 로뚱드로 들어왔다. 나는 안쪽 깊숙한 곳으로 껑충 뛰어 자리를 옮겼다. 심술궂은 병적인 기쁨을 느끼며 나는 그녀가 찾는 모습을 구경했다. 찾고 있는 그녀의 거동과 그녀의 용모 속에 들어 있는 무언가가 나에게 그녀가 오늘 찾는 자는 그림자가 아니라 피와 살을 지닌 살아 있는 존재임을, 그래서 그자가 심술이 나서 자신을 감추지만 않으면 충분히 찾아낼 수 있는 존재임을 드러내주었기 때문이다. 그녀가 안쪽으로 깊이 들어오자 나는 뒷문을 통해 베뇌르 가로 달아났다. 나는 새로 마법에 사로잡힌 듯 정신없이 거리를 누비고 다녔다. 내가 사라지고 수수께끼처럼 모습을 감추면 그녀의 마음을 보다 분명히 확인하게 되리라. 그녀가 나를 찾도록 해야 한다. 그녀가 찾을 수 있는 만큼, 밤낮으로, 쉬지 않고. 나의 게임은 이미 시작되었으니까 나는 출국 서류들을 하나씩 차례로 마련해나갈 수 있을 것이다. 배가 떠날 때에도 나는 숨을 수 있을 것이다. 그후 바다 위에서, 혹은 어떤 섬에서, 혹은 숨을 턱 멎게 하는 새로운 나라의 낯선 풍광 속에서 마법처럼 그녀 앞에 '짠!' 하고 나타날 수 있을 것이다. 그러면 그녀와 나 사이에는 길쭉하고 진지한 얼굴을 한 나의 깡마른 연적밖에 없다. 우리가 뒤에 남긴 죽은 자들은 일찌감치 자신의 죽은 자들에 의해 묻히게 되리라.[119]

나는 이런 몽상을 하며 라프로비당스 가의 굴 속 같은 내 방으로 돌아왔다. 방 안에는 여전히 나의 방문객인 비단 장수의 들척지근하고 낯선 이발소 냄새가 남아 있었다.

---

119 신약성서 마태복음 8:22. "예수께서 가라사대 죽은 자들로 저희 죽은 자를 장사하게 하고 너는 나를 좇으라 하시니라."

8장

I

그러는 동안 미국 영사관 최종 소환일이 다가왔다. 나는 통과비자를 확보해두기로 단단히 결심했다. 당시에 나에게는 모든 것이하나의 게임이었다. 하지만 위층 대기실로 올라가기 위해 아래층대기실에서 기다리는 사람들의 얼굴은 공포와 희망이 뒤섞여 창백했다. 나는 오늘 나와 함께 면담을 허락받은 남자와 여자 들이 그동안 최선을 다해 자신의 일을 소중히 돌보아왔고 자신의 아이들에게도 마치 첫 영성체 날처럼 착실하게 행동하도록 채근해왔다는것을 알고 있었다. 그들은 미국 영사의 무표정한 얼굴 앞에 반듯한 모습으로 나서기 위해 외모만이 아니라 내면까지도 만반의 준비를 갖추었다. 영사의 나라에 정착하거나, 적어도 언제든 도착하기만 하면 정착할 다른 나라로 가기 위해 영사의 나라를 거쳐가려는 자들이었다. 이 모든 남자와 여자 들은 이제 흥분한 나머지 거칠고 쉰 목소리로 미국 영사 앞에서 임신한 사실을 숨기는 게 더 나은지, 아니면 태어날 이 아이가 통과 여부를 결정짓는 영사의 뜻에 따라 바다 위에서나 바다 위 어느 섬에서 태어나든가 아니면 생각보다 빨리 새로운 땅에 도착해 태어날 수도 있기 때문에 사실대로 실토하는 게 더 나은지 ─ 그러면서 영사에게 지정받을 기일이 아직 태어나지 않은 이 아이의 출생과는 도저히 맞지 않을 경우에 빛이 문제인 한 이 아이는 세상의 빛을 볼 필요가 전혀 없다는 점도 거론되었다 ─ 또는 병이 든 경우 그 위험성을 비밀로 하는 게 더 나은지, 아니면 병이 만성인 경우 어쩌면 미국 정부의 부담으로 등록될 수도 있기 때문에 그것을 인상적으로 묘사하는 게 더 나은지 ─ 하지만 의사의 진단서에 따라 곧 죽을 게 확실한 사람은 아무도 부담을 지지 않았다 ─ 또는 정말 완전히 무일푼이어도 되는지, 아니면 고향 도시가 불타버린 후 ─ 고향 도시에서 전재산이 소실되고 많은 이웃들이 불에 타 죽고 나서 ─ 비록 위원회가 대주는 차표만으로 여기에 도착했다 해도 어떤 은밀한 자금원이 있다는 것을 넌지시 알려주는 게 좋은지 ─ 또는 통과비자가 지연될 경우 독일 위원회가 자기를 인도하라는 위협을 할지도 모른다는 점을 터놓고 말하는 게 옳은지, 아니면 자신이 독일군에게서 인도의 위협을 받고 있는 그런 사람이라는 것을 발설하지 않는 게 더 나은지에 대해 서로 빠르게 최종적으로 이야기를 나누었다.

하지만 나는 이렇게 끊임없이 속삭여대는 통과비자 수다에 대해 이루 말할 수 없는 참담함을 느끼며, 공습의 불구덩이와 미친 듯한 전격전의 포화 속에서 수천명, 수십만명씩 죽어간 자들을 생각하면서 놀라움에 치를 떨었다. 그리고 그렇게 죽어간 자리에서 수많은 생명들이 태어났다. 영사들도 전혀 알아차리지 못하는 사이에. 그 생명들은 통과자가 아니었고 비자 신청자가 아니었다. 그들은 여기에 해당되지 않았다. 여기에 해당되지 않는 자들 중 몇몇이 어쩌다 목숨을 건져 여기에 오게 되었다 해도, 몸과 마음에 아직 피를 흘리며 여기 이 건물 안으로 피신해 들어왔다 해도, 만일 목숨을 건진 이 영혼들 중 다시 몇명쯤이 합당하게든, 반쯤 합당하게든, 합당치 않게든 어떤 거대한 무리에 합류한다고 하면 그 무리에 어떤 해를 끼칠 수 있었을까? 그 커다란 무리에 과연 어떤 불이익을 안겨줄 수 있었을까?

처음으로 일을 마친 세사람이 기쁜 나머지 이를 허옇게 드러내며 계단을 내려왔다. 작고 뚱뚱한 한명의 남자와 멋지게 치장한 두명의 늘씬한 여자였다. 그들은 세사람 모두 손에 미국 비자를 들고 있었다. 무슨 목적의 비자인지는 모르겠는데, 빳빳한 종이에 두른 작은 빨간색 띠를 보고 멀리서도 알아볼 수 있었다. 레지옹 도뇌르를 연상시키는 그 빨강 띠는 과연 미국 통과자들에게 수여되는 일종의 레지옹 도뇌르 훈장의 리본이었다. 이 세사람에 바로 뒤이어 벌써 위층에서 일을 마친 대머리 친구가 나타났다. 몇주 전부터 계속 마주치게 되는 나의 통과세계 동료였다. 그는 아주 심각한 얼굴로 계단을 내려왔는데 손에 든 게 없었다. 의아스러운 일이었다. 우리는 그저 스치다 알게 된 사이였지만 어차피 이렇게 되어버린 세상에서 그래도 자신에게 득이 되는 것은 잘 챙길 줄 아는 사람으로 보였기 때문이다. 그가 기다리는 사람들 무리를 비집고 들어오다가 나를 보고는 자기가 한잔 살 테니 나더러 쌩페레올 까페로 오라고 했다. ──그다음으로 나의 옆방 여자가 계단에 나타났다. 기쁜 표정이었고 옆에는 개 두마리를 데리고 있었다. 그녀가 나에게 손짓을 하더니 몇마디 얘기를 나눌 수 있게 개들의 목줄을 손목에 감았다. 이미 오래전에 그녀는 나에게 더이상 시건방진 얼굴과 삐딱한 어깨를 하고서 송아지만 한 개 두마리를 끌고 다니는 추하고 우스꽝스럽게 생긴 여자가 아니었다. 그녀는 나에게 친숙하면서도 낯선 여자였다. 마치 전설 속 인물과도 같았고 영사관의 디아나 여신[120] 같은 존재였다.

"이 두마리 짐승은 아직……" 그녀가 말했다. "실제로 미국 시민의 개라는 증명서가 필요하다네요. 내가 여전히 못 떠나고 있는 게 얘들 탓이라 얘들을 해치우고 싶은 마음이 굴뚝같지만, 이 짐승들을 잘게 저며 굴라시[121]감으로 만들어버릴 경우 얘들 주인이 품행증명서를 보증해주지 않을 게 뻔하기 때문에 나는 얘들을 돌보면서 솔질도 해주고 목욕도 시켜주어야 해요. 결국 얘들 없이는 비자를 못 받을 테니까요." 둘러선 사람들이 듣기에는 무슨 말인지 도무지 알아들을 수 없는 이런 말과 함께 그녀는 목줄을 느슨하게 풀어 쌩페레올 광장으로 나갔다.

그러는 사이에 나의 십오분이 다가왔다. 나는 1월 8일 10시 15분에 영사 앞에 출두하도록 예정되어 있었다. 반드시 이겨야 하는 경주를 코앞에 두고 심장이 쿵쾅거렸다. 하지만 이번에는 겁을 먹고 불규칙하게 뛰는 박동이 아니라 기대에 부풀어 선명하게 뛰는 박동이었다. 계단을 지키는 수위가 나에게 통로를 열어주었고, 나는 두번째 대기실로 올라갔다. 대기실이 꽉 차 있어서 나는 더 기다려야 했다. 곧 알아차렸듯이 거기서 기다리는 이 모든 사람들은 같은

---

120 디아나는 로마 신화에서 사냥의 여신으로 야생 동물과 숲, 달을 관장한다. 그리스 신화의 아르테미스 여신에 해당한다.
121 쇠고기, 양파, 파프리카 등으로 만드는 헝가리 전통 수프.

가족에 속해 있었다. 가족은 두서넛씩의 여자와 남자와 아이 들, 이들 중 몇명은 지난번에 기다릴 때 봐서 낯이 익었다, 그리고 완전히 자기 안에 빠져 외부에는 전혀 신경을 쓰지 않는 노파로 이루어져, 오늘은 이곳에 전원이 출석해 있었다. 모두가 다 함께, 심지어는 아주 어린 아이들까지도, 내가 들어선 순간에 크게 흥분한 상태였다. 다들 경악과 격분으로 벌벌 떨었고 서로 뒤엉켜 수군거렸다. 아니면 귓속말로라도 속닥거려 자꾸 얘기를 하려고 애를 썼는데, 내내 사이사이에 소리를 빽 지르거나 한숨을 푹 쉬거나 흑흑 흐느껴 우는 사람이 하나씩은 있었기 때문이다. 모두는 노파 주위에 몰려 있었고, 오직 이 노파만이 미동도 않고 가만히 앉아 있었다. 종말을 앞두고 곧 무너져내릴 듯한 온갖 조짐을 보이며, 마치 미라가 된 것 같았다.

이 사람들로부터 뚝 떨어져 베레모를 만지작거리며 빙긋이 미소를 짓고 있는 한 젊은 신사가 문에 기대어 있었다. 그는 무엇이 문제인지 알고 있어서 이 광경에 재미를 느끼는 기색이 완연했고 자기는 아무래도 상관없다는 태도였다. 영사의 방에서 작은 가슴에 금발 곱슬머리를 한 젊은 아가씨가 마치 천주의 옥좌에서 날아온 천사처럼 가벼운 걸음으로 포르르 달려나왔다. 전쟁 기간을 내내 사방의 온갖 악행과 부정에서 벗어나 장밋빛 구름 위에 앉아서 보내던 그 아가씨였다. 그녀는 두번째 대기실의 문 앞에 서더니 그 가족에게 엄격하면서도 부드러운 말투로 최종적인 결정을 내리라는 뜻을 전했다. 만일 실제 천사라 해도 같은 영혼들에게 역시 그런 말투로 회개하든가 아니면 여기를 떠나라고 권고했을 것이다. 그러자 모두는, 꼬맹이 아이들까지, 일제히 양손을 들어올리고 한숨을 내쉬며 결정을 연기해달라고 사정했다. 나는 베레모를 쓴 젊은 신사에게 무슨 일로 저러는 거냐고 물었다. "저들은 죄다 저 파파 할머니의 자식, 손주, 증손 그리고 그밖의 혈족들이고, 저들의 서류는 완전무결하게 갖추어져 있어요. 영사는 즉시 서명을 해주려고 합니다. 그는 저들 모두를 입국시킬 생각이지만, 저 할머니만은 안된다는 거예요. 영사관 의사가 할머니는 잘해야 두달 더 살다가 죽을 거라는 진단서를 올렸기 때문이라 하고요. 그리고 그런 사람들은 아예 미국 배에 태우지를 않아요. 뭐하러 태우겠어요? 하지만 가족 전체는, 이런 사람들은 고집이 얼마나 센지 몰라요, 할머니가 자기들 곁에서 죽을 수 있도록 할머니를 모시고 떠나든가, 아니면 전부 할머니 곁에 남겠다는 거예요. 자, 생각해보세요, 그렇게되면 저 할머니는 어차피 죽을 몸인데, 비자는 기한이 지나 무효가될 거고, 통과비자 역시 무효가 될 거란 말입니다. 그리고 당신도 아시겠지만, 프랑스에서는 비자며 통과비자며 다 갖추고 있는데도 떠나지 않는 자들은 잡아가두기 일쑤인데, 저들도 그러면 별수 없이 어딘가에 갇히고 말 겁니다. 최소한 정신병원에라도 갇히겠지요."

이어서 영사의 명을 전하는 아가씨가 두번째로 나타났는데, 나는 그녀의 피부가 참으로 곱다고 느꼈지만 그녀의 목소리는 엄격했다. 그 가족의 무리 속에서 아담한 체구의 한 남자가 일어서더니자기 식솔들과 함께 누비고 다닌 나라들의 언어가 뒤섞인 말로 결정된 내용을 차분하게 공표했다. 그러지 않았다면 나는 그가 그들의 가장임을 알아보지 못했을 것이다. 그들은 노파가 살아 있는 동안은 그녀 곁에 머물기로 결정을 본 것이다. 그 이유는 이랬다. 그녀의 맏아들로서 그가 이곳에 그녀 곁에 남고 대신 자기 부인이 아들들을 데리고 떠난다면, 그들이 자기 없이 무슨 수로 살아갈 수있겠는가? 혹은 이제 막 결혼해서 첫아이를 임신한 막내 여동생이 뒤에 남는다면, 그의 매제인 남편 없이 그녀 혼자 여기서 어떻게 아이를 낳을 수 있겠는가? 그리고 만일 자신의 이름으로 가게를 차려 장사를 하는 이 매제 자신이 남는다면 — 하지만 영사의 전령 아가씨는 이미 다음 이름을 호명했다. 그들 모두는 서로 조심하라고 주의를 주어가며 노파가 계단을 내려갈 수 있게 부축하면서 그곳에서 물러났다. 슬프고 혼란스러운 얼굴들이었지만 후회하는 기색은 전혀 없었다.

그들이 떠나자 조금 전에 호명받고 들어갔던 그 젊은 신사가 나타났다. 그는 자기가 수표 사기의 전과가 있는 자이며, 들어가자마자 비자를 즉시 거부당했다고 유쾌한 얼굴로 당당하게 말했다. 그러고는 계단을 껑충껑충 뛰어내려갔다. 그다음으로 내 이름이 호명되었다.

순간 나는 모든 걸 다 잃어버릴 수도 있고 경찰이 이미 대기 중일지도 모른다고 분명하게 생각했다. 나를 연행해갈지도 모른다고. 나는 또 그들이 나에게 손을 대기 전에 이 건물을 어떤 방법으로 떠날 수 있는지를 분명하게 생각해보았다. 일단 거리로 나가면 꾀를 써서 어떻게든 그들의 손아귀에서 벗어날 수 있으리라. 나딘의 방이 멀지 않은 곳에 있었다.

잃어버린 것은 아무것도 없었다. 보아하니 파울이 내키지 않는 마음을 이겨내고 자신의 동료를 위해 최선의 증명서를 마련해준 것이 분명했다. 그의 자부심이 다른 감정들을 물리친 것이다. 품행 증명서를 발부할 수 있는 힘, 이 세상의 영사들에게 약간의 조언을 줄 수 있는 힘에 대한 그의 자부심 말이다. 고인에 대한 품행 증명서는 물론 일종의 추도사인 셈이었다. 그것은 그 남자를 기쁘게 할수도 없었고 마음 상하게 할 수도 없었다. 그는 생전에 틀림없이 자부심이 강하고 말수가 적은 남자였을 것이다.

　나는 최종적으로 떠나보낼 사람들의 일을 끝마무리하는 방 안으로 정중하게 인도되었다. 나는 통과비자에 나의 인적사항을 기입해넣는 임무를 맡은 젊은 여자 앞에 앉도록 안내를 받았다. 금발의 곱슬머리를 한 곱고 상냥한 여자를 마주하지 못해서 유감이었다. 하지만 나의 수호천사도 나쁘지 않았다. 검정색 곱슬머리를 하고 있었고 감촉이 분명 우단처럼 보드라울 것 같은 갈색 피부를 지녔다. 마치 최후의 심판에 앞서 예비심사를 하는 듯이 그녀는 진지하고 매서운 눈빛으로 내 눈을 뚫어지게 쳐다보았다. 나는 그녀가 하는 질문들에 놀랐다. 그녀는 내 대답을 꼼꼼하게 기입했다. 지나온 내 삶의 모든 사실과 살아온 세월의 목적을 세세히 적어넣었다. 질문의 그물이 하도 촘촘하고 치밀하고 철저해서 만일 그게 내 인생이기만 하다면 영사는 내 인생에 대해 세세한 부분까지 두루 꿸 수 있었을 것이다. 어떤 질문지도 이처럼 그렇게 하얗고, 그렇게 텅 빈 것을 본 적이 없었다. 이곳에서 그들은 이 종이 위에다 이미 달아나고 없는 삶을 붙잡아넣으려고 하는 것이었다. 이미 없어진 삶이기에 앞뒤가 맞지 않는 진술이 되지 않을까 더이상 염려할 필요가 없었다. 세세한 부분까지 전부 다 들어맞았다. 전체가 맞지 않는다고 무슨 큰일이 있겠는가? 떠나보내려는 그 남자의 신원을 분명히 하기 위해 온갖 시시콜콜한 내용까지 다 적혔다. 단지 그 남자 자신만 여기에 없었다.

　그러고 나서 그녀는 내 손목을 잡고 통과자들의 지문을 채취하는 기계장치가 있는 테이블로 나를 데리고 갔다. 그녀가 어떻게 찍어야 하는지 찬찬히 가르쳐주었다. 너무 살짝 찍어도 안되고, 너무 세게 찍어도 안되며, 내 오른손 엄지손가락, 내 왼손 엄지손가락,

내 모든 손가락, 그리고 내 양 손바닥의 볼록한 부분까지 찍어야
한다고 했다. 다만 이건 떠나보내려는 그 남자의 손가락들이 아니
었다. 즙이 많고 잉크 얼룩이 묻은 내 양손의 살을 통해 살이 없는
그 남자의 양손이 느껴졌을 때 그 느낌이 얼마나 묘했던가! 해골이
된 그의 손은 더이상 그런 장난에 적합하지 않았다! 내가 그 일을
모두 정확하고 조심스럽게 해냈기 때문에 나의 수호천사가 아주
잘했다고 칭찬해주었다. 내가 이제 빨간색 띠도 받게 되는 거냐고
묻자 그녀는 농담으로 알고 웃었다. 마침내 나는 합격 판정을 받은
준비된 통과자로서 영사의 책상 앞으로 인도되었다. 영사는 똑바
로 서 있었다. 그의 얼굴과 그의 몸짓에서 그가 이제 나에게 할 행
위는 사제가 세례를 주는 것만큼이나 자주 행하는 일이지만 늘 똑
같이 의미심장하다는 것을 넌지시 알리려는 낌새가 느껴졌다. 타
자기들이 한동안 더 타닥거리고 나서 펜이 전해졌다. 필요한 모든
곳에 충분히 서명을 하고 나자 영사가 살짝 고개를 숙여 인사를 했
다. 나도 그가 하는 인사를 따라서 해보았다.

문 앞에서 나는 내 통과비자를 살펴보았다. 특히 오른쪽 귀퉁이
를 가로지르는 빨간색 띠를 유심히 보았다. 별다른 목적이 없는 순
수한 장식인 듯했다. 이제는 내가 계단 위에 나타났다. 부러운 얼굴
로 나를 올려다보는 대기자들의 머리가 빼곡하게 내려다보였다.

Ⅱ

나는 쌩페레올 까페로 들어갔다. 나의 대머리 친구는 맨 뒤쪽 구
석에 몸을 숨긴 채 앉아 있었다. 나는 그가 나를 이리로 초대한 것

을 후회하는 모양이라고 생각했다. 같이 어울리기를 원하는 사람
처럼 보이지 않았다. 나는 뚝 떨어져서 다른 쪽 은밀한 구석에 가
서 앉았다. 내가 앉은 자리에서는 공간 전체를 조망할 수 있었다.
두개의 출입구가 눈에 들어왔다. 하나는 도청 출입자용인 듯했고,
다른 하나는 미국 영사관 대기자용인 듯했다. 까페는 서서히 자리
가 채워졌다.

신문을 하나 집어서 내 얼굴 앞에 펼쳐 치켜들었다. 마리가 들어
왔다. 그녀와 나, 우리는 내가 처음으로 미국 영사관에 발걸음을 한
날 바로 이곳에 같이 앉아 있었다. 이곳에서 그녀는 나에게 아무리
찾아다녀도 찾아낼 수 없는 남자에 대해 이야기했다. 그리고 나는
집요한 노력에도 불구하고 야속하게도 찾아내지 못하는 그녀의 처
지에 대해 고개를 절레절레 흔들었다. 지금 나는 그녀로 하여금 찾
아낼 수 없게 하는 것이 얼마나 쉬운 일인지를 내 눈으로 보고 있
었다. 그녀가 그를 찾고 있는 품이 얼마나 어설프던지! 그녀가 모
든 자리를 얼마나 대충대충 둘러보는지. 내가 그녀의 등 뒤에서 잽
싸게 그동안 앉아 있던 내 자리를 버리고 껑충 뛰어가 종려나무 화
분 뒤 두개의 커튼 사이에 있는 이 다른 자리로 옮겨 앉았지만 그
녀는 전혀 알아차리지 못했으니, 그녀를 속이기란 얼마나 쉬운 일
이었는지! 그러니까 다시 돌아온 남자 친구를 보았을 때 그녀에게
서 기쁨은 이미 사라졌던 것이다. 그녀가 필요로 하는 사람은 나였
다. 그녀가 나를 필요로 하는 게 단지 조언을 듣기 위한 것으로, 뭔
지 모를 모종의 비자 놀이를 위한 것으로 보인다 해도 더이상 기분
이 나쁘지 않았다. 나는 그것이 나를 다시 한번 만나기 위해, 다시
한번 모든 것에 대해 의문을 제기하기 위해 그녀 자신이 지어낸 하
나의 구실에 불과하다는 것을 알았다. 저 눈빛, 저 불안한 손, 저 하

얀 얼굴을 하고서 무언가를 찾고 있다면 그것은 비자 상담 그 이상의 것이다. 만일 내가 지금 벌떡 일어나 큰 소리로 마리를 부른다면 그녀의 얼굴은 환하게 빛나겠지만, 나는 기꺼이 그쪽을 포기하는 대신 그녀를 집요하게 찾도록 놔두고 내가 그 증인이 되는 쪽을 택했다.

다만 한가지, 신경을 심하게 건드리는 의문이 있었다. 즉, 그녀가 과연 찾는 일을 얼마나 오랫동안 계속할 것인가 하는 의문이었다. 그녀가 지금 열심히 찾고 있다는 데에는 의심의 여지가 없지만, 더 중요한 것은 얼마 동안이나 찾느냐 하는 문제였다. 오분 더? 점심 때까지? 이번주 내내? 아니면 일년 더?

그녀가 순전한 우연에 의해 엮이게 된 자를, 쾰른의 라인 강변 어느 벤치에서 알게 된 자든, 멕시꼬 영사관 앞 꾸르다사 벤치에서 마주치게 된 자든, 내내 계속해서 찾기만 할 수는 없는 노릇이었다. 중간에 빈 시간을 무엇으로 채울까? 그 시간이 몇시간일지 아니면 영원히 계속될지 그녀 자신도 모르는 그 시간을? 하지만 늘 똑같은 놀이로만 채워졌다. 하도 기만적이어서 진지해 보이는 놀이였다. 마리, 당신이 한번이든 열번이든 남자 친구 팔에 안겨 있는 건 참을 수 있어. 그 장면을 상상하면 기분이 안 좋지만 그래도 그건 참을 수 있어. 하지만 도저히 참을 수 없는 건 이 놀이가 끝까지 계속되어야 한다는 거야. 좋은 날이건 궂은 날이건, 죽음이 너희를 갈라놓을 때까지.

마리는 이미 이 공간을 떠나고 없었다. 벌써 쌩페레올 광장을 건너가고 있었다. 찾는 일을 계속하려는 걸까? 아니면 완전히 그만둔 걸까?

시야가 내 테이블 앞으로 걸어온 남자에 의해 가로막혔다. 통과세계의 동료인 나의 대머리 친구였다. 그가 말했다. "당신이 이 안으로 들어오는 걸 진즉 보긴 했지만, 당신은 일단 누구랑 어울리기를 별로 원치 않는 눈치였소."

나는 얼른 그에게 앉으라고 부탁했다. 물론 그 순간은 오직 광장을 내려다볼 수 있기 위해서였다. 광장은 텅 비어 있었다. 신문 가판점과 얼어붙은 나무들이 서 있긴 했지만, 광장을 가득 채우고 있는 것은 헤아릴 수 없는 텅 빈 공허만이 아니라 헤아릴 수 없는 무한의 시간인 듯했다. 먼지와 뒤섞인 바람이 엄청난 양의 시간 더미들을 쓸어다 켜켜이 쌓아놓고 있는 것 같았다. 마리는 흔적 없이 떠나갔을 뿐만 아니라 시간을 뛰어넘어 현재에서 영원으로 사라져버렸다, 나에겐 그렇게 보였다. ──그때 다른 자의 목소리가 내 귓전을 때렸다. "보아하니, 당신은 통과비자의 소유자가 되었군요?" 나는 움찔했다. 오른쪽 상단 귀퉁이에 멍청한 빨강 띠를 두른 그 빳빳한 종이 쪼가리를 그동안 내내 손에 들고 있었던 것이다.

나의 동반자가 말을 계속했다. "나도 그걸 얻기는 했어요, 하지만 나에겐 아무 쓸모가 없다오." 그가 자기 잔을 내 테이블로 가져와 자신과 내가 마실 핀fine을 주문했다. 나는 그가 자신의 차가운 연회색빛 눈으로 나를 더 날카롭게 바라보다가 내 시선을 좇는 것이 느껴졌다. 한 무더기의 사람들이 도청에서 몰려나오는 바람에 시간이 뚝 멎어버렸던 광장 위가 버글거렸다. 우르르 몰려다니는 분주함과 완전한 정지 상태, 이 두가지 사이에 중간은 없는 것 같았다. 하지만 나는 문득 내가 결코 혼자가 아니라는 느낌이 강하게 들면서 이 남자와 함께 한 테이블에 앉아 있는 것이 하나의 위안처럼 느껴졌다. 그가 어떤 종류의 사람이든 상관없었다.

내가 그를 향해 몸을 돌리며 물었다. "왜 당신의 통과비자가 대체 아무 쓸모가 없단 말인가요? 내가 보기에 당신은 자신의 서류를 잘 이용할 줄 아는 사람처럼 보이는데 말이오?" 나는 그가 스스로 이야기할 때까지 마시면서 기다렸다. "나는 세계대전 전에는 러시아에 속했다가 세계대전 후에는 폴란드 땅이 된 지역에서 태어났소. 아버지는 수의사였고, 자신의 분야에서 유능한 분이었소. 비록 유대인이긴 했지만 그는 한 시험 연구용 농지에서 준공무원 자리를 얻었다오. 바로 그 농지에서 내가 태어난 거요. 잠깐만 기다려봐요. 이러한 사정이 오늘에 와서 내 통과비자와 무슨 관계가 있는지 알게 될 거요. 그 커다란 시험 농지에는 두개의 소규모 농지와 물레방앗간 하나가 포함되어 있었지요. 방앗간에는 물론 방앗간 주인의 집도 딸려 있었고요. 방앗간 앞 개천이 방앗간과 우리의 관사官舍 사이를 흐르고 있었소. 가장 가까운 마을에 이르기 위해서는 그 개천을 건너고 작은 언덕을 두개 넘어야 했다오. 언덕들이 무지 작긴 했지만 아주 가팔라서 하늘과 맞닿아 있었지요."

그가 기억을 더듬느라 말을 멈춘 거라고 생각해서 내가 말했다. "그 풍경이 아름다웠던 모양이지요." "아름답다고요? 글쎄, 분명 아름답기도 했지요. 내가 지금 당신에게 그 풍경을 묘사하는 것은 아름다워서가 아니라오. 우리 농지와 두개의 다른 농장 그리고 방앗간 주인집을 다 합쳐도 하나의 마을로 여겨지기에는 주민 수가 너무 적었소. 그래서 우리는 피야르니체라는 가장 가까운 마을에 편입되었다오. 이런 얘기들은 영사 앞에서도 했던 거요. 나는 정확했어요. 영사만큼 정확하다고 생각했소. 해서 나는 '전에는 피야르니체 면面에 속해 있었다'라고 썼지요. 하지만 영사가 더 정확했지 뭐요. 그의 지도가 더 정확했고요. 그 결과, 내가 다시는 결코 가보지 못한 나의 고향 마을은 그동안 많이 커져서 이십년 후에 독립적인 자치구를 이루게 되었고 나라도 리투아니아에 속하게 되었다는 사실이 드러난 거요. 그래서 폴란드의 증명서들은 더이상 쓸모없게 되었고 나는 리투아니아 사람들의 인정을 받아야 하는 처지가 되었다오. 게다가 전지역이 일찌감치 독일군에게 점령되었고 말이오. 그러니까 지금 나는 새로운 국적 증명이 필요하고, 거기에다 지금은 더이상 존재하지 않는 면面의 출생증명서 따위가 필요하다오. 국적 변경에 시간이 한참 걸린다면 예약해둔 배표를 취소해야 하고요."

내가 말했다. "왜 바로 취소하나요? 당신 경우엔 일이 급하지 않아요. 위험한 처지가 아니잖소. 또다시 무장한 세력이 덮쳐오고 도시들에 불을 지르고 하니까 우리 대륙은 이제 결딴났다고 생각하는 자들에 속하지도 않고요. 당신은 여전히 배표를 얻게 될 거예요." "나도 그럴 거라는 걸 의심하지는 않소. 나는 이미 상당히 오랫동안 그리고 상당한 인내심을 갖고 여행 준비에 매달려왔소. 언젠가 내 서류들은 다 갖추어질 거요. 언젠가는 내가 탈 배도 있겠지요. 배는 있을 겁니다. 다만 갑자기 왜 내가 언제부터 그렇게 떠나는 일에 열중하게 되었는지 더이상 기억이 나질 않는 거요. 아무래도 뭔지 모르는 무언가에 대해 두려움을 가졌던 것 같소. 아니면, 나는 나 자신에 대해 천성이 강골인 편이고, 일반적으로 말해, 두려움을 모른다고 말할 수 있는 그런 사람이라, 사람들이 나에게 자꾸 두려움을 가져야 한다는 생각을 불어넣어주었다고 할 수 있소. 전염 현상은 사그라졌고 두려움은 진정되었지요. 이제 이 모든 어처구니없는 상황에 정말이지 신물이 난다오. 우리가 지난번에 만났을 때 이미 그랬소. 지금 나는 결정적으로 질려버린 상태라오."

"당신도 나와 똑같이 여기서는 당신을 결코 조용히 머물도록 내버려두지 않을 거라는 것을 알고 있군요."──"어차피 떠나야 한다면 나는 이제 다른 여행을 떠날 생각이오. 일단 내일 아주 소박한 여행을 하려고 해요. 전차를 타고 엑스¹²²로 갈 거요. 거기에 독일 위원회가 소재해 있거든요. 그곳에 귀향 여행을 신청할 겁니다. 내가 태어난 곳으로 돌아가려고요.""자발적으로요? 거기서 무슨 일이 당신을 기다리고 있는지 아시오?"──"그럼 여기서는요? 여기서는 무슨 일이 나를 기다리고 있겠소? 당신은 아마 저 죽은 남자의 동화를 알 거요. 그는 영원히 기다렸는데, 그건 하느님이 그에 대해 결정해놓은 거지요. 그는 기다리고 또 기다리고 하염없이 기다렸어요. 일년을 기다리고, 십년을 기다리고, 백년을 기다렸지요. 그러고 나서 그는 판결을 내려달라고 간절히 부탁했어요. 기다리는 걸 더이상 참을 수 없던 거지요. 그에게 내려진 대답은 이랬어요. '도대체 무엇을 기다리느냐? 너는 이미 오래전부터 지옥에 있는 게 아니더냐?' 아무것도 없는 것을 멍청하게 기다리는 것, 그것이 바로 지옥이었으니까 말이오. 대체 무엇이 그보다 더 지옥 같을 수 있겠소? 전쟁이? 전쟁은 그대들을 뒤쫓아 바다로 뛰어들어 대서양을 건널 거요. 이제 나는 모든 것에 진저리가 난다오. 나는 고향으로 갈 거요!"

Ⅲ

하지만 나는 에스빠냐 영사관으로 갔다. 나는 통과비자를 신청

---

122 엑상프로방스의 줄임말. 마르세유 북쪽 약 30킬로미터 지점에 위치.

하는 줄에 섰다. 줄이 정문 앞에서 거리 위로 기다랗게 이어졌다. 사람들이 내 앞과 내 뒤에서 에스빠냐 통과비자에 얽힌 비화를 이야기했다. 비자가 결국 나오기는 했지만 배의 출항일을 코앞에 두고 나오는 바람에 리스본에 제때에 도착할 수 없었다는 이야기였다. 하지만 나는 기다림을 위해 기다릴 때, 그리고 그 기다림의 대상이 하찮은 것일 때에만 그렇게 하듯이 진득하게 기다렸다. 나의 대머리 친구가 쌩페레올 까페에서 이야기한 그 지옥 속에 나도 이미 아주 깊이 빠졌음에 분명했다. 그 지옥이 내가 겪었고 앞으로도 틀림없이 겪을 모든 일에 비해 딱히 더 고약할 것도 없다고 여겨지는 걸 보면 분명히 그랬다. 그 정도면 참을 만하고 서늘했으며, 앞뒤로는 흥미로운 비화를 들려주는 자들이 있는 그런 지옥이었다.

그렇게 해서 나는 몇시간 후 에스빠냐 영사관의 정문 통로 안으로 조금씩 움직여 들어갔고 내 뒤로 늘어선 줄의 꼬리가 거리로 더 길게 뻗어나갔다. 거리에는 그사이 차가운 비가 내리고 있었다. 그리고 다시 몇시간 뒤에는 영사관의 홀 안으로 들어갔다. 어떤 은밀한 규칙에 따라 그렇게 움직이는 것인지는 몰라도 나는 얼굴이 길쭉하고 입술이 얇은 누렇고 깡마른 관리 앞으로 조금씩 움직여 나아갔다. 그는 근엄한 예의를 갖추어 차분하게 물었다. 마치 내 등 뒤로 기다리는 줄의 꼬리가 다음번 길모퉁이까지 길게 이어져 있지 않다는 듯이 그 태도가 여유롭기 그지없었다. 하긴 그는 언제나 안에 있었고 기다리는 줄은 늘 밖에 있었기 때문에 그가 그 꼬리를 직접 본 일은 한번도 없을 터였다. 그가 내 서류를 들고 어떤 책 뒤로 돌아가더니 그 책에서 아마 이름을 찾는 모양이었다. 한 이름이, 세상 풍파에 씻겨 지워졌을 가련한 한 이름이 어떻게 바로 그 책에 적혀 있겠는가? 어머니가 아직 살아 있다면 기껏해야 그 어머나나 그래도 아직 가끔씩 부르곤 했을 그런 이름이 말이다. 하지만 그 이름은 적혀 있었다. 에스빠냐 영사관 서기관의 입술이 휘어지며 몹시 기분 나쁜 미소를 지었다. 그는 나의 신청이 무효이며 나는 결코 에스빠냐를 통과할 수 없다고 정중하게 알려주었다. 나는 왜 통과할 수 없느냐고 물었다. 그 이유는 나 자신이 가장 잘 알 거라고 했다. "저는 말이죠……" 내가 대답했다. "아직 한번도 당신 나라에 가본 적이 없는 사람입니다." "당신은 어느 나라엔가 해를 끼칠 수도 있는 사람입니다." 그가 말했다. "그 나라 땅을 밟지 않고서도 말입니다." 그는 통과비자를 거부할 수 있는 자신의 권력에 대해 아주 근엄한 태도를 보였고 자부심을 내비쳤다. 그는 권력의 맛을 혀로 살짝 핥아 음미했다. 말할 때 가볍게 혀를 찼기 때문에 나는 그의 혀를 볼 수 있었다. 그리고 그 권력은 그에게 맛이 있었다. 하지만 내 얼굴 안에서 뭔지 모를 무언가가 그의 기분을 몹시 상하게 한 것임이 분명했다. 아마도 기쁨의 표정 같은 것이었는데, 그것이 그를 깜짝 놀라게 했고 그의 입맛을 잡치게 한 모양이었다.

그러니까 죽은 그 남자는 먼지에 불과하거나 재에 불과한 존재만도 아니고, 그 어떤 혼란스러운 이야기에 대한 희미한 기억일 뿐인 그런 존재만도 아니라고 나는 생각했다. 그 어떤 혼란스러운 이야기란 먼 옛날 저녁 어스름 녘에 내가 아직 완전히 잠이 든 것도 아니고 또렷하게 깨어 있는 것도 아닐 때 어른들이 들려주던 이야기들처럼 나더러 다시 이야기해보라고 하면 다시 못할 것 같은 그런 것이었는데, 그는 분명 그런 이야기의 아스라한 기억으로만 존재하는 것은 아니었다. 아직 얼마든지 살아 있는 무언가가, 그에게 국경을 폐쇄하고 나라 안으로 못 들어오게 할 만큼 충분히 두려워할 만한 무언가가 남아 있었다. 나의 첫 방문 때 미국 영사가 내 앞에 들이대던 그 몇줄의 이야기가 필시 그런 조치를 취하게 만든 모양이었다. 내 목숨을 걸고라도 그 이야기를 한번 읽어보고 싶었다. 어쩌면 그것은 정말 재가 되었는지도 모른다. 하지만 그것이 다른 곳에서는 그에게 체류할 권리를 선사했듯이 이곳에서는 용서받지 못할 대상이 된 것이다. 나는 그가 유령이 되어 돌아다니는 모습을 상상해보았다. 한밤중에 그가 살아서는 한번도 밟아본 적이 없는 나라를 통과하는 것이다. 그러면 그가 지나가는 곳마다, 밭에서든, 마을에서든, 한번도 본 적 없는 거리의 포석에서든, 그림자들이 꿈틀거리며 움직인다. 대충 아무렇게나 파묻힌 죽은 자들이 그가 지나갈 때면 움찔거리는 것이다. 적어도 그는 그들을 위해 그만큼이나마 기여했기 때문이다. 다만 아주 적게, 글 몇줄 정도, 개입하지 않고는 배길 수 없는 마음이 발작처럼 터져나와서. 내 경우엔 웬 막돼먹은 나치돌격대[123] 녀석의 면상을 주먹으로 한방 갈겨준 것뿐이었듯이. 그런 점에서 우리 둘 사이에는 어느정도 비슷한 면도 있었다. 세월에 떠밀려 그냥 꾸역꾸역 살아가는 따분한 삶을 견디다 못해 갑작스럽게 그 흐름을 끊고 개입하지 않고는 못 배기는 기질이 그러했다. ──에스빠냐 영사관 관리가 너무 심하게 치켜뜬 눈으로 나를 뚫어지게 바라보았다. 나는 마치 그가 서명을 해서 나에게 통과비자를 발급해준 듯이 기쁜 얼굴로 감사의 뜻을 표했다.

---

123 약자로 SA(Sturmabteilung)라고 하는 나치의 준군사조직. 나치 대중집회의 경호부대가 확대된 것으로, 히틀러의 개인경호대로 창설된 또다른 무장조직인 나치친위대 SS(Schutzstaffel)와 함께 권력의 양대 기둥을 이루었으나, 히틀러가 집권 다음해인 1934년 SS를 동원해 SA에 대한 대대적인 숙청을 단행한 이후 세력이 크게 약화되었다.

IV

나는 모든 일을 찬찬히 헤아려보기 위해 몽베르뚜에 가서 앉았다. 아직 아무것도 먹지 않았고 더이상 무언가를 살 돈도 없었다. 약간 마시기만 했다. 죽은 이와 나 그리고 의사, 우리 세사람에게 결국 에스빠냐를 통과하는 길은 거부된 것이다. 다른 초라한 배편이 우리에게 주어져 있었다. 아마도 매달 트랑스뽀르 마리띰이 마르띠니끄로 띄워보내는 삐걱거리는 낡은 배일 것이다. 의사는 화물적치장의 출입문을 통해 그 배가 정박해 있는 것을 한번 본 적이 있었다. 실패한 그의 첫번째 출국 전에 그는 나에게 무슨 말을 전했던가? 마리가 이젠 떠나기로 결심했다고 했지. 아무래도 그는 그로써 자신이 게임에서 이겼다고 생각한 모양이었지만, 마리는 그가 반쯤 폭파된 교량 아치로 차를 몰아 루아르 강을 건너던 그 당시에도 떠나기로 결심했다고 하지 않았던가? 하지만 그 당시에 없었으므로 고려의 대상이 될 수 없었던 나는 그럼에도 불구하고 그들을 따라잡았다. 없던 존재가 불쑥 튀어나와 그들 앞에 우뚝 선 것이다.

몽베르뚜가 이런저런 형상들로 채워지기 시작했다. 화창하고 밝고 솜털같이 부드러운 오후의 햇살이 내 두 손 위에 비쳤다. 머릿속으로는 나의 죽은 이가 이승에 남긴 것들을 정리하기 시작했다. 우리는 뽀르뚜갈에 공동의 보물을 가지고 있었다. 꼬르시까인이 그것을 발굴할 수 있게 도와주어야 했다. 우리는 여비가 필요했고, 그밖에 보증금도 필요했다. 보증금은 우리가 눌러앉지 못하게, 그걸 뭐라고 하더라? ─아, 그래, 동반구東半球에 눌러앉지 못하도록 그들이 요구하는 돈이었다. 굳은 손가락과 넓적한 손톱을 지닌 나보다는 죽은 이에게 더 잘 어울리는 환하고 고상한 단어였다. 그런 손가락과 손톱이 나는 늘 마음에 들지 않았다. 나는 웨이터를 불러 지도책이 있으면 좀 갖다달라고 부탁했다. 그가 가져온 것은 세계 지도가 들어 있는 여행안내 책자였는데, 때에 절어 끈적거리고 하도 많이 봐서 너덜너덜했다. 나는 마르띠니끄를 찾아보았다. 이제야 찾아보다니, 지금껏 나는 너무 게을렀다. 그것은 정말로 지도에 있었다. 두 반구 사이에 놓인 조그만 점이었다. 두 반구는 도청의 속임수도 아니고 영사관에서 지어낸 것도 아니었으며 진짜였고 영원무궁토록 계속될 것이었다.

얼마나 마셨는지 모르겠다. 그때 누군가 내 어깨를 잡았다. 나는 옆방 친구의 몸을 따라, 훈장들이 가물가물 빛나는 그의 가슴을 따라 올려다보았다. 왜 나는 그를 늘 내가 많이 마셨을 때만 만나는지 모르겠다. 그 작고 다부진 사내는 항상 훈장들로 반짝거리는 몽롱한 기운이 감싸고 있었다. 그는 앉아도 되느냐고 물었고, 나는 같이 어울리게 돼서 기쁘다고 말했다. "나딘은 뭐 하고 있어?" ─"나딘?"─"그녀는 다시 마법에 걸려 사라졌어. 내가 눈이 빠지도록 보고 있거든. 밤에 골목이란 골목, 까페란 까페는 다 돌아다니고 있어." "저녁 6시에 담 드 빠리의 직원 출입구에 서서 기다리기만 하면 돼."

"내가? 절대 안돼. 나는 절대로 그렇게는 못해. 나는 그녀를 우연히 만나야 돼. 언젠가, 어쩌다가 말이야. ─한데 어디 안 좋아? 하긴, 너도 어딘가 안 좋을 때가 있을 테니까."

나는 누가 불편한 질문을 할 때면 늘 하는 대로 했다. 내 쪽에서 거꾸로 그에게 묻는 것이다. "넌 나한테 아직 네 얘기를 들려주지 않았어. 그런데 너 같은 사람이 어떻게 가슴에 주렁주렁 매달린 것들을 다 얻게 되었지?" 그가 대답했다. "대략 너와 비슷한 상태에 있던 수십명의 젊은 친구들을 쓰러져 나가떨어지지 않도록 저지한 덕분이었지." 나는 소리내 웃으면서 그 습관이 아직 남아서 내 테이블에 앉은 거냐고 물었다. 그가 정색을 하고 대답했다. "다분히 그렇지." —하지만 그러고서 그는 제물로 자기 이야기를 하기 시작했다. 그 이야기가 먼저 필요했던 것이다.

"전쟁이 났을 때 나는 바르에 있는 한 마을에서 조용히 살고 있었어. 그곳 사람들은 외지인들에게 친절했지. 나도 어쩌면 거기서 별문제 없이 오늘날까지 잘 살 수 있었을 텐데 말이야. 하지만 우리 아버지는 가론 도道[124]에 살고 계셨거든. 그곳에선 예순살이 안 되는 외지인들은 모두 가두었어. 아버지는 아들인 내가 군대에 지원하는 경우에만 풀려나서 오실 수 있었어. 나는 생각을 거듭하다가 입대하는 게 나의 의무라고 여겼지. 또 그 당시 대부분 그랬듯이 히틀러에 맞서는 진정한 전쟁을 믿었거든. 신체검사를 받았는데, 완벽하게 건강하다는 판정이 나왔지. 그럴 거라고 이미 알고 있었어. 지금은 내 건강에 특별한 사정이 생겼지만 말이야. 나는 외인부대에 입대할 모든 신체적 조건을 충족하는 엄선된 건강 소유자들에 속했어. 그래서 외인부대의 훈련캠프에 들어갔지. 나는 다소 놀랐지만, 어차피 그 모든 것이 전쟁의 일부라고 생각했어. 그동안 아버지도 수용소에서 석방되셨단다. —그런데 너는 어디가 안 좋은데?"

바깥에서 마리가 지나갔다. 그녀는 낯선 회색 외투를 입고 있었

---

124 프랑스 남서부 가론 강이 흐르는 지역.

는데, 한번도 본 적이 없는 것이었다. 그녀가 군중 속으로 사라졌다고 생각하는 순간 그녀는 몽베르뚜로 들어왔다.

그녀는 평소와 다르게 찾는 일을 하지 않았다. 가만히 구석에 가서 앉았다. 멍하니 앞만 보고 있었다. 보아하니 단지 방해받지 않고 조용히 혼자 있기 위해 들어온 것 같았다. 나는 그녀가 나를 찾지 않았어도 여기에 있다는 것, 그녀가 살아 있다는 것, 아직 살아 있다는 것만으로 그저 기뻤다. "나는 이제 완전히 괜찮아." 내가 말했다. "부탁인데, 계속 이야기해줘." "우리는 마르세유로 보내졌지. 저기 저 위로 우리를 데려갔어." —— 그가 구항 저편의 쌩장 요새[125]를 가리켰다. "그 안은 춥고 냄새나고 오물투성이란다. 벽 여기저기에는 '휴식도 없고 안식도 없다'라는 문구가 새겨져 있었지. 그것은 외인부대의 구호야. 우리를 아침마다 바닷가로 끌고 갔어. 요새 뒤쪽으로 작은 만(灣)이 있단다. 만에는 돌덩이가 수두룩했지. 우리더러 그 돌덩이들을 만에서 가파른 계단 위로 굴려올리게 했어. 산을 깎아서 만든 계단이었어. 우리가 위에 다다르면 그 돌덩이들을 다시 바닷속으로 던져넣게 했지.[126] 특별 훈련이었어. 그렇게 해서 우리를 복종에 익숙해지게 하기 위한 것이었지. 내 얘기가 혹시 지루하지 않아?"

나는 결코 지루하지 않다는 것을 맹세하기 위해 그의 손을 잡았다. 그리고 그가 이야기를 계속하는 동안 마리의 얼굴을 살펴보았다. 석양빛을 받아 평온했다. 그녀는 이미 천년간을 그 창가에 앉아

---

125 각주 2 참조!

126 그리스 신화의 시시포스 이야기를 연상시킨다. 코린토스의 왕 시시포스는 신들을 기만한 죄로 죽은 뒤에 커다란 바위를 산꼭대기로 밀어올리는 벌을 받는데, 그 바위는 정상에 다다르면 다시 굴러떨어지는 바람에 형벌이 영원히 되풀이된다.

있는 것임이 분명했다. 크레타인과 페니키아인의 시대에는, 수많은 종족의 군대 속에서 자신의 애인을 찾아 헛되이 헤매는 소녀였었다. 하지만 그 천년의 세월이 하루처럼 흘러가버렸다.[127] 지금 그 태양이 지고 있었다.

"우리는 어느날 아프리카로 갔어. 우리를 배의 창고 안에 몰아넣었지. 배는 몇십년 동안인지 몇천년 동안인지 모르겠는데, 어쨌든 외인부대원들을 아프리카로 실어다주었어. 수세대 동안 한번도 씻어낸 적이 없는, 외인부대원들의 때로 절어 있는 배였어! 우리는 다시 훈련캠프에 들어갔지. 더욱 더 혹독한 훈련을 받았단다. 우리 상관들의 훈시는 앞으로 최고의 훈련이 우리를 기다리고 있다는 비밀스러운 암시와 위협으로 가득했어. 우리는 씨디벨아베스로 갔지. 하사관들 자신이 오래된 외인부대 병사들이었는데, 그들은 누군가를 때려 죽였거나 건물에 방화를 했거나 도둑질을 해서 언젠가 각자의 조국에서 도망쳐온 자들이었지."

나는 그가 모든 것을 처음부터 이야기할 필요가 있어 잠시 머뭇거리는 거라고 생각했다. 그사이 어떻게 하면 마리가 곧 타고 떠날 배에 나도 탈 수 있을지에 대해 이리저리 생각해볼 수 있었다. 마침 내가 고대하던 일이 일어났다. 그녀가 찾는 일을 갑자기 멈춘 것이다. 그렇다, 오늘, 아마도 그녀가 빠리를 탈출한 지 열일곱번째 달에, 그녀가 여기에 도착한 지 열다섯번째 달에. 죽은 이에게 그 확실한 달수를 제시할 수도 있었다. 달수는 아예 다시 따져볼 수도 있었다. 그중 한동안은 그녀가 나를 찾아다녔다 — 나 또는 우리

---

127 신의 영원함과 인간의 허무함에 관한 모세의 기도 구절을 연상시키는 문장. "주의 목전에는 천년이 지나간 어제 같으며 밤의 한 경점 같을 뿐임이니이다." (구약성서 시편 90:4)

둘을. 그럼에도 불구하고 찾는 일의 중단은 내가 기대하던 것과는 전혀 다르게 이루어졌다. 거기엔 화끈하게 매듭을 짓는다든가 거칠게 확 풀어져버리는 맛이 없었다. 그것은 우연에 맡기겠다는 조용한 결심이었다. 하지만 고개를 숙이고 눈을 내리뜬 채 거기에 그렇게 앉아 있는 그녀의 모습에 우연 자신도 의아한 듯했다. 우연으로서는 아직 한번도 겪어본 적이 없고 우연이 다른 무엇과 기가 막히게 유사한 경우에만 나타날 수 있는 그런 순종적인 자세였다.

동반자의 목소리가 귓전을 때렸다. 그가 그동안 이야기를 계속했는지 아니면 입을 다물었는지 나는 확실히 말할 수 없었다.

"장교들은 프랑스인이었는데 그들 중 다수는 유럽에서 복무 중에 죄를 범한 자들이었어. 전쟁으로 인해 그곳으로 오게 된 건 우리뿐이었지. 우리는 히틀러와 싸워 이기려고 했으니까 말이야. 하지만 아무도 우리를 믿어주지 않았어. 만일 그들이 우리의 말을 믿었더라면 우리를 더욱 더 미워했을 거야. 우리가 겪은 과정을 그들도 이미 다 겪었지. 그래서 그들은 그 훈련 과정을 그대로 유지하고 싶어했단다. 그렇게 영원히 지속하기를 원했지. 자기들 뒤에서 갑자기 중단시켜 개선하는 것을 원치 않았어.

그러고서 우리가 사막으로 행군하는 날이 다가왔어. 그런데 우리가 떠나기 전에 아버지의 편지가 왔지 뭐야. 브라질로 가시는 중이며 나더러 서둘러서 뒤따라오라는 내용이었어. 나는 아버지에게 욕을 해댔는데, 그 일은 두고두고 내 마음을 아프게 할 거야."

나는 약간이라도 움직여 그의 신경을 건드리지 않도록 조심했다. 그의 마음을 가라앉히기 위해 미동도 않고 귀를 기울였다. 그러면서 마리에게서도 눈을 떼지 않았다. 나는 그가 지금 이 시간 이 테이블에서야 비로소 자신의 지나온 삶을 마무리 짓고 있음을 알았다. 이야기로 풀어내면 마무리되는 법이니까. 그가 자신의 이야기를 다 하고 나면 비로소 그는 그 사막을 영원히 횡단하게 될 것이다.

"우리는 쌩뿔 요새로 갔어. 오아시스 지역에 있는 곳이야. 그곳엔 종려나무와 우물이 있었지. 시원하기 짝이 없는 돌집들도 있었고. 프랑스 부대원들은 그늘에 앉아 카드놀이를 하면서 술을 마셨단다. 우리는 더 좋은 날이 오기를 기대하고 있었어. 하지만 프랑스 부대원들은 우리를 경멸했어. 우리가 돈 몇푼 벌기 위해서라면 어떤 굴욕적인 일도 감수하는 더러운 족속이라는 얘기를 들은 거야. 사람들이 우리를 사막 초입에 있는 도시로 데려갔단다. 우리는 그 도시의 불빛들을 보았지. 우리는 텐트를 치기 위해 모래에다 자갈을 쏟아부어야 했어. 바닥이 너무 부드럽지 않고, 우리가 나약해지지 않도록 말이야."

마리는 꼼짝도 하지 않고 항구를 바라보고 앉아 있었다. 나는 우리 모두가 한덩어리가 된 느낌이 들어 몸이 후끈 달아올랐다. 나의 옆방 친구가 이야기를 계속했다. "우리는 이딸리아와의 경계[128]에서 멀지 않은 한 작은 요새를 향해 사막 속으로 점점 깊이 들어갔단다. 천지가 누런색이었어. 땅과 하늘 그리고 우리 모두. 장교들은 낙타로, 우리는 걸어서 갔지, 하사관들도 걸었어. 장교들은 우리를 얕잡아 보았는데, 자기들은 타고 우리는 걷는 자들이기 때문이었고, 하사관들은 우리를 미워했는데, 자기들도 걷고 우리도 걸었기 때문이었지. 우리가 얼마 동안이나 사막 속으로 들어갔는지 더이상 모르겠어. 성경에서처럼 사십년 동안[129]이라고 생각되었지.

---

128 이딸리아 파시즘 정권이 지배하던 뜨리뽈리따니아와의 경계.
129 모세가 애굽 탈출 후 이스라엘 민족을 이끌고 40년 동안 광야를 헤맸다는 성

우리는 목적지에서 아직 일주일쯤 떨어져 있었어. 그곳에서 우리는 수비대와 교대하도록 되어 있었거든. 그때 이딸리아 비행기들이 날아왔단다. 하늘과 땅 사이에는 우리 두개 연대의 병력뿐이었어. 비행기들이 급강하하여 덮쳐왔어. 바다였다면 한척의 배를 향해 그런 식으로 달려들었을 거야. 우리는 모래 속으로 파고들어가 숨었다가 잠시 뜸해지면 계속 이동하곤 했지. 하늘에서는 계속해서 새로운 죽음의 새 떼들이 내려왔어. 그러자 사람들이 절망하기 시작했단다. 그들은 모래 속에 몸을 던지고는 가만히 있었어. 죽으려고 했던 거야! 물도 다 떨어져가고 말이야. 용서해줘, 너도 아마 이와 비슷한 행군을 알고 있겠지.

나도 어떻게 해서 지금 내 가슴 위에 걸린 것들을 얻게 되었느냐는 너의 질문에만 답을 하려고 했어. 이제까지 나는 아직 나의 용맹을 입증할 기회가 없었단다. 돌덩이들을 산 위로 굴려올린다든가, 백년 동안 세척 한번 한 적 없는 오물투성이의 욕지기나는 배를 타고 바다를 건넌다든가, 빈대들로 짓이겨져 떡이 된 자리에서 잠을 잔다든가, 무거운 짐을 지고 4미터 높이 담장에서 유리 파편과 돌조각으로 가득 찬 도랑으로 뛰어내린다든가 ― 그때 선택의 여지는 뛰어내려 골로 가거나, 불복종죄로 벽에 세워져 총살을 당하거나 두가지 길밖에 없었어 ― 하는 그런 것들은 아직 용맹의 증거라고 할 수 없었지. 그런 건 아마 인내력 시험 정도일 거야. 하지만 이제 ― 사막에서 ― 맹세코 말하는데, 나는 갑자기 나 자신이 용맹스러워지기 시작하는 것을 깨닫지 못했어. 사막을 통과하는 동료 부대원들에게 약간의 용기를 불어넣어주기 시작한 것뿐이었

서 이야기. 구약성서 민수기 14:33~34 참조.

거든. 특히 연배가 아래인 친구들에게 말이야. 나는 그들을 잘 타일러 인간에게는 저 빌어먹을 외인부대와는 전혀 상관없는 모종의 법이 있다는 것을, 죽을 때까지 반듯하게 처신해야 하는 그 어떤 법이 있다는 것을 믿게 하려고 했지. 그리고 그러한 공상 같은 생각은 언제나 물에 대한 약속, 멀리 떨어져 있지만 곧 도달할 거라는 약속의 말과 뒤섞였지. 그래서 그들은 더러 내 말을 잠시나마 믿을 때도 있었단다. 그때마다 그들은 모래에서 후닥닥 빠져나와 한시간쯤 더 터벅터벅 걸었어. 내가 그들과 함께하고 있으며 나도 마찬가지로 그 모든 것을 견뎌야 하는 처지라고 그들에게 이야기했지. 우연히 나도 함께 견디고 있다는 것이 그들에게 위안이 될 수 있기라도 한 것처럼 말이야!

대령은 이제 가끔 나에게 따로 자문을 구하기 시작했어. 얼마나 더 걸릴 수 있을지, 아직 무엇을 기대할 수 있는지, 마지막 물은 언제 어디서 어떻게 나누어주어야 하는지를 말이야. 그리고 비행기들은 계속해서 날아왔고, 점점 더 짧은 간격으로 날아왔어. 그들은 하늘에서 덮쳐와 쪼아댔지. 곧 도착할 거라고 내가 호언장담하던 말을 들은 내 젊은 친구들 중 많은 수가 희생을 당해 걸레 조각처럼 찢어졌어. 때때로 나는 짐을 대신 져주기도 했지. 맹세컨대, 나는 그 모든 것이 용맹과 어떤 관계가 있다는 생각을 꿈에도 해본 적이 없었어. 우리가 그래도 어느정도 무사히 목적지에 도착한 유일한 부대였다는 것을 나는 훨씬 나중에 들었어. 그러고서 대령은 내가 그런 결과를 이루는 데 큰 기여를 했다고 주장했어. 나는 나중에 우리 요새에서 '국민훈장' 수상자로 지목되었어. 보초병들은 내 앞에서 차렷 자세를 취해야 했고. 나는 결국 이 훈장들을 목에 걸게 되었지. 대령은 부대원들 앞에서 나에게 키스를 했단다. 이 이야기에서 이상한 점은 내가 그 모든 일에 기뻐했다는 사실이야. 더욱 더 이상한 점은 갑자기 모두가 나를 존경하게 되었다는 사실이고. 맹세코 말하는데, 그게 나라는 것은 그 일에서 전혀 상관이 없었어. 존경은 갑자기 나타난 거였고, 그 어떤 무언가에 대한 존경이었겠지. 내가 어떤 훈장을 받았고 어떤 국민의 훈장을 받았는지가 상관없는 일이었듯이, 그게 나를 향한 거였다는 것이 나로서는 상관없는 일이었어. 하지만 이 이야기에서 당혹스럽고도 가장 이상한 일은 내가 그들 모두를 좋아하게 되었다는 점이야. 나는 그들을 좋아했고 그들도 나를 좋아했어. 나는 그들을 갑자기 몸과 마음을 다하여 사랑하기 시작했단다. 그 비천하고 잔인하고 야비한 자들 모두를, 그 야비하고 잔인한 돼지 같은 놈들 모두를 말이야. 몸과 마음을 다해 나는 그들을, 그들은 나를 사랑했지. 어떤 이별도 그들과의 결별만큼 그렇게 무겁게 느껴진 적은 없었어.”

내가 물었다. “그런데 어떻게 해서 부대를 나오게 되었는데?”

그가 말했다. “부상을 당해서지. ──이제 제대를 하게 될 거야. 그러면 군복을 벗어서 훈장과 함께 싸넣을 수 있겠지. 아버지는 그동안 돌아가셨어. 그런데 아버지는 저 건너에서 돌아가시기 전에 장갑을 미리 대량으로 주문해놓으셨거든. 나에겐 미혼이고 나이 많은 누나가 둘 있어. 그들은 나 없이는 장갑 가게를 열 수가 없거든. 그러니 나는 지금 얼른 그들에게 달려가야 돼.”

우리는 나가면서 마리의 테이블 옆을 슬쩍 스치고 지나갔다. 그러나 그녀는 나를 알아보지 못했다. “저기 저 여자는 말이지……” 내가 말했다. “다시는 돌아오지 못할 어떤 남자를 기다리고 있어.” ──“나는 돌아왔지만……” 그가 슬픈 어조로 말했다. “아무도 나를 기다리고 있지 않아. 늙은 두 누이밖에는. ──나는 사랑에 있어서도 행운이 없어. 너의 나딘에 관해서 말인데, 솔직히 말해 너도 그녀가 바로 나를 고를 거라는 생각이 들지는 않지?"

V

이른 아침에 여주인이 나를 불러 내려오게 했다. 나는 처음에 그 비단 장수가 다시 와서 여행경비의 첫 할부금을 요구하는 것이리라 생각했다. 하지만 한 팔을 여주인의 창문에 기댄 채 나를 마주보고 눈을 끔뻑거리는 젊은 남자를 보고서 나는 즉시 비밀경찰임을 알아보았다. 이제 안 좋은 일이 닥칠지도 모르는 상황에 대비해 마음의 준비를 했다. 나는 또 여주인이 남의 불행을 고소해하는 은밀한 기쁨을 내비치며 나를 지켜보고 있다는 것도 즉시 알아챘다. 그는 입 모양을 뾰족하게 하고서 기분 나쁜 어조로 나의 증명서들을 요구했다. 나는 그것들을 창문턱에 가지런히 올려놓았다. 그가 몹시 놀라며 물었다. "비자를 갖고 있나요? 통과비자도 갖고 있나요? 떠나려는 겁니까?" 그는 여주인과 시선을 주고받았다. 그녀의 얼굴에서 남의 불행에 대한 기쁨이 즉시 깊은 실망감으로 바뀌었다. 붉으락푸르락하는 두 사람의 표정에서 나는 일제단속에서 성과를 거두었을 때, 이 경우에는 나를 붙잡아갔을 때, 받게 될 보상금을 그들 사이에 마음속으로는 이미 나누어가졌음을 읽어냈다. 자신의 식료잡화점 사업을 하루라도 더 빨리 시작하기 위해 여주인은 바로 이 보상금을 노리고 이 요원에게 신고했을 터였다. 요원이 계속해서 말했다. "당신은 이 부인 앞에서 결단코 이 도시에 남으려고 한다, 출국은 생각하고 있지 않다고 했다면서요?"

내가 말했다. "여주인 앞에서 하는 말을 누가 선서를 하고 하나요. 나는 기분 내키는 대로 이야기할 권리도 없나요." 그가 터져나오는 화를 꾹 참으면서, 부슈뒤론 도慮는 사람들로 넘쳐나고 있고, 규정에 따르면 나는 가능한 한 빠르게 이곳을 떠나야 하며, 이 조건하에서만 나는 아직 자유롭다고, 어떤 배에든 한 자리를 예약해두어야 한다고 압박해댔다. 미안하지만 이 나라의 도시들은 내가 살기 위해 있는 게 아니라 떠나기 위해 있다는 점을 부디 이해해달라고 했다.

그사이에 나의 옆방 친구인 외인부대원도 계단 위에 나타나 나를 향한 경고의 말을 경청하고 있었다. 그러더니 그는 내 팔짱을 끼고 나를 억지로 벨상스 광장으로 끌고 나와 즉시 자기와 함께 브라질 영사관으로 가야 한다고 말했다. 어젯밤부터 브라질 기선 한 척이 저 너머로 떠난다는 소문이 있다고, 이제 곧 소문이 아니라 보나 마나 내일이면 확실한 사실로 밝혀질 거라고 했다. 그의 말에 내 눈에도 갑자기 배의 환영이 떠오르는 게 보였다. 그것은 떠나는 일에 혈안이 된 자들의 멈출 수 없는 소망에 의해 생겨난 배였으며, 무성한 소문들의 안개에 휩싸여 음산하고 으스스한 선거船渠에서 유령들이 뚝딱 만들어낸 배였다. 내가 물었다. "그런데 배 이름이 뭔데?" 그가 대답했다. "안또니아."

VI

나는 방금 생겨난 그 새로운 배에 마리가 나와 함께 오를 수도 있을 거라고 생각했다. 나는 그를 따라서 브라질 영사관으로 갔다.

그곳에서 우리는 내가 이제까지 본 적이 없는 통과자들의 무리 속에 있었다. 빽빽한 무리가 가로대에 막혀 짓눌렸다. 가로대 뒤로는 두개의 우람한 책상이 놓여 있는 녹색 공간이 널찍하게 전개되었는데, 거대한 지도로 인해 더욱 더 확장되어 보였다. 그 공간은 텅 비어 있었다. 처음엔 아무도 나오지 않았다. 사람들이 영사든, 영사 비서든, 서기관이든, 서기든, 자신들의 말을 들어줄 누구든 모습을 나타내라고 아우성치며 기다렸다. 그들은 한 선박회사에서 배가 곧 브라질로 떠날 거라는 귀띔을 받고 몰려온 것이다. 많은 사람들이 나처럼 대부분 그리로 가기를 원치 않았다. 하지만 어쨌든 배가 한척 떠났고, 일단 배에 오르면 모든 것으로부터 벗어나는 것이었고, 온갖 희망으로 풍성해지는 것이었다. 우리는 가로대 뒤에서 밀치락달치락했다. 하지만 영사가 머무는 공간은 여전히 비어 있었다. 다만 뚝 떨어져 있어 우리에게는 안 보이는 부속실로부터 연한 커피 냄새가 우리에게까지 밀려왔다. 혹시 영사가 커피 구름이 되어 흩어져버린 건 아닌가 하는 생각이 들었다. 이 익숙지 않은 냄새가 우리를 흥분시켰다. 우리는 어떤 자루를 떠올렸고, 눈에 안 보이는 직원들이 사용할 비축물자가 저장된 어떤 지하실을 추측했다. 몇시간 뒤에 옷차림이 대단히 수려하고 가르마를 아주 정확히 탄 홀쭉한 몸매의 남자가 빈 공간에 나타났다. 그는 놀라서 입을 다물지 못한 채 우리를 뚫어지게 바라보았다. 마치 절망과 기대가 뒤섞여 흥분한 사람들의 무리가 거실 안으로 우르르 몰려와 알아들을 수 없는 무언가를 간청하는 장면을 마주 대하고 있는 듯한 모습이었다. 우리는 다들 합창하듯이 간청하는 목소리를 높였다. 하지만 그는 기겁을 하고 달아났다. 우리는 몇시간을 더 기다렸다. 마침내 그가 다시 나타났다. 그는 그 우람한 책상 중 하나에 놓인 몇가지 서류를 옆으로 밀어놓았다. 그러고는 머뭇거리며 가로대 쪽으로 다가왔다. 마치 우리가 그를 움켜잡아 우리 세계 쪽으로 낚아 채기라도 할 듯이 주눅이 든 모습이었다. 내 친구만이 유독 사막에서 비싼 댓가를 치르고 체득한 침착한 자세로 말없이 기다렸다. 그러다 갑자기 가로대를 쾅 내리쳤다. 그러자 그 젊고 홀쭉한 남자가 깜짝 놀라 위를 쳐다보았다. 그의 시선이 훈장들의 번쩍거리는 빛에 사로잡혔다. 그가 머뭇머뭇 다가서는 순간, 나의 동행자는 그의 손안에 재빨리 자신의 비자 신청서를 쥐여주었다. 나도 재빨리 그 젊은 브라질 사람에게 내 신청서를 강제로 떠맡기려고 했다. 하지만 그는 기진하여 나머지 모든 대기자를 향해 물러가라는 손짓을 했는데, 그들 역시 이미 자신의 비자 신청서를 마구 흔들어대고 있었던 것이다. 그는 내 동행자의 서류를 들고 물러났다. 그 인상은 나에게 오래도록 계속 남았다.

VII

나는 피자 가게 옆을 지나가면서 그 안을 들여다보지 않았다. 그때 누군가 내 뒤를 쫓아 달려와 나를 붙잡았다. 의사는 다른 때보다 더 흥분해 있었다. 달려나오느라 숨이 찬 것만으로도 그랬을 것 같다. "보다시피 마리 말이 맞았네요. 맹세코 말하라면, 나는 당신이 떠나갔다고 말했을 겁니다. 당신은 갑자기 나타났듯이 그렇게 갑자기 사라진 거라고, 그러니 당신을 찾는 건 소용없는 일이라고 마리를 거의 설득하다시피 했어요."

"아닙니다, 나는 여기 있습니다. 당신처럼 침착하고 믿음직한 사람이 남들에게 반대의 것을 믿도록 설득한다면 다들 믿게 마련이지요." 그가 멈칫하며 말했다. "당신은 이제 더이상 비네 씨 집조차 찾아가지 않았더군요. 그들은 당신의 오래된 진정한 친구들 아닌가요."

나는 생각했다. 그렇다, 비네 가족은 오랜 절친한 친구들이다. 나는 더이상 그들에게 마음을 쓰지 않았다. 나는 병이 들었다. 출국병에 전염된 것이다.

"마리는 당신을 찾고 또 찾고 있어요. 여러주 된 것 같습니다. 우리가 다음번 마르띠니끄행 기선을 타고 떠날 가능성이 아주 높아졌거든요. 배 이름이 '몬트리올'입니다." "그런데 그녀는 비자를 받았나요?" "아직 손에 쥔 건 아닙니다. 하지만 언제라도 나올 수 있어요." "여비는 이미 마련하셨고요?" 나는 그의 두 눈에서도 유쾌한 장난기가 번득이는 것을 처음으로 보았다. 그의 두 눈을 때려주고 싶을 정도였다. "여비라고요! 그건 우리가 루아르를 건널 때 이미 수중에 있었지요. 목적지까지 우리 두사람이 쓸 여비랍니다." "통과비자는요?" "비자를 내보이면 영사가 주겠지요. 다만—"

"다시 무슨 '다만'이라니요!" 그가 웃었다. "중대한 건 아닙니다. 아닙니다, 이번에는 작고 보잘것없는 '다만'입니다. 마리가 당신을 다시 한번 보기 전에는 떠나고 싶어하지 않아요. 그녀는 당신을 이제껏 만난 친구들 중 가장 믿을 만한 친구로 여기는 것 같습니다. 당신이 갑자기 자취를 감추는 바람에 당신의 성가聲價만 올라갔지요. 지금 나와 같이 들어가 로제 와인을 마시며 함께 기다리는 게 가장 좋을 것 같은데요." "잘못 생각하시는 겁니다." 내가 말했다. "아닙니다, 나는 이제 더이상 당신과 함께 들어갈 수 없습니다. 더이상 당신과 함께 로제 와인을 마실 수 없고요. 나는 더이상 당신과 함께 기다릴 수 없습니다." 그가 한걸음 뒤로 물러서더니 이맛살을 찌푸렸다. "그럴 수 없다고요? 왜 그럴 수 없나요? 마리가 어쨌든 그러기를 절실히 원하고 있어요. 우리는 틀림없이 이번달에 떠날 거고요. 확정된 사실입니다. 마리가 떠나기 전에 당신을 다시 한번 보고 싶어합니다. 그녀에게 작별선물로 이 조그만 위안쯤 안겨주실 수 있지 않을까요." ─ "왜 그래야 되죠? 뭐라 해도 나는 작별파티를 좋아하지 않습니다. 마지막이라고 다시 만나고, 마지막 바로 전이라고 또 만나고 하는 건 딱 질색입니다. 그녀는 당신과 떠나는 거고 그건 정해진 사실이지요. 뭐, 좀 불안하게 떠날 수도 있지요. 흠, 그녀라고 모든 걸 다 받을 순 없는 법이니까요."

그가 나를 똑바로 쳐다보았다. 그렇게 함으로써 마치 내 대답을 더 잘 이해할 수 있기라도 하다는 듯한 태도였다. 나는 그가 놀란 마음을 추스를 여유를 주지 않았다. 그를 놔둔 채 휭하니 떠나왔고, 그가 내 뒷모습을 바라보는 것이 느껴졌다.

집에 와보니까 여주인이 나를 작정하고 기다리고 있었다. 그녀의 눈빛이 고약했다. 입가에는 심술궂은 미소가 감돌았다. 어젯밤부터 새로 이가 자라나 더 날카롭고 번쩍거리는 것 같았다. 그녀가 자신의 풍만한 가슴을 창문턱에 대고 눌러댔다. "저기요 ─?" 내가 반문했다. "저기요, 뭔데요?" ─ "어느 배에 예약하셨우? 그건 그렇고 당신 방은 이번달 15일로 계약 만료요. 그때까지는 나가주셔야겠우." 그녀는 그동안 내내 자신을 위장해온 것이 분명했다. 실제로는 여주인이 아니라 비밀경찰 조직에 고용된 끄나풀로, 사람을 몰아내는 일에 종사하는 가면 쓴 존재였다. 창문 속의 투박한 상반신을 제외한 그녀의 나머지 모습에 대해 전보다 더 강한 의심이 들었다. 벽의 돌림띠 아래에 감추어진 그녀의 하반신은 어떤 모습으로 끝나는지 아무도 몰랐다. 어쩌면 물고기 꼬리 모양인지도 몰랐다. 나는 즉시 방향을 바꾸어 뒤돌아나갔다.

VIII

나는 라레쀠블리끄 가로 갔다. 사람들이 트랑스뽀르 마리띰 사의 창구 앞에 모여들어 복작거렸다. 다음 배는 8일에 떠나기로 되어 있었다. 자리는 전부 예약이 끝나 일찌감치 동이 났다. 나는 그 다음 배로 예약했다. 출국비자를 가져와야만 배표를 내줄 수 있다는 점을 유념하라고 했다.

나는 밖으로 나와 마리띰 사의 진열창 안에 진열된 모형 선박을 구경하기 위해 라레쀠블리끄 거리를 등지고 섰다. 출국비자는 여비와 보증금이 있는 자에게만 내주었다. 꼬르시까인이 뽀르뚜갈에 있는 나의 재산을 찾도록 도와주어야 했다. 그에게 곧바로 조언을 구해야 했다.

그때 누군가 내 손을 만졌다. "여기서 무얼 찾고 있나요?" 마리가 물었다. "혹시 떠나려는 거 아니에요? 우린 당신 마술에 익숙해졌어요. 당신이 먼바다에서 굴뚝 밖으로 기어나온다 해도 나는 전혀 놀라지 않을 거예요." 나는 그녀의 갈색 머리를 내려다보았다. 그녀가 말을 계속했다. "당신은 늘 나에게 조언과 도움을 줄 수 있어요. 그럴 때면 나는 결코 혼자가 아니에요!" ──내가 말꼬리를 붙잡았다. "혼자라니요?" ──그녀는 마치 나쁜 짓을 하다가 들킨 사람처럼 얼굴을 모로 돌렸다. "혼자인데 물론 그 사람과 함께 혼자라는 말이에요. 그동안 내내 어디에 있었어요? 당신을 찾느라 안

가본 데가 없어요. 이 빌어먹을 도시에서는 찾으려는 사람은 절대 찾지 못하고, 찾은 사람은 전부 우연하게만 찾는군요. 그러는 사이에 많은 일이 벌어졌어요. 다시 또 당신의 조언이 필요해요. 같이 가요." "시간이 없어요." 나는 양손을 주머니에 찔러넣었다. 그녀가 내 엄지손가락을 잡더니 나를 끌고 거리를 건너 라레퍼블리끄 가와 구항이 만나는 모퉁이의 크고 지저분한 까페로 들어갔다. 까페의 한 창가에는 자신의 여비를 아직 다 까먹지 못하고 여전히 먹어대고 있는 그 뚱뚱한 여자가 앉아 있었다. 내가 도착한 이후로 영국군에 입대하고 싶어하던 그 체코인은 우수에 찬 단호한 표정으로 까페를 가로질러 카운터에 가서 섰다. 나는 또 유리문 뒤로 전과 탓에 미국 통과비자를 거부당한 젊은 친구가 지나가는 것을 보았다.

그렇고 그런 이 모든 우연한 만남과 이 모든 무의미한 재회가 불가피한 운명처럼 끈질기게 반복되는 것에 니는 가슴이 답답해졌다. 마리는 머리를 한 손으로 괴고 있었다. 다른 손으로는 여전히 내 엄지손가락을 쥐고 있었다. 나는 그녀를 어디에서나 만나고 싶었고 어디서든 만나지 않을 수 없었을 것이다. 나는 저항하기를 포기하고 물었다. "마리, 뭐가 부족한데요? 당신을 위해 내가 무엇을 할 수 있나요?"

그녀가 내 어깨에 머리를 기댔다. 그녀의 눈빛 속에는 내가 아직 한번도 원한 적이 없었고 아직 한번도 받아본 적이 없는 무언가가 들어 있었다. 바로 무한한 신뢰였다. 나는 두 손으로 그녀의 한 손을 잡았다. 어떤 예감이 내가 곧 새롭고 놀라운 이야기를 듣게 될 거라고 말해주었다. 하지만 내 예감에 나는 속았다. 그녀가 말했다. "당신은 내가 지금 정말로 비자를 가지고 있다는 것을 아직 몰라요. 멕시꼬인들이 정말로 비자를 내주었어요. 지금 나에게 부족한 것은 통과비자뿐이에요." "그렇다면 내 도움말이 필요없어요. 미국 영사에게 가기만 하면 돼요. 당신에게 그걸 내줄 거예요." ─ "영사에게 갔죠. 맞아요, 그는 그걸 내줄 거예요. 소환 날짜를 받았어요. 나는 다음달 12일에 통과비자를 받게 될 거예요. 하지만 배는 아무래도 8일 날 떠날 것 같아요. 설마 비자가 나오기를 기다려주지 않던 내 남자 친구가 이제 통과비자가 나오기를 기다려줄 거라고 생각하는 건 아니겠죠?" "영사관에 갔을 때 소환 날짜를 며칠 앞당기려는 생각이……" 내가 물었다. "정말 아무것도 떠오르지 않았나요? 사정을 해본다든가, 합당한 이유를 둘러댄다든가, 거짓말을 한다든가 하는 생각이 들지 않았나요? 다른 것 필요없고 그냥 당신 모습만으로도 그의 마음이 움직이지 않던가요?"

"더이상 나를 놀리지 마세요. 내 모습은 그의 마음을 움직이지 못했어요. 또 아무 생각도 떠오르지 않았고요. 영사는 내 서류에서 바이델이라는 작가의 동반자 자격으로 비자가 발급된다는 사실을 읽어냈어요. 그는 나에게 일이 그렇게 급하면 왜 곧바로 오지 않았느냐고 물었어요. 바이델이 얼마 전에 직접 거기에 왔었다고 하면서 말이에요. ─ 나는 내 비자를 이제야 받았다고 했지요. 내가 적어도 그런 말이나마 했다는 것에 기뻤어요. 나는 놀라자빠질 뻔했지요. 그가 얼마 전까지만 해도 여기에 있었다니! 바로 얼마 전에 말이에요!" ─ 그때 갑자기 내 입에서 이런 말이 나왔다. "그사이에 그가 떠났을지도 몰라요!" "대체 어떤 배를 타고요? 얼마 전까지만 해도 영사관에 왔었다는데도요? ─ 그가 유령선을 타고 갔을 리는 없어요. 아니면 에스빠냐를 지나서 갔을까요? 그는 얼마 전까지만 해도 여기에 있었단 말이에요. 그는 아직 여기에 있었고,

나도 여기에 있었어요. 하지만 나는 지난 몇주 동안 때때로 그가 죽었다고 생각했어요."

내가 소리쳤다. "마리! 지금 무슨 말 하는 거예요! 나 자신이 언젠가 당신에게 그런 생각을 넌지시 내비쳤더니 당신은 소리내 웃으며 험한 말을 했었지요." "그래요, 그때 내가 웃었나요? 내가 웃어본 지 몇년이나 됐을까요? 나는 젊은 모양이에요. 저 건너편 거울을 좀 봐요."

나는 몸을 돌렸다. 한 테이블에 서로 손을 잡고 있는 우리 둘의 모습을 보자 나는 놀란 나머지 움찔했다. 그녀가 계속해서 말했다. "내가 젊다는 게 내 눈에 똑똑히 보이네요. 어떻게 내가 아직 젊을 수 있을까요? 그것도 아주 젊어 보이는데요. 어떻게 내 머리카락이 아직 갈색일 수 있을까요? 독일군이 빠리 앞에 와 있다는 얘기를 들은 지 분명 백년은 된 것 같은데 말이에요. 당신은 나한테 그것에 대해 물어본 적이 없었어요. 이 도시에서는 사람들한테 어디로 가느냐고만 묻지 ─ 어디서 왔느냐고는 절대로 묻지 않지요.

내 애인, 물론 내가 지금 말하는 것은 나의 첫번째 남자 친구인데, 그 첫번째 정식 남자 친구 말이에요, 그는 전쟁 중에 내가 수용소로 끌려가지 않도록 시골 어느 집으로 보냈어요. 그가 왜 나를 자기 곁에 두지 않았느냐 하면요, 이미 얘기했듯이 그는 병이 들어 형편이 안 좋았고 대부분 혼자 있고 싶어했어요. 그때 지금 내 남자 친구인 저 다른 남자가 내가 살던 집으로 왔어요. 그는 의사로 와서 한 아이를 돌보았고 모두에게 잘했어요. 그는 자주 왔고, 나는 혼자였고, 우리는 서로가 마음에 들었어요. 그러고서 독일군이 점점 가까이 다가왔어요. 나는 두려워서 빠리로 달려갔는데 독일군이 갑자기 빠리 코앞으로 진격해온 거예요. 나는 내 남자 친구를 찾았어요. 그 첫 정식 남자 친구 말이에요. 하지만 그는 더이상 자기 거처에 없었어요. 그가 살던 그 집은 자물쇠로 잠겨 있었어요. 그가 어디에 머물렀는지 아무도 몰랐어요. 노트르담의 유리창이 떼어졌고 사람들이 모두 피난을 떠났어요. 나는 죽은 아이를 손수레에 실어 빠리 밖으로 나르는 여자를 보았어요. 나는 혼자였고, 차량들을 따라 이 거리 저 거리를 헤매고 다녔어요. 그때 갑자기 그다른 남자가 쎄바스또뽈 대로에서 나를 부르는 거예요. 나에겐 기적 같은 일이었죠. 하느님의 지침 같은 것이었어요. 하지만 그건 전혀 기적이 아니었어요. 전혀 지침 같은 것도 아니었고요. 자신이 운명인 체하는 우연이었어요. 나도 못 이기는 척 거기에 따랐고요. 그 자동차에 올라탄 거예요. 그가 말했어요. '진정해요. 내가 당신을 루아르 너머로 데려다줄게요'라고요. 그렇게 시작된 거예요. 나는 루아르를 건너야 했고, 당시엔 루아르를 건너야 했기 때문에 지금은 바다를 건너야 해요. 나는 남아서 계속 찾아야 할 사람이 있었는데 말이에요. 그건 내 잘못이었어요. 내가 왜 반드시 루아르를 건너야 했는지 그 이유를 나에게 말해줄 수 있겠어요? 아, 그 자동차 여행은 생각만 해도 끔찍해요! 비행기들이 우리를 덮쳐왔고, 우리는 바퀴 사이로 기어들어가 숨었어요. 우리는 거리에서 한 여자를 끌어올려 차에 태웠는데, 그녀의 발은 총상을 입고 엉망이 되어 있었어요. 우리는 차에서 짐을 내던지고 그녀를 앉혔지만, 이미 너무 늦어서 그녀는 과다출혈로 죽었어요. 우리는 그녀를 다시 내던졌어요. 그리고 마침내 우리는 루아르 강가에 도달했는데, 첫번째 루아르 다리가 폭파되었어요. 자동차와 차량 들이 강변과 다리 잔해 속에 걸려 있었고, 사람들이 사이사이에 매달려서 절규했어요. 그와 나, 우리는 내내 서로 꼭 껴안은 채로 있었지요. 그리고 나는 그를 계속 따라가겠다고 약속했어요. 세상 끝까지. 그 끝이 나에게는 가까워 보였고, 그 거리는 짧아 보였으며, 그 약속은 가볍게 여겨졌어요.

우리는 루아르를 건넜고, 여기에 도착했어요. 그렇게 우연은 갑자기 운명적 사건이 된 거예요. 나는 내가 찾던 남자 대신에 나를 발견한 남자와 단둘이 있게 되었으니까요. 그림자에 불과하던 것이 피와 살을 얻게 되었고, 잠깐의 인연이었어야 하는 것이 영속적인 것이 되었어요. 영원할 것으로 생각되었던 것은—"

내가 소리쳤다. "터무니없는 얘기 좀 그만해요! 당신도 그게 터무니없는 얘기라는 걸 알아요. 우연에 불과한 것은 결코 운명이 되지 않고, 그림자에 불과한 것은 결코 피와 살을 얻지 못하며, 실제로 변치 않고 계속되는 것은 결코 그림자가 되지 않아요. 당신은 또 거짓말을 하고 있어요. 나에게 전에는 모든 것을 전혀 다르게 이야기했어요. 당신은 또 그 당시에 당신 남편에게 편지를 쓰기도 했어요—"그녀가 외쳤다. "내가! 편지를요! 어째서 당신이 그 편지에 대해 알고 있죠? 대체 당신이 어떻게 그 편지에 대해 알 수 있는 거죠? 그래요, 나는 편지를 썼어요. 하지만 그 편지는 결코 도달했을 리가 없어요. 더이상 무엇도 도달하는 것은 없었어요. 그 당시에 모든 것은 상실되어버리거나 불타 없어졌으니까요. 그런 편지는 결코 도달했을 리가 없어요, 그런 참담한 편지. 나는 그 편지를 도주 중에 썼어요. 빠리를 뒤로하자마자, 그 다른 남자의 무릎 위에서 썼어요. 하지만 당시에는 무엇도 도달하는 것이 없었어요. 하지만 우리가 여기에 도착하자마자 나는 또다른 편지를 썼어요. 그리고 그 편지들은 도달했어요. 그것들은 무사히 도달했음이 분명해요. 내 남편이 여기로 달려온 게 틀림없으니까요. 영사관들에서도 그가 왔다고 하잖아요.

　물론 나는 그가 왔고 정말로 여기에 있다면, 내가 정숙하든 변심했든, 곱든 밉든 간에, 그는 나를 찾아야 하고 만나야 한다고 생각했어요. 그만이, 다른 누구도 아닌 오직 그만이 나를 보면 마리, 마리, 하고 부를 거예요. 내가 갑자기 늙어버렸거나 일그러져버렸어도, 아니면 아예 알아볼 수 없게 변해버렸어도 말이에요. 나를 부르지도 않고 그가 여기에 있을 수 있다는 것은 있을 수 없는 일이라고 내 심장은 나에게 말해요. 하지만 영사들은 그가 왔었다고 하는 거예요. 하지만 내 심장은 지금 그가 죽은 것이 틀림없다고 말하고 있어요. 만일 그가 살아 있다면 나를 데리러 올 거라고 말이에요. 그들이 뭔가를 착각하고 있는 거예요, 영사들이요. 그들은 죽은 자에게 비자를 내준 것이고 죽은 자에게 통과비자를 내준 거예요.”

　내 두 손 사이에 있는 그녀의 손이 지금 얼음처럼 차가웠다. 겨울에 아이들 손을 비벼주듯이 나는 그녀의 손을 비벼대기 시작했다. 하지만 나의 두 손도 너무 차가워 그녀의 손을 따뜻하게 해줄 수 없었다. 나는 지금 이 자리에서 당장 모든 것을 이야기해야 했다. 어떻게 말해야 할지 마땅한 말을 찾았다. 그때 그녀가 아주 차분하게 말했다. “어쩌면 그는 우리보다 먼저 여기에 도착했을지 몰라요. 어쩌면 그는 이미 떠났을지도 몰라요. 그래요, 그게 답일 거예요. 그는 이미 떠난 거예요. 영사의 입으로 ‘얼마 전’이라고 했을 때 그 말은 우리가 그 말을 할 때와는 전혀 다른 걸 뜻하니까요. 영사들은 시간관념이 달라요. 영사에게는 몇달이 전혀 아무것도 아니에요. 미국 영사에게 나는 그게 대체 언제인지 감히 물어볼 생각도 하지 못했어요. 미국 영사에게는 아마도 몇달 전에 일어난 일이 바로 얼마 전의 일일 거예요.”

나는 그녀의 손목을 꽉 붙잡고서 큰 소리로 말했다. "당신은 그를 절대 따라잡을 수 없어요! 그는 당신에게서 일찍이 사라져버린 사람이에요. 당신은 이 나라에서 더이상 그를 찾지 못했고, 이 도시에서조차 못 찾았어요. 내 말을 믿어야 해요. 그는 찾을 수 있기에는 너무 멀리 가버렸어요. 도달할 수 없는 사람이 돼버린 거예요!"

그녀의 부드러운 회색 눈에 새로운 빛이 반짝였다. 더이상 못 참겠다는 듯한 눈빛이었다. "나는 알고 있어요, 그가 어디로 갔는지. 이번에는 따라잡을 거예요. 이번에는 아무것도 나를 막지 못할 거예요. 만일 영사가 통과비자를 내주지 않는다면 나는 통과비자 없이 그냥 걸어서라도 이 나라를 떠날 거예요. 뻬르삐냥¹³⁰으로 가서, 나에 앞서서 다른 사람들이 그렇게 했듯이, 산길을 알려줄 안내인를 한명 고용할 거예요. 아프리카로 가는 배에 구석 자리 하나쯤 마련해줄 뱃사람을 한명 살 거예요."——"그 말도 안되는 생각 좀 그만둘 수 없어요?" 내가 소리쳤다. "사람들이 붙잡아서 수용소에 가둘 거예요. 그래서 당신은 더욱 더 떠날 수 없게 될 거예요. 일이 어떻게 되어갈지 잘 생각해봐요. 그들이 당신들을 불러세우는 거예요. 세번을 외쳐도 서지 않으면 총을 빵 쏘는 겁니다!"——그녀가 웃으며 말했다. "나를 놀라게 하려는 거지요. 그러지 말고 전에 도와준 것처럼 날 좀 도와줘요. 아무런 조건과 유보도 달지 않고 당신은 그저 두말없이 도와주었잖아요."

나는 그녀의 손을 놓아주면서 말했다. "그래서 당신 말이 맞다면요? 영사들이 착각한 거면요? 그 남자가 더이상 없다면요? 그렇다면 어떻게 할래요?" 그녀의 두 눈에서 회색빛이 흐릿해지더니 그

130 에스빠냐 국경에 가까운 프랑스 남부의 지중해 연안도시.

녀가 말했다. "영사들이 어떻게 착각을 할 수 있겠어요? 당신 신분증에서 작은 점 하나 놓치지 않고, 당신 서류 묶음에서 작은 선 하나 놓치지 않는 사람들인데 말이에요. 만일 글자 한자가 잘못되었다면 그들은 잘못된 하나를 통과시키느니 차라리 백개의 올바른 것들을 붙잡아둘 거예요. 나에게 그런 터무니없는 생각이 든 것도 단지 사람들이 나를 여기에 가만히 앉아 있도록 강요하기 때문이에요. 내가 찾는 일을 하자마자 나는 그 남자가 있다는 것을 알아요. 내가 찾는 동안에는 내가 그를 아직 발견할 수 있다는 것을 알아요."

갑자기 얼굴이 변하더니 그녀가 말했다. "저기 바깥에 내 남자 친구가 가고 있어요. 그를 불러올게요. 아시죠, 그는 정말 좋은 사람이에요."

내가 말했다. "그를 칭찬할 필요 없어요. 나도 그의 좋은 점들을 알고 있어요." 그녀가 문가로 달려가 거리에 대고 외쳤다. 그가 들어와서 평소의 차분한 방식대로 우리에게 인사를 건넸다. "우리에게 와서 앉아요." 마리가 말했다. "통과비자 문제에 대해 우리 다시 한번 얘기를 나누어보기로 해요. 내가 좋아하는 두 친구가 함께."

그가 그녀의 손을 잡고 그녀를 유심히 바라보며 물었다. "당신 몸이 차요. 왜 이렇게 창백해요?" 나 자신이 몇분 전에 한 것과 똑같이 그가 그녀의 두 손을 문질렀다. 마리가 자신의 맑고, 너무도 맑은 눈으로 나를 똑바로 쳐다보았다. 그녀는 이렇게 말하는 것 같았다. 보다시피 내 손을 잡고 있는 건 바로 이 사람이에요. 그게 뭐 대수로운 일은 아니에요. 당신도 알다시피 우린 어쩔 수 없이 그렇게 만나게 되었던 거예요. 그건 우연이었어요. ──나는 생각했다. 그는 정말로 좋은 사람일 거라고. 그리고 그는 어차피 의사이므로 병은 고칠 수 있다는 것을 확신하고 있다고. ——하지만 나는 그것을 믿지 않는다. 적어도 이 의사가 병을 고칠 수 있다는 것은 믿지 않는다. 진실이 드러나게 되는 순간 그녀가 누구의 손을 잡아야 하는지 나로서는 의심의 여지가 없었다. 나는 오로지 죽은 자에게 호소했다. 우리는 그에게서 곧 그녀를 되찾게 될 거요. 안심해요, 그가 그녀를 오래 차지하고 있지는 못할 거요.

내가 말했다. "당신의 소환장을 이리 줘요. 그 종잇조각을 가지고 내가 무엇을 할 수 있는지 알아볼게요." 그녀가 뒤적거려 작은 쪽지를 꺼냈다.

우리가 일어날 때 의사는 나를 옆으로 따로 불렀다. 그가 말했다. "당신이 지금 직접 보았듯이 마리에게는 떠나는 것이 좋은 일입니다. 나는 개입하지 않았어요. 만일 그랬다면 모든 일을 지연시키기만 했을 겁니다." 그가 가볍게 덧붙여 말했는데, 나중에야 그 말이 묵직하게 느껴졌다. "그녀는 마침내 안정을 얻게 될 거예요. 나는 그녀를 틀림없이 저 너머로 데려갈 겁니다."

나는 그들을 뒤따라가지 않았다. 테이블에 그대로 앉아서 그들이 떠나가는 모습을 지켜보았다. 그들은 서로 손을 잡지 않은 채 침울한 화합을 이루어 께데벨주를 내려갔다.

9장

I

그날 나머지 시간을 나는 마리의 소환장을 주머니에 넣은 채 이일에 보탬이 될 만한 자를 찾아서 까느비에르를 오르락내리락했다. 나는 깨달은 게 많았다. 마리는 이제 더이상 떠나는 걸 연기하지 않을 것이다. 우연과 술수 같은 것에 기대지도 않을 것이다. 이제야 나는 빠리에서 죽은 자 대신 나에게 전해진 메시지의 의미를 알게 되었다. "무슨 수를 써서라도 우리가 함께 이 땅을 떠날 수 있도록 저와 하나가 돼요"라는 내용이었다. 그녀의 새 남자 친구는 계속 착각한 것이다. 그녀는 사실 한번도 주저한 적이 없었다. 주저한 것은 우리, 즉 의사와 나였으며, 늘 단호한 여자를 놓고 우리가 싸운 것이다. 그녀는 자신이 원하는 동안만 머물렀고, 지금은 떠나기를 원하므로 일이 빠르게 되어갈 것이다. 내가 즉시 우리 둘을 위해 행동하지 않으면 따라잡을 수 없이 빠르게 진행될 것이다.

나는 지금 바로 미국 영사를 한번 더 찾아가야 하는 게 아닌가 하는 생각까지 해보았다. 다른 사람의 머리, 즉 영사의 머리에서 번쩍하는 통찰의 불꽃이 튀어나오게 할 만한 묘안을 찾아보려고 나 자신의 머리를 쥐어짰다. 단 한가지 생각 말고는 쓸 만한 생각이 떠오르지 않았다. 분명 이 세상에 그보다 더 매수에 넘어가지 않을 강직한 관리는 없을 거라는 생각이었다. 저 옛날에 같은 자리에서 로마 관리가 타 종족의 사절들을 맞이하여 그들이 숭배하는 낯선 신들의 모호하고도 터무니없는 요구 사항들도 함께 접수했던 것처럼, 그는 자신의 까다로운 직무를 자기 방식대로 공정하게 수행했다. 그의 이름이 적혀 일단 등록된 소환은 다른 날로 옮길 수 없었다. 신이 있다면, 신조차 차라리 어떤 판결을 철회하고 차라리 자신의 규명할 수 없는 지혜가 잘못임을 입증할망정 — 만일 신이 존재한다면, 그러지 않아도 모든 일은 자신에게서 끝날 것이므로 — 그가 내린 결정은 확고부동했다. 헝겊 조각 끄트머리만큼도 안되는 권력을 쥐고서 그는 사방으로 요동치는 세상을 그래도 아직 유지해나갔는데 — 하지만 단단히 부여잡고 유지했다 — 그 알량한 권력이 행여 손에서 미끄러져나가지나 않을까 전혀 염려할 필요도 없었다.

다음날 오전도 나는 신의 선한 뜻에 대한 그런저런 생각들을 하며 보냈다. 그때 나의 시선이 까페 쑤르스에 앉아 있는 한 무리에게로 쏠렸다. 음주 허용일이었다. 파울과 파울의 여자 친구, 배신자 악셀로트와 그가 다른 아가씨를 버리고 대신에 얻은 그 가느다란 아가씨, 그에게서 버림받은 그 다른 아가씨, 저 꾸바 여행자와 그의 부인이 거기서 각자 자신의 아뻬리티프를 마시고 있었다. 그들은 자기들끼리 만족하여 나의 출현에 달갑지 않은 표정을 지었다. 그들에게 나는 필시 귀찮지만 마지못해 상대해주는 지난 수용소 시절의 떨거지였다.

악셀로트가 말했다. "그런데 네 친구 바이델은 어떻게 지내지? 내가 최근에 그를 보았을 때 심하게 굴욕과 모욕을 당한[131] 인상이던데." ─"굴욕과 모욕을 당한 인상이라고? 바이델이?" ─"그런데 왜 그렇게 쳐다보는데? 내가 어제 그와 이야기할 때 모욕을 당한 인상을 받았다고 말한다고 해서 그게 너한테 모욕을 주는 건 아니잖아?" "어제 그와 이야기를 했다고?" ─"전화로!" ─"전화로? 바이델하고?" ─"아, 참, 아냐, 미안해. 나는 전화가 매일 백통이나 오거든. 나는 일종의 부영사인 셈이지. 누구나 한가지씩 조언을 해달라고 하는 거야. 이번에 전화를 한 건 결코 너의 바이델이 아니라 마이들러였어. 십오년 전부터 나는 계속 불행히도 이 두사람이 헷갈린단 말이야. 그런데 그들은 서로 견원지간처럼 앙숙이거든. 빠리에서 내가 실수로 마이들러 대신 바이델에게 영화 개봉을 축하한다고 했을 때 지었던 그의 얼굴 표정이 절대로 잊히지 않아. 그건 그렇고 나는 이번주에 몽베르뚜에서 그의 부인도 보았어. 그건 헷갈리지 않아. 그녀는 여전히 몹시 우아했지만 얼굴이 좀 상한 모습이던데."

"나는 늘 의아했어……" 파울이 말했다. "바이델이 어떻게 그런 부인을 얻게 되었는지 말이야." 악셀로트가 천천히 대답했다. 그러면서 그의 수려한 얼굴이 약간 굳어졌다. "그는 그녀가 아주 조그만 소녀였을 때 분명 어딘가에서 주웠을 거야. 아이들이 아직 싼타

---

131 도스또옙스끼의 1861년 작 『굴욕과 모욕을 당한 사람들』(우리말 제목은 '학대받은 사람들')을 가지고 말장난을 하고 있다.

클로스를 믿는 그런 나이일 때 말이지. 그때 그는 그녀를 구워삶아 남자와 여자는 서로 사랑하는 거라는 둥 그녀가 온갖 것을 믿도록 만들었을 거야." 그가 내 쪽으로 몸을 돌리며 말했다. "그 젊은 부인에게 정중히 안부를 여쭙는다고 전해주시게." 이 사람이 기억 속에 실제에 거의 근사하게 마리의 뚜렷한 모습을 간직하고 있다는 느낌이 들어 나는 놀랐고 불안했다. 아무래도 이 사람의 두뇌는 뭐든지 아무리 연하고 잔잔한 것이라도 아주 뚜렷하게 기록하여 나중에 다시 그려낼 수 있도록 되어 있는 듯했다. 마치 시력이 멀쩡한 사람은 다시 흩어지고 지워져버릴 갖가지 안개 같은 것들과 얼룩얼룩한 것들에 현혹되어 쉽게 혼란스러워지는 반면에, 근시가 심하거나 거의 눈먼 사람은 오히려 모든 걸 예리하게 기록하여 천문사진을 찍어도 될 만큼 정밀한 장치를 몸에 지닐 수 있게 되는 것과도 같았다. 그는 이런 두뇌로 분명 도저히 있을 법하지 않고 더없이 비밀스러운 일들을 기록해왔는데, 지금은 우연히도 마리가 걸려들게 되었기에 내 마음이 불안해졌다.

하지만 나는 이 사람을 어떻게 하면 돕는 일에 끌어들일 수 있을까 즉시 주도면밀하게 생각해보았다. 그는 나의 가련하고 꾀죄죄한 뽀르뚜갈 친구처럼 기대에 충족되지 않으면 결코 무슨 일을 할 사람이 아니다. 뽀르뚜갈 친구는 적어도 한번은 사심 없이 무슨 일인가를 했다. 하지만 악셀로트는 절대로 무슨 일을 하지 않을 것이다, 절대로. 그는 도무지 가늠할 수 없는 자신의 공허함 속으로 늘 새로운 사람을 끌어들이고 유인할 것이다. 자신의 심연을 닫히도록 만들어줄 어떤 희생자를 결코 절대로 발견하지 못할 것이다. 그는 자신에 대해 뭔가를 알고 있을까? 내 생각엔 아니다. 이 경우엔 자연이 그에게 장난을 친 것이다. 그밖의 경우엔 그의 용모와 그의

320

두뇌를 그토록 훌륭하게 갖추어준 자연이 말이다. 이런 점에서 그는 아메바나 해조류를 닮았다. 그 점에서 보면 나의 조그맣고 꾀죄죄한 뽀르뚜갈 친구조차 그보다 훨씬 뛰어났다.

내가 말했다. "너의 안부를 오늘 중으로 전하려 하는데, 너는 물론 너의 정중함을 다른 식으로도 입증해 보일 수 있을 거야. 그 젊은 부인은 지금 몹시 난처한 처지에 있거든." ─ 그가 몹시 솔깃해하며 말했다. "뭐가 문제인데?" ─ "통과비자가 문제야. 그녀는 이미 미국 영사와 면담할 소환장을 받기는 했어. 하지만 그 날짜가 맞지 않는 거야. 소환 날짜를 다시 조정받아야 돼. 배가 그보다 일찍 떠나거든." ─ 그가 활발하게 말했다. "리스본에서 떠나? 12일에? 뉘아사호(號)로? 나도 이미 예약했어. 나는 방금 천막을 걷고 철수하기로 결심했단다." ─ 나는 거짓말을 했다. "맞아, 바로 뉘아사호야."

내가 그를 다소 너무 자세히 바라본 모양이었다. 그의 얼굴이 생기를 잃고 휑하니 비어버렸다. 내가 덧붙여 말했다. "통과비자가 제때에 발급될 경우에." ─ "그렇게 될 수 있을 거야." 그가 말했다. "우리는 더없이 근사한 여행단을 꾸릴 거야. 그리고 폭풍우가 몰려오면, 죄지은 자를 찾아낼 건데, 바이델을 물속으로 던져버릴 거야." "너는 그를 마이들러와 헷갈릴 텐데." 파울이 말했다. "가만히 있어. 나는 헷갈리지 않을 거야. 틀림없이 바로 그를 던져버릴 거야." 그는 얼굴이 환하게 빛나며 말을 계속했다. "바이델을 되도록 철저히 내버려두고 떠나려고 시도한 적이 있었지만 완전히 헛된 일이었지. 보기 좋게 빗나가버리고 말았어. 우린 둘 다 여기에 도착했으니까. 바이델은 이번에도 고래에게 삼켜져[132] 우리 모두와 동시에 도착하고 말 거야." "내 생각에는……" 내가 말했다. "그가 우리보다 먼저 도착할 것도 같은데. 하지만 먼저 그의 부인이 통과비자를 받아야 돼. 너는 영사의 친구지."바로 그의 친구이기 때문에 나는 그에게 이런 일로 부담을 줄 수가 없어." 내가 소리쳤다. "너는 머리가 좋잖아! 남자고 여자고 다들 너를 좋아하지! 어찌할 바를 아는 사람이 있다면 그건 바로 너야. 영사의 마음을 움직여 날짜를 고치게 할 수 있는 사람이 하나도 없을까?"

그가 뒤로 기댔다. 그는 잠시 말이 없었다. 그러고서 그가 말했다. "마르세유에서 영사에게 영향을 줄 수 있는 사람은 단 한명 있지. 그가 우연히 이번달에 여기에 있어. 아마 분명히 그도 뉘아사를 타고 갈 거야. 그는 민간인에 대한 전쟁 결과 조사위원회 위원장이야. 위원회는 프랑스 아이들에게 배로 음식물을 실어날라다 주고 있어. 탁월한 사람이야. 그도 바로 영사의 친구야. 동시에 일종의 신앙 상담자야. 그의 말이라면 영사도 귀담아들을 거야. 그의 말은 영사에게 윤리적 중요성을 갖거든." "윤리적 중요성이라고?" ─"맞아." 악셀로트가 매우 진지하게 말했다. "윤리적 중요성. 그가 그 일을 분명히 이해하게 된다면 영사에게 확신을 갖도록 설득할 텐데. 그 일을 그에게 이해시키는 건 물론 그녀가 해야 돼. 그는 자신의 양심에 어긋나는 일은 절대로 하지 않으니까." "자, 그럼, 우리……" 내가 말했다. "그의 양심이 그에게 통과비자 발급일을 며칠 앞당기게 해야겠다는 생각을 갖게 만들기를 바라자. 그리고 또 영사가 하느님의 사람인 그의 말을 귀담아들어주기를 바라자. 성서에는 여러 사례들이 있지 ─" 악셀로트가 차갑게 말했다. "이

---

132 요나의 이야기에 대한 암시. 폭풍우를 잠재우기 위해 요나가 사람들에 의해 바다로 던져지자 하느님이 고래를 보내 그를 삼켰다가 사흘 뒤 육지에 토하게 했다. 구약성서 요나 1~2, 신약성서 마태복음 12:40.

경우엔 우리가 미국 영사를 상대로 하고 있지."

나는 그가 도와주려는 마음을 거두지나 않을까 걱정이 되었다. 그래서 얼른 말했다. "미안해. 나는 잘 몰라. 너는 뭐든지 가장 잘 알지." 그가 주머니에서 만년필을 꺼냈고, 만년필은 내 시선을 사로잡았다. 그 안의 노르스름한 유리 속에서 잉크가 올라가는 것을 볼 수 있었다. 그가 쪽지를 두장 써서 각기 다른 봉투에 넣더니 말했다. "둘 다 오늘 중으로 그 젊은 부인에게 전해줘. 그리고 그녀더러 나에게 최신 정보를 빠짐없이 알려주어야 한다고 말해줘. 내일 8시에서 9시 사이가 가장 좋겠는데. 나는 일찍 일어나는 타입이야." ─나는 다들 가고 혼자가 되자마자 마리의 봉투를 열어보았다. 그녀는 아무것도 알아서는 안되고 모르는 게 좋았다. 나 혼자서 모든 것을 처리할 생각이다. 악셀로트의 글씨체는 단순했다. 내용도 단순했다. '저는 당신의 걱정거리를 듣게 되었습니다. 당신을 위해 제가 무슨 일을 할 수 있을지 깊이 생각해보았습니다. 당신이 먼저 휘터커 교수에게 제 편지를 보내면 그가 당신 이야기를 들어줄 겁니다. 즉시 저에게 소식을 알려주세요.'

이 편지는 찢어버렸다. 다른 봉투에는 휘터커 교수의 주소가 들어 있었다. 스쁠랑디드 호텔[133]이었다. 나는 즉시 그리로 갔다.

---

133 아뗀 대로에 위치한 이 호텔에는 미국의 언론인 배리언 프라이(Varian Fry, 1907~67)가 설립한 원조단체 CAS(Centre Américain de Secours) 사무실이 있었다. 독일군의 프랑스 점령 직후 미국에서는 특히 유럽 지식인들의 미국 입국을 돕기 위해 긴급구제위원회(ERC: Emergency Rescue Committee)가 조직되었는데, 프라이는 바로 이 위원회가 마르세유로 파견한 인물이었다. ERC는 오스트리아의 두 망명 정치인의 주도로 토마스 만 부부의 지원을 받아 뉴욕에서 설립되었다. CAS를 통해 구제된 지식인들의 수는 대략 2000명에 이른다. 이러한 숨은 공로 덕분에 그는 '미국의 쉰들러'라는 명칭을 얻었고 그를 기리는 수편의 영화가 제작되기도 했다.

Ⅱ

스쁠랑디드 호텔의 회전문 근처에는 경찰 몇명이 분주히 움직이고 있었다. 좌우로는 씨가를 꼬나문 사내들이 몇명씩 서서 지키고 있는 모습이 두드러져 보였다. 나는 평범하게 보였는지 무사히 통과했다. 거대한 호텔 로비는 따뜻했다. 아니, 더 정확히 말하자면, 몇달 전부터 바깥이 어찌나 춥던지 로비에 들어서면서 비로소 나에겐 따뜻한 기운이 의식되었다. 내 편지가 위로 전달되는 동안 나는 안락의자에 앉아서 기다렸다.

바닷가 우리 수용소에서는 공동의 띠를 둘러 하나가 되게 해놓았기에 그 안에 모든 것이 함께 있었다. 그 공동의 띠란 바로 가시철조망이었다. 오물투성이에다 이가 들끓었고, 영웅과 도둑, 의사와 작가와 프롤레따리아가 보수가 형편없이 박하고 누더기를 걸친 밀정들과 뒤섞여 있었다. 사방의 거울들로 인해 열배나 크게 보이는 이 거대하고 따뜻한 로비에서도 모두가 함께 있었다. 세련된 차림새에다 다림질이 잘되어 있고, 비시와 독일 위원회의 높은 양반들, 이딸리아의 중개인들, 적십자사 대표들, 미국의 — 뭔지 모르겠는데 — 커다란 위원회 대표들이 섞여 있었으며, 로비 구석구석 종려나무 아래에는 각국의 최고급 씨가들을 물고서 보수가 최고 수준이고 최고급으로 차려입은 전세계의 첩자들이 언뜻 두드러져 보이다가도 잘 드러나지 않게 서 있었다.

수위가 보낸 사람이 와서, 휘터커는 한시간 후에나 나를 맞이할 수 있으니 죄송하지만 기다리든가 다시 오든가 하는 게 좋겠다고 말했다.

그래서 나는 기다렸다. 처음엔 눈에 보이는 것들이 재미있었지만 곧 지루해지기 시작했다. 따뜻한 공기도 더이상 좋지가 않아 상의를 벗고 싶을 정도였다. 지속적으로 추운 호텔방, 까페, 관청 대기실 들에서 나는 일종의 양서류가 되었었다. 나는 계단을 오르내리거나 승강기에서 나와 로비를 가로질러가는 사람들을 구경했다. 활기차거나 뻣뻣했고, 눈에 안 띄게 서로 인사를 주고받거나 그냥 스쳐지나갔으며, 몹시 진지하거나 미소를 지은 표정이었지만, 다들 스스로 어떻다고 여기는 바를, 아니면 그렇게 여겨지기를 바라는 바를 역할에 충실하고 또 정확하게 나타내고 있어서 마치 그들을 실로 조종하는 사람이 호텔 지붕에 앉아 있는 듯했다. 나는 지루함을 몰아내기 위해 커다란 백발 머리를 지닌 저 작고 연약한 미국인은 어떤 직업을 가진 사람일까 속으로 물어보았다. 그는 수위에게 불만을 호소하고 있었고, 수위는 그의 말을 굽실거리며 들었다. 그러고서 그는 승강기를 이용하는 대신 나의 추측대로라면 두 위원회 사이를 오가기 위해 계단으로 올라갔다. 등 뒤에서는 독일어로 말하는 목소리들의 울림이 분명치 않게 들려왔다. 나는 안락의자를 돌려 앉았다. 유리문 뒤의 식당 안에 하얗게 덮인 테이블에 독일인들의 무리가 앉아 있었다. 일부는 짙은 색 양복을 입었고, 일부는 제복을 입고 있었다. 나는 거울과 담배 연기, 유리가 뒤섞인 뿌옇고 몽롱한 기운 속에서 하켄크로이츠 몇개가 이리저리 움찔거리는 모습을 보았다. 그것들을 보면 속이 서늘해지기 때문에 나는 그것들이 어디에 박혀 있든 금방 알아보았다. 마치 거미를 보면 소름이 쫙 끼치는 사람이 늘 거미를 잘 알아보는 것과도 같았다. 하지만 전체 난방이 되어 있는 여기 아멘 대로의 호텔 로비 안에서 마주친 하켄크로이츠는 고향 형무소의 조사실이나 전쟁 중 병사들의 상의에서 마주칠 때보다 나를 더욱 더 당황스럽게 했다. 하켄크로이츠를 단 자동차가 쌔앵 달려왔을 때 사람들이 바닷속으로 뛰어들고 싶을 정도로 격심하게 느끼던 죽음의 공포를 내가 대수롭지 않게 여긴 것은 잘못이었다. 그 자동차는 아뗀 대로의 이곳에 와서 선 것이고, 여기서 그들은 세상의 보다 작은 양반들과 협상을 하기 위해 내린 것이다. 그래서 협상이 끝나고 나면 그 높은 양반들에게 상이 주어지는 댓가로 다시 몇천명이 더 철조망 뒤에서 파멸되어갈 것이고, 몇천명이 더 사지가 찢기고 토막 난 채로 도시의 길거리 곳곳에 널브러져 있게 될 것이다.

내 안락의자 맞은편에는 금색 바늘을 지닌 커다란 시계가 걸려 있었다. 이십분간의 여유가 있었다! 그러고는 하느님의 사람에게로 올라가야 했다! 나는 눈을 감았다. 영사가 이 하느님의 사람 말에 귀를 기울인다면 마리의 통과비자는 결정된 셈이었다. 그녀는 떠나야 했고, 나는 그녀의 배에 올라타야 했다. 정든 땅을 떠나 오직 마리에게 도달하기 위해 저 그림자 무리들에 끼어들어 마치 내가 그들과 같은 부류에 속하는 자인 것처럼 한패가 되어야 했다. 어떻게 그녀는 나에게 내가 가장 두려워하는 것을 하게 한단 말인가? 부끄러움과 후회에 찬 생각들이 나를 가득 채웠다. 나는 어릴 때 낚시하러 가면 어머니를 잊었다. 내가 낚시를 하고 있을 때 뗏목꾼이 나를 향해 휘파람을 불기만 하면 나는 뗏목 위로 기어올라가 나의 낚시도구를 잊어버렸다. 그가 나를 뗏목 위에 태우고 조금 떠내려가기만 하면 나는 나의 고향 도시를 잊어버렸다.

그렇다, 모든 것은 언제나 나를 통과해 지나갔을 뿐이다. 그 덕분에 나는 또 내가 너무나 잘 아는 세상 속을 여전히 별 탈 없이 돌아다녔다. 그렇다, 그 당시 내 고향에서 내 삶을 결정지은 저 돌발적인 분노 사건조차 역시 지나가버리는 것일 뿐이었다. 나는 계속 분노의 상태에 있을 수 없어 이리저리 돌아다녔고 그러자 나의 분노도 연기가 되어 사라졌다. 나 자신은 오래가는 것, 나 자신과 다른 것만을 좋아한다.

영사들의 양심을 쥐고 흔들어대는 그 사람의 문 앞에 서자 내 심장은 슬프고 불안했다. 나는 그가 어떻게 생겼을지 궁금했다. 하지만 여기에도 또 대기실이 있었고 거기에다 대기 시간도 있었다.

마침내 최후의 문이 열렸다. 책상 뒤로 물러나 앉아 있는 작은 남자는 조금 전에 수위에게 불만을 토로하고서 승강기 대신 계단을 이용한 바로 그 연약하고 머리가 큰 미국인이었다. 그의 커다란 머리 안에 작은 얼굴이 들어 있었다. 얼굴은 약간 의기소침한 표정이었다. 눈빛이 날카로웠다. 그 눈빛이 내 몸을 따라 머리에서 발끝까지 긁어내리듯이 훑어보았다. 내 몸에 긁힌 자국이 남는 듯했다. 책상에는 내가 올려보낸 배신자 악셀로트의 추천서가 놓여 있었다. 그는 마치 글줄 자체로부터 어떤 영감과 모든 연관관계에 대한 이해가 떠오르기라도 할 듯이 엄청나게 주의를 기울여 읽었다. 그러고서 다시 내 얼굴을 어찌나 날카롭게 쳐다보던지 얼굴이 따끔거릴 정도였다. 그가 말했다. "이 편지는 당신 자신과는 전혀 관계가 없는데요. 어째서 그 부인 대신 당신이 오셨나요?"

나는 이 남자가 영사보다 더 영리할 것 같다는 느낌이 들었다. 나는 저자세로 대답했다. "제가 그 부인 대신 온 것을 부디 용서해주세요. 저는 그녀의 유일한 후원자입니다."

그는 한숨을 쉬더니 나에게 모든 서류를 내놓아보라고 요청했다. 그는 그 편지와 마찬가지로 서류들을 주의 깊게 들여다보았다. 자신의 주의력을 다 소진시키지 않고도 그런 서류를 수천 통도 검토할 수 있는 사람이라는 것을 그의 모습에서 알 수 있었다. 나는 어째서 한다발의 서류 속 진실이 그에게, 하필 그에게 모습을 드러내게 되는지 놀라웠다. 하지만 그 서류 역시 하느님이 언젠가 누군가에게 모습을 나타낸 그 떨기나무[134] 못지않게 바싹 말라 있었다. 나는 그의 책상 위에 붉은 띠가 장식된 통과비자와 마리의 소환장도 올려놓았다. 그가 말했다. "당신은 이 부인과 함께 같은 배를 타고 떠나고 싶은 거군요?"

나는 큰 소리로 말했다. "그보다 더 좋은 일은 없습니다." 그가 이맛살을 찌푸렸다. 그가 말했다. "부인은 당신의 이름을 지니고 있지 않은데, 왜 그런가요?" ── 그의 눈빛은 엄격했고 그가 기울이는 관심은 진정한 것이었기에, 내가 진실 외에 달리 무엇을 대답할 수 있었겠는가? "내 잘못이 아니었어요! 상황 때문에 어쩔 수 없이 그렇게 된 것입니다."

그가 물었다. "그럼 앞으로 무얼 하실 생각입니까? 계획이 무언가요? 당신의 새로운 일은요?" 그의 눈빛은 족집게와 같았다. 내가 대답했다. "저는 수공업 기술을 배울까 합니다."

그는 다소 의아해서 약간 흥미를 보이며 말했다. "그런데 어째서죠, 책은 쓰시지 않을 건가요?" ── 그러자 진실을 요구하는, 완전한 진실을 요구하는 그의 엄격한 눈빛 아래에서 말이 그냥 툭 튀어나왔다.

"제가요? 아니요. 선생님께 제가 그것에 대해 생각하는 바를 그대로 말씀드리겠습니다. 어린 소년일 때 저는 여러차례 학교 소풍을 따라갔습니다. 소풍은 대체로 아주 즐거웠어요. 하지만 유감스

---

134 호렙 산에서 하느님이 불타는 떨기나무 가운데서 모세에게 나타났다는 성서의 이야기. 구약성서 출애굽기 3:2 참조.

럽게도 다음날 선생님은 매번 우리에게 학급 과제로 '우리의 학교 소풍'이라는 주제를 주고 글을 쓰게 했어요. 그리고 방학이 끝난 후에는 언제나 '나는 방학을 어떻게 보냈는가'라는 글을 써서 내야 했습니다. 그리고 크리스마스가 끝나고 나서, 그 성스러운 성탄 축제가 끝나고 나서까지도 글짓기 과제로 크리스마스를 주제로 한 글을 써야 했어요. 그래서 결국 저에게 학교 소풍, 방학, 크리스마스는 단지 학급 과제로 그것에 대해 글을 쓰기 위해 체험하는 것으로 여겨졌습니다. 그리고 저와 함께 수용소에 있다가 함께 탈출한 그 글쟁이들 말인데요, 그들 모두에게 우리 인생에서 가장 끔찍하고 가장 기이한 시기를 겪은 것이 갑자기 단지 그것에 대해 글을 쓰기 위한 것으로 여겨지는 거예요. 수용소, 전쟁, 탈주 체험이 말입니다."

그는 뭔가 메모 같은 것을 하면서 약간 희미한 자비의 빛을 띠고 말했다. "당신 같은 사람에게는 중대한 고백이군요. 그럼 어떤 수공업 기술을 배우시려고요?" "저는 정밀기계 쪽에 재능이 있습니다." ─그러자 그가 말했다. "당신은 아직 늙지 않았습니다. 당신의 삶은 아직 완전히 바꿀 수 있습니다. 행운이 있기를 바랍니다." 내가 큰 소리로 말했다. "저의 행운은 그 여자 없이는 의심스럽습니다. 아, 선생님께서 정말로 도와주실 수 있다면 얼마나 좋을까요. 선생님의 말씀은 윤리적 중요성을 갖고 있습니다." 그가 빙긋이 웃으며 말했다. "드물게 소수의 경우에만 그렇다 할 수 있지요. 하느님의 도움을 받아서 말입니다. 부탁드리는데, 부인의 소환장 외에 모든 서류를 도로 가져가세요. 나는 오늘 저녁 우리의 연합위원회에서 영사를 보게 될 겁니다. 염려 마세요."

Ⅲ

나는 혼자 있으면서 바다를 보기 위해 쌩장 요새 쪽으로 올라갔다. 바람이 가장 강하게 부는 도로의 커브 지점에서 마리가 나를 마주 향해 오고 있었다. 그녀는 바람에 밀려 내 쪽으로 휘청거리며 다가왔다. 나는 그녀를 한쪽 팔로 받았고, 그녀가 나를 얼마나 쉽게 따르던지 멍청하게도 전혀 이상하게 생각되지 않았다. 마치 실제로 오직 한줄기 세찬 바람이 도로의 이 커브 지점에서 우리를 하나로 결합시켜준 것 같았다. 내가 그녀에게 피자 가게로 가자고 해서 우리는 구항으로 돌아왔다. "나는 단지 혼자 있고 싶었고……" 그녀가 말했다 "바다를 바라보고 싶었어요."

우리는 피자 화덕가에 바짝 붙어앉았다. 날카롭게 너울거리는 화덕 불에 비쳐 그녀의 얼굴이 불안하고 뜨거워 보였다. 나는 갑자스러운 기쁨과 소망에 들뜬 그녀의 얼굴은 어떤 모습일지 짐작해보았다. 그러나 그녀와 단둘이 있을 때면 늘 내가 모든 걸 말해야하는 순간이 이제 코앞에 다가왔다는 생각이 나를 위협했다. 로제 와인을 가져왔고, 우리는 마셨다. 나는 금세 더 가벼워진 느낌이었고, 위협도 덜 심각하게 느껴졌다. 마리는 내 소매 여기저기를 살짝살짝 잡아뜯었다. 그녀가 말했다. "영사가 내 소환 날짜를 옮겨준 거죠? 도처에 내 서류 일을 도와주는 그런 친구들이 있다면 왜 당신 자신은 그들에게 도움을 받지 않나요? 나는 우리가 헤어진다는 걸 믿을 수 없어요. 나를 좀 봐요. 맞아요, 당신은 배 위에서 불쑥 나타날 거예요, 아니면 잔교 같은 데서. 오늘처럼, 어느 낯선 도시의 커브길 같은 데서 말이에요." 내가 말했다. "내가 무엇 때문에요?" —나는 그녀를 날카롭게 바라보았다. 하지만 화덕 불이 너울거리는 바람에 그녀의 진정한 얼굴을 볼 수 없었다. 그녀가 말했다. "이 불가에 나는 계속 앉아 있으면서 내내 반죽 두드리는 소리에 귀를 기울이고 화덕 불을 바라보며 늙어갈 수 있을 것 같아요." —"그렇다면 왜……" 내가 말했다. "계속 앉아 있지 않는지 이상하네요. 그럼 내가 당신을 뒤쫓아갈 필요도 없고 배 위나 낯선 도시에 불쑥 나타날 필요도 없을 텐데 말이에요. 우리는 서로 원할 때마다 원하는 만큼 함께 여기에 앉아 있을 수 있을 거고요."

그녀가 나를 슬픈 얼굴로 바라보았다. "내가 떠나야 한다는 것을 아시면서. 가끔 당신이 내 말을 유심히 듣지 않는다든가 중히 여기지 않는 것처럼 보일 때가 있어요." 나는 그녀의 말이 맞다고 생각했다. 그녀는 떠나야 한다. 지금 그녀에게 진실을 이야기한다면 모든 것을 더욱 더 혼란스럽게 만들 뿐이리라. 일단 배가 떠나도록 놔둬라. 이 저주받은 땅, 좋은 기억과 나쁜 기억, 누더기 같은 삶, 무덤들, 온갖 터무니없는 잘못과 뉘우침, 이 모든 걸 전부 뒤에 두고 떠나게 하라.

"이제 내일이면 미국 영사관 소환일이에요. 불안해 죽겠어요. 하늘에 대고 제발 통과비자 좀 받게 해달라고 빌고 있어요." —"특이한 기도군요, 마리. 예전에는 신들에게 순풍을 불게 해달라고 빌었어요. 그런데 당신은 이 떠나는 일 좀 생각하지 않고는 잠시도 내 곁에 가만히 앉아 있을 수 없나요?" —"당신도 그 일을 생각해야 해요." 마리가 말했다. "바로 당신이야말로." 이 말에 문득 마르세유 첫날 밤 비슷한 말로 나를 타이르던 그 노인이 생각났다. 반죽 두드리는 사람의 달그락거리는 소리가 들리는 가운데 피자 불속에서 순간 눈이 없고 깊이를 알 수 없는 그의 얼굴이 보였다.

마리는 빵 배급표 없이 피자를 좀 달라고 간청했다. 하지만 웨이
터는 냉랭한 태도를 보였다. 그는 우리에게 마실 것만 주었다.

IV

저녁때 나는 내 방으로 통하는 통로가 짐 더미로 막힌 것을 보았
다. 새로운 목줄을 한 두마리 개가 짐을 지키고 있었다. 곧이어 옆
방 여자가 쓰다 남은 고체 연료와 먹다 남은 배급 설탕과 대용 커
피, 막대 초콜릿 하나, 계란 두알를 들고 직접 나타났다. 나에게 유
산처럼 물려주려고 생각한 것들이었다. 다음날 내가 이 물건들을
가지고 갔을 때 반색을 하고 두 눈을 크게 뜨게 될 끌로딘의 모습
을 생각하니 기뻤다. 옆방 여자는 이제 다음날 리스본으로 떠날 준
비가 되어 있었다. 개들도 뉘아사호의 개 전용 공간에 이미 자리가
예약되어 있었다.

개들은 떠나는 게 좋아서 캐갱거렸다. 그러고서 아침에 복도는
새로운 짐으로 채워졌다. 두명의 노인이 새벽 열차로 도착해서 들
어왔다. 그들은 둘 다 조그맣고 둥글둥글했으며 헝클어진 백발을
하고 있었다. 하지만 그들의 나이에도 불구하고 행동은 어린애 같
았다. 그들은 크고 작은 짐들과 함께 불가해한 세상 속을 이리저리
뒹굴었다. 그래도 세상은 그들의 쭈글쭈글한 손을 갈라놓지 못했
다. 할머니가 알코올병을 열기 위해 즉시 나에게 코르크 뽑개를 빌
리러 왔다. 그녀는 금방 내가 혼자라는 것을 알아차리고 알코올버
너로 끓인 옅은 모닝커피를 마시러 오라고 했다. 그리고 옆방 친구
가 나를 만나러 내 방에 오다가 문간에 나타나는 바람에 그도 함께

초대받았다. 커피는 말린 완두콩으로 만든 대용 커피였고, 설탕은 사카린이었다. 알코올은 냄새가 고약한 대용 알코올이었지만, 그 조그만 불꽃은 고향 집 아궁이 대용으로 우리의 빈 가슴을 채워주었다. 우리의 질문에 두 노인은 꼴롬비아로 가는 길이라고 이야기했다. 할아버지는 노조 건물에 방화 사건이 일어났을 때 일찍이 독일을 탈출해나온 사람이었다. 그의 맏아들은 독일군에 입대해 있었다. 그는 없는 자식으로 여겨졌다. 막내아들은 오래전에 고향에서 나쁜 짓을 일삼는 바람에 아예 집에 못 들어오게 했는데, 그러자 당시에 그는 이민을 가버렸다. 이제 바로 이 잃어버린 아들이 그들을 꼴롬비아에 있는 자기 집으로 초빙한 것이다. 우리는 노부부가 짐을 차곡차곡 쌓는 일을 도와주었다. 꼴롬비아 영사관은 정오 무렵에야 문을 열었다. 노부부는 창가에 나란히 앉았다. 할아버지는 라프로비당스 가를 내려다보았고, 할머니는 그의 양말을 깁기 시작했다.

V

하지만 우리, 외인부대원과 나는 — 둘 다 시간이 남아돌 만큼 많아서 — 까느비에르를 따라 걸으며 이 까페 저 까페 기웃거리다가 쌩페레올 가로 갔다. 나는 그를 기쁘게 해주기 위해 담 드 빠리에 있는 나딘에게 쪽지를 보냈다. 좀 내려와줄 수 있느냐는 내용이었다. 그녀가 정말로 우리 테이블에 앉았을 때 내 친구의 얼굴이 얼마나 창백해졌고 어찌나 놀라던지. 그녀는 그를 명랑하고 즐겁게 대해주었다. 그녀는 그의 훈장들을 보고 눈을 깜빡거렸고, 그것들을 하나씩 테이블에 놓으며 세어보게 했다. 그는 당황스럽고 혼란스러웠다. 나는 그가 좋은 기회를 놓치고 있는 것을 보았다. 그는 말이 별로 없었고, 도달할 수 없다고 여겨지던 존재가 웃고 있는 커다란 입과 함께 갑자기 자기 테이블에 와 있다는 것을 제때에 이해할 수 없었다.

그러고서 우리는 브라질 영사관으로 갔다. 안쪽 공간은 지난번과 똑같이 텅 비어 있었고 가로대 뒤에서는 기다리는 사람들 모두가 그 빈 공간을 향해 한숨과 신음 소리를 토해내고 있었다. 그 젊은 신사도 다시 나타났는데, 이번에는 안쪽 공간의 중간까지만 다가왔다. 그도 이제는 약아진 것이다. 그가 들어서자 절망적인 손짓 탓에 가로대 너머로 펄럭거리기 시작한 비자 신청서들 중 하나가 날아가 그에게 달라붙을지도 모르는 상황이 되었다. 그가 얼른 뒤로 물러나려고 하자 내 친구가 사나워졌다. 가로대 안의 문을 눌러 부수고 쏜살같이 안으로 들어갔다. 그는 젊은 남자의 팔을 붙잡았고 나는 그를 뒤따라 뛰어들었다. 그러자 갑자기 모든 대기자들이 안쪽 공간으로 쏟아져들어와 젊은 남자의 귀에 대고 소리를 질러댔다. "우리는 그 배를 타고 떠나야 한단 말이야! 더이상 기다릴 수 없어. 우리는 배가 필요해." 하지만 내 친구는 젊은 남자를 꽉 붙잡고 있었고, 젊은 남자는 뜻밖에도 아주 거세게 뽀르뚜갈 말로 욕을 퍼붓기 시작했다. 결국 영사관 안쪽 깊숙한 곳에서 본 적도 없고 짐작도 못한 직원들이 뛰쳐나와 팔을 놓아주지 않는 내 친구를 제외한 다른 대기자들을 모두 몰아냈다.

갑자기 타자기들이 타닥거리기 시작했고 비자 신청서가 접수되었다. 내 친구는 종잇조각을 손에 넣었고, 그때 두 눈이 건강하다는 증명을 받으러 즉시 영사관 소속 의사에게 가야 한다는 귀띔을 들었다. 바로 지금만 진찰을 받을 수 있기에 그 의사에게 즉시 가야 하는데, 눈이 건강해야만 입국이 허용되기 때문이라는 것이다. 사람들이 그를 가로대 뒤로 몰아냈고 영사관 밖으로 쫓아냈다. 내 모자를 가로대 위에 놔두고 오는 바람에 내가 다시 뛰어들어가보니 내 친구가 일으킨 소동은 끝나 있었다. 책상들은 자리가 비어 있었고, 직원들은 모두 안쪽 방들로 물러가버렸다. 대기자들은 한숨을 내쉬며 불만을 쏟아냈는데, 방금 접수된 그들의 신청서는 전부 한덩어리의 꾸러미로 묶여 가로대 위에 그대로 놓여 있었기 때문이다.

그의 일은 말도 안되게 어긋나버렸다. 그렇게 되어서는 안될 사람이었는데. 그는 그다음 날로 동원해제되어 제대를 했다. 그는 훈장들을 종이 상자에 집어넣은 뒤 그 종이 상자를 여행가방 안에 넣었다. 그러고는 나딘을 불러내 함께 점심식사를 했다. 금방 돌아왔는데 거의 슬픈 얼굴이었다. 그녀의 미소는 싸늘했으며, 그녀는 예의상 명랑한 모습을 보였고, 상냥한 말로 다시 만나기를 회피했다고 했다. 그가 말했다. "나딘이 하필 나 같은 사람을 만나야 할 이유가 뭐지, 하고 나는 금방 스스로 물었어. 아마 그녀는 또, 나는 어차피 곧 떠나야 할 사람인데 나와 엮인다는 건 어리석은 짓이라고 생각했을 거야. 나는 분명 그녀에게 참으로 몹쓸 짓을 한 거야."

브라질행 기선의 출발일은 이번 주말로 확정되었다. 그는 서류를 제대로 다 갖추었고, 마지막으로 비자에 서명을 받는 일만을 앞두고 있었으며, 배표도 선금을 치르고 확보되어 있었다. 나는 그와 동행하여 영사관 앞으로 갔다. 영사관은 몇시간 후에야 문을 열기로 되어 있었다. 계단실이 꽉 들어차 줄이 길거리까지 길게 이어졌다. 때때로 브라질 사람 하나가 창가에 나타나 아래를 내려다보며 입을 벌렸다 다시 다물었다. 마치 너무 놀란 나머지 힘이 쭉 빠져 아무런 소리도 낼 수 없다는 듯한 표정이었다. "저들은 문을 열지 않을 거야." 한 사람이 말했다. "저들은 문을 열지 않을 수 없어." 다른 사람이 말했다. "배가 떠나야 하니까." "누구도 저들을 압박 해서 우리에게 문을 열어주게 할 수는 없어." "우리가 저들을 압박 하기로 합시다." 세번째 사람이 말했다. "그러면 또 우리한테 비자 를 내주지 않을 거야." 내 친구는 이마를 찌푸린 채 이미 조용히 줄 에 서 있었다. 창문이 한번 더 열렸고, 녹색 드레스를 입은 아리따 운 아가씨 하나가 놀라서 입을 다물지 못하고 아래를 내려다보다 가 갑자기 웃음을 터뜨렸다. 브라질행 통과자들이 그녀에게 분노 를 터뜨리며 마구 소리쳐댔다. 나는 집으로 돌아오면서 그들은 기 다리고 또 기다려야 할 거라고, 배가 떠나가버려도 여전히 기다릴 거라고 생각했다. 텅 빈 땅으로 떠나는 텅 빈 배가 머릿속에 그려 졌다.

저녁때 옆방 친구가 문을 두드렸다. 그가 큰 소리로 말했다. "저 들이 나를 브라질로 못 가게 해." "눈병 있어?" "나는 다 갖추었어. 안과 의사의 건강증명서도 받았어. 영사관도 결국 문을 열었어. 나 는 영사의 방에까지 들어갔어. 그때 전보가 왔는데, 아리아인 증명 서가 필요하다는[135] 거야. 하지만 나는 지금 이 나라의 법에 따라 본 래 내가 살던 도道로 돌아가야 돼. 달리 어쩔 도리가 없기 때문에 오늘 중으로 그렇게 하려고 해. 당시에 갇혀 있는 아버지를 구해내

---

135 1938년 말부터 브라질의 비자법은 반유대주의적 경향을 띠었는데 1940년부 터는 새 조항들이 추가되며 심화되었다. 예컨대 세례 증명서가 요구된다든가 하 는 식이었다. 아리아인 증명서는 작가가 이러한 상황을 빗대어 지어낸 것으로 보인다.

야 했기 때문에 — 그동안 아버지는 돌아가셨지만 — 떠났던 그 마을로 돌아가려고 해. 하지만 나는 이제 거기서 새로운 비자가 나오기를 기다릴 거야. 이 도시도 이미 신물이 날 정도로 지겨워져서 이제 좀 안식을 얻고 싶어."

나는 그를 야간열차 타는 데까지 바래다주었다. 지대가 높은 역으로부터 밤의 도시를 내려다보았다. 도시는 공습이 두려워 희미하게만 조명을 밝히고 있었다. 천년 전부터 이 도시는 우리 같은 사람들의 마지막 거처였고 이 대륙의 마지막 피난처였다. 나는 역의 고지로부터 도시가 바닷속으로 미끄러져내려가는 정경을 내려다보았다. 바다는 남쪽으로 향한 도시의 하얀 담장들 위로 희미하게 가물거리는 아프리카 세계의 첫번째 빛이었다. 하지만 도시의 심장은 의심의 여지 없이 그대로 계속해서 유럽의 박자로 뛰고 있었고, 만일 언젠가 그 박동이 멈춘다면 세상 곳곳에 산재한 난민들도 서서히 소멸해가지 않을 수 없을 것이다. 마치 어떤 종류의 나무들은 어느 곳으로 옮겨심더라도 모두 같은 종자에서 유래했기 때문에 동시에 말라죽어가는 것과도 같이.

나는 아침 녘에 라프로비당스 호텔로 돌아왔다. 왼쪽 옆방에는 이미 사람이 들어왔다. 이 새로 온 사람들이 여행가방을 옮기며 덜그럭거리는 바람에 나는 거의 잠을 자지 못했다. 아침에 그들은 버너용 알코올을 얻으러 내 방문을 두드렸다. 젊은 사람들이었다. 여자는 분명 몹시 연약하고 섬세했을 것 같았다. 하지만 지금은 임신 중이어서 잔잔한 얼굴을 제외하고는 몸이 벌어져 펑퍼짐했다. 남자는 강건하고 솔직담백한 사내였는데, 술책을 써서 수용소를 도망쳐나온 자였다. 게다가 그는 에스빠냐에서 장교로 있었기에 붙잡히면 독일군에게 인도될 것이 뻔하므로 그들은 일단 헤어지기로 하고 그가 먼저 즉시 떠나기로 결정을 본 것이다. 그는 나에게 부인을 도와달라고 부탁했다. 나는 그녀의 소박하고 침착한 얼굴을 바라보았다. 그 얼굴은 더이상 아름답지 않았으며, 혼자 뒤에 남게 되는 처지에 대해 절망의 빛도 두려움의 빛도 내비치지 않았고, 그녀의 심장 속 용기조차 드러내지 않았다. 그녀의 용기는 나 외의 다른 증인을 필요로 하지 않았고 나 외에는 다른 증인이 없었다. 그녀에게 나는 마지막 순간에 우연히도 알코올을 부탁하는 바람에 유일하게 의지할 만한 사람이었다.

VI

나는 쌩페레올 까페에서 마리를 기다렸다. 이제 겨우 아침 10시였다. 까페는 이미 광장 맞은편에 위치한 도청이나 미국 영사관으로 가려는 사람들로 가득 차 있었다. 나는 이 뜨내기 같은 사람 중 많은 수를 알았지만 새로운 얼굴들도 있었다. 아직 프랑스 깃발들이 펄럭이고 있는 이 나라의 유일한 항구로 끊임없이 사람들이 계속 흘러들어오고 있었기 때문이다. 이 대륙을 떠나려는 사람들로 매주 거대한 함대 하나씩이 채워질 수 있을 것이다. 그러나 매주 작고 초라한 배 한척조차 떠나지 못했다. 봉빠르 수용소에서 나온 아가씨가 경찰관에 이끌려 지나갔다. 내가 꼬르시까인 여행사에서 한번 본 적이 있는 아가씨였다. 그녀는 더이상 스타킹도 신지 않았고 기념으로 두르고 있던 모피는 군데군데 뜯기고 좀이 슬어 추레한 모습이었다. 경찰관은 그녀의 겨드랑이 밑을 받친 채 끌다시피 했고 그녀의 걸음은 비트적거렸다. 필시 그녀의 마지막 헛된 희망이 좌절된 모양이었다. 아무래도 내일이면 그녀를 봉빠르에서 최종 수용소로 이감시키려는 것 같았고, 그러면 그곳에서 그녀는 빠르게 철저히 파멸해갈 것이다. 옛날이 더 나았다. 그런 아가씨는 돈으로 살 수 있었고, 주인은 포악할 수도 있었지만 너그러울 수도 있어서 대개는 그녀에게 집안일을 시켰다. 아이들을 돌보게 하고 닭들에게 모이를 주게 했으며, 그녀가 아무리 못생기거나 형편없어도 약간의 희망은 남아 있었다. ── 세명의 강제노역병이 무기도 없고 견장도 없이 지나가는 것을 보았다. 마리가 문 안으로 들어왔다. 그녀는 손에 통과비자를 들고 있었다. 나는 빨간 띠를 보고 알아보았다.

그녀가 나에게 와서 말했다. "그가 이걸 정말로 주었어요." 그녀는 통과비자 받은 일을 자축하기 위해 아뻬리티프 두잔을 주문하려고 했다. 하지만 유감스럽게도 음주 금지일이었다. 레몬 주스조차 다 떨어졌고 진짜 차도 없었다. 그녀는 예전 어느날처럼 스스로 내 손을 잡았다. 그러고는 그 손으로 자신의 얼굴을 부드럽게 쓰다듬었다. 만족스러우냐고 내가 물었다. 그녀는 한 손은 내 손 위에 올려놓았고 한 손은 통과비자 위에 올려놓았다.

"당신이 또 마법을 부려 이걸 얻었어요." 그녀가 말했다. "내 다른 친구가 의술에 능하듯이 당신은 마술에 능해요. 둘 중 한사람이 못하는 건 다른 사람이 할 수 있어요."

"마리, 이제 마술이 다 떨어졌으니 걱정이에요. 내 재주는 끝났어요. 더이상 필요도 없어요. 도청 출국비자과로 발걸음 한번 하면 모든 일이 다 끝나는 거예요." "아직 모든 일이 다 끝나지 않았어요. 세번이나 도청에 들렀지만 헛수고였어요. 거기서 하는 말이 내일 다시 와야 한다는 거예요. 먼저 서류 묶음을 검토해봐야 한다고요. 남편에게 출국비자가 발급되었는지 여부에 모든 일이 달려 있기 때문이에요. 발급되었다면 나에게도 즉시 내줄 거예요. 내 생각에 통과비자 발급 직후에 그것을 남편에게 내준 것 같아요. 그래서 내일이면 드디어 모든 걸 알게 될 거예요.”

방금까지만 해도 따뜻하던 그녀의 손이 내 손 위에서 차가워졌다. 나는 절망적인 기분이 되어 즉시 나딘을 찾아가야 한다고, 그리고 나딘이 오늘 중으로 자기 친구에게 가야 한다고 생각했다. 최근 어느날 밤 그녀는 나에게 도청에서 일하는 한 친구에 대해 이야기한 적이 있었다. 외지인 부서의 일은 내일까지 다 처리되어야 한다.

그때 마리가 말했다. “바다 너머는 어떤 세상일까 늘 궁금해요. 여기랑 같을까요? 다를까요?” ─ “마리, 바다 너머 어디요? 어딜 말하는 거예요?” ─ 그녀가 통과비자에서 손을 들어 허공을 가리켰다. “저기 저 너머요!” ─ “저 너머 대체 어디요, 마리?” ─ “저 너머 거기요. 모든 게 다 지나가고 나면요, 남자 친구가 생각하듯이 정말로 마침내 평화가 찾아올까요? 저 너머에서는 재회가 이루어질까요? 그리고 만일 재회가 이루어진다면 어떨까요? ─ 재회할 우리는 변해 있을까요? 변해서, 결코 재회가 아니라 여기 이 땅에서 늘 헛되이 바라던 바로 그것이 이루어질까요? 새로운 시작 말이에요! 애인과의 새로운 첫 만남 같은 것 아닐까요? 당신 자신은 어떻게 생각하세요?”

“마리, 나는 여기 이 도시에서 많은 지혜와 요령을 터득했어요. 나는 이곳을 차츰 거의 다 잘 알게 되었어요. 이 땅에서의 일이 어떻게 돌아가는지 아주 잘 알고 있어요. 비록 어지럽게 뒤얽혀 있지만 말이에요. 여기서 그동안 알게 된 사람들과의 관계도 아주 좋아요. 하지만 저 너머의 세상은 아무것도 몰라요.” 그는 분명 이미 도착했을 거예요. 그도 분명 나처럼 내가 자기보다 먼저 출발했을 거라고 생각했을 거예요. 그는 내가 언제 뒤따라갈지 알 수 있을까요? 어떤 배를 타고 갈지를요? 그가 나를 기다릴까요? 나는 이제 믿어요. 우리가 도착한다면 그가 거기에 서서 나를 기다리고 있을 거라고." "아, 그래요, 당신은 거기를 말하는 거군요. 당신에게 비자를 준 그 나라죠? 그곳에 대해서는 나도 아직 많이 생각해보지 않았어요. 모든 것이 이곳과 다를 거라고 생각해요. 공기도 다르고, 과일도 다르고, 언어도 다르고. 그런데도 모든 것이 마찬가지일 거예요. 산 자는 지금까지처럼 살아갈 것이고, 죽은 자는 계속 죽어 있을 거예요." 그녀가 무시하는 듯한 말투로 느릿느릿 말했다. "그가 불쑥 거기에 나타나지 않을 거라고 생각하나요? 배가 올 때마다 나와서 나를 기다리지 않을 거라고 생각하나요?" ――"마리, 저 너머에서 그럴 거라고 나는 생각하지 않아요――"

갑자기 나는 맞은편의 문을 통해 악셀로트가 들어오는 것을 보았다. 파울이 같이 들어왔고, 파울의 여자 친구, 악셀로트 자신의 여자 친구, 꾸바 여행자 부부가 뒤이어 들어왔다. 나는 마리의 손을 그녀의 통과비자와 함께 움켜잡고서 그녀를 길거리로 끌고 나와 어느 다른 까페로 데려갔다. "절대로 만나고 싶지 않은 사람이 들어왔어요." 내가 설명했다. "그자는 당신도 보지 말아야 해요. 나는 그자가 싫거든요." 그녀가 웃으며 말했다. "대체 누구인데요? 대체 무슨 나쁜 짓을 저질렀는데요?" ――"기분 나쁜 놈이에요. 사람을 버린 정말 못된 배신자예요." ――"사람을 버린 배신자라고요?" 마리가 아직 미소를 머금고서 말했다. "당신을 버려두고 떠났나요? 당신 아닌가요? 당신의 친구인가요? 아니면 누구인가요?"

미소가 그녀의 얼굴에서 사라졌고, 그녀는 나를 빤히 쳐다보았다. "무슨 일이에요? 무슨 일이 있었는데요? 그가 누구를 버렸는데요? 어디서? 왜요?" "제발 질문 좀 그만해요." 내가 큰 소리로 말했다. "자꾸 왜냐고 묻지 말고 나를 위해 그냥 조용히 까페를 옮길 수는 없나요?"

그녀가 고개를 숙이고 입을 다물었다. 나는 거의 절망적인 기분으로 그녀가 다시 질문을 시작하기를, 나를 추궁하고 괴롭히고 집요하게 캐물어 전체 진실을 기필코 알아내기를 기다렸다.

VII

나는 담 드 빠리로 가서 나딘이 일하는 코너를 찾아갔다. 나를 보자 그녀는 움찔했다. 여자 지배인이 우리로부터 세걸음 떨어져서 있었다. 나딘은 나에게 손동작으로 기다려달라고 부탁했다. 그녀는 마침 한 여자 고객에게 모자를 써보게 하는 중이었다.

그곳에서 기다리는 것이 얼마나 좋은지 몰랐다. 내가 평소에 돌아다니던 어떤 곳들과도 다른 그곳이 마음에 들었다. 여자 지배인은 나를 상대하려고 했지만, 나는 한사코 나딘을 원했다. 그녀는 나와 잘 아는 사이이며, 내 아내가 그녀의 고객이라고 했다. 나딘이 진열대에서 모자를 집어들어 자신의 예쁘장한 머리에 써볼 때마다 여자 고객의 얼굴에는 머뭇거리는 기대의 표정이 나타났다가, 나딘이 똑같은 모자를 거울 앞에서 그녀에게 씌워주면 얼굴이 부끄러움과 실망의 표정으로 변하였고, 모자도 일종의 짓궂은 모자 요정으로 변해 있었다. 나딘이 십여개의 모자를 썼다 벗었다 하며 살짝 조소 섞인 공손한 태도로 자신의 우월함을 입증해 보인 끝에 마침내 어느 하나로 구매가 결정되었다. 테가 넓고 꼭대기가 뾰족한 녹빛 모자였는데, 그 부인이 거울로 본 자신의 모습과는 아주 잘 어울렸지만, 나머지 그녀의 몸통 부분과는 잘 어울리지 않았다.

"이제 나도 모자를 하나 사고 싶은데요." 지배인이 좀처럼 물러나지 않자 내가 나딘에게 말했다. 그녀는 즉시 나에게 몇가지를 보여주기 시작했다. "나에게 점심시간을 좀……" 지배인이 다소 물러나자마자 내가 말했다. "내줘야 되겠는데. 즉시 도청으로 가줘. 자기가 지난번 밤에 얘기한 자기 친구가 아직 그곳에 있어야 하는데." "아, 그래, 로잘리. 그애는 또 내 사촌이기도 해. 뭐 하는데 그애가 필요한데? 출국하려고?" 나는 입을 다물었다. "아니면 자기를 속만 태우게 하는 그 부인이 떠나는 거야?" 그녀의 목소리에 살짝 경멸의 느낌이 묻어 있었다. "좋아, 그녀가 떠날 수 있도록 우리 뭐든지 해보자." ──그녀가 자신의 모자 테두리를 여기저기 만지며 조금씩 움직여보았다. 그러고는 집게손가락으로 다른 모자를 돌렸다. 둥근 아동용 모자였는데, 내가 제대로 기억하는 거라면, 마리가 우그러뜨리고 짓구긴 채 한번도 머리에 쓴 적은 없고 늘 손에 들고 있던 그 낡은 모자와 꼭 닮은 것이었다. "그렇다면 지금 그 로잘리라는 친구의 주소를 나에게 줘. 그녀의 집을 찾아가 당장 이야기를 해봐야겠어." 지배인이 이쪽으로 다가오자 나는 모자를 집어 계산했다. 나딘이 영수증에다 로잘리의 주소를 적어주었다.

나는 로잘리를 식사 중에 찾아가는 바람에 깜짝 놀라게 했다. 부야베스[136] 냄새에 입안에 군침이 고였다. 그녀는 자기 어머니와 함께 식사 중이었다. 어머니는 우둔하고 뚱뚱한 여자로, 빛바랜 로잘

---

136 프로방스 지방의 전통 생선 스튜.

리였다. 로잘리도 상당히 뚱뚱한 편이었고, 반짝거리고 약간 튀어나온 검은색 두 눈은 검푸른 배경색이 칠해져 있어서 엄청나게 커보였다. 그녀는 동화 속의 개, 수레바퀴만 한 눈을 지닌 개[137]를 강하게 연상시켰다. 유감스럽게도 그녀는 부야베스는 주지 않고 와인 한잔만 내놓았다. 그녀는 어머니의 세심한 시중을 받으며 빠른 속도로 맛있게 먹었다. 후식으로는 종지만 한 잔으로 진짜 커피를 마셨다.

나는 이제 내 용건을 끄집어냈다. 모든 서류를 테이블 위에 놓았다. 그녀는 입을 훔치고는 팔꿈치를 괴고서 작고 통통한 손으로 서류를 착착 소리를 내며 넘겨보았다.

그녀가 말했다. "당신이 열번 나딘의 남자 친구라 해도 내가 당신 때문에 자리를 걸고 모험을 할 수는 없습니다." ─ "보시다시피 제 서류는 대체로 다 갖추어져 있습니다. 비자도 있고 통과비자도 있습니다. 내일까지 출국비자가 필요합니다. 수고의 댓가로 마땅히 보상을 해드리려고 하는데요." 그녀가 말했다. "나를 나딘과 혼동하지 말아주세요. 나에게는 단지 단 하나의 보상밖에 없습니다. 위험에 처한 사람을 위해 지원을 해주는 일이 그것입니다."

나는 그녀를 똑바로 응시했다. 그러니까 이 얼굴에는 가면이 씌워져 있을 뿐이었다. 자신의 안 보이는 진짜 얼굴을 탁월하게 감추고서 눈알을 희번덕거리는 살찐 여자의 가면이었다. 그 진짜 얼굴은 틀림없이 엄격하고 선량하고 대담한 모습일 것 같았다. 나는 그녀에게 어떻게 접근할 수 있을까, 어떤 방식으로 매수하여 접근할 수 있을까만을 생각했기 때문에 부끄러웠다. 그녀가 말했다. "왜

---

137 안데르센의 동화 「부싯돌」에 나오는 세마리의 개를 가리키는 것으로 추측된다.

내일까지인가요?"—"선편 예약이 내일 마감됩니다. 출국비자가 있어야만 최종적으로 예약을 할 수 있습니다.""당신은 아직 보증금을 지불하지 않았습니다.""우선 보증금을 입금하면 저에게 출국비자가 발급된다는 확인서 하나면 됩니다." 그녀는 선박회사가 부리는 모종의 속임수가 있지 않을까 의심하는 일은 일찍이 그만둔 모양이었다. 그녀는 단지 이렇게 물을 뿐이었다. "바로 이 배를 타고 가실 생각인가요?"—"그렇습니다."—그녀는 통통하고 조그만 두 주먹으로 머리를 받쳤다. 그녀는 내 서류 묶음을 놓고 골똘히 생각에 잠겼다. 마치 카드를 늘어놓고 깊은 생각에 잠긴 예언녀 같았다.

"여기 당신 난민증이 있습니다. 자르 지역에서 프랑스 어느 마을로 이주해왔군요. 그럼 우리 나라를 떠나기 위해서는 우리 정부의 허가가 필요합니다. ─이 서류 속의 출생지에 따르면 당신은 독일인이었습니다. 그럼 독일 위원회의 허가가 필요합니다. 잠깐만요. 나는 서류들이 들어맞는지 알아보기 위해 어떤 종류의 서류라도 훤히 꿰고 있습니다. 당신의 서류는 잘 들어맞지 않는 게 분명해요. 잠깐만요. 불안해하지 마세요. 서류 자체로는 들어맞아요. 하지만 전체적으로는 맞지 않습니다. 왜 맞지 않는지는 내가 정확히 말할 수 없습니다. 그러려면 꼼꼼히 살펴보아야 하는데 지금 그러고 싶지는 않아요. 하지만 한가지 질문에 대답을 해주셔야 합니다. 당신은 내가 많은 위험을 무릅쓰고 무리한 일을 하도록 요구하고 있으니까요. 그러니 나는 당신에게 약간의 신뢰를 보여달라고 요구할 수 있습니다. 저 개인적으로만 상관있는 한가지 점과 관련해 어려우시겠지만 진실을 말해주세요. 왜 독일군은 당신에게 반감을 갖고 있나요?"

나는 이상하게 생각했다. 지난 몇년간 나의 오래되고 케케묵은 이야기를 듣고 싶어한 사람이 아무도 없었다는 점이다. 오직 이 여자만이 여전히 주의 깊게 일종의 경의를 표하며 귀를 기울였다. 그녀는 직무상 그런 이야기를 매일 백가지도 넘게 듣고 있을 텐데도 말이다. "저는 언젠가 수용소를 탈출했어요." 내가 말했다. "라인 강을 헤엄쳐 건넜습니다." 그녀는 나를 똑바로 바라보았다. 그녀의 엄격한 진짜 얼굴이 눈을 통해 밖으로 드러났다. "무슨 일을 할 수 있는지 알아보겠습니다." 나는 몹시 부끄러웠다. 내가 있는 그대로의 나이기 때문에 누가 나를 도와준 것은 이것이 처음이었지만 그 도움은 내가 아닌 자를 향한 것이었다. 나는 그녀의 작고 통통한 손을 잡았다. 내가 말했다. "부탁드릴 게 하나 더 있습니다. 만일 누군가 당신 부서에서 오늘이나 내일 나에 대해 떠났는지 아니면 떠날 것인지를 묻는다면 알려주지 마세요. 조금도 마음의 동요를 보이지 마세요. 제가 오늘 여기에 왔다는 것은 물론 비밀로 해주세요. 아무도 모르게 떠나는 것이 저에게 최대 관건임을 이해하실 겁니다."

VIII

뒤에 남는 것에 대한 두려움이 처음으로, 그래서 묵직하게 나를 엄습해왔다. 내 마음이 집착한 많은 사람들이 있었다. 예전에는 그들보다 앞서는 것이 대단해 보였지만 그것은 기만적인 것이었다. 그들이 갑자기 나를 따라잡은 것이다. 마리의 얼굴이 눈송이같이 하늘하늘 흔들리며 사뿐히 내려오는 것처럼 보였다. 점점 더 작고 점점 더 창백하게 보였다. 내가 정말로 마지막 배를 타고 떠나는 것과 확고부동하게 여기에 남는 것 중에 선택을 해야 한다면 어떻게 할까? 주변에 더이상 수많은 굴뚝에서 연기가 뿜어져나오고 체류자들로 빽빽이 들어찬 건물들이 보이지 않았고, 공장과 방앗간의 노동자, 어부, 이발사, 피자 굽는 사람 들이 보이지 않았다. 마치 대서양 어느 섬에 있는 것처럼, 우주의 어느 작은 별에 있는 것처럼, 나 혼자밖에 보이지 않았다. 나 혼자 외로이 네 팔 달린 시커먼 왕거미 형상의 하켄크로이츠와 함께 있었다.

나는 미국 여행사로 달려갔다. 이곳이 마치 주변은 드넓은 황무지뿐이고, 복수의 여신들에게 쫓기는 사람에게 은신처를 제공해주는 성스러운 신전인 듯이 허겁지겁 달려갔다. 꼬르시까인은 다급한 사람들이 수두룩하게 가로대 뒤에서 가슴 졸이며 애를 태우고 있는데도 즉시 나에게로 시선을 돌렸다. "그 친구는 아랍인 까페에 있거나 께뒤뽀르에 있을 거요."——"나는 더이상 그 뽀르뚜갈 친구가 필요없어요." 내가 큰 소리로 말했다. "나는 바로 당신이 필요해요! 나도 떠나려고요." 그가 실망의 빛을 내비치며 재미있다는 듯 바라보더니 대답했다. "그럼 줄을 서야 합니다." 그래서 나는 줄을 섰고, 여러시간 동안 애원하고 을러대고 사정하고 알랑거리는 소리, 두 손을 깍지 끼고서 내는 우두둑 소리를 들었다. 하지만 오늘 나의 모든 것은 마음속에서 우러나오는 그대로였다. 마침내 가로대 앞에 섰고, 꼬르시까인은 하품을 하며 나의 관련 서류에 손을 대면서 연필로 귀를 팠다. 그가 말했다. "당신은 아직 엄청나게 시간이 많지요. 서너달 있으면 리스본의 아메리칸 익스포트 사에 한 자리가 날 거요." 내가 큰 소리로 말했다. "이번주에 마르띠니끄행 기선을 타고 가려고 합니다." "왜 그래요? 당신 여행자금은 리스본에 있지 않소. 누가 그 돈을 이리로 보내준다 해도 그 기선은 일찍이 떠나버리고 없을 텐데요. 그러면 당신은 이제 달러가 아니라 멍청한 프랑을 갖게 될 거고요. 그 돈은 심하게 줄어들어 리스본 가는 데에도 부족하게 될 거요. 이 말도 안되는 모든 일을 무엇 때문에 하려고 하는 거요?"—내가 소리쳤다. "내가 떠나고 나면 도착하게 될 돈을 다 드릴 테니 돈을 좀 빌려주면 안될까요. 나는 도착할 그 돈에서 적은 일부만 필요하니까 나머지는 당신 몫이 될 겁니다."

나는 다시 내 얼굴에서 그의 시선을 닦아내야 할 것 같은 느낌이 들었다. 나는 두 주먹을 불끈 쥐고 가로대 위를 여기저기 북 치듯이 두드렸다. 그는 말없이 짧게 웃으며 어깨를 움츠렸다. "안돼요. 이미 그런 일을 한번 한 적이 있는데 결과가 너무 안 좋았소. 돈을 빌려주었죠. 그런데 항만 위원회가 그 사람들을 거부하자 전가족이 무너져버렸소. 여비는 날아가버렸고, 그들 모두는 귀르스, 리외크로, 아르줄레 수용소[138]로 분산 수용되었지요. 그들은 모두 요즘도 나에게 세군데 강제수용소로부터 상스럽고 난잡한 편지를 보내고 있소. 마치 나 자신이 그들에게 그 악마 같은 충고를 해주었다는 듯이 말이오. 그런 일 내 다시는 하지 않을 거요."

나는 자제력을 잃고 말했다. "좀 이해해주세요! 나는 이 배를 타고 가야 해요. 이게 마지막 배일지 몰라요!" 그가 연필을 한 귀에서 다른 귀로 바꾸었다. 그는 웃었다. "마지막 배라고요! 어쩌면 그럴지 모른다고요! 그러면 어쩔 건데요? 당신이, 왜 하필 당신이 그 배를 꼭 타야 한다는 거요? 당신은 수많은 사람들과 잘 어울리며 뒤에 남아 있지 않소. 이 대륙의 승무원인 셈이지요. —나는 평범한 여행사의 평범한 직원이오. 배 예약은 당신이 이 험한 시대를 살아

---

138 각주 7 참조!

남기 위해 꼭 해야 하는 일이 아니오." 그는 나의 격앙된 얼굴을 피해 한걸음 뒤로 물러났다. "그리고 마르띠니끄행 배라니요! 이 무슨 터무니없는 일이오. 그건 당신에게 맞는 배가 아니란 말이오. 형편없고 끔찍한 배라고요. 당신이 원래 가려는 데로 결코 데려다주지 못할 거요." 그는 내 관련 서류를 정돈해 집어넣고는 더이상 거들떠보지도 않았다.

나는 집에 돌아와 치미는 화를 삭이지 못해 머리를 벽에 대고 눌러댔다. 여비를 마련할 수만 있다면 강도 짓이라도 하고 싶었다. 마리가 떠난다는 걸 완전히 믿어본 적이 없었다. 이제 그녀의 출국은 확정적이었다. 위원회를 동원해볼 수도 있었고 뽀르뚜갈 은행 금고에 있는 내 돈의 증명을 제시해볼 수도 있었다. 혹시 누가 내 말을 믿고 돈을 빌려줄지도 몰랐다. 하지만 지금은 밤이 이미 시작되었고, 일찍이 모든 문들이 닫혀 있었다.

10장

I

나는 브륄뢰르 데 루로 갔다. 이 끈덕진 날이 음주 허용일이 아니어서 괴로웠다. 담배를 피우며 골똘히 생각에 잠겼다. 마리의 배가 마지막 배일지도 모른다는 두려움에 휩싸였다가도, 뭐라고 분명히 말할 수 없고 이성으로는 그 근거를 알 수 없는 확고한 기대 속에 금방 차분해지도 했다. ──누구에 대한 기대인가? 아니면 무엇에 대한? 말해보라고 하면 나 자신조차 말할 수 없었을 것이다.

갑자기 누가 어깨를 만졌다. 의사가 내 테이블 옆에 서 있었다. 그는 잠시 생각에 잠겨 나를 바라보다가 앉으라는 말도 안했는데 나를 마주 보고 앉았다. 그가 말했다. "가는 곳마다 당신을 찾았어요." "나를요? 왜죠?" ──"특별한 건 없어요." 그는 말을 계속했지만 그의 눈빛 속 무언가가 이번에는 무슨 특별한 일이 있음을 드러내주었다. "마리가 도청을 갔다 오더니 짐을 싸기 시작했어요. 트랑스뽀르 마리띰으로 세번이나 나를 보내 배가 정말 떠나는지, 떠날 때까지 더이상 아무 일도 없는지, 우리 자리가 과연 예약되어 있는지 알아보게 했어요. 이제까지는 그토록 머뭇거리며 지체하더니 지금은 떠나는 일에 집착하고 있어요. 그녀는 출국비자를 받았습니다. 하지만 거기 도청 외지인 부서에서 틀림없이 무슨 일이 있었던 것처럼 보였어요." 나는 놀란 마음을 감추고 말했다. "거기서 무슨 일이 있었겠어요? 그녀는 원하던 것을 받았는데, 그것도 아주 빨리 말입니다." ──"그건 그래요. 하지만 그 남자의 출국비자가 이미 발급된 겁니다. 마리가 분명 담당직원에게 따져물었을 거예요. 그녀에게 확실한 정보를 알려주지 않았을 거고요 ── 아니면 나한테 뭐라고 이야기했을 테니까요. 그리고 그녀에게 분명 새로운 희망을 갖게 했을 거예요. 아마 미소를 짓거나 모호한 말을 해서. 어쩌면 단지 그녀 자신이 상상을 하거나 어떤 착각을 해서. 하지만 마리는 그 정도만으로도 얼마든지 집으로 날듯이 달려와 갑자기 출국 준비를 미친 듯이 서두르게 되었을 겁니다. 마치 저 너머 바다 저편에서 누가 자기를 정해진 시간에 기다리기라도 하는 것처럼 말이에요."

"당신이 바라던 게 이루어져서……" 내가 말했다. "그녀가 떠나는 거죠. 아마 당신은 그 계기가 별로 마음에 들지 않는 모양이군요. 하지만 마르세유에서 찾지 못한 사람을 다른 대륙에서 찾아낸다는 건 어려운 일일 테니까 지금은 그것으로 위안이 될 수 있을 겁니다."

그는 나를 약간 너무 매섭게 쳐다보면서 잠시 입을 다물었다가 말했다. "착각하는 겁니다. 착각하는 것도 무리는 아니에요. 당신은 어차피 그럴 수밖에 없으니까요. 이제 마리가 어떤 계기로 떠나든 나는 그녀가 떠나게 돼서 진정으로 기뻐요. 그녀가 안정을 찾을 거라고 나는 확신합니다. 일단 배가 졸리에뜨를 떠나기만 하면 안정과 치유를 얻게 될 거예요. 일단 바다로 나가면, 일단 이 땅을 뒤로하고, 과거를 영원히 뒤로하고 나면, 그녀는 어떻게든 치유될 겁니다. 그러고 나면 어떤 계기로 갑자기 서두르게 되었는지는 몰라도, 종적을 감추고 아예 나타나려고 하지 않는 사람을 찾는 일을 그녀도 그만두고 말 거예요. 보아하니 절대 발각되지 않고 조용히 지내는 것 말고는 더이상 다른 소망이 없어 보이는 사람을 끝내 찾아내고 말겠다는 마음을 내려놓을 겁니다."

그는 나 자신이 생각하고 있는 것을 아주 정확히 말로 나타냈다. 바로 그 때문에 나는 울컥 화가 치밀었다. 뜻밖에도 그는 이 게임에서 거의 이긴 것이나 다름없었던 것이다. 돈도 있고 서류도 다 갖추었으니까. 그런데 그보다 더 기민하고 더 약삭빠른 나는 떠날 준비가 되어 있지 않았다. 나는 큰 소리로 말했다. "그건 당신이 전혀 알 수 없는 일이에요! 그 남자는 누가 자기를 다시 한번 찾아내려고 한다면 오히려 즐거워할 겁니다."

"당신이 평생에 한번도 본 적이 없는 사람을 놓고 흥분하지 마세요. 내가 보기에 그의 침묵은 집요하고, 그의 결심은 확고부동해 보이거든요."

우리는 둘이서 함께 집으로 갔다. 아무 말 없이 텅 빈 벨상스 광장을 지났다. 우리는 밤중에 그 커다란 광장에 널어놓은 그물에 걸리지 않도록 조심스럽게 움직였다. 내내 고기잡이로 살아왔고 앞으로도 쭉 고기잡이로 살아갈 사람들이 누름돌을 얹어놓고 거기서 그물을 말리는 것이다. 의사는 를레 가로 접어들었고, 나는 어지러운 골목들을 지나 라프로비당스 가로 들어섰다.

Ⅱ

나는 새벽녘에 라레쀠블리끄 가에 서 있었다. 아직 별들이 반짝거리는 이른 시간인데도 트랑스뽀르 마리띰 사의 셔터가 올라가기를 기다리는 사람은 나만이 아니었다. 오들오들 떨고 있는 남자와 여자 들이 새로운 전쟁이 임박했다는 둥, 리스본 항구가 폐쇄되었고 지브롤터도 봉쇄되었다는 둥, 이 배가 마지막 배라는 둥 갖가지 푸념을 늘어놓았다.

선박회사 창구 앞에서 나는 내 목소리가 애원하는 조로 여겨지는 탓에 잘못 들리고 있음을 느꼈다. 그래서 직원은 이렇게 대답했다. "그런 변경 건은 우리가 관여하지 않습니다. 마감은 정오까지입니다. 그후로는 어떤 예약도 무효가 됩니다."

나는 창구에서 아직 완전히 돌아서지는 않았다. 하지만 사람들의 애원에 귀를 기울이다가 갑자기 나 자신이 출국병에 걸려 이 지경에까지 이르게 되었구나 하는 일종의 수치심이 덮쳐왔다. 그때 누가 내 손목을 잡더니 이렇게 말했다. "이제 떠나시려는 거요?" 눈을 들어보니 나의 대머리 친구였다. 내가 말했다. "나는 비자도 얻고, 통과비자도 얻었소. 출국비자는 대기 중이고요. 하지만 이제껏 배표를 구하지 못했소." ─ 그가 말했다. "당신은 배표를 가지고 있소. 아직 그걸 모를 뿐이오." 내가 말했다. "유감스럽게도 아니오. 분명 아니에요." 그가 단호하게 말했다. "당신은 배표가 있어요. 여기 이거요. 마침 내 표를 반환하려던 참이오. 이걸 당신에게

354

양도할까 하는데." 나는 당황스러운 마음을 드러내지 않았다.

　큰 결심을 하고서 처음으로 그것을 남에게 알리는 사람들이 대개 그러하듯이 그는 다른 때보다 더 흥분한 상태였다. "곧바로 모든 걸 설명해드리지요. 배표 양도 기념으로 한잔 살게요. 물론 나도 떠날 거요. 하지만 다른 방향으로 떠난다오." 그는 나를 다시 선박회사 창구 쪽으로 끌고 가려고 했다. 나는 뿌리치면서 큰 소리로 말했다. "당신은 잘못 생각하는 거요. 나는 이 푯값을 치를 돈이 없소. 보증금을 낼 돈도 없다고요. 보증금이 없으면 출국비자를 내주지 않는데 말이오. 그리고 출국비자가 없으면 배표도 얻을 수 없고요." 그는 내 손목을 단단히 움켜잡았다. 그가 태연하게 말했다. "그게 유일한 장애라면야 문제없소! 여기서 나는 당신의 돈이 전혀 필요없어요. 그 돈이 프랑스 바깥에 있는 게 나로서는 훨씬 더 좋소." 내 심장이 두근거렸다. 하지만 그는 내 손목을 그대로 단단히 움켜잡고 있었고, 그가 나를 차분하고 단호하게 설득하는 동안, 나는 이 게임을 끝까지 끌고 왔으며 끝까지 끌고 와서 이겼음을 깨닫기 시작했다. "당신은 여비가 미리 다 마련되어 있다는 편지를 주머니에 지니고 있잖소. 당신의 여비는 리스본에 있지요."

　그는 앉아서 계산하기 시작했다. 나는 우두커니 그 옆에 서 있었다. 마침내 그가 말했다. "이 푯값과 도청에 낼 돈을 제하고도 리스본에는 아직 상당한 돈이 남게 되오. 환 시세를 60으로 계산하겠소. 문제없소? 당신이 나에게 빚지게 되는 액수는 얼마 안되오. 형편없는 조각배로 하는 이 여행은 값이 싸니까요. 그 적은 액수가 리스본의 당신 계좌에서 내 계좌로 이체된다는 이 증서에 서명을 해주시오." 나는 그가 건네는 돈을 찔러넣었다. 한움큼의 종이 뭉치였다. 아직 한번도 그렇게 많은 돈을 몸에 지녀본 적이 없었다. 그러고서 그가 말했다. "마침 도청으로 갈 시간이 아직 있군요. 나는 여기서 당신을 기다리겠소. 당신이 출국비자를 가지고 돌아오면 내 표를 드리지요."

그는 이런 말을 하는 동안에, 계산을 마치고 내가 서명을 하는 동안까지도, 나의 왼쪽 손목을 놓아주지 않았다. 내 손목은 마치 수갑을 찬 것처럼 그의 손아귀에 붙잡혀 있었다. 이제 그가 손목을 놓아주었다. 그는 몸을 약간 뒤로 기댔다. 나는 원추형으로 생긴 그의 벗어진 머리를 바라보았다. 차가운 회색 눈이 나를 쏘아보았다. "무얼 더 기다리는 거요? 나는 내 표를 이 순간에도 팔아버릴 수 있소. 백번도 더. 저기 좀 보시오!" 그가 슬쩍 라레삐블리끄 가에서 트랑스뽀르 마리띰으로 몰려드는 사람들을 가리켰다. 몇몇은 이미 짐을 싸들고 왔다. 그들은 배표를 이미 예약해둔 모양이었고, 출국 비자를 이미 얻었으며, 창백하고 흥분된 얼굴에는 이미 작별과 출발의 생각들이 너울거렸다. 하지만 가진 게 아무것도 없는 많은 사람들은 선박회사의 차단봉 앞으로 몰려와 서로 밀고 잡아당기고 했다. 그들은 벌써 첫 단어의 억양만 들어도, 움찔하는 손과 입술만 보아도 알아볼 수 있었다. 그들의 운명이 그들 뒤를 바짝 뒤쫓고 있고, 죽음이 벌써 라레삐블리끄 가와 께데벨주가 만나는 모퉁이에 서서 그들에게 '너희 표를 못 들고 나오면, 알지!' 하고 으름장을 놓으며 다시 한번 트랑스뽀르 마리띰으로 어떻게든 뚫고 들어가도록 재촉하고 있는 것 같았다. ─그래서 그들은 희망도 없고 돈도 서류도 없었지만 창구로 덤벼들어 손이 발이 되도록 애걸복걸했다. 마치 등록된 이 배가 그들 인생의 마지막 배이자 바다를 건너는 마지막 배인 듯이 절망적인 몸짓이었다. 내가 중얼거리며 말했다. "그런데 당신은 떠나지 않는 거요?"

그가 말했다. "나는 고향으로 가지요. 나는 돌아갈 수 있다오. 게토이긴 하지만 돌아가요. 하지만 당신한테는 이제 돌아가는 길은 없소. 돌아가면 총살을 당할 테니까 말이오." 그의 말이 맞았다. 그가 자신의 표를 공중에 던져 바람에 날리기만 하면 안절부절못하는 한 떼의 사람들이 서로 주우려고 그의 앞에서 이리저리 기어다닐 것이다. "도청에 갔다 오지요." 내가 결정을 내렸다. 그가 다시 내 손목을 잡았다. 그러고는 나를 끌고 나갔다. 휘파람을 불어 택시를 불러서 나를 밀어넣더니 돈을 지불했다.

당신 자신도 마르세유의 도청을 알 것이다. 아침부터 저녁까지 외지인 부서의 어두운 복도에서 기다리고 있는 남녀들이 북적거린다. 경찰관이 겁을 주어 쫓아내면 그들은 새로이 출국비자 부서 앞으로 몰려간다. 이 부서가 어쩌면 기적적으로 몇시간 더 일찍 문을 열지도 모른다. 출국 준비를 위해 줄을 선 사람들 누구나 보통 때 우리 인류 한 세대 전체가 겪을 만큼의 숱한 풍파를 겪고서 살아남았다. 한 사람이 옆 사람에게 자기가 죽기 일보 직전에서 어떻게 세번씩이나 목숨을 건질 수 있었는가를 이야기하기 시작한다. 하지만 그 옆 사람도 죽음의 고비를 적어도 세번은 넘어선 터라 듣는 둥 마는 둥 하다가 팔꿈치를 써서 틈새를 비집고 들어가는 타개책을 써보지만 거기서도 또다른 옆 사람이 곧바로 자기 쪽에서 죽음을 모면한 이야기를 들려주려 할 것이다. 그렇게 기다리는 시간에도 사람들이 평화를 찾아서 가려고 하는 도시에 폭탄이 떨어지고, 비자는 기한이 지나 효력을 상실하고, 어느 문 앞에서 기다리고 있는데 문 뒤에서는 마지막 피난처로 여기는 나라의 국경이 폐쇄되었다는 전보가 도착한다. 그러니 네가 교묘한 술수와 야비한 수단을 써서 어떻게든 앞으로 밀고 나가 선착순 열사람 안에 들지 못한다면, 그리고 출국비자를 받아가지고 트랑스뽀르 마리띰으로 쏜살같이 돌아올 선착순 열사람에 속하지 못한다면, 여객 명단은 이미 다 채워질 것이고 너의 모든 일은 허사가 될 것이다.

나는 그 열사람 안에 들었다. 문턱에 서자마자 나딘의 친구 로잘리를 찾았다. 아니나 다를까 그녀는 거기에 있었다. 두 주먹 사이에 둥그런 머리를 올려놓고 책상 뒤에서 서류 묶음을 들여다보며 골똘히 생각에 잠긴 그녀의 모습을 발견했다. 나는 조용히 협의하기 위해 가로대 맨 끝으로 밀고 나아갔다. "당신을 위해 준비를 다 해놓았어요. 이제 돈은 가지고 오셨나요?" 그녀가 작고 서투른 손가락으로 돈을 세면서 나를 처다보지 않고 말했다. "이제 부디 조심하라는 충고를 드릴게요. 남몰래 떠나시려고 한다니까 말이에요. 조심하고 또 조심해도 지나치지 않을 거예요. 경찰이 배에 같이 타요. 사복형사가 같이 타고 가면서 자기 선실에서 서류를 꼼꼼히 살펴보거든요. 배는 다 그런 식이에요. 두달 전에 이런 일이 있었어요. 한 에스빠냐 남자가 살짝 변장을 한 채 허위 서류를 가지고 배에 탔어요. 그의 여동생도 같은 배를 타고 갔어요. 그녀는 가는 곳마다 오빠가 죽었다는 소문을 퍼뜨려놓았어요. 그는 처음에 에스빠냐를 탈출했고 그다음엔 수용소를 탈출한 자였어요. 그는 전격전이 벌어지는 지역에 잘못 발을 들여놓았다가 그만 일을 당했다고 그녀는 이야기했고 상복을 입고 있었어요. 하지만 그녀는 오빠가 같은 배에 타게 되었다는 기쁨을 도저히 주체할 수가 없었어요. 그런데 여객들 사이에는 늘 첩자가 있거든요. 이 점을 절대 잊어서는 안돼요. 그 배에도 형사 한명이 타고 있었어요. 그에게 그 남자를 일러바쳤고, 결국 그 남자는 기착지인 까사블랑까에 도착해 배에서 내려야 했고 프랑꼬에게 넘겨졌다는 것이 이야기의 결말이에요. 스스로 자신을 잘 돌보세요."

내가 도착했을 때 배표 양도자인 내 친구가 트랑스뽀르 마리띰 문 앞에 서 있었다. 그는 다시 내 손목을 잡고 창구로 끌고 갔다. 선박회사 직원의 젊고 선선한 얼굴에 당황하고 놀라는 기색이 완연했다. 직원은 그 배표를 손가락 사이에서 이리저리 돌렸다. 내 친구가 물었다. "뭐가 마음에 안 드나요? 당신에게 누가 떠나는가는 상관없지 않소!" "전혀 상관없지요. 다만 이 표는 벌써 세번째나 양도되는군요. 다들 표를 얻고자 혈안이 되어 있는데, 유독 이 표만은 계속 양도되고 있으니 말입니다."

이어서 우리는 라레쀠블리끄 가에서 눈에 띄는 대로 고른 지저분한 까페로 들어갔다. 그가 이야기했다. "나는 엑스의 독일 위원회에 갔소. 세명의 장교가 나를 심문했다오. 한 사람은 나의 청원을 듣고서 웃더니 욕설 같은 말을 한마디 중얼거렸소. 다른 사람은 고향에 가면 무얼 할 거냐고 물었고요. 설마 어떤 특별한 환영식이 나를 기다릴 거라는 상상을 하고 있는 건 아니겠지라는 거요. 내가 말했지요. 환영식 같은 건 관심도 없다, 나에게 중요한 건 핏줄과 대지다,라고[139] 말이오. 이게 무슨 말인지 당신은 분명 이해할 거요. 그는 약간 어리둥절해하더니 내 재산에 대해 묻더군요.

나는 부에노스아이레스에 딸이 하나 있다고 했소. 거기서 한때 잠시 사랑한 한 여자에게서 얻은 딸이라고요. 그 아이에게 내 재산을 양도했다고 했죠. 내 돈 때문에 염려하지 마시오. 나 자신 그 문제로 염려하지 않으니까. ──세번째 사람은 모든 얘기를 듣더니 침묵하더군요. 나는 이 세번째 장교에게 희망을 걸었지요. 오늘날

---

139 '피와 땅'을 강조하는 나치 표어의 반어적 사용.

이야기를 나눌 수 있는 유일한 사람은 침묵하는 자이니까 말이오. 그래서 나의 청원은 공인받아 유효하다는 통지를 받았다오." 그는 한모금 마시고서 말했다. "삼십년 동안 나는 갈 수 있는 모든 나라를 돌아다녔소. 자기 나라에 나무를 심는 게 통례이던 시대에 말이오. 지금은 다른 사람들이 떠나가고 내가 돌아가는구려."

Ⅲ

하지만 나는 졸리에뜨로 갔다. 항만청 앞에 차를 세웠다. 항만청 대기실은 항만청을 목표로 하는 수천수만의 사람들에 비하면 거의 비어 있는 것이나 마찬가지였다. 이곳은 모든 대기실 가운데 마지막 대기실이었다. 이 대기실에서 마침내 끝까지 기다린 자가 아직 그래도 확정적으로, 절망적으로 다시 돌아가야 하는 일만 없다면, 그다음으로는 더이상 대기실이란 없고 오직 바다뿐이었다.

한 무리의 에스빠냐인 가족이 몰려왔다. 놀랍게도 그들은 아들들이 내전에서 전사했고 부인이 삐레네 산맥을 넘다가 죽은 저 에스빠냐 노인도 함께 데려왔다. 그는 마치 대양 너머 저 세상에서 곧 자기 가족들을 다시 만나게 되리라는 희망을 품고 있는 듯 훨씬 더 생기가 있어 보였다. 호텔 옆방의 노부부가 크고 작은 짐들을 끌고 나타났다. 그들은 자기들이 이곳에 들어와도 되는 소수의 사람들에 속한다는 사실에 전혀 개의치 않는 것 같았다. 그들은 많은 짐들이 걸리적거리긴 했지만 천진난만하게 서로 손을 꼭 잡고서 영사관 오가는 길을 용케도 다 거쳐온 것이다. 대다수 사람들은 여전히 그 길 위에 붙들려 있었다. 나는 질문을 피하기 위해 벽 쪽으로 몸을 돌렸다. 항만청 간부가 자신의 문을 열었다. 그는 육중한 책상 뒤로 쏙 들어갔다. 다람쥐처럼 생긴 자그마한 남자였다. 마치 바다를 싫어하는 듯이 보였다. 그는 내 서류들을 뒤적거리며 이리저리 냄새를 맡았다. 그가 물었다. "난민증은 어디에 있나요?" 나는 이본이 만들어준 난민증을 더듬거려 꺼냈다. 난민증이 서류들에 추가되었다. 항만청의 도장이 찍혔다. 나는 출국 준비를 다 끝냈다.

IV

나는 항만청을 나와 부두의 맨 끝으로 걸어갔다. 거대한 화물적치장들이 시야를 가로막았다. 말뚝들 사이의 물은 얕았다. 무한히 펼쳐질 바다의 시작은 그랬다. 크레인들이 박힌 방파제와 화물적치장 사이로 한뼘쯤 되는 수평선이 놓여 있었다. 쇠약해 보이는 늙은 선장이 나에게서 몇 미터가량 떨어져 미동도 없이 가만히 서서 바다 쪽을 응시하고 있었다. 그의 눈이 나에게 안 보이는 무언가를 보고 있을 테니 내 눈보다 더 날카롭지 않을까 스스로에게 물어보았다. 하지만 곧 그가 보고 있는 것도 방파제와 화물적치장 사이의 선뿐임을 깨달았다. 하늘과 바다가 맞닿은 가느다란 그 선은 장엄하기 이를 데 없는 산맥의 더없이 힘차게 뻗은 삐죽삐죽한 곡선보다 우리 같은 사람을 더욱 강하게 흥분시킨다.

나는 부두를 따라 걷고 있었는데, 빨리 떠나고 싶은 소망이 갑자기 어떤 열병처럼 마음을 뒤흔들어놓았다. 이제 나는 떠날 수 있었다. 오직 지금만 가능했다. 나는 배를 타고서라도 마리를 그녀의 동반자로부터 가로채리라. 그들이 결합될 수 있었던 건 빨리 탈출 중에 있었던 우연한 만남 ─ 단지 탈출 중 절망적인 순간에 쎄바스또뽈 대로에서 있은, 무슨 의미도 목적도 없는, 말 그대로 우연한 일이었을 뿐이다 ─ 때문이었으니, 내가 그 우연을 허물어뜨리리라. 나는 드디어 모든 것을 뒤에 남겨두고 새롭게 출발하리라. 삶은 일회적이고 단선적이라는 그 무자비한 법칙을 비웃어주리라. 하지만 만약 내가 뒤에 남는다면 나는 늘 동일한 나로 머물게 될 것이다. 천천히 늙어가면서, 약간은 용감하기도 하고 약간은 허약하기도 하며 약간은 신뢰할 수 없는 구석도 있는 녀석으로, 잘해봤자 간신히 애를 쓰면, 남들은 알아채지도 못할 테지만, 약간 더 용감해질 수도 있고 약간 덜 허약하고 아주 조금 더 신뢰할 만하게 될 수도 있는 자로 머물게 될 것이다. 오직 지금만 나는 떠날 수 있었다! 이후로는 절대 떠날 수 없었다! 적치장 뒤쪽 잔교棧橋에는 작고 깨끗한 배 한척이 정박해 있었다. 8000톤 급으로 보였다. 그 이름을 읽을 수는 없었지만 필시 몬트리올호일 것이다. 나는 느리게 내 쪽으로 다가오는 선장을 불렀다. 그에게 저것이 몬트리올호인지 물었다. 그의 말에 따르면 저 배는 마르셀 밀리에호이며 몬트리올호는 여기서 한시간가량 떨어진 40번 적치장 옆에 정박해 있다는 것이다. 그의 대답에 나는 정신이 들었다. 나는 속으로 저 배는 내 것이고 나의 운명이라고 상상하던 차였다. 하지만 올바른 배는 멀리 떨어져 있었다.

V

나는 를레 가로 갔다. 세번째이자 마지막으로 나는 계단을 올라갔다. 의사가 마리를 감추어둔 동굴 같은 건물을 빙빙 돌아올라가는 계단이었다. 그녀에게 지금은 입도 뻥긋하지 않고 있다가 배를 타고 나서야 그녀 앞에 나타난다면, 그야말로 가장 멋진 진짜 마법일 것이다. 하지만 내가 과연 작별 연기를 잘해낼 수 있을 만큼 넉살이 좋을지 자신이 없었다.

난로에는 더이상 불을 때지 않았다. 추위가 며칠 전부터 멈추었고, 물러나는 중이었다. 문을 두드리자 손 하나가 쑥 나오더니 그 위로 파란색 옷자락이 드리워졌다. 마리가 한걸음 뒤로 물러났다. 정색을 하고 약간 경직된 그녀의 얼굴을 이해할 수 없었다. 그녀가 거칠게 물었다. "왜 왔어요?" 여행가방들이 의사가 떠나려고 하던 그날 아침처럼 여기저기 널려 있었다. 지금 방 안은 온통 난장판이었다.

심장이 쿵쾅거렸지만 나는 가볍게 말했다. "당신에게 여행 선물을 주려고 왔어요. 모자예요." 그녀가 웃음을 터뜨리며 나에게 처음으로 빠르게 살짝 키스를 했다. 그러고는 세면대 거울 앞에서 모자를 써보았다. 그녀가 말했다. "어쩜 잘 맞기까지 해요. 당신은 참 엉뚱한 생각도 잘하는군요. 우리 둘은 왜 출국 전 겨울에야 만났을까요? 진작 서로를 알았어야 하는데." ― 내가 말했다. "맞아요, 마리. 그 당시, 어디였죠, 쾰른의 그 벤치에 앉았어야 할 사람은 그 남자 대신 나였는데 말이에요." 그녀가 몸을 돌려 외면하고는 짐을 싸는 척했다. 나에게 여행가방을 좀 잠가달라고 부탁했다. 우리는 닫힌 여행가방 위에 나란히 앉았고, 그녀가 나의 두 손 사이로 자신의 손을 밀어넣었다. 그녀가 말했다. "제발 좀 불안하지 않았으면 좋겠어요. 나는 왜 이렇게 불안할까요? 떠나야 한다는 것을 알고 있고, 떠나고 싶고, 떠날 거예요. 하지만 때때로 무언가를 잊어버린 사람처럼, 무언가 중요한 것, 그 무엇으로도 대신할 수 없는 어떤 것을 잊어버린 것처럼 불안해요. 나는 여행가방들을 다시 풀어서 파 뒤집어 전부 다 꺼내놓을지도 몰라요. 모든 것이 나를 떠나도록 끌어당기고 있는데, 나는 나를 가지 못하게 붙잡고 있는 것이 무엇인지를 생각하느라 여념이 없어요."

나는 나의 순간이 왔음을 느꼈다. 내가 말했다. "그건 아마도 나일 거예요." 그녀가 말했다. "나는 당신을 다시는 보지 않아야 한다는 것도 결코 생각할 수 없어요. 당신에게 이런 고백을 하는 것이 부끄럽지 않아요. 당신은 내가 알던 마지막 남자가 아니라 첫번째 남자라는 생각이 들어요. 당신은 마치 내 어린 시절에 이미 우리 고향에 함께 있던 사람처럼, 저 감때사납고 까무잡잡한 소년의 얼굴들 가운데 하나처럼 생각돼요. 소녀에게 아직 사랑을 심어주지는 못하지만 사랑을 하면 얼마나 좋은 걸까 하는 의문을 품게 해주는 한 소년처럼 말이에요. 당신은 마치 우리 집의 서늘한 뒷마당에서 나와 함께 구슬치기를 한 소년들 속에 있던 것 같다는 느낌이 들어요. 하지만 그런 당신과 이렇게 짧을 수가 없는 시간 동안 더없이 허망하게도 그저 스쳐지나가는 인연쯤으로 알다가 헤어지게 되다니요. 당신이 어디서 왔고 무슨 연유로 오게 되었는지 나는 몰라요. 비자의 도장 하나가, 영사가 내리는 판정 한마디가 사람들을 영원히 갈라놓는다는 건 있을 수 없는 일이에요. 최종적으로 완전히 갈라놓을 수 있는 건 오직 죽음뿐이에요. 어떤 작별도, 어떤 출발도 절대 그럴 수는 없어요."

기쁜 나머지 내 심장이 쿵닥거리며 두방망이질했다. 내가 말했다. "대부분은 여전히 우리에게 달려 있어요. 그런데 만일 내가 갑자기 배 위에 나타난다면 그 사람은 뭐라고 할까요?"

그녀가 말했다. "네, 뭐 — 그 사람은."

내가 더욱 격렬하게 계속해서 말했다. "그에게 끝까지 중요한 건 여행 목적인 그의 직업이에요. 그에게는 직업이 자신의 행복보다 훨씬 더 중요하다고 전에 우리에게 스스로 이야기했잖아요."

그녀가 자신의 머리를 나의 팔 아래로 밀어넣었다. 그녀가 말했다. "아, 그 사람 직업요? 우리 서로 아무것도 숨기지 않기로 해요. 누가 우리를 갈라놓고 있는지 알잖아요. 이제 막판에 왔으니 우리 서로 솔직해지기로 해요. 당신과 나 말이에요."

나는 얼굴을 그녀의 머리카락 속에 묻었다. 나 자신 살아 있는 생명으로 얼마나 따뜻하게 살아 있는지, 그리고 저 죽은 자는 생명을 잃고 얼마나 싸늘하게 죽어 있는지 생생하게 느껴졌다.

그녀가 머리를 내 어깨에 기댔다. 우리는 두 눈을 감고 몇분 동안 그렇게 앉아 있었다. 여행가방이 흔들거리는 느낌이 들었다. 우리는 둥실둥실 어딘가로 가고 있었다. 나에게 이 순간은 마지막을 앞둔 몇분간의 완전한 평화였다. 나는 갑자기 진실을 털어놓아야 겠다는 마음이 생겼다. 내가 소리쳤다. "마리!" 그녀는 즉시 머리를 뒤로 홱 젖혔다.

그녀가 나를 날카롭게 쳐다보았다. 그녀의 얼굴이 입술까지 창백해졌다. 내 목소리의 어조에서, 어쩌면 내 표정에서, 자기에게 무언가 믿을 수 없는 엄청난 일이, 자신의 삶에 대한 미증유의 공격이 임박했다는 경고의 메시지를 읽은 모양이었다. 그녀는 심지어 상대의 가격을 막아내려는 듯 자신의 두 손을 쳐들기까지 했다.

내가 말했다. "당신이 떠나기 전에 진실을 밝혀야겠어요. 마리, 당신의 남편은 죽었어요. 그는 독일군이 빠리에 입성할 때 보지라르 가에서 스스로 목숨을 끊었어요."

그녀는 두 손을 내려 무릎에 올려놓았다. 그러고는 빙긋이 웃었다. 그녀가 말했다. "이제 당신들이 하는 충고를 어떻게 받아들여야 하는지 알겠어요. 이제 당신들이 전하는 확실하다는 소식이 과연 얼마나 가치가 있는지 볼 수 있어요. 바로 어제 이후로 나는 그가 아직 살아 있음을 확실히 알게 되었어요. 당신이 침묵해온 엄청난 진실이라는 게 바로 이런 모습이에요."

나는 그녀를 뚫어지게 바라보면서 말했다. "당신은 아무것도 몰라요. 당신은 무얼 알고 있나요?"

"지금 그가 아직 살아 있다는 것을 나는 알고 있어요. 출국비자를 받으러 도청 외지인 부서로 갔어요. 거기에 한 여직원이 있었는데, 그녀가 서류를 작성해주었고, 나를 도와주었어요. 그녀는 작고 뚱뚱한 모습을 하고 특이하게 생기긴 했지만, 두 눈에는 평소에 내가 이 나라에서 받은 것보다 더 많은 호의와 관용의 빛이 들어 있었어요. 그녀는 다른 사람들도 성심을 다해 도와주었고, 그녀에게는 어떤 서류 묶음도 너무 복잡한 경우는 없었어요. 이 여자는 누구든 도와주려고 하고, 한사람도 독일군의 수중에 떨어지거나 수용소에서 헛되이 죽어가지 않도록 우리 모두가 제때에 떠날 수 있기를 그녀 자신이 노심초사하고 있다는 것을 누구라도 대번에 느낄 수 있었을 거예요. 그녀는 조금이나마 쓸모있는 건 더이상 아무것도 없다고 나태하게 생각하는 자들에 속하지 않고, 오히려 쓸모있는 일이 더이상 없다 해도 자기 분야에서만큼은 무질서하거나 불미스러운 일이 일어나지 않았으면 하고 애태우며 걱정하는 쪽 사람이라는 것을 척 보고 알 수 있었어요. 그녀는 말이죠, 민족 전체를 구해낼 수도 있는 그런 사람 중 하나예요."

내가 절망적으로 말했다. "당신은 그녀를 좋게 묘사하는군요. 그녀가 탁월한 사람이라고 생각되네요."

"그래서 나는 마음먹었어요. 다른 때 같으면 아예 질문할 엄두도 내지 못했을 텐데 말이에요. 질문을 하면 해를 끼치는 게 아닌가 염려스러웠거든요. 하지만 이제, 마지막 서류를 손에 넣게 된 지금 내가 누구에게 해를 끼칠 수 있었겠어요. 나는 그 여자에게 물었어요. 그녀는 마치 그 질문을 이미 기다리고 있었다는 듯이 나를 유심히 바라보았어요. 그녀의 대답은 나에게 대답하는 것이 자기에겐 허락되어 있지 않다는 거예요. 그래서 나는 그녀에게 매달리면서 만일 그녀가 알고 있다면 내 남편이 아직 살아 있는지만이라도 제발 말해달라고 부탁하고 또 부탁했어요. 그러자 그녀는 내 머리카락에 자신의 손을 올려놓으며 '염려 마세요, 부인. 당신은 아마 여행 중에라도 당신의 가장 사랑하는 이와 만나게 될 거예요'라는 거예요."

마리는 엉큼한 미소를 지으며 나를 비스듬히 바라보았다. 그녀는 일어나 내 앞에 서더니 물었다. "지금도 아직 의심스러운 모양이죠? 여전히 그런 소문들을 믿는 건가요? 그런데 당신이 무얼 알 수 있나요? 대체 알고 있는 게 무언가요? 혹시 그가 죽은 것을 당신 눈으로 직접 보았나요?"

나는 "아니요"라고 고백하지 않을 수 없었다. 잠시 후에야 그녀의 조소 섞인 짧은 질문들 속에서 극도의 두려움이 배어 있는 가느다란 숨소리와 잘 드러나지 않는 가벼운 어조가 느껴졌다. 그러고서 그녀는 완전히 안도하는 마음이 되어 유쾌하게 말했다. "이제더이상 나를 못 가게 붙잡고 있는 것은 아무것도 없어요. 이제 다털어버리고 떠날 수 있게 돼서 마음이 얼마나 홀가분한지 몰라요."

그래서 나는 단념했다. 죽은 자를 따라잡을 수는 없었다. 그는 자신의 권한에 속한 것을 영원히 움켜쥐고 놓지 않았다. 그는 나보다 더 강했다. 이제 나에게 남은 것은 물러나는 것밖에 없었다. 그대안으로 내가 무엇을 내놓을 수 있겠는가? 무엇으로 그녀를 설득할 수 있단 말인가? 무얼 어떻게 하려고 설득한단 말인가? 그리고 지금 돌아보면 그때의 이 상황이 아무리 어처구니없게 생각된다 해도, 당시에 나는 잠시 동안 그녀의 어리석음에 감염되어 있었다. 나는 대체 그 죽은 이에 대해 무엇을 알고 있었는가? 한 고약한 여주인이 잡담처럼 지껄여낸 이야기 말고는 아무것도 없었다. 그가 정말로 아직 살아 있다면 어쩔 것인가? 악셀로트가 실제로 그를 보았다면 어떻게 되는 것인가? 그는 영원의 시간에 의해 우리와 떨어져 있는 것이 아니라, 단지 신문지 한장에 의해, 그가 우리를 방해 받지 않고 조용히 관찰하면서 복잡한 이야기를 지어내기 위해 조그만 구멍 두개를 뚫어놓은 신문지 한장에 의해서만 우리와 갈라져 있는 것은 아닌가? 그가 지어내는 복잡한 이야기에 비하면 우리의 복잡한 이야기는 빈약하기 짝이 없었다.

나는 계단에서 의사와 마주쳤다. 그는 아뻬리티프를 사겠다고 제안했다. 몽베르뚜에서 셋이서 마지막 자리를 갖자는 제안이었다. 나는 음주 금지일 운운하며 뭐라고 중얼거린 것 같았다.

VI

나는 라레쀠블리끄 가로 갔다. 트랑스뽀르 마리띰은 이미 열려 있었다. 나는 창구로 가서 내 표를 아직 반환할 수 있느냐고 물었다. 창구 직원은 입이 쩍 벌어지고 두 눈이 휘둥그레졌다. 나는 직원하고만 속삭이듯 말했지만, 그 자신이 아직 내 말을 제대로 이해하기도 전에 기다리고 있던 무리에서 표 하나가 반환되었다는 소문이 생겨났다. 그런데 이 소문은 믿기지 않을 정도로 빠르게 시내에까지 퍼진 것이 분명했다. 왜냐하면 순식간에 사방에서 사람들이 우르르 몰려드는 바람에 내 갈비뼈가 창구에 짓눌려 부러질 뻔했고, 더없이 허약하고 의지할 데 없는 사람들마저도 반환된 표 한 장이 나왔다는 어처구니없는 마지막 희망을 품고서 사납고 위협적인 기세로 몰려왔기 때문이다. 하지만 직원이 양손을 쳐들고 욕설을 해댔을 뿐이었는데, 소문은 잠잠해졌고 사람들은 기가 죽어 슬금슬금 물러났다. 직원은 내 표를 한쪽 옆의 작은 서랍 안에 슬쩍 감추어두었다. 나는 그것이 주인 없는 표가 생기면 즉시 연락해주기로 예약해둔 사람에게, 그리고 예약의 댓가로 여기 모여든 이 사람들은 누구도 지불할 엄두조차 낼 수 없는 돈을 지불한 사람에게 이미 예정되어 있음을 알아차렸다. 표 한장을 얻기 위해 절대 줄을 서는 법이 없이 미리 선점을 해두는 다른 종류의 사람이었으며 권력을 쥔 사람이리라. 직원은 서랍을 닫으면서 짐짓 이마를 찌푸렸고, 조금의 손해도 보지 않으려는 사람처럼 위장된 미소와 함께 입을 꼭 다물었다.

VII

나는 밤새도록 잠을 이루지 못하고 누워 있었다. 벽 뒤에서 아내를 남겨두고 내일 떠나려는 남편의 애정 어린 마지막 말소리가 들려왔다. 아내는 남편이 보지 못할 아이를 잉태하고 있었다. 아직 칠

흑같이 어두운 시간이었는데, 계단에서는 잃어버린 아들에게로 가는 노부부의 격앙된 목소리가 들렸다. 나는 주섬주섬 챙겨입고 아래로 내려갔다. 마침 까페 쑤르스의 문이 열려 있었고, 나는 첫번째 손님이었다. 쓴 커피를 한잔 마시고서 나는 벨상스를 건너갔다. 건조하기 위해 그물들이 널려 있었다. 드넓은 광장 위에 버려진 것처럼 보이는 몇몇 여자들이 그물을 수선하고 있었다. 이런 모습을 아직 한번도 본 적이 없었다. 벨상스 광장을 이렇게 이른 시간에 지나간 일이 없었으니까. 틀림없이 나는 이 도시에서 가장 중요한 것을 보지 못하고 살았던 것이다. 중요한 것을 보기 위해서는 남아 있으려고 해야 한다. 모든 도시는 단지 통과하기 위해서만 그 도시들을 필요로 하는 자들에게 자신을 잘 드러내지 않는다. 나는 조심조심 그물을 뛰어넘어갔다. 하루를 여는 첫번째 가게들의 문이 열렸고, 첫번째 신문팔이 소년들이 소리를 질러댔다.

신문팔이 소년, 벨상스의 어부 부인들, 가게 문을 여는 여자 상인들, 아침근무를 하러 출근길에 오른 노동자들, 그들은 모두 무슨 일이 일어나도 결코 떠나지 않을 무리에 속했다. 그들이 떠난다는 생각을 하지 못하는 것은 마치 나무나 풀덤불이 그런 생각을 하지 못하는 것이나 마찬가지이다. 만일 그들이 그런 생각을 한다 하더라도 그들 몫으로 돌아갈 표가 없었다. 전쟁은 그들을 넘어서 지나갔고 대화재와 힘센 자들의 보복도 그들과는 무관하게 지나갔다. 온갖 군대를 피해 쫓겨온 난민 무리들이 아무리 빽빽이 모여들어도 그들은 그럼에도 불구하고 계속 남아 있는 자들에 비하면 보잘것없는 존재들이었다. 그 모든 도시들에 만일 그런 자들이 남아 있지 않았다면, 난민인 나는 과연 어떻게 되었을까! 그들은 고아인 나에게 아버지와 어머니였고, 동기간이 없는 나에게는 형제와 자매였다.

한 젊은 청년이 자기 애인을 도와 육중한 문짝을 갈고리쇠로 고정시켜주었다. 그러고는 그녀가 피자를 구울 철제 화덕을 후딱 정리해놓았다. 벌써 피자를 사려는 사람들이 몰려들었다. 붉은색 현등이 아직 켜져 있는 옆 건물에서 축 늘어진 몸으로 나온 매춘부 세명, 버스 안내원 한명, 사무원 몇명 등이었다. 피자 굽는 여자는 아름답게 생기지는 않았지만 미인 중에도 최고의 미인 못지않았다. 그녀는 늘 변함없이 젊은 옛 전설 속 여인들을 닮았다. 그녀는 오늘날엔 잘 모르는 다른 민족의 사람들이 밀려들었을 때도 언제나 바닷가 이 언덕 위에서 자신의 고색창연한 도구로 피자를 구웠고, 앞으로 또 다른 민족의 사람들이 밀려와도 여전히 피자를 굽고 있을 것이다.

마리를 한번 더 보고 싶은 나의 소망이 나의 의지보다 더 강했다. 나는 작별의식을 치르기 위해 몽베르뚜로 갔다. 마리는 그녀가 처음으로 몽베르뚜에 들어왔을 때 내가 앉았던 바로 그 자리에 앉아 있었다. 그녀의 모습이 어찌나 행복해 보이던지 나도 모르게 미소가 지어졌다. 누군가가 우리를 지켜보았다면 틀림없이 그녀가 흔들고 있는 하얀 종이가 우리가 함께할 미래에 관한 걸 거라고 생각했을 것이다. 하지만 그것은 출국에 필요한 도장이 모두 찍힌 '여행 증명서'였다.

그녀가 외쳤다. "이제 벌써 두시간 후면 나는 떠나요." 속에서 이는 기쁨의 바람에 그녀의 머리카락이 살랑거렸고 그녀의 가슴과 얼굴이 팽팽해졌다. "유감스럽게도 당신은 화물적치장 안으로 들어올 수가 없어요. 우리는 여기서도 얼마든지 작별인사를 나눌 수 있어요." 나는 앉지 않았다. 그러자 그녀가 일어서더니 내 두 어깨 위에 양손을 올려놓았다. 나는 전혀 아무런 느낌도 없었다. 단지 곧 밀려올 게 분명했고 어쩌면 치명적일지도 모르는 어떤 고통에 대한 예감만이 있었다. 그녀가 말했다. "당신은 나에게 정말 잘해주었어요." 이 나라의 풍습대로 그녀는 나에게 재빨리 좌우로 키스를 했다. 나는 두 손 사이에 그녀의 머리를 잡고서 키스를 했다.

그때 갑자기 우리 테이블로 다가온 의사가 말했다. "여기서 작별 의식을 치르고 있는 모양이지요?"—"네." 마리가 말했다. "우리 어서 함께 무얼 좀 마셔야겠어요." — 그가 말했다. "안타깝게도 그럴 시간이 없어요. 당신은 즉시 트랑스뽀르 마리띰으로 가야 돼요. 수하물 보험증서 아래쪽에 서명을 해야 되거든요. 여기에 계속 머물고 싶지 않다면……"

보아하니 그는 자신의 일에 대해 지금 전적으로 확신하고 있는 듯했다. 내가 보기에 너무 확신에 차 있었다. 우리는 둘 다 그녀를 쳐다보았다. 그녀는 더이상 환하게 빛나는 얼굴이 아니었다. 그녀는 잘 드러나지 않는 가벼운 조소를 띠고서 말했다. "나는 당신을 따라가겠다고 전에 언젠가 약속을 한 적이 있을 거예요, 세상 끝까지."—"그럼 트랑스뽀르 마리띰으로 빨리 가서 서명을 해요."

그녀는 나와 악수를 하고서 정말로 가버렸다. 기어이 영영 그렇게 가고 말았다. 나는 총에 맞거나 가격을 당할 때 생각하듯이 이제 곧 견딜 수 없는 고통이 느껴질 거라고 생각했다. 하지만 고통은 전혀 없었다. '세상 끝까지'라는 그녀의 마지막 말의 울림만이 여전히 계속 귓전을 맴돌 뿐이었다. — 나는 눈을 감았다. 시들고 여윈 메꽃들이 달린, 녹색 칠을 한 울타리가 보였다. 울타리 너머로는 보이지 않았고, 가늘고 긴 울타리의 말뚝들 사이로 빠르게 흘러가는 가을 구름만 보일 뿐이었다. 내가 아직 매우 작을 때였던 것 같고, 나는 그것이 세상의 끝이라고 생각했다.

의사가 말했다. "그동안의 모든 일에 대해 감사하다는 말밖에 드릴 말이 없군요. 당신은 우리를 도와주었습니다." 내가 대답했다. "어디까지나 우연일 뿐이었습니다." 그는 즉시 돌아서지 않았다. 그가 나를 날카롭게 바라보았다. 무언가를 기다리는 눈치였는데, 내 얼굴에서 그것의 전조를 본 모양이었다. 하지만 내가 아무 말도 하지 않자 그는 결국 살짝 고개 숙여 인사를 하고 떠나갔다.

마침내 나는 혼자 내 테이블에 앉았다. 갑자기 모든 것을 종결지은 그 정중하고 짧고 반듯한 인사가 마음에 들었다. 하지만 슬픈 만족이었다. 왜 하필 지금인지 모르겠는데, 갑자기 나는 한번도 만난 적이 없는 고인에 대한 비애감에 사로잡혔기 때문이다. 그와 나, 우리는 함께 뒤에 남겨져 있었다. 그리고 전쟁과 배신으로 근본이 뒤흔들리고 있는 이 나라에서 그를 애도할 사람은 아무도 없었다. 그에게 마지막 경의라고 부를 만한 것을 약간이나마 나타내 보일 사람은 아무도 없었다. 구항의 여관에 머물면서 죽은 이의 부인을 놓고 다른 자와 싸운 나 이외에는 아무도 없었다.

몽베르뚜가 다 들어찼다. 온갖 언어로 떠들어대는 까페의 수다가 내 귓전을 때렸다. 더이상 떠나지 않을 배들에 대해, 도착한 배들과 좌초되고 나포된 배들에 대해, 영국군과 드골의 군대에 입대하려는 사람들에 대해, 다시 수용소로 돌아가 아마도 몇년간을 썩어야 할 사람들에 대해, 전쟁에서 자식을 잃어버린 어머니들에 대해, 떠나면서 여자를 뒤에 남겨둔 남자들에 대해 떠들어댔다. 아득히 먼 옛날부터 활기차게 이어져온 항구의 수다, 페니키아와 그리스의 수다, 크레타와 유대의 수다, 에트루리아와 로마의 수다가 줄기차게 이어져왔다.

나는 당시에 처음으로 모든 것을 진지하게 깊이 생각해보았다. 과거와 미래는 불투명하다는 점에서 서로 동등했고, 영사관에서 '통과'라고 부르고 일상적인 언어로 '현재'라고 부르는 상태에 비추어보아도 서로 동등했다. 그리고 그 결과는 나 자신은 상처를 입지 않을 것이라는 예감뿐이었다 — 이 예감을 결과라고 부를 만하다면 말이다.

VIII

나는 지친 몸과 무거운 다리로 일어났다. 라프로비당스 가로 가서 침대에 누워 담배를 피웠다. 하지만 나는 불안해졌고 다시 시내로 돌아왔다. 내 주위 사람들이 오늘 떠나는 몬트리올호에 대해 끊임없이 수다를 늘어놓았다. 아무래도 마지막 배일 거라고 했다. 하지만 이른 오후에 갑자기 모든 수다가 뚝 그쳤다. 틀림없이 몬트리올호가 출항한 것이다. 그러자 모든 수다는 즉시 다음 배로 옮겨갔다. 이제는 이 배가 마지막 배였다.

나는 다시 몽베르뚜로 갔다. 오랜 습관 탓에 문 쪽을 바라보고 앉았다. 이제부터 자기에게 운명으로 주어진 공허를 아직 이해하지 못한 듯 내 심장은 기다리기를 계속했다. 마리가 돌아올 수도 있지 않을까 하고 여전히 계속해서 기다렸다. 내가 나중에 알게 된 그녀, 죽은 자와의 끈에 얽매여 오직 그에게만 집착하던 그녀가 아니라, 당시 처음으로 미스트랄의 바람에 실려 나에게 다가와 급작스럽고 불가사의한 행복감으로 내 젊은 생명을 위협하던 그녀를 기다리고 있었다.

그때 누군가 내 어깨를 잡았다. 악셀로트와 함께 꾸바까지 갔다가 돌아온 그의 친구 뚱보 음악가였다. 그가 말했다. "그가 이젠 나도 버리고 떠났어요." "누가요?" "악셀로트요. ―악보를 완성시켜 넘겨준 내가 어리석었어요. 이제 그는 나를 더이상 필요로 하지 않아요. 하지만 그가 나한테까지 쥐도 새도 모르게 떠나버리는 일을 할 줄은 꿈에도 몰랐어요. 아시지요, 나는 어린 시절부터 그와 붙어다녔어요. 무엇으로 그렇게 했는지 말할 수 없지만, 그는 나를 좌지우지하며 지배했거든요." 그는 자리에 앉아 양손으로 머리를 괴고 혼자서 골똘히 생각에 잠겼다. 웨이터가 그의 양 팔꿈치 사이에 핀fine을 내려놓자 비로소 그는 상념에서 깨어났다.

"그 일이 어떻게 된 거냐 하면요, 그는 돈이 엄청나게 많았나봐요. 시내의 모든 선박회사에 돈을 썼어요. 직원과 관리 들에게 뇌물을 뿌려 그들 전원을 일종의 호위대로 만들어서는 비자들을 모두 모아 완벽한 수집품처럼 갖추었고 통과비자들도 마찬가지로 완벽하게 모아놓았어요. 그것을 선견지명이라고 하던가요. 그는 나를 데려가겠다고 철석같이 약속하긴 했지만, 지금 생각이 나는데, 그는 또 언젠가 두번 여행에 같은 동반자를 데려가지 않도록 해야 한다는 주장도 했어요. 특히 처음 여행이 저번 우리 여행처럼 잘못된 적이 있는 경우에는 더욱 더 그러지 말아야 한다고 말이에요. 그런데 누군가 마르띠니끄 노선의 배표를 반환한 모양이에요. 그 표가 그의 손에 들어온 겁니다. 그는 지금 몬트리올호를 타고 가는 중입니다."

나는 충분히 놀라운 상황인데도 전혀 그에 합당한 놀라움을 보이지 않았다. 다른 위안의 말이 떠오르지 않아 단지 이렇게만 말했다. "무얼 그렇게 상심하세요? 그를 벗어났는데. 당신 자신이 말하듯이, 그는 일찍이 어린 시절부터 당신을 지배해왔다면서요. 이제 마침내 그 전부에서 해방된 거예요."

"하지만 이제 나는 어떻게 될까요? 독일군은 내일이라도 론 강 하구를 점령할 수 있는데 말이에요. 하지만 나는 잘해야 석달 후에나 떠날 수 있을 거예요. 그때까지 나는 파멸되거나, 유형을 당할지도, 수용소로 끌려가거나, 도시가 폭격으로 파괴되는 와중에 한 무더기 재가 되어버릴지도 모릅니다." 나는 이 남자에게 위로의 말을 건넸다. "그런 일은 우리 누구에게나 일어날 수 있습니다. 요컨대 남아 있는 사람은 당신 혼자가 아닙니다." 내 말은 단순하고 투박했지만 그는 귀담아들었다. 그가 주위를 둘러보았다.

나는 그가 정말 그때 처음으로 주위를 둘러보았다는 생각이 든다. 처음으로 그는 혼자라는 게 말도 안된다는 것을 알아차렸다. 그는 무덤까지 우리를 따라다니며 욕하고 비웃고 일깨우고 위로하는 목소리들, 하지만 가장 많게는 위로하는 목소리들인데, 아득히 먼 옛날부터 이어져온 그 목소리들의 생기발랄한 합창에 처음으로 귀를 기울였다. 그는 또한 부둣가의 물과 빛도 처음으로 보았다. 하지만 부둣가의 불빛은 창문들 속의 저녁 불빛보다도 약했다. 그는 이 모든 것들을 처음으로 보았고, 자신을 결코 저버리지 않을 것으로 보았다. 그는 안도의 숨을 내쉬었다.

"악셀로트는 최근에 먼발치서 보고 마음에 든 젊은 부인이 그 배를 탄다는 것을 알게 되어서 특히 서두른 것 같아요. 바이델의 부인 말입니다. 당신도 아시죠, 바이델이 같이 타고 가지 않으니까요."

나는 마음을 가다듬은 연후에 이렇게 대답했다. "같이 타고 가지 않은 사람은 하나 더 있어요. 하지만 당신은 그 얘기를 어떻게 알게 되었나요?"

"다들 알고 있어요." 그가 덤덤하게 말했다. "그는 비자를 가지고 있기는 하지만 같이 가지 않아요. 비자를 가지고 있지만 같이 가지 않는다는 것은 뭔가 이상하다고 생각지 않으세요? 그에게 어울리는 일이에요. 그는 늘 예기치 않은 일을 했어요. 아마도 그가 가지 않는 것은 부인이 자기를 버리고 떠났기 때문일 겁니다. 그녀는 때때로 다른 남자와 함께 있는 게 목격되었거든요. 그래서 결국 그가 떠나지 않는 것은 모두가 다 그를 저버렸기 때문이에요. 친구들과 부인과 시대 자체가 그를 저버렸어요. 아시다시피 그는 그런 것들을 얻기 위해 먼저 나서서 싸우는 사람이 아니니까요. 그에겐 그럴 만한 가치가 없는 거지요. 그는 더 나은 것을 얻기 위해 싸웠어요." 나는 웃음이 나오려는 것을 참았다. "대체 무엇을 얻기 위해 싸웠다던가요?"

"자신의 작고, 때로는 다소 기이한 이야기들을 읽고 아이든 어른이든 누구나 좋아할 수 있도록 그 이야기들을 세련되고도 소박하게 만들어줄 모국어 문장과 단어 들을 얻기 위해서지요. 그건 자기 민족을 위해서도 의미있는 일을 하는 게 아닐까요? 그가 자기 친구나 가족과 떨어져 외롭게 지내며 때때로 이 싸움에서 진다 해도 그건 그의 책임이 아닙니다. 그러면 그는 자신의 이야기들과 함께 물러날 것이고, 그 이야기들은 그 자신처럼 십년이고 백년이고 기다릴 수 있을 겁니다. 그런데 나는 방금 그를 보았어요." ──"어디서요?"──"그는 저 뒤쪽 창가에서 께데벨주를 마주 보고 앉아 있었어요. 보았다는 건 물론 과장된 말이에요. 내가 본 것은 그가 진을 치고 숨어 있던 신문지예요." ──그는 엉거주춤하게 일어나서 옆으로 몸을 구부렸다. "그는 더이상 여기에 없어요. 부인이 떠나자마자 자기 밖으로 나와 돌아다니는 것 같아요."

나는 불안하고 답답한 마음을 감추기 위해 아무것이나 떠오르는 대로 물었다. "파울도 이미 떠났겠죠? 그 역시 상당한 힘을 쓰는 약삭빠른 친구이니까요."

그가 갑자기 웃음을 터뜨렸다. "보아하니 자신의 서류 문제를 해결할 만큼의 힘은 없는 것 같아요. 비자와 통과비자는 자신의 마르세유 서류인 '마르세유 강제체류 증명서'를 근거로 발급받은 모양이에요. 하지만 안타깝게도 마르세유 추방명령[140]을 받은 자에게는 항만청에서 도장을 찍어주지 않는 거예요. 그 명령이 적혀 있는 바로 그 조그만 서류에다 도장을 찍어주거든요. 그는 결코 올바로 떠날 수 없을 거예요. 그렇다고 올바로 머물 수도 없고요."

IX

다음날 아침에 나는 비네 집으로 갔다. 혼란스러운 상태에 빠져 허우적거리는 바람에 그들 집에 들른 지도 이미 오래되었다. 소년은 창문 쪽을 바라보고 앉아 있었다. 학교 숙제를 하는 중이었다. 그는 내 목소리가 들리자 몸을 홱 돌려 달려나와서는 두 눈을 휘둥그렇게 뜨고서 가만히 쳐다보았다. 그러다 갑자기 나에게 와락 달려들어 눈물을 쏟아내며 계속 울어댔다. 나는 그의 머리를 쓰다듬었다. 우는 아이를 어떻게 해야 할지 몰라 당황스러웠다. 끌로딘이 다가와서 말했다. "이 아이는 당신이 떠나간 줄로 생각한 거예요."
— 그가 떨어지면서 약간 멋쩍어하다가 이내 빙긋 웃으며 말했다.

---

140 3장 VI 참조!

"당신들이 모두 떠나간다고 생각했어요."—"어떻게 그런 생각을 할 수 있어. 나는 남아 있는다고 너한테 약속했잖아." 나는 그의 마음을 완전히 달래주려고 밖으로 나가자고 했다. 우리는 양지바른 쪽을 따라 비할 데 없이 정답게 까느비에르를 거슬러올라갔다. 우리는 마침내 트리아드에 도달했다. 나는 멕시꼬 영사관 정문 쪽을 내다보았다. 에스빠냐 사람들이 경찰의 경호를 받으며 몰려들었다. 나는 잉크와 펜을 갖다달라고 해서 글을 썼다. "저는 당신께 비자를 전해달라는 바이델 씨의 부탁을 받았습니다. 그의 비자와 함께 그의 통과비자와 출국비자, 그리고 그가 여행을 위해 빌린 금액을 전해드립니다. 저는 동시에 송구스럽게도 당신께 그의 원고를 보내드리며 그 원고를 그의 친구들에게 전달해달라는 부탁을 함께 드립니다. 그 친구들이 안전하게 보관해줄 것입니다. 원고는 바이델 씨를 떠나지 못하게 가로막은 것과 같은 이유로 완성되지 못했습니다."

나는 전부를 하나로 꾸려서 소년에게 저리로 건너가 그것을 영사에게 직접 건네주고 오라고 부탁했다. 그러면서 웬 낯선 사람이 자기에게 이 일을 부탁했다고 말하라고 했다. 나는 그가 광장을 건너가 에스빠냐 사람들과 함께 줄을 서는 모습을 지켜보았다. 반시간쯤 후에 그는 밖으로 나왔고, 나는 그가 까페 창문을 향해 나무들 사이를 걸어오는 모습을 보고 기뻐했다. 나는 열망하는 눈빛으로 외치듯이 말했다. "그가 뭐라고 했니?" "웃었어요. 그러더니 '내 이럴 줄 알았지!'라고 했어요." 나는 이 말을 듣고 슬쩍 불쾌한 느낌이 들었다. 마치 그 조그만 서기관이 나의 첫 방문 때 그의 생기발랄한 눈으로 내 서류 묶음을 들여다보자마자 이미 그 인생의 책에서 나의 이야기를 전부 읽어내기라도 한 것 같았기 때문이다.

내가 소년을 가족에게 넘기려는데 비네가 나를 맞이하였다. "내 친구 프랑수아가 너한테 전해달라는 말이 있어." 내가 말했다. "나는 프랑수아라는 이름을 모르는데." ──"아니, 너는 그를 분명히 알아. 네가 조그만 뽀르뚜갈 사람과 함께 선원협회에 들렀을 때 그를 만난 적이 있었어. 그는 한 독일인을 도와주었는데, 그 독일인은 다시 너의 친구이기도 하지. 외다리 친구 말이야. 그 친구가 너한테 인사를 전해달라고 하더래. 잘 도착했다고. 그 친구는 또 너한테 감사한다고 했대. 그는 지금 바다 저 너머로 건너가서 기쁘다고. 저 너머엔 다른 민족들이 살고 있는데, 새롭고 젊은 민족들이라고. 그는 지금 그 모든 것을 새롭게 보게 되어 기쁘다고. 너는 여기서 자기를 기다려달라고 했대."

그는 면도할 비누 거품을 휘저으며 계속해서 말했다. "너한테는 남아 있는 게 제격이야. 대체 저 건너에 가서 무얼 할 건데? 너는 우리 쪽이야. 우리한테 일어나는 일이 곧 너의 일이야."

내가 소리쳤다. "그가 그 말을 모두 나에게 하리고 했다고?" ──"에이, 무슨. 그건 내가 너에게 하는 말이야. 우리는 너를 잘 알고 있고, 우리 모두는 너에게 똑같이 말할 수 있어. 누구든 너한테 그렇게 말할 수 있다고."

X

그 배가 떠난 지 채 하루도 지나지 않아서 마르셀에게서 편지가 왔다. 이제 내가 농장으로 와도 된다, 봄 농사가 시작되었기 때문에 실은 내가 와주기를 간절히 바란다는 내용의 편지였다. 나는 비네의 소년에게 내가 떠나는 것은 헤어지는 게 아니다, 마르세유에서 가까운 곳에 있을 테니까 언제라도 쉽게 나를 찾아올 수 있다고 말하며 그의 마음을 가라앉혔다.

뼛속 깊이 도시인인 나는 농장 일에 마음을 잘 쏟지 못하고 있다. 하지만 마르셀의 친척들은 빠리의 같은 집안 사람들처럼 정직한 사람들이다. 일은 할 만하다. 마을은 바다에서 멀지 않은 산자락에 놓여 있다. 그곳에서 지낸 지도 이제 몇주가 지났다. 그 몇주가 몇년처럼 여겨진다. 시골 마을의 고요함이 그만큼 무거운 탓이리라. 나는 이본에게 편지를 써서 다시 한번 통행증을 부탁했다. 거주지를 옮기려면 여러가지 허가가 필요하다는 법이 여전히 유효하기 때문이다. 나는 새로 다 갖춘 완벽한 서류를 들고 마을 이장에게로 갔다. 나는 겨울을 다른 도(道)에서 보냈다가 이제 일자리를 구해 바닷가로 온 자르 난민[141]이라고 자신을 소개했다. 그는 나를 비네의 먼 친척으로 여겼다. 그래서 결국 이 가족은 나에게, 넓게 보면 이 민족은 나에게 당분간 마음 편히 지낼 피난처를 제공해주었다. 나는 씨 뿌리고 벌레 잡는 일을 도왔다.

나치가 여기까지 내려와 우리를 덮친다면 그들은 나를 이 가족의 아들들과 함께 강제노동을 시키거나 어딘가로 유형을 보낼지도 모른다. 이들에게 닥치는 일은 나도 함께 겪게 될 일이다. 나치는 나를 결코 자기 나라 사람으로 알아보지 못할 것이다. 나는 이제 여기서 나의 사람들과 함께 고락을 같이하고 은신과 핍박을 같이 겪을 것이다. 저항활동이 벌어지면 곧바로 마르셀과 함께 총을 잡을 것이다. 내가 쓰러진다 해도 그들이 나를 완전히 죽게 할 수는

----

141 각주 36 참조!

없을 거라는 생각이 든다. 나는 이 땅을 잘 알고, 이 땅의 노동, 이 땅의 사람들과 산들, 이 땅의 복숭아와 포도를 잘 안다고 생각한다. 정든 땅에서 피 흘리며 죽는다 해도, 베어내고 뽑아내려는 덤불들과 나무들에서 새 생명이 나오듯이, 죽은 거기로부터 무언가가 계속 자라나올 것이다.

어제 나는 끌로딘에게 채소를 좀 갖다주고 소년에게 과일을 안겨주려고 — 나는 소년을 키우는 일에 힘을 더할 것이다 — 다시 한번 이곳에 왔다. 이곳에서는 이제 양파 하나조차 구하기가 어렵다. 나는 먼저 몽베르뚜에 들어가 앉았다. 이제는 나와 전혀 상관없는 항구의 온갖 수다에 귀를 기울였다. 전에 어딘가에서 이와 비슷한 수다를 들어본 적이 있다는 아득한 기억밖에 없었다. 그때 바로 몬트리올호가 침몰했다는 말이 내 귀에 들려왔다. 그 배는 아득히 먼 옛날에 떠난 것처럼 여겨졌다. 영원히 떠돌며 항해와 침몰을 무한히 반복하는 전설 속 배와도 같았다. 그런 소식에도 전혀 아랑곳하지 않고 난민들의 무리는 하나같이 다음 배를 예약하고자 안달복달하였다. 나는 곧 이 끝도 없는 수다 소리에 지겨워져서 이곳 피자 가게로 후퇴하였다. 나는 이제 더이상 기다리는 것이 없기 때문에 문을 등지고 앉았다. 하지만 문이 열릴 때마다 예전처럼 움찔했다. 나는 고개를 돌리지 않으려고 무진 애를 썼다. 하지만 매번 내 앞의 하얀 회벽에 드리우는 새로운 희미한 그림자를 어림해보았다. 조난자들이 뜻밖에도 기적적으로 구조되어 어느 해안가에 나타나거나 죽은 이의 혼백이 희생제의와 열렬한 기도의 힘으로 지하세계에서 빠져나오듯이, 마리도 불쑥 모습을 나타낼지도 모를 일이다. 너덜너덜한 누더기의 형상으로 내 앞의 벽에 비친 그림자가 다시 한번 살과 피를 얻어 환생할 수 있는 길을 찾아 흐물거렸다.

나는 그 그림자 혼백을 나 자신의 은신처인 바닷가 외딴 마을에 숨겨줄 수도 있었다. 그러면 거기서 그는 살아움직이는 자들의 생명을 위협하는 온갖 희망과 온갖 위험을 다시 한번 기대할 것이다.

전등이 돌려지거나 문이 닫히기만 해도 벽에 비친 그림자는 내 머릿속 환영처럼 창백해졌다. 나는 화덕 불만 하릴없이 바라보았다. 화덕 불은 아무리 지켜보아도 지켜워지는 법이 없었다. 기껏해야 예전처럼 같은 테이블에 앉아 불안하게 그녀를 기다리는 모습을 다시 한번 마음속에 그려보는 것이 고작이었다. 그녀는 여전히 자신의 애인을 찾아 도시의 거리들을 헤매고 있다. 광장과 계단을, 호텔과 까페와 영사관을 헤갈을 하고 찾아다니고 있다. 그녀는 이 도시만이 아니라 내가 아는 유럽의 모든 도시에서도, 내가 모르는 낯선 대륙의 환상적인 도시들에서조차 지칠 줄 모르고 찾아다니고 있다. 그녀가 도저히 찾을 수 없는 죽은 자를 찾는 일에 지치기보다는 차라리 내가 기다리는 일에 지치는 편이 더 빠를 것이다.

작품해설

'통과세계', 위기의 현상학

1. 위기의 형상화

이 소설은 1940년 초여름 독일군의 프랑스 침공으로 인해 빠리에서 마르세유로, 프랑스에서 멕시꼬로 가는 작가 제거스의 2차 망명 중에 대부분이 씌어졌으며 그때의 체험들이 작품 속에 깊게 각인되어 있다. 그래서 우리는 실제로 그녀의 자전적인 사실들이 소설 곳곳에 녹아 있는 것을 확인할 수 있다. 소설 속의 시간적 배경(1940~41)이나 공간적 배경(빠리-비점령지역-마르세유)이 그녀의 프랑스 탈출 당시와 거의 그대로 일치하고 있으며, 소설 속에서 주인공인 일인칭 화자가 겪는 운명의 많은 부분들이 — 예컨대 프랑스인 친구들의 도움으로 빠리를 벗어나 군사분계선을 넘어 비점령 지역인 남부 프랑스로 탈출하는 내용이라든가, 마르세유에서 영사관, 까페, 여행사, 관청 등을 드나들며 멕시꼬행을 준비하는 내용 등 ── 그녀의 그것과 흡사하다. 이러한 자전적인 요소들에 근거하여 이 소설을 자전적 소설로까지 볼 수 있는 가능성이 있기는 하지만 그것은 지나친 것으로 여겨진다. 예컨대 소설의 결말에서 주인공이 멕시꼬행을 포기하고서 프랑스 잔류를 결심하는 내용 등은 작가의 전기적 사실과 결정적으로 다르기 때문이다. 다만 작가의 자전적 요소들은 문학적 가공을 통해 소설적 상황 속에 통합되어 기능 전화되어 있다고 할 수 있다.

그럼에도 불구하고 작가가 이 소설을 통해 자신의 이야기를 하고 있는 듯한 인상은 지울 수가 없다. 그래서 구동독의 문예학자인 바트는 이 소설을 자전적인 소설은 아니지만 작가가 집필을 하는 동안에 극복해야 했던 직접적인 체험현실이 작품 속에 그대로 투영되어 있다는 점에서 "제거스의 가장 개인적인 소설"이라고 보았다. 그만큼 이 소설에는 작가 자신의 개인사에서 가장 위험했던 시기의 체험과 감정과 정서가 매우 직접적으로 형상화되어 있다. 이 시기는 곧 제거스 개인에게뿐 아니라 그녀의 동시대인들 전체에게 있어서 도저히 막을 길이 없어 보이는 파시즘 세력의 도도한 전진으로 인해 전유럽, 나아가 전세계가 파시즘화의 위기에 처했던 시기이다.

소설 『통과비자』(Transit)에는 이와 같은 개인적 위기가 시대적 위기와의 관계 속에서 전개되는 복잡한 위기의 양상들이 제거스의 직접성 미학의 수단들을 통해 생생하게 형상화되어 있다. '위기'는 곧 이 소설의 중심을 형성하고 있는 주제어이자 이 소설의 원천이라고 할 수 있다.

제거스는 이미 1938~39년에 헝가리의 저명한 문예사상가 루카치와의 서신 논쟁에서 자신의 시대를 '위기의 시대'로 규정하여 위기시대의 리얼리즘 예술론을 편 바 있다. 거기에서 그녀는 "위기시대의 현실은 먼저 견뎌내면서 그것을 직시하고 그런 다음에 그것이 형상화되어야 한다"라고 하였다. 이것은 곧 위기적 현실 속에서는 예술가가 현실을 회피하거나 현실에 대해 거리를 두고서 관조하고 분석하고자 하는 자세보다는 우선적으로 현실의 한복판으로 다가가서 그 생생한 위기의 현실을 온몸으로 부딪쳐가며 직접적으로 체험할 것을 요구한 것이었다. 그러한 요구에는 해체, 파괴, 혼돈이 따르는 위기적 현실 속에서 그 위기성에 대한 근본적인 체험 없이 성급하게 어떤 해결을 제시하고자 하는 것은 필연적으로 거짓 해결에 이를 수밖에 없다는 인식이 깔려 있다. 위기적 시대현실을 전제로 할 때 현실에 대한 직접적인 체험, 즉 체험의 직접성은 그것에 대한 예술적 가공과 형상화에 있어서도 직접성을 요구한다. 제거스의 소설 미학에서 이 '직접성' 범주는 작품에 생생함과 다채로움을 주는 것이자 진실성과 신빙성을 보장해주는 중심 범주이다. 그리고 그것은 비록 현실에 대한 파편적인 반영에 그칠지라도 현실의 리얼리티에 최대한으로 도달할 수 있는 가능성을 열어주는 것이었다.

이 소설의 화자로서 이름없는 일인칭 화자가 등장하고 있는 것은 위기에 대한 형상화와 관련하여 의미가 깊다. 소설 속에 그려지고 있는 세계는 파시즘과 전쟁의 위협 아래에서 내적, 외적으로 철저히 부서져가는 망명자들의 세계이다. 그 세계를 내려다보며 총체적으로 조망하고 형상화한다는 것은 불가능하다. 세계는 온통 불투명함뿐이다. 그럼에도 불구하고 그 세계의 '눈'을 똑바로 응시하고 파편적으로나마 올바른 반영을 하기 위해서는 그 세계의 한복판에 서서 그 위기적 현실을 함께 겪는 자가 있어야 한다. 그러기 위해선 바로 일인칭 화자가 적합했을 것이다. 그는 그 세계를 이미 극복한 자이면서 그 세계에 함께 속해 있는 자이다. 두줄기의 서술차원이 소설 구성상의 중심을 이루고 있다. 주인공인 이 일인칭 화자의 이야기가 그 한줄기이고 다가오는 파시즘 세력의 위협을 피해 프랑스를 탈출하고자 하는 난민과 망명자 들의 운명에 대한 서술이 다른 줄기를 이루고 있다. 후자는 전자의 이야기를 위한 배경적 역할을 하고 있지만 이야기가 진행될수록 양자 간에는 점차 긴밀한 영향관계가 형성된다. 이 두 서술차원이 복잡하게 교차하면서 이 작품의 고유한 소설적 긴장구조를 만들어낸다.

2. 서류 질곡

이 소설은 위에서도 언급했듯이 1940~41년의 프랑스라는 실제의 역사적 공간을 배경으로 하고 있다. 당시의 프랑스는 1940년 6월 독일군의 침공으로 빠리가 파시즘 독일의 수중에 들어가고 독불 정전협정이 조인된 이후 루아르 강을 중심으로 군사분계선이 그어짐에 따라 북쪽의 점령지역과 남쪽의 비점령지역으로 나뉘게 되었다. 이로 인해 비점령지역의 길들에는 북쪽으로부터 내려온 피난민들의 행렬이 줄을 이었고 도시의 역, 광장, 교회 등은 이 피난민들의 무리로 넘쳐났다. 한마디로 프랑스의 비점령지역은 거대한 난민수용소와 같았으며 거대한 '인간 덫'이 되었다. 소설의 2장

Ⅰ절에는 이 비점령지역의 풍경이 생생하게 묘사되어 있다. "모든 것이 도주 중에 있었고, 모든 것이 지나가버리는 것에 불과했다." (55면)

난민들 가운데 특히 망명자들에게는 언제 밀고 내려올지 모르는 독일군의 위협과 도처에 뻗어 있는 나치의 손길을 벗어나기 위해서는 일단 프랑스를 떠나는 길만이 — 이것은 곧 유럽 대륙을 떠나는 것을 의미하였다 — 유일한 생존의 가능성으로 여겨졌다. "당시에 모두가 바라는 오직 한가지 소망은 떠나는 것이었다. 또 모두가 두려워하는 단 한가지 공포는 뒤에 남게 되는 것이었다." (197면) 그래서 소설에서는 오직 떠나는 일에만 병적으로 집착하는 현상을 일컬어 '출국병', 그것에 감염된 자들을 일컬어 '출국병자들'이라는 명칭이 통용되고 있다. 그러나 이들이 유럽을 떠나기 위해서는 각종 서류들을 둘러싼 지루한 싸움과 기다림, 복잡한 절차가 요구되었다.

떠나기 위해서는 필수적으로 가고자 하는 나라의 비자를 얻어야 했기 때문에 먼저 비자를 발급해주는 장소에 도달해야 했다. 당시 프랑스에서 영사관들이 문을 열고서 일을 보았던 곳은 마르세유와 니스뿐이었다. 그러나 타지에서 그곳에 도달하기 위해서는 '쏘프꽁듀이'(sauf-conduit)라고 하는 일종의 통행증이 있어야 했다. 그것 없이는 체류지로부터 벗어날 수가 없었다. 불법으로 체류지를 이탈했을 때에는 중벌이 내려졌으며 대개는 집단수용소에 가두어버리는 처벌이 내려졌다. 따라서 망명자들에게는 마르세유나 니스에 도달하는 일부터가 큰일이었다. 소설 속에서도 독일 출신 망명자인 주인공 화자는 프랑스인 친구들의 도움으로 우연히 다른 사람의 통행증과 서류를 얻게 되어 곡절 끝에 가까스로 마르세유에 도달하는 데 성공한다.

비자 발급지에 어떻게든 도착했을 경우엔 일단 그곳의 체류허가를 받아야 했다. 허가서는 그곳 현지에서만 유효했고 타지에서는 받을 수 없었다. 거기에는 또한 나름의 심사 과정이 따랐고 해외의 비자를 신청해놓고 기다리고 있는 자에게만 체류허가서가 주어졌다. 비자를 받는 데에는 나라별로 요구하는 조건이 각기 달랐다. 예컨대, 미국의 경우엔 비자 신청자의 신상에 대한 자세하고도 많은 양의 설문지와 이력서 외에 두종류의 '보증서'(affidavit)가 요구되었다. 그 하나는 재정 보증서로 입국자가 미국의 공공복리에 부담스러운 존재가 되지 않을 것이라는 보증이었고, 다른 하나는 신원 보증서로 미국 국적의 보증인에 의해 신청자가 정치적으로 문제가 없고 법적으로 하자가 없는 자임이 입증되어야 했다. 소설 속에서도 미국 비자를 얻고자 하는 한 여자의 에피소드를(4장 Ⅵ절) 통해 이와 동일한 내용이 나타나 있다. 이런 서류들을 모두 갖추었다면 마지막으로 영사와의 면접이 기다리고 있다. 그에 의해 최종 심사가 이루어지는 것이다.

이렇게 비자를 얻고 나면 선편을 알아보아야 했다. 그러나 당시에 마르세유에서 아메리카 대륙으로 직접 가는 배는 거의 없었기 때문에 제삼국을 경유하지 않을 수 없었는데 그러기 위해서는 경유할 그 나라의 영사관에서 '통과비자'(Transitvisum)를 얻어야 했다. 그런데 당시 신대륙행 배들은 주로 뽀르뚜갈의 리스본에서만 떠났으며 거기에 도달하기 위해서는 대체로 에스빠냐를 통과해야 했으므로 이 두나라의 통과비자가 동시에 필요했다. 먼저 에스빠냐 통과비자를 얻어야 그것을 근거로 뽀르뚜갈 통과비자가 나오는 것이 당시 관행이었다. 이 비자들, 즉 목적지의 비자와 경유지의 통과비자를 모두 얻어내야 이제 마지막 단계로 프랑스 정부로부터 '출국비자'(visa de sortie)를 얻기 위한 전제조건이 비로소 갖추어지는 것이다. 소설 속에는 그러한 전제조건에다가 또 하나의 조건인 '보증금'(Kaution)을 프랑스 정부에 내야 '출국비자'를 얻을 수 있는 것으로 나타나 있다.

그런데 더 큰 문제는 이 서류들을 모두 갖추는 것만 해도 이미 거의 불가능한 일처럼 보이는데 그 서류들마다 모두 유효기간이 정해져 있다는 것이다. 그 기간이 대개는 다른 서류들을 다 갖추기까지에는 매우 빠듯하다. 그래서 그 서류들을 웬만큼 갖추었다 싶으면 어느 한 서류의 유효기간이 지나버리기 일쑤이고 그러면 그 서류를 다시 신청하고서 기다려야 하는데 그러다보면 다시 다른 서류들의 유효기간도 곧이어 지나버리게 되므로 그때까지의 노력이 모두 허사가 되고 원점에서부터 다시 시작해야 하는 일이 발생하는 것이다. 소설에서는 이 장난과도 같은 일을 무의미하게 반복하는 자들의 에피소드가 여럿 등장한다.

이 소설의 주무대인 마르세유의 영사관, 관공서, 항구, 거리, 까페 등에는 이와 같은 서류들을 얻고자 각지에서 몰려드는 자들로 북새통을 이루고 있다. 서류를 얻고자 하는 싸움, 그들에게 그것은 생사가 걸려 있는 절박한 싸움이다. 그들에게 서류는 곧 생명과도 같은 것으로 여겨지기 때문이다. "사람들은 (…) 여권과 신분증이 마치 영혼 구제의 증서나 되는 듯한 태도를 보였다."(54면) 이 싸움의 승패는 물론 전적으로 서류를 내주는 자, 즉 관리들의 손에 달려 있다. 그래서 그들의 생사를 좌우할 수 있는 이 관리들과 이들을 둘러싸고 있는 어떤 거대한 힘의 체제는 그들에겐 도저히 범접할 수 없는 세계, 도무지 알 수 없는 법칙에 따라 돌아가는 미궁 속과 같은 세계로 여겨지게 되는 것이며, 나아가 이러한 관료체제를 다시 배후에서 다스리고 있는 파시즘 세력은 그야말로 모든 것 위에 군림하고 있는 전능한 존재, 그래서 그들 모두를 한꺼번에 파멸시킬 수 있는 거의 신적인 존재 혹은 악마적 존재로까지 여겨지는 것이다. 제거스는 이 '관료체제의 정글' 속에 갇혀 빠져나갈 길을 찾지 못하고 끝없이 방황하고 부유하는 자들의 세계를 비현실적이고 몽상적인 분위기로 그려내고 있다. 그런 점에서 이 소설은 카프카의 서사적 세계와 비교된다. 그런 세계에서 각 개인은 철저히 무력하여 눈에 보이지 않는 힘들의 노리개처럼 느껴진다. 생존의 길은 오직 하나, 현실을 피해 달아나는 것, 즉 그 땅을 탈출하는 것이다. 그래서 오직 탈출하는 일에만 병적으로 집착하고, 지루하게 반복되는 서류들과의 싸움 속에서 자신을 한없이 소모시키는 것이다. 이와 같이 이 소설에는 실제의 역사적 차원을 배경으로 전개되는 인간의 육체적, 정신적 파멸의 위기가 그려지고 있다.

3. '통과'의 세계

이 소설은 악머구리 떼와도 같은 이 '출국병자'들의 세계에 '통과'(Transit)라는 이름을 붙이고 있다. 이 말은 소설 속의 사람들 사이에선 주로 '통과비자'의 줄임말로 통용되는 말이지만, 화자에 의해 대체로 부정적이고 냉소적인 시각에서 그들의 그저 지나갈 뿐인 삶, 즉 '통과적인 삶'(Transitärleben)의 상황을 지칭하는 말로 쓰임으로써 어떤 커다란 함의와 상징성을 지니게 된다. 그러나 그 함의와 상징 내용이 어떠한 것이든 이 '통과'라는 말은 일차적으로 망명자들의 실존적 위기 상황을 압축적으로 지칭하고 있는 것으로 이해된다. 소설 속에는 그 다양한 위기의 현상들이 '직접성' 언어로 형상화되어 있다. 제거스는 자신의 고유한 '직접성'의 언어를 통해 이 '통과'세계의 사람들, 즉 '통과자들'(Transitäre)이 처한 외적인 위기의 상황을 묘사하면서 동시에 그 외적인 위기로 인한 그들의 내적인 위기를 형상화해내는 데에 초점을 두고 있다.

소설 속에서 '통과'세계의 내적 위기는 무엇보다도 '배반' 현상으로 표출된다. 생존을 위해 오직 탈출만이 최대의 관심사이자 유일한 관심사인 이 통과세계의 사람들에게 남들의 생존에 대해 무관심하고 자신의 생존만을 돌보고자 하는 '배반' 현상은 지극히 당연한 일처럼 여겨진다. 배반의 모습은 주로 위험에 처해 있는 친구, 동료, 애인 등을 위험 속에 내버려둔 채 혼자서만 떠나버리는 것으로 그려진다. 까페의 자가들, 마리, 의사 등의 인물들에게서 우리는 그러한 모습을 확인할 수 있다. 특히 극작가인 악셀로트의 경우가 대표적인 예이다. 그는 수용소 탈출 때부터 빠리 탈출, 마르세유 탈출에 이르기까지 친구나 애인에 대해 시종 그러한 배반을 행한다. 그래서 그에게는 늘 '배반자'(Imstichlasser)라는 별칭이 붙어다닌다. 또 빠리에서 자살을 하는 작가 바이델의 부인인 마리는 남편과 떨어져서 지내게 된 동안 한 의사를 알게 되는데 독일군의 빠리 점령으로 인해 피난을 떠나야 했을 때 남편은 빠리에 혼자 남겨둔 채 그 의사와 함께 둘이서만 비점령지역으로 탈출을 한다. 그녀의 이러한 배반이 곧 남편의 자살에 직접적인 동기를 주게 된다. 한편 마리의 애인이 된 의사가 이번에는 마리를 배반한다. 그는 출국에만 열중하는 전형적인 '통과'세계의 인물로서 자신의 서류와 배표를 모두 갖추게 되었을 때 먼저 가서 기다리겠다는 명분을 내세워 비자를 얻기가 거의 불가능해 보이는 마리를 뒤에 두고서 혼자 떠나버린다. 이처럼 배반은 계속 배반으로 이어지며 버리는 자가 다시 버림받는 자가 된다.

'통과'의 세계는 이와 같이 배반 현상들이 도처에서 독버섯처럼 피어나고 있고 배반의 가능성이 늘 잠재해 있는 세계, 즉 '배반'의 세계이다. 배반은 인간적 유대의 기초를 이루고 있는 도덕성과 신뢰의 상실을 초래하며 인간관계를 해체의 위기에 처하게 한다. 또 배반은 인간관계의 해체뿐만 아니라 인간성과 양심의 마비를 초래한다. "건강하고 젊다면 패배는 털어버리고 금세 다시 일어날 수 있다. 하지만 배신, 그것은 사람을 마비시킨다."(55면) 패배가 일시적이고 피상적인 좌절을 안겨준다면 배반은 지속적이고 치명적인 좌절을 안겨준다. 그래서 배반으로 인한 상처는 회복이 어렵다. 한편 배반으로 인한 인간관계의 해체 위기는 다시 전체적으로 보면 외적인 세계질서의 해체 위기가 개인적 차원, 인간관계의 차원에 내적으로 반영된 것이라고 할 수 있다. 이와 같은 관계의 해체, 질서의 해체 등으로 인해 형성되는 전반적인 해체적 분위기, 배반적인 상황에 대해 소설에서는 '통과적'이라는 은유적인 표현이 붙여진다. 배반은 곧 통과적 상황으로 인한 비인간적인 행동 양태이며 통과세계에 내재해 있는 위기성의 표출이라고 할 수 있다.

이와 같이 배반의 모티프들을 통해 비쳐지는 통과의 세계는 관계와 질서 등의 총체적인 해체로 인하여 황폐화되고 비인간화되어가는 망명자들의 모습을 보여준다. 그런 점에서 이 소설은 파시즘의 직접적인 지배 상황하에서도 해체되지 않고 여전히 살아 있는 인간적 유대와 그것을 통한 인간화의 길을 생생히 묘사한 소설

『제7의 십자가』(*Das siebte Kreuz*)와 반대적인 서사세계를 그려 보이고 있다고 할 수 있다. 이와 관련하여 한 비평가는『제7의 십자가』가 '고향'(Heimat)에 대한 소설이었다면,『통과비자』는 '고향 상실' (Heimatlosigkeit)에 대한 소설이라고 말한다. 여기서 '고향 상실'이란 말 그대로 고향과 조국을 떠나온 망명자들의 삶과 그 고난을 가리키는 것이기도 하지만, 그보다는 그들이 처해 있는 혼돈과 해체의 위기를 버텨내기 위해 필요한 뿌리와 중심의 상실, 견고성과 지속성의 부재를 의미하는 것이며, 그것은 곧 망명자들의 '통과적'인 삶에 대한 상징적 표현이기도 하다.

4. 죽음의 이미지

소설 곳곳에서 이 '통과자들'의 세계는 '죽음'의 이미지와 결부되어 있다. 오직 떠나는 일에만 혈안이 되어 그 땅의 삶에 대해선 무관심하고 자신의 생존만을 구하는 자들인 이 통과세계의 사람들은 여기서 더이상 살아 있는 자들이 아니라 육신으로부터 분리된 영혼들로, 다시 말해 죽었으되 아직 죽음의 세계에는 이르지 못하고서 살아 있는 자의 행색을 한 채 살아 있는 자들 사이를 떠도는 마치 유령과 같은 존재들로 묘사되어 있다. 죽음을 피해 바다 건너에서의 새로운 삶을 찾아 떠나고자 하는 그들이 화자의 눈에는 오히려 이 땅에서의 삶, 즉 현세적인 삶을 포기한 자들로, 삶의 세계를 '통과'하여 죽음의 세계를 향해 죽음의 여행을 하는 자들로 비쳐지는 것이다. "다들 언제나 죽음을 피해, 다시 죽음 속으로 도주 중에 있었다."(123면) 이러할 때 '통과'의 세계란 곧 삶과 죽음의 중간세계라고 할 수 있다. '통과'의 이와 같은 중간적 상황이 다른 대목에서는 신화적인 상징과 결합됨으로써 보다 구체적으로 형상화된다. 3장 VII절에는 비자를 얻고자 멕시꼬 영사관 앞에서 줄을 서서 기다리고 있는 자들에 대한 인상을 묘사하고 있는 대목이 있다. "기다리는 배가 이제 시커먼 강물을 건너는 마지막 나룻배인 것처럼, 그들은 하얗게 질리고 무언가가 휑하니 쓸고 지나간 모습이었다. 하지만 그들은 아직 약간은 살아 있어서 기이한 고통을 겪도록 정해져 있었기 때문에 이 나룻배조차 탈 수 없는 신세였다."(106면)

여기서 '시커먼 강물'이란 명백히 그리스 신화에 나오는 죽음의 강 아케론을 연상시키는 말이다. 그래서 아직 점령되지 않은 프랑스 남부로부터 바다 건너의 새로운 세계로 제2의 탈출을 하기 위해 망명자들이 건너고자 하는 바다가 여기서는 아이러니하게도 이 죽음의 강에 비유되며, 그리고 망명자들 자신은 그 죽음의 강을 지키는 사공 카론에게 강 이편에서 저편으로 건네달라고 애원하는 자들로, 즉 '분리된 영혼들'로 비유된다. 따라서 살기 위해 떠나는 여행이 거꾸로 죽으러 가는 여행이 된다. 그런데 더욱 더 아이러니한 것은 그들이 이 죽음의 여행을 하는 데에는 죽음의 나라에 들어가기 위한 신분증, 즉 죽은 자임을 증명하는 서류들을 갖추어야 한다는 점, 하지만 그들은 '아직 약간은 살아 있는' 존재라는 점이다. 이것은 대단히 모순되고 무의미한 굴레를 나타내고 있다. 이러한 무의미의 굴레가 소설에서는 떠나는 데에 요구되는 복잡한 서류들과 그 서류들을 얻기 위해 따라야 하는 까다롭기 이를 데 없는 규정과 절차, 그리고 그것의 실무를 맡고 있는 관리들과의 지루하고도 고통스러운 씨름의 과정으로 표현되며, 그 굴레 속에서 맹목적으로 오직 서류만을 위해서, 다시 말해 오직 '통과'만을 위해서 절망적인 노력을 반복해야 하는 것은 이들 '통과자'들의 기구한 고난의 운명인 셈이다. 그러할 때 이들의 운명을 결정짓는 관리들이란 곧 죽음의 나라로부터 파견 근무를 나온 자들이라고 할 수 있을 것이다. 소설의 한 대목에서는 이 관리들의 모습이 "붉은 매니큐어를 칠한 갈퀴 발톱으로 벽에서 서류 뭉치를 꺼내는" "안경 낀 요괴들의 무리"라는(158면) 그로떼스끄한 비유로 묘사되어 있다. 이 관리들에게도 서류들이란 사실상 무의미하고 무가치한 것들이다. 그리고 그들 자신은 이 서류들을 통해서 무의미와 무가치를 전파하는 자들이다. 그들은 곧 전능한 무의미의 권력을 행사하고 있는 것이며 그때 그 무의미의 원천은 바로 죽음이다. 즉, 어떠한 의미도 죽음이 그 위를 스쳐지나가면 무의미가 되기 때문이다.

이와 같이 '통과'의 세계는 죽음의 이미지로 묘사되고 있다. 우리는 그 세계에 속하는 구체적인 한 인물로 프라하 출신의 늙은 지휘자의 예에서도 그러한 죽음의 그림자를 확인할 수 있다. 이 인물은 화자가 마르세유에 도착하여 우연히 알게 된 첫번째 사람으로 그 이후에도 여러차례 화자와 우연히 부딪히곤 하는데, 그때마다 그의 모습은 화자의 눈에 '살아 있는 시체'로 비쳐진다. "그는 마치 다시 한번 살아 있는 자들과 함께 등록되기 위해 무덤에서 기어나온 것 같았다."(157면) 이 인물은 마침내 서류들을 모두 갖추게 되었을 때 그만 죽고 만다. 그의 죽음은 서류상의 매우 사소한 착오에 대한 충격으로 인해 촌극처럼 벌어지는 우연한 것이었으나 어쩌면 필연적인 것으로도 여겨진다.

소설에서는 이 늙은 지휘자 외에도 두마리의 개를 데리고 다니는 여자, 훈장을 늘 가슴에 주렁주렁 달고 다니는 외인부대원, 계속해서 굴만 먹어대는 여자, '대머리 남자' 등, 화자가 우연히 마주치게 되는 이름없는 인물들이 반복해서 등장하며, 반복되는 일, 반복되는 대화, 반복되는 줄거리가 끊임없이 형상화되고 있다. 이 끊임없는 반복은 곧 통과세계의 절망성과 무의미성에 대한 표현으로 읽힌다. 또 그러한 반복은 발전이나 목표의 상실을 의미한다. 따라서 통과세계의 삶은 그러한 반복의 모티프들을 통해서 발전과 목표가 상실된 정체된 삶, 맹목적인 삶을 나타내고 있으며, 그러한 삶이란 다시 죽어 있는 삶이라고 할 수 있다. 특히 자살한 작가 바이델의 부인인 마리가 남편의 죽음을 모른 채 거의 매일같이 죽은 남편을 찾아 온 도시를 헤매고 다니는 내용은 이 절망적인 반복의 대표적인 예이다.

소설의 중반쯤부터 전개되는 마리의 이 이야기는 주인공인 화자의 개입으로 인해 점차 소설의 주도적인 모티프가 되어 전면에 떠오름으로써 이 '통과'세계의 절망적인 분위기를 더욱 가속화시키는 역할을 하게 된다. 죽은 남편을 찾아헤매는 그녀의 절망적인 시도는 그녀와 화자의 관계가 가까워지게 된 이후 그에게서 일종의 위안을 구하고자 함으로써 일시적으로 중단되기는 하지만 결국엔 바다 건너에서 남편을 다시 만날 수 있으리라는 희망을 품고 승선을 결심함으로써 끝까지 계속된다. 그때 그녀에게서 바다 건너의 '저편'은 구체적인 땅이라기보다는 기독교적인 피안의 관념처럼 초월적인 구원의 땅을 의미하는 것 같은 인상을 준다. "저 너머 거기요. 모든 게 다 지나가고 나면요, (…) 정말로 마침내 평화가 찾아올까요? 저 너머에서는 재회가 이루어질까요?"(340면) 이것은 곧 출구가 보이지 않는 반복의 굴레 속에서 그녀가 찾아낸 관념적인 출구이자 절망의 끝에서 행해지는 초월적 반전이라고 할 수 있다. 그에 따라 현실과 관념, 바다 건너에 있는 실제의 땅과 현실 저편의 종교적 피안 간의 경계는 희미해지며 그녀의 '통과적' 상황은 현세적인 성격을 잃어버리는 듯이 보인다. "그는 분명 이미 도착했을 거예요. (…) 나는 이제 믿어요. 우리가 도착한다면 그가 거기에 서서 나를 기다리고 있을 거라고."(340~41면) 하지만 그녀가 배를 타고 떠난 지 얼마 후 그녀가 탄 배가 침몰했다는 소식이 들려옴으로써 그 허구성은 상징적으로 입증된다. 그럼으로써 그녀는 실제 자신의 말대로 죽은 남편과의 '이 세상'이 아닌 '저세상'에서의 재회를 갖게 되는 셈이다.

소설 속에는 이와 같이 고대 신화나 기독교적 관념에서 비롯된 상징적 개념과 이미지 들이 빈번히 사용됨으로써 '통과'의 세계가 비현실적 혹은 비현세적으로 느껴지게 하는 면이 있다. '피안' 이외에도 '최후의 심판'이라든가 '지옥' 등의 상징적 개념들도 등장한다. 화자가 통과비자를 받기로 되어 있는 날 미국 영사의 최종심사에 앞서 먼저 여직원이 그의 서류들을 검토하는 장면에서, 또 선편 예약을 확인하러 여행사를 찾아갔을 때, 그는 '최후의 심판'에 대한 인상을 받는다. "마치 최후의 심판에 앞서 예비심사를 하는 듯이 그녀는 진지하고 매서운 눈빛으로 내 눈을 뚫어지게 쳐다보았다."(280면) "마치 최후의 심판을 벌일 행정기구를 담배 가게 안에 차려놓은 듯했다."(160면) 그리고 소설의 또다른 곳에서는 반복의 굴레를 벗어나지 못하고서 맹목적인 기다림만을 계속하고 있는 망명자들의 상황이 '지옥'에 비유된다. 이 비유는 폴란드 출신의 한 유대인, 즉 화자에 의해 바로 '대머리 남자'로 일컬어지는 인물의 입을 통해 표현된다. "아무것도 없는 것을 멍청하게 기다리는 것, 그것이 곧 지옥이었으니까 말이오. 대체 무엇이 그보다 더 지옥 같을 수 있겠소?"(287면)

'피안'이나 '지옥', '최후의 심판' 등은 모두가 '죽음'과 연관되는 상징어들이다. 이러한 '죽음'의 상징어들을 통해 작가는 탈출자들의 이 '통과'세계에 '죽음'의 세계에 대한 인상을 부여함으로써 결국 그들의 탈출과 그들의 '통과적' 삶이 갖는 죽음과도 같은 무의미성을 나타내고 있는 것이라 여겨진다. 그들의 탈출은 생존이라는 오직 하나의 목표를 위해, 어쩌면 이 목표마저도 망각한 채 '탈출을 위한 탈출'만을 거듭하는 맹목적인 탈출로 묘사된다. '떠나자, 그저 떠나고 보자!'는 것이 곧 그들의 구호이다. 파시즘에 의한 죽음의 위협으로부터 촉발되는 그들의 이와 같은 맹목적인 탈출 의지는 무차별적이고 무조건적인 탈출로 나타난다. 그래서 그들의 탈출은 "이 무너져버린 땅"으로부터의 탈출이자 "이 무너져버린 삶"으로부터의 탈출이며, 나아가 "이 별"로부터의 탈출,(197면) 즉 모든 것으로부터의 탈출로 이어진다. 그리고 그것은 전면적인 포기와 배반과 무관심의 정서, 즉 '통과적' 정서를 낳는다. 따라서 그들의 삶과 행동양태는 지금까지 자신의 삶을 지탱해주었던 모든 삶의 지표들과 가치들에 대한 포기로, 친구, 동료, 애인, 민족 등 자신의 삶이 맺고 있던 모든 인간적 관계들에 대한 무관심과 배반으로 나타난다. 이와 같이 모든 것을 포기하고서 맹목적으로 탈출에만 몰두하는 것은 결국 자기 자신까지도 포기하는 것이자 자기 자신으로부터도 탈출하는 것을 말하며, 그것은 곧 '죽음으로의 탈출'을 의미한다. '죽음으로의 탈출'이란 탈출의 의미가 없는 탈출, 탈출을 위한 탈출을 뜻하는 것으로서 탈출의 맹목성과 무의미성에 대한 극단적인 표현이라고 할 수 있다. 이로써 죽음으로부터의 탈출이 모든 것으로부터의 탈출로, 그것이 다시 죽음으로의 탈출로 귀결되는 역설적 진행이 성립된다. 이와 같이 이 소설에서 '탈출'의 모티프는 대체로 『제7의 십자가』의 주인공 하이슬러의 탈출과는 달리 어떤 긍정적인 삶과 새로운 세계를 향한 출발로서의 탈출이 아니라, 새로운 삶과 세계에 대한 막연한 동경이나 환상하에 어떤 뚜렷한 목적이나 계획 없이 모든 것을 버리고서 떠나는 도피로서의 탈출을 나타낸다.

시대적 위기 속에서 이와 같이 배반, 포기, 무관심, 해체, 죽음 등 온갖 부정적인 양상들을 수반하고서 무의미하고 맹목적인 탈출을 행하는 망명자들의 실존적 위기 상황을 상징적으로 표현하고 있는 말이 바로 '통과'이다. '통과'는 곧 유럽과 세계가 처해 있는 위기의 상황을 상징적으로 나타내는 말이다.

5. 정체성 상실의 위기

이상에서 살펴본 '통과'의 세계는 일인칭 화자의 눈과 입을 통해 관찰되고 묘사된다. 그러나 그는 단순히 관찰자 혹은 화자로서의 역할만을 수행하는 데 그치지 않고, 소설 속의 구체적인 한 인물로서, 또 주인공으로서, 전개되는 사건 속에 직접 개입하며 사건의 진행에서 중심적 위치를 차지하고 있다. 다시 말해, 이 소설 전체는 곧 그의 이야기라고 할 수 있으며 '통과'의 세계는 그의 이야기에 배경을 제공해주고 있는 셈이다. 처음에 그는 이 '통과'의 세계에 대해 관찰자적인 거리를 두고서 거부하는 자세를 보이는 자로서 머물다가 여러 우연적인 계기들을 통해 차츰차츰 그 세계 속으로 깊이 빠져들면서 마침내는 그 역시 '정식 통과자'가 되어 프랑스 탈출 직전의 상황에까지 이르게 되지만, 마지막 순간에 탈출을 포기하고서 프랑스 잔류를 결심함으로써 '통과'의 세계로부터 다시 벗어나게 된다는 것이 그 이야기의 골격이다. 이러한 이야기의 과정 속에서 핵심적인 문제는 '정체성'의 상실과 회복의 문제이다. 이때 '정체성'이란 외부세계의 변화와 혼란 속에서도 지속적으로 유지되는 내적 본질 혹은 그것의 내적 지속성과 동질성을 의미하며, 그러할 때 그것은 오랜 역사적 과정을 통해 타당하고 신빙성 있는 것으로 입증된 가치들의 계승과 발전을 위한 내면적 토대가 된다.

소설의 서두에서 "일단 모든 것을 처음부터 이야기해보고 싶다"는(10면) 말로 이야기를 시작하는 화자는 정작 자신의 과거에 대해서는 매우 적은 내용만을 털어놓는다. 소설 여기저기에 단편적으로 흩어져 있는 그의 과거에 대한 언급들을 모두 끌어모아보면 독일에서 그의 직업은 기계 조립공이었으며 이야기 속의 그의 나이는 27살이라는 점, 그리고 그는 "웬 막돼먹은 나치돌격대 녀석의 면상을 주먹으로 한방 갈겨준" 일로(290면) 인하여 나치의 강제수용소에 갇히게 되었다가 1937년 수용소를 탈출하여 밤에 몰래 라인 강을 헤엄쳐 건너서 독일을 벗어난 이후 프랑스에 정착하게 되었다는 점, 그러나 전쟁이 터지자 그는 다시 프랑스의 루앙 근처에 있는 집단수용소에 갇히는 신세가 되었다가 다시 그곳을 탈출하는 데 성공한다는 점 등을 알 수 있다. 이것이 그가 자신의 과거에 대해 언급하는 내용의 전부이다. 단 한군데에서 그의 어머니에 대한 짤막한 언급을 하는 것 이외에는 다른 가족관계라든가 고향 도시, 어린 시절이나 청소년기, 친구들, 집, 학교, 직장 등, 그의 정체를 드러내주게 될 과거의 다른 관계들에 대해서는 단 한마디의 언급도 없다. 가까운 과거인 대략 3년간의 망명 생활에 대해서도 그는 거의 이야기를 하지 않는다.

화자의 정체와 관련하여 더욱 특이한 점은 소설의 어디에서도 그의 실제 이름을 들을 수 없다는 점이다. 그 대신에 그는 우연히 다른 사람들의 이름 ─ 바이델과 자이들러 ─ 을 얻게 되어서 상황에 따라 그 이름들을 자신의 이름으로 삼아 일종의 가면놀이를 행한다. 그가 프랑스인 친구들과 함께 비점령지역으로 남하하여 그의 옛 애인인 이본이 결혼하여 남편과 함께 살고 있는 마을에 들르게 되었을 때 그는 그 마을의 이장 서리로 있는 그녀의 남편을 통해 우연히 반납된 자이들러라는 이름의 신분증명서를 얻게 되는데, 이 증명서 덕택으로 불법의 신세를 면하고서 합법적인 신분을 회복하게 된 그는 자이들러로서 마르세유에 무사히 도착한다. 이본은 마땅히 정착할 곳이 없는 그에게 마르세유에 살고 있는 그녀의 사촌을 추천해준 것이었다. 한편 그가 아직 빠리에 있었을 때 거리에서 우연히 만난 수용소 친구 파울의 부탁으로 바이델이라는 작가에게 한통의 편지를 전하러 그 작가가 묵고 있는 호텔을 찾아가게 되는데, 호텔에 가보니 그는 이미 자살한 후였고 겁을 먹은 호텔 여주인은 화자에게 그 작가가 남긴 가방을 건네준다. 그런데 바로 이 가방 안에 앞으로 화자의 운명을 결정지을 '소설적 음모'가 마련되어 있었던 것이다. 가방에는 여러 물건들과 함께 멕시꼬 입국비자가 들어 있었다. 화자는 이제 주인을 잃어버린 문제의 이 가방을 여행길 내내 들고 다니며 종착지인 마르세유에까지 이른다.

도착한 다음날로 그는 이 가방을 전하러 멕시꼬 영사관을 찾아가는데 거기서 또 결정적인 우연이 발생한다. 이미 작가 바이델의 비자 건에 대해 알고 있었던 영사관의 서기관은 화자가 더듬거리며 설명을 시작하자 이미 내용을 간파한 듯 바이델이 화자 즉 자이들러의 필명이라고 단정을 하고는 그의 말을 막고서 바이델과 자이들러가 동일인임을 입증하는 증명을 마련해서 다시 오라는 것이다. 자신의 통찰력을 철저히 신봉하는 그는 그에 따른 신속한 업무 처리에 자부심을 느끼는 자였으며 따라서 자신의 통찰이 잘못되었음을 지적하려는 시도에 대해 도저히 용납을 할 줄 모르는 자였다. 이에 대해 화자는 순간적으로 그에 대한 자신의 심리적 우월감을 느끼고서는 일종의 장난기 같은 것이 발동한다. 그래서 화자는 반박의 의지를 포기한 채 그가 하는 대로 자신을 맡기기로 한다. 또 그가 합법적인 신분으로 마르세유에 계속해서 머무를 수 있기 위해서라도 바이델의 서류는 그에게 긴요한 것이었다. 왜냐하면 프랑스를 떠나기 위한 목적으로 그곳에 온 자임을 서류상으로 증명할 수 있는 자에게만 관청에서 체류허가가 주어지기 때문이다. 그래서 그는 자신의 의지와는 상관없이 바이델의 이름으로 비자 일을 계속해서 추진해야 하는 처지가 된다.

이로써 그에게는 자이들러라는 가면 위에 다시 바이델이라는 죽은 자의 가면까지도 덧씌워지게 된다. 그 가면들 뒤에서 그의 정체는 더욱 더 철저히 은폐되고 그의 운명은 이제 도무지 예측할 수 없는 방향으로 흘러가기 시작한다. 그에게 처음엔 일종의 유희처럼 느껴졌던 이러한 가면놀이는 그를 점차 '통과'의 세계 속으로 깊숙이 인도하게 되며, 결국 그 세계의 병적인 분위기에 감염되는 그는 심각한 정체성 상실의 위기에 처해진다. 따라서 이와 같이 다른 사람의 이름 뒤에서 자신의 실제 이름을 끝까지 드러내지 않는 화자의 익명성은 곧 이 정체성 상실의 위기에 대한 상징적 암시처럼 여겨진다.

이 소설은 이와 같이 '통과'의 세계를 배경으로 전개되는 이 일인칭 화자의 운명을 통해 정체성 상실의 위기를 형상화하고 있다. 그리고 그것은 분명 프랑스 망명 당시 작가인 제거스 자신의 직접적인 문제이기도 했을 것이다. 화자에게 불시에 찾아드는 고독함과 지루함, 공허함과 황폐함 등의 감정은 정체성 상실의 징후들로서 그의 지배적인 정서를 이룬다. 그러한 자신의 내면으로부터 벗어나기 위해 그는 계속해서 외부로 향하지만 그가 자신에 대해 거듭 확인하는 것은 늘 혼자일 뿐인 자신의 고독한 존재와 무엇으로도 채울 수 없는 자신의 공허한 내면이다. 그는 외부세계의 어디에서도 자신과 동일시할 만한 무엇을 발견하지 못하고서 언제나 그 주변을 겉돌기만 한다. 그 결과로 그의 자세는 무엇에 대해서도 철저한 무관심과 냉소로 일관되며 그의 내면에는 늘 극도의 지루함이 흐른다. 그가 유일하게 자신과 동일시할 수 있는 것은 철저한 공허함뿐이다. 이 공허한 정체성을 가리고 있는 바이델의 가면은 그 공허함을 더욱 더 공허하게 한다.

그의 눈에 비쳐지는 외부의 세계란 겉으로 보기엔 분주하고 시끌시끌한 무언가로 꽉 차 있는 듯이 보일 뿐 실상은 오히려 자신의 내면보다도 더 공허하고 황량하게 느껴진다. 그 속에서 그의 존재는 "바람에 날리는 흰 종잇장"처럼(145면) 중심과 목표를 잃고서 끝없이 떠다니는 모습으로 나타난다. 그것은 곧 세계 질서의 해체로 인해 철저히 개체화되고 파편화된 개인의 모습이다. 주인공 화자가 마르세유에서 발견하는 저 '통과자들'의 세계는 이 해체가 극단적으로 진행되는 세계이다. 그 세계에 대해 그는 냉소적인 거리를 두고서 자신을 그 세계로부터 지키고자 하나 그의 냉소는 외부적인 해체력에 비해 너무나 무력하다. 그에 따라 그의 내면에서는 외부의 해체적인 분위기에 상응하는 흔들림과 분열이 끊임없이 진행된다. 그래서 그의 내면은 '통과자들'의 무리에 섞여 자신의 현재를 탈출하고 싶은 유혹과 현지의 정착자들처럼 현재 속에 뿌리를 내리고 싶은 갈망 사이에서 찢기며, 자신의 지나온 삶에 대한 반성에서 오는 철저한 좌절감과 그래도 자신은 무엇으로도 멸하지 않을 것이라는 불멸의 느낌 사이를 왔다 갔다 한다.

좌절감의 반대편에 불멸의 환상이 자리 잡고 있다. 화자의 내면에 마치 수호신처럼 자리 잡고 있는 이 불멸의 확신은 하나의 모티프가 되어 반복적으로 나타난다. 그래서 그것은 그를 죽음의 공포로부터 지켜주기도 하고 그의 정체성이 문제될 때마다 그를 그것의 상실로부터 지켜줌으로써 그가 '통과'의 세계에 대해 거리를 갖게 하는 힘으로 작용한다. 그는 마르세유 항구의 한 까페에서 늘 똑같은 이야기를 되풀이하고 있는 듯이 보이는 사람들의 속닥거림을 들을 때 그의 지루함은 구역질로까지 상승하지만 순간적으로 그의 기분은 반전되어 "구항 자체만큼이나 오래된" "태곳적부터 계속되어온 항구의 수다"에서(122면) 그는 일종의 위안과 소속감을 느끼며 다시 자신의 불멸성을 확인한다. "나는 수천살의 나이를 먹은 태곳적 사람처럼 느껴졌다. (…) 불멸할 것 같은 느낌마저 들었다."(123면) 그러나 이러한 불멸의 느낌은 곧이어 밀려오는 절망감과 향수로 인해 허무하게 깨어져버리고 만다. 불멸의 확신이란 순간적인 감정의 변화에도 쉽게 흔들릴 수 있는 허구적 관념이거나 신비적 환상에 불과한 것이다. 이러한 흔들림으로 인해 그의 본래적 자아와 내면적 가치들은 끊임없이 분열되고 그의 정체성은 수시로 상실의 위기에 처해진다. 그래서 그의 공허한 내면에는 언제나 "나 자신과는 다른 것" "오래가는 것"에(327면) 대한 갈망과 동경이 자리 잡고 있다.

이러한 화자에게 죽은 작가 바이델의 부인 마리의 출현은 그의 내면 상황을 뒤흔들어놓을 중대한 사건이 된다. 그녀와의 첫 만남에서 이미 그는 그녀에 대해 사랑의 감정을 느낀다. "방금 내 옆을 지나간 그 여자는 누구에게도 선뜻 넘겨줄 마음이 들지 않았다." (125면) 그녀에 대한 사랑을 통해 화자는 자신의 공허한 내면과 고독한 자아로부터 벗어날 수 있는 어떤 출구를 찾고자 한다. 그러나 이 사랑 이야기는 그녀 한사람에 대해 복수의 남자들이 사랑의 파트너로 뒤얽힘으로써 매우 복잡하고 기묘한 혼전의 양상을 보인다. 이야기의 진행과 더불어 그녀에 대한 화자의 사랑은 점점 깊어져가지만 그럴수록 그는 오히려 출구 없는 감정의 미로를 전전할 뿐이며 그와 더불어 그 자신이 거부해온 '통과'세계의 소용돌이 속으로 점점 휘말려들게 된다. 소설의 중반 이후부터는 이 사랑 이야기가 소설의 중심 줄거리를 형성한다.

6. 사랑의 삼각형

남편 바이델이 빠리에서 아직 자살을 하기 전 그를 버리고서 새로운 애인인 '의사'와 함께 남쪽으로 넘어온 마리는 남편에 대한 배반을 후회하고서 그의 죽음을 모르는 채 그를 찾아 마르세유의 곳곳을 헤매고 다닌다. 그 이전에 그녀는 인편을 통해 남편에게 마르세유로 내려와 함께 멕시꼬행을 도모해보자는 내용의 편지를 보냈었고, 그동안 화자는 그녀의 남편 바이델의 이름으로 영사관 등을 돌아다니고 있었으므로 곳곳에서 그의 흔적을 확인할 수 있었던 그녀는 남편이 자신의 편지를 받고서 무사히 마르세유에 도착한 것으로 알았던 것이다. 그에 따라 그녀는 그 뒤를 쫓아 미궁 속을 헤매듯 돌아다니지만 그 과정에서 거듭 마주치게 되는 사람은 남편 대신 화자일 수밖에 없다.

이 숨바꼭질과도 같은 진행 속에서 화자와 마리 그리고 의사, 세 사람은 서로를 알게 되고 셋 사이에는 일종의 삼각관계가 형성된다. 그 과정에서 마리가 죽은 바이델의 부인이라는 사실도 드러나지만 화자는 바이델의 죽음을 밝히지 않는다. 그동안 마리에 대한 그의 은밀한 사랑은 깊어져 있었고 연적인 의사에 대한 질투심은 적개심으로까지 발전해 있었기 때문에 그는 먼저 어떻게든 의사를 그녀로부터 멀리 떠나게 한 이후에야 모든 진실을 털어놓으리라 결심한다. 그의 그러한 계획은 거의 성공을 거두는 듯하다. 마리와 의사, 둘 사이의 관계는 '통과'세계의 혼란 속에서 서로 의지가 되고 위안을 나눌 수 있는 우정의 수준에 머물 뿐 깊은 사랑의 관계로까지 발전하지 못한다. 거기에는 물론 남편에 대한 그녀의 끈질긴 애착이 둘 사이를 결정적으로 가로막고 있는 걸림돌로 작용하고 있기도 하다. 또 의사는 그 자신 출국을 위해서라면 다른 모든 것을 포기할 수 있는 '통과자'의 전형적인 인물로서 출국에 필요한 모든 조건을 갖추게 되고 마리의 비자 일이 거의 가망이 없다는 판단이 서게 되자 그녀에게 깊은 관심을 보이는 화자에게 그녀의 일을 부탁하고는 자신만이라도 먼저 바다를 건너가 그곳에서 그녀를 기다리고 있겠노라는 말과 함께 그녀를 두고서 떠나간다. 이후 일이 잘못되어 그는 다시 그녀에게로 돌아오게 되지만 둘의 관계는 그의 출발과 함께 이미 끝이 난 셈이었다.

이렇게 애인에게서 배반을 당한 그녀는 이제 남편 찾는 일에도 지쳐버리게 되면서 자신의 비자 일을 도와주는 화자에게서 친밀한 우정과 위안을 느끼며 그에게로 점점 기울어진다. 이제 둘 사이에 가로놓여 있던 장애들은 모두 걷혀가고 둘의 결합은 거의 성사되는 듯이 보인다. 또 그녀와 단둘이서만 함께 떠나기 위해 그동안 은밀하게 진행되어온 화자의 노력으로 그와 그녀는 둘 다 마침내 프랑스 탈출을 위한 모든 서류를 손에 넣는 데에 성공하고 이제 승선만을 앞두게 되었다.

그러나 마지막 순간에 화자가 오랫동안 가슴속에 묻어두었던 진실을 밝히자 그녀는 그의 말을 인정하려 하지 않는다. 그녀가 마지막 서류인 출국비자를 받기 위해 도청에 들렀을 때 그녀는 직원으로부터 바로 얼마 전에 남편인 바이델 역시 출국비자를 받아갔다는 말을 들었던 것이다. 이후 그녀는 남편이 아직 살아 있다는 것을 다시 확신하게 되었고 그의 뒤를 따르기 위해 승선을 결심하였던 것이다. 그로써 그녀가 진정으로 사랑하는 사람은 오직 그녀의 죽은 남편뿐이었음이 밝혀지고 그의 실제 연적은 의사가 아니라 바로 그가 역할을 대신해왔던 죽은 자였음을 깨닫게 되자 그는 그녀를 포기하고 만다. 죽은 자와는 도저히 승부를 가릴 수 없기 때문이다. "죽은 자를 따라잡을 수는 없었다. 그는 자신의 권한에 속한 것을 영원히 움켜쥐고 놓지 않았다. 그는 나보다 더 강했다." (367~68면)

이와 같이 복잡한 양상으로 전개되는 이 사랑 이야기는 결국 죽은 제삼의 남자를 사랑하는 한 여자를 놓고서 벌이는 두 남자의 무의미한 싸움으로 요약될 수 있다. 이 패러독스한 사랑의 관계는 결국 화자의 내면적 상황에 어떤 해결이나 출구를 가져다주지 못하고 오히려 그를 '통과'세계의 혼란 속으로 끌어들임으로써 그에게 정체성 상실의 위기를 더욱 촉진시키는 결과만을 초래할 뿐이다. 제거스 자신의 언급에 따르면, 이 이야기의 기본 모델은 프랑스의 비극 작가 라신(Jean Racine)의 『앙드로마끄』(Andromaque)에서 가져온 것이라고 한다. 이 비극에서도 두 남자가 한 여자를 얻기 위해 싸움을 벌이는데, 이 여자가 실제로 사랑하는 남자는 이미 죽은 제삼의 남자이다. 그러나 이 소설은 동일한 구조의 사랑 이야기를 통해 고전비극의 명료하고 단순한 세계와는 대조적으로 전체적인 조망이 불가능한 불투명한 혼돈의 세계를 보여주고 있으며 그로써 그 세계의 위기적 상황을 더욱 뚜렷하게 부각시켜준다.

7. '연대성'의 세계

이 사랑 이야기와는 독립적으로 등장하는 여러 에피소드의 인물들 가운데 화자의 정체성 문제와 관련하여 각별히 우리의 주목을 끄는 인물로 하인츠가 있다. 화자의 수용소 동료인 그는 에스빠냐 내전에서 공화파 편에서 싸우다 한쪽 다리를 잃은 자로 화자가 자신의 자아와 정체성에 대해 새롭게 눈뜨는 데 중요한 역할을 하는 인물이다. 자신의 수용소 시절을 회상하며 화자는 자신의 내면을 꿰뚫던 그의 밝고 날카로운 눈빛에 대해 이렇게 말한다. "나 자신에게서도 그는 무언가를 발견했는데, 나는 그것이 무언지 모르며, 그것이 여전히 내 안에 존재하는지를 더이상 알지 못했지만, 그래도 여전히 내 안에 존재한다는 것을 그의 눈길이 나에게 머무는 동안 (…) 알아차렸"다.(108면) 화자는 멕시꼬 영사관 앞길에서 마르세유에 막 도착하여 전차에서 내리고 있는 그를 우연히 목격한다.

그와 재회하는 순간 화자에게 와서 닿는 그의 눈빛은 잊혔던 그의 자아를 다시 상기시킨다.

화자의 이러한 자아 재발견은 하인츠로 인해 순간적으로 이루어진 것일 뿐 흔들리지 않는 중심으로까지 발전하지는 못한다. 그와 헤어지고 나서 화자는 다시 지루함과 공허함, 고독과 고립이 지배하는 그의 일상적 내면으로 돌아오고 만다. 그러나 하인츠와의 재회는 화자에게 자신의 자아와 정체성에 대해 다시 눈을 뜨게 하고 반성하게 하는 계기를 던져준 셈이다. 하인츠의 존재는 이후 화자가 예기치 않게 마리를 만나게 되어 그녀에 대한 사랑의 감정에 빠져들게 되면서 다시 잊혀버리지만 그의 공허한 내면에 늘 긴장의 핵으로 잠재해 있다. 그래서 그는 화자가 '통과'의 세계에 빠져들면서도 거기에 대해 비판적인 거리를 가질 수 있고 결국엔 그 세계와 결별을 하는 데에 간접적인 힘으로 혹은 무언의 조언자로 작용한다. 다음은 화자가 또다시 그와의 우연한 만남을 갖게 되었을 때 그에게 일종의 존경을 고백하는 대목이다. "너는 네 안에, 그리고 네 앞에 단단한 무언가를 가지고 있어, 하인츠. 너 자신은 깨어져도 절대로 깨지는 않는 무언가를 말이야. 나는 그것이 네 눈 속에서 보여. 그래서 내가 네 옆에 이렇게 앉아 있으면, 나도 좀 나누어받을 수 있을 것 같다는 생각이 들어."(204면)

화자가 하인츠에게서 느끼는 이 '단단함'은 쉽게 흔들리고 수시로 변화하는 화자 자신의 공허한 자아와 희미한 정체성과는 대조적으로 그 어떤 무엇으로도 분열되거나 해체되지 않을 듯이 보이는 그의 강한 자아와 뚜렷한 정체성에 대한 표상이다. 그것은 또한 화자의 공허한 내면에 순간적으로 떠올랐다가 금세 사라져버리는 저 불멸의 확신과도 다르게 그의 중심에 항시 감돌고 있는 내면적 힘을 나타내고 있다. 따라서 그것은 망명과 탈출의 삶 속에서 늘 고립과 해체의 정서에만 익숙해 있던 화자에게 강한 매력으로 작용하여 그에 대한 감탄과 그와의 인간적인 유대감을 불러일으킨다.

하인츠의 내면적인 힘은 바로 '연대성'(Solidarität)에 대한 그의 신념으로부터 나오는 것이다. 그것은 다시 그의 친구들과의 긴밀한 인간적 결합을 통해 그리고 그들과의 연대적 삶과 투쟁의 경험을 통해 자연스럽게 그의 내면에 '단단함'(Solidität)으로 정착된 것으로 이해된다. 그로 인해 그는 불구의 몸에도 불구하고 그의 연대적 자세에 감화된 수많은 친구들의 도움을 받아 결국 끝까지 살아남는 자가 된다. "그 몸뚱이의 나머지 성한 부분을 이 차에서 저 차로, 이 계단에서 저 계단으로, 이 배에서 저 배로 옮기려면 사슬처럼 이어진 도움의 손길이 얼마나 많이 필요했을까. 그 손길들로 옮겨진 거리를 다 합치면 수 킬로미터에 달할 것이다."(257면) 이와 같이 하인츠를 중심으로 하는 '연대'의 세계는 소설의 전체적 분위기를 지배하고 있는 '통과'의 세계에 대해 정반대의 축을 이룬다.

화자와 같은 호텔의 옆방에 묵고 있는 자로서 화자에게 경찰의 일제단속을 제때에 알려줌으로써 화를 면하게 해주는 한 외인부대원은 이 연대성의 세계를 대변하고 있는 또다른 인물이다. 그는 자신이 가슴에 달고 있는 훈장의 유래를 묻는 화자에게 과거 북아프리카 전선에서 자신이 겪었던 사막 행군에 관한 이야기를 들려준다. 그 이야기 속에서 그는 사막의 살인적인 더위와 이딸리아 폭격기의 공습이라는 극한적인 상황 속에서도 꺾이지 않았던 삶을 향한 의지와 인간으로서의 자존심, 그리고 동료 부대원들을 독려하여 끝내 사막을 건널 수 있도록 이끌었던 자신의 노력을 이야기하면서 그때 느꼈던 그들에 대한 진한 애정과 연대성의 감정을 토로

한다. 이 이야기 역시 소설 전체로 볼 때는 작은 에피소드에 불과하지만 화자에게 연대적 세계의 존재와 그 의미를 일깨워주는 역할을 한다.

화자의 경우 마지막에 가서야 연대적 세계에 도달하지만 이른바 '배반자들'에 대한 폭로적 언급이라든가 하인츠와 그의 공동체에 대한 감탄 등에서 이미 그의 내면에는 자생적인 연대적 성향이 싹트고 있음을 읽을 수 있다. 그러한 점에서 『통과비자』의 주인공은 제거스의 다른 망명기 소설들인 『현상금』(Der Kopflohn)과 『제7의 십자가』의 주인공 요한 슐츠나 게오르크 하이슬러의 닮은꼴로서 이 둘과 함께 긍정적인 저항적 젊음의 전형을 보여주고 있다. 화자의 그러한 성향은 그가 죽은 작가 바이델과의 동질성을 느끼면서 그 본질적 내용으로 언급하고 있는 "세월에 떠밀려 그냥 꾸역꾸역 살아가는 따분한 삶을 견디다 못해 갑작스럽게 그 흐름을 끊고 개입하지 않고는 못 배기는 기질"에서(290면) 잘 나타난다. 작가 바이델이 에스빠냐 내전에서 공화국 편에 서게 된 것이나 주인공 화자가 나치돌격대원의 불의를 못 참고서 그의 얼굴을 가격함으로써 강제수용소에 붙잡혀 들어가게 된 것은 바로 그 '발작적 개입 충동' 때문이었다. 그것은 곧 보편적인 인간 유대의 싹이라고 할 수 있다.

하인츠는 화자에게서 이러한 자생적 연대성의 성향을 직관적으로 간파한다. 그래서 화자는 우연한 계기로 알게 된 비밀 선편에 관한 정보를 의사에게 소개해주어 그를 일단 떠나게 한 다음 자신과 마리의 관계를 확실히 하고자 했던 본래의 의도에도 불구하고 우연히 다시 만나게 된 하인츠에게 그 선편의 기회를 주저없이 넘겨줌으로써 하인츠가 프랑스를 탈출하는 데 결정적인 도움을 준다. 그의 이런 사심 없는 도움의 행위가 연대성에 대한 의식에서 나온 것이 아니라 하인츠의 내면적 힘에 이끌려 거의 충동적으로 행해진 것이었지만 그에게는 이미 연대적 행위의 본질이 희미하게 빛나기 시작한다. 화자 자신은 아직 이 도움의 행위가 갖는 의미를 제대로 알지는 못하지만 이 연대적 행위를 통해 '단단함'으로 표상되는 연대성의 세계에 눈을 뜨게 되고 그와 더불어 자신의 새로운 정체성에 도달할 수 있는 계기를 얻게 된다. 그러나 그에게 그 세계는 아직 낯설며 그 세계를 자신의 세계로 받아들이기에 그의 자아는 충분히 단단하지 못하다. 그의 중심은 여전히 마리에 대한 사랑의 감정에 의해 흔들리고 있었고 그의 몸과 마음은 '통과'의 세계 속으로 너무나 깊이 들어와 있었다.

변화는 마지막 순간 그가 마리에 대한 사랑을 단념하고 승선을 포기하기로 하면서 나타나기 시작한다. 그에게 마리를 포기한다는 것은 곧 '통과'세계와의 결별을 의미하며 그것은 다시 새로운 세계로의 출발을 의미한다. 그러나 그것은 지금까지와는 전혀 다른 어떤 미지의 세계에 대한 발견이 아니라, 지금까지 그가 제대로 의식하지 못했던 세계에 대한 재발견으로부터 시작된다. 그래서 신문팔이 소년, 어부의 부인들, 상인들, 일터로 향하는 노동자들 등, 현재의 삶 속에 단단히 뿌리를 내리고서 평범한 삶을 영위하고 있는 자들의 모습에서 그는 죽음에 가까운 '통과자들'의 덧없는 삶과는 대조적으로 진정으로 살아 있는 자들의 삶을 보며 그들의 평범한 삶 속으로 들어가 그 삶을 함께하고 싶은 충동에 사로잡힌다.

8. '평범한 삶'의 세계

소설 속에서 '통과적 삶'의 세계에 대응되는 이 '평범한 삶'의 세계는 조르주 비네 가족의 삶으로 구체화되어 있다. 그들은 바로 화자가 옛 애인 이본의 소개로 마르세유에서 알게 된 그의 거의 유일한 친구들이다. 화자가 마르세유에 막 도착하여 주소를 들고서 조르주의 집을 처음 찾아갔을 때 이미 화자는 그의 집에서 '통과자들'의 세계와는 다른 분위기를 느낀다. "조르주가 야근 중이라는 응답에도 나는 마음이 좋지 않았다. 그러니까 아직 평범한 삶을 살아가는 사람들이 있었다는 이야기 아닌가."(63면) 또 조르주의 애인인 마다가스까르 섬 출신의 끌로딘에게 마르세유는 '통과자들'과는 달리 떠나기 위해 존재하는 도시가 아니라 머물기 위해 존재하는 도시이다. "당신은 내기 이곳에 머물기 위해 왔다는 것을 잊고 있어요. 당신들에게 이 도시는 떠나기 위해 있는 것이고, 나에게는 이 도시가 들어와 살기 위한 것이었어요. (…) 가능한 한 나는 내 아이와 함께 조르주 곁에서 계속 살 거예요."(210~11면) 조르주 가족이 영위하고 있는 이 평범한 삶의 세계에 대해 화자는 처음에 도저히 함께할 수 없을 것 같은 절대적 거리감을 느낀다. "평범한 삶이 사방에서 나를 감싸고 있다는 느낌이 들었고, 나로서는 그런 삶에 도달할 수 없게 되었다는 느낌도 들었다."(91면)

그러나 그는 의사가 떠나간 후 잠시 마리와 함께 있는 동안 그녀와의 평범한 삶을 꿈꾸어보기도 한다. "이런 하찮은 항목들을 전부 합치면 공동생활이라는 놀라운 합이 나온다. 전에는 한번도 뭔가 그 비슷한 것을 원해본 적이 없었다. 이 날강도 같은 나로서는 말이다. 하지만 지금은 (…) 빵과 물처럼 평범한 삶을 간절히 원했다."
(249면)

이 '평범한 삶'의 의미가 점차 중요하게 의식되면서 그에게는 '통과적 삶'의 무의미함이 더욱 뚜렷하게 부각되고 그의 결심은 탈출이 아닌 잔류 쪽으로 굳어진다. "중요한 것을 보기 위해서는 남아 있으려고 해야 한다. 모든 도시는 단지 통과하기 위해서만 그 도시들을 필요로 하는 자들에게 자신을 잘 드러내지 않는다." (370면) 이 잔류의 결심과 함께 그는 자신의 지나온 삶 전체를 반성함으로써 그 '통과적' 삶 속에서도 손상되지 않고 생생히 살아 있는, 그리고 앞으로도 계속 살아남을 자신의 자아를 새롭게 확인한다. "나는 당시에 처음으로 모든 것을 진지하게 깊이 생각해보았다. 과거와 미래는 불투명하다는 점에서 서로 동등했고, 영사관에서 '통과'라고 부르고 일상적인 언어로 '현재'라고 부르는 상태에 비추어보아도 서로 동등했다. 그리고 그 결과는 나 자신은 상처를 입지 않을 것이라는 예감뿐이었다 —이 예감을 결과라고 부를 만하다면 말이다."(374면)

여기서 다시 화자는 앞에서처럼 자신의 불멸성을 확인하고 있지만, 앞에서와는 달리 여기서의 그것은 곧 꺼져버리고 말 신비적 환상에 그치지 않고 —조심스럽게 '예감'이라는 말을 쓰듯이 아직 막연하기는 하지만— 흔들리지 않는 그의 중심으로 발전할 수 있는 가능성을 지니고 있다. 왜냐하면 그것은 그가 '통과'세계의 혼돈으로부터 벗어나 새로운 삶을 모색하고 전망하는 과정에서 도달한 인식이기 때문이다. 그러할 때 이 자아의 불멸에 대한 예감은 전작인 『제7의 십자가』에서 핵심적 테마로 제시되는, 인간에게 내재해 있는 불멸의 핵에 대한 믿음과 서로 통한다고 볼 수 있다. 화자의 이러한 내면적 발전은 앞에서 언급된 '평범한 삶'의 발견에 의해 뒷받침됨으로써 더욱 힘을 얻고 있다. '평범한 삶'의 세계, 그것은 곧 '민중'의 세계, 즉 어떠한 역사의 굴곡과 사회의 변화 속에서도 주어진 자신의 삶의 자리를 묵묵히 지키며 끝까지 살아남는 자들의 세계이다. 화자는 피자 굽는 한 여인의 모습에서 그 불멸의 생명력을 본다.

이와 같은 '민중 불멸성'에 대한 인식은 화자가 자신의 '통과적인 삶'을 멈추고서 '평범한 삶', 나아가 민중적 삶의 세계 속으로 들어가 그 안에서 하나가 될 수 있는 가능성을 봄으로써 그의 '자아 불멸'을 위한 토대가 된다. 화자의 이러한 발전 과정을 우리는 소설의 마지막 부분에서 확인할 수 있다. 프랑스 탈출을 포기하고 잔류를 결심한 화자는 먼저 끌로딘의 아들인 '소년'을 시켜 바이델의 서류를 멕시꼬 영사관에 반납하게 하는데, 이것은 곧 그가 자신의 정체를 가리던 바이델의 가면을 징식으로 벗어던지고서 자신의 '통과적 삶'을 청산함을 의미한다. 곧이어 그는 조르주의 집을 찾아가 자신의 결심을 알리자 조르주는 화자를 기꺼이 자신의 공동체 안에 받아들인다. "너한테는 남아 있는 게 제격이야. 대체 저 건너에 가서 무얼 할 건데? 너는 우리 쪽이야. 우리한테 일어나는 일이 곧 너의 일이야."(380면)

같은 장면에서 조르주는 또한 화자에게 자신의 친구를 통해 들은 하인츠의 소식을 전한다. "외다리 친구 말이야. 그 친구가 너한테 인사를 전해달라고 하더래. 잘 도착했다고. 그 친구는 또 너한테 감사한다고 했대. 그는 지금 바다 저 너머로 건너가서 기쁘다고. 저 너머엔 다른 민족들이 살고 있는데, 새롭고 젊은 민족들이라고. (…) 너는 여기서 자기를 기다려달라고 했대."(380면) 여기에서 우리는 '평범한 삶'을 대표하고 있는 조르주와 이 소설에서 거의 유일하게 반파시즘 저항세력을 대표하고 있는 하인츠 그룹이 서로 연결되어 있음을 간접적으로 읽을 수 있다. 이 연대적 관계에서 '평범한 삶'은 연대를 위한 연결고리로서의 역할을 하며 반파시즘 저항의 토대를 이루고 있다. '평범한 삶'의 세계가 갖는 이와 같은 의미는 제거스의 망명기 소설에서 반복적으로 나타나는 핵심적 테마에 속한다. 이러한 연대성에 기초하여 조르주의 작은 공동체는 '우리'라고 하는 보다 큰 공동체로 확대된다. 이 공동체 내에서 이제 화자는 자신과 연결되어 있는 타인들을 발견함과 동시에 그들과 함께하는 삶 속에서 진정으로 살아 있는 자신을 발견함으로써 지금까지의 고립된 삶과 공허한 자아를 극복할 수 있는 가능성을 본다. 그래서 그는 결국 자신의 삶을 그들의 삶과 동일시하게 되면서 새로운 정체성에 도달하며, 그와 함께 그에게서는 성숙하고 의식적인 연대적 행동력이 자라나온다. "나는 이제 여기서 나의 사람들과 함께 고락을 같이하고 은신과 핍박을 같이 겪을 것이다. 저항 활동이 벌어지면 곧바로 마르셀과 함께 총을 잡을 것이다. 내가 쓰러진다 해도 그들이 나를 완전히 죽게 할 수는 없을 거라는 생각이 든다. (…) 정든 땅에서 피 흘리며 죽는다 해도, 베어내고 뽑아내려는 덤불들과 나무들에서 새 생명이 나오듯이, 죽은 거기로부터 무언가가 계속 자라나올 것이다."(381~82면)

이와 같은 결말에 대해 마르셀 라이히라니츠키 등은 다음과 같은 비판을 가함으로써 이 소설의 미학적 질에 대해 강한 의혹을 제기한다. "소설 『통과비자』의 급작스럽고 상당히 신빙성 없는 결말이 이미 그것을 입증하고 있다. 부조리한 세계에 처한 인간의 절망적인 상황, 그 죽음과도 같은 분위기가 마지막 순간에 낙관주의적 결말과 결합되는 것이다." 그러나 이러한 판단은 이 소설의 주된 부분인 '통과'의 세계에 대한 묘사와 그 '카프카적' 분위기가 자아내는 표면적인 인상에만 치우쳐, 이 '통과'의 세계에 대해 거리 두기와 거리 상실을 통해 화자의 내면에서 섬세하게 짜이는 소설 내재적 갈등 구조, 그 갈등의 진행과 함께 미궁 속을 더듬어나가듯 파행적으로 전개되는 그의 '정체성 찾기' 테마, 그리고 그 과정에서 비록 단편적이나마 조금씩 획득되는 '다른' 세계에 대한 본질적 인식과 그로 인한 내면적 변화 등, 이 소설의 분석에 있어서 핵심적인 내용들을 보지 못하거나 도외시한 결과라 할 수 있다. 소설 속에서 죽음의 세계를 연상시키는 '통과'의 세계는 주인공 화자가 진정한 삶의 세계로 발견하는 '다른' 세계, 즉 위에서 살펴보았듯이 하인츠, 외인부대원, 조르주 등의 인물들을 통해 대변되는 '연대성'의 세계와 '평범한 삶'의 세계에 도달하기까지 필연적으로 '통과'하지 않으면 안되는 부분적 세계인 것이다. 그 세계에 대해 그는 냉소적인 거리로 맞서거나 우연한 사랑에 몰입함으로써 극복이 아닌 도피의 길을 취하고자 했으나 정체성 부재의 공허한 그의 내면은 그 세계의 병적 분위기에 의해 속수무책으로 침투될 수밖에 없었고, 그 과정에서 몇몇 계기들을 통해 '다른' 세계의 존재와 그 의미에 대해 점차 눈을 뜨게 된 이후로 그는 '평범한 삶'의 공동체 속에 뿌리를 둔 연대적 행동력만이 그에게 상실된 정체성을 회복하고 '통과적'인 삶을 극복할 유일한 가능성을 줄 수 있다는 인식에 도달한다. 따라서 얼핏 급작스럽게 보이는 이 소설의 결말은 그동안 소설 내재적으로 진행되어온 과정의 필연적인 귀결이라고 할 수 있다.

'이 땅에서 나의 사람들과 함께하는' 공동체적 삶의 의미에 대한 발견은 또한 그에게 필연적으로 인간 존재의 역사성에 대한 인식과 더불어 역사에 대한 낙관적 인식을 가져다준다. 바다 '저 건너'의 새로운 세계로의 탈출에 의미를 느끼지 못하고서 승선을 포기한 그에게 스스로 선택한 '이 땅'은 커다란 의미로 다가오며 자신의 삶이 뿌리내릴 구체적인 삶과 역사의 공간으로 받아들여진다. '이 땅'은 물론 바다 건너의 신세계에 대해 구세계인 유럽을 말하며, 이 유럽의 삶과 역사를 파시즘의 위협으로부터 지켜내는 일에 그는 '이 땅'의 사람들과 함께 동참하고자 한다. 그리고 이러한 연대적 투쟁의식은 '평범한 삶'의 세계와 결합됨으로써 낙관적 전망을 얻는다. 왜냐하면 '평범한 삶'의 세계, 다시 말해 '민중'의 세계는 비록 패배하고 죽음을 겪을지라도 그 패배와 죽음을 밑거름으로 끊임없이 새로운 승리의 희망과 새로운 생명을 싹틔우고 자라게 하는 불멸하는 생명력의 원천이자 토양이기 때문이다. 따라서 이 소설의 낙관적 결말은 결말 이전까지의 절망적 분위기에 무리하게 갖다붙여놓은 것이 아니라 화자의 내면적 발전 과정에 따라 변증법적으로 발전되어 나온 것이라 할 수 있다. 이 소설의 이러한 낙관주의에 대해 얀 한스는 그 시대의 다른 사회주의 작가들의 작품에 비해 "훨씬 더 약화되고, 비영웅적이고, 구체적인" 낙관주의라고 진단하면서 "그녀의 마음을 움직이게 하는 것은 미래의 승리에 대한 예감 속에 나타나는 희망이라기보다는 패배의 경험들 쪽"이라고 말한다. 초기작인『싼따바르바라 마을 어부들의 봉기』(*Aufstand der Fischer von St. Barbara*)로부터 이 소설『통과비자』에 이르기까지 ─ 나아가 그녀의 여러 후기작들에서도 ─ 그녀의 작품들은 주로 이러한 패배의 경험들을 그리고 있으나 그 패배 뒤에는 늘 패배로부터 고개를 들고 일어서는 낙관의 여운을 남긴다. 그래서 제거스의 작품들은 "이야기가 끝날 때마다 그뒤에 이미 새로운 이야기의 시작이 놓여 있다."

아내의 투병 생활 사년째, 삶의 위기를 힘겹게 넘어서고 있는 내 아내 김윤애에게 이 책을 바치고 싶다. 불쑥 개인적인 이야기를 꺼내는 부적절함과 송구스러움을 무릅쓰고 감히 이런 무례를 범하는 자의 심경을 헤아려주시기를…… 더불어 각종 위기 속에서 삶의 기반이 흔들리고 있는 이 시대의 모든 아픈 영혼들에게도 응원을 보낸다. 끝으로 이 작품이 처음 우리말로 빛을 볼 수 있게 된 것은 창비의 선택이 있었기에 가능한 일임을 새삼 떠올리며, 메신저 역할과 교정 일을 봐주신 권은경 님을 비롯한 창비의 모든 일꾼들에게 마땅한 감사의 뜻을 전한다.

이재황(독문학자)

작가연보

1900년   11월 19일, 라인 강변의 도시 마인츠에서 유대인 출신의 미술품
상인인 이지도르 라일링(Isidor Reiling)과 그의 부인 헤트비히의
외동딸로 출생. 부모가 지어준 이름은 네티 라일링(Netty Reiling),
안나 제거스(Anna Seghers)는 나중에 본인이 지은 필명. 정통 유대
교 집안의 전통 속에서 성장.

1920~24년 하이델베르크 대학과 쾰른 대학에서 미술사, 역사, 중국학 전공.
헝가리에서 망명해온 경제학도 라슬로 라드바니(László Radványi)
와 교제.

1924년   하이델베르크 대학에서 학위 논문 「렘브란트의 작품에 나타난
유대인과 유대교」로 박사학위 취득. 첫 산문 「디얄 섬의 죽은 자

들」(Die Toten auf der Insel Djal), 안트예 제거스(Antje Seghers)라는 필명으로 프랑크푸르트의 한 신문에 발표. 제거스라는 이름은 17세기의 네덜란드 화가 헤르꿀레스 쎄흐헤르스(Hercules Seghers)에게서 차용한 것. 라드바니가 베를린의 노동자학교 MASCH(Marxistische Arbeiterschule)에서 활동.

1925년 8월 10일, 라드바니와 결혼. 제거스와 동갑인 그는 독일공산당(KPD) 입당 시 요한 슈미트(Johann Schmidt)라는 이름을 사용, 나중엔 다시 요한로렌츠 슈미트로 변경. 베를린 빌머스도르프로 이주. 1926년과 1928년에 각각 아들 페터(Peter)와 딸 루트(Ruth) 출생.

1927년 중편소설 「그루베취」(Grubetsch)를 프랑크푸르트의 신문에 연재.

1928년 중편소설 『싼따바르바라 마을 어부들의 봉기』(*Aufstand der Fischer von St. Barbara*)가 첫 출간 작품으로 나옴. 클라이스트 상 수상. 독일공산당 입당.

1929년 프롤레따리아혁명작가동맹(BPRS)에 가입. 펜클럽의 초청으로 런던 여행.

1930년 중편소설집 『미국 대사관으로 가는 길』(*Auf dem Wege zur amerikanischen Botschaft*) 출간. 첫번째 소련 여행. 하리꼬프에서 개최된 프롤레따리아혁명작가 국제회의에 참가. 베를린 첼렌도르프로 이사.

1932년 첫 장편소설 『동지들』(*Die Gefährten*) 출간. 암스테르담에서 열린 반전(反戰) 회의에 참가.

1933년 두번째 장편소설 『현상금』(*Der Kopflohn*) 출간. 게슈타포에 의해 체포되어 신문을 받고 풀려난 후 스위스를 거쳐 프랑스로 망명. 1940년까지 빠리 근교의 뫼동에 거주. 여러 망명 작가 및 예

술가 들과 함께 망명 잡지 『독일 신보』(*Neue Deutsche Blätter*) 창
간. 1933~35년에 프라하, 취리히, 빠리 등에서 발간. 빠리에서
새로 결성된 독일작가보호동맹(SDS: Schutzverband Deutscher
Schriftsteller)에 참여.

1934년 오스트리아 여행. 빈의 2월 봉기 주동자에 대한 재판을 참관. 독일
공산당 지도자 에른스트 텔만(Ernst Thälmann)의 석방을 위한 국
제운동에 가담.

1935년 세번째 장편소설 『2월의 길』(*Der Weg durch den Februar*) 출간. 벨
기에의 탄광촌 보리나주 도보 여행. 빠리에서 개최된 '문화 수호
를 위한 제1회 국제작가회의'(6월 21~25일)에 참가, 기조연설을
함. 11월, 자유독일대학(Freie Deutsche Hochschule) 설립. 남편 요
한 슈미트가 총장에 취임.

1937년 네번째 장편소설 『구조』(*Die Rettung*) 출간. 공화국 에스빠냐에서
개최된 제2회 국제작가회의(7월 4~7일)에 참가, 마드리드에서 국
제연대 지도자들과 회동. 방송극 「1431년 루앙에서의 잔 다르끄
재판」(Der Prozess der Jeanne d'Arc zu Rouen 1431)이 안트베르펜
의 플랑드르 방송국에서 방영. 반파시즘 소설 『제7의 십자가』(*Das
siebte Kreuz*) 집필 시작. (1939년 탈고.)

1938년 중편소설 「산적 보이노크의 더없이 아름다운 전설」(Die schönsten
Sagen vom Räuber Woynok), 모스끄바의 망명 잡지 『말』(*Das
Wort*)에 발표. 중편소설 「아르테미스의 전설」(Sagen von Artemis),
모스끄바의 망명 잡지 『국제문학』(*Internationale Literatur*)에 발
표. 그해 6월에서 1939년 3월 사이에, 모스끄바에 거주 중인 게오
르크 루카치(Georg Lukács)와 리얼리즘 문제에 대한 서신 논쟁.
빠리에서 개최된 제3회 국제작가회의(7월 25일)에서 연설.

1939년	독일과 소련 간의 불가침조약 체결 후, 『국제문학』에 연재 중이던 소설 『제7의 십자가』 게재 중단.
1940년	5월, 아버지 이지도르 라일링이 강제로 상점과 집을 처분당하고 이틀 후 사망. 독일군의 빠리 입성 후, 남편 요한 슈미트가 남프랑스의 르베르네 수용소에 수감됨, 나중에 레밀 수용소로 이감됨. 제거스는 두 아이와 함께 탈출 실패 후 점령된 빠리에서 숨어지냄. 번역가이자 프랑스인 친구인 잔 스떼른(Jeanne Stern)의 도움으로 두번째 탈출 시도에 성공하여, 르베르네 수용소 근처 빠미에 시에 정착. 그곳에서 남편의 석방과 프랑스 출국을 위해 노력. 12월 말, 마르세유에 체류. 소설 『통과비자』 집필 시작. (1943년 탈고.)
1941년	3월 24일 가족과 함께 마르띠니끄행 기선 뽈 르메를(Paul Lemerle)호를 타고 마르세유를 떠나 까리브 해의 마르띠니끄 섬에 도착 후 난민수용소 생활. 산또도밍고를 거쳐 뉴욕의 엘리스 섬에 도착 후 미국 입국 시도 실패. 6월 30일 멕시꼬의 베라끄루스에 도착, 이후 멕시꼬시티에 정착. 11월 21일에 문을 연 '하인리히 하이네 클럽'의 의장으로 선임, 클럽은 멕시꼬에 체류하는 독일 망명자들의 문화적 교류와 정치적 토론의 장소로 반파시즘 활동에 기여. 10월에 창간된 멕시꼬의 망명 잡지 『자유 독일』(*Freies Deutschland*)에 기고. 남편 요한 슈미트는 멕시꼬 노동자 대학 교수로 활동, 1944년에는 멕시꼬 국립대학 교수로도 임용.
1942년	다섯번째 장편소설 『제7의 십자가』 출간. 먼저 영어판으로 보스턴의 리틀 브라운(Little Brown) 출판사에서 출간되었고, 곧이어 독일어판으로 멕시꼬의 망명 출판사인 엘 리브로 리브레(El Libro Libre)에서 출간됨. 미국에서, 미군을 위한 보급판으로 제작되고

만화판으로도 만들어지는 등 엄청난 성공을 거둠. 어머니 헤트비히 라일링이 폴란드의 삐아스끼로 끌려가, 이듬해 아우슈비츠 수용소에서 사망.

1943년 6월 25일, 교통사고로 중상을 입음. 장기간 입원 치료. 회복 기간 동안 자전적 소설 『죽은 소녀들의 소풍』(*Der Ausflug der toten Mädchen*) 집필.

1944년 여섯번째 장편소설 『통과비자』(*Transit*) 출간. 먼저 에스빠냐어, 영어, 프랑스어로 출간됨. 『제7의 십자가』가 오스트리아 출신의 망명 감독 프레드 치네만(Fred Zinnemann)의 연출로 할리우드에서 영화로 제작됨.

1945년 아들 페터의 빠리 유학.

1946년 중편소설집 『죽은 소녀들의 소풍』 출간. 『제7의 십자가』가 처음으로 독일에서 출간됨. 베를린의 아우프바우(Aufbau) 출판사가 제거스의 주거래 출판사가 됨. 2월, 하인리히 하이네 클럽 해체. 3월, 멕시꼬 국적 취득. 딸 루트도 빠리 유학.

1947년 1월에 혼자 멕시꼬를 떠나 뉴욕, 스톡홀름, 빠리를 거쳐 독일로 귀국. 4월 22일 베를린 도착. 베를린 서쪽 반제 호숫가의 한 호텔에 체류. 나중에 인근의 첼렌도르프로 이사. 다름슈타트 시에서 수여하는 게오르크 뷔히너 상 수상. 초가을, 서부와 남부 독일 여행. 콘스탄츠의 출판업자 쿠르트 벨러(Curt Weller) 방문. 제1회 독일작가회의(10월 4~8일, 베를린)에서 연설.

1948년 소설 『통과비자』의 첫 독일어판 출간. 콘스탄츠의 벨러 출판사에서 출간됨. 4월, 소련문화연구회의 파견위원으로 소련 여행. 8월, 브레슬라우에서 열린 '평화를 위한 문화창조자 세계회의'에 참가. 이 회의는 전후 세계평화운동의 시발점이 됨. 가을, 유학 중인 두 아이를 보러 빠리 여행.

1949년   일곱번째 장편소설 『죽은 자는 영원히 젊다』(*Die Toten bleiben jung*) 출간. 두편의 단편소설 『아이띠의 결혼식』(*Die Hochzeit von Haiti*)과 『과들루쁘의 노예제도 재도입』(*Wiedereinführung der Sklaverei in Guadeloupe*) 출간. 중편소설 『단두대 위의 빛』(*Das Licht auf dem Galgen*, 1961)과 함께 '까리브 해 삼부작'을 이룸. 4월, 빠리에서 열린 세계평화회의에 참가.

1950년   세계평화위원회(Weltfriedensrat)의 위원으로 선임. 이후 평화운동을 위한 수많은 회의에 참가. 동독의 독일예술원(Deutsche Akademie der Künste) 창립회원으로 임명. 제2회 독일작가회의 (7월 4~6일)에서 개막 연설. 베를린 아들러스호프의 알트하이더 슈트라세 21번지로 이사.

1951년   중편소설집 『아이들』(*Die Kinder*) 출간. 아우프바우 출판사에서 낱권으로 '제거스 전집' 발간 시작. 9월, 대표단의 일원으로 중국 여행. 동독 국가상 수상, 이후로도 1959년, 1971년에 두차례 더 수상.

1952년   중편소설 『그 남자와 그의 이름』(*Der Mann und sein Name*) 출간. 남편 슈미트가 멕시꼬에서 귀국, 베를린 훔볼트 대학 경제학 교수가 됨. 제거스는 튀링엔, 프랑켄, 바이에른 지방을 여행하며 낭독회를 가짐. 제3회 독일작가회의(5월 22~25일)에 참가. 독일작가동맹(DSV: Deutscher Schriftstellerverband, 1973년부터는 Schriftstellerverband der DDR) 의장으로 선임, 1978년까지 의장직 수행.

1953년   두권으로 된 중편소설집 『벌집』(*Der Bienenstock*) 출간. 「아르고 호」(Argonautenschiff), 「평화 이야기」(Friedensgeschichten) 등 수록.

1954년	모스끄바에서 열린 제2회 소련작가회의에 참가. 여러주 동안 똘스또이 아카이브에서 연구. 딸 루트가 유학을 마치고 베를린으로 귀국, 소아과 병원 보조의사로 일함.
1955년	베를린 아들러스호프 내의 옆 거리 폴크스볼슈트라세 81번지로 이사, 죽을 때까지 거주. 이 거리는 제거스 사후 안나제거스슈트라세로 개명됨. 슬로바끼아의 호에따뜨라 산지로 요양 여행. 바이마르에서의 실러 기념행사 기간에 토마스 만과 회동.
1956년	제4회 독일작가회의(1월 9~16일)에서 발표. 소련 여행. 흐루시초프의 스딸린 격하 운동 시작. 헝가리의 게오르크 루카치를 돕기 위한 노력에 관여. 12월, 아우프바우 출판사 사장 발터 얀카(Walter Janka) 체포 사건과 관련해, 얀카의 구명을 위한 일련의 노력. 얀카의 체포는 헝가리 사태에 연관되어 반국가 음모 혐의에 의한 것이었음.
1958년	중편소설집『빵과 소금』(*Brot und Salz*) 출간.
1959년	일곱번째 장편소설『결정』(*Die Entscheidung*) 출간. 예나 대학교 명예박사 학위.
1960년	1급 공로훈장 수상. 60세 생일에 즈음하여『안나 제거스―친구들의 편지』(*Anna Seghers―Briefe ihrer Freunde*) 출간.
1961년	중편소설『단두대 위의 빛』출간. 제5회 독일작가회의(5월 25~27일). 브라질 여행.
1962년	소설『제7의 십자가』의 서독 첫 출간, 루흐터한트(Luchterhand) 출판사.
1963년	에세이집『똘스또이에 대하여, 도스또옙스끼에 대하여』(*Über Tolstoi, Über Dostojewskij*) 출간. 서독의 루흐터한트 출판사가 7권으로 기획된 '제거스 선집'을 발간하기 시작. 프라하 인근 리블리

체에서 열린 카프카 회의(5월 27~28일)에 참가. 두번째 브라질 여행.

1965년   중단편소설집『약자들의 힘』(*Die Kraft der Schwachen*) 출간. 베를린과 바이마르에서 열린 국제작가모임(5월 14~22일)에 참가. 카를 맑스 훈장 수여.

1967년   멕시꼬 소설『진정한 파랑색』(*Das wirkliche Blau*) 출간. 제4회 소련작가회의에서 연설.

1968년   마지막 장편소설『신뢰』(*Das Vertrauen*) 출간. 소설『죽은 자는 영원히 젊다』가 동독 영화사 DEFA에서 영화로 제작됨.

1969년   제6회 독일작가회의(5월 28~30일)에서 환영사를 함.

1970년   에세이, 연설문, 논설문 등을 묶은 산문집『예술작품과 현실에 대하여』(*Über Kunstwerk und Wirklichkeit*) 발간. 1971과 1979년에 속권이 편찬되어 총 4권이 발간됨.

1973년   제7회 독일작가회의(5월 28~30일)에서 환영사를 함.

1975년   세계평화위원회의 문화상 수상. 아우프바우 출판사가 '제거스 전집'(총 14권)의 두번째 판을 발간.

1977년   마인츠 대학에서 명예시민증 수여. 여러달 동안 투병 생활.

1978년   동독작가동맹 의장직 사퇴 후 명예의장으로 선임. 7월 3일, 남편 요한로렌츠 슈미트 사망.

1981년   마인츠 시에서 명예시민으로 임명. 소련의 10월혁명 훈장 수상.

1983년   6월 1일, 안나 제거스 사망. 베를린 미테의 도로테엔슈타트 묘지 남편의 묘소 옆에 안치됨.

고전의 새로운 기준, 창비세계문학

오늘날 우리는 인간의 존엄과 개성이 매몰되어가는 시대를 살고 있다. 물질만능과 승자독식을 강요하는 자본주의가 전지구적으로 확산되면서 현대사회는 더 황폐해지고 삶의 질은 크게 훼손되었다. 경제성장만이 최고의 선으로 인정되고 상업주의에 물든 문화소비가 삶을 지배할수록 문학은 점점 더 변방으로 밀려나고 있다. 삶의 본질을 성찰하는 문학의 자리가 위축되는 세계에서는 가진 자와 못 가진 자 할 것 없이 모두가 불행할 수밖에 없다.

이 시대야말로 인간답게 산다는 것의 의미가 무엇인지 근본적인 화두를 다시 던지고 사유의 모험을 떠나야 할 때다. 우리는 그 여정에 반드시 필요한 벗과 스승이 다름 아닌 세계문학의 고전이라는 점을 강조한다. 고전에는 다양한 전통과 문화를 쌓아올린 공동체의 경험이 녹아들어 있고, 세계와 존재에 대한 탁월한 개인들의 치열한 탐색이 기록되어 있으며, 새로운 세상을 꿈꾸는 아름다운 도전과 눈물이 아로새겨 있기 때문이다. 이 무궁무진한 상상력의 보고이자 살아 있는 문화유산을 되새길 때만 개인의 일상에서 참다운 인간적 가치를 실현하고 근대적 삶의 의미와 한계를 성찰하는 지혜를 얻을 수 있을 것이다.

'창비세계문학'은 이러한 문제의식에서 출발한다. 세계문학의 참의미를 되새겨 '지금 여기'의 관점으로 우리의 정전을 재구성해야 할 필요성이 그 어느 때보다 절실하다. '정전'이란 본디 고정된 목록으로 존재하는 것이 아니라 그때그때 주어진 처소에서 새롭게 재구성됨으로써 생명을 이어가는 것이다. 우리는 먼저 전세계 문학들의 다양성과 차이를 존중하면서 국가와 민족, 언어의 경계를 넘어 보편적 가치에 기여할 수 있는 가능성에 주목하고자 한다. 근대를 깊이 성찰한 서양문학뿐 아니라 아시아와 라틴아메리카, 중동과 아프리카 등 비서구권 문학의 성취를 발굴하고 재평가하는 것 역시 세계문학의 지형도를 다시 그리려는 창비의 필수적인 작업이 될 것이다.

여러 전집들이 나와 있는 세계문학 시장에서 '창비세계문학'은 세계문학 독서의 새로운 기준이 되고자 한다. 참신하고 폭넓으면서도 엄정한 기획, 원작의 의도와 문체를 살려내는 적확하고 충실한 번역, 그리고 완성도 높은 책의 품질이 그 기초이다. 독서시장을 왜곡하는 값싼 유행과 상업주의에 맞서 문학정신을 굳건히 세우며, 안팎의 조언과 비판에 귀 기울이고 독자들과 꾸준히 소통하면서 진정 이 시대가 요구하는 세계문학이 무엇인지 되묻고 갱신해 나갈 것이다.

1966년 계간 『창작과비평』을 창간한 이래 한국문학을 풍성하게 하고 민족문학과 세계문학 담론을 주도해온 창비가 오직 좋은 책으로 독자와 함께해왔듯, '창비세계문학' 역시 그러한 항심을 지켜 나갈 것이다. '창비세계문학'이 다른 시공간에서 우리와 닮은 삶을 만나게 해주고, 가보지 못한 길을 걷게 하며, 그 길 끝에서 새로운 길을 열어주기를 소망한다. 또한 무한경쟁에 내몰린 젊은이와 청소년 들에게 삶의 소중함과 기쁨을 일깨워주기를 바란다. 목록을 쌓아갈수록 '창비세계문학'이 독자들의 사랑으로 무르익고 그 감동이 세대를 넘나들며 이어진다면 더없는 보람이겠다.

2012년 가을
창비세계문학 기획위원회
김현균 서은혜 석영중 이욱연 임홍배 정혜용 한기욱

창비세계문학 36
통과비자

초판 1쇄 발행 / 2014년 8월 20일

지은이 / 안나 제거스
옮긴이 / 이재황
펴낸이 / 강일우
책임편집 / 권은경
펴낸곳 / (주)창비
등록 / 1986년 8월 5일 제85호
주소 / 413-120 경기도 파주시 회동길 184
전화 / 031-955-3333
팩시밀리 / 영업 031-955-3399 편집 031-955-3400
홈페이지 / www.changbi.com
전자우편 / lit@changbi.com

한국어판 ⓒ (주)창비 2014
ISBN 978-89-364-6436-3 03850